Rose Gordon

Ein unerwarteter Bräutigam

amazon crossing

Das Buch

England 1814: Ein begeisterter Wissenschaftler, stets respektiert und für seine Mitmenschen dennoch etwas neben der Etikette, so ist Alexander Banks. Vor Kurzem hat er erfahren, dass sein Name in einem Verlobungsvertrag direkt neben dem der schlimmsten Xanthippe von ganz England steht. Sein einziges Schlupfloch ist eine Klausel, die ihm erlaubt, vor seinem dreißigsten Geburtstag eine andere zu heiraten, will er juristische Konsequenzen vermeiden. Alex bleiben vier Wochen Zeit. Der logisch denkende Wissenschaftler folgt dem Rat eines Freundes und will die Brautschau wie ein wissenschaftliches Experiment angehen.

Die Nachricht von der Verlobung ihrer Cousine Lady Olivia hat Caroline Sinclair völlig überrumpelt. Aber als Alex Banks, Olivias Zukünftiger, den Salon betritt und Caroline von einem bevorstehenden Experiment erfährt, horcht sie auf. Auf ein wissenschaftliches Experiment kann Caroline nämlich so wenig verzichten wie auf das Atmen – kein Wunder also, dass sie sich bereiterklärt, Mr Banks zu helfen ...

Die Autorin

Rose Gordon hat mehr als ein Dutzend historischer Liebesromane geschrieben, in denen die Charaktere genauso viele Fehler und Schwachstellen haben wie sie selbst. Wenn Rose nicht gerade am Schreibtisch sitzt, baut sie mit ihren Söhnen Modellraketen, geht mit ihnen auf abenteuerliche Campingausflüge, bei denen die Wanderungen immer länger dauern als geplant, Mutter und Kinder von Pumas verfolgt werden und spontanes Fliegenfischen angesagt ist. Außerdem leistet Rose gern und viel Freiwilligenarbeit.

Rose Gordon

Ein unerwarteter Bräutigam

Roman

Übersetzt von Julia Knobloch

amazon crossing

Die Originalausgabe erschien 2013 unter dem Titel
»Her Sudden Groom« bei Parchment & Plume.

Deutsche Erstveröffentlichung bei AmazonCrossing,
Luxemburg, Juni 2014

Lektorat: Asta Hemmerlein
Umschlaggestaltung: bürosüd⁰ München, www.buerosued.de
Satz: Monika Daimer, www.buch-macher.de

Printed in Germany
by Amazon Distribution GmbH, Leipzig

ISBN 978-1-477-82261-6

www.amazon.com/crossing

Kapitel 1

Watson Estate, April 1814

Alex Banks saß wie gelähmt in seinem Sessel. Die kalten Finger des Todes schlossen sich um seinen Hals und wollten alles Leben aus ihm herausquetschen. Er röchelte und rang nach Luft. Seine Krawatte glich eher einem Galgenstrick. Mit zwei Fingern seiner sonnengebräunten Hand lockerte er diese erdrosselnde Umklammerung, indem er an dem eng sitzenden Stoff zerrte. Wer hätte gedacht, dass dieser schmale Fetzen, den er ohnehin nur trug, um die Frauen in seinem Leben gnädig zu stimmen, sich in eine derart tödliche Waffe verwandeln könnte?

Na ja, nicht ganz. Wenn es nach ihm ging, hätte man ihn genauso gut erhängen können. Er hatte nämlich gerade sein Todesurteil erhalten.

»Bist du dir sicher?«, brachte er krächzend hervor, sobald er die Krawatte weit genug gelockert hatte, um nach Luft zu schnappen.

»Sehr sicher«, bestätigte ihm sein Vater in entschuldigendem Tonfall.

Alex nahm die Brille ab und rieb sich so fest die Augen, dass er helle, geometrische Figuren explodieren sah.

Edward Banks, der Baron Watson, stellte sein Wasserglas auf dem Nachttisch ab. Er blinzelte, klopfte die Kissen seines

Krankenlagers zurecht und griff nach einem Stapel Papier in Reichweite.

»Hier.«

Heftiger als nötig riss Alex die Blätter aus der schlaffen Hand des kranken Vaters.

»Verzeihung«, murmelte er, während er das lebensverändernde – nein, das lebenszerstörende – Dokument überflog.

Anders als er gehofft hatte, nahm seine Panik aber nicht ab, je länger er es durchblätterte. Vielmehr eskalierte sie mit jeder Seite aufs Neue. Es *musste* doch einen Ausweg aus dieser Misere geben!

Er atmete lang und abgehackt aus, klopfte mit dem unteren Rand der Seiten mehrmals gegen die Tischplatte, um sie wieder zu einem ordentlichen Stapel zu arrangieren, und legte das Dokument auf den Nachttisch des Vaters. Dann sackte er wieder in seinem Sessel zusammen und fuhr sich mit einer Hand durch sein ungekämmtes Haar, wobei er absichtlich lang und schmerzhaft an ein paar Strähnen zog, um zu überprüfen, ob er sich vielleicht nicht doch in einem Albtraum befand. Leider hatte er kein Glück. Der Albtraum war Realität und hatte gerade erst begonnen. Er sah zu seinem Vater, der von einem weiteren schlimmen Hustenanfall geschüttelt wurde.

»Vielleicht findet sich ja ein Schlupfloch«, sagte der Baron, nachdem er sich beruhigt hatte. Seine Stimme klang schwach und zitterte.

Alex spitzte die Ohren und blickte seinen Vater durchdringend an. Er hoffte inständig, dass das, was sein Vater zu sagen hatte, ihm ermöglichen würde, seinem Schicksal zu entgehen; einem Schicksal, das der Verurteilung eines Unschuldigen zu lebenslanger Haft im Tower von London in *nichts* nachstand.

Der Vater klopfte sich auf die schmerzende Brust und trank mühsam einen Schluck Wasser. Dann sah er wieder zu Alex.

»Du könntest eine andere heiraten.«

Alex starrte ihn verblüfft an. Er hätte schwören können, dass er soeben einen Verlobungsvertrag gelesen hatte, der ganz eindeutig seinen Namen mit dem von Lady Olivia Sinclair verband. Wie könnte er da eine andere heiraten, ohne erstens einen Skandal zu verursachen, zweitens als Schuft bezeichnet und drittens von ihrem Bruder zum Duell gefordert zu werden?

Der Vater hustete erneut.

»Du hast das Abkommen nur überflogen und die Zusatzklausel übersehen.«

»Gott sei Dank«, murmelte Alex. »Und auf welcher Seite steht die?« Er blätterte hektisch.

»Auf der letzten Seite.« Ein erneuter schwerer Hustenanfall schüttelte den Vater. »Das ganze Fiasko tritt nämlich nur dann ein, wenn du an deinem dreißigsten Geburtstag noch unverheiratet bist.«

Alex runzelte die Stirn. »Und warum?« Sorgfältig ließ er seine Augen über jedes einzelne Wort auf der letzten Seite gleiten. Er wollte auf keinen Fall etwas übersehen.

Sein Vater besaß wenigstens den Anstand, ein bisschen schuldbewusst dreinzublicken. Zumindest so schuldbewusst, wie das möglich ist, wenn man krank ans Bett gefesselt ist.

»Nun, mein Sohn, es verhält sich so ...« Blinzelnd sah er an Alex' Schulter vorbei und tat so, als studierte er eingehend die Tapete, bevor er den Blick wieder auf seinen Sohn heftete.

»Joseph, der verstorbene Lord Sinclair, und ich waren gute Freunde. Wir sind gemeinsam in Eton und auf Cambridge gewesen und haben danach stets engen Kontakt gepflegt. Eine Hochzeit zwischen unseren Kindern erschien uns als ideale Verbindung.«

»Ohne deren Einwilligung«, brummte Alex und schäumte innerlich vor Wut.

Sein Vater runzelte missbilligend die Stirn.

»Es ist nicht ungewöhnlich, dass Ehen arrangiert werden. Meine wurde arrangiert.«

»Ich weiß.« Alex hatte immer großes Mitgefühl für die Zwangslage seiner Eltern gehegt. Sie hatten kein Mitspracherecht bei der Wahl ihrer Ehepartner gehabt. Ganz offensichtlich drohte ihm nun dasselbe Schicksal. Glücklicherweise hatten seine Eltern wenigstens eine weitaus bessere Partie gemacht als die, die ihm nun bevorstand.

»Wie dem auch sei«, der Vater holte Alex aus seinen Gedanken, »als Olivia auf die Welt kam, fuhr ich zu Sinclairs Gut, um auf die Geburt seiner Tochter anzustoßen. Je betrunkener wir wurden, desto mehr verwunderte und entzückte uns der Zufall, dass ihr beide am selben Tag Geburtstag habt. Na ja, dich und Lady Olivia trennen natürlich acht Jahre.«

»Natürlich.« Alex erinnerte sich vage an den Abend seines achten Geburtstags. In jener Nacht war er nach draußen in die Stallungen geschlichen und hatte zum ersten Mal dabei zugesehen, wie eine Stute ein Fohlen auf die Welt brachte, und dann war sein Vater irgendwann sternhagelvoll nach Hause gekommen, hatte das Halleluja gesungen und behauptet, exzellente Nachrichten mitzubringen.

Verflucht. Diese »exzellenten Nachrichten«, über die der Vater damals so jubilierte, bezogen sich just auf diesen vermaledeiten Verlobungsvertrag, der ihn nun für den Rest des Lebens an Lady Olivia band. Ausgerechnet Lady Olivia. Keine könnte auch nur ansatzweise schlechter zu ihm passen als sie. Er schluckte heftig, um die aufsteigende Galle zurück in den Magen zu verbannen.

Ein erneutes Husten des Barons zerriss die Stille.

»Sinclair und ich hielten das für ein brillantes Arrangement. Mein Sohn. Seine Tochter. *Unsere* Enkel. Natürlich ahnte damals keiner, dass Olivia sich zu einer furchtbaren Xanthippe entwickeln würde.«

Vater und Sohn schüttelten sich gleichzeitig angewidert.

»Nein, das konnte keiner ahnen«, grummelte Alex. Das Aussehen war eine Sache, der Charakter eine andere. Alex betrachtete sich als reif genug, um über Olivias stets ungepflegtes, feuerrotes Haar, ihre üppige Figur, ihre grauenhaften Zähne und ihre absurde Kleiderwahl hinwegsehen zu können. Allerdings verblasste der Schrecken ihrer äußeren Erscheinungsform im Vergleich zu ihrem Charakter, der die heilige Geduld eines Märtyrers auf die Probe gestellt hätte. Sie war quengelig und voller Hass, klammerte wie eine Klette und litt an mehr Krankheiten, als es Alex' Wissen nach gab. Was auch immer sie tat, sie tat es ausschließlich zu ihrem Vorteil, und jeder, der etwas anderes glaubte, musste als Dummkopf gelten.

Nachdem Baron Watson sich geräuspert hatte, sagte er: »Aber das ändert jetzt leider nichts mehr, mein Sohn. Entweder du heiratest sie oder bittest ihren Bruder, er möge die letzte Seite des Vertrages akzeptieren.«

Alex sah schnell zu seinem Vater. »Warum sollte er das nicht tun?« Die letzte Seite war genauso real wie die übrigen Seiten dieses Dokuments, das einen in den Selbstmord treiben konnte. Es bestand kein Grund, warum Olivias Bruder diese Klausel nicht anerkennen sollte.

»Weil wir sie erst acht Jahre später hinzugefügt haben. Es ist die einzige Seite, die nicht Teil der ursprünglichen Vereinbarung war und die nicht von einer Drittperson unterzeichnet wurde«, erklärte der Vater, als er sich von einem seiner brutalen Hustenkrämpfe erholt hatte. »Die Originale«, er nahm den Stapel wieder an sich und zeigte Alex das untere Ende jeder einzelnen Seite, »wurden von Sinclair, mir und Richard Barnes unterschrieben. Barnes ist ein gemeinsamer Freund, der mit uns feierte und praktischerweise auch Notar ist. Aber wie du siehst, trägt die letzte Seite nur meine und Sinclairs Unterschriften.«

»Wenn er unterschrieben hat, ist es rechtsgültig«, wandte Alex aufbrausend ein.

»Nicht unbedingt.« Sein Vater atmete rasselnd. »Es könnte angefochten werden und für nichtig erklärt werden. Nun, da Joseph nicht mehr lebt und Marcus seine Funktionen übernommen hat, gibt es nur mein Wort – und ich wage zu bezweifeln, dass das in ein paar Wochen vor Gericht etwas bewirken kann.«

Alex schluckte. Er hasste den Gedanken, dass es seinen Vater in nur wenigen Wochen oder gar Tagen nicht mehr geben könnte. Vor sechs Monaten war er erkrankt, und seitdem hatte sich sein Gesundheitszustand rapide verschlechtert. Mehrere Heilungsversuche waren erfolglos geblieben, sodass die Ärzte seine Verfassung auf innere Probleme zurückführten, denen die Medizin nicht beikommen konnte. Baron Watson hatte diese Information gut verkraftet und weiterhin seinen Aktivitäten gefrönt. Er war zum Abendessen erschienen, hatte gelesen, über Wissenschaft diskutiert und war sogar ausgeritten. Erst seit der vergangenen Woche war er ans Bett gefesselt und zu schwach und erschöpft, um etwas anderes zu tun als zu lesen. Er zwang sich trotzdem dazu, das Zimmer zu verlassen, um das Abendessen einzunehmen. Für Alex war es außerordentlich schmerzhaft, das Voranschreiten der Krankheit des Vaters mitzuverfolgen.

»Nun gut denn«, sagte er mild. »Ich werde sehen, was ich tun kann.«

Der Vater zog die warme Decke bis ans Kinn.

»Es tut mir leid, dass ich dieses Arrangement eingegangen bin, mein Sohn. Aber wenn du Marcus überzeugen kannst, die Zusatzklausel anzuerkennen, dann hast du schon die Hälfte gewonnen.«

»Genau. Dann muss ich nur noch eine junge Dame finden, die gewillt ist, mich innerhalb eines Monats zu heiraten.«

»In Anbetracht der Tatsache, dass du ansonsten Olivia heiraten musst, glaube ich, dass dir das gelingen wird.«

Baron Watson warf seinem Sohn das aufmunterndste Lächeln zu, das er sich abringen konnte.

»Das ist tatsächlich Ansporn genug«, stimmte Alex zu und spielte an seiner Lippe. Dann nahm er die Brille wieder ab und rieb sich die Nase.

»Warum hat man mich nicht früher darüber in Kenntnis gesetzt?« Seine Stimme klang stumpf und tonlos, beinah gleichgültig. Sie verriet nichts von der nervösen Aufregung, die durch seine Venen pulsierte.

Der Vater zuckte hilflos mit den Schultern.

»Ich ging davon aus, dass du schon selbst eine Braut finden würdest und die Vereinbarung somit gemäß den Bedingungen auf der letzten Seite ungültig würde. Deshalb habe ich dir nichts gesagt, als du jünger warst. Ich wollte dich nicht damit belasten. Als ihr beide heranwuchst und ich erkennen musste, wie sich Olivia entwickelte, nahm ich an, dass ihr Vater dich ohnehin aus dem Vertrag entlassen würde. Da er jedoch im letzten Jahr verstarb, weiß ich nicht, ob wir auf diese Möglichkeit setzen können. Ihre Trauerzeit ging vor weniger als zwei Wochen zu Ende, und gestern bereits bekam ich einen Brief von ihrem Anwalt. Das lässt mich glauben, dass man die Vereinbarung weder vergessen, noch dass Joseph sie gar annulliert hat.«

Alex seufzte. Er konnte dem Vater das Schweigen nicht vorwerfen. Der arme Mann musste in der Illusion gelebt haben, dass Alex schon irgendwie eine junge Dame finden würde, die ihn tatsächlich heiraten wollte. Wobei es sich in Wirklichkeit wohl eher so verhielt, dass eine Zwangshochzeit mit Lady Olivia die einzig denkbare Aussicht auf Eheschließung für einen Gentleman war, dem man den Spitznamen Trockener Alex verpasst hatte. Alex tat, was er konnte, um seinem Vater das Krankenlager so bequem wie möglich herzurichten.

Er glättete die Decken und schüttelte die Kissen aus, dann verließ er das Zimmer.

Auf nach Dorset also. Er musste so schnell wie möglich mit Marcus sprechen.

Kapitel 2

»Wie bitte?«

Caroline Sinclair blickte ihre Cousine völlig entgeistert an.

Olivia verdrehte die Augen und atmete übertrieben laut aus.

»Caroline, hast du jemals daran gedacht, in ein Hörrohr zu investieren?«

Sie schüttelte ihre Schuhe von den Füßen und legte ihre Beine auf Carolines Schoß.

»Würdest du mir bitte die Socken ausziehen?«, verlangte sie lautstark.

Caroline blickte fragend drein.

»Und warum?«

Sie wickelte den Stoff ihres Rocks um einen Finger und nahm sich vor, nach Möglichkeit durch den Mund zu atmen. Nach vielen Jahren in der Gesellschaft ihrer Cousine wusste sie, dass man es tunlichst vermied, durch die Nase zu atmen, wenn Olivia Schuhe und Strümpfe ausgezogen hatte, wollte man vermeiden, dass einem das zuletzt eingenommene Essen wieder hochkam.

»Ich komme nicht dran.« Olivia wackelte mit den Zehen ihrer mit Hühneraugen übersäten Füße.

»Dann solltest du vielleicht den Umfang deines Körpers reduzieren«, murmelte Caroline so leise, dass Olivia es nicht hören konnte. Zehn leicht gelbliche Zehennägel zierten die Füße ihrer

Cousine. Caroline machte die Augen zu, um sich den Anblick zu ersparen, und warf Strümpfe und Schuhe so weit sie nur konnte durch den Raum.

»Erledigt. Also, kannst du noch einmal wiederholen, was du gerade gesagt hast?«

»Hmm?« Olivia ließ sich gegen ein dick gepolstertes Kissen sinken. »Könntest du mir die Füße massieren?«

»Niemals«, flüsterte Caroline. Dann hustete sie leise. »Das geht leider nicht«, log sie. »Ich muss mir gestern meine Hand verletzt haben.«

Olivia runzelte ungläubig die Stirn.

»Ich war draußen und sammelte gerade ...«

Olivia stöhnte laut auf. »Sprich nicht weiter. Ich will kein einziges weiteres Wort hören. Du bist genauso einfältig wie der Trockene Alex Banks. Es ist schon schlimm genug, dass ich ihm für den Rest meines Lebens dabei zuhören muss, wie er über seinen wissenschaftlichen Quatsch schwadroniert. Wenigstens bin ich dir gesellschaftlich und rangmäßig überlegen und kann dir sagen, wann ich genug von deinem Quatsch habe.«

Das hatte gesessen. Caroline unterdrückte eine einer wohlerzogenen Dame unwürdige Erwiderung und nickte. Olivia hatte schon immer alles durch den Dreck gezogen, was Caroline interessierte. Wären sie keine Cousinen und wäre Lord Sinclair bis zu ihrem einundzwanzigsten Geburtstag nicht ihr Vormund, dann hätte sie sich schon längst von Olivia und ihren ungehobelten Manieren distanziert. Unglücklicherweise musste sie Olivias Misshandlungen noch weitere sechs Monate über sich ergehen lassen.

»Dann wirst du ihn also heiraten?«, fragte Caroline der Höflichkeit halber.

»Ja.« Olivia verzog ihre Lippen und schnaubte, als sei eine Hochzeit mit Alex Banks das schlimmste Schicksal auf Erden. »Nicht, weil ich unbedingt will. Wenn es nach mir ginge, würde ich so ungefähr jeden anderen heiraten.«

In Carolines Augen hatte Olivia eindeutig das bessere Los gezogen. Nicht, dass sie Mr Banks gut kannte. Sie hatte ihn erst einmal getroffen. Aber Olivia kannte sie schon ihr ganzes Leben, weswegen es nicht besonders schwerfiel zu entscheiden, wer von den beiden die schlechteren Karten zugeteilt bekommen hatte.

»Ich schwöre dir, Caroline, wenn du doch nur etwas gegen dein Hörproblem unternehmen würdest, dann müsste ich mich auch über dieses Thema nicht ständig wiederholen. In weniger als dreißig Tagen werde ich Mrs Alexander Banks sein, und kurz darauf Baronin.« Ihr klagender Ton verstärkte die Schmollmiene, die ihr ohnehin hässliches Gesicht noch mehr verunstaltete.

Caroline gab sich alle Mühe, sich ihre Entrüstung über Olivias Taktlosigkeit nicht anmerken zu lassen. Ihre Cousine sollte sich glücklich schätzen, dass es überhaupt einen jungen Mann gab, der sie zur Frau nehmen wollte, unabhängig davon, welchen Titel er eines Tages erben würde oder ob man ihn seiner leicht ungewöhnlichen Persönlichkeit wegen den Trockenen Alex nannte. Aber was Caroline noch viel mehr erboste, war Olivias sichtliche Vorfreude über den bald zu erwartenden Tod des amtierenden Barons Watson. Es erboste sie nicht nur, es ließ eine neue Welle Übelkeit durch ihren Körper wogen, schlimmer als die zuvor.

»Du solltest etwas mitfühlender sein«, sagte sie mit fester Stimme, in der jetzt auch etwas Schärfe mitschwang. Sie schätzte Olivia nicht besonders, und sie konnte es überhaupt nicht ausstehen, wenn sie in eine ihrer *Stimmungen* verfiel, aber sie würde beileibe nicht tatenlos danebensitzen, wenn Olivia sich das Begräbnis ihres zukünftigen Schwiegervaters ausmalte. Sollte die Tatsache, dass Caroline ihre Meinung sagte, dazu führen, dass Olivia in eine ihrer düsteren Stimmungen verfiel und Caroline dann eine Woche an ihrem Krankenbett sitzen musste, dann sollte es eben so sein.

Olivia schnaubte nur spöttisch.

»Nein, *du* solltest mitfühlender sein. Ich bin die Tochter eines Grafen. Ich sollte einen Grafen oder jemanden mit einem besseren Titel heiraten. Keinen lausigen Baron.« Sie verschränkte die Arme und grinste höhnisch. »Wenn wir heiraten, wird er noch nicht einmal Baron sein. Er wird schlicht und ergreifend Herr Banks sein, für Gott weiß wie lange. Nun, außer sein Vater verscheidet eben früher.« Ein dünnes Lächeln spielte um ihre Lippen.

»Du bist herzlos!«, rief Caroline impulsiv.

Olivia zuckte mit den Schultern.

»Nein. Nur pragmatisch. Immer gewesen. Ich wollte nie aus Liebe heiraten, und so soll es auch nicht sein. Ebenso wenig gebe ich mich der Illusion hin, dass er irgendwelche Gefühle für mich hegt.«

»Das meine ich nicht«, erwiderte Caroline knapp. »Ich bezog mich auf die gefühlskalte Art, in der du über seinen Vater sprichst, als bedeute dessen Tod nichts anderes für dich, als einen Titel zu bekommen.«

»Nun, verhält es sich denn nicht so?«

»Nein. Denn es bedeutet mehr. Es wird Alex sehr mitnehmen, wenn sein Vater stirbt, und als seine Frau wirst du diejenige sein, bei der er Trost sucht.«

Olivia schüttelte sich.

»Er kann gern woanders Trost suchen. Abgesehen vom Vollzug der Ehe habe ich nicht die Absicht, mich um seine *Bedürfnisse* zu kümmern.«

Caroline steckte sich eine ihrer langen, dunklen Ringellocken hinters Ohr.

»Dir ist schon bewusst, dass es deine Pflicht ist, ihm einen Erben zu schenken.«

Olivia kniff die Augen zu.

»Na, dann hoffe ich mal für ihn, dass er beim ersten Mal trifft.«

Caroline musste sich zurückhalten, um ob der Absurdität von Olivias Aussage nicht in lautes Gelächter auszubrechen.

»Darauf hat er doch keinen Einfluss.«

»Und woher weißt du das?«

»Ich weiß es eben«, antwortete Caroline ausweichend. »Manchen Paaren gelingt die Zeugung beim ersten Mal, bei manchen dauert es länger.«

»Nun, wenn er einen Erben will, dann hoffe ich für ihn, dass ich beim ersten Mal schwanger werde. Ich habe kein Interesse an dieser Aktivität, und mit ihm werde ich sie ohnehin nur einmal über mich ergehen lassen.«

»Oder was?«

»Entweder wird er keinen Erben haben oder einen kleinen Kuckuck«, sagte sie geradeheraus und inspizierte ihre Nägel.

»Wie bitte?«

»Du weißt schon, ein Kind, das nicht von ihm ist.«

»Ich weiß sehr wohl, was ein Kuckuck ist«, antworte Caroline. Sie machte die Augen zu und zwang sich dazu, vor lauter Unbill nicht an ihren Haaren – oder an Olivias – zu ziehen. »Aber du hast gerade gesagt, diese ganze Aktivität interessiere dich nicht. Warum solltest du ihr dann mit jemand anderem nachgehen?«

»Ich bezog mich nur auf ihn. Vielleicht könnte ich es ja mit jemand anderem genießen.«

Caroline schüttelte den Kopf. Armer Mr Banks.

»Vielleicht wirst Du es ja doch mit ihm genießen.«

Sie empfand es als niederschmetternd, dass Olivia keinerlei Absichten hegte, treu zu bleiben, ganz abgesehen davon, dass sie nicht gewillt war, dem fraglichen Gentleman eine Chance zu geben und von vornherein zu verkünden, dass sie ihn nicht trösten würde.

Olivia fauchte verächtlich.

»Werde ich nicht.«

»Woher weißt du das?«, entgegnete sie. »Nur weil er eine Brille trägt, unaufhörlich über Wissenschaft spricht, seine Kleidung manchmal etwas schief sitzt und man ihm den Spitznamen Trockener Alex verpasst hat, heißt das ja noch lange nicht, dass er nichts Liebenswertes an sich hat.«

»Besitzt er nicht«, insistierte Olivia. »Und überhaupt, ich kann mir gar nicht ausmalen, wie grauenhaft unser erstes – und letztes – Mal sein wird. *Nun stillgehalten, ich werde meinen Penis einführen*«, sagte sie mit tiefer Stimme.

Carolines Augen weiteten sich. Über die technischen Abläufe der Fortpflanzung wusste sie Bescheid, denn sie verbrachte viel Zeit im Freien und hatte hier und da bei den Tieren in den

Stallungen ausgeholfen. Wie Olivia diese Dinge gelernt haben mochte, war ihr allerdings ein Rätsel, das sie gar nicht erst lüften wollte.

»Das wird er nicht sagen.«

Olivia verdrehte die Augen.

»Das spielt wirklich keine Rolle.«

Caroline schüttelte den Kopf. Wahrscheinlich sollte sie besser nicht erwähnen, dass in England das Gesetz bei Schlafzimmerangelegenheiten aufseiten des Ehemanns war. Es ging sie ja nun auch wirklich nichts an, was in fremden Schlafzimmern passierte.

Sie konnte sich nicht erklären, wie es Olivia gelungen war, den nichts ahnenden Mr Banks einzufangen, aber es war ihr gelungen, und den armen Mann erwartete großes Leid.

Überhaupt, wann hatten die beiden sich eigentlich verlobt? Just in dem Moment, als Caroline sich danach erkundigen wollte, hörte man Stimmen in der Empfangshalle.

»Wer das wohl sein mag?«, sinnierte Olivia in einer so zuckersüßen Stimme, dass Caroline prüfend zu ihrer Cousine sah.

Dann unterdrückte sie ein Stöhnen, machte erneut die Augen zu und zählte bis zehn. Olivia verfiel nur dann in diesen Tonfall und setzte dieses alberne Lächeln auf, wenn sie sich bei anderen Leuten einschleimen wollte.

»Würdest du die Freundlichkeit haben, mir meine Strümpfe zu bringen, meine Gute?«, fragte Olivia. Es bereitete ihr Mühe, sich auf dem Sofa ordentlich hinzusetzen.

Liebend gern hätte Caroline so getan, als wüsste sie nicht mehr, in welche Ecke sie die Strümpfe geworfen hatte, und somit dem Besucher, um wen auch immer es sich handeln mochte, die Gelegenheit gegeben, Olivia in all ihrer unbeschreiblichen Herrlichkeit vorzufinden. Aber schließlich gewann das Mitleid für den Gast die Oberhand. Das konnte sie wirklich niemandem antun.

»Einen Moment«, murmelte sie und sammelte mit spitzen Fingern die stinkenden Strümpfe ein und schleuderte sie auf das nächstbeste Sofa.

»Da sind sie. Ich bin gleich zurück.«

»Du kannst nicht einfach so gehen«, maulte Olivia. »Ich brauche Hilfe mit meinen Schuhen.«

Caroline ignorierte Olivias Flunsch und entwischte ihr, bevor Olivia sie am Rock fassen und zurückhalten konnte.

»Ich muss Marcus holen.«

»Warum?« Olivia schmollte noch immer.

»Ich habe kurz aus dem Fenster geblickt und konnte erkennen, dass es sich bei unserem Besucher um einen Gentleman handelt. Ich muss Marcus holen. Wir haben ja sonst keine Anstandsdame.«

Olivia presste die Lippen aufeinander, nickte aber schließlich einmal knapp, und Caroline verließ den Raum.

Sie eilte in Marcus' Arbeitszimmer. Seit Lady Sinclair vor fünf Jahren verstorben war, hatte Marcus stets die Aufgabe der Anstandsdame übernehmen müssen. Allerdings war dies nur selten notwendig gewesen. Olivias garstiges Naturell war ebenso bekannt wie Carolines bescheidene Herkunft, die jeglichem gesellschaftlichen Glanz entbehrte, was dazu geführt hatte, dass man im besten Fall von dünn gesätem Herrenbesuch für die beiden jungen Damen sprechen konnte.

Vor seinem Tod im letzten Jahr hatte Olivias Vater seine verwitwete Schwägerin dazu bringen können, auf Festlichkeiten im Haus der Sinclairs und zu ähnlichen Anlässen als Olivias Anstandsdame zu fungieren. Aber auch das hatte nur selten stattgefunden, und Caroline war da ohnehin nie mit von der Partie gewesen.

Nun hatte Olivias Bruder Marcus die Nachfolge seines Vaters angetreten, aber eine richtige Anstandsdame gab es noch immer nicht im Hause Sinclair. Marcus hatte zwar allen weiblichen Familienmitgliedern geschrieben und sie gebeten, nach Ridge Water zu kommen, aber jede der kontaktierten Frauen hatte einen triftigen Grund angeführt, um abzulehnen. Man brauchte kein Genie zu sein, um das zu verstehen. Olivias Benehmen war wirklich scheußlich. Wie die Dinge lagen, kam immer ein Dienstmädchen mit, wenn Caroline und Olivia irgendwohin gingen, und in den selten Fällen, in denen sich wirklich einmal Herrenbesuch nach Ridge Water verirrte, gesellte Marcus sich zu ihnen in den Salon, wo er dann für gewöhnlich in einer Ecke vor sich hin starrte.

Caroline klopfte dreimal schnell an die Tür und wartete auf Marcus' einladendes »Herein!«

»Marcus?«

»Caroline«, sagte er matt.

Carolines Augen gewöhnten sich an das abgedunkelte Zimmer. Zuerst sah sie Marcus nicht, aber dann entdeckte sie ihn an dem Platz, an dem er für gewöhnlich saß: seinem schwach beleuchteten Schreibtisch.

»Wir haben Besuch«, brachte sie etwas unsicher hervor.

Marcus seufzte. Er rubbelte sich mit den Fingern über sein stark vernarbtes Gesicht, seine Bewegungen flirrten in dem dünnen Streifen Sonnenlicht, das durch eine offene Spalte im Vorhang ins Zimmer fiel.

»Um wen handelt es sich?« Seine Stimme war angestrengt und leicht angespannt.

»Ich weiß es nicht.«

»Würdest du es bitte herausfinden?«

Caroline nickte. Sie verließ das Zimmer und schalt sich selbst dafür, die Identität des Besuchers nicht vorab erfragt zu haben.

Marcus war nicht unbedingt ein Snob – eigentlich sogar das Gegenteil, wenn man es genau betrachtete. Aber seine liebevolle, fürsorgliche Seite ließ er nur seine Familie sehen. Für den Rest der Welt war er entweder arrogant oder eine Witzfigur. Das hing ganz davon ab, wen man fragte.

Seit seinem schweren Unfall vor zwölf Jahren hatte er sich zurückgezogen und ließ sich nur noch in Gesellschaft blicken, wenn es absolut nicht zu vermeiden war.

»Chapman!« Caroline rief den Butler. »Um wen handelt es sich bei unserem Besucher, und in welches Zimmer haben Sie ihn geschickt?«

Chapman schien ihre Direktheit nicht zu stören. Er hatte schon so lange für diese Familie gearbeitet, dass ihm ihre Macken und Unhöflichkeiten nicht mehr auffielen.

»Mr Alex Banks. Ich habe ihn in die Bibliothek geschickt. Mir schien, er würde sich dort äußerst wohlfühlen.«

Caroline nickte. Sie wusste nicht viel über Mr Banks, aber nach allem, was sie wusste, lag Chapman mit seiner Einschätzung richtig. Er würde sich in der Bibliothek sicher wohlfühlen. Oder im Gewächshaus. Oder draußen im freien Feld. Oder beim Artensammeln im Teich. Oder ... oder ... oder ... Es gab so viele Orte, an denen er so viel besser aufgehoben wäre als in einem Salon. Und um die Wahrheit zu sagen, ging es Caroline ähnlich. Auch sie würde sich lieber an irgendeinem dieser Orte aufhalten, als in einem Salon zu sitzen.

»Bestens. Ist Lady Olivia auch dort?«

Chapman starrte sie aus weit aufgerissenen Augen an. »Grundgütiger, nein. Ich würde ihr niemandem allein ausliefern, ohne die Anwesenheit von wenigstens einer Drittperson, die als Schutzschild dienen könnte.«

»Sehr gut«, pflichtete sie Chapman bei und ging zurück zu Marcus.

»Um wen handelt es sich?«, fragte Marcus ohne große Umschweife.

»Alex Banks. Chapman hat ihn in die Bibliothek gebeten. Deine Schwester hält sich noch im Salon auf. Wenn ich einen Tipp abgeben müsste, würde ich sagen, dass sie noch immer damit beschäftigt ist, ihre Schuhe anzuziehen.«

Sie blieb in der Tür stehen und wartete darauf, dass Marcus zu ihr herübergehumpelt kam.

Er murmelte etwas, das sie nicht verstand, bis er seine Stimme hob.

»Wahrscheinlich ist es am besten, dass sie für den Moment beschäftigt ist. Ich habe das dumpfe Gefühl, dass ihre Anwesenheit während meines Treffens mit Alex unerwünscht ist.«

Caroline runzelte verständnislos die Stirn. Wenn Olivia und Mr Banks doch verlobt waren, warum sollte ihre Anwesenheit dann unerwünscht sein? Aber was sollte sie sich auch noch darüber den Kopf zerbrechen?

Vor der Bibliothek angekommen, zögerte sie kurz. War ihre Anwesenheit ebenfalls unerwünscht, oder sollte sie für die beiden Männer die Rolle der Gastgeberin übernehmen?

Als habe er ihr Unbehagen gespürt, sagte Marcus: »Warum kommst du nicht mit, Caroline? Es besteht kein Grund, dich noch weiter Olivias Gesellschaft auszusetzen.«

»Gern.« Ein zartes Lächeln glitt über Carolines Gesicht. Marcus war ein guter Cousin, das komplette Gegenteil seiner Schwester. Tatsächlich waren die beiden derart verschieden, dass sie sich schon öfter dabei ertappt hatte anzuzweifeln, ob sie dieselben Eltern hatten. Allerdings machte Marcus seine Bemerkungen über Olivias unschöne Persönlichkeit nicht aus Grausamkeit. Er war einfach so unverblümt und konnte schmerzhaft direkt sein. Caroline nahm an, dass das daran lag, dass er in dieser Familie aufgewachsen war. Vielleicht war seine Art auch dem Unfall geschuldet. Wie dem auch sei, sie wusste, dass er mit seinen Worten keinen wirklichen Schaden bezweckte.

Marcus öffnete die Tür und ließ Caroline den Vortritt. Ihre Augen hefteten sich umgehend auf Mr Banks, der am offenen Kamin saß, ein aufgeschlagenes Buch auf dem Schoß.

»Alex.« Marcus setzte sich in einen Sessel, den er für zufällige Besuche wie diesen strategisch so positioniert hatte, dass er in einer dunklen Ecke stand.

»Gut, dich zu sehen, alter Junge«, sagte Mr Banks etwas gequält. »Ich ... ähm ... ich ...« Er schluckte hörbar und räusperte sich dann.

»Darf ich dir Ms Caroline Sinclair vorstellen?« Marcus überbrückte den unangenehmen Moment, streckte die Beine von sich und schlug die Knöchel übereinander. »Meine Cousine.«

Mr Banks richtete seine bebrillten, braunen Augen auf Caroline. Er nickte und blinzelte ein paarmal.

»Es freut mich, Sie kennenzulernen«, murmelte er, hielt es aber nicht für nötig, aufzustehen.

Wäre Caroline sein offensichtliches Unwohlsein entgangen, hätten seine mangelnden Umgangsformen sie sicher empört, vor allem in Anbetracht der Tatsache, dass man sie einander schon vorgestellt hatte, was er ganz offensichtlich vergessen hatte. Allerdings war sie sich nicht sicher, ob er sich wegen ihrer Anwesenheit unwohl fühlte oder ob das an dem Treffen mit Marcus im Allgemeinen lag.

»Es freut mich ebenfalls, Sie wiederzusehen.«

Caroline nahm auf einem Sessel ihm gegenüber Platz.

Mr Banks blinzelte sie an wie eine Eule. »Stimmt ja. Die *Gesellschaft für Biologische Fragen*«, nuschelte er. Seine Lippen zuckten etwas.

Aha, also erinnerte er sich doch. Gut. Sie mochte ihn dafür bedauern, für den Rest seines Lebens an Olivia gekettet zu werden – das hieß aber nicht, dass sie vergeben oder gar vergessen hatte, wie er sie vor vier Jahren ohne guten Grund aus der *Gesellschaft für Biologische Fragen* hinausbefördert hatte.

»Ja, mir scheint, wir sind uns dort schon einmal begegnet.«

Sie blickte zu Marcus, um zu sehen, ob er das Wort ergreifen wollte.

Da räusperte sich Mr Banks noch einmal.

»Marcus, ich weiß, dass wir in der letzten Zeit nicht besonders dicke Kumpels waren, aber ich möchte dich trotzdem um einen Gefallen bitten.«

Nach diesen Worten wurde es in der Bibliothek so still, dass Caroline sicher war, man hätte einen Staubfusel zu Boden fallen hören können. Mr Banks rutschte unruhig in seinem Sessel hin und her.

»Was für einen Gefallen?« Marcus zog jedes Wort in die Länge.

Mr Banks nickte einmal und zog dann ein Bündel ordentlich zusammengefalteter Papiere aus seiner Reverstasche.

»Du weißt sicher, was ich hier in der Hand halte. Aber ...« Er blätterte, bis er die gewünschte Seite gefunden hatte. »Aber ich weiß nicht, ob du das hier kennst.«

Er ging zu Marcus hinüber und reichte ihm besagte Seite.

Während er zu seinem Sessel zurückging, überflog Marcus den Text. Eine Minute später durchbrach er mit einem amüsierten Glucksen die Stille.

»Das ist der Gefallen, um den es geht, Alex?« Er hielt das Blatt Papier hoch.

»Ja, bitte«, sagte Mr Banks und schluckte angestrengt. »Ich weiß, dass das nicht von einer Drittperson unterzeichnet wurde, aber du wirst nicht abstreiten können, dass unsere Väter es unterschrieben haben.«

»Das sehe ich.« Marcus klopfte mit dem Blatt bedächtig auf seinen Oberschenkel. »Nun gut denn. Ich erkenne die Zusatzklausel an, wenn das dein Wunsch ist.«

»Vielen Dank.« Mr Banks sprang auf, eilte mit großen Schritten auf Marcus zu und schüttelte ihm enthusiastisch die Hand.

Caroline beobachtete die beiden Männer verdutzt. Sie schienen ihre Anwesenheit vollkommen vergessen zu haben.

Mr Banks nahm Marcus das Papier wieder ab und wandte sich zum Gehen, ohne auch nur den Ansatz einer formellen Verabschiedung erkennen zu lassen.

»Ach, Alex, übrigens!«, rief Marcus, als Mr Banks schon fast zur Tür hinaus war.

Mr Banks wirbelte herum. »Ja?«

»Du solltest wissen, dass ich dich aus dieser ganzen Eselei komplett entlassen hätte, wenn du mich nur darum gebeten hättest.«

Mr Banks stöhnte und schüttelte den Kopf.

»Und jetzt ist es zu spät?« Seine braunen Augen waren dennoch voller Hoffnung.

Marcus ließ ein erneutes Kichern hören.

»Ich befürchte, ja. Du sagtest, du wolltest die Zusatzklausel ehren, also werden wir genau das tun.«

Mr Banks nickte knapp. »Danke nochmals«, nuschelte er.

»Betrachte es einfach als Experiment«, schlug Marcus lächelnd vor.

»Ein Experiment? Ich liebe Experimente«, zwitscherte Caroline aufgeregt dazwischen, bevor sie sich zurückhalten konnte.

Marcus beäugte den Gast mit cleverer Miene.

»Sag, Alex, warum schließt du Caroline nicht in deine Bemühungen mit ein?«

Caroline sprang förmlich von ihrem Sessel auf.

»Ich würde Ihnen liebend gern bei Ihrem Experiment behilflich sein! Zuerst sollten wir Ihre grundlegende Fragestellung oder Ihr Ziel aufschreiben«, sagte sie, ohne einen der beiden Männer konkret anzublicken, und eilte durch die Bibliothek, um Pergamentpapier und Feder zu holen. Als sie den Sekretär erreicht hatte, drang ein Stöhnen an ihr Ohr. Sie konnte nicht sagen, ob diese verärgerte Reaktion von Marcus oder Mr Banks kam, und entschied sich, sie einfach zu ignorieren.

»Ich weiß nicht, ob das eine gute Idee ist«, protestierte doch tatsächlich Mr Banks. Zu dumm für ihn, dass seine Worte ungehört verpufften, denn Marcus saß sinnierend in seiner dunklen Ecke und pfiff eine fröhliche Melodie vor sich hin, während Caroline bereits eifrig einen groben Rahmen für das wissenschaftliche Prozedere niederschrieb.

»Nun denn, Mr Banks.« Mit einem breiten Lächeln blickte sie von dem Papier auf. »Um was soll es in Ihrem Experiment gehen?«

Mr Banks hustete. Sein Gesicht lief dunkelrot an.

»Bleib doch zum Abendessen«, lud Marcus ihn jovial ein. »Das gibt dir und Caroline etwas mehr Zeit.«

Kapitel 3

Alex vermochte die Einladung ebenso wenig auszuschlagen, wie er den Blick von Ms Caroline Sinclairs funkelnden, dunkelblauen Augen wenden konnte.

»Also gut«, hörte er sich wider besseres Wissen sagen.

»Exzellent.« Marcus blickte auf seine Taschenuhr. »Das Abendessen wird in ungefähr anderthalb Stunden serviert. Soll ich euch beide solange euch selbst überlassen, damit ihr das Experiment besprechen könnt?«

Alex starrte ihn fassungslos an. Hatte Marcus tatsächlich vor, ihn und Ms Sinclair unbeaufsichtigt allein zu lassen?

Marcus humpelte durch die Bibliothek. An der Tür angelangt, drehte er sich noch einmal um und zwinkerte Alex zu.

»Ich bin nicht besorgt, sie ohne Aufsicht mit dir zu lassen. Ich weiß, dass du meine Cousine so behandeln wirst, als sei sie deine Cousine.«

Nun, ob Marcus darauf wohl wetten wollte? Die Vorstellung, mit Ms Sinclair allein in einem Zimmer zu sein, regte ihn nämlich zu allem Möglichen an, nur nicht zu *verwandtschaftlichen* Gefühlen.

»Wir werden ausschließlich über die Wissenschaft sprechen«, sagte Alex.

Marcus sah ihn prüfend an, schüttelte den Kopf und verließ die Bibliothek.

Alex konnte sich auf Marcus' Verhalten keinen Reim machen. Es interessierte ihn auch nicht weiter. Man hatte ihm gerade eine Gnadenfrist eingeräumt, um der Hochzeit mit Lady Olivia vielleicht entgehen zu können. Wenn Olivias Bruder es im Gegenzug wünschte, dass er die schöne Ms Sinclair mit wissenschaftlichem Geplauder unterhielt, würde er sich nicht dagegen wehren.

Er setzte sich auf einen Sessel in der Nähe des kleinen Sekretärs, an dem sich Ms Sinclair niedergelassen hatte, und versuchte, sich flink ein Experiment auszudenken. Er hatte Marcus' brillanten Vorschlag, die Suche nach einer Braut wie ein Experiment anzugehen, durchaus verstanden. Aber er konnte Ms Sinclair unmöglich sagen, was Marcus gemeint hatte. Er mochte von Frauen ja nicht viel verstehen, aber er verstand genug, um zu wissen, dass es nicht angebracht war, sie einzuweihen.

»Nun, Ihr Experiment, Mr Banks?«, hakte Ms Sinclair nach und schlug die flauschige Feder sacht gegen ihre rosafarbenen Lippen.

»Nennen Sie mich bitte Alex«, murmelte er in der Hoffnung, so etwas Zeit zu gewinnen.

»Und Sie dürfen mich gern Caroline nennen. Also, da wir das geregelt haben, erzählen Sie mir doch von Ihrem Experiment, Alex.«

»Ich versuche, neue Mitglieder für die *Gesellschaft für Biologische Fragen* zu gewinnen«, platzte es schließlich unüberlegt aus ihm hervor.

»Dürfte ich anregen, die Mitgliedschaft beiden Geschlechtern zugänglich zu machen?«

Alex schloss die Augen und bemühte sich, nicht allzu mürrisch auszusehen.

»Ich entschuldige mich für mein damaliges Verhalten.« Er trommelte einen Moment mit den Fingern auf den Armlehnen des Sessels. Langsam nahm eine Idee Gestalt an. Ein letzter Trommelwirbel, und seine Finger standen still.

»Also gut, Caroline. Sie dürfen sich offiziell als Mitglied unter Vorbehalt betrachten.«

»Wie bitte?« Sie schnappte nach Luft.

Alex war nicht ganz klar, ob sie aus Ärger darüber, nur als Mitglied unter Vorbehalt zu gelten, nach Luft schnappte, oder weil sie sich freute, für eine Mitgliedschaft überhaupt in Betracht gezogen zu werden. Er entschied sich für Letzteres.

»Voll und ganz«, sagte er lächelnd.

Sie hüstelte etwas zu künstlich und durchbohrte ihn mit ihren Blicken, die Arme über der Brust verschränkt.

»Und wieso bin ich auf einmal Mitglied unter Vorbehalt?«

Sein Lächeln verpuffte.

»Nun ja, weil ich ja noch nicht weiß, was Sie so alles über die Biologie wissen und was nicht.« Er kratzte sich lässig am Kinn.

»Ich weiß so einiges, vielen Dank für Ihr Vertrauen«, sagte sie eingeschnappt.

Alex wusste nicht, was genau sie damit meinte. Seine jüngere Schwester hatte die besten Mädchenschulen Londons besucht und von Wissenschaft keinen blassen Schimmer.

»Also gut.« Er nickte nachdenklich. Dann ging er hinüber zu dem Regal, in dem die wissenschaftlichen Abhandlungen standen, und zog ein paar Bände heraus. Mit ausladenden Schritten kehrte er zu Caroline zurück.

»Hier, eignen Sie sich diese Dinge an, und Sie werden als volles Mitglied zugelassen.«

»Wie bitte?«, wiederholte sie. Diesmal gab es keinen Zweifel: Ihre Stimme klang verärgert.

Alex setzte den Stapel schwerer Bücher am Rand des Sekretärs ab.

»Sämtliche Herren der Gesellschaft diskutieren leidenschaftlich gern relevante Themen der Biologie, vor allem solche, die in dem Magazin *Tendenzen der gegenwärtigen und avantgardistischen Gartenkultur* erscheinen. Vor langer Zeit hat niemand Geringeres als mein Herr Vater diesem Magazin den Spitznamen verpasst, unter dem es nun landläufig bekannt ist: *Beliebte Pflanzen.* Die bemerkenswertesten der von uns diskutierten Artikel verfasst ein gewisser E. S. Wilson. Außerdem haben die übrigen Herren alle bis zu einem gewissen Grad Biologie studiert oder sich zumindest intensiv damit beschäftigt. Es wäre vorteilhaft, wenn Sie mit den Grundlagen vertraut sind. Dann können Sie die Artikel verstehen, die wir besprechen, und zu den Diskussionen beitragen.«

Sie schob den Stapel Bücher von der Tischkante. Die schweren Schmöker verfehlten Alex' Zehen nur knapp.

»Nicht mit mir!«

»Ich bedauere, aber so verhält es sich nun einmal«, sagte er leise. »Jedes Mitglied muss zumindest Grundkenntnisse in der Biologie vorweisen können.«

Ihre Augen durchbohrten ihn noch immer wie Speere, und er lächelte.

»Keine Sorge, die Prüfung wird nicht zu schwer ausfallen.«

»Sie sind unerträglich«, brummte sie. »Deshalb haben Sie auch so wenig Mitglieder. Sie sind viel zu wählerisch.« Sie schüttelte den Kopf. »Wenn man den Zugang nicht verweigert bekommt, weil man eine Dame ist, dann deshalb, weil man keine ordentliche Bildung vorweisen kann. Und Gnade dem Himmel, wenn beides zusammenkommt und eine Dame ohne ordentliche Bildung Mitglied werden möchte! Dann händigt Alex Banks, Präsident-ohne-Gleichen, ein paar Bücher aus und unterzieht die Kandidatin einer Prüfung, um zu entscheiden, ob sie in den erlauchten Kreis aufgenommen werden darf. Grundgütiger Gott!«

So wie Caroline es formulierte, klang es furchtbar rüpelhaft. So hatte er das noch nie betrachtet.

»Verzeihen Sie. Ich wollte Sie nicht beleidigen. Ich wollte nur sicherstellen, dass Sie zu den Diskussionen beitragen können, ohne sich zu blamieren, indem Sie grundsätzliche Fragen stellen.«

»Machen Sie sich keine Sorgen«, sagte sie abwinkend. »Ich weiß genauso viel über Biologie wie jeder der anderen Herren auch.«

»Na gut«, sagte er mit heiserer Stimme. »Sie sind aufgenommen.«

»Ohne Vorbehalt?«

»Selbstverständlich. Obwohl, wenn ich trotzdem dringend anraten darf ... Hören Sie schon auf, die Augen zu verdrehen, ich meine das ernst. Sie sollten sich wirklich mit E. S. Wilson und seinen zuletzt veröffentlichten Artikeln auseinandersetzen. In der Welt der Biologie ist er gerade der letzte Schrei.«

»In Ordnung, ich werde sie lesen«, stimmte sie zu. »Und jetzt lassen Sie uns darüber nachdenken, wie wir die Mitgliederzahl erhöhen können. Nur ein neues Mitglied ist nämlich nicht genug.«

Alex unterdrückte ein Stöhnen und ließ sich wieder auf seinen Sessel fallen. Caroline mochte ja daran Gefallen finden, sich zu überlegen, wie man neue Mitglieder für die *Gesellschaft* rekrutieren konnte, aber er hatte dafür keine Zeit. Er musste seine Zeit darauf verwenden, eine passende Braut zu finden – und zwar sehr bald.

Er lehnte den Kopf nach hinten und schloss die Augen. Er hoffte, so den lieblichen Anblick von Caroline vergessen und sich besser konzentrieren zu können.

Nach zwanzig Minuten öffnete er die Augen wieder und sah sie an. Sie hatte die ganze Zeit über ohne Unterlass geschrieben.

»Was schreiben Sie denn da?«, fragte er und unterdrückte den Impuls, sie damit aufzuziehen, dass die drei bereits vollgeschriebenen Seiten an den Anfang eines Romans erinnerten.

Sie sah ihn offen und direkt an, während sie mit den Fingern der linken Hand ihr rechtes Handgelenk massierte.

»Listen«, sagte sie, als erklärte das alles.

»Listen?«

»Ja.« Sie sammelte die Blätter ein und breitete sie vor ihm aus.

»Sehen Sie, auf diese Seite habe ich unser Ziel geschrieben: die Anzahl der Mitglieder der *Gesellschaft für Biologische Fragen* zu erhöhen. Und auf den anderen habe ich Ideen notiert, wie dieses Ziel zu erreichen sein könnte. Recherche, wenn Sie so wollen.«

Er zwinkerte verblüfft mit den Augen. Sie nahm das viel zu ernst. »Ja, fabelhaft«, krächzte er und senkte den Kopf, damit sie nicht sehen konnte, dass er über die Absurdität des Ganzen lächeln musste. Da saß er nun und versuchte einen Plan zu entwerfen, wie er in wenigen Wochen eine Frau finden konnte, und Caroline notierte beflissen allen möglichen Unsinn, wie die Mitgliederzahl einer Gesellschaft zu erhöhen war, die genug Mitglieder hatte. Welch Ironie.

»Wollen Sie mir nicht helfen?«, spornte sie ihn an.

»Und wie?«

Ihre und seine Absichten waren so gegensätzlich. Er musste eine junge Dame umwerben – keine neuen Mitglieder.

Caroline blickte ihn unverwandt an und schürzte ihre Lippen auf eine Art, die ihm direkt in die Lenden fuhr, sodass er den Blick abwenden musste.

»Ich werde Ihnen nicht die ganze Arbeit abnehmen«, hörte er sie sagen und zwang sich, sie wieder anzusehen.

»Da haben Sie völlig recht.« Ihm kam eine Idee. »Dürfte ich auch etwas Papier und eine Feder bekommen?«

Auf ihren Lippen erschien ein Lächeln, das einen ganzen Raum erhellen konnte.

»Selbstverständlich.«

Sie reichte ihm die gewünschten Utensilien und rückte dann mit dem Stuhl etwas nach links.

»Warum setzen Sie sich nicht neben mich? Es gibt nur ein Tintenfass.«

So lässig wie möglich schlenderte er zu ihr hinüber. Der Stuhl, auf dem er schließlich Platz nahm, stand so nah neben dem von Caroline, dass ihr Arm beim Schreiben den von Alex streifte. Dies mochte keine allzu erotische Geste sein, aber sie reichte aus, um seine Haut zum Prickeln zu bringen.

Er tauchte die Feder in die Tinte und wollte schon anfangen zu schreiben, als er plötzlich stockte. Er musste eine Liste potenzieller Bräute zusammenstellen. Das konnte er unmöglich tun, wenn er so eng neben Caroline saß. Sie brauchte nur hinüberzusehen, und schon würde sie fragen, warum er diese *vielen* weiblichen Namen aufschrieb. Nun, das war schon einmal ein guter Grund, diese Liste jetzt nicht zu erstellen. Der andere Grund lag darin, dass er eigentlich gar keine Ahnung hatte, wen er aufschreiben sollte, und das war wahrscheinlich das ausschlaggebendere Problem.

»Sie sind ja wirklich sehr beschäftigt, Alex«, bemerkte sie nach wenigen Minuten. Ihr Tonfall klang beschwingt, und ihm schien, dass ein schwaches Lächeln um ihre Lippen spielte.

»Verzeihung«, murmelte er und blickte stirnrunzelnd wieder auf sein Blatt. Es war noch immer leer, abgesehen von einem Tintenfleck in der Größe eines halben Groschens an der Stelle, an der seine Feder in den vergangenen zehn Minuten schreibunfähig verharrt hatte.

»Mir fällt einfach nichts ein.«

»Sie haben doch selbst nach Papier gefragt. Was wollten Sie denn aufschreiben?« Sie setzte ihre Feder ab und blickte ihn fragend an.

»Namen«, antwortete er ausweichend.

»Eine ausgezeichnete Idee! Ich habe mir zwar über verschiedene *Herangehensweisen* des Anwerbens Gedanken gemacht, aber ich habe ganz vergessen, *wen* wir konkret kontaktieren sollten.«

»Mir fällt leider auch niemand ein«, gab er zu.

»Das sehe ich.« Mit dem Zeigefinger tippte sie auf höchst anziehende Weise gegen ihre Unterlippe. »Wie steht es mit Ihrem Freund, dem Lord Townson?«

Alex prustete laut aus.

»Der ist nicht interessiert, das versichere ich Ihnen.«

»Das wissen Sie erst, wenn Sie ihn fragen.«

Sie griff wieder zur Feder und schrieb weiter.

Er schüttelte den Kopf. Er brauchte nicht zu fragen, er kannte die Antwort bereits. Andrew, Lord Townson, interessierte sich ungefähr so sehr für Biologie wie Alex fürs Stricken, nämlich gar nicht. Obwohl, das stimmte so nicht ganz. Andrew war sehr wohl an biologischen Fragen interessiert, und zwar an jenen, die sich mit der menschlichen Fortpflanzung beschäftigten.

Vor nur zwei Jahren hatte Andrew Alex' Cousine Brooke geheiratet, und in Bälde erwarteten die beiden bereits ihr zweites Kind. Zum Teufel, wenn die beiden ihr Tempo beibehielten, würden sie in Windeseile ganz Rockhurst bevölkern. Vielleicht sollte er doch mit Andrew sprechen. Sein Freund könnte von einer offen geführten Diskussion über Zuchtkontrolle durchaus profitieren.

Also schrieb er Andrews Namen auf das Pergament. Es würde ihn nicht nur daran erinnern, seinen Freund zu kontaktieren. Gleichfalls würde es Caroline besänftigen, wenn sie sah, dass er wenigstens einen Namen notiert hatte.

»Gott sei Dank«, murmelte sie. »Sie haben tatsächlich einen Namen aufgeschrieben. Um wen handelt es sich?«

»Andrew.« Er stützte die Feder gegen den Rand des Tintenfasses.

»Wer?«

»Andrew Black, Lord Townson.« Er zog eine Schulter hoch, was seine Haltung etwas schief aussehen ließ. »Ich bin Ihrem Vorschlag gefolgt. Man weiß tatsächlich nicht, welche Resultate man erzielen kann, bevor man nicht mit jemandem gesprochen hat.«

»Sehr gut. Nun müssen Ihnen noch weitere Personen einfallen.«

Er lehnte sich in seinem Stuhl zurück.

»Das geht nicht.«

»Und warum nicht?«

»Weil jeder, von dem ich weiß, dass er interessiert ist, schon Mitglied ist«, sagte er schlicht.

»Nicht jeder«, wandte sie sanft protestierend ein.

Alex seufzte. »Ich habe mich doch schon entschuldigt.«

»Ist schon in Ordnung.« Sie warf ihm einen schrägen Blick zu. »Wir wollen einfach nicht mehr darüber sprechen.«

»Einverstanden.«

Er holte tief Luft und hätte beinah seine Feder entzweigebrochen, nach der er bereits wieder gegriffen hatte. Carolines Haar roch nach Lavendel. Er hatte stets behauptet, dass dieser Duft eines Mannes Verderben hervorrufen könnte. Und er bezweifelte nicht, dass das auf Carolines Haar zutraf. Er atmete erneut ein und ließ das liebliche Aroma durch seine Nase ziehen. Vielleicht sollte seine zukünftige Frau gut riechen ... Beinah hätte er verächtlich geschnaubt. Ihm blieb nur ein Monat, um eine Frau zu finden. Er hatte keine Zeit, sich mit solchen Einzelheiten wie ihrem guten

Duft aufzuhalten. So lange sie nicht stank, würde sie schon gut genug riechen. Himmel, um wen sollte er nur werben?

»Und, an welche Damen denken Sie?«, fragte Caroline nach einer kurzen Weile.

Alex erstarrte. Wusste sie etwa, dass er über potenzielle Bräute nachdachte?

»Verzeihung?«

»Es gibt sicher so einige Interessentinnen«, erklärte sie. »Ich glaube nicht, dass ich die einzige Vertreterin des schönen Geschlechts bin, der eine Mitgliedschaft bislang verwehrt wurde und die entzückt wäre, wenn sie nun Zutritt erhielte.«

Da lag sie gar nicht so falsch.

»Das ist eine gute Idee. Sind Ihnen denn einige Damen, die sich für Wissenschaft interessieren, bekannt?«

»Wie sollte ich? Sie sind doch derjenige, der ihnen die Mitgliedschaft verwehrt hat«, sagte sie schulterzuckend. »Nun, um wen handelt es sich?«

Er ballte seine Hände so angestrengt zu Fäusten, dass die Knöchel weiß wurden. »Ich habe nur Ihnen und Ihrer Cousine die Mitgliedschaft verweigert. Niemandem sonst. Niemals.«

»Ich verstehe«, antwortete sie langsam. »Ich gehe davon aus, dass man mir die Mitgliedschaft gewährt hätte, wäre Olivia nicht gewesen?«

»Wahrscheinlich.« Er warf ihr ein reumütiges Grinsen zu. »Schuldig der falschen Begleitung, fürchte ich.«

Sie verdrehte die Augen und murmelte etwas, das er nicht verstehen konnte.

»Nun gut. Genug dazu. Was ist mit Lady Almay und ihrer Tochter, Lady Lucinda? Ich habe gelesen, dass die beiden große Freude daran haben, die Gärten ihrer Gastgeber zu inspizieren, wenn sie auf Festen, Bällen und ähnlichen Anlässen eingeladen sind.«

»Ja, ja«, sagte er und schrieb die beiden Namen auf.

Lady Almay und Lady Lucinda hatten tatsächlich große Freude daran, die Gärten anderer Leute zu inspizieren. Allerdings aus unterschiedlichen Gründen. Lady Almay genoss die Vegetation, und Lady Lucinda die Herren, denen sie in der Vegetation begegnete.

Er klopfte sacht mit der Feder aufs Papier und ließ seine Gedanken schweifen. Vorausgesetzt, Lady Almay hatte tatsächlich ein ehrliches Interesse an Biologie und Wissenschaft – Lady Lucindas Interesse erschien ihm eher zweifelhaft –, könnte dann die jüngere Schwester vielleicht nicht ebenfalls interessiert sein? Nicht, dass das jetzt so entscheidend wäre. Er musste eine Dame – irgendeine – heiraten, und wenn sie sich für Wissenschaft begeisterte, wäre das nicht mehr als eine positive Nebensächlichkeit. Allerdings könnte es extrem hilfreich sein, wenn seine Zukünftige die Wissenschaft entweder schätzte oder wenigstens im Umfeld von Menschen, die sich damit beschäftigten, aufgewachsen wäre. Dann wüsste sie wenigstens, was sie in der Ehe mit ihm zu erwarten hatte. Das machte Lady Lucinda und ihre Schwester so perfekt – die beiden hatten ihre Mutter sicherlich oft über Wissenschaft sprechen hören.

Stirnrunzelnd blickte er auf die Feder. Wie lautete der Name von Lady Lucindas Schwester? Er war sich ziemlich sicher, dass er mit einem C begann. Aber an mehr erinnerte er sich nicht. Catherine? Caitlin? Christine? Nein, keiner dieser Namen klang zutreffend. Er blickte auf Caroline und schüttelte den Kopf. Nein. Lady Almays Tochter hieß nicht Caroline, aber diese hier – die Caroline neben ihm – kannte wahrscheinlich ihren Namen. Ob er es wagen durfte, sie zu fragen? Nein, besser nicht. Er war sich sowieso nicht ganz sicher, wie alt Catherine oder Caitlin oder Christine oder wie auch immer sie heißen mochte, tatsächlich war. Er nahm an, dass sie dieses Jahr ihr Debüt in der Gesellschaft gehabt hatte, aber er war sich eben nicht sicher und wollte Caroline zu keinen neugierigen Fragen anregen.

Stattdessen schrieb er ein riesiges C, gefolgt von ein paar Kritzeleien, gefolgt von einem T und ein paar weiteren Kritzeleien. Das reichte. Er würde schon wissen, wer gemeint war.

Er schloss die Augen und lauschte dem Ticken der Wanduhr, die das Voranschreiten der Sekunden rhythmisch mit dem Kratzen von Carolines Feder verband. Ein wahrlich einschläfernder Rhythmus, so friedlich und ruhig, gerade einmal die Andeutung eines sanften Geräusches. Er rieb sich die Augen. Er musste an potenzielle Bräute denken und durfte sich nicht der entspannenden Atmosphäre in der Bibliothek hingeben.

Er kniff die Augen noch fester zu und versuchte, Bilder der letztjährigen Debütantinnen aus seiner Erinnerung hervorzukramen. Aber nicht ein einziges Bild wollte erscheinen. Er sah nur Caroline. Und nicht nur, weil sie direkt neben ihm saß. Er erinnerte sich an das blaue Kleid, das sie trug, als sie damals das Treffen in der *Gesellschaft für Biologische Fragen* besuchen wollte, und daran, wie perfekt es zu ihren wunderschönen blauen Augen gepasst hatte.

Wenn er es sich genau überlegte, hatte sie sich überhaupt nicht verändert. Sie sah noch genauso aus, wie er sie in Erinnerung hatte. Das rabenschwarze Haar war zu einer eleganten und aufwendigen Frisur arrangiert, die seine lange Pracht und herrlichen Locken betonte, und alabasterfarbene Haut umhüllte ihre lieblichen Gesichtszüge.

Als er ihr das erste Mal begegnet war, war es ihm schwergefallen, sich auf seine Aufgaben zu konzentrieren, so wie jetzt. Allein ihre schiere Anwesenheit lenkte ihn enorm ab.

»Sie könnten Olivia fragen«, sagte Caroline und erschütterte ihn damit bis ins Mark. Das bereitete seinen süßen Tagträumen ein Ende. Niemals würde er Lady Olivia fragen, ob sie ihn heiraten wollte.

»Ich glaube nicht, dass das eine gute Idee ist«, gab er sacht zu bedenken und versuchte, durch verstärktes Blinzeln das Bild von Olivia vor seinem inneren Auge zu vertreiben.

»Wahrscheinlich haben Sie recht. Sie würde nur alle anderen Mitglieder vergraulen. Dann stünden Sie schlechter da als jetzt.«

»Ganz genau«, stimmte er ihr zu und entspannte sich wieder. Sie hatte über die Mitgliedschaft gesprochen, nicht über die Hochzeit. Er musste ruhiger werden, sonst würde er sich noch verhaspeln. Abgesehen davon würde es Lady Olivias Name niemals auf diese Liste schaffen, auch wenn es nur um die Aufnahme in die *Gesellschaft* ging.

Caroline lachte glockenhell. Das reichte, um seine Aufmerksamkeit in Beschlag zu nehmen. Sie war eine hübsche junge Lady, das musste er zugeben. Er konnte absolut nicht verstehen, warum Marcus ihn mit ihr allein gelassen hatte.

»Ich habe ein ganzes Vertragswerk geschrieben, und Sie haben gerade einmal vier Wörter zustande gebracht«, sagte sie mit leicht tadelndem Kopfschütteln.

»Entschuldigung, aber ich bin noch nicht ganz fertig.« Er hoffte, er müsse nicht noch mehr sagen.

»Das ist schon in Ordnung. Wie sieht es mit Ihren Cousinen aus?«

Dieser Vorschlag überrumpelte ihn derart, dass er sich beinah verschluckte. Seine drei Cousinen Brooke, Madison und Liberty interessierten sich nicht die Bohne für Wissenschaft, genauso wenig wie ihre Männer.

»Nicht interessiert, leider.«

»Schreiben Sie sie schon auf«, sagte sie und klopfte mit ihrer Feder fordernd auf sein Papier. »Sie nehmen lediglich an, dass sie nicht interessiert sind. Wie gesagt, um es genau zu wissen, müssen Sie sie schon fragen.«

O nein, er war sich ziemlich sicher, dass keine dieser sechs Personen daran interessiert war, ihn zu heiraten. Aber um ihr erneut einen Gefallen zu tun, schrieb er auch diese Namen auf.

»Das ist doch mal ein Anfang.« Sie steckte eine ihrer langen dunklen Ringellocken hinter das rechte Ohr. »Sie haben neun Namen. Aber Sie gehen davon aus, dass sechs dieser Kandidaten gar kein Interesse an einer Mitgliedschaft haben. Also brauchen Sie noch weitere Personen.«

Alex wollte nur noch stöhnen. Natürlich brauchte er mehr Namen! Von den neun Kandidaten qualifizierten sich gerade einmal zwei als potenzielle Bräute. Und selbst dieses Potenzial hing an einem seidenen Faden. Der Umgang mit dem schönen Geschlecht war ihm nie leichtgefallen. Niemals. Entweder stießen sich die Damen an seinem Wissensdrang oder sie waren von seiner Intelligenz eingeschüchtert oder allgemein ablehnend, noch bevor sie ihn überhaupt kennengelernt hatten. Sämtliche der wenigen Versuche, einer jungen Dame näherzukommen, hatten nicht gut geendet. Aus Gründen, die er weder erklären noch begreifen konnte, kam er mit nonverbalen Reaktionen schlecht klar. Er wusste nicht, wie er Gesichtsausdrücke beziehungsweise »unausgesprochene oder angedeutete Botschaften«, wie seine Mutter es nannte, interpretieren sollte. Letzten Endes war es ganz einfach: Solange sein Gegenüber nicht geradeheraus sagte, was er oder sie dachte, hatte er absolut keine Ahnung, was in ihm oder ihr vorging.

In Männergesellschaft war es leichter für ihn, hier betrachtete er jeden mehr oder weniger als alten Freund. Er konnte seinesgleichen Geselle oder Kumpel nennen und die Gespräche mit Witzen oder Floskeln bestreiten. Diese Vorgehensweise hatte während seiner Ausbildung und in gesellschaftlicher Runde stets funktioniert, ja, man schien ihn in dieser Rolle sogar mehr zu akzeptieren. Aber mit dem weiblichen Geschlecht konnte er so nicht umgehen. Er konnte die Damen ja schlecht altes Haus oder Kumpel nennen. Oder einfältig mit ihnen herumalbern. So funktionierte das einfach nicht.

»Bald ist es Zeit fürs Abendessen«, informierte Caroline ihn. »Bleiben Sie doch noch nach dem Essen, und wir setzen unsere Arbeit fort.«

Er wollte ihr gerade antworten, dass das unmöglich war, als es an der Tür klopfte.

»Das Essen wird gleich serviert!«, rief Marcus.

»Danke dir, Marcus!«, rief Caroline atemlos und klaubte schnell die schweren Schmöker auf, die sie von der Tischplatte geschoben hatte.

»Wir sind in einer Minute bei euch. Ich bin fertig, aber Alex noch nicht.«

»Wie bitte?«, rief Marcus aufgebracht und öffnete die Tür einen Spaltbreit.

»Caroline, raus jetzt. Und Alex, glaub bloß nicht, dass du einfach so abhauen kannst. Ich muss mit dir sprechen. Ich werde in zwei Minuten hineinkommen.«

Alex und Caroline wechselten vielsagende Blicke. Alex und Marcus hatten in Eton beinah fünf Jahre lang ein Zimmer geteilt, aber Alex hatte nie erlebt, dass Marcus laut geworden war. Irgendetwas stimmte nicht.

Caroline legte die Bücher ab und verließ schweigend die Bibliothek.

Genau einhundertzwanzig Sekunden nach seiner Ankündigung betrat Marcus den Raum.

»Ich habe dir *nicht* erlaubt, sie zu verführen«, zischte er.

Alex verschränkte die Arme.

»Habe ich auch nicht.«

Marcus mahlte mit dem Kiefer.

»Und *was* hast du dann getan?«

»Wir haben gemeinsam an einem wissenschaftlichen Projekt gearbeitet. Sieh, hier!«

Er ging zum Sekretär und zeigte Marcus den Stapel Blätter, den Caroline zurückgelassen hatte, als sie davongehuscht war.

Marcus blinzelte, stöhnte laut auf und warf die Blätter auf das Sofa.

»Da habt ihr also wirklich an einem wissenschaftlichen Projekt gearbeitet«, sagte er schleppend. Er fuhr sich mit der Hand übers Gesicht. »Warum?«

Jetzt war es an Alex, verwundert zu blinzeln.

»Weil du vorgeschlagen hast, sie könnte mir bei einem Experiment behilflich sein. Wobei ich sagen muss, dass es wegen ihrer Anwesenheit weitaus schwieriger war, das Experiment voranzutreiben.«

Marcus stützte sich gegen die Rückenlehne eines Stuhls und starrte Alex an.

»Sag mir nicht, du hast ihr gesagt, um was es geht.«

»Nein, habe ich nicht. Ich habe ihr gesagt, ich müsse die Anzahl der Mitglieder der *Gesellschaft für Biologische Fragen* erhöhen.«

Marcus schüttelte den Kopf.

»Ich frage mich, wer von euch beiden begriffsstutziger ist.«

»Sie«, antwortete Alex automatisch. »Sie hat es für bare Münze gehalten und sich Methoden ausgedacht, wie ich neue Kandidaten gewinnen könnte. Während ich eine Liste mit möglichen Bräuten erstellt habe.«

Er gab Marcus die Liste.

»Nein, Alex.« Marcus überflog das Papier. »Mir scheint, dass du mit dem Titel *Begriffsstutzigster Mann, der jemals gelebt hat* auf die Welt gekommen bist.«

»Was soll das denn heißen?« Alex lockerte mal wieder seine lästige Krawatte.

Marcus zuckte mit den Schultern.

»Du bist viel begriffsstutziger als sie. Warum ist die Hälfte der Namen männlich?«

»Ignorier die einfach«, sagte Alex unwirsch. »Ach so, und die meiner Cousinen auch. Ich musste sie aufschreiben, weil Caroline dachte, ich erstellte eine Liste potenzieller Mitglieder.«

»Ich hoffe doch stark, dass das auch der Grund ist, warum Lady Almay es auf die Liste geschafft hat«, foppte Marcus ihn.

Alex stieß einen Seufzer aus, fuhr sich durch die Haare und riss kurz an ihnen.

»So ist es«, blaffte er zurück. »Aber ihre beiden Töchter sind Möglichkeiten.«

»Lady Lucinda und Lady Ca ... C irgendetwas?« Ein Lächeln spielte um Marcus' vernarbte Lippen.

»Jawohl. Lady Almays andere Tochter.«

»Ach so.« Marcus nickte verständnisvoll. »Ich glaube, sie heißt Christina, aber ein Einsiedler wie ich kann sich da auch irren.«

Alex grinste. Jetzt kannte er den Namen.

»Alex«, setzte Marcus wieder an, »der Grund, warum ich glaube, dass du der Begriffsstutzigere von euch beiden und überhaupt der begriffsstutzigste Mensch ganz Englands bist, ist der, dass du mehr als eine Stunde in diesem Raum gesessen hast und dir nur zwei weibliche Namen eingefallen sind.« Er humpelte zum Sekretär und schrieb mit Carolines Feder auf Alex' Papier.

»Während ich weniger als zehn Sekunden brauchte, um an die perfekte Kandidatin zu denken. Jemanden, den du noch nicht einmal auf deiner Liste stehen hast.«

Er gab Alex das Papier zurück und verließ die Bibliothek.

Um nicht zu ungeduldig zu wirken, wartete Alex, bis Marcus den Korridor hinuntergegangen war, bevor er sich das Papier besah. Nachdem er es einmal gelesen hatte, blinzelte er verdutzt und las es ein zweites Mal.

~~Andrew~~
~~Lady Almay~~
~~Lady Lucinda Almay~~
~~Lady Cmmmtmmm (Namen vergessen) Almay~~
~~Brooke~~
~~Benjamin~~
~~Madison~~
~~Paul~~
~~Liberty~~
Caroline Sinclair

Kapitel 4

Caroline flog förmlich die Treppen hinauf. Sie konnte überhaupt nicht verstehen, warum Marcus auf einmal so aufgebracht gewesen war. Das musste sie später unbedingt herausfinden. Für den Moment galt es, sich mit Olivia auseinanderzusetzen, deren lautes Gebrüll schon unten an der Treppe zu hören gewesen war.

»Was ist denn hier los?« Caroline öffnete die schwere Eichentür von Olivias Zimmer.

»*Sie* ist so unnütz!«, keifte Olivia und zeigte auf Nettie, ihre Zofe. In Caroline regte sich sofort Mitleid für die arme Nettie.

»Was ist passiert?«, fragte sie.

»Sie versteht absolut gar nichts von Mode. Abgesehen davon tut sie nicht das, was ich ihr auftrage«, klagte Olivia und reckte ihr Kinn nach oben.

Caroline sah zu Nettie. Das Gesicht des Dienstmädchens war kalkweiß. Neben Nettie saß Emma Green, eine alte Freundin der Familie, deren goldblondes Haar und grüne Augen Caroline immer wieder aufs Neue bewunderte. Gerade eben kratzte Emma sich wie zufällig an der Nase – das geheime Zeichen, um anzudeuten, dass Olivia log.

»Was hat sie dir aufgetragen?«, fragte Caroline vorsichtig und warf Nettie einen entschuldigenden Blick zu.

Olivia deutete auf einige Schmuckfedern auf ihrem Schminktisch.

»Sie weigert sich, mir die Federn ins Haar zu stecken«, klagte Olivia schmollend.

Caroline sah wieder zu Nettie, die bedächtig nickte. Caroline schluckte. Sie wusste nicht, wen sie was fragen sollte.

Emma hustete leise.

»Das Problem scheint mir darin zu bestehen, dass Olivia Nettie aufgetragen hat, ihr *sämtliche* Federn ins Haar zu stecken.«

»Und was ist daran das Problem?« Olivia stampfte mit einem Fuß auf und starrte wütend auf Emma.

Emma biss sich auf die Lippe und sah zur Seite. Die Arme! Vermutlich wollte sie Olivia nicht die Wahrheit ins Gesicht sagen. Sieben Federn gleichzeitig auf dem Kopf zu tragen, das war wirklich etwas zu viel des Guten. Drei, eventuell auch vier, aufeinander abgestimmt und passend zur Farbe ihres Abendkleids würden sicher gut aussehen. Aber Olivia hatte jede einzelne Farbe des Regenbogens vor sich ausgebreitet (obendrein auch noch in der richtigen Reihenfolge) und erwartete von Nettie, dass sie ihr die ganze Palette ins Haar steckte.

»Wie wäre es mit einem Kompromiss«, schlug Caroline vor, wohl wissend, dass man ihren Einwand ignorieren würde.

Olivia bestätigte diese Einschätzung prompt.

»*Ein Kompromiss!*«, äffte sie lautstark. »Ich bin Lady Olivia Sinclair, Tochter des fünfzehnten Grafen von Sinclair und Schwester des sechzehnten. Sie hingegen ...«, und sie zeigte mit einem ihrer fetten Finger auf Nettie, »ist eine einfache Dienstmagd. Und deshalb habe ich das Recht, ihr zu sagen, was sie wann zu tun hat. Und deshalb wirst du jetzt sofort diese verdammten Federn in mein Haar stecken. Sofort!«

Nettie machte Anstalten, zu Olivia hinüberzugehen, aber Caroline berührte sie kurz am Arm.

»Nein, das wird sie nicht. Sie ist auch meine Zofe, und ich benötige ihre Dienste jetzt. Für heute hast du sie lange genug in Beschlag genommen. Ich bin dran. Komm, Nettie.«

»O nein, das wirst du nicht.« Olivia drehte völlig durch und stampfte mit dem Fuß so stark auf, dass die Dielen quietschten.

»Es mag ja sein, dass wir eine Zofe teilen. Und es mag auch sein, dass wir denselben Nachnamen tragen. Aber rangmäßig bist du mir unterlegen, Caroline. Ich bin *Lady* Olivia. Wenn es meine Familie nicht gäbe, dann würdest du jetzt in einem Bordell schlafen.«

Carolines Herz raste vor Wut. Immer wenn sie Olivia die Stirn bot, erinnerte die sie an ihre Vergangenheit.

»Es besteht kein Grund für Gemeinheiten.« Emma schaltete sich ein und ergriff Partei für Caroline. »Ja, dein Vater mag großzügig gewesen sein, indem er Caroline bei sich aufnahm. Aber er hat ihr auch seinen Namen gegeben, und das bedeutet, dass sie vor dem Gesetz die Tochter eines Grafen und dir ebenbürtig ist, auch wenn sie nicht denselben Ehrentitel wie du trägt.«

»Von mir aus. Aber du bist mir ganz sicher *nicht* ebenbürtig«, höhnte Olivia.

»Das reicht jetzt.« Caroline ging zu Emma und hakte sich bei ihr unter. Olivias Bemerkung mochte Emma nicht beleidigt haben, aber wenn sie noch länger in diesem Zimmer blieben, würde Olivia mit Sicherheit noch etwas Beleidigenderes sagen. Das war so sicher wie die Tatsache, dass die Sonne jeden Morgen aufging.

»Gehen wir«, sagte sie zu Emma und Nettie.

»Und wer frisiert meine Haare?«, jammerte Olivia und hielt Nettie am Ärmel fest.

»Du selbst«, antwortete Caroline und befreite Netties Kleid aus Olivias Klauen. »Ich brauche ihre Hilfe.«

Olivia schob die Unterlippe nach vorn und zog mürrisch ihre Augenbrauen zusammen.

»Das ist nicht *gerecht!*« Das letzte Wort betonte sie, indem sie erneut mit ihrem bestrumpften Fuß aufstampfte, dieses Mal so stark, dass einer der Dielenbalken zersplitterte. »Du hast keinen Verlobten, den du beeindrucken musst, so wie ich.«

Caroline musste sich zwingen, nichts zu sagen und weiterzugehen, ohne der Versuchung nachzugeben, sich umzudrehen und etwas Unfreundliches zu erwidern.

»Nettie, du kannst gehen«, murmelte Caroline, sobald sie weit genug von Olivias Zimmer entfernt waren.

»Vielen Dank«, sagte Nettie und eilte davon.

»Wie hältst du das nur aus?«, fragte Emma, während die beiden die Treppe hinuntergingen.

Caroline zuckte mit den Schultern.

»Ich lebe seit beinah vierzehn Jahren mit ihr unter einem Dach. Ich habe mich wohl an sie gewöhnt, nehme ich an«, log sie. Niemand mit einem funktionsfähigen Verstand würde sich je an ein solches Betragen gewöhnen. Aber wenn man keine andere Wahl hatte, musste man eben lernen, sich zu arrangieren.

Beinah hätte Caroline Emma dieselbe Frage gestellt, besann sich dann aber doch eines Besseren. Emmas Privatleben ging sie nichts an. Emma war sechsundzwanzig, hatte nie geheiratet und hasste es, für die Gesellschaftssaison nach London zu fahren. Caroline nahm an, dass das daran lag, dass Emmas Schwester Louise sich in London aufhielt, zusammen mit ihrem verdorbenen Ehemann.

Vor zwölf Jahren war Louise mit Marcus verlobt gewesen, aber kurz nach seinem Unfall brach sie den Vertrag und heiratete einen aalglatten, unsympathischen Herzog, der mehr Geld besaß als die Bank von England, diverse Privilegien genoss – und Emma abgrundtief hasste. Wahrscheinlich deshalb, weil Emma versucht hatte, Louise davon abzuhalten, dass sie Marcus wegen ihm fallen ließ. Oder weil Emma selbst seinen amourösen Avancen widerstanden hatte. Caroline wusste nicht, welche Version wirklich stimmte, und zu fragen schien ihr nicht angemessen. Ihr war nur wichtig, dass Emma weiterhin ihre Freundin und so etwas wie eine ältere Schwester blieb, so wie sie es die vergangenen vierzehn Jahre über gewesen war.

Allerdings wäre es gelogen zu behaupten, dass sie sich nicht schon manchmal gefragt hatte, warum Emma noch immer vorbeikam. Es schien merkwürdig, wenn man in Betracht zog, was ihre Schwester Marcus angetan hatte. Aber Emma hatte niemanden außer Louise, und wahrscheinlich zahlte sie nur allzu gern den

Preis, mit Olivias unerträglichen Stimmungen und der Verachtung, die Marcus ihrer Schwester entgegenbrachte, umzugehen, wenn sie so im Gegenzug der Einsamkeit entkommen konnte.

Eine Weile hatte Caroline geglaubt, Emma verfolgte vielleicht romantische Absichten mit Marcus, aber sie hatte keine Beweise für ihre Theorie finden können. Und wie jeder seriöse Wissenschaftler – oder jede seriöse Wissenschaftlerin – weigerte Caroline sich, an etwas zu glauben, für das es keine Beweise gab. Sie nahm an, dass Emma einfach nur einsam war und Carolines Gesellschaft schätzte.

Die Tür zum Salon stand einen Spaltbreit offen, und Caroline und Emma traten ein. Sobald sie Alex erblickte, wollte Caroline ihre Manieren umgehend zum Fenster hinauswerfen.

Der Gentleman, der dort am Kamin saß – ja, er blieb auch tatsächlich sitzen –, war genau der Alex Banks, den sie vor vier Jahren in London in der *Gesellschaft für Biologische Fragen* kennengelernt hatte. Seine Krawatte saß schief, und seit sie ihn in der Bibliothek zurückgelassen hatte, waren diverse Tintenflecke auf seine Ärmel und Finger getropft. Sein braunes Haar, das etwas länger war als es der Mode entsprach, stand wirr in alle Richtungen. Seine Brille saß vorne auf der Nasenspitze und war leicht nach rechts gerutscht. Fast jeder würde meinen, dass er in diesem Aufzug seine Privatgemächer nicht hätte verlassen sollen, aber Caroline fand, dass er auf seine unordentliche Weise ganz besonders attraktiv aussah.

»Haben Sie die Arbeit an dem Experiment fortgesetzt?«, fragte sie sofort und setzte sich ihm gegenüber.

Seine Augen weiteten sich für einen Moment.

»Jawohl.« Seine Stimme klang etwas scharf.

»Gut. Mir gefällt es nämlich gar nicht, die ganze Arbeit allein erledigen zu müssen.« Caroline machte es sich in dem Sessel bequem.

Alex schielte kurz zu Marcus, der wie immer in der entferntesten und dunkelsten Ecke saß, sodass sein Gesicht nur halb von dem ohnehin schwachen Licht der Lampe beschienen wurde.

»Das werden Sie nicht, ich verspreche es.« Einer seiner Mundwinkel verzog sich nach oben.

Emma setzte sich neben Caroline, der daraufhin einfiel, dass sie ganz vergessen hatte, die beiden einander vorzustellen.

»Alex, darf ich Ihnen Emma Green vorstellen? Sie ist eine enge Freundin von mir. Emma, das ist Mr Alex Banks, Olivias Verlobter.«

Aus Alex' Kehle drang ein hilfloses Röcheln, und Caroline spürte den höchst eigenartigen Drang, ihm auf den Rücken zu klopfen. Allerdings geziemte es sich nicht für sie, ihn anzufassen, also blickte sie zu Marcus in der Hoffnung, dass er einschreiten würde. Aber Marcus wich ihrem Blick aus. Ein leichtes Pink überzog sein Gesicht, und es schien ihm Mühe zu bereiten, seine vernarbten Lippen geschlossen zu halten. Caroline kam es so vor, als wollte er Haltung bewahren. Sie runzelte die Stirn. Was war nur los mit ihm? Nicht mit Alex, sondern mit Marcus. Warum amüsierte es ihn, dass sein Gast beinah erstickte? Grundgütiger, nun war es also offiziell: Marcus war verrückt.

»Vielleicht solltest du ihm helfen«, murmelte Emma.

In ihren grünen Augen funkelte etwas, das Caroline nie zuvor gesehen hatte und nicht einordnen konnte. Sie wandte den Blick ab und eilte Alex zu Hilfe.

»Alles in Ordnung?«

Sie biss sich auf die Lippe, unsicher, ob es hilfreicher wäre, ihm auf den Rücken zu klopfen oder ihm die Krawatte aufzubinden.

»Ja, alles in Ordnung«, sagte er mit gepresster Stimme und hielt eine Hand nach oben. »Nur ein kleiner Hustenanfall.«

»Sind Sie sich sicher?«

»Ja, durchaus.«

Caroline setzte sich wieder neben Emma.

»Für einen Moment dachte ich wirklich, er würde ersticken«, flüsterte sie.

»Würdest du das nicht wollen, wenn du Olivias Verlobter wärst?«, fragte Emma. »Was mich betrifft, ich würde lieber ersticken, als sie zu heiraten.«

Caroline konnte ein leichtes Kichern nicht unterdrücken, und Emma musste ebenfalls grinsen.

»Meine Damen«, sagte Marcus warnend.

»Verzeihung«, antworteten beide gleichzeitig.

Caroline riss sich zusammen so gut sie konnte, was ihr allerdings extrem schwerfiel.

Sie sah wieder zu Marcus, der in seinem Sessel lümmelte und die Beine von sich streckte. Das Leben hatte ihm übel mitgespielt. Im Alter von siebzehn Jahre erlitt er einen Unfall, der ihn entstellte und alle seine Zukunftspläne veränderte. Der Bruch seines linken Beins war so kompliziert, dass er nie ganz verheilte und Marcus seitdem humpelte. Narben überzogen sein ehemals so hübsches Gesicht, die linke Hälfte war besonders schlimm getroffen. Man hatte ihr nie gesagt, was genau passiert war, noch kannte sie die genaue Dimension der Verletzungen. Die Narben zogen sich bis unter seine Krawatte, und Caroline hatte sich oft gefragt, ob sie auch den Oberkörper bedeckten, da seine Hände ebenfalls vernarbt waren. Aber auch danach geziemte es sich nicht für sie zu fragen.

Nach dem Unfall und der aufgelösten Verlobung hatte er sich zurückgezogen, um den Scherzen und abfälligen Bemerkungen über die grauenhaften Folgen des Unglücks, die überall im Umlauf waren, zu entgehen. Und nun musste er als Vormund für zwei junge Frauen fungieren, von denen eine schier unerträglich war. Aber Marcus war anders als die meisten. Besser. Zwar hatten Olivia und er sich nie besonders nahegestanden, aber er hatte sich immer bemüht, nur die besten Entscheidungen für sie zu treffen.

Als vor wenigen Jahren ihre Mutter verstorben war, hatte er Olivias unausstehliches Jammergeschrei ohne auch nur ein einziges gereiztes Wort erduldet. Er hatte sie an seiner Schulter weinen lassen und mehr Tränen getrocknet, als es einem Menschen jemals zugemutet werden sollte. Als dann im vergangenen Jahr Onkel Joseph, der ehemalige Lord Sinclair, starb, hatte Olivia sich erneut wie eine Irre aufgeführt. Schreien, Geheule, Wutanfälle. Es war der reinste Wahnsinn, und Caroline konnte damit einfach nicht umgehen. Nicht so Marcus. Ganz der pflichtbewusste ältere Bruder, hatte er erneut alles toleriert.

Er hatte Caroline einmal gesagt, dass er Olivia vielleicht nicht verstand, aber dass sie nun einmal seine Schwester war und dass dieses Band zwischen ihnen nicht durchtrennt werden konnte, was auch immer Olivia anstellen mochte. Das hieß nicht, dass er sich nicht über sie ärgerte. Das tat er sogar sehr oft. Mehr als nur einmal hatte Caroline mitbekommen, wie Marcus ihr scharfe Vorhaltungen wegen ihrer Selbstsucht und Grausamkeit machte. Er hatte sie auch des Öfteren angemessen bestraft. Leider schien bei ihr nichts zu fruchten, und ihr unangenehmes Wesen änderte sich nicht.

»Ob Olivia sich heute Abend noch zu uns gesellen wird?«, fragte Marcus abrupt und riss Caroline aus ihren Gedanken.

»Als ich sie das letzte Mal sah, konnte sie sich nicht entscheiden, was sie anziehen sollte«, informierte Caroline ihn.

Emma schüttelte den Kopf und beugte sich nach unten, um ihre Schuhe neu zu schnüren.

»Um was geht es bei Ihrem Experiment, Mr Banks?«

»Es ist gar kein richtiges Experiment«, erläuterte er. »Caroline hat sich bereiterklärt, mir dabei zu helfen, die Mitgliederzahl einer Gesellschaft, der ich als Präsident vorstehe, zu erhöhen.«

Emma nickte anerkennend. »Das ist sehr freundlich von ihr. Ich glaube, ich höre Olivia.«

»Gut.«

Marcus verlagerte seine Sitzposition.

Kurz darauf betrat Olivia hinkend und stöhnend den Salon und verschlug mit ihrem Auftritt allen Anwesenden die Sprache.

»Guten Abend«, flüsterte sie heiser.

Ohne mit der Wimper zu zucken, starrte Caroline auf ihre Cousine. Sie hatte ein Kleid angezogen, dessen Farbe nur mit der einer Limettenschale zu beschreiben war. Auf ihrem Kopf hatte sie alle sieben Federn befestigt, und sie hatte die Lippen und Wangen in einem ungewöhnlichen Rot geschminkt, das sich mit dem Ton ihrer Haare biss. Um den Hals hatte sie mindestens ein Dutzend Ketten geschlungen, teils aus Perlen, teils einfach nur aus Gold, während noch andere aus protzigen Diamanten oder Smaragden gefertigt waren.

Caroline schluckte. Es wäre unhöflich, Olivias Aufmachung überhaupt nicht zu kommentieren, also musste sie irgendetwas finden, das sie loben konnte. Sie musterte Olivia von Kopf bis Fuß und stieß ein innerliches Stoßgebet zum Himmel, als ihr Blick auf eine große Schmetterlingsbrosche aus Opal fiel. Sie war gerettet. Sie räusperte sich und hielt dann inne. War diese Brosche vielleicht etwas zu schwer für das Kleid? Sie blinzelte. Nein, sie irrte sich nicht. Wenn sie den oberen Rand von Olivias linker Brustwarze sehen konnte, dann war das ein eindeutiges Zeichen dafür, dass diese Brosche zu schwer für das Kleid war. Zu schade. Es wäre einfach perfekt gewesen. Jetzt konnte sie natürlich kein Kompliment mehr darüber machen, denn damit würde sie aller Augen auf Olivias ausladenden Busen und ihre Brustwarze lenken.

Caroline sah zur Seite und musste unangenehm berührt schlucken. Am besten wäre es ohnehin, sie würde nur auf Olivias Schuhe sehen, die wahrscheinlich ohnehin ihr, Caroline, gehörten und dann bemerken, dass sie chic aussahen. Sie richtete ihren Blick zu Boden und japste nach Luft.

»Was ist passiert?«

Perplex starrte sie auf die Füße ihrer Cousine. Einer von Olivias Füßen war mit so viel Leinen umwickelt, dass man davon glatt ein ganzes Laken hätte nähen können.

Olivia hob den Fuß an.

»Ich muss mir den Fußballen gebrochen haben«, sagte sie mürrisch.

»Das kommt sicher vom Aufstampfen«, flüsterte Emma.

Caroline nickte. Zu mehr war sie nicht in der Lage. Weder konnte sie Emma auch nur mit einem zusammenhängenden Satz antworten, noch den Blick von dem riesigen, übertriebenen Verband an Olivias Fuß wenden. Sie war wie unter Schock. War Olivia auf *Mitgefühl* aus? Von Caroline würde sie es jedenfalls nicht bekommen.

Wie versteinert wandte sie sich Alex zu. Sie musste einfach den Ausdruck auf seinem Gesicht sehen.

★★★

Seit Alex Olivia zum letzten Mal gesehen hatte, waren beinah zwei Jahre vergangen, und ihr Anblick bestätigte die Tatsache, dass sich Menschen verändern können. Olivia jedenfalls hatte sich definitiv verändert. Sie hatte mindestens zwanzig Kilo zugenommen. Der Stoff ihres Kleids hatte eine Farbe, die er niemals zuvor gesehen hatte, und er hätte schwören können, dass die Federn in ihrem Haar die Farben des Regenbogens repräsentierten. Er blinzelte. Er hatte sich bestimmt geirrt. Rot, Orange, Gelb, Grün, Blau, Indigo und Lila. Nein, hatte er nicht. So klar wie Sonnenlicht krönte ein Regenbogen das Haupt von Lady Olivia.

Der Mund blieb ihm offen stehen, und er konnte absolut nichts dagegen tun. Ihr war das nicht entgangen, denn sie humpelte auf ihn zu, wobei sie sich so ungeschickt bewegte, dass ihre linke Brust aus dem Miederkörbchen hüpfte. Sie kicherte, verstaute das gute Stück schnell wieder und humpelte dann weiter auf Alex zu. Die Federn auf ihrem Kopf wippten bei jedem ihrer Schritte wild hin und her.

Sie legte ihre Finger unter sein herabhängendes Kinn und drückte es mit mehr Kraft als nötig nach oben. Mit einem lauten Klacken schlugen Alex' Zähne aufeinander.

»Ich weiß, dass ich umwerfend aussehe. Aber deshalb brauchst du vor lauter Bewunderung noch lange keine Fliegen einzufangen.« Eine erneute ungeschickte Bewegung, und diesmal wagte sich die andere Brust zu weit aus dem Mieder hervor.

Sobald sie die Finger von seinem Kinn gelöst hatte, klappte Alex der Mund wieder auf.

Sie lächelte und klimperte mit den Augendeckeln, während sie ihr Mieder nach oben zog.

Er versuchte, keine Grimasse zu schneiden, aber es fiel ihm schwer; ebenso schwer fiel es ihm, das Bild zu verdrängen, das das unvorhergesehene Erscheinen ihrer Brüste hervorgerufen hatte. Aber sämtliche Bemühungen blieben vergeblich.

»Olivia«, schnauzte Marcus sie an. »Pass auf, dass diese Objekte für den Rest des Abends in deinem Kleid bleiben. Keiner von uns wünscht, sie noch einmal zu sehen.«

Olivia fuhr sich mit der Zungenspitze über die Lippen und zwinkerte Alex zu.

»Ich werde mir Mühe geben.«

»Du wirst dir besser mehr als nur Mühe geben«, sagte Marcus und benutzte exakt dieselben Worte, die Alex im Kopf herumspukten. »Wenn du mehr Stoff für dein Kleid brauchst, kannst du dir vielleicht etwas vom Verband an deinem Fuß borgen.«

Caroline und Ms Green kicherten und erregten Alex' Aufmerksamkeit. Wie war es nur möglich, dass Caroline und Olivia verwandt waren? Er schüttelte den Kopf. Das tat überhaupt nichts zur Sache. Viel entscheidender war, dass er *alles* tun würde, um Caroline und nicht Lady Olivia zu heiraten.

»Das geht nicht«, jammerte Olivia und zog seine Aufmerksamkeit wieder auf sich.

»Stimmt.« Marcus nickte. »Weil du dir den Fußballen gebrochen hast.«

»Bezweifelst du meine Aussage, Marcus?«

»Ja.«

Alex saß ganz still. Vollkommen still. Wenn er sich korrekt erinnerte, besaß Lady Olivia ein ganz furchtbares Temperament. Er befürchtete, nun die Gelegenheit zu bekommen, das mit eigenen Augen bezeugen zu können.

Marcus stieß einen Seufzer aus.

»Olivia, ich habe niemals von einer ähnlichen Verletzung gehört. Muss ich nach einem Arzt schicken lassen? Vielleicht kann er dir einfach den Fuß absägen, damit so etwas nicht wieder passiert.«

»Nein!«

Sie drehte sich hektisch um, allerdings nicht ohne zuvor ein paarmal mit den Augendeckeln in Alex' Richtung geklimpert zu haben.

»Was ich sagen wollte ist, nein, das ist nicht nötig. Ich werde den Fuß einfach ein paar Tage lang hochlegen und in meinem Zimmer ruhen. Caroline kann mir zu Diensten sein.«

Alex hätte schwören können, dass er Zähneknirschen gehört hatte, allerdings konnte er nicht mit Bestimmtheit sagen, ob das Geräusch von Caroline oder Marcus gekommen war.

»Das wird sie nicht«, antworte Marcus knapp. »Sie ist nicht dein Dienstmädchen.«

»Vielleicht sollte ich dann zur Kur nach Bath«, schlug Olivia vor.

»Gut denn, eine Kur in Bath sollst du bekommen«, stimmte ihr Bruder zu. »Aber jetzt begeben wir uns alle erst einmal in den Speisesaal.«

Alex stand auf. Am liebsten hätte er dieses verfluchte Abendessen schon hinter sich gehabt. Er hätte viel lieber neben Caroline gesessen, aber da er offiziell Olivias Verlobter war, ließ es sich wohl nicht vermeiden, dass man ihn neben ihr platzierte und er ihr die nächste Stunde über ausgeliefert sein würde. Er atmete erschöpft aus und glättete nachlässig seine linke Manschette.

»Ach, Olivia!« Marcus' Worte unterbrachen ihr lächerliches Humpeln mitten in der Bewegung. »Lass mich dich doch in den Speisesaal führen.«

»Warum?« Olivias schrille Stimme ließ Alex zusammenzucken.

»Weil mir unsere Gangart besser zusammenzupassen scheint.«

Die scherzhafte Bemerkung seines Freundes brachte Alex zum Schmunzeln. Wenigstens war Marcus in der Lage, seine Verletzungen und ihre dauerhaften Folgen auf die leichte Schulter zu nehmen. Alex war sich nicht sicher, ob er das an seiner Stelle könnte.

»Aber ich ziehe es vor, neben Alex zu sitzen.« Olivia humpelte weiter.

»Caroline wird neben Alex speisen«, sagte Marcus mit fester Stimme. »Die beiden arbeiten gemeinsam an einem wissenschaftlichen Experiment und haben einiges zu besprechen.«

Olivia verzog das Gesicht auf höchst unansehnliche Weise.

»Müsst ihr beide mir das Abendessen wirklich dermaßen vermiesen?«

»Ich befürchte, ja«, sagte Alex ohne eine Spur des Bedauerns.

»Na gut«, sagte sie spöttisch. »Ihr zwei seid die langweiligsten Langweiler, die mir jemals begegnet sind. Viel Spaß bei eurem blöden Wissenschaftsgelaber.«

Caroline rang sich ein Lächeln ab.

»Den werden wir haben.«

Alex bot ihr den Arm und sah dann zu Ms Green, die kein Geleit hatte. Er blickte zu Caroline. Sie sah ihn so merkwürdig an; er hatte keine Ahnung, was sie ihm mitteilen wollte, und er konnte sich nicht entschließen, ob er Ms Green sein Geleit anbieten sollte oder nicht.

Alex überlegte noch immer, als Marcus sich mit seiner warmen Stimme einschaltete. »Emma, wenn es dir nichts ausmacht, mit zwei Krüppeln zu gehen, wäre es mir eine Ehre, dich zum Abendessen führen zu dürfen.«

Erleichtert darüber, dass sich das Problem von selbst gelöst hatte, führte Alex Caroline durch die Tür und den Korridor hinunter. Die ganze Zeit dachte er dabei nur an eines: Was konnte er anstellen, um sie zur Frau zu gewinnen?

Kapitel 5

Alex wusste, ihm blieben knapp zwei Wochen Zeit, um Caroline den Hof zu machen und sie so weit zu bringen, dass sie seinen Antrag annahm. Das war nicht sehr viel. Seinem Freund Andrew hatten zwei Wochen ausgereicht. Aber Andrew war Andrew und Alex war Alex. Kurz gesagt, sie waren in fast allen Bereichen das genaue Gegenteil.

Alex kicherte. Als er Olivia vor zwei Jahren zum letzten Mal gesehen hatte, hatte Andrew ihm erzählt, dass Olivia ihm tatsächlich einen Antrag gemacht hatte. Zu schade, dass sein Freund seiner Gefühle für Brooke wegen den Antrag abgelehnt hatte. Das hätte die Situation, in der Alex sich nun befand, auf so angenehme Weise geregelt. Er blickte hinüber zu Caroline. Sie schien sehr freundlich zu sein. Ja, er fühlte sich sogar zu ihr hingezogen. Sie hatte ganz klar sein Interesse gewonnen, als sie den Stapel Bücher zu Boden gefegt hatte. Aber war sie auch der Typ Frau, der sich nach nur zwei Wochen Werben zu einer Hochzeit bereit erklärte?

Für den morgigen Tag wurde Andrew auf Watson Estate erwartet. Er wollte sich Alex' Hengste ansehen. Vielleicht würde Alex seinen Stolz hinunterschlucken und ihn um ein paar Tipps bitten, wie man in kürzester Zeit eine Frau gewinnen konnte. Das war sogar eine ziemlich gute Idee. Andrew hatte größtenteils auf Watson Estate um Brooke geworben, und zwar während einer Feier, die Alex' Mutter veranstaltet hatte. Nur drei Tage vor der Hochzeit hatte das Paar das Gewächshaus besucht. Wenn das die Voraussetzung für eine übereilte Ehe war, dann würde er Caroline noch heute Abend eine Führung durch das Gewächshaus geben.

»Alex«, flüsterte Caroline und zupfte ihn am Ärmel.

»Ja?«

»Wir sind am Speisesaal vorbeigegangen.« Sie sah ihm kurz in die Augen und dann auf die Wand, gegen die er sie beide um ein Haar geführt hätte.

»Da haben Sie durchaus recht«, gab er zu und kehrte um. »Ich dachte nur, es sei nett, etwas umherzuschlendern und den anderen die Gelegenheit zu geben, uns einzuholen.«

Er hasste es, zu lügen, aber was sollte er denn sonst sagen? *Verzeih, Caroline, aber ich war so sehr damit beschäftigt zu überlegen, wie ich dich dazu kriegen kann, mich zu heiraten, damit ich nicht deine schreckliche Cousine heiraten muss, und habe darüber ganz vergessen, in den Speisesaal abzubiegen?* Seine Ehrlichkeit würde sicher nicht mit großem Enthusiasmus aufgenommen werden, dessen war er sich gewiss.

Alex musste zwinkern, als er den Speisesaal betrat. Er war an kleinere Tische gewöhnt, an denen gerade einmal die Anzahl der Personen Platz hatte, die sich auch wirklich zum Essen niederließ. Hier aber stand ein Tisch, der mindestens acht Meter lang war und an dem mindestens zwanzig Gäste, wenn nicht mehr, Platz gefunden hätten. Aber der Tisch war nur für fünf Personen gedeckt und es war eindeutig zu erkennen, wer wo zu sitzen hatte. An einem Tischende lagen drei Gedecke, eines am Kopfende, und jeweils eines zu beiden Seiten. Am anderen Ende des langen Tischs lagen zwei Gedecke nebeneinander.

Alex sah zu Caroline, die ratlos mit den Schultern zuckte.

Nur einen Moment später fanden sich auch Marcus und seine beiden weiblichen Begleiterinnen ein.

»Ich dachte«, sagte er, »ihr zwei solltet etwas abseits sitzen, damit ihr Olivia nicht mit eurem Wissenschaftsgelaber langweilt.«

Aus lauter Dankbarkeit hätte Alex Marcus fast die Füße geküsst. Aber nur fast. Ihm ging es natürlich gar nicht darum, ob Olivia sich langweilte. Vielmehr war er erleichtert, dass sie ihn nicht mit irgendwelchen ihrer furchtbaren Geschichten würde foltern können. Andrew hatte einmal die Bemerkung fallen gelassen, dass es einen Mann gut und gerne in den Selbstmord treiben könnte, Lady Olivia als Tischdame zu haben. Zumindest würde es einem Albträume verschaffen. Glücklicherweise hatte er diese Erfahrung nie persönlich machen müssen, allerdings zweifelte er nicht am Wahrheitsgehalt der Worte seines Freundes.

»Ich habe nachgedacht«, sagte Caroline, nachdem sie Platz genommen hatten und sie einen Schluck aus ihrem Weinkelch genommen hatte. »Vielleicht sollten Sie in Betracht ziehen, unter den Mitgliedern Ihrer anderen Organisationen für die *Gesellschaft* zu werben.«

»Das ist eine gute Idee«, erwiderte Alex, verwarf den Vorschlag aber insgeheim. Nicht, dass die Idee an sich nicht gut war. Sie war es, wirklich. Allerdings interessierte ihn das gerade so gar nicht.

Caroline legte ihre Gabel ab und blickte ihn mit ihren wunderschönen blauen Augen an.

»Warum nur habe ich ständig den Eindruck, dass Sie das ganze Vorhaben gar nicht ernst nehmen?«

»Aber das tue ich doch«, log er. Schon wieder. »Ich finde nur, dass das momentan keine Priorität hat.«

»Und was hätte für Sie Priorität?«

»Mehr, als die Mitgliedschaft der *Gesellschaft für Biologische Fragen* zu erweitern?«

»Ja.«

Grazil spießte Caroline mit der Gabel eine kleine Rübe auf.

»Die Bäume in meiner Orangerie«, antwortete er, diesmal wahrheitsgemäß. »Sagen Sie, mögen Sie Orangerien?«

Sie zuckte mit den Schultern.

»Ich habe bislang nur eine einzige besichtigt, als ich einmal einen Freund von Marcus besucht habe. Aber das ist schon lang her.«

»Ich muss Ihnen unbedingt meine zeigen«, sagte er mit einem breiten Grinsen.

»Wirklich?« Die Aufregung in ihrer Stimme war nicht zu überhören.

»Wirklich.« Alex trank einen Schluck Wein. »Vor ein paar Jahren wollte ich unbedingt Orangen und Zitronen züchten und überredete meinen Vater, dass er mir eine Hälfte des Gewächshauses zur Verfügung stellte, damit ich dort Zitronenbäume pflanzen konnte.«

»Faszinierend.«

Er hatte die Gabel zum Mund führen wollen, unterbrach sich aber mitten in der Bewegung. War sie sarkastisch? Es war schwer zu sagen. Er senkte die Hand mit der Gabel und starrte mit leerem Blick auf seinen Teller. Bevor Caroline und Ms Green sich zu ihnen in den Salon gesellt hatten, hatte Marcus ihm einen Ratschlag erteilt: Sprich mit ihr über Wissenschaft, aber übertreibe es nicht. Alex runzelte die Stirn. Warum musste Marcus nur so kryptisch sein?

Aber Alex nahm sich vor, etwas von Marcus' brillantem Rat anzuwenden, und richtete eine direkte Frage an Caroline.

»Wo liegen Ihre Interessen?«

Sie lächelte ihn an.

»Sie brauchen keinen Small Talk zu führen, Alex. Ich habe von verschiedenen Quellen erfahren, dass Sie eigentlich nur über Wissenschaft reden möchten.«

Alex musterte zwei der drei Personen am anderen Tischende mit finsterer Miene. Er konnte wetten, dass Marcus und Olivia zu diesen Quellen gehörten.

»Ich bin sehr wohl in der Lage, mich auch über andere Dinge zu unterhalten«, erklärte er und hoffte inständig, er würde sich nicht als Lügner zu erkennen geben müssen.

»Wohlan denn!« Caroline nippte an ihrem Wein. »Also, wofür interessieren Sie sich noch?«

Er blinzelte sie an, während er seine Gehirnwindungen durchforstete.

»Geschichte, Pistolen und Schwerter«, brachte er schließlich hervor.

»Pistolen und Schwerter?«

»Sehr wohl, Pistolen und Schwerter«, bekräftigte er mit zusammengezogenen Brauen und erinnerte sich an eine Episode vor zwei Jahren, als er, nachdem er seine Zunge nicht im Zaun hatte halten können und jemanden zu einem Duell gefordert hatte, der versammelten Gesellschaft gestehen musste, dass er weder mit einer Pistole noch mit einem Schwert umgehen konnte. Danach hatte er in London Fechtunterricht genommen und mindestens drei Stunden pro Woche das Schießen geübt. Mehr Zeit hatte er auf diese albernen Betätigungen nicht verschwendet, aber es reichte aus, um sie als Interessensgebiete zu deklarieren.

»So, nun haben ich Ihnen meine Interessen offenbart, jetzt möchte ich hören, womit Sie sich gerne beschäftigen.«

Sie biss sich auf die Lippe.

»Versprechen Sie, nicht zu lachen?«

»Nein«, antwortete er ehrlich. »Aber ich werde mich bemühen.«

Sie verdrehte die Augen und sah ihn kopfschüttelnd an.

»Dann weiß ich nicht, ob ich es Ihnen erzählen sollte.«

»Doch, das können Sie. Nur heraus mit der Sprache.«

»Ich mag Spiele«, brachte sie hervor und atmete dann tief aus.

»Spiele?« Was sollte daran merkwürdig sein? Viele Menschen mochten Spiele. Er gehörte zwar nicht unbedingt zu diesen Menschen, aber er kannte genug, die daran Gefallen fanden.

Caroline nickte enthusiastisch.

»Mir scheint, Sie verstehen nicht. Ich *liebe* Spiele.«

»Welche Art von Spielen?«

»Jegliche«, antwortete sie und spielte mit den Zipfeln ihrer Serviette. »Gesellschaftsspiele, Brettspiele, Rasenspiele, sogar Kinderspiele.«

Er starrte sie an.

»Sie würden meine Tante Carolina lieben. Sie hat auch eine Schwäche für Gesellschaftsspiele.«

»Wirklich?« Ihre Augen weiteten sich aufgeregt.

»Nichts mag sie lieber. Wenn ich mich recht entsinne, ist Scharade ihr Lieblingsspiel.«

»Oh, das liebe ich auch sehr«, zwitscherte Caroline vergnügt. »Und Sie?«

»Nicht unbedingt.« Er prustete. »Ehrlich gesagt hege ich eine so große Abneigung dagegen, dass ich mich im vergangenen Jahr nur davor drücken konnte, indem ich mit anderen, ebenfalls unwilligen Familienmitgliedern eine Wissenschaftsdiskussion im Arbeitszimmer meines Vaters anregte. Allerdings funktionierte das nicht so, wie ich es geplant hatte. Anstatt über die faszinierenden Erkenntnisse zu sprechen, die ich durch das Beobachten eines Igelpaares unten in der Aue gewonnen hatte, wollten alle nur über Pauls und Libertys ungestüme Ehe sprechen. Andrew behauptete sogar, wir hielten uns noch an die Regeln, da wir über entflammbare Elemente diskutierten: Paul und Liberty.«

Als sie in ungebändigtes Kichern ausbrach, runzelte er ratlos die Stirn.

»Was ist daran auch nur ansatzweise komisch?«, fragte er in gespielter Entrüstung.

»Es stimmt wirklich«, sagte sie zwischen zwei Kicheranfällen.

»Was stimmt wirklich?«

»Dass Sie keine Unterhaltung führen können, ohne über Wissenschaft zu sprechen«, antwortete sie, als sie sich wieder beruhigt hatte.

Verflucht, sie hatte recht. Er hatte sich selbst als Lügner entblößt und das nach weniger als zwei Minuten.

»Verzeihung«, murmelte er.

»Das ist vollkommen in Ordnung. Sollen wir jetzt über unser Experiment sprechen?« Sie schob ihren Teller von sich.

»Nein. Warum erzählen Sie mir stattdessen nicht, was Ihr Lieblingsspiel ist?« Er warf ihr ein Grinsen zu und hoffte, dass es ermutigend wirkte.

»Rasenschach.«

»Wir haben eines in Watson Estate.«

Ihre Augen weiteten sich erneut.

»Tatsächlich?«

Er nickte.

»Hätten Sie Gefallen daran, einmal zum Spielen vorbeizukommen?«

Sie verzog ihre Lippen.

»Das sollte ich besser nicht tun. Da Sie Olivias Verlobter sind, wäre ein Besuch von mir nicht angemessen.«

Er versuchte, sich seine Enttäuschung nicht anmerken zu lassen. Er war nicht mit Olivia verlobt. Nun ja, er war es, aber dabei würde es nicht bleiben. Er würde Caroline heiraten, nicht Olivia. Allerdings konnte er Caroline das jetzt noch nicht sagen. Wenn er es täte, müsste er erklären, dass sein Vater in betrunkenem Leichtsinn einen Fehler begangen hatte, und das käme bei einer potenziellen Braut nicht besonders gut an. Ebenso wenig wie die Vorstellung, dass er ihre Hilfe benötigte, um ihre Cousine abzuservieren, weil er diese nicht zur Frau haben wollte. Zu diesem Zeitpunkt war es am besten, über all das zu schweigen.

»Natürlich wäre es angemessen. Morgen wird Ihre Cousine nach Bath reisen. Kommen Sie doch einfach vorbei, während sie zur Kur ist.«

»Das geht nicht«, wandte sie ein. »Ich habe keine Anstandsdame.«

»Das sollte kein Problem sein. Meine Mutter könnte als Ihre Anstandsdame fungieren«, sagte er und hoffte, damit ihre Zweifel ausräumen zu können.

»Meinen Sie nicht, Sie sollten sie zuerst fragen?« Caroline war nicht überzeugt. »Vielleicht hat Sie kein Interesse daran, den ganzen Tag lang eine Fremde zu beaufsichtigen.«

»Sie wird es gern übernehmen«, sagte er bestimmt. Seine Mutter würde den Teufel beaufsichtigen, wenn sie dadurch die Hochzeit ihres Sohnes mit Lady Olivia verhindern könnte. Seine Mutter hasste Olivia aus ganzem Herzen. Alex wusste nicht genau warum, aber letzten Endes interessierten ihn die genauen Gründe auch nicht.

»Sind Sie sich da sicher?«

Alex hüstelte.

»Sehr sicher.«

Caroline klatschte erfreut in die Hände.

»Also gut, Sie haben mich überzeugt. Ich werde kommen.«

»Ich war mir gar nicht bewusst, wie überzeugend ich sein kann«, scherzte er trocken.

»Nun, Sie sind es. Aber wir werden über unser Experiment sprechen müssen.« Caroline lehnte sich zurück, damit einer der Bediensteten ihr Wasserglas auffüllen konnte. »Denn Olivia wird davon erfahren und ihr wird Dampf zu den Ohren herauskommen, wenn sie den Eindruck bekommt, dass ich mich aus irgendeinem anderen Grund als der Wissenschaft mit Ihnen treffe.«

»Na gut«, brummte er. Dann würden sie eben für zwei Minuten über das Experiment sprechen, während er das Schachspiel aufbaute. Aber keine Minute länger. Er hatte wichtigere Dinge zu tun. Sie zu umwerben, zum Beispiel.

»Seid ihr zwei fertig?« Marcus erhob sich.

»Gerade fertig geworden«, antwortete Caroline.

Nachdem die kleine Gesellschaft den Speisesaal verlassen hatte, warf Alex einen Blick aus dem Fenster am anderen Ende des Korridors.

»Ich sollte mich besser verabschieden. Es ist schon beinah dunkel.«

Als er sich von Caroline verabschiedete, erinnerte er sie noch einmal an ihre Verabredung zum Schachspielen am folgenden Tag.

Früh am nächsten Morgen, nur zwanzig Minuten nach Sonnenaufgang, um genau zu sein, öffnete Alex abrupt die Augen und setzte sich ruckartig in seinem Bett auf. Mit der Hand wischte er über sein verschwitztes Gesicht und fuhr sich mit den Fingern durch die Haare. Dann rutschte er hinüber zur Bettkante und stellte die Füße auf den Boden, um sich zu vergewissern, dass er nur einen Albtraum gehabt hatte.

Er fasste sich in die Taille und dehnte sich nach hinten. Dabei berührten seine Finger die Narben, die ihn an seine einst verlorene

Unschuld erinnerten. Er schüttelte den Kopf und umfasste seine Knie. Sosehr er es sich auch wünschen mochte, die Vergangenheit konnte nicht umgeschrieben werden, selbst nicht zugunsten eines verängstigten kleinen Mädchens.

Da konnte man nichts machen.

Er zündete eine Kerze an, bevor er in den Bademantel schlüpfte. Er hatte selten Albträume, aber wenn sie ihn heimsuchten, fiel es ihm schwer, wieder einzuschlafen. Da half nur der Gang in die Bibliothek, wo er eines seiner richtigen Experimente nachlesen würde. Mit dem Kerzenständer in der Hand begab er sich in die Bibliothek und nahm sich vor, innerhalb der nächsten zwei Tage mit Marcus unter zwei Augen zu sprechen. Es gab da etwas über jene grauenhafte Nacht in der Vergangenheit, das er unbedingt wissen musste.

Kapitel 6

Vor lauter Vorfreude auf den Nachmittag mit Alex konnte Caroline kaum schlafen, so fest sie auch die Augen zudrückte. Sie sollte sich *nicht* so sehr darauf freuen. Alex war der Verlobte ihrer Cousine, um Himmels willen. Es stand ihr eigentlich gar nicht zu, bei ihm zu Hause Schach zu spielen, geschweige denn, so aufgeregt zu sein. Aber sie hätte mit Luzifer Rasenschach gespielt, so sehr liebte sie es, und das lag zum Teil an ihrer verstorbenen Mutter.

Caroline erinnerte sich daran, wie ihre Mutter sie als kleines Mädchen nach Ridge Water zum Spielen mitgenommen hatte. Sie war damals natürlich noch zu jung gewesen, um die Regeln befolgen zu können, aber es hatte ihr unendlich Spaß bereitet, die Erwachsenen dabei zu beobachten, wie sie die überdimensionierten Figuren über das Spielfeld trugen. Und ihre Mutter war immer dann am glücklichsten, wenn sie Rasenschach spielte. Oder mit dem Teleskop die Sterne beobachtete.

Caroline lächelte. Sie liebte ihre Mutter mehr als irgendjemand anderen auf der ganzen Welt. Sie war so eine fröhliche Person gewesen, selbst wenn die Welt – meistens in Form ihres Ehemanns – entschlossen schien, jegliche Freude in ihrem Herzen abzutöten. Carolines Vater war die widerwärtigste Kreatur, der Caroline jemals begegnet war, und je weniger sie an ihn dachte, desto besser.

Sie segelte geschwind die Treppen hinunter und eilte zum Eingangsportal. Sie hatte Marcus von ihrem Vorhaben, Alex zu besuchen, unterrichtet. Er hatte sich lediglich vergewissert, dass Alex' Mutter auch tatsächlich als Anstandsdame fungieren würde, schien aber ansonsten an den weiteren Plänen zur Gestaltung des Nachmittags nicht weiter interessiert zu sein. Seine gleichgültige Haltung überraschte Caroline ein wenig. Zwar interessierte er sich nie besonders für Details, aber sie hatte angenommen, dass das dieses Mal anders sein würde, da ja nun ein Gentleman mit von der Partie war. Anscheinend hatte sie sich geirrt.

Bevor sie die Kutsche nach Bath bestieg, hatte Olivia sich unablässig über ihre Fußschmerzen ausgelassen, wenn sie sich nicht gerade über ihr Schicksal beschwert hatte, einen solchen Langweiler wie den Trockenen Alex heiraten zu müssen. Sie wusste ganz genau, dass Caroline Alex einen Besuch abstatten würde, aber überraschenderweise schien auch sie das nicht weiter zu kümmern. Ganz im Gegenteil, sie hatte Caroline sogar gesagt, dass sie es sehr begrüßte, wenn sie sich mit Alex anfreundete. So könnten sie nach der Hochzeit beide davon profitieren. Sie hatte schon alles geplant. Caroline könnte mit ihr auf Watson Estate wohnen und ihr Gesellschaft leisten, da sie niemals einen Ehemann finden würde, und wenn Olivia das Wissenschaftsgelaber des Trockenen Alex nicht mehr ertragen könnte, würde sie ihn mit seinem Quatsch zu Caroline schicken.

Caroline fand das übertrieben. Es war wirklich nicht so schrecklich, mit ihm Konversation zu betreiben. Zugegeben, er war nicht zu Unrecht dafür bekannt, über alles zu sprechen, was auch nur im Geringsten mit Wissenschaft zu tun hatte, das hatte sie schon festgestellt. Aber in der kurzen Zeit, die sie mit ihm verbracht hatte, hatte sie auch erkannt, dass er noch viele andere Eigenschaften besaß. Und sie konnte einfach nicht anders, als sich zu wünschen, noch mehr über ihn herauszufinden, obwohl es für sie beide keine gemeinsame Zukunft gab. Immer und immer wieder musste sie sich einbläuen, dass er nun einmal Olivias Verlobter war.

Sie blickte auf die Papiere in ihrem Schoß. Sie hatte Ihre Notizen mitgebracht, um die Diskussion über das Anwerben neuer

Mitglieder für die *Gesellschaft für Biologische Fragen* fortsetzen zu können. Sie las die erste Seite noch einmal durch und fand, dass sie recht gute Ideen gehabt hatte. Zu schade nur, dass Alex nicht im gleichen Maß wie sie an dem Projekt interessiert war. Nun, ganz die pflichtbewusste Wissenschaftlerin, die sie war, würde sie darauf bestehen, dass sie ihre Bemühungen heute fortsetzten. Das könnte ihm so passen, ihr die ganze Arbeit zu überlassen.

Als die Kutsche auf Watson Estate zurollte, wuchs Carolines Aufregung. Der heutige Tag könnte einer der besten ihres Lebens werden. Nicht nur würde sie endlich einmal wieder ihr geliebtes Rasenschach spielen, nein, sie würde es mit Alex spielen – und dieser Gedanke ließ sie aufgeregter sein, als sie es jemals für möglich gehalten hätte.

Die Kutsche hielt an, und durch das kleine Fenster hindurch sah sie Alex im Gespräch mit einem stattlichen Gentleman. Ach was, stattlich. Dieser Herr war einfach wuchtig und erinnerte sie an eine riesige Marmorstatue. Genau, eine Marmorstatue mit rabenschwarzem Haar. Sie hatte genug Klatsch und Tratsch von Olivia mitbekommen, um zu wissen, dass es sich bei dem Mann um Lord Townson handeln musste, den besten Freund von Alex.

Sie zuckte überrascht zusammen, als die Tür der Kutsche schwungvoll geöffnet wurde.

»Steigen Sie aus?«, fragte Alex und reichte ihr die Hand.

Caroline ergriff die ihr angebotene Hilfe und dankte ihm leise, während sie die wenigen Stiegen der Kutsche hinabbalancierte. Sie hoffte, dass Alex ihren stillen Blick verstehen und sie seinem Freund vorstellen würde. Nicht, weil sie unbedingt jemanden aus dem Adelsstand kennenlernen wollte. Ganz im Gegenteil. In ihrem ganzen Leben hatte sie vielleicht nur mit einem halben Dutzend adliger Herren zu tun gehabt, und davon stellten ihr Onkel, Marcus, sowie Marcus' Freund Lord Drakely die eine Hälfte. Nein, sie wollte Lord Townson gern vorgestellt werden, weil sie hoffte, dass das die angespannte Stimmung auflockern würde, die das Trio erfasst hatte.

»Erlauben Sie mir, dass ich mich selbst vorstelle, da Alex ganz offensichtlich zu sehr von Ihrem Anblick gefesselt ist, um uns einander vorzustellen«, sagte Lord Townson mit einem Grinsen. »Ich bin Andrew Graf Black von Townson.« Nach einer flinken, tiefen Verbeugung sah er Caroline wieder in die Augen.

»Caroline Sinclair«, antwortete sie und legte einen der schludrigsten Knickse ihres Lebens hin. Sie hatte einfach zu wenig Übung, und obendrein, vor jemandem mit solch gesellschaftlichem Rang wie Lord Townson hatte sie noch nie einen Knicks gemacht. Die ganze Situation machte sie sehr nervös.

Lord Townson schien sich allerdings nicht daran zu stören.

»Es freut mich, Sie kennenzulernen, Ms Sinclair.«

»Gleichfalls, mein Lord«, erwiderte sie lächelnd. »Ich ziehe es vor, wenn man mich einfach Caroline nennt.«

»Dann werde ich das auch tun«, sagte Lord Townson.

»Andrew ist heute Morgen vorbeigekommen, um meinen neuesten Vollblüter zu begutachten. Er wollte gerade gehen«, sagte Alex.

»Und haben Sie die *Biologischen Fragen* mit ihm besprochen?«

Lord Townson sah sie verwundert an. Aus Alex' Hals drang so etwas wie ein Laut des Erstickens.

»Ja, das hat er«, sagte Andrew mit gepresster Stimme. »Und ich habe ihm nahegelegt, es nicht noch einmal zu versuchen.«

Voller Erstaunen riss Caroline die Augen auf. Sie hatte sich wirklich keine Vorstellungen davon gemacht, dass er einem Beitritt der *Gesellschaft für Biologische Fragen* so sehr abgeneigt war. Vielleicht hatte Alex recht gehabt und er war wirklich nicht interessiert.

Alex verschränkte die Arme, als wollte er sich verteidigen.

»Das ist nicht …«

»Schluss jetzt, Alex«, warnte Lord Townson. »Ich finde, ich bin alt genug, um derlei Entscheidungen selbst zu treffen.«

Sobald er sich wieder an Caroline wandte, wurde sein Tonfall merklich sanfter.

»Es war ein Vergnügen, Ihre Bekanntschaft zu machen, Caroline. Ich hoffe inständig, Sie in Zukunft öfter zu sehen.«

Dann warf er seinem Freund Alex einen Blick zu, den Caroline unmöglich mitbekommen konnte.

Alex lächelte und nickte.

»Richte Brooke meine besten Grüße aus.«

»Das werde ich«, sagte Lord Townson und schwang sich auf sein Pferd.

»Das war ja höchst merkwürdig«, murmelte Caroline und sah dem Davonreitenden nach.

Alex warf ihr ein Lächeln zu.

»Er ist ein anständiger Kerl. Ich weiß, dass Sie glauben, dass er wütend auf mich ist, aber das ist er nicht. Er ist ein guter Mann.«

»Wenn Sie das sagen.« Caroline machte Anstalten, auf das Haus zuzugehen. »Ich habe meine Aufzeichnungen mitgebracht. Vielleicht können wir uns nach dem Schach unserem Experiment widmen.«

Er drehte den Kopf ruckartig in ihre Richtung. Seine Augen waren weit aufgerissen und angespannt, fast so, als fühlte er sich wegen irgendetwas schuldig.

»Ach, natürlich«, sagte er mit einem leichten Kopfschütteln. »Wir werden sehen.«

Caroline wollte gerade etwas erwidern, als eine Dame, die dasselbe braune Haar und dieselben Augen wie Alex hatte, die Vordertreppe herunterging und auf sie zukam. Beim Gehen rauschten die roten Röcke ihres Tageskleids hin und her. Als die ältere Dame nah genug herangekommen war, stellte Alex die beiden Frauen einander vor.

»Mutter, das ist Ms Caroline Sinclair. Sie zieht es vor, Caroline genannt zu werden. Caroline, das ist meine Mutter, Regina Banks, Lady Watson.«

»Freut mich sehr«, sagte Caroline und versuchte sich an einem weiteren, misslungenen Knicks. Die Baronin lächelte ihr zu und hielt Carolines Ellbogen fest, damit sie sich einfacher aufrichten konnte.

»Meine Gute, es besteht kein Anlass für einen Knicks. Ich werde ganz sicher keinen erwidern.«

Caroline starrte ihr Gegenüber an. Hatte man sie gerade beleidigt? Aber die Baronin lachte hell und freundlich.

»Ich kann einfach nicht. Dieses Kleid lässt es nicht zu, ohne dass ich auf mein Gesäß fallen würde. Und sowieso geht es in unserer Familie *ziemlich* entspannt zu. Bei uns sind solche Formalitäten überflüssig.«

Sie drehte sich zu ihrem Sohn und wedelte scherzhaft mit dem Zeigefinger.

»Als guter Gastgeber hättest du ihr das eigentlich sagen müssen, Alex.«

»Verzeihen Sie bitte, Caroline«, sagte Alex. »Es war nachlässig von mir, Sie nicht früher über unsere Sitten aufzuklären. Ich muss gestehen, dass ich nach dem Knicks, den Sie vor Andrew gemacht haben, Sie unbedingt noch einmal knicksen sehen wollte.« Er zwinkerte ihr zu. »Aber meine Mutter hat natürlich recht. Bei uns geht es nicht formell zu. Sie können sogar Ihre Schuhe ausziehen und den ganzen Nachmittag auf Socken umherlaufen, wenn Sie das vorziehen.«

Wieder konnte sie nichts anderes tun, als zu starren. Er musste mit ihr scherzen. Einfach nur um ihn auf die Probe zu stellen, antwortete sie leichthin: »Das würde Ihnen so gefallen, nicht wahr? Ein Gentleman kann doch nie der Chance widerstehen, einen Blick auf die Unterbekleidung einer Dame zu erhaschen.«

Er blinzelte und seine Mutter lachte.

»Sie hat dich geneckt, Alex.« Das breite Lächeln der Mutter war das Spiegelbild von Alex' Grinsen.

»Caroline, Sie gefallen mir. Wollen wir hineingehen und etwas zu Mittag essen?«

Caroline nickte. Alex begab sich an ihre Seite, legte ihr eine Hand auf die Schulter und führte sie mit sanftem Druck auf das Haus zu. Sie hatten schon zwei Drittel der Außentreppe zurückgelegt, als auf einmal Alex' Hand weiter nach unten in Carolines Kreuzgegend wanderte und er verwirrt anhielt. Ebenso verwirrt blickte Caroline zu ihm und bemerkte, dass er über seine Schulter nach hinten blickte. Sie drehte ihren Kopf ebenfalls nach hinten und sah Regina Banks hinter ihnen stehen, die Hände auf dem Rücken verschränkt und angestrengt in den Himmel blickend.

Caroline lächelte leise in sich hinein. Seine Mutter hatte die Hand an die richtige Stelle geführt!

Als Alex wieder nach vorne blickte, konnte Caroline aus den Augenwinkeln heraus sehen, dass seine Ohrläppchen und seine Wangen leicht rosa angelaufen waren. Sie hätte gelacht, wäre sie nicht sicher gewesen, dass ihn das noch verlegener gemacht hätte.

»Wollen wir weitergehen?«, fragte er mit krächzender Stimme.

»Ich bin gleich wieder zurück«, sagte Lady Watson unvermittelt. »Ich muss schnell nach etwas sehen.«

Alex nickte und führte Caroline in das Zimmer, in dem sie speisen würden. Oder war es vielleicht eine Kammer? Dieses Zimmer war winzig, kaum sechs Meter lang und vier Meter breit. Marcus' Speisetisch würde hier nicht einmal zur Hälfte hineinpassen. Sie starrte auf den Tisch, an dem niemals mehr als sechs Personen Platz finden würden. Diverse abgedeckte Servierschalen, bestückt mit dem passenden Besteck, standen schon bereit.

Alex zog einen der Stühle für sie hervor. Sie setzte sich und Alex schob ihr den Stuhl ganz zu ihrem Gefallen an den Tisch. Dann zog er einen weiteren Stuhl hervor, von dem sie annahm, dass er für seine Mutter bestimmt war, und setzte sich dann neben Caroline. Sie sah ihn fragend an. Würde er nicht warten, bis seine Mutter Platz genommen hatte?

Als könnte er ihre Gedanken lesen, sagte Alex:

»Sie zieht es vor, ihren Stuhl selbst an den Tisch zu rücken. Sie meint, dass man sie immer zu nahe an die Tischplatte schiebt.«

Er zuckte wie gleichgültig mit den Schultern. Nur eine Minute später betrat Lady Watson das Zimmer, ein breites Lächeln auf dem Gesicht.

»Bitte, niemand braucht sich zu erheben«, bat sie und nahm Platz.

»Das hatten wir auch nicht vor«, wagte Alex zu bemerken.

»Das weiß ich wohl.« Lady Watson lächelte Caroline an. »Alex meint es gut, aber manchmal schiebt er mich so weit nach vorne, dass ich den Tisch berühre, wenn ich nur drei Happen gegessen habe.«

»Betrachte es eben als kleine Fitnessübung«, scherzte Alex.

»Mein lieber Sohn, meine derzeitigen Kleider passen mir alle *wunderbar*«, erwiderte sie schelmisch.

Alex schüttelte den Kopf und griff nach einer Serviergabel.

»Möchten Sie etwas gebratenes Huhn?«

Vor lauter Überraschung musste Caroline zwinkern. Alex servierte ihnen das Mittagessen? Wo waren die Bediensteten?

Lady Watson hustete vornehm und Caroline blickte in die warmen, braunen Augen von Alex' Mutter.

»Wie ich vorhin schon sagte, wir sind hier ganz furchtbar informell. Uns gefällt es, das Mittagessen in aller Ungestörtheit einzunehmen. Ohne Diener oder andere Ablenkungen.«

Caroline war verwundert. In Ridge Water wurde das Essen ohne Ausnahme von Dienern serviert, egal um welche Mahlzeit es sich handelte oder wie viele Personen anwesend waren. Nur als sie ein kleines Mädchen war, damals in ihrem Kinderzimmer im Londoner Haus ihrer Familie, gab es keine Diener. Aber damals war ihre Mutter noch am Leben. Sie kam zu jedem Mahl nach oben und aß mit Caroline und dem Kindermädchen. Sie trug sogar die Tabletts eigenhändig die Treppe hinauf und wieder hinunter und behauptete, dass man dafür keine Diener brauchte, denn die Mahlzeiten sollte man nur mit den wichtigsten Menschen verbringen. Und für ihre Mutter waren das Caroline und das Kindermädchen.

»Oh, ja bitte«, sagte sie schnell, als sie bemerkte, dass Alex, die Serviergabel über dem Huhn, noch immer auf ihre Antwort wartete.

Er tat ihr ein ordentliches Stück auf, servierte dann seiner Mutter und schließlich sich selbst.

Lady Watson nahm ein Stück Brot von dem Teller, den ihr Alex reichte, und wandte sich an Caroline. »Sagen Sie, meine Liebe, ich weiß, dass der derzeitige Lord Sinclair Ihr Cousin ist. Mein Mann war sehr eng mit seinem Vater Joseph befreundet, aber ich befürchte, ich kenne dessen Brüder und ihre Familien nicht besonders gut. Wer von Josephs Brüdern war denn Ihr Vater?«

»Keiner«, antwortete Caroline leise und senkte den Blick auf ihren Teller.

»Ach«, sagte Lady Watson eine Minute später. »Dann müssen Sie Sophies Tochter sein.«

Caroline schluckte und rang sich ein Nicken ab, als es in ihren Ohren zu sausen begann. Ihre Handflächen wurden so feucht, dass sie beinah die Gabel fallen gelassen hätte. Wenn Alex' Mutter wüsste, wer ihre Mutter war, dann läge ein sehr unangenehmer Nachmittag vor ihr. Sie mochte ihre Mutter innig geliebt haben, aber die *Mehrheit* hatte das nicht getan. Um den Namen ihrer Mutter rankten sich üble Gerüchte. Caroline war damals zu jung gewesen, um zu wissen, was davon stimmte, aber das, was ihr ihre Tante und Olivia erzählt hatten, reichte ihr schon.

»Ich besuchte die Mädchenschule mit ihr«, fügte Lady Watson noch hinzu. »Nur für eine kurze Zeit, es waren wohl ungefähr zwei Monate.«

Caroline nickte wie automatisch. Die Zeit ihrer Mutter auf der Mädchenschule führte stets und unweigerlich zur Erwähnung ihres gesellschaftlichen Abstiegs.

»Wir teilten ein Zimmer«, fuhr Lady Watson fort. Sie schien nicht zu bemerken, wie unwohl Caroline sich fühlte. Lady Watson lachte. »Möchtet ihr etwas Amüsantes hören?«

»Immer doch«, sagte Alex und quälte sich ein joviales Lächeln aufs Gesicht. Die Diskrepanz zwischen seinem Tonfall und seinem Gesichtsausdruck brachte Caroline trotzdem zum Lächeln. Für einen Moment vergaß sie ihre Anspannung.

Regina schüttelte den Kopf.

»Alex, ich weiß nicht, was ich mit dir noch anstellen soll. Ich hoffe, du findest eines Tages eine Dame, die dich gesellschaftlich akzeptabel macht.«

»Das hoffe ich auch«, sagte er. Sein Ton war grabesernst, ganz der geheimen Botschaft angemessen, die Mutter und Sohn da austauschten.

»Aber bitte, erzähl doch nun, was du erzählen wolltest, bevor du auf die Schwachstellen meines Charakters hingewiesen hast.«

Lady Watson schüttelte erneut den Kopf und lächelte ihr warmes Lächeln.

»Eines Abends unterhielten Sophie und ich uns darüber, wie wir unsere Kinder nennen wollten. Ihre erste Wahl für einen Jungen war Alexander, und meine erste Wahl für ein Mädchen war Caroline.«

»Es klingt, als haben Sie beide jeweils das bekommen, was die andere wollte«, kommentierte Caroline mit einem schüchternen Lächeln.

»Das scheint mir auch so«, stimmte Lady Watson ihr zu. »Denn sogar als ich dann selbst eine Tochter hatte, kam ich nicht dazu, sie Caroline zu nennen.«

»Sie haben eine Tochter?« Caroline war völlig überrumpelt. Niemand, noch nicht einmal Alex, hatte ihr gegenüber je erwähnt, dass er Geschwister hatte. Die Baronin legte ihren Kopf schief und sah sie verwundert an.

»Ja, sie heißt Edwina, nach meinem Ehemann Edward und mir, Regina. Sie ist erst sechzehn. Sie besucht die Sloan's Schule für Höhere Töchter, dieselbe Schule, auf die Ihre Mutter und ich gingen.«

»Oh«, machte Caroline etwas einfältig. »Kommt sie denn oft nach Watson Estate?«

Alex schnaubte verächtlich. »Nein. Im Gegensatz zum Rest der Familie zieht Weenie die Stadt vor.«

»Weenie?« Carolines Stimme war nur ein schwaches Piepsen.

»So nennen wir Edwina«, erklärte Alex.

Caroline wusste, dass sich ihre Augen weiteten. Sie konnte es einfach nicht verhindern.

»Das ist nur ein Spitzname, um ihren Namen abzukürzen.« Alex zuckte mit den Schultern. »Na ja, das stimmt nicht ganz. Das ist nur die Version, die wir allen erzählen. Eigentlich hat sie den Spitznamen bekommen, als sie …«

»Alexander Christopher Banks«, unterbrach ihn die Mutter scharf. »Das reicht.«

Wieder hob er die Schultern und langsam legte sich ein neckisches Grinsen auf seine Lippen.

»Warum? Findest du nicht, dass es eine recht unterhaltsame Geschichte ist?«

Regina überging seine Bemerkung und wandte sich an Caroline.

»Glauben Sie mir, wenn es nicht liebevoll gemeint wäre, würde ich meinen Söhnen nie erlauben, sie so zu nennen.«

»Söhne?«, wiederholte Caroline. Wie, er hatte auch Brüder?

Die Baronin seufzte und stöhnte gleichzeitig übertrieben laut.

»Ich muss schon sagen, Alex, hast du ihr denn *gar nichts* über unsere Familie erzählt?«

»Nein«, sagte er knapp, ohne irgendeine Gefühlsregung in der Stimme.

»Ich habe vier Kinder, Caroline.« Lady Watson fuhr mit ihren Fingern am Stiel des Weinglases auf und ab.

»Alex ist mein Ältester, mit neunundzwanzig Jahren. Danach kommen seine beiden Brüder Elijah und Henry. Sie sind beide zweiundzwanzig, Zwillinge. Und dann kam Edwina.«

»Wo sind Ihre zwei anderen Söhne?«, fragte Caroline. Warum hatte sie niemals von deren Existenz gehört?

»In Amerika«, sagte die Baronin traurig und besah sich auf einmal auffallend aufmerksam das Landschaftsbild am anderen Ende des Zimmers.

Alex beugte sich nah an Carolines Ohr.

»Mein Onkel John besuchte Amerika im Rahmen seiner Kavalierstour und kehrte mehr als fünfundzwanzig Jahre nicht zurück.«

»Und warum nicht?« Caroline war neugierig zu erfahren, warum jemand Amerika dem schönen England vorziehen konnte.

»Er verliebte sich.« Alex strich Caroline eine Strähne ihres schwarzen Haars von den Augen.

»Er begegnete Carolina, jener Dame, die so gern Scharade spielt. Sie ist Amerikanerin. Onkel John entschied sich zu bleiben. Jetzt leben die beiden zwar hier, aber Mutter sorgt sich, dass Elijah und Henry in Amerika bleiben werden.«

»Wie lange sind sie schon fort?«

»Seit sechs Monaten«, sagte Alex. »Davor sind sie eine Weile durch Europa gereist und sogar bis nach Indien gekommen. Sie sind Zwillinge, sie haben schon immer gern alles gemeinsam unternommen.«

»Stehen Sie ihnen nahe?«

»Ja und nein. Wir haben viele Gemeinsamkeiten, aber ich bin eben kein Zwilling. Es ist schwer zu erklären. Sehen Sie, ich werde immer ihr Bruder sein und ihnen deshalb nahestehen, aber ich werde keinem von ihnen jemals so nahe sein wie die beiden sich einander. Klingt das logisch?«

»Ja.«

»Haben Sie Geschwister, Caroline?« Auf Lady Watsons Gesicht zeigte sich ein zaghaftes Lächeln, und in ihren Augen schimmerten keine Tränen mehr.

»Nein.« Caroline vermied es, die Baronin anzusehen. »Es sei denn, Sie zählen Marcus und Olivia mit. Aber die beiden sind natürlich nicht meine richtigen Geschwister.«

Kam es Caroline nur so vor, oder biss Lady Watson bei der Erwähnung von Olivias Namen die Zähne zusammen? Sie verscheuchte den Gedanken.

»Das tut mir leid«, sagte Lady Watson und legte ihre Hand auf Carolines Hand.

»Danke«, sagte Caroline sanft. Diesmal sah sie der Baronin in die Augen.

»Alex, mein Schatz, könntest du mir vor dem Spiel einen Gefallen tun?«

»Natürlich, Mutter.«

»Sieh doch bitte nach, ob man draußen eine Liege für mich aufgestellt hat.«

»Gern. Ich bin gleich zurück.«

Nachdem Alex gegangen war, berührte Lady Watson wieder Carolines Hand. Die beiden Frauen sahen sich an.

»Caroline«, sagte Alex' Mutter. »Ich möchte mich entschuldigen. Ich hoffe, ich habe Sie nicht zu sehr in Verlegenheit gebracht. Ich wusste nicht, wer Ihre Mutter war, und als ich es dann herausfand, hätte ich es auf sich beruhen lassen sollen.«

»Das macht doch gar nichts«, sagte Caroline, obwohl sie heftig um Fassung ringen musste.

»Wie ich schon sagte, ich kannte sie«, fuhr Regina fort. »Natürlich nicht besonders gut. Aber gut genug, um zwischen Wahrheit und Lüge unterscheiden zu können. Ich habe nie schlecht von ihr gedacht, und ich denke auch nicht schlecht von Ihnen.«

Caroline blickte sie verwirrt an.

Lady Watson seufzte.

»Caroline, ich weiß nicht, was zwischen Ihnen und meinem Sohn passieren wird, aber Sie sollten wissen, dass Sie in meinem Haus jederzeit willkommen sind.«

Caroline musste blinzeln, um die aufsteigenden Tränen zu unterdrücken. Marcus hatte sie immer akzeptiert. Ihr Onkel ebenfalls. Aber Olivia und ihre Tante nicht. Es war erstaunlich, dass eine Fremde, die über die Vergangenheit ihrer Mutter informiert war, sie einfach vorbehaltlos akzeptierte.

»Danke«, sagte sie mit gepresster Stimme.

»Es gibt nichts, wofür Sie mir danken müssten.« Sie drückte Carolines Hand kurz. »Und jetzt lassen Sie uns Schach spielen.«

Caroline und die Baronin begaben sich zur Tür.

»Ich hoffe, er spielt mich nicht an die Wand«, sagte Caroline.

»Das werden Sie schon selbst herausfinden müssen.« Regina zupfte sacht an Carolines Ärmel. »Hier entlang. Dieser Weg ist schneller.«

Caroline nickte und folgte der Baronin den Korridor hinunter, an dessen Ende ein Diener ihnen eine Seitentür öffnete und die beiden Frauen nach draußen traten. Caroline war erfreut, dass, anders als sie befürchtet hatte, das Sonnenlicht nicht blendete. Oberhalb der Tür befand sich ein Balkon, von dem mehrere Blumenkörbe herabhingen, die einen exzellenten Sonnenschutz boten. In der Nähe stand auch die Liege, die Alex' Mutter angefordert hatte, und rund fünf Meter entfernt sah Caroline einen kleinen, steinernen Tisch, auf dem dreißig filigrane Spielfiguren in vier ordentlichen Reihen aufgebaut waren und vor dem zwei leere Stühle warteten. Caroline blickte amüsiert auf den Tisch und konnte ein Kichern nicht unterdrücken.

»Habe ich etwas verpasst?« Alex stellte sich neben sie.

»Nein«, sagte sie schnell, starrte aber noch immer ungläubig auf den Schachtisch.

Die Baronin war eine kluge Frau und verstand sofort, um was es ging.

»Das haben Sie nicht erwartet, oder?«

Alex sah die beiden an, und Verwunderung verzerrte sein hübsches Gesicht.

»Was meinst du damit, Mutter?«

»Caroline hat *Rasen*schach erwartet.«

Er deutete auf den Tisch.

»Das ist Rasenschach.«

»Nein, das ist Schach auf dem Rasen«, erwiderte Regina.

»Dann sage mir doch bitte, was *Rasen*schach ist.«

»Das ist schon in Ordnung so«, warf Caroline schnell ein. »Lassen Sie uns spielen.«

»Nein.« Alex schüttelte den Kopf. »Ich will jetzt wissen, was *Rasen*schach ist.«

Seine Mutter musste wieder seufzen.

»Erinnerst du dich daran, wie du fünfzehn Jahre alt warst und wir dich zu einer Feier bei den Tollisons mitgenommen haben?«

Alex nickte.

»Erinnerst du dich auch an die große Fläche aus Holz in deren Garten, auf der schwarze und weiße Felder aufgemalt waren und auf der du und die anderen Jungs die riesigen geschnitzten Spielfiguren herumgetragen habt, die so groß waren, dass ihr sie nur zu zweit tragen konntet?«

Alex' Kiefer klappte nach unten.

»*Das* haben Sie gemeint?«

Caroline biss sich auf die Lippe und nickte verlegen.

»Ja.«

Er drehte sich zu seiner Mutter.

»Und du hast gewusst, dass sie das erwartet?«

Seine Mutter wiederholte Carolines Geste.

»Ich hatte eine leise Ahnung. Vor vielen Jahren haben dein Vater und ich öfter bei Lord Sinclair Rasenschach gespielt.«

Caroline musste wieder schlucken. Sie erinnerte sich an das Rasenschach der Familie. Nach dem Tod ihrer Mutter hatte Onkel Joseph es fortgegeben, damit Carolines Vater es nicht in die Finger bekommen konnte.

»Caroline«, sagte Regina. »Lassen Sie mich Ihnen ein Geheimnis anvertrauen, das ich in den mehr als dreißig Jahren meiner Ehe mit Alex' Vater gelernt habe. Alex wird Ihnen alles geben, wonach Sie fragen. Wie Edward. Aber Sie müssen sehr spezifisch sein. Scheuen Sie sich nicht, genau das zu verlangen, was Sie möchten. Er wird es Ihnen entweder sofort geben oder es für Sie besorgen.«

Caroline nickte und prägte sich Lady Watsons Worte ein. Sie lächelte. Die Beobachtungen der Baronin waren ganz ohne Zweifel höchst akkurat.

»Aber machen Sie sich keine Sorgen. Der Nachmittag kann noch gerettet werden«, zwitscherte Lady Watson vergnügt.

»Wir spielen einfach reguläres Schach.« Caroline ging auf den Spieltisch zu.

»Das kommt nicht in Frage!«, entgegnete die Baronin. »Sie haben sich auf ein Spiel im Freien gefreut, auf etwas, bei dem man sich körperlich mehr betätigt, als nur in einem Stuhl zu sitzen. Und so soll es sein. Ich habe einen der Diener gebeten, etwas vorzubereiten.«

Alex stöhnte.

Lady Watsons Augen funkelten vergnügt.

»Ich habe angewiesen, dass man auf der anderen Seite des Hauses einen kleinen Pall-Mall-Parcours für Sie aufbaut.«

»Was ist das?« Carolines Neugier war geweckt.

Alex stöhnte wieder.

»Nichts.«

»Es wird Ihnen gewiss gefallen, Caroline«, versicherte ihr Lady Watson.

»Wenn ich sehe, wie wenig erfreut Ihr Sohn ist, glaube ich, dass Sie recht haben.«

Caroline grinste Alex zu.

»Auf denn, Alex! Caroline ist dein Gast, und als perfekter Gastgeber musst du ihren Wünschen nachkommen.« Lady Watsons Schultern bebten regelrecht vor Heiterkeit.

»Ja, sie ist mein Gast.« Er nickte langsam. Sein Gesicht war beinah völlig ausdruckslos. »Wenn es Ihr Wunsch ist, Pall Mall zu spielen, dann werden wir es selbstverständlich spielen. Aber es kann sein, dass Sie keinen Gefallen daran finden. Man muss einen hölzernen Ball in so wenigen Schlägen wie möglich durch mehrere Eisentörchen schlagen. Es ist recht kompliziert, und das erste Mal macht daher selten Spaß.«

Sie musterte ihn amüsiert. Er hatte wirklich absolut keine Lust auf dieses Spiel.

»Nun, man weiß nie. Vielleicht bin ich ja ein Naturtalent«, gab sie zu bedenken.

Alex konnte nur prusten.

Aber das verstärkte nur wieder ihren bereits nachlassenden Willen.

»Ich möchte es gern spielen«, teilte sie ihm leicht geziert und bestimmt mit.

»Sehr wohl.«

Er bot ihr den Arm. Sie waren schon fast auf der anderen Seite des Hauses angekommen, als die helle Stimme seiner Mutter noch einmal durch die Luft klang.

»Ach, und Alex! Erinnere dich an deine Manieren und überlasse Caroline die Farbenwahl. Und wenn sie Pink möchte, sei ein Gentleman und gib es ihr!«

Kapitel 7

Alex hasste Pall Mall. In seinen Augen war es das grauenhafteste Spiel, das jemals erfunden worden war. Einen hölzernen Ball mit so wenigen Schlägen wie möglich durch mehrere Eisentörchen zu manövrieren – das war wirklich ein Elend für jemanden, der gern logisch dachte.

Um auf bessere Gedanken zu kommen, versenkte er sich ganz in Carolines Anblick. Sie war so wunderschön, wie sie da eingehakt neben ihm ging, mit ihrem mahagonifarbenen Haar, der hellen Haut und den zierlichen Gesichtszügen. Sie wäre wirklich die perfekte Ehefrau für ihn. Er musste sie nur dazu bringen, das ebenfalls so zu sehen. Als er ein paar Stunden zuvor zusammen mit Andrew die Pferde begutachtet hatte, hatte er mit dem Feingefühl eines Elefanten seinen Freund gefragt, wie er es angestellt hatte, in so kurzer Zeit eine Frau zu finden. Andrews Antwort war ungefähr so hilfreich gewesen, wie wenn er vorgeschlagen hätte, einem Hund einen Pferdehuf zu verpassen: »Zeig ihr einfach die Orangerie, und überlass den Rest den Instinkten.«

Alex hatte nur spöttisch lachen können. Vielleicht war das ein exzellenter Ratschlag für einen geborenen Schwerenöter, aber ein geborener Schwerenöter wiederum hätte es gar nicht nötig, um Rat zu fragen. Und würde sicher nicht in nur wenigen Wochen einen Drachen heiraten müssen. Und selbst wenn, dann hätte er eine

Stunde nach Bekanntwerden der misslichen Situation eine passende Braut gefunden. Er verzog das Gesicht und versuchte, diese quälenden Gedanken zu verbannen. Es bestand kein Anlass, sich den Tag zu vermiesen, denn er würde Caroline heiraten.

»So, da wären wir«, sagte Alex zu Caroline, als sie sich einer hölzernen Vorrichtung näherten, in der sechs Schläger in unterschiedlichen Farben lagen. Neben den Schlägern stand ein tiefes Tablett, auf dem sich sechs Bälle in den entsprechenden Farben befanden.

»Wie hat Ihre Mutter das mit dem pinken Schläger gemeint?«, fragte sie und griff nach dem pinken Schläger.

Reflexartig versuchte er, sich den Schläger zu schnappen, bekam aber nur Carolines Hand zu fassen. Ihre warme Haut schickte aufwallendes Verlangen von seinen Fingerkuppen direkt in seine Lenden. Er fluchte innerlich und zwang sich, ihre Hand loszulassen.

»Na los, fragen Sie schon«, sagte er verärgert. Die Geschichte kannte ohnehin beinah jeder, also warum sollte Caroline sie nicht auch hören?

Als sie den Schläger in ihren Händen hin und her wendete, blinzelte sie plötzlich und verzog fragend die Lippen. »Warum ist denn Ihr Name in den Griff eingraviert?« Die Art, wie sie ihn anstarrte, ließ seine Eingeweide rumoren.

Er fuhr sich verlegen durchs Haar.

»Das ist eine lange Geschichte.«

Sie zeichnete mit ihren Fingern die geschnitzten vier Buchstaben nach.

»Ich habe den ganzen Tag Zeit.«

Er seufzte und blickte ihr direkt in die Augen.

»Wie Sie aus dem Lachen meiner Mutter und meinem Stöhnen sicher geschlossen haben, handelt es sich hier nicht gerade um mein Lieblingsspiel. Es wäre tatsächlich nicht gelogen zu sagen, dass ich es hasse. Und der Grund dafür liegt zum Teil darin, dass es einen so wenig zum Denken auffordert. Und der andere Grund – nun, ich gewinne einfach nie.«

»Sie wollen damit sagen, dass Sie nur Spiele mögen, bei denen Sie gewinnen?«, unterbrach sie ihn, und ihre Lippen verzogen sich zu einem breiten Grinsen.

»Geht es nicht allen so?«, fragte er und erwiderte ihr Grinsen.

»Vermutlich«, stimmte sie zu. »Aber das erklärt noch nicht, warum Ihr Name auf dem Griff des pinken Schlägers eingraviert ist.«

Sein Gesicht wurde warm – nein, es begann regelrecht zu glühen.

»Die Regeln sehen vor, dass man den Ball mit so wenigen Schlägen wie möglich durch die zehn kleinen Eisentörchen schlägt. Der Rest meiner Familie schafft das im Durchschnitt mit vierzig bis fünfzig Schlägen, aber ich brauche immer ungefähr einhundert.«

Ohne etwas dagegen tun zu können, dass sein Gesicht so stark brannte, als wäre es von Flammen überzogen, starrte er Caroline an. Mit einer ihrer zarten Hände bedeckte sie ihren Mund, schaffte es aber nicht, ihr Lachen zu unterdrücken. Er zuckte mit den Schultern. Wer A sagt muss auch B sagen.

»Einer meiner Brüder – ich weiß noch immer nicht, wer – hat entschieden, dass ich den damenhaften, pinken Schläger zu benutzen habe, weil ich aufgrund meines mangelnden Talents spiele wie ein Mitglied des schönen Geschlechts. Und weil Weenie Rot sehr gerne mag, blieb ja nur Pink übrig.«

Caroline konnte sich nicht länger beherrschen. Ihr fröhliches Lachen schallte laut durch die Luft.

Alex schüttelte den Kopf. »Und ja, jedes Mal werde ich dazu gezwungen, den pinken Schläger zu benutzen, wenn unsere Mutter uns zum Spielen nach draußen zerrt. Und ja, Sie sind beileibe nicht der erste Gast, der sich erkundigt, warum mein Name auf dem pinken Schläger eingraviert ist.«

»Ach, Alex«, stieß sie atemlos zwischen zwei Lachanfällen hervor. »Es tut mir so leid, dass ich lache. Es fällt mir nur schwer, mir das Ganze vorzustellen. Na ja, nicht wirklich schwer, weil Sie so ein netter Mann sind. Ich habe schon festgestellt, dass Sie den Menschen, die Sie lieben, jeden Gefallen tun. Und wenn das bedeutet, dass Sie einen pinken Schläger benutzen. Es ist einfach eine lustige Geschichte, nichts weiter.«

Und auf einmal, innerhalb einer Sekunde, hatte sich jegliches Schamgefühl wegen der entmannenden Sprüche über den pinkfarbenen Schläger in Luft aufgelöst. Sie hatte recht. Er hatte nur mit diesem albernen pinken Schläger gespielt, um seine Familie bei Laune zu halten. Sie hatten seinen Namen nicht aus Bosheit in den Griff geschnitzt. Aber das wusste nur seine Familie. Alle anderen hatten geradeheraus seine Männlichkeit infrage gestellt. Alle außer Caroline. Sie hatte gesehen, was die anderen nicht sehen konnten. Diese Erkenntnis brachte ihn ganz schön aus dem Gleichgewicht.

»Also gut«, stotterte er. »Spielen wir, oder wollen wir weiterhin die Ausrüstung bewundern?«

»Wir spielen natürlich.« Sie stellte den pinken Schläger zurück. »Sie haben gesagt, dass Sie immer mit diesem Schläger spielen, aber wenn Sie eine Farbe wählen könnten, welche wäre das?«

»Grün«, sagte er ohne nachzudenken und griff sich den grünen Schläger.

»Wie schockierend«, sagte sie, als er auch nach dem grünen Ball griff.

»Ich werde Blau nehmen.«

Er reichte ihr den blauen Schläger und versetzte mit seinem Schläger dem blauen Ball einen Stoß, sodass er ihr vor die Füße rollte.

»Wie gesagt, Ziel des Spiels ist es, den Ball mit so wenigen Schlägen wie möglich durch alle Eisentörchen zu manövrieren.«

»Das ist alles?«

Er runzelte die Stirn.

»Es ist nicht so einfach, wie es klingen mag.«

»Ich verstehe. Wer fängt an?«

»Sie.«

Er suchte nach dem ersten Tor und deutete auf ein Stück Rasen unter einem riesigen Baum.

»Lassen Sie uns dort hinüber gehen, zum Startpunkt.«

»Wunderbar. Vielleicht können wir uns während des Spiels auch über unser Experiment austauschen. Ich glaube nicht, dass dieses Spiel so viel Denkleistung abverlangt wie Schach.«

Er stöhnte laut auf.

»Bitte, Caroline, lassen Sie uns davon Abstand nehmen.«

»Warum?« Sie blieb abrupt stehen.

»Ich dachte, wir wollten einfach nur einen netten Nachmittag gemeinsam verbringen«, brachte er hastig hervor.

»Und überhaupt nicht über Wissenschaft sprechen?« Ihre Augen weiteten sich vor lauter Überraschung.

Alex gluckste.

»Jawohl. Ich werde mich ernsthaft bemühen, das Thema eine Stunde lang überhaupt nicht anzuschneiden.«

»Gütiger Himmel, es gibt doch noch Menschen, die sich verändern können«, murmelte sie. »Also gut. Aber nach dem Spiel widmen wir uns dem Experiment.«

Ihm klappte der Kiefer zusammen. Er hasste es, dass sie andauernd dieses Pseudoexperiment erwähnte; hasste es beinah so sehr, wie er Pall Mall hasste. Jedes Mal, wenn sie darauf zu sprechen kam, wurde er von Panik ergriffen. Was, wenn sie die Puzzleteile zusammenfügte? Was, wenn er sich verhaspelte? Er konnte nicht zulassen, dass sie sich weiter mit diesem Experiment beschäftigte.

»In Ordnung. Nach dem Spiel reden wir über unsere Kampagne.«

»Kampagne? Ich dachte, es sei ein Experiment.«

»Ist es nicht. Sie sollten das wissen.«

Sie zuckte mit den Schultern.

»Das weiß ich jetzt. Aber Marcus riet Ihnen, Sie sollten es wie ein Experiment angehen. Und ich muss sagen, dass mir diese Herangehensweise ebenfalls deutlich mehr zusagt.«

»Nun, Sie mögen das sehen, wie Sie wollen, aber es ist kein Experiment. Es ist eine Kampagne, und ich würde es begrüßen, wenn Sie diese Bezeichnung in Zukunft übernehmen würden.«

Er wich ihrem Blick aus. Er war ein solcher Flegel. Nicht nur betrachtete er sein Werben um sie als Experiment, nein, jetzt verdarb er ihr auch noch den Spaß, nur weil er Angst hatte, sich zufällig zu verraten.

»Gut. Dann ist es jetzt eben eine Kampagne«, sagte sie ausdruckslos.

»Danke. Ich verspreche Ihnen, dass wir mindestens eine halbe Stunde ausschließlich darüber diskutieren werden, bevor Sie heute Nachmittag nach Hause fahren.«

»Ich werde Sie daran erinnern.«

»Darauf wette ich.«

Sie gingen zu dem Rasenstück, wo Caroline mit einer betont legeren Handbewegung ihren Ball auf den Boden fallen ließ. Dann brachte sie sich in Position, schwang den Schläger, so weit sie konnte, nach hinten – beinah hätte sie sich mit dem hölzernen Keil am Kopf getroffen – und schlug mit einer Kraft, die besser auf einem Golfplatz angebracht gewesen wäre, schwungvoll gegen den Ball, der daraufhin steil und hoch in die Luft flog.

Sie kreischte kurz auf und warf die Arme schützend vor ihr Gesicht, als der Ball gerade einmal fünfundzwanzig Zentimeter von seinem ursprünglichen Platz wieder aufprallte.

»Glückwunsch, Caroline«, sagte Alex gewitzt. »Sie sind dem ersten Törchen schon fünfundzwanzig Zentimeter näher gekommen!«

Sie zog eine Grimasse, und er kicherte vergnügt. Dann ließ er seinen Ball ebenfalls fallen, schwang den Schläger allerdings nur ungefähr zwanzig Zentimeter nach hinten und berührte den Ball, der geradeaus rollte und direkt auf den von Caroline stieß. Aber weil der Zusammenstoß sanft ausgefallen war, kullerte Alex' Ball etwas zurück.

»Oh, Glückwunsch, Alex!«, rief Caroline sarkastisch. »Ihr Ball ist dem ersten Törchen ganze zwanzig Zentimeter näher gekommen!«

»Er wäre viel weiter gerollt, wäre Ihr Ball nicht im Weg gewesen.«

»Ausreden, nichts als Ausreden.« Sie ging zu den Bällen. »Wer ist jetzt dran?«

»Sie sind dran. Man hält immer dieselbe Reihenfolge ein, auch wenn es einen Vorsprung gibt.«

»Oh.« Sie blinzelte, als sie die beiden Bälle sah, die ganz eng beieinanderlagen. Er unterdrückte ein Lächeln. Der Kopf des Schlägers war ungefähr zehn Zentimeter lang, und sie würde ihren Ball entweder nur seitlich treffen – das bedeutete allerdings, dass sie ihn vom Kurs abbringen würde – oder ihn mit dem dünnen Stiel des Schlägers anstoßen können. Auf diese Weise würde der Ball allerdings kaum weiter als einen Zentimeter rollen.

»Sie sind dran«, sagte er noch einmal.

Sie seufzte und bückte sich, um den Ball aufzuheben.

»Das geht nicht!«, rief er schärfer, als er vorgehabt hatte, und tat einen Schritt zurück. »Es ist gegen die Regeln, den Ball mit den Händen zu bewegen.«

Ganz abgesehen davon, dass beim Bücken ihre Schulter unbeabsichtigt, aber dafür nicht minder verführerisch sein Hosenbein gestreift hatte.

»Was soll ich also tun?«

»Platzieren Sie Ihren Stock zwischen die beiden Bälle und drehen Sie ihn flink aus dem Handgelenk heraus.« Er war dankbar, dass niemand außer ihr in der Nähe war, da man diesen Satz durchaus missverstehen konnte.

Caroline schob ihren Schläger seitlich zwischen die beiden Bälle und schaffte es, ihren Ball gerade so weit zu berühren, dass er den Weg für Alex' Ball frei machte.

»Gut gemacht«, lobte er und machte sich schlagbereit. Sein Ball rollte über vierzig Zentimeter nach vorne.

»Gekonnter Schlag«, kommentierte Caroline mit einem Gesichtsausdruck, den er mal wieder nicht interpretieren konnte.

»Danke schön«, sagte er daher nur zaghaft. »Sie sind wieder dran.«

Sie machte sich für einen neuen Hammerschlag auf den armen Ball bereit. »Was tun Sie da?«, quiekte sie, als sie seine Hände auf den ihren spürte.

»Ich helfe Ihnen«, murmelte er ihr ins Ohr. Er kam ihr so nah, wie er sich das zutraute.

»Wo ist eigentlich Ihre Mutter?«

Sein Körper spannte sich an.

»Sie sieht wahrscheinlich nach meinem Vater. Sie wird gleich wieder hier sein. Keine Sorge, ich werde nichts Unangemessenes tun.«

»Das weiß ich«, sagte sie und schluckte.

»Aber das Problem hier liegt darin, dass Sie versuchen, mit aller Kraft auf den Ball einzuschlagen. Bei Pall Mall bringt das nichts. Es geht vielmehr darum, den Ball sanft zu schubsen. Bringen Sie den Schläger nur leicht nach hinten ...« Er führte ihre Arme nach hinten. »... und dann sanft nach vorne. So. Und jetzt versuchen wir es noch einmal.«

Sie nickte und ließ sich von ihm helfen, die Arme nach hinten und dann wieder nach vorn zu schwingen. Der Ball rollte einen knappen Meter vorwärts.

»Haben Sie das gesehen, Alex?«, kiekste sie erfreut. Er hielt sie noch immer fest.

»Ja. Ich trage zwar eine Brille, aber sehen kann ich durchaus«, neckte er sie und konnte sich einfach nicht dazu bringen, sie loszulassen.

»Sie sind dran.« Sie wandte sich in seinen Armen, als wollte sie sich befreien, und schließlich konnte er sie nicht mehr länger halten.

»Stimmt«, sagte er knapp. Er ging zu seinem Ball und rollte ihn gute dreißig Zentimeter voran. Caroline kommentierte sein schlechtes Spiel nicht, sondern versetzte ihrem blauen Ball diesmal ohne seine Hilfe einen derart gelungenen Schlag, dass Alex zweimal hinsehen musste, um sich davon zu überzeugen, dass sie ihn tatsächlich durch das Tor befördert hatte. Verdammt noch mal, sie war wirklich ein Naturtalent!

Nur zwanzig Minuten später hatte Caroline ihren Ball bereits durch das fünfte Törchen geschlagen, während Alex gerade einmal das erste geschafft hatte. Sie waren mittlerweile so weit voneinander entfernt, dass sie sich gegenseitig zubrüllen mussten, wer an der Reihe war. Mehr als nur einmal hatte Alex in Erwägung gezogen, seinen Ball einfach weiter nach vorne zu werfen, wenn Caroline gerade nicht hinsah. Aber er hatte noch nie bei einem Spiel geschummelt, und er würde sicher nicht bei Pall Mall damit anfangen!

Schlagbereit wartete er auf Carolines Signal. Bislang hatte sie stets gerufen: »Sie sind dran!« Aber diesmal klangen ihre Worte anders:

»Warten Sie, Alex! Ich helfe Ihnen!«

Er fletschte kurz die Zähne. Es gab nur eine Sache, die schlimmer war als Schummeln: *Hilfe zu bekommen.* Er schluckte seine Verbitterung herunter und schwang seinen Schläger. Es war ihm egal, ob er so den Ball sogar rückwärts befördern würde. Er wollte sich lediglich beeilen und seinen Schlag vollenden, bevor sie zu ihm gelangte und ihm *helfen* würde. Er starrte auf den grünen Ball vor sich und wollte ihn gerade treffen, als plötzlich ein lilafarbener Schuh in sein Blickfeld flog und direkt auf dem Ball liegen blieb.

»Was tun Sie da?«, fragte sie, die Hände empört in die Hüften gestemmt.

»Ich bin dran. Wenn Sie jetzt bitte ihren liebreizenden Schuh an sich nehmen würden, dann kann ich nämlich fortfahren.«

»Nicht so schnell.« Sie packte ihn am Revers. »Ich habe doch gesagt, dass ich Ihnen helfen werde. Haben Sie mich denn nicht gehört?«

»Doch. Aber ich will Ihre Hilfe nicht, also habe ich Sie ignoriert.«

Sie verdrehte die Augen.

»Das ist zu schade. Jetzt halten Sie schon still.«

Sie stellte sich hinter ihn und legte ihre Hände auf seine.

Niemals zuvor in seinem Leben hatte er sich im Zwiespalt zwischen zwei so unterschiedlichen Gefühlen befunden. Einerseits genierte er sich dafür, ihre Hilfe zu akzeptieren. Andererseits rasten Verlangen und Begierde erstaunlich heftig durch seinen Körper, als er ihre weichen Brüste in seinem Rücken spürte.

»Vielleicht sollten Sie einen Schritt zurückgehen«, krächzte er. In Anbetracht der starken Reaktion seines Körpers auf ihren befürchtete er, dass in dem Moment, in dem sie den Schläger schwingen würden, Caroline noch etwas anderes Langes und Hartes zu spüren bekäme, wenn sie ihm nicht etwas mehr Freiraum gäbe.

»Unsinn«, erwiderte sie und drückte sich noch enger an ihn. »Das Problem ist, dass Sie steif sind.«

Ja, das weiß ich wohl, dachte Alex. *Aber woher wissen Sie das denn?*

»W … wie bitte?«, fragte er.

Sie legte ihre Hände auf seine Schultern und begann, seine Muskeln durchzukneten.

»Ihr Körper ist viel zu angespannt. Lockern Sie sich.«

Er wollte vor Qual laut aufstöhnen. Solange sie sich an ihn drückte, würde sich sein Körper ganz sicher nicht entspannen.

Schließlich ließ er zu, dass sie ihm beim Schwingen des Schlägers half, aber der Ball rollte gerade einmal so weit, wie er es auch ohne ihre Hilfe getan hätte.

Sie schüttelte den Kopf.

»Sie sind zu verkrampft, Alex. Wenn Sie sich nur etwas weniger unter Druck setzen würden, könnte sich Ihr Spiel erheblich verbessern.«

»Ich werde dran denken«, antwortete er trocken. »Nun führen Sie schon Ihren Schlag aus.«

Sie eilte davon, und er blickte auf seine Taschenuhr. Er wusste nicht, wann Marcus sie zurückerwartete, aber in zwanzig Minuten würde Mutter ihren frühen Nachmittagstee einnehmen. Sollte Caroline dann noch hier sein, würde man sie höchstwahrscheinlich bitten, im Anschluss seinem Vater einen kurzen Besuch abzustatten.

Sie setzten das Spiel rasch fort. Alex stellte fest, dass sein Ball tatsächlich weiter rollte, wenn er die Schultern lockerte, so, wie Caroline es vorgeschlagen hatte. Faszinierend.

»Gewonnen, gewonnen!«, jubilierte Caroline und lief auf ihn zu. »Zumindest glaube ich das!«

»Ging Ihr Ball gerade durch das letzte Tor?«

Sie nickte mit so viel Nachdruck, dass sich mehrere Strähnen ihres wunderschönen Haares aus der Frisur lösten.

»Dann haben Sie wohl gewonnen«, bestätigte er grinsend. »Muss ich zu Ende spielen, oder erlauben Sie mir aufzuhören?«

Sie winkte gnädig mit der Hand.

»Ich würde keinen von uns auf diese Weise foltern wollen.«

Er lachte glucksend.

»Vielen Dank. Haben Sie Ihren Schläger und den Ball mitgebracht, oder haben Sie die vor lauter Freude einfach in die Luft geworfen?«

Caroline errötete leicht.

»Nun, ich habe sie eigentlich ... Ich habe sie wohl auf halbem Weg einfach fallen gelassen.«

In gespielter Entrüstung schüttelte Alex den Kopf.

»Dann sollten wir die vermissten Gegenstände wohl suchen?«

»In der Tat.«

Wie er vermutet hatte, lagen Schläger und Ball weit voneinander entfernt. »Lassen Sie uns diese hier zurückbringen. Ein Diener wird sich um den Rest kümmern.«

Er steckte beide Bälle in seine Jackentasche. Da er die Schläger in der rechten Hand trug, bot er Caroline die linke Hand.

»Vielen Dank dafür, dass Sie mit mir gespielt haben, obwohl Sie das Spiel nicht ausstehen können«, sagte sie, als sie die Vorrichtung für die Schläger und Bälle erreichten.

»Es war mir ein Vergnügen. Es hat mehr Spaß gemacht als sonst.«

»Tatsächlich?«, hörte er seine Mutter hinter sich fragen. Er drehte sich um.

»Glaub bloß nicht, Mutter, dass ich dieses erbärmliche Spiel jetzt öfter als einmal pro Jahr spielen werde.«

Ihre Lippen kräuselten sich.

»Und wenn Caroline dich bittet?«

Er blickte auf Caroline.

»Mit ihr spiele ich zweimal.«

»Gut zu wissen.« Die Baronin glättete ihre Röcke. »Brauche ich überhaupt zu fragen, wer gewonnen hat?«

»Ich habe gewonnen!« Carolines Gesicht strahlte noch immer vor Freude über ihren Sieg.

Reginas Augenwinkel zogen sich vergnügt zusammen.

»Ich kann nicht behaupten, dass ich überrascht bin.«

Sie blickte auf die Uhr, die an ihrer Taille befestigt war.

»Verzeiht meine lange Abwesenheit. Ich habe gar nicht gemerkt, dass fünfundvierzig Minuten vergangen sind. Ich habe wirklich geglaubt, dass das Spiel noch im Gang ist.«

»Caroline hat Gnade walten lassen. Nachdem sie gewonnen hat, durfte ich aufhören.«

»Aha.« Die Mutter dehnte den Ausruf über mindestens fünf Sekunden.

»Hmm, wollen wir einmal sehen. Ihr beiden habt ungefähr vierzig Minuten lang gespielt. Alex, du bist ungefähr bis zum dritten Törchen gekommen, schätze ich?«

Alex verschränkte die Arme und blickte seine Mutter missmutig an.

»Da schätzt du ungefähr richtig.«

»Das stimmt gar nicht.« Caroline nahm ihn in Schutz. »Er war fast mit dem fünften Törchen fertig. Wobei, er wäre sicher erst beim dritten gewesen, wenn ich ihm nicht geholfen hätte.«

Lady Banks sah Caroline mit aufgerissenen Augen an.

»Er hat zugelassen, dass Sie ihm helfen?«

»Nicht ganz. Ich muss zugeben, dass ich mich ihm aufgedrängt habe.«

»Hat sie das?«

Seine Mutter blickte ihn auf eine Weise an, die sein Gesicht wieder zum Glühen brachte.

»Ja. Der Kniff liegt darin, dass man die Schultern locker machen muss«, sagte Caroline so leichthin, als wäre sie sich der unbeabsichtigten Doppeldeutigkeit ihres vorherigen Satzes gar nicht bewusst.

»Du solltest das für zukünftige Spielpartien bedenken, Alex.« Die Mutter bedachte ihn mit einem herzlichen Lächeln und sah dann wieder zu Caroline.

»Nun, liebe Caroline, würden Sie gern zum Tee bleiben?«

»Würdest du uns einen Moment entschuldigen, Mutter?«

Regina Banks nickte. »Ich warte auf euch an der Tür.«

»Caroline, Sie brauchen sich nicht verpflichtet fühlen zu bleiben«, sagte er ernsthaft.

Sie blinzelte ihn an.

»Na gut, dann sollte ich wohl nach Hause gehen.«

»Nein, was ich meine, ist, Sie können natürlich gerne bleiben, wenn Sie es wünschen.«

Sie runzelte die Stirn.

»Was ist nur plötzlich in Sie gefahren?«

Er atmete angestrengt aus.

»Caroline, wenn Sie zum Tee bleiben, wird meine Mutter Sie einladen, meinen Vater zu begrüßen.«

»Oh.«

Er kratzte sich am Kinn und stieß erneut einen tiefen Atemzug aus.

»Ich weiß nicht, ob Sie von seiner Erkrankung gehört haben. Sie können sich natürlich nicht anstecken, keine Sorge. Aber der Arzt scheint kein Heilmittel finden zu können.«

Sie blickte ihn aus großen blauen Augen an.

»Ist er wirklich so krank?«

»Ja«, antwortete er mit belegter Stimme. »Wenn es Ihnen unangenehm ist, ihn unter diesen Umständen kennenzulernen, dann scheuen Sie sich bitte nicht, es zu sagen.«

»Was möchten Sie, Alex?«

Sein Herz setzte einen Moment lang aus. Was er *wollte*? Unter normalen Umständen hätte er keine Kontrolle darüber, ob sie seinen Vater kennenlernte oder nicht. Edward Banks besaß einen Charakter, den einige Leute als zu forsch beschreiben würden, aber das hielt ihn nicht davon ab, seine Anwesenheit stets kundzutun – und natürlich ganz besonders nicht in seinen eigenen vier Wänden. Jetzt lagen die Dinge anders. Durch die Krankheit war der Vater nur noch ein Schatten seiner selbst. Nicht länger groß, stark, imposant und willensstark. Jetzt war er schwach und verletzlich.

Es bedeutete Alex einiges, ihm Caroline vorzustellen, mehr, als er ursprünglich angenommen hatte. Er blickte sie nachdenklich an. Er kannte sie erst kurze Zeit, aber er vertraute ihr. Wenn sie eines Tages seine Frau sein sollte, müsste sie seinen Vater ohnehin kennenlernen. Und was noch viel wichtiger war, sein Vater würde sie mögen. Und sie würde seinen Vater mögen, wenn sie über seine direkten, saloppen Bemerkungen hinwegsehen könnte.

»Werden Sie sich wohlfühlen …«

Sie legte ihm einen Finger auf die Lippen, um ihn zum Schweigen zu bringen.

»Ich habe gefragt, was Sie möchten, Alex. Antworten Sie nicht auf meine Frage, indem Sie mir eine Gegenfrage stellen.«

Er fasste sie am Handgelenk und zog ihren Finger von den Lippen.

»Ich möchte, dass Sie sich wohlfühlen«, sagte er, ohne ihr Handgelenk loszulasssen.

»Danach habe ich nicht gefragt.« Sie wehrte sich nicht gegen seinen Griff.

Er seufzte.

»Caroline …«

Diesmal legte sie ihm alle fünf Finger ihrer anderen Hand auf die Lippen.

»Alex, ich habe Sie gefragt, was Sie möchten. Ich möchte nicht noch einmal fragen müssen.«

Jetzt umfasste er ihr anderes Handgelenk.

»Ich möchte, dass Sie bleiben«, flüsterte er durch ihre Finger hindurch.

Und dann, ehe sie die Hand wegziehen konnte, fasste er noch etwas fester zu und drückte einen zarten Kuss auf ihre behandschuhten Fingerkuppen. Sie sah ihn mit großen Augen an und ihre hübschen, rosafarbenen Lippen öffneten sich leicht und über ihre Wangen legte sich ein bezaubernder Hauch von Pink.

Kapitel 8

Die Teestunde mit der Baronin verging wie im Flug. Caroline bekam wegen ihrer Nervosität ohnehin alles nur wie verschwommen mit, aber sie meisterte die Situation, und bald darauf war es an der Zeit, die Bekanntschaft des Barons zu machen.

Onkel Joseph hatte sehr oft von seinem engsten Freund Lord Watson gesprochen und stets erwähnt, wie klug der Baron war. Ebenso wie Alex interessierte er sich ungemein für alles, was mit Wissenschaft zu tun hatte, und hatte den Großteil seiner Jugend damit verbracht, allerhand ungewöhnliche Experimente durchzuführen.

Sie freute sich sehr, solch einen Ausnahmedenker kennenlernen zu dürfen, aber die Aussicht auf das Treffen verunsicherte sie auch. Unter anderen Umständen wäre es vielleicht einfacher. Aber seine Bekanntschaft zu machen, während sie neben seinem Sohn stand, der der Verlobte ihrer Cousine war – das war schon etwas merkwürdig. Sie musterte Alex, und zum ersten Mal in ihrem Leben spürte sie so etwas wie Neid auf Olivia. Olivia hatte unglaubliches Glück und wusste es noch nicht einmal. Und es interessierte sie auch nicht. Die Ehe mit Alex war für Olivia lediglich ein Mittel zum Zweck. Sie würde – irgendwann – einen Titel und er Kopfschmerzen bekommen. Aber das war eben Olivias Schicksal, und nicht ihres, rief sie sich in Erinnerung, als sie das Teezimmer verließen und über den Korridor zum Krankenzimmer des Barons gingen.

Lady Watson klopfte an der Tür und schickte die beiden vor.

»Edward, es gibt hier eine Besucherin, die wir dir gerne vorstellen möchten.«

»Das klingt gut. Ich brauche frischen Wind um mich.«

Lord Watson richtete sich auf und lehnte sich gegen die Kissen.

Caroline folgte Alex in den Raum und gesellte sich dann neben ihn, nachdem sie seinen Vater verschüchtert begrüßt hatte. Sie war vorher noch nie in einem Krankenzimmer gewesen, wenn sie es sich recht überlegte. Olivias Zimmer natürlich ausgenommen, wenn diese in eine ihrer Stimmungen verfiel und ihre Umgebung mit allerhand eingebildeten Wehwehchen tagelang tyrannisierte. Ihre Mutter war ganz plötzlich gestorben, ohne vorangegangene Krankheit, Schmerzen oder Leiden. Ihre Tante und ihr Onkel waren auch relativ schnell verstorben. Jetzt begegnete sie zum ersten Mal einem Menschen, der ernsthaft und langwierig leiden musste, und ein seltsamer Schmerz breitete sich in ihrer Brust aus. Sie sah zu Alex und senkte die Augenlider. Sie wusste nicht, für welchen der beiden Männer sie größeres Mitgefühl empfand: für den Baron, dessen furchtbare Krankheit ihn so sehr peinigte, oder für den Sohn, den die Krankheit des Vaters ebenso peinigte, nur auf andere Weise.

»Ms Caroline Sinclair«, sagte der Baron sinnierend und holte sie aus ihren Gedanken.

»Mein Lord?«

»Erlauben Sie mir, dass ich mich an meines Sohnes statt bei Ihnen entschuldige«, sagte er und griff nach einem Wasserglas auf dem Nachttisch. Er nahm einen Schluck und stellte es wieder ab.

»Vielleicht nehmen Sie an, ich möchte mich dafür entschuldigen, dass er Sie hat glauben lassen, die Familie Banks besäße ein Rasenschachspiel, aber das werde ich nicht tun. Nein, mein verehrtes Fräulein Sinclair, ich entschuldige mich aus tiefstem Herzen dafür, dass Sie mit ihm Pall Mall spielen mussten.«

Sie fand sofort Gefallen an ihm und an seiner ganz offensichtlich nicht ernst gemeinten Entschuldigung.

»Ehrlich gesagt, so schlimm war es gar nicht«, verteidigte Caroline Alex scherzhaft.

Der Baron riss seine ergrauenden Augenbrauen so weit nach oben, dass sie fast den Haaransatz berührten. Seine Augen schienen ihm vor Erstaunen fast aus dem Gesicht zu fallen.

»Mein liebes Mädchen, Sie sollten wissen, dass wir in diesem Hause Unwahrheiten gar nicht schätzen und dass jedem nur eine pro Jahr zusteht. Ich befürchte, Sie haben Ihre gerade eben aufgebraucht, und jetzt müssen Sie in diesen vier Wänden ein ganzes Jahr lang absolut ehrlich sein.«

Sie musste grinsen und stemmte die Hände in die Hüften.

»Wie, Lord Watson, wir haben uns eben erst kennengelernt, und schon nennen Sie mich eine Lügnerin?« Sie schnalzte mit der Zunge.

»Ich muss Sie eines Besseren belehren. Ihr Sohn ist recht talentiert im Pall Mall.«

Edward schnaubte ungläubig.

»Wohl denn, Regina, bestell bitte Haferschleim zum Abendessen.«

»Sofort, mein Lord«, sagte seine Frau und zwinkerte Caroline zu.

»Haferschleim?«, fragte Caroline.

»Das war immer unsere Strafe, wenn wir ungezogen waren«, erklärte Alex. »Glauben Sie mir, es ist schrecklich. Ich bin sicher, Sie haben das auch schon einmal essen müssen. Aber der Haferschleim, den unser Koch hier zubereitet, ist der grässlichste, den ich jemals probiert habe, und ich meine grässlicher als der Haferschleim, den ich in Eton essen musste.«

Caroline verzog die Nase.

»Aber ich war nicht ungezogen«, protestierte sie. »Ich habe die Wahrheit gesagt. Er ist ein guter Spieler.«

Alex' Vater blinzelte sie ungläubig an.

»Na, dann bitte ich Sie um eine Erklärung.«

»Der Grund, warum er anfangs nicht gut spielen konnte, lag darin, dass er so steif war. *Sehr, sehr steif.*«

Alex hustete und seine Wangen färbten sich hellrot. Lady Watson klopfte ihrem Mann leicht auf die Schulter und schüttelte fast unmerklich den Kopf, was Caroline verunsicherte.

Lord Watson winkte ab.

»Ich kann mir vorstellen, dass es jedem Gentleman schwerfällt, in einem solchen Zustand zu spielen«, sinnierte er und grinste dabei leicht dümmlich.

»Ganz genau. Als er sich entspannte und sein Körper locker wurde, fiel es ihm leichter, seinen Schläger zu schwenken.«

»Tatsächlich?« Der Baron schien an seinem Lachen beinah zu ersticken. Und direkt neben ihr klang auch Alex so, als wäre er kurz vor dem Ersticken, allerdings schien das weniger an einem Lachanfall zu liegen.

»Geht es Ihnen gut?«, fragte sie, ernsthaft besorgt.

»Sprechen Sie einfach nicht weiter«, stieß er hustend hervor.

Sie runzelte die Stirn.

»Verraten Sie mir etwas, junges Fräulein.« Lord Watson lenkte ihre Aufmerksamkeit wieder auf sich.

»Edward, hör auf«, warnte Lady Watson und schüttelte wieder den Kopf. »Sie kennt dich und deinen Humor noch nicht. Bring sie nicht in Verlegenheit.«

»Aber das tue ich doch gar nicht«, erwiderte Lord Watson. »Ich habe keine Ahnung, was du und Alex aus unserer harmlosen Unterhaltung heraushört. Caroline und ich sprechen lediglich über Alex' Steifheit während eines Spiels.«

»Ganz genau«, pflichtete Caroline ihm bei.

Alex stöhnte laut auf.

Caroline warf ihm einen fragenden Blick zu. Was war nur los mit ihm? Schämte er sich, weil sie seinen Eltern gesagt hatte, dass sie ihm beim Schwingen des Schlägers geholfen hatte? Das konnte nicht sein. Er hatte seiner Familie zuliebe mit einem pinkfarbenen Schläger gespielt, um Himmels willen. Im Vergleich dazu war ein bisschen Hilfe zu akzeptieren doch wirklich nicht der Rede wert.

»Was ist los?«, fragte sie flüsternd.

Alex schüttelte den Kopf.

»Ich erkläre es Ihnen ein andermal. Jetzt hören Sie einfach auf, von dem Spiel zu berichten.«

»Warum?«, erwiderte sie stirnrunzelnd.

»Ja, Alex, warum?«, fragte sein Vater, faltete das Taschentuch, in das er gerade gehustet hatte, zusammen und legte es zurück auf den Nachttisch.

Alex warf seinem Vater einen scharfen Blick zu.

»Nicht, Vater. Caroline war so liebenswürdig, dich kennenlernen zu wollen. Denk bitte daran, auch wenn es dir schwerfällt.«

»Du hast recht, mein Sohn«, pflichtete der Baron ihm bei und presste die Lippen aufeinander. »Verzeihen Sie, wenn ich Sie in Verlegenheit gebracht habe«, brummte er dann in Carolines Richtung.

»Sie brauchen sich nicht zu entschuldigen.« Für was auch sollte er sich entschuldigen? Alex und seine Mutter benahmen sich wirklich sonderbar.

»Das finde ich auch.«

Lord Watson warf seiner Frau und seinem Sohn jeweils einen süffisanten Blick zu. »Joseph hat mir einmal gesagt, dass Sie eine Leidenschaft für die Wissenschaft hegen, Caroline. Verhält sich das noch immer so?«

»Ja, mein Lord.« Caroline entspannte sich etwas, nachdem sich auch die Atmosphäre im Zimmer gelockert zu haben schien. »Ich bin sogar gerade als neuestes Mitglied in die *Gesellschaft für Biologische Fragen* aufgenommen worden.«

»Tatsächlich?« Lord Watson nickte beifällig. »Das freut mich zu hören. Es bestand immer ein deutlicher Mangel an weiblichen Mitgliedern.«

»Das mag daran gelegen haben, dass man ihnen die Mitgliedschaft verweigert hat«, sagte Caroline in ihrem freundlichsten Tonfall. Sie hatte es nie wirklich akzeptiert, dass man ihr wegen ihres Geschlechts den Zutritt verweigert hatte.

»Wie bitte?«, erkundigte der Baron sich geflissentlich.

Caroline biss sich auf die Lippe.

»Bitte vergessen Sie, was ich gerade gesagt habe.« Sie hätte sich zu diesem Thema nicht äußern dürfen. Der Baron blickte auf Alex, der sein Gewicht von einem Fuß auf den anderen verlagerte.

»Weißt du, was sie meint, mein Sohn?«

Alex räusperte sich.

»Caroline hilft mir dabei, die allgemeine Anzahl der Mitglieder zu erhöhen, und unser Hauptaugenmerk wird darauf liegen, mehr Frauen für die Gesellschaft zu gewinnen.«

»Ich bin erfreut, das zu erfahren, aber ich möchte trotzdem wissen, wen man bislang ausgeschlossen hat und warum.«

Alex seufzte.

»Caroline. Das war vor drei, nein, vor vier Jahren.«

»Und weshalb?«, wollte der Vater wissen und sah wachsam abwechselnd von Alex zu Caroline.

»Aufgrund meiner Geschlechtszugehörigkeit«, antwortete Caroline ruhig. »Aber das ist jetzt nicht mehr von Bedeutung. Alex hat mir vor Kurzem die Mitgliedschaft zugesichert. Alles ist vergeben und vergessen.«

Lord Watson verschränkte seine dünnen Arme.

»Es ist ja sehr reizend von Ihnen, dem Schwachkopf zu verzeihen, der Sie nicht aufnehmen wollte, aber ich werde das nicht tun. Ihr Onkel war einer meiner besten Freunde. Er konnte die Intelligenz seiner Nichte gar nicht genug preisen und hat mir einmal sogar gestanden, dass sie Alex und mich mit akademischen Auszeichnungen nur so übertrumpfen würde, wenn sie Eton und Cambridge besuchen dürfte.« Er schüttelte den Kopf. »Das hat er stets sehr deutlich gemacht. Wusste er, dass man sie nicht aufgenommen hat damals?«

»Das weiß ich nicht«, murmelte sie. Um ehrlich zu sein, war ihr das mittlerweile egal. Es erfreute sie natürlich ungemein, dass Onkel Joseph sie für so intelligent gehalten hatte. Und dann hatte er auch noch damit geprahlt! Im Allgemeinen wurden junge Damen nicht dazu angehalten, sich mit akademischen Studien zu beschäftigen. Man betrachtete es als ausreichend, wenn sie ihr Gehirn dazu benutzten, um zu überlegen, welche Farben gut zueinanderpassten.

Der Baron knurrte missbilligend.

»Ich mag ein alter Mann sein, aber ich bin fest entschlossen, den Tunichtgut, der damals Präsident war, wissen zu lassen, was ich davon halte, dass er Ihnen mit solch einer sinnlosen Begründung die Mitgliedschaft verwehrt hat. Gib mir bitte eine Feder und Papier, Regina.«

»Was hat er vor?«, flüsterte Caroline Alex ins Ohr.

»Machen Sie sich darüber keine Gedanken.« Er legte ihr eine seiner glühend heißen Hände ins Kreuz, die andere auf ihren Arm und zeigte auf ein Sofa, das neben dem Fenster am anderen Ende des Zimmers stand. »Wollen wir uns nicht setzen?«

Mit seinen Fingern übte er leichten Druck aus und, ohne es zu wissen, schickte er mit dieser einfachen und doch besitzergreifenden Geste ein kribbelndes Gefühl durch Carolines Körper, das die junge Frau erzittern ließ. Sie legte ein umgekipptes, goldfarbenes Kissen zur Seite, bevor sie sich behutsam hinsetzte und ihre Röcke so drapierte, dass sie sich ansehnlich ausbreiteten und Alex dennoch genug Platz ließen, um sich neben ihr niederzulassen. Mit der Anmut eines Elefanten auf Schlittschuhen ließ Alex sich neben sie fallen und lümmelte seinen Arm auf die Rückenlehne des Sofas.

»Weiß er, dass Sie damals schon Präsident waren?«, fragte Caroline.

»Nein«, flüsterte Alex. »Aber machen Sie sich keine Sorgen. Ich werde ihn aufklären, wenn der Moment gekommen ist.«

Sie beobachtete Alex' Vater, der so schnell schrieb, wie es ihm seine zitternde Hand erlaubte. Regina saß in einem Stuhl an seiner Seite und versuchte mitzulesen, indem sie dem Baron über die Schulter sah.

Caroline musste seufzen.

»Ich wollte keine Schwierigkeiten machen.«

»Haben Sie auch nicht. Er findet, dass man Ihnen großes Unrecht getan hat – und damit hat er recht –, und er wird sich besser fühlen, wenn er etwas dagegen unternimmt.«

Caroline starrte auf ihre Nägel und lauschte dem Geräusch von Lord Watsons Feder, die über das Pergamentpapier kratzte.

»Vielleicht hätte ich nach dem Tee nach Hause fahren sollen«, murmelte sie.

»Unsinn.« Alex legte eine Hand auf ihre Schulter und zog sie näher an sich heran. »So ist mein Vater eben. Ob Sie nun geblieben wären oder nicht, es hätte nichts daran geändert, dass er seine Witze über meine Unfähigkeit, Pall Mall zu spielen, gerissen hätte, und er hätte sich in jeder anderen Situation ebenfalls darüber echauffiert, dass man Ihnen damals die Mitgliedschaft verweigert hat.«

»Aber er hätte es nicht herausgefunden«, gab sie zu bedenken.

Alex knetete hektisch an seiner Unterlippe und verzog das Gesicht zu einer finsteren Grimasse.

»Das macht nichts. Ich bin sogar froh, dass er es herausgefunden hat. So kann er sich wichtig fühlen, weil er sich für Sie einsetzt. Betrachten Sie es als Kompliment.«

»Ich fühle mich geehrt«, sagte sie trocken.

Alex kicherte und massierte ihr mit den Fingerkuppen die Schulter.

»Alle zuhören«, sagte Lord Watson mit knapper Stimme, nachdem er das Schreiben beendet hatte. »Ich werde den Brief laut vorlesen und möchte eure Meinung hören.« Er reichte Lady Watson die Feder, damit er das Papier besser halten konnte. »Lieber …« Er sah fragend zu Alex. »Wie heißt der Dummkopf überhaupt, dem ich diesen Brief schicke?«

Alex winkte ab.

»Lies uns einfach den Brief vor, und dann sage ich dir, an wen er zu adressieren ist.«

»In Ordnung. Meine Hand schmerzt ohnehin. Also los. Aufgepasst. ›Lieber Herr Dummkopf.« Er sah Alex scharf an. »Vielleicht sollte ich es einfach dabei belassen. Was meinst du?«

»Wenn es dir so gefällt«, antwortete Alex und kratzte sich mit dem Zeigefinger seiner freien Hand unterm Kinn. »Aber willst du nicht endlich mit dem Vorlesen beginnen?«

Der Baron verzog seine Mundwinkel auf derart spöttische Weise, wie Caroline es noch nie zuvor in ihrem Leben gesehen hatte.

»›Lieber Herr Dummkopf. Man hat mich kürzlich darauf aufmerksam gemacht, dass man einer jungen Dame wegen ihres Mangels an männlichem Zubehör die Mitgliedschaft in der *Gesellschaft für Biologische Fragen* verweigert hat. Es bereitet mir großen Kummer, erst nach so langer Zeit von dieser Farce erfahren zu haben, aber ich möchte nun wiederum Sie darauf aufmerksam machen, dass ich Ihnen wegen offensichtlichen Mangels an Verstand die Mitgliedschaft in der *Gesellschaft* verwehrt hätte, wäre ich damals Präsident gewesen.

Diese junge Dame besitzt mehr Intelligenz in ihrem kleinen Finger als Sie in Ihrem ganzen Körper. Ich glaube, dass Sie realisiert haben, dass sie intelligenter war als Sie und dass Sie sie deshalb nicht in die Gesellschaft aufnehmen wollten, was eindeutig Ihre Feigheit unter Beweis stellt und Sie eben jenes männlichen Zubehörs unwürdig macht, das der jungen Dame von Natur aus fehlt. Ich fordere Sie dazu auf, wegen Ihrer Feigheit und Ihres verachtenswerten Verhaltens umgehend Ihre Mitgliedschaft aufzukündigen. Sinn und Zweck der *Gesellschaft* ist es, biologische Fragen zu diskutieren und nicht das mickrige Gehirn eines wichtigtuerischen Idioten aufzublasen, indem intelligentere Menschen aus ihrem Kreis ausgeschlossen werden.

Ihr Edward Banks, Baron Watson.‹«

Sie presste ihre Hände vor den Mund, um den Drang zu lachen, zu unterdrücken, und blickte zu Alex. Auf seinen Lippen lag dasselbe dünne Lächeln wie auf den Lippen seiner Mutter.

»Sie brauchen das wirklich nicht abzuschicken«, rang Caroline sich ab, wobei sie ihrem glühenden Gesicht Luft zuwedelte und sich angestrengt zusammenreißen musste, um nicht laut loszuplatzen.

»Nichts da!« Der Baron ließ sich erneut Feder und Tinte reichen. »Der Brief geht heute noch raus. Alex wird ihn abschicken, sobald ich den Namen dieses aufgeblasenen Feiglings zu Papier gebracht habe. Jetzt sag schon, wie heißt er?«

Er richtete seine blassblauen Augen auf Alex.

»Der Name ist schwierig zu buchstabieren. Vielleicht sollte ich einfach jeden einzelnen Buchstaben laut aussprechen, damit du keinen Fehler machst.«

Der Baron sah seinen Sohn verärgert an, stimmte dann aber zu. »Fang schon an«, sagte er knapp. »Ich will, dass der Brief heute noch frankiert wird und mit der Post rausgeht.«

Alex nickte. Und dann buchstabierte er langsam und deutlich seinen vollständigen Namen, wobei er zwischen den einzelnen Buchstaben für jeweils beinahe zehn Sekunden pausierte.

»Das war's?«, fragte der Baron aufgeregt. »Ich dachte mehrmals, ich würde wegen deiner Pausen einschlafen. Ich muss sagen, mein Sohn, der Name dieses Esels klingt nicht so kompliziert. Vielleicht etwas lang, aber ich kann nichts Außergewöhnliches finden. Eventuell das X. Aber auch das ist nicht so ungewöhnlich, dein Name hat ja auch ein X.«

Dann runzelte er die Stirn, zuckte mit dem Kopf und sah auf das Papier. Seine Lippen bewegten sich schwach, während er die Wörter las, die er gerade geschrieben hatte. Sein Blick schoss zurück zu Alex.

»Du warst das?«

»Jawohl, Vater. Ich bin der wichtigtuerische, feige Dummkopf, der Caroline aufgrund ihrer Geschlechtszugehörigkeit abgewiesen hat.«

Carolines Herz zog sich gerührt zusammen. Sie wollte ihn irgendwie berühren und ihm zu verstehen geben, dass sie auf seiner Seite stand. Aber so vertraut konnte sie nicht mit einem Herrn umgehen, den sie kaum kannte. Das gehörte sich nicht. Also ließ sie ihre Hände im Schoß gefaltet und warf ihm ein schwaches Lächeln zu.

»Was hast du dir nur dabei gedacht?«, blaffte der Baron.

Alex knirschte mit den Zähnen.

»Ich kann nicht frei sprechen.«

»Und warum zum Teufel nicht?« Lord Watson war ungemein aufgebracht. Sein Gesicht war dunkelrot angelaufen, und ein neuer Hustenanfall schüttelte ihn. Er griff nach dem Taschentuch, um Mund und Nase zu bedecken.

Alex wartete ab, bis der Hustenanfall vorüberging.

»Man hat mich gebeten, nicht darüber zu sprechen«, antwortete er dann schlicht.

»Wer hat dich darum gebeten?« Lord Watson sprach die Worte aus, die Caroline auf der Zunge gelegen hatten. Wer um alles in der Welt würde verhindern wollen, dass man sie aufnahm?

Alex schüttelte den Kopf.

»Ich möchte das wirklich nicht weiter ausführen. Ich habe mich schon bei Caroline entschuldigt, und ich entschuldige mich gern noch einmal, aber ich möchte die Angelegenheit nicht noch schlimmer machen.«

»Schlimmer?«, wiederholte sein Vater. »Wie soll das denn gehen?«

»Glaub mir, es ginge.«

»Ich glaube dir nicht.« Der ältere Mann verschränkte die Arme. »Wusste ihr Onkel davon?«

Alex sah Caroline lange an und drückte leicht ihre Schulter. Offensichtlich sollte das eine Entschuldigung sein für etwas, das in seinen Augen stand, aber das sie nicht entziffern konnte.

»Ja, er wusste davon. Er war derjenige, der mich gebeten hat, Caroline und Lady Olivia die Mitgliedschaft zu verweigern.«

»Wie bitte?«, fragten Caroline und der Baron gleichzeitig.

Alex seufzte.

»Vor ein paar Jahren passte mich Lord Sinclair vor meinem Schneidergeschäft in London ab und bat mich, Caroline und Lady Olivia von den Zusammenkünften der *Gesellschaft* auszuschließen. Ich erwiderte, dass ich das nicht tun könne, dass die *Gesellschaft* allen Interessierten offen stünde und dass ich nicht über die Entscheidungsgewalt verfügte, jemanden aus welchen Gründen auch immer auszuschließen. Ich sagte ihm, er müsse den beiden schon selbst verbieten, die *Gesellschaft* zu besuchen, wenn ihm das so wichtig war. Aber er war unnachgiebig und behauptete, ich würde ihm, einem engen Freund meines Vaters, damit einen großen Gefallen erweisen. Er bearbeitete mich eine Woche lang jeden Nachmittag, bis ich schließlich nachgab.«

»Und wieso bist du auf die Ausrede gekommen, Frauen dürften nicht aufgenommen werden?«

Von Lady Watson hatte man während der vergangenen zehn Minuten kaum etwas mitbekommen, außer als sie ihrem Mann

Feder und Papier gereicht hatte, weswegen ihre bedächtig vorgetragene Frage jetzt alle überraschte.

Alex blickte seine Mutter an und schluckte hörbar.

»Lord Sinclair bat mich, die beiden abzuweisen, ohne zu offenbaren, dass er die treibende Kraft dahinter war. Mir war klar, dass Lady Olivia zu dumm war, und ich hätte sie mit der Begründung abweisen können, dass sie nicht über ausreichendes biologisches Wissen verfügte. Aber das Problem war Caroline. Um ehrlich zu sein, wusste ich nicht, was Caroline letztendlich über Biologie wusste, und es wäre verdächtig gewesen, wenn ich die beiden aus unterschiedlichen Gründen abgewiesen hätte.«

»Also hast du ihr Geschlecht als Grund genannt«, sagte seine Mutter in verärgertem Ton.

»Nun ja.« Alex verschränkte die Arme. »Das war die einzige Sache, die auf beide zutraf. Andere Frauen gab es nicht. Und außerdem sind viele Institutionen nur Männern zugänglich. Ich fand nicht, dass das so weit hergeholt war.«

Er sah Caroline tief in die Augen. »Wie ich schon gesagt habe, es tut mir sehr leid. Wenn man mich nicht dazu gedrängt hätte, hätte ich dergleichen nie getan.«

Caroline spürte stechende Galle ihren Hals hinaufbrennen. Wie hatte Onkel Joseph ihr das nur antun können? Er hatte sie zwar nie so verwöhnt wie Olivia, aber er war nie vorsätzlich grausam zu ihr gewesen. Das hatte sie jedenfalls geglaubt. Sie nickte wie betäubt, um Alex zu zeigen, dass sie seine Worte zumindest registriert hatte.

»Ich kann mir das einfach nicht vorstellen«, sagte der Baron und seufzte. »Hat er gesagt, warum?«

»Nein.« Alex schüttelte gemessen den Kopf. »Ich habe mich erkundigt, aber er wollte mir seine Gründe nicht verraten.«

Lord Watson schüttelte ebenfalls den Kopf.

»Es scheint einfach so unlogisch, dass er vor mir über Caroline prahlt und dann so etwas veranstaltet.« Die Geste, mit der er sich durch sein ungekämmtes Haar fuhr, war dieselbe, die Caroline schon von Alex her kannte. »Er hat noch nicht einmal eine Andeutung fallen gelassen?«

»Nein.« Alex verlagerte seine Sitzposition. »Ich habe meine Vermutungen, aber weil er nie etwas verlautbaren ließ, weiß ich es natürlich nicht mit Sicherheit.«

»Nun, da wir ihn nicht fragen können, sind deine Vermutungen das Beste, was wir haben. Also, spuck es schon aus, mein Junge!«, drängte der Baron.

Auch Caroline spitzte die Ohren. Sie war mindestens genauso neugierig wie Alex' Vater. Sie konnte spüren, wie Alex' Haltung sich verspannte und sein Atem auf einmal deutlich angestrengter ging.

»Ich weiß es nicht mit Sicherheit«, begann er langsam, »aber mir scheint, es hatte etwas damit zu tun, dass Rupert Griffin bei unserem vorherigen Treffen der *Gesellschaft* beigetreten war.«

Diese Worte lösten eine Welle der Übelkeit in Caroline aus, wie sie sie nie zuvor erlebt hatte. Sie hatte den Namen des schrecklichen, widerwärtigen Mannes, der es wagte, sich als ihr Vater zu bezeichnen, seit Jahren nicht gehört. Sie war davon ausgegangen, dass er seit langer Zeit tot war. Aber anscheinend nicht. Anscheinend war er nur allzu lebendig. Vor gerade einmal vier Jahren war sie sogar mit ihm unter demselben Dach gewesen, als sie zum bisher einzigen Mal eine Zusammenkunft der *Gesellschaft für Biologische Fragen* besuchte – besuchen wollte.

Auf einmal überkam sie ein Gefühl der Dankbarkeit für Onkel Joseph. Er war so umsichtig gewesen, sie der *Gesellschaft* zu verweisen, ohne dass man herausfand, wer das veranlasst hatte, noch bevor sie erfahren musste, dass ihr Vater noch auf dieser Erde weilte. So dankbar war sie ihm nicht mehr gewesen, seit er und ein ihr unbekannter Helfer sie mitten in der Nacht aus Ruperts bösartigen Klauen gerettet hatten.

Im Zimmer war es nun sehr still. Caroline starrte auf ihre weißen Fingerknöchel.

»Da hast du vermutlich recht, Alex«, stimmte Lord Watson seinem Sohn schließlich zu. Seine Stimme war so leise, dass für Caroline kein Zweifel daran bestand, dass er genau wusste, wer Rupert Griffin war.

»Ich sollte wohl am besten gehen«, flüsterte sie und traute sich nicht, von ihrem Schoß aufzublicken.

Alex zog seine Taschenuhr hervor.

»In der Tat.«

Beim Aufstehen stützte Caroline sich auf der Armlehne des Sofas ab. Ihre Beine zitterten.

»Geht es Ihnen gut?«, erkundigte Alex sich und hielt sie fest.

»Ja«, sagte sie mit schwacher Stimme und versuchte, das letzte bisschen Würde zu bewahren, das ihr noch geblieben war. Sie blickte ihm in die Augen, aber anstatt des Abscheus und der Missbilligung, die sie erwartet hatte, entdeckte sie Besorgnis und Zärtlichkeit. Ihr Atem stockte. Entweder wusste er es nicht oder es war ihm egal. Sie schluckte und wagte es, zu seinen Eltern hinüberzublicken, sah aber schnell wieder weg.

»Caroline«, sagte der Baron kurz danach. Sie lenkte ihre Augen in seine Richtung, konnte sich aber nicht dazu durchringen, ihn direkt anzusehen.

»Mein Lord?«

»Nennen Sie mich nicht mein Lord, das mag ich nicht«, sagte er und verzog abfällig seinen Mund. »Ich wollte Sie um einen Gefallen bitten, wenn es Ihnen nichts ausmacht.«

Sie nickte.

»Selbstverständlich. Jederzeit.«

Er kratzte sich am Kinn.

»Nun, sehen Sie, einer meiner besten Freunde mag etwas getan haben, das man gut und gerne als nicht sehr gentlemanmäßig bezeichnen darf. Es gefällt mir gar nicht, dass so etwas über ihn bekannt geworden ist. Und ich würde es sehr begrüßen, wenn ich wüsste, dass sein Geheimnis bei Ihnen sicher aufgehoben ist.« Er machte eine Pause, die nicht lang genug war, um Caroline Zeit zum Antworten zu geben, aber doch lang genug, um die Ernsthaftigkeit in seinen Augen zu sehen. »Als Gegenleistung für Ihren Gefallen gebe ich Ihnen mein Ehrenwort, dass, sollte mir jemals ein Geheimnis über Sie zu Ohren kommen, es mir niemals von den Lippen rutschen wird.«

Tränen stiegen ihr in die Augen, als sie die Bedeutung seiner Worte erfasste. Er wusste Bescheid. Er wusste alles, was es über ihre Vergangenheit zu wissen gab, und er verurteilte sie nicht. Aber hatte er ihr das so verschleiert zu verstehen gegeben, weil er ihren Stolz schützen wollte oder weil Alex vielleicht nicht eingeweiht war? Sie wusste es nicht, und ehrlich gesagt, war es ihr auch egal. Das Einzige, was zählte, war, dass ihre Geheimnisse bei dem Baron sicher aufgehoben waren.

»Ich werde das Geheimnis Ihres Freundes hüten«, versprach sie mit wackliger Stimme.

Lord Watson nickte und zwinkerte ihr zu.

»Sehr gut. Wie verhält es sich mit dem Geheimnis meines Sohnes? Ich muss sagen, er hat sich noch sehr viel weniger wie ein Gentleman verhalten. Ich könnte dieses Gerücht über ihn natürlich in Umlauf bringen, aber ich befürchte, damit auch meinen guten Namen zu beschädigen.«

Sie konnte nicht anders, aber der Hauch eines Lächelns kräuselte ihre Lippen.

»Dieses Geheimnis ist bei mir ebenfalls gut aufgehoben, nehme ich an. Ich würde es gar nicht gerne sehen, wenn man den Namen der Banks mit einem Verhalten assoziieren würde, das nicht dem von Gentlemen entspricht.«

»Puh, da bin ich aber erleichtert«, sagte der Baron und wischte sich mit dem Handrücken über die Stirn. »Jetzt muss ich meine letzten Tage nicht in Schmach und Schande über die Verfehlungen meines Sohnes verbringen.«

Alex zuckte abfällig mit den Schultern.

»Ich habe dir nie dasselbe Maß an Schande verursacht, wie es die meisten Söhne anderer Familien getan haben.«

»Das stimmt«, gab sein Vater nachdenklich zu. »Du bist ein exzellenter Sohn gewesen. Würde es dir etwas ausmachen, wenn du noch ein bisschen mit mir plauderst, nachdem du die schöne Caroline zu ihrer Kutsche gebracht hast?«

»Sehr gern, Vater. Caroline, warten Sie hier einen Moment. Ich bin gleich zurück. Ich muss Ihre Kutsche anfordern und nach ihrer Zofe schicken lassen, ansonsten müssen wir unten eine Weile warten.«

Er huschte schnell aus der Tür und ließ Caroline alleine mit seinen Eltern zurück.

Seine Mutter ging zu Caroline, um sich zu verabschieden. Als sie dem direkten, unverstellten Blick der Baronin begegnete, sah Caroline darin dasselbe Gefühl, das sie auch in den Augen des Barons entdeckt hatte: Mitgefühl. Sie bemitleideten sie nicht, noch verachteten sie sie.

Nach ein paar stillen Minuten kehrte Alex zurück und führte sie die Treppen hinunter.

»Sind Sie sicher, dass alles in Ordnung ist?«, fragte er, als sie ins Freie traten, und blickte sie unverwandt an.

»Ja«, sagte sie, wich seinem Blick aber aus.

Er seufzte.

»Ich wollte nicht, dass Sie davon erfahren. Ihr Onkel hat Sie nicht verletzen wollen. Da gibt es noch andere Dinge, von denen Sie nichts wissen.« Seine Augen wanderten über ihr Gesicht. »Caroline, bitte grollen Sie keinem von uns.«

»Das tue ich nicht«, antwortete sie wahrheitsgemäß. Sie war beiden dankbar dafür, dass sie sie auf unterschiedliche Weise vor Rupert Griffin bewahrt hatten.

»Wirklich?«

»Ja.«

»Gut.«

Er geleitete sie zu ihrer Kutsche. Bevor sie die erste Stiege erklomm, hielt er sie zurück.

»Glauben Sie, dass es in Ordnung wäre, wenn ich Sie morgen besuchen käme?«

»Warum?«, entwich es ihr und sie blinzelte überrascht. Er war Olivias Verlobter. Ihr sollte er seine Aufwartung machen, nicht Caroline.

»Wir hatten keine Zeit mehr, über unsere Kampagne zu sprechen. Dabei hatte ich es Ihnen doch versprochen. Und wenn ich das ungehobelte Benehmen meiner Vergangenheit so Revue passieren lasse, scheint mir, dass ich langsam anfangen muss, mich zu bessern. Und ich werde damit beginnen, indem ich meine Versprechen halte.«

Er steckte ihr eine Strähne zurück hinter das Ohr.

»Ich nehme an, das ist akzeptabel«, antwortete sie und schüttelte leicht betrübt den Kopf. Alex Banks, oder der Trockene Alex, wie ihn der Rest Englands wegen seiner unfehlbar höflichen Manieren nannte, war meilenweit davon entfernt, sich ungehobelt zu benehmen.

»Wunderbar«, sagte er und half ihr beim Einsteigen in die Kutsche. Als sie oben angekommen war, ließ er ihre Hand nicht gleich los, sondern drückte ihr einen innigen Kuss auf den Handrücken.

»Bis morgen.«

Auf dem Weg zurück ins Krankenzimmer seines Vaters konnte Alex ein freudiges Pfeifen nicht unterdrücken. Sein Werben um Caroline fing exzellent an. Sie schien vom Verhalten seines Vaters nicht übermäßig eingeschüchtert. Das war ein gutes Zeichen.

»Ich bin wieder da.«

»Das sehe ich«, antwortete Edward und schluckte angewidert seine Medizin.

Alex ließ sich auf das Sofa fallen, auf dem er gerade noch mit Caroline gesessen hatte, und legte die Füße auf die Armlehne. Mit zusammengebissenen Zähnen wartete er darauf, dass sein Vater auf das grauenhafte Thema zu sprechen käme, das er wohl oder übel nun mit ihm diskutieren musste.

»Ist sie diejenige, mein Sohn?«

»Diejenige?«, wiederholte Alex schockiert. Er hatte nicht erwartet, über Caroline sprechen zu müssen.

Sein Vater schob die Decke von seinen dünnen Beinen.

»Du weißt schon, diejenige, die du anstelle von Lady Olivia heiraten willst.«

»Das hoffe ich sehr.«

»Ich auch.« Lord Watson zog seine Socken gerade. »Sie scheint gut zu dir zu passen.«

»Das finde ich auch«, pflichtete Alex ihm bei und schlug die Füße übereinander, ohne darauf zu achten, dass dabei seine Stiefel seitlich gegeneinanderschlugen. »Wir haben praktisch ausnahmslos dieselben Interessen. Außer Rasenspiele, die hasse ich noch immer. Aber ihr gefällt das Studium der Wissenschaften. Das ist viel wichtiger.«

Sein Vater schüttelte den Kopf.

»Mein Sohn, ich weiß, wie sehr du die Wissenschaft liebst – und verdammt noch mal, mir geht es ja nicht anders. Aber nachdem ich deine Mutter geheiratet habe, ist mir klar geworden, dass es im Leben noch viele andere Dinge gibt außer Fallstudien und Experimenten.«

Alex blinzelte verwirrt. Er wusste, dass das Leben aus mehr Dingen bestand, er war nur nicht daran interessiert, sie zu entdecken.

Sein Vater rieb sich das Gesicht.

»Ich bin davon überzeugt, dass du das feststellen wirst, wenn du nicht die ganze Zeit dein ohnehin schon überarbeitetes Gehirn bemühst.«

»Und womit soll ich dann denken?«, fragte Alex grinsend. Er verschränkte die Hände hinter dem Kopf, lehnte sich zurück und schloss die Augen.

»Du musst lernen, dich etwas mehr auf deine Gefühle zu verlassen«, sagte sein Vater mit kaum hörbarem Nachdruck.

Alex runzelte die Stirn.

»Du meinst, ich soll meinem Herzen folgen?« Das war nicht besser als Andrews alberner Vorschlag, Caroline die Orangerie zu zeigen und dann den Instinkten den Rest zu überlassen.

»Ganz genau. Denk öfter mit dem Herzen. Und mit einem bestimmten Körperteil, das sich einen guten halben Meter unterhalb des Herzens befindet.«

Alex riss die Augen auf und sein Kinn klappte nach unten. »Ich kann es nicht fassen«, stammelte er, nachdem er sich von dem leichten Schock erholt hatte.

»Glaub mir, mein Junge. Ich gehe sogar so weit, dich dazu zu ermutigen, dich nicht immer auf deinen Verstand zu verlassen.

Nicht zu oft, versteh mich nicht falsch. Aber hin und wieder. Du wirst überrascht sein, wie erfüllter dein Leben dann sein wird.«

Alex konnte nur stumm nicken. Das war die merkwürdigste Unterhaltung, die er je mit seinem Vater geführt hatte. Sogar noch merkwürdiger als der Moment vor vier Jahren, als er im Frühstückszimmer saß und sein Vater ohne ein Wort des Grußes hereinkam und ihn geradeheraus fragte, ob er noch Jungfrau sei.

»Ich werde nichts tun, was Caroline beschämen könnte«, sagte er streitlustig.

»Gut. Das verlange ich ja gar nicht von dir. Immerhin war ihr Onkel mein Freund und ich finde, dass ihm – und ihr – weitaus mehr Respekt gebührt. Aber was ich dir sagen möchte ist, dass du alles so sehr analysierst, dass du dabei oft gewisse Dinge übersiehst oder vielleicht sogar ruinierst. Wenn du mehr Variablen eine Chance gibst, könntest du mehr Gefallen an vielerlei Dingen finden.«

»Und du meinst, dass ich das erreiche, wenn ich öfter mit meinen Genitalien denke?«

»Selbstverständlich«, antwortete der Vater resolut. »Natürlich nicht zu viel. Wenn sich ein Mann zu sehr von seinem Johannes leiten lässt, handelt er sich nur Ärger ein.«

»Ja, das kann ich mir vorstellen«, murmelte Alex und schloss wieder die Augen.

»Du glaubst mir nicht«, sagte der Baron mit leiser Stimme. »Sieh mich an, mein Junge.«

Gehorsam öffnete Alex die Augen und setzte sich ordentlich hin. Er mochte beinah dreißig sein und sein Vater schon mit einem Bein im Grab stehen, aber sie wussten beide, wer wem Respekt zu zollen hatte.

»Doch, ich glaube dir.«

»Nein, tust du nicht. Das kann ich dir im Gesicht ablesen.« Der Baron verschränkte die Arme. »Dein Freund Andrew zum Beispiel. Du glaubst doch nicht, dass er Brooke mit seinem Hirn zur Gräfin gemacht hat. Nein, das waren die ungebändigten Bedürfnisse seines Hosenkerls. Das ist auch der Grund, warum die beiden so glücklich wirken ...«

»Und warum sie ein Kind nach dem anderen ausbrütet«, murmelte Alex leise zu sich selbst.

»Das auch.« Sein Vater zwinkerte, als er das Erstaunen im Gesicht seines Sohnes sah. »Ich habe dich sehr wohl gehört. Bloß weil ich im Sterben liege, heißt das noch lange nicht, dass ich ein Hörrohr brauche.«

Alex stieß einen tiefen Seufzer aus.

»Du vergisst, dass die beiden die Ausnahme und nicht die Regel sind.«

»Das mag sein, aber sie sind auch nicht die Einzigen.« Der Baron trank einen großen Schluck Wasser.

»Liebe vor oder nach der Hochzeit ist selten, das gestehe ich dir ja zu. Aber es ist möglich. Gegenseitiger Respekt und Freundschaft hingegen sind wahrscheinlicher, und das kann schon ausreichen.«

»Was kann ausreichen?« Unvermittelt lugte Onkel John mit dem Kopf ins Zimmer hinein.

»Gegenseitiger Respekt und Freundschaft in einer Ehe«, erklärte ihm der Baron nonchalant.

Der Onkel blinzelte beide verwundert an.

»Und warum besprecht ihr dieses Thema? Du hast doch nicht etwa vor, Edwina so jung schon heiraten zu lassen?«

»Nein, nicht Edwina. Aber Alex wird innerhalb des nächsten Monats heiraten«, erklärte der Baron seinem jüngeren Bruder voller Stolz.

»Meinen Glückwunsch, Alex. Die Bekanntgabe muss mir entgangen sein.«

»Das liegt daran, dass es keine gab«, erwiderte Alex dem Bruder seines Vaters und schob eines der Kissen zwischen seinen Rücken und die Sofalehne.

»Aha.« Sein Onkel setzte sich in einen Sessel am anderen Ende des Zimmers. »Und wer ist die Braut?«

»Ms Caroline Sinclair«, sagte Alex hastig, bevor sein Vater auch nur daran denken konnte, den Namen Lady Olivias auszusprechen.

»Das hofft er.« Der Tonfall seines Vaters entbehrte jeder Komik.

»Das hofft er?«

Neugierig sah Onkel John von einem zum anderen.

Der Baron zuckte mit den Schultern, wodurch ein Ärmel seines Schlafhemds verrutschte und seine knochige Schulter freilegte.

»Er hofft, dass sie zustimmen wird, ihn zu heiraten.«

»Aber du sagtest doch gerade, dass er innerhalb des nächsten Monats heiraten wird«, wunderte sich Onkel John.

»Das wird er auch. Entweder Caroline oder Olivia.«

Aus Onkel Johns Kehle drang ein Würgelaut, und die Augen quollen ihm fast aus dem Kopf.

»Was hast du angestellt?«, fragte er mit der ganzen Autorität eines Mannes, der seit beinahe dreißig Jahren der Beichtvater für gepeinigte Seelen war.

»*Ich* habe gar nichts angestellt. Aber er«, sagte Alex leicht verärgert und zeigte mit dem Finger anklagend auf seinen Vater.

»Was mein Sohn sagen möchte, ist, dass ich vor langer Zeit einer Vermählung von Alex und Lady Olivia zugestimmt habe«, gab sein Vater in unschuldigem Tonfall zurück.

»Du hast *was?*« Onkel Johns Gesicht wurde so blass, dass Alex befürchtete, er würde in Ohnmacht fallen.

»Es besteht kein Anlass, dass ich mich verteidigen muss, kleiner Bruder. Tatsache ist, ich habe eine Vereinbarung unterzeichnet, und Alex bleibt bis zu seinem dreißigsten Geburtstag Zeit, eine andere Braut zu finden. Wenn ihm das nicht gelingt, muss er Lady Olivia heiraten.«

»Und du hast so lang gewartet?« Onkel John sah Alex aus stechenden, blauen Augen an.

»Nicht absichtlich, das versichere ich dir«, sagte Alex verärgert. »Bis vor zwei Tagen wusste ich noch nicht einmal von dieser wirren Vereinbarung.«

»Um Himmels willen, Edward, warum hast du es so lang hinausgezögert, Alex zu informieren?«, brach es aus Onkel John heraus. »Er ist nicht wie Andrew. Er kann keine junge Dame treffen und sie in weniger als zwei Wochen heiraten.«

Der Onkel ließ den Kopf nach vorne fallen und massierte sich mit den Fingerspitzen die Schläfen.

»Jetzt ist es aber genug, John!«, befahl der Baron seinem Bruder. »Er mag nicht so gewandt sein wie zwei deiner drei Schwiegersöhne, aber er ist auch nicht unfähig, eine Braut zu finden.«

»Nun, das sind ja gute Nachrichten«, sagte der Onkel leicht sarkastisch. Dann blickte er zu Alex und schluckte.

»Ich werde jetzt etwas sagen, das dieses Zimmer niemals verlassen darf, verstanden?«

»Selbstverständlich«, versicherte Alex.

»Ich«, begann Onkel John, »stelle mich lieber auf eine Bühne vor der gesamten Bevölkerung Englands und verkünde allen, dass ich meine Schwiegersöhne Andrew und Benjamin liebe und bewundere, bevor ich es zulasse, dass meine Familie auch nur im Geringsten mit Lady Olivia verwandschaftlich verbandelt wird.«

Alex biss sich auf die Zunge, um seinen Onkel nicht bloßzustellen, indem er darauf hinwies, dass sie alle auch dann irgendwie mit Lady Olivia verwandt sein würden, wenn er Caroline heiratete.

»Tu *alles*, was nötig ist, um diese grauenhafte junge Dame nicht heiraten zu müssen«, fuhr Onkel John fort. »Lüge, betrüge, stiehl, bettle oder verpfände deine Wertsachen, wenn es sein muss, aber tu alles, damit diese widerliche Kreatur nicht den Namen unserer Familie tragen wird.«

Er schüttelte sich angeekelt.

»So ungern ich das vorschlage, aber frag Andrew um Rat. Es scheint ihm keine Schwierigkeiten bereitet zu haben, meine Tochter in kürzester Zeit kennenzulernen, zu ruinieren und zu heiraten.«

Alex blickte zu Boden. Er wollte ungern zugeben müssen, dass er das schon getan hatte und dass der Rat unbrauchbar schlecht gewesen war.

»Das habe ich auch schon vorgeschlagen«, warf der Baron ein.

»Nein, das hast du nicht«, widersprach Alex und schüttelte den Kopf. »Du hast nicht gesagt, dass ich Andrew nach seiner Strategie fragen soll. Du hast mir geraten, nicht mehr meinen Verstand einzuschalten und meine Entscheidungen mit meinem ...« Er unterbrach sich abrupt, als ihm wieder einfiel, dass sich ein Pastor im

Zimmer befand.

»Schniedelwutz«, soufflierte der Vater, was ihm ein Kichern von seinem Bruder einbrachte.

»Du findest *das* komisch?«, fragte Alex seinen gottesfürchtigen Onkel.

Onkel John zuckte mit den Schultern. »Ich bin daran gewöhnt. Ich bin mit ihm aufgewachsen. Er mag sechs Jahre älter sein als ich, aber seine geschmacklosen Kommentare habe ich trotzdem immer mitbekommen. Du weißt, dass er die Hälfte von allem, was er sagt und tut, nur sagt und tut, um eine Reaktion zu provozieren. Und, mein lieber Neffe, es sieht so aus, als habe er die gewünschte Reaktion von dir bekommen.«

Alex schüttelte den Kopf. Seine komplette Familie war verrückt, man konnte es nicht anders sagen.

»Du bist nicht wirklich daran gewöhnt«, sagte er auf einmal. »Erst letztes Jahr hat er dich völlig schockiert, indem er Paul eine sehr persönliche Frage über dessen Beziehung mit deiner jüngsten Tochter gestellt hat.«

Sein Onkel schnaubte.

»Seine Worte haben mich gar nicht so sehr schockiert. Ich war nur überrascht, dass er so dreist war, dem armen Mann vor einem vollen Raum derlei Fragen zu stellen.«

Sowohl der Baron als auch Alex schüttelten jetzt die Köpfe.

»Sag, was dir gefällt, mein Bruder«, sagte Alex' Vater. »Aber du warst mehr als nur überrascht. Du sahst wütend aus. Versteh mich nicht falsch, das kann ich sogar nachvollziehen. An deiner Stelle hätte ich mich auch unwohl gefühlt. Aber jemand musste diesen Mann zur Rede stellen, er gab ja sonst keine brauchbaren Informationen von sich.«

Onkel John hob beschwichtigend die Hände.

»Also gut, ich gebe es zu, ich war schockiert. Aber bei Weitem nicht so schockiert wie Paul.« Er lächelte. »Mein Unwohlsein war ein geringer Preis dafür, den Gesichtsausdruck dieses Mannes sehen zu dürfen. Wir beide hatten im Vorfeld diverse unangenehme Gespräche unter vier Augen, aber keines war mit dieser Situation vergleichbar.«

»Es freut mich natürlich, dass ich dir dabei behilflich sein konnte, deinen Schwiegersohn in Verlegenheit zu bringen.« Der Baron sprach mühsam und ließ sich gegen die Kissen sinken. »Aber wir helfen Alex nicht bei seiner Suche nach einer Braut, wenn wir weiter darüber reden, wie wir andere Leute in Verlegenheit gebracht haben.«

Alex verspannte sich. Dachte selbst sein eigener Vater, er sei nur zum Studieren fähig? Das dachten zumindest alle anderen. Er hoffte, dass wenigstens eine Person mehr in ihm sehen würde.

Er stand auf.

»Ich habe es wirklich sehr genossen, euren unschätzbaren Ratschlägen, wie ich mich von meinem Gemächt leiten lassen soll, zu lauschen. Aber jetzt muss ich mich verabschieden.«

Der Vater seufzte.

»So habe ich es nicht gesagt. Ich hoffe, du wirst dich nach dem Verlassen dieses Zimmers nicht nur daran erinnern. Ich habe dir geraten, dich auf deine Gefühle zu verlassen und auch mit anderen Teilen deines Körpers zu denken.« Er stieß einen missbilligenden Ton aus und raufte sich kurz die Haare.

»Alex, man trichtert den jungen Damen ein, dass es sich nicht geziemt, bestimmte Aufmerksamkeiten eines Mannes zu genießen. Aber das tun sie trotzdem. Oder sie können es tun, wenn man es richtig anstellt.«

Er nahm einen weiteren Schluck Wasser.

»Alles, was ich dir sagen will, ist, dass du bessere Erfolgsaussichten hast, wenn du aufhörst, immer so verdammt logisch zu sein.«

»Da hat er nicht unrecht«, gab Onkel John ruhig zu bedenken und faltete seine Hände über dem Bauch.

»Es gefällt mir natürlich nicht, meine eigenen Kinder da mit einzubeziehen, aber ich muss sagen, dass alle meine drei Töchter offensichtlich sehr glücklich mit ihren Männern sind. Ich wäre blind, wenn ich nicht die Zuneigung sehen würde, die zwischen den Paaren existiert.«

»Ja, da wärst du wohl blind«, schnaubte der Baron. »Ich muss schon sagen, gütiger Himmel, in weniger als zwei Jahren hast du deine drei Töchter nicht nur unter die Haube gebracht, nein, du hast auch zwei Enkel bekommen und zwei weitere sind unterwegs.«

Onkel John lächelte strahlend. »Das stimmt. Ich muss zugeben, du hast sicher recht, was die Gründe für ihr Glück betrifft. Und ich bin *erwachsen* genug, um ebenfalls zugeben zu können, dass ich anfangs mit zwei meiner drei Schwiegersöhne nicht einverstanden war, aber dass ich mittlerweile doch froh darüber bin, wie sich die Dinge entwickelt haben.«

»Siehst du«, sagte Edward Banks selbstgefällig. »Ich hatte recht.«

»Na ja, das wird alles keine Rolle spielen, wenn Caroline mich nicht zu heiraten wünscht. Ich werde ihr meine Aufmerksamkeiten nicht aufdrängen«, wiederholte Alex mit fester Stimme. »Wir werden nicht eines Skandals wegen heiraten müssen.«

Sollte dieser Satz einen wunden Punkt seines Onkels berühren, war Alex das geradewegs egal. Er wollte keine Schande über Caroline bringen. Es war nicht ihre Schuld, dass sein Vater leichtsinnig einen Verlobungsvertrag unterzeichnet hatte. Ihr öffentlicher Ruf durfte durch diese verzwickte Situation in keiner Weise beschädigt werden.

»Gut so«, erwiderte der Vater gereizt. »Ich gebe dir nur die Ratschläge, die ich gerne von meinem Vater bekommen hätte. Meine Ehe wurde arrangiert. Ich hatte allerdings das Glück, dass man mich mit deiner Mutter zusammengebracht hat. Du wirst mit Lady Olivia noch nicht einmal ansatzweise ähnliches Glück haben.«

Als er den säuerlichen Gesichtsausdruck des Vaters bei diesen Worten bemerkte, keimte eine schelmische Idee in Alex' Kopf.

»Wer weiß, vielleicht gehen wir einfach vor Gericht«, sagte er gedehnt und zuckte die Schultern.

Edward kniff die Augen zusammen.

»Das wirst du nicht.«

Alex lehnte sich gegen den Türpfosten. »Vielleicht bleibt mir keine andere Wahl. Der Vertrag, den du unterzeichnet hast, ist bindend, nicht wahr?«

»Das war ein dämlicher Fehler von mir. Aber er kann behoben werden, indem du einfach eine andere heiratest. Du hast fast einen ganzen Monat.«

Alex griff in seine Jackentasche und strich mit dem Daumen über den Rand seiner Taschenuhr.

»Ja, aber du scheinst ja meine Fähigkeit, eigenständig eine Braut zu finden, anzuzweifeln. Vielleicht sollte ich mich einfach damit abfinden, Olivia zu meiner Frau zu nehmen und sie eines Tages zur Baronin Watson zu machen. Wenn ich heute noch das Aufgebot bestelle, könnten wir an meinem Geburtstag heiraten.«

»Mein Sohn, sprich nicht weiter«, krächzte der Baron. »Du machst dir keine Vorstellung, wie die Ehe mit so einer Hyäne ablaufen würde.«

Auf den Gesichtern der beiden älteren Männer sah Alex denselben Ausdruck – er interpretierte ihn als größtmögliches Entsetzen – und musste sich beherrschen, um nicht zu grinsen. Er bemühte sich, so ungerührt wie möglich dreinzublicken und fragte: »Sind im Dunkeln nicht alle Katzen grau?«

Aus der Kehle seines Vaters drangen gleich mehrere würgende, erstickende und anderweitig gepeinigte Laute.

»Zum Teufel, nein. Und wie kannst du auch nur daran denken, mit ihr ins Bett zu gehen?«

Das konnte er ja nicht, aber er würde jetzt nicht zugeben, dass er nicht im Geringsten vorhatte, die Ehe zu vollzuziehen, sollte man ihn wirklich zwingen, Olivia zu heiraten. Wenn es nach ihm ging, konnte gern Elijah seinen Titel erben, wenn er starb.

»Bin ich es unserem Adelsgeschlecht nicht schuldig, für einen Erben zu sorgen?«, brachte er schleppend hervor und kämpfte die Übelkeit in seinem Magen nieder.

»Elijah oder sein Sohn können den Titel erben«, erwiderte der Vater streng. »Ich möchte sanft ruhen und mich nicht permanent wegen der qualvollen Vorstellung, dass irgendeine Brut von Lady Olivia meinen Titel erbt, im Grab umdrehen müssen.«

»Wer weiß, Edward, vielleicht wird er nur Mädchen bekommen. So wie ich«, sagte Onkel John und rubbelte sich die Arme, als fröstelte es ihn.

»Das ist natürlich möglich!«, rief der Baron aufgeregt. »Vielleicht solltest du einfach davon ausgehen, dass Olivia dir keinen Sohn schenken kann, und dich von ihrem Schlafzimmer fernhalten.«

»Ich bin kein Mönch. Ich werde keinen Schwur ewiger Enthaltsamkeit ablegen. Und wer weiß, wenn ich in kalten Nächten einsam werde ...«, antwortete Alex so unbeteiligt, wie er nur konnte, obwohl er sich insgeheim beinah vor Lachen verschluckte.

Der Baron verschränkte die Arme.

»Es gibt bestimmte Vorkehrungen, die ein Mann treffen kann.«

»Aber warum sollte ich das tun?«

»Damit sie nicht schwanger wird«, sagte der Vater in einem nachsichtigen Tonfall, als hätte er einen Vollidioten vor sich.

Alex riss die Augen auf.

»Aber wenn ich nun einmal gern Kinder haben möchte? Und was ist mit dir? Du scheinst furchtbar eifersüchtig auf Onkel John zu sein, weil er schon fast vierfacher Großvater ist. Würdest du nicht gern ein kleines, plumpes, rothaariges, sommersprossiges Monster auf deinem Schoß knuddeln, während er – oder sie – dich heulend und schreiend nervt, noch eine Geschichte zu erzählen?«

»Alex, bitte hör schon auf. Ich bekomme noch Albträume von dieser Vorstellung.« Der Baron drückte sich die Fingerspitzen gegen die Augenlider.

Onkel John lachte.

»Meine Enkel sind wenigstens ansehnlich. Ihre Väter mögen ja Halunken sein, aber wenigstens sind es attraktive Halunken.«

Baron Watson bettete den Kopf in die Kissen und seufzte.

»Es ist letzten Endes irrelevant. Wir wissen alle, dass ich meine Enkel nicht mehr erleben werde, egal, wer die Eltern sind.«

Im Zimmer wurde es still. Alle dachten dasselbe. Er hatte recht. Er würde nicht mehr lang genug leben, um auch nur eines seiner Enkelkinder kennenzulernen. Aber es war durchaus möglich, dass er noch erleben würde, wen Alex heiratete. Wenigstens würde er in Frieden und dem Wissen einschlafen können, dass sein Titel an einen anständigen Erben ginge, hoffentlich an einen Sohn, den Alex mit Caroline zeugte.

Alex öffnete die Tür.

»Erhol dich gut, Vater. Ich habe die Hoffnung auf Caroline noch nicht aufgegeben.«

Kapitel 9

Caroline schlüpfte durch die Dienstbotentür hinaus auf einen Pfad, der zu dem Schuppen führte, in dem ihr Teleskop derzeit aufbewahrt wurde. Sie erwartete nicht, dass Alex sie nach dem unangenehmen Ende des gestrigen Nachmittags heute besuchen würde, und nahm an, er hätte nur aus Höflichkeit gefragt. Aber dann blieb sie stehen. War es ihr jemals zu Ohren gekommen, dass Alex Banks etwas nur aus Höflichkeit sagte? Nein, niemals. Er war natürlich höflich und immer ein perfekter Gentleman, aber er meinte stets, was er sagte. Sie blickte zurück zum Haus, zuckte dann aber mit den Schultern und ging weiter. Sollte er wirklich seine Aufwartung machen, könnte er sich ja mit Marcus unterhalten, bis sie wieder zurück wäre. Jetzt gerade verspürte sie nicht das geringste Bedürfnis, sich im Haus aufzuhalten.

Seit ihrer Rückkehr aus Bath hatte Olivia sich von einer Tirade in die nächste hineingesteigert und sich endlos darüber echauffiert, dass es Carolines Schuld wäre, dass ihr Fuß gebrochen war und die Bäderkur nichts gebracht hatte. Caroline hatte ihre Worte einfach an sich vorbeirauschen lassen, aber als Olivia schon wieder anfing, über ihre grauenhafte Hochzeit mit dem Trockenen Alex zu lästern, konnte Caroline es nicht mehr länger ertragen. Mittlerweile ärgerte es sie nicht nur, dass Olivia so abwertend über ihn und die Ehe mit ihm sprach, sondern es versetzte ihr auch einen kleinen

Stich in der Brust – einen kleinen Stich, den sie eigentlich nicht fühlen sollte, da Alex nun einmal Olivias und nicht ihr Verlobter war. Sie sollte sich ausschließlich mit ihm beschäftigen, wenn es entweder um ihr gemeinsames Experiment – pardon, ihre gemeinsame Kampagne – oder die Tatsache ging, dass er bald der Mann ihrer Cousine sein würde. Alles andere gehörte sich nicht.

Eine starke Windböe fuhr ihr in die Röcke und sie wäre beinah gestolpert. Sie richtete sich wieder auf und verschluckte einen nicht sehr damenhaften Ausdruck, den sie am liebsten Olivia ins Gesicht geschleudert hätte. Ihr Teleskop stand nur wegen Olivia im Schuppen. Und wenn ihr Teleskop nicht in dem Schuppen stünde, dann müsste sie jetzt nicht hier draußen im Wind herumlaufen. Aber andererseits war das nun einmal der sicherste Platz für das wertvolle Instrument.

Vor einigen Jahren hatte Onkel Joseph ihr erlaubt, es im Salon aufzustellen. Das war ein idealer Standort, der es Caroline erlaubte, im warmen Haus zu sitzen und die Sterne zu beobachten. Allerding fand Olivia ebenfalls, dass es ein idealer Standort sei, denn sie hing Blumenkübel, dreckige Socken, feuchte Wäsche oder was sie sonst noch fand, an dem Teleskop auf. Caroline bat sie mehrmals, das zu unterlassen, aber wie gewöhnlich kam Olivia ihren Bitten nicht nach. Sie hätte es ja gerne in ihr Zimmer gestellt, aber vor dessen einzigem Fenster stand ein riesiger Baum und versperrte jegliche Sicht. Marcus bot ihr an, eigens einen kleinen Pavillon für das Teleskop bauen zu lassen, aber das hatte sie selbstverständlich nicht akzeptieren können. Es war eine Sache, dass er und seine Familie ihre Grundversorgung garantierten, aber sie konnte unmöglich so etwas Extravagantes von ihm annehmen. Deshalb hatte sie sich damit abgefunden, es im Schuppen unterzubringen.

»Warten Sie!«, hörte sie eine Männerstimme hinter sich. Caroline blieb stehen und als sie sah, um wen es sich handelte, schlug ihr Herz schneller.

»Alex! Was machen Sie denn hier?«

Er lächelte.

»Ich habe doch gefragt, ob Sie einverstanden wären, wenn ich vorbeikomme, und Sie sagten Ja. Und hier bin ich.«

Sie errötete. Er war also tatsächlich gekommen!

»Ja, ich erinnere mich.«

»Gut. Was machen Sie denn hier draußen?«

Sie sah schnell zu dem Schuppen und biss sich auf die Lippe.

»Ich hole mein Teleskop«, sagte sie schließlich und hoffte, dass er sie nicht in den unordentlichen Schuppen begleiten wollte.

»Warum? Es ist noch nicht einmal Mittag.« Er lehnte sich mit einer Schulter lässig gegen die Außenwand des Schuppens.

»Ich weiß. Ich brauche es für später. Wenn meine Berechnungen stimmen, gibt es heute Abend eine Mondfinsternis.« Sie klopfte sich den Dreck, den der Wind aufgewirbelt hatte, von ihrem grünen Rock.

Alex nickte.

»Ihre Berechnungen stimmen. Aber Sie wissen sicher, dass Sie kein Teleskop benötigen, um die Mondfinsternis sehen zu können.«

Das Lächeln, das um seinen Mund spielte, ließ Carolines Knie ganz weich werden.

»Ja, das weiß ich«, sagte sie defensiv. »Ich möchte aber außerdem die Sternbilder betrachten, während ich auf die Mondfinsternis warte.«

»Das kann ich gut verstehen«, sagte Alex und blickte suchend um sich. »Und, wo ist es?«

»Was?«

»Ihr Teleskop.«

Sie zeigte mit einem Finger auf den Schuppen.

»Na, da drin.«

Er sah sie verwundert an.

»Sie bewahren es in einem Schuppen auf?«

»Nein. Ja.« Sie hustete leise. »Es ist hier sicherer als im Haus.«

»Das kann ich mir vorstellen«, brummte er und machte sich daran, das Schloss zu öffnen. »Wo ist der Schlüssel?«

»Den habe ich. Was haben Sie vor?«

Er streckte seine offene Hand aus. »Ich werde es für Sie herausholen.«

»Nein, nein, ich hole es«, sagte sie schnell und umklammerte den Schlüssel fester. Auf keinen Fall würde sie es zulassen, dass er das Chaos in dem Schuppen sah. Alex runzelte die Stirn.

»Ich habe mich Ihnen gegenüber lange genug wie ein Rüpel verhalten, und das möchte ich wiedergutmachen. Lassen Sie mich bitte meine guten Manieren unter Beweis stellen, indem ich Ihnen das Teleskop hervorhole.«

»Nein.« Caroline schüttete entschieden den Kopf. Dieser Schuppen war gelinde gesagt eine Zumutung. Olivia hortete *jeden Mist*. Bis unter die Decke lagerte hier allerhand Gerümpel aus Olivias Vergangenheit, in erster Linie kaputte oder einzelne Teile diverser Rasenspiele, zerrissene Leinwände, ramponierte Möbel, abgelegte Kleider und alles, wovon Olivia sich sonst noch nicht trennen konnte, aus welchen sentimentalen Gründen auch immer.

»Und warum nicht?« Alex verschränkte die Arme und blockierte die Tür.

»Alex, bitte, das hier ist wirklich einer dieser Momente, in denen man besser keine Fragen stellt.«

Aber er bewegte sich nicht vom Fleck und Caroline gab seufzend nach.

»In diesem Schuppen lagern allerhand von Olivias persönlichen Gegenständen und sie wäre nicht erfreut, wenn Sie wüsste, dass Sie diese zu Gesicht bekommen haben.«

Zuerst sah er nicht so aus, als glaubte er ihr, aber dann schien er ihre Erklärung zu akzeptieren.

»Also gut. Aber ich bestehe darauf, das Teleskop für Sie zu tragen, sobald Sie es nach draußen gebracht haben. Keine Widerrede.«

»Einverstanden.«

Alex machte ihr den Weg frei. Während sie die Tür öffnete, betete sie insgeheim, dass ihr der ganze Krempel nicht entgegenfallen möge, sobald sie aufgeschlossen hätte. Als sie durch einen engen Spalt in den Schuppen schlüpfen konnte, ohne dass etwas polternd umfiel, schickte sie ein Dankgebet zum Himmel.

Sie quetschte sich noch weiter voran und gönnte ihren Augen eine Minute Zeit, um sich an die schwachen Lichtverhältnisse in dem kleinen Raum zu gewöhnen. Drei der vier Wände bestanden aus Ziegelsteinen und Mörtel, und das einzige Licht fiel durch ein Fenster am anderen Ende des Raums, das sich zwar über die gesamte Länge der Wand erstreckte, aber nur etwas mehr als fünfzig Zentimeter hoch war.

»Das ist eine solche Schweinerei«, schimpfte sie leise vor sich hin und betrachtete verächtlich den riesigen Berg aus unbrauchbarem Schrott, der den kleinen Schuppen verstopfte.

Sie sah sich kurz um und entdeckte dann ihr Teleskop ganz am hinteren Ende des Schuppens. Sie seufzte. Hatte sie wirklich etwas anderes erwartet? Hatte sie etwa geglaubt, es würde in der Nähe der Eingangstür für sie bereitstehen? Nein, das wäre doch wirklich zu bequem gewesen. Olivia würde sie doch nicht einfach ohne Mühen an ihr Teleskop gelangen lassen. Vielleicht sollte sie einfach einem Bediensteten auftragen, das Teleskop für sie hier herauszumanövrieren. Sie schüttelte den Kopf. Jetzt war sie schon einmal hier. Außerdem, wenn sie jetzt wieder hinausging, würde Alex darauf bestehen, sich darum zu kümmern, und dass Alex das Innere dieses Schuppens sah, war wirklich das Letzte, was sie wollte.

»Brauchen Sie Hilfe?«, rief Alex aufgeregt von draußen.

»Nein!«, rief Caroline und machte einen großen Schritt über eine umgefallene Staffelei. »Ich schaffe das schon alleine.«

Wieder hob sie die Füße so hoch sie konnte, um nicht einen Stapel angeschimmelter, ledergebundener Schmöker umzustoßen. Leider blieben ihre Anstrengungen ohne Erfolg. Der schwere Stoff ihres Rocks brachte den Stapel zum Umfallen, als sie einen Fuß auf noch mehr Gerümpel auf der anderen Seite stellte.

»Um Himmels willen«, quetschte sie zwischen zusammengebissenen Zähnen hervor und versuchte, das Ende ihres Rocks unter den umgekippten, dreckigen Büchern hervorzuziehen.

»Caroline, Sie sind sich sicher, dass Sie keine Hilfe wünschen? Es ist mir wirklich egal, die Kindheitserinnerungen Ihrer Cousine zu sehen«, sagte Alex laut.

»Ich bin fast fertig, versprochen«, log sie und wünschte, es wäre wahr. Dann kümmerte sie sich wieder um ihren Rock. Sie musste ihn frei bekommen. Mit geballter Faust riss sie an dem Stoff, aber weil sie dabei teils aus Hektik, teils aus purem Ärger mehr Kraft aufwandte als nötig, verlor sie das Gleichgewicht und fiel mit einem spitzen Schrei auf das Gerümpel, das auf dem Boden verstreut lag.

»Das habe ich sehr wohl gehört«, sagte Alex knapp und öffnete die Tür. »Zum Teufel, Caroline, Sie hätten sich beim Herumwühlen in diesem Schrotthaufen hier ernsthaft verletzen können.«

Mit mehr Sorgfalt, als sie erwartet hätte, half er ihr beim Aufstehen und trug sie hinüber zu einer der weniger zugemüllten Ecken, wo er sie absetzte und sie mit einem Arm umfasste, damit sie besseren Halt beim Stehen finden konnte.

»Wo ist das Teleskop?«

Sie senkte das Kinn, damit er nicht sehen konnte, wie unglaublich verlegen sie war. »Dort drüben in der Ecke.«

»Gut, ich kann es sehen. Sie warten jetzt draußen, während ich es hervorhole.«

»Nein, ich werde Ihnen helfen«, protestierte sie.

»Nein, Sie gehen nach draußen. Sofort.«

Sie seufzte ergeben.

»Na gut. Aber bitte entfernen Sie nicht das Tuch, bevor Sie draußen sind. Ich möchte nicht, dass das Teleskop Kratzer abbekommt.«

Er nickte verständnisvoll. Während Caroline draußen vor dem Schuppen auf Alex wartete, musste sie sich beherrschen, um nicht zu lächeln oder Grimassen zu schneiden, als sie ihn drinnen vor sich hin murmeln hörte. Zwar konnte sie ihn nicht wirklich verstehen, aber es war doch offensichtlich, dass er keine schicklichen Ausdrücke von sich gab. Wenige Minuten später kam er aus der Tür, das Teleskop über seinem Kopf haltend, eine Hand am Fernrohr, die andere am Stativ.

»Vielen Dank«, sagte sie errötend. Zwar war sie nicht übermäßig ordentlich, aber es wäre ihr doch furchtbar unangenehm, wenn er glauben würde, dass sie ihre Sachen auf dieselbe Weise aufbewahrte.

»Gern geschehen«, antwortete er und setzte das Teleskop vorsichtig ab. »Haben Sie schon einmal den Ausdruck Mistsack gehört?«

Caroline erstarrte und sah ihn entsetzt an. Das hatte er jetzt nicht wirklich gesagt. Sie musste ihn missverstanden haben. Alex zog eine Augenbraue hoch und warf ihr einen vielsagenden Blick zu.

»Mein Vater benutzte diesen Ausdruck oft, und als ich ein Junge war, dachte ich immer, er habe ihn erfunden. Wenn er in mein Kinderzimmer kam und meine überall verstreuten Präparate und Instrumente sah, sagte er immer: ›Mein Sohn, dieses Zimmer ist ein Mistsack.‹ Ich nahm an, er meinte, mein Zimmer sei einfach unordentlich. Aber als ich ungefähr fünfzehn war, besuchte mich mein Vater nach der Hälfte des Semesters in Eton. Er spazierte in das Zimmer, das Marcus und ich uns teilten, pfiff einmal leise und sagte: ›Jungs, dieses Zimmer ist ein Mistsack und ein halber.‹ Marcus blickte völlig konfus drein und ich wollte ihm gerade erklären, dass mein Vater meinte, unser Zimmer sei sehr unordentlich, als mein Vater mich unterbrach und sagte: ›Marcus, der Ausdruck Mistsack bezieht sich auf eine Situation, in der ein Mann einen Sack besitzt, der fünf Kilo hier nicht näher zu bezeichnender tierischer Absonderungen fassen kann, er aber versucht, zehn Kilo hineinzustopfen. Und ihr Jungs hier versucht, fünfzehn Kilo in diesen Fünf-Kilo-Sack zu stopfen.‹«

Caroline lächelte.

»Ich kann mir nur ausmalen, was Sie und Marcus damals in diesem Zimmer aufbewahrten.«

Alex schüttelte den Kopf.

»Ich wette, das können Sie nicht.«

»Da haben Sie auch wieder recht«, stimmte sie zu und beobachtete ihn dabei, wie er die letzte Schlaufe des Tuchs über dem Teleskop aufzog.

»Sie wollen also sagen, Mr Banks, dass dieser Schuppen ein Mistsack ist?«

»Nein«, sagte er ernsthaft. »Auch nicht anderthalb. Sondern zwei.«

Sie brach in glockenhelles Lachen aus. »Ich wollte es Ihnen ja ersparen!«

»Ich weiß. Aber das spielt letztendlich keine Rolle. Ich musste Ihnen ja trotzdem zur Rettung herbeieilen.«

Sein Lächeln ließ ihr Herz doppelt so schnell schlagen.

»Also, was ist, werden Sie das Ding jetzt enthüllen oder nicht?«

Voller Stolz ging sie zu ihrem Teleskop. Sie lüftete das Tuch und ließ es auf den Boden fallen.

»Ich weiß, dass Marcus sich nie für Astronomie interessierte«, bemerkte Alex und fuhr mit einer Hand über die ihm zugewandte Seite des Fernrohrs. »Manchmal bat er mich, ihm ein Sternbild oder einen Planeten zu zeigen. Und da ich das weiß und nicht annehme, dass er seit der Schule plötzlich eine Leidenschaft für Astronomie entwickelt hat, gestatten Sie mir die Frage, warum es auf Ridge Water auf einmal ein Teleskop gibt, das in einem Schuppen aufbewahrt wird.«

»Es gehörte meiner Mutter«, sagte Caroline stolz und strahlte ihn an. »Sie liebte es, die Sterne zu beobachten. Manchmal durfte ich sie sogar begleiten. Nach ihrem Tod kaufte mein Onkel das Teleskop von meinem Vater ab und bewahrte es hier für mich auf.« Sie hob die Schultern. Mehr Information brauchte sie ihm nicht zu geben. Mochte er doch denken, was er wollte.

»Nun, es ist ein schönes Fernrohr.« Er bückte sich, um durch das Okular zu blicken.

Caroline nickte bestätigend. Aber sie hielt sich nicht damit auf, sein Expertenurteil über den Maßstab des Okulars abzuwarten, sondern begab sich direkt ans Ende des Fernrohres, um die Linse von etwaigen Flecken zu reinigen, die am Abend ihre Sicht beeinträchtigen könnten. Gerade als sie den Saum ihres Ärmels nach unten gezogen hatte, schnappte sie entsetzt nach Luft. Das Blut pochte ihr im Gesicht, ihr Herz hämmerte unkontrolliert, und sie konnte nichts anderes tun, als hilflos auf die unzähligen Scherben zu starren, die von der Linse übrig geblieben waren. Sie wollte nicht glauben, was sie da sah. Wie betäubt streckte sie einen zitternden Zeigefinger nach vorne und schrie vor lauter Entsetzen beinah auf, als ihr der Tastsinn bestätigte, was das Gehirn schon registriert hatte.

»Das tut mir so leid«, sagte Alex teilnahmsvoll, als Caroline ein paar Schritte rückwärts taumelte, ohne den Blick von dem Teleskop wenden zu können. »Ich hätte besser aufpassen sollen, als ich es nach draußen getragen habe.«

Caroline schüttelte den Kopf.

»Sie sind ein furchtbar schlechter Lügner, Alex. Wir beide wissen nur zu gut, wie das passiert ist. Olivia tut mir immer solche Dinge an. Wegen ihr stand es überhaupt in der hintersten Ecke des Schuppens. Ich habe es erst vor zwei Wochen das letzte Mal benutzt. Eigentlich hätte es vorne im Eingangsbereich stehen sollen. Sie hat angewiesen, dass es nach hinten transportiert wird.«

Ihre Stimme begann zu zittern und sie hörte auf zu sprechen und sah zur Seite, bevor ihr die Tränen über das Gesicht kullerten.

»Das bedeutet aber nicht …«

»Doch, das bedeutet es.« Sie schluckte heftig. »Ganz sicher hat sie es zerbrochen. Keiner der Bediensteten würde so etwas tun, selbst dann nicht, wenn sie es ihnen auftragen würde.«

Alex kam näher an sie heran, schloss seine überraschend breiten Arme um ihren zitternden Körper und zog sie an seine Brust.

»Pst, Caro«, summte er ihr leise ins Ohr. »Das wird sich schon wieder richten lassen.« Mit der Daumenkuppe wischte er eine Träne weg, die sich aus einem Augenwinkel gelöst hatte.

Heftige Schluchzer erschütterten ihren Körper und er schloss sie noch fester in die Arme. Erfolglos befahl sie sich, mit dem Weinen aufzuhören, aber ihre Tränen flossen unentwegt und bildeten einen großen, warmen und feuchten Fleck auf Alex' Hemd.

»Es tut mir so leid, dass Olivia Ihnen das angetan hat.« Seine Stimme war sanft und ruhig. »Ich kenne jemanden, dessen Teleskop Sie für heute Abend ausleihen können. Das macht Ihr Teleskop natürlich nicht wieder ganz, und Sie mögen nicht ganz so vertraut mit ihm sein wie mit Ihrem eigenen, aber glauben Sie mir, Sie werden die Sterne trotzdem sehen können.«

Sie schüttelte den Kopf, so gut sie es in seiner Umklammerung und gegen seine harte Brust gedrückt konnte.

»Ich kann mir unmöglich so kurzfristig das Teleskop eines Fremden ausleihen. Allein zu fragen wäre schon furchtbar unhöflich«, flüsterte sie und atmete zitternd ein. »Außerdem kann es sein, dass Ihr Bekannter mir das Teleskop gar nicht ausleihen möchte.«

»Doch, das würde er. Er würde es Ihnen von einer Minute auf die nächste zur Verfügung stellen, das verspreche ich Ihnen.«

Mit einer seiner großen Hände fuhr er ihr sanft die Wirbelsäule auf und ab.

»Es ist allerdings nicht tragbar wie das Ihre, also befürchte ich, dass Sie woanders als auf Ridge Water die Sterne beobachten müssten. Wäre das in Ordnung?«

Sie wischte die Tränen von den Wangen und biss sich auf die Lippe. Es war ihr peinlich, dass sie sich vor ihm so hatte gehen lassen. Sie war doch daran gewöhnt, dass Olivia ihr solche miesen Streiche spielte. Das hier war nichts Neues. Vor vielen Jahren hatte Caroline es noch in Erwägung gezogen, sich an Olivia für ihre heimtückischen Manöver zu rächen, aber die beiden Male, bei denen sie ihren Plan tatsächlich in die Tat umgesetzt hatte, verpufften ohne den gewünschten Effekt. Ihre Rache prallte einfach an Olivia ab. Zu wissen, dass Olivia niemals mit ihren Machenschaften aufhören würde, hatte ihre Pein allerdings nicht erträglicher gemacht. Und jetzt machte sie sich auch noch zur Witzfigur, indem sie offen zeigte, wie sehr Olivia sie verletzen konnte.

»Das ist wirklich nicht nötig«, sagte sie und lächelte schwach. »Wie Sie vorhin so richtig bemerkt haben, ich brauche kein Teleskop, um die Mondfinsternis zu beobachten. »

»Das stimmt. Aber wollten Sie nicht die Sternbilder ansehen?«

Sie nickte. »Das wollte ich. Aber jetzt muss ich das wohl ebenfalls ohne Teleskop tun.«

Caroline konnte sehr resistent sein. Sie hatte eine dicke Haut entwickeln müssen, um Olivias Schikanen über so lange Zeit aushalten zu können.

Alex blickte stirnrunzelnd auf sie hinunter.

»Wollen Sie mir etwa sagen, dass Sie heute Abend nicht das beste Teleskop, das jemals gebaut wurde, benutzen wollen?«

Sie lachte.

»Darum geht es nicht. Das würde ich liebend gerne«, gab sie zu. »Aber ich glaube nicht, dass Marcus wünscht, dass ich einfach zum Haus eines Fremden gehe und dessen Teleskop benutze.«

»Aha, ich verstehe«, sagte Alex langsam und nickte bedächtig. Dann rollte er seine Augen schelmisch zum Himmel. »Und was wäre, wenn es sich nicht um das Haus eines Fremden handelte? Wäre das in Ordnung?«

»Das weiß ich nicht.«

Mit ihrem rechten Zeigefinger wischte sie unterhalb ihrer Augen entlang und legte dann ihre Hand wieder auf Alex' breite Schulter.

Alex zog sie näher an sich heran.

»Wenn Marcus einwilligt, würden Sie dann mitkommen?«

»Mitkommen wohin?«, schrie eine spitze Stimme.

Caroline wurde so steif wie ein Schürhaken.

»Lady Olivia«, sagte Alex angespannt.

»Mr Banks«, gab Olivia neckisch zurück. »Caroline, ich lege dir dringend ans Herz, deine dreifach gestopften Handschuhe in Zukunft von meinem Verlobten zu lassen.«

Carolines Gesicht lief dunkelrot an. Alex hielt sie noch immer umarmt, ihr Kopf lehnte an seiner Brust und ihre Hände lagen auf seinen imposanten Schultern.

»Ich ... äh ...«

»Lass gut sein, Caroline«, blaffte Olivia, und ihre grünen, schielenden Augen funkelten vor Zorn. »Lass ihn jetzt los und denk noch nicht einmal daran, ihn je wieder anzufassen. Ich lasse mich nicht zum Gespött der Leute machen, indem darüber getratscht wird, dass mein Zukünftiger mit meiner Huren-Cousine eine Affäre hat.«

Das hatte gesessen. Caroline bewegte stumm die Lippen und versuchte erfolglos, eine Antwort zu formulieren.

»Machen Sie sich keine Sorgen, Lady Olivia«, sagte Alex in einer kalten Stimme, die Caroline nie zuvor von ihm gehört hatte.

»Solche Gerüchte werden nie in Umlauf kommen. Ich werde keine Affäre mit der Cousine meiner Braut haben. Meine Zuneigung wird immer nur meiner Frau gelten. Und anders als Sie denken mögen, werden Sie das ganz bestimmt nicht sein.«

Olivia zog scharf die Luft ein und schlug sich so dermaßen hart und laut gegen die Brust, dass Caroline zusammenzuckte.

»Ich werde Sie wegen Vertragsbruchs verklagen!«

»Versuchen Sie es ruhig. Sie werden verlieren.«

Olivia knirschte und fletschte die Zähne, dass sich ihre Lippen auf ganz unschöne Weise verzogen. Dann fiel ihr Blick auf Carolines Teleskop. Bei dem fiesen Grinsen auf ihrem Gesicht zog Carolines Magen sich krampfhaft zusammen.

»Oh, wie ich sehe, hast du die kleine Überraschung entdeckt, die ich für dich hinterlassen hatte.«

»Das habe ich.« Carolines Körper fühlte sich erneut ganz taub an. »Ich würde gern erwidern, dass auch du bald eine ähnliche Überraschung vorfinden wirst, aber da ich über derlei geschmacklosen Taktiken stehe, wirst du mal wieder ungeschoren davonkommen.«

Olivia runzelte die Stirn und schüttelte den Kopf. »Du bist nicht spaßig.«

Alex spannte seinen Körper an, und sein Blick wurde stählern vor lauter Abneigung.

»Glauben Sie, dass es spaßig ist, anderer Leute Besitz zu zerstören?«

»Ja. Es ist eines unserer Spiele.« Die Art, wie Olivia Alex mit den Augendeckeln anklimperte, erinnerte Caroline an eine Frau schlechten Rufs, die sie einmal dabei beobachtet hatte, wie sie einen Herrn auf offener Straße ansprach.

»Verstehe. Und welchen Ihrer Gegenstände wird Caroline zerstören dürfen?«

Olivia zuckte mit den Schultern, als könnte ihr nichts in der Welt etwas anhaben. »Ehrlich gesagt schere ich mich einen feuchten Kehricht darum, was sie tut«, antwortete sie leichthin.

Er knirschte mit den Zähnen.

»Also gut. Ich glaube, jetzt verstehe ich einiges besser. Ihre Abneigung gegen Caroline ist so groß, dass es Ihnen egal ist, was sie tut, solange Sie ihr noch mehr wehtun können.«

»So ungefähr«, sagte Olivia und nickte lächelnd. »Wir beide verstehen uns gut, Mr Banks.«

»Wir verstehen uns überhaupt nicht«, gab er zurück. »Ich verstehe Ihre wahren Beweggründe nur deshalb, weil ich Caroline gut genug kenne, um zu wissen, dass sie vieles hat, auf das Sie eifersüchtig sind.«

»Eifersüchtig? Auf Caroline?«, quietschte Olivia. »Niemals. Sie ist noch nicht mal eine Lady.«

»Sie ist eine größere Lady, als Sie jemals sein werden.« Alex' Stimme blieb die ganze Zeit über glatt und kühl. »Vielleicht stehen Sie momentan mit Ihrem Adelstitel gesellschaftlich über ihr, aber ich bin gewillt, jedes einzelne Teil meiner wissenschaftlichen Ausrüstung darauf zu verwetten, dass Caroline eines Tages einen richtigen Titel tragen wird – einen Titel, den sie von ihrem Ehemann bekommen wird.«

Ein leises Pfeifen kam um die Ecke des Schuppens.

»Na, das ist mal ein Wetteinsatz.« Marcus humpelte zu den dreien. »Ich habe noch nie gehört, dass sich Alex freiwillig auch nur von dem unwichtigsten Teil seiner Ausrüstung getrennt hätte.« Er sah einen nach dem anderen an. »Und um ehrlich zu sein: Ich würde niemals gegen ihn wetten.«

Alex und Marcus tauschten stillschweigend einen Blick aus, den Caroline nicht bemerkte.

»Nein«, sagte Alex. »Ich trenne mich nur sehr ungern von meinen Dingen. Allerdings würde ich mich sehr gern alsbald von deiner Schwester verabschieden.«

Marcus nickte ihm knapp zu.

»Das lässt sich arrangieren. Olivia, ich muss in meinem Arbeitszimmer mit dir sprechen. Ich wurde heute Morgen beim Ankleiden von einer Schublade voll lilafarbener Krawatten begrüßt.«

Olivia gackerte albern.

»Ach, das war Emma.«

»Nein, war sie nicht.« Marcus klappte den Kiefer zusammen und fasste Olivia fest am Ellbogen. »Sie würde so etwas nie tun. Du schon. Ich habe dir schon mehrmals angedroht, was passiert, wenn du weiterhin ...«

Er zog Olivia mit sich, und Caroline konnte den Rest seiner Worte nicht mehr verstehen. Sie seufzte. Sie hatte aufrichtiges Mitleid mit Marcus. Wie konnte ein Gentleman in seiner Situation mit einem Problem wie Olivia nur umgehen? Sie fortschicken, vermutete Caroline. Aber Marcus hatte ein zu weiches Herz, um die armen, ahnungslosen Seelen eines Wohnheims Olivia und ihren Scheußlichkeiten auszusetzen.

»Sie haben mir noch nicht geantwortet«, sagte Alex plötzlich und drückte liebevoll ihren Arm. Die ganze Zärtlichkeit von vorhin war in seine Stimme zurückgekehrt. Sie blinzelte verwirrt.

»Worauf?«

»Ob Sie das beste Teleskop Englands benutzen möchten, um heute Abend die Sterne zu beobachten«, erinnerte er sie und grinste. »Vorausgesetzt, ich kann Marcus überzeugen.«

Sie brauchte weniger als zwei Sekunden, um ihre Möglichkeiten abzuwägen: entweder einen Abend mit einer furchtbar wütenden Olivia zu verbringen oder irgendwo anders zu sein und mit einem Teleskop, das Alex als das beste des ganzen Landes pries, die Sterne zu beobachten.

»Liebend gern«, antwortete sie.

»Fantastisch. Wie wäre es, wenn ich um sieben zurückkomme, um Sie abzuholen?«

Sie nickte.

»Einen Moment, Alex. Ich habe vergessen zu fragen, wohin ich gehe und wessen Teleskop ich leihweise benutzen werde?«

Es war ja wirklich sehr reizend von ihm, das alles für sie zu organisieren, aber sie sollte dennoch wissen, wohin sie gehen und wessen Großzügigkeit sie in Anspruch nehmen würde.

Er griff ihre Hand und führte sie aufs Haus zu.

»Müssen Sie das wirklich so genau wissen?«

»Jawohl«, sagte sie und runzelte die Stirn.

Er schüttelte den Kopf.

»Und ich dachte schon, mein Ruf eilte mir voraus«, murmelte er leise zu sich selbst. »Meine liebe Caro, Sie werden den Abend auf dem Sitz meiner Familie verbringen. Sie werden mein Teleskop benutzen.«

Kapitel 10

Mit ein bisschen Glück, ein bisschen Überredungskunst und vielleicht dem einen oder anderen ausweichenden Satz, der durchaus als irreführend zu bezeichnen wäre, erlangte Alex von Marcus die Erlaubnis, dass Caroline auf dem Banks'schen Familiensitz die Sterne beobachten durfte. Sein Schuldbewusstsein darüber, dass er Marcus absichtlich bestimmte Informationen vorenthielt, flackerte nur recht kurz auf. Ja, es war durchaus wahr, dass seine Mutter anwesend sein würde, aber sie würde eben nicht wirklich dabei sein. Anstatt die Anstandsdame für Alex und Caroline zu spielen, würde sie tief und fest den gesegneten Schlaf der Ahnungslosen schlafen und nicht wissen, dass die beiden unbeaufsichtigt zusammen waren.

Auf dem Nachhauseweg gönnte Alex sich nur eine kurze Pause, ansonsten ritt er so schnell er konnte nach Watson Estate zurück, um dort alles für Carolines Besuch am Abend vorzubereiten. Zuallererst musste er die Aufzeichnungen über sein Experiment durchgehen. Danach wollte der den Pavillon herrichten, in dem das Teleskop aufgebaut war.

Zu Hause fläzte er seinen langen Körper in einen ledernen Ohrensessel, der hinter seinem Schreibtisch in der Bibliothek stand. Rechts von ihm befand sich die Schublade, in der er die Aufzeichnungen über seine laufenden Experimente aufbewahrte.

Er öffnete die Schublade und suchte am unteren Ende des Stapels. Als er endlich das gewünschte Papier gefunden hatte, zog er es hervor und setzte sich ordentlich an den Schreibtisch.

Bevor er nach einer Feder griff, um die Notizen auf den erforderlichen neuesten Stand zu bringen, überflog er das bisher Geschriebene noch einmal:

ZIEL(E):

Die Hochzeit mit Lady Olivia um jeden Preis vermeiden. Dazu zählt, in letzter Minute ein dummes Törtchen aus dem Bordell von Lady Bird zu ehelichen, wenn unbedingt nötig. Anstatt dessen Caroline heiraten (?) Sollte letztgenanntes Ziel erreicht werden, die Hochzeit mit Caroline, wird Ziel erreicht, ohne auf Prostituierte zurückgreifen zu müssen.

HYPOTHESE: Hochzeit mit Caroline

RECHERCHE: Anbei drei Fallstudien von überstürzten Ehen. Die Grunderkenntnis aller drei Studien war, dass die jungen Damen Bewunderung und Zuneigung in sehr hoher Dosis ausgesetzt wurden. Daraus ergibt sich, dass enger Körperkontakt, Komplimente und zuneigungsvolle Berührungen essenziell für eine schnelle Eheschließung sind.

EXPERIMENT: Ideen, wie Carolines Hand zu gewinnen ist:

- Zuneigungsvolle Berührungen (fortlaufend)
- Sie nach Watson Estate einladen, damit sie Familie trifft und den Wohnsitz kennenlernt. Erledigt.
- ~~Sie mit Schachkenntnissen beeindrucken~~
- Sie mit Komplimenten überhäufen (fortlaufend)
- Ihr etwas erzählen, das ich normalerweise für mich behalten würde (Erledigt. Pall Mall hat dafür gesorgt.)
- Zeit mit ihr allein verbringen (Erledigt, zumindest so gut wie, unbeaufsichtigtes Sternebeobachten gilt)
- Eine große Geste, auf die der Antrag folgt

SCHLUSSFOLGERUNG: (momentan noch ungelöst, nur optimistische Prognose: Hochzeit mit Caroline.)

Er stieß einen Seufzer aus und legte die Feder beiseite. Es gefiel ihm gar nicht, dass er die Dinge so handhaben musste. Caroline schien so eine nette junge Dame zu sein. Leider konnte er sie nicht besser verstehen, als er Japanisch verstand, nämlich gar nicht.

Wenn sie ihm doch nur den geringsten Hinweis geben würde, dass sie sich für ihn interessierte und nicht nur für das Teleskop oder die verfluchte Mitgliedschaft in der *Gesellschaft*, dann wäre er ihr ewig dankbar. Aber das war einfach nicht der Fall. So wie die Dinge lagen, konnte er nicht wissen, was sie wirklich von ihm hielt. Ihr Gesicht änderte zwar ziemlich oft den Ausdruck, wenn sie sprach, aber er wusste schlicht und ergreifend nicht, was das jeweils bedeutete.

Aus lauter Verzweiflung und aus lauter Liebe für Wissenschaft und Experimente hatte er Marcus' Rat befolgt und sein Werben um Caroline niedergeschrieben, als handelte es sich um ein Experiment wie jedes andere. Zuerst hatte er das Ziel festgelegt. Danach hatte er sich den Kopf zerbrochen und überlegt, wer von seinen Bekannten nach nur kurzer Zeit geheiratet hatte – außer Andrew natürlich –, und dann hatte er festgehalten, was ihm von deren Brautwerben in Erinnerung geblieben war. Davon ausgehend hatte er eine Liste erstellt, die er in der inständigen Hoffnung, dass die dort verzeichneten Punkte ausreichen würden, nun abarbeiten wollte.

Heute würde er jedenfalls schon einmal den Rahmen für die große Geste legen, und er hoffte, am Ende der Woche ihr Einverständnis zur Hochzeit zu haben. Viel mehr Zeit blieb ihm nicht. Sein Geburtstag war nur etwas mehr als drei Wochen entfernt. Und er brauchte ja nicht nur ihr Einverständnis zur Hochzeit, er brauchte auch ihr Einverständnis zu einer sehr baldigen Hochzeit. Aufgeregt fuhr er sich mit der Hand durch die Haare. Alles sah danach aus, dass er ein weiteres Experiment würde durchführen müssen. Seine Miene verfinsterte sich, und er verdrängte den Gedanken, bevor er sich in seinem Kopf festsetzen konnte. Wenn sie ihn nicht umgehend heiraten wollte, müsste er zu drastischen Maßnahmen greifen – und die beinhalteten entweder noch ein weiteres Experiment oder er würde sie nach Gretna Green verschleppen.

Er schnippte das Papier vom Schreibtisch, hob es auf und öffnete dann hektisch die Schublade, um es wieder tief unten zu verstecken. Es gab nur eine Möglichkeit: Er musste sie überreden, ihn sobald wie möglich zu heiraten. Er konnte nicht im Ernst in Erwägung ziehen, sie zu verschleppen, und er würde sicher kein zweites »Experiment«, wie er es selbst genannt hatte, angehen. Eins war schon schlimm genug.

Er sprang auf, griff nach seinen Lieblingsbüchern über Astronomie und machte sich dann auf den Weg zu seinem Pavillon, um ihn für Carolines Besuch herzurichten. Der Nachmittag ging schleppend langsam vorüber, und als er sich nicht mehr gedulden konnte, machte er sich auf den Weg, um Caroline abzuholen.

»Mr Banks«, begrüßte ihn Chapman, einer von Marcus' Butlern. »Lord Sinclair wünscht, kurz mit Ihnen zu sprechen, mein Herr.«

Alex runzelte die Stirn. »Sehr wohl. In seinem Arbeitszimmer, nehme ich an?«

»Jawohl, Sir.«

Ungeduldig eilte Alex durch den langen Flur. Er hoffte doch sehr, dass Marcus es sich nicht anders überlegt hatte.

»Du wolltest mich sprechen?«

Marcus saß an seinem Schreibtisch. Es brannte nur eine Kerze, die gerade genug Licht abgab, damit er arbeiten konnte.

»Ja, Alex, ich wollte dich sprechen. Du kommst später, als ich erwartet hatte.«

»Ich hatte heute Nachmittag viel zu tun«, stammelte er etwas dümmlich und sah auf die Uhr am Kamin. Er war sogar dreißig Minuten früher hier, als er Caroline gesagt hatte.

»Nun, dann hast du dich wohl länger mit dir selbst beschäftigt, als ich erwartet hatte.«

Alex starrte seinen Freund ausdruckslos an. Was sollte das denn heißen? Hätte er früher kommen sollen? Oder dachte Marcus etwa, Alex wäre ein geifernder Lustmolch, der nichts anderes tun konnte, als den ganzen lieben langen Tag Carolines Röcke zu betatschen?

»Ich meine das gar nicht böse, Alex«, sagte Marcus und setzte seine Feder ab. »Ich wollte nur kurz mit dir sprechen, bevor ihr beide geht.«

Alex setzte sich in einen Sessel. »Hast du es dir anders überlegt?«

»Nein. Sie darf mit dir gehen. Ich möchte dich nur um einen Gefallen bitten.«

Marcus veränderte leicht seine Sitzposition, bevor er weitersprach.

»Uns ist beiden klar, dass das, was heute Abend passiert, höchst ungewöhnlich ist. Niemand, der auch nur halbwegs bei klarem Verstand ist, würde so etwas erlauben. Aber ich denke, dass ich dich gut genug kenne, um mich darauf verlassen zu können, dass du nichts tun wirst, was sich nicht gehört.«

Er wandte den Blick ab und der Rand seines vernarbten Gesichts färbte sich leicht pink, was äußerst selten vorkam.

»Alex, was mir etwas Kummer bereitet, ist, dass ich sehr wohl weiß, dass du nicht vorhast, ihr Schande zu machen, aber so ungefähr jeder andere, der von diesem Abend erfährt, wird das anders sehen. Caroline hat keine angemessene Anstandsdame, die sie heute Abend begleiten könnte. Normalerweise würde ihre Zofe mit ihr kommen, aber die kann heute Abend nicht, weil sie Olivia beim Baden oder irgendeinem anderen Quatsch behilflich sein muss.«

Er atmete aus und warf einen kurzen Blick aus dem Fenster.

»Versprich mir einfach, dass du unverzüglich mit ihr nach Gretna Green fährst, sollte euch irgendjemand zusammen entdecken.«

Alex nickte. Damit hatte er absolut kein Problem.

»Wenn sie zum Frühstück nicht zurück ist, dann sind wir wohl in Schottland.« Er machte sich zum Gehen bereit.

»Ach, warte doch noch kurz, bitte!«, rief Marcus ihm hinterher. »Ich wollte dich noch etwas fragen.«

Alex drehte sich um.

»Um was geht es?«

»Was weißt du über E. S. Wilson?«

Alex verzog den Mund und biss sich leicht ins Wangeninnere.

»Nicht allzu viel, befürchte ich. Vor rund vier Jahren fing jemand an, unter diesem Namen, der ein Pseudonym zu sein scheint, Artikel für die Zeitschrift *Beliebte Pflanzen* zu verfassen. Der Name sagte mir nichts, also verbrachte ich beinah zwei Jahre damit, den Autor ausfindig zu machen, allerdings ohne Erfolg. Die Redakteure sagten mir, dass er ihnen alle paar Monate einen Stapel mit neuen Artikeln zukommen ließ. Abgesehen davon wussten sie nicht, wer er war oder wo er wohnte oder welche Ausbildung er genossen hatte.«

»Er scheint sehr zurückgezogen zu leben«, bemerkte Marcus.

Alex schnaubte laut aus und nickte.

»Noch viel mehr als du, scheint es. Dich kann man wenigstens ausfindig machen. Ihn nicht.«

Marcus musste kichern.

»Das scheint dir nicht zu passen.«

»Verdammt noch mal, es passt mir gar nicht.« Alex ließ sich wieder in den Sessel fallen, auf dem er vor Kurzem gesessen hatte. »Ich wollte mich mit ihm austauschen und eine Fragestellung diskutieren, mit der ich mich damals beschäftigte, aber der Mann scheint so greifbar wie ein Regenbogen.«

»Abgesehen davon, dass dich seine Unerreichbarkeit ärgert, scheinst du aber sehr viel von ihm zu halten.«

Marcus verzog den Mund zu einem Lächeln, und als Alex das sah, kam es ihm so vor, als wären sie wieder fünfzehn und absolut sorglos.

»Ich schätze seine Meinung sehr«, stimmte Alex seinem Freund zu. »Zuerst habe ich alle seine Experimente durchgeführt, um irgendwelche Fehler zu entdecken. Aber mittlerweile muss ich zugeben, dass seine Arbeit absolut fehlerfrei ist.«

»Überprüfst du seine Experimente noch immer?«

»Selbstverständlich.« Alex lockerte seine Krawatte, stützte die Ellbogen auf die Knie und lehnte sich nach vorne, als wäre er kurz davor, Marcus ein großes Staatsgeheimnis anzuvertrauen.

»Er forscht über Dinge, auf die ich nie gekommen wäre. Zum Beispiel hat er letzten Monat vorgeschlagen ...«

Marcus hob abwehrend eine Hand, um Alex' ausführlichen Redefluss, der sich sonst über ihn ergossen hätte, zu unterbrechen.

»Das brauche ich nicht zu wissen.«

»Stimmt ja«, entgegnete ihm Alex und erinnerte sich wieder daran, mit wem er sprach. Aber dann kam ihm ein Gedanke, und seine Augen verengten sich.

»Du bist nicht etwa E. S. Wilson, oder?«

»Nein, leider nicht«, sagte Marcus und schüttelte kurz den Kopf. »Caroline hat den Namen vor Kurzem erwähnt. Sie sagte, sie brauche ein Abonnement für diese Gartenmagazin, die ihr in der *Gesellschaft* lest, weil alle Mitglieder die Artikel dieses Wilsons nur so verschlingen würden.« Er zuckte gleichgültig mit den Schultern. »Ich dachte, er sei ein Freund von dir.«

»Nein, ist er nicht. Aber ich wünschte, er wäre es.«

Marcus grinste. »Du hast dich in den vielen Jahren wirklich kaum verändert. Caroline wartet oben auf dich. Sie ist jederzeit bereit zu gehen, wenn du es bist. Wenn du dich beeilst, kannst du sie einsammeln, ohne dass dich Olivia quält.«

»Dann mache ich mich mal sofort auf den Weg«, sagte Alex und ging zur Tür.

Kaum dass er die Schwelle übertreten hatte, drehte er sich noch einmal um.

»Marcus«, sagte er mit ruhiger Stimme und versuchte vergeblich, den inneren Gentleman zu verdrängen, der ihn die nächsten Worte sprechen ließ.

»Glaubst du, dass ich deiner Schwester Unrecht tue, indem ich sie wegen ihrer Cousine sitzen lasse?«

»Nein«, antwortete Marcus mit Nachdruck. »Was du tust, ist völlig in Ordnung. Es gab die Zusatzklausel, daran erinnerst du dich doch?«

»Ja, daran erinnere ich mich. Ich möchte nur nicht, dass mich irgendjemand hasst, wenn das vorüber ist.«

»Niemand wird dich hassen. Noch nicht einmal Olivia«, versicherte Marcus ihm. »Und jetzt los, hol Caroline ab.«

Alex nickte und folgte Chapman zu Carolines privatem Wohnzimmer. Er war freudig überrascht, dass Marcus recht behalten hatte und von Olivia weit und breit keine Spur zu sehen war. Er begrüßte kurz Ms Green, die gerade im Begriff war, zu gehen. Gemeinsam mit Caroline begleitete er sie nach draußen zu ihrer Kutsche.

Nachdem Ms Green sich eilig von Caroline verabschiedet hatte, half er ihr beim Einsteigen.

»Und Sie, sind Sie bereit?«, fragte er Caroline.

»Ja«, antwortete sie nickend. »Wo ist Ihre Kutsche?« Sie reckte den Hals, konnte aber keine Kutsche sehen.

Verdammt! Vor lauter Aufregung war er mit dem Pferd gekommen und hatte völlig vergessen, dass er eine Kutsche brauchte! Wie gut, dass sie keine Anstandsdame bei sich hatte, das würde nämlich ein sehr unbequemer Ritt werden!

»Ich dachte, wir reiten gemeinsam auf meinem Pferd. Das geht schneller.«

»Oh, in Ordnung«, stimmte Caroline zu und ein dunkles Rot zog sich über ihre Wangen.

»Ihre Röcke werden ein kleines Problem darstellen«, bemerkte er aufmerksam. »Sie sollten sich seitlich auf meinen Schoß setzen.« Er sah sich um, ob er irgendwo einen großen Stein oder etwas Ähnliches finden konnte, von dem aus sie das Pferd besteigen konnte – oder ihn, wenn man es genau betrachtete.

»Da drüben ist ein Baumstumpf«, sagte sie.

»Wunderbar«. Alex führte das Pferd zu dem Baumstumpf und stieg auf. »Jetzt sind Sie dran. Ich ziehe Sie nach oben.«

Sie stellte sich auf den Baumstumpf und mit einer flinken Bewegung zog er ihren zarten Körper auf seinen Schoß. Sie rutschte hin und her, wahrscheinlich suchte sie nach der besten Sitzposition, dachte Alex.

Er stöhnte innerlich und schnalzte dem Pferd zu. Je schneller sie losritten, desto eher würde seine Qual vorüber sein. Da rutschte sie schon wieder hin und her.

»Alex, etwas stößt gegen mich«, sagte sie und machte die Situation unabsichtlich noch schlimmer, indem sie sich noch einmal auf seinem Schoß hin und her bewegte.

»Ich weiß«, antwortete er mit belegter Stimme. »Halten Sie einfach still.«

»Aber ich kann nicht«, protestierte sie. »Etwas Hartes drückt gegen meinen Unterleib.« Sie wollte mit ihren Händen in die Gegend ihrer Hüften fassen.

»Stopp!«, bellte er fast.

Ihre großen blauen Augen blickten ihn überrascht an und sie hielt ihre Finger still. »Ich wollte es einfach nur entfernen. Ansonsten kann ich nicht bequem sitzen.«

»Und ich auch nicht«, murmelte er zu sich selbst. »Bleiben Sie einfach still sitzen, dann geht es bald vorbei.«

»Woher wissen Sie das?«

Er hüstelte verlegen. Für eine junge Dame, die behauptete, ein Interesse an Biologie zu haben, war sie überraschend naiv.

»Ich weiß es eben«, antwortete er ausweichend und vermied es, sie anzusehen.

»Ach, Alex, das tut mir so leid«, sagte sie plötzlich. »Ich wollte Sie nicht in Verlegenheit bringen. Mir war nicht klar, dass ich auf Ihrer Erektion sitze.«

Er erstickte beinah vor Lachen. »Ich glaube wirklich, das ist das erste Mal, dass ich eine Vertreterin ihres Geschlechts dieses Wort benutzen höre.«

Sie zuckte mit den Schultern. »Aber so nennt man das doch, oder?«

»Ja. Ja, das tut man.« Er grinste. »Also, dann rutschen Sie mal nicht weiter hin und her, und sie wird vergehen.«

»Stimmt ja. Verzeihung.« Nach weniger als einer Minute blickte sie wieder zu ihm herauf.

»Alex, wie lange dauert das normalerweise?«

»Das hängt ganz von Ihnen ab«, sagte er mit seidiger Stimme.

»Von mir?«

»Ja, von Ihnen. Ich kann mehrere Stunden oder nur wenige Minuten in diesem Zustand verbringen. Es hängt alles von Ihnen ab«, murmelte er ihr leise ins Ohr und platzierte dann einen sanften Kuss auf die Stelle, wo ihre Schulter in den Nacken überging.

Sie holte laut Luft. »Tatsächlich?«

»Tatsächlich«, gab er flüsternd zurück. »Sie haben eine Macht über mich, von der Sie nicht einmal wissen, wie sie einzusetzen ist. Aber eines Tages werden Sie es wissen, das verspreche ich.«

Ein Zittern fuhr durch ihren Körper. »Ich freue mich darauf, es zu erfahren.«

»Ich auch. Aber für den Moment müssen Sie sich ruhig verhalten, damit unser Gast sich verabschieden kann.«

Nach fünfundvierzig qualvollen Minuten kam endlich der Pavillon in Sicht und Alex bremste den Galopp des Pferdes.

»Hier wären wir«, sagte er und hielt den Hengst unter einem nahe gelegenen Baum an. »Lassen Sie mich Ihnen helfen.«

Mit einer nach außen hin nur vorgetäuschten Leichtigkeit half er ihr, die Füße auf den Boden zu setzen.

»Danke«, murmelte sie und brachte ihre Röcke wieder in Form.

Alex sprang schwungvoll vom Pferd. »Gehen Sie doch schon einmal hinüber und warten Sie auf mich. Ich bin gleich bei Ihnen.«

Er band die Zügel locker um den unteren Teil des Baumstammes und ging auf den kleinen Pavillon zu, der ihm als Sternwarte diente. »Nach Ihnen, verehrte Caroline«, sagte er, hielt ihr die Tür auf und trat dicht hinter ihr in den vom Mondlicht überfluteten Raum.

»Entschuldigung«, sagte er und ging an ihr vorbei, um die drei Kerzen zu entzünden, die er vorher dort deponiert hatte. »Ich habe einige meiner neueren Bücher hierhergebracht, für den Fall, dass Sie sich dafür interessieren.«

Auf einem länglichen Holzbrett, das in die Wand des Pavillons eingelassen war, hatte er vier Bücher gelegt und sie alle an den Stellen aufgeschlagen, die von Mondfinsternis handelten.

In dem Pavillon war es recht eng, eigentlich gab es nur für eine Person ausreichend Platz, und so ließ es sich kaum vermeiden, dass die beiden sich bewegten, ohne sich gegenseitig anzurempeln zu müssen. Vielleicht war das letzten Endes gar nicht so schlecht, dachte Alex.

Caroline würdigte die Bücher kaum eines Blickes, sondern kletterte flink die Leiter hinauf, um durch das Teleskop zu blicken.

»Wozu ist diese Leiter hier, Alex?«, fragte sie aus drei Metern Höhe.

Er schnalzte tadelnd mit der Zunge.

»Als gute Studentin der Astronomie sollten Sie das eigentlich wissen.«

Sie blickte zu ihn hinunter und verzog ihr Gesicht derart drollig, dass er kichern musste.

»Ich ziehe es vor, die Sterne zu studieren und nicht den historischen Sinn und Zweck einer Leiter.«

Ihre Direktheit war amüsant.

»Auch wenn mein akademisches Interesse sich hauptsächlich auf die Wissenschaft – und natürlich die Mathematik – richtet, so kommt doch Geschichte gleich danach. Das weiß allerdings kaum jemand.« Er winkte ab. »Wie dem auch sei, wenn ich kann, mache ich die Dinge gern historisch korrekt. Und dazu gehört eben auch der Aufbau meines Teleskops. Im Gegensatz zu uns besaßen die frühen Astronomen keine Stative oder Ständer. Sie mussten Leitern vor ihre Fenster stellen, und wenn sie den zu beobachtenden Ausschnitt des Himmels ändern wollten, mussten sie das Teleskop auf eine andere Sprosse stellen.«

»Das ist faszinierend.« Sie blickte durch das Okular und drehte an einem Hebel. Das Teleskop ließ sich nach oben, nach unten und zur Seite bewegen. »Hmm, Mr Banks, ich befürchte, dass Sie geschummelt haben.«

»Habe ich nicht«, sagte er in gespielter Entrüstung. »Ich habe das Teleskop lediglich so aufgebaut, wie es historisch korrekt ist. Wenn ich es vollkommen korrekt machte, wäre es nicht funktional. Ich müsste den Großteil der Nacht damit zubringen, das Ding die Leiter hoch- und runterzutragen, und mir würde alles Wichtige entgehen. Ich habe die Leiter hier hingestellt, damit das Teleskop höher ist und damit das Ganze historisch korrekt aussieht.«

Sie grinste ihn an.

»Sie sind ein ausgefuchster Teufel.«

Er deutete eine Verbeugung an.

»Haben Sie schon etwas Interessantes da oben entdeckt?«

»Leider nein«, sagte sie. »Es muss wohl noch etwas dunkler werden.«

»Da haben Sie sicher recht. Sollen wir solange nach draußen gehen und vom Boden aus den Himmel betrachten?« Er bot ihr die Hand, um ihr beim Hinuntersteigen behilflich zu sein. Dann blies er die Kerzen aus, griff nach zwei Decken, die er ebenfalls vorab dort deponiert hatte, und folgte ihr durch die Tür.

»Wo ist Ihre Mutter?«, fragte Caroline, sobald sie draußen waren.

Alex hielt an. Er nahm ihre Hand und drehte Caroline zärtlich zu sich, sodass sie ihn ansehen musste.

»Sie kommt nicht. Heute Abend sind es nur wir zwei.«

»Dann sollte ich vielleicht besser nach Hause gehen«, sagte sie und versuchte, ihre Hand aus seinem Griff zu lösen.

»Nein, Caro. Es wird nichts anderes passieren, als dass wir beide gemeinsam die Sterne betrachten.«

»Das weiß ich doch. Ich weiß, dass ich Ihnen vertrauen kann. Aber wenn uns jemand sieht, wird es einen Skandal geben, und das hat Marcus nicht verdient. Selbst Olivia nicht. Egal wie furchtbar sie ist, ich kann sie nicht derart beschämen.«

»Was ist mit Ihnen, Caro?«, fragte er und drückte ihre Hand. »Wer denkt an Sie und daran, was Sie möchten?«

Sie schüttelte den Kopf.

»Das tut nichts zur Sache. Marcus hat seit seinem Unfall furchtbar gelitten, und ich darf es nicht riskieren, dass er in einen Skandal verwickelt wird. Und ich muss Olivias Zorn vermeiden.«

»Das wird kein Problem sein«, versicherte er ihr. »Es wird keinen Skandal geben. Vom niedrigsten Küchenmädchen bis zum Baron höchstpersönlich liegen alle warm und wohlig in ihren Betten. Niemand weiß, dass Sie hier sind, und niemand wird es erfahren. Hören Sie auf, sich Sorgen zu machen, und genießen Sie die Mondfinsternis.«

»Also gut«, willigte sie zögernd ein.

Er führte sie zu einer Stelle, wo die Sicht frei war und der Rasen gerade leicht genug abfiel, damit sie beide den Mond betrachten konnten, ohne sich dabei zu sehr die Hälse zu verrenken.

»Hier, helfen Sie mir beim Ausbreiten«, bat er sie und gab ihr eine Seite der zusammengefalteten Decke.

Danach wollte Caroline die zweite Decke ebenfalls ausbreiten.

»Ist die für mich?«

»Nein.« Es fiel ihm nicht schwer, ihr die Decke aus der Hand zu nehmen. Er ließ sie zu Boden fallen. »Die ist für uns. Wir können uns damit zudecken, wenn uns nachher zu kalt wird. Und jetzt legen Sie sich schon neben mich!«

Kapitel 11

Caroline starrte auf Alex, der sich wie eine Katze rekelte und auf die freie Stelle neben sich klopfte. Sein Lächeln konnte man nicht anders als wölfisch nennen. Er mochte zwar gesagt haben, dass in dieser Nacht nichts zwischen ihnen passieren würde, aber Caroline war sich da nicht mehr so sicher. Alex Banks hatte etwas an sich, das ihr einen wohligen Schauder den Rücken hinunterlaufen ließ, der dazu führte, dass sie allerlei höchst unanständige Dinge machen wollte.

Sie konnte sich diese Reaktion nicht erklären. Sie hätte sie gern auf die vielen allzu wohlbehüteten Jahre geschoben, aber sie wusste, dass das nicht stimmte. Oder sie damit erklärt, dass sie Mitleid für Alex Banks empfand, seit sie gehört hatte, dass Olivia beabsichtigte, ihm Hörner aufzusetzen. Aber auch das stimmte nicht. Nein, ihre Reaktion auf seine Nähe war einzig und allein ihrem Verlangen nach ihm geschuldet. Und wenn sie sich jetzt neben ihn auf die Decke setzte, könnte das ihre letzten Widerstände zunichtemachen. Es war aber auch zu schade, dass er viel zu sehr ein Gentleman war, um jemals unehrenhaft zu handeln, dachte sie schelmisch, schalt sich dann aber sogleich für diesen wirklich unanständigen Gedanken.

»Ich warte, Caro«, sagte er und streckte ihr seine Hand entgegen, die sie wider besseres Wissen ergriff, bevor er sie nach unten zog.

»Das Warten hat ein Ende«, antwortete sie lächelnd.

»Ist Ihnen kalt?« Mit seinen großen Händen wärmte er eine ihrer zierlichen Hände.

»Ein bisschen«, gab sie verlegen zu.

Er ließ ihre Hand los und griff nach der zweiten Decke. Nachdem er sie auseinandergefaltet hatte, wickelte er Caroline von vorne darin ein und rutschte dann auf Knien hinter seine Auserwählte. Er setzte sich so hin, dass sie zwischen seinen ausgestreckten Beinen saß, und zog sie sanft nach hinten, damit sie sich bequem an ihn lehnen konnte.

Während sie mit den Schultern die beste Sitzposition suchte, stellte sie überrascht fest, wie fest und hart sein Oberkörper war. Sie hätte nicht gedacht, dass ein Akademiker Muskeln haben würde. Hmm, sie schien unablässig etwas Neues über den Trockenen Alex herauszufinden.

»Mögen Sie Sternbilder?« Seine Stimme war weich wie Samt.

»Selbstverständlich. Ich wäre eine lausige Astronomin, wenn ich das nicht täte, oder?«

Er kicherte leise und spielte mit einer der Locken, die sich aus ihrer Frisur gelöst hatten.

»Welches ist Ihr Lieblingsbild?«

»Der Große Wagen«, antwortete sie ohne zu zögern.

»Eine gute Wahl. Man kann ihn leicht finden. Und kaum verwechseln.«

Alex wickelte ihre Locke um seinen Finger.

»Meine Mutter mochte am liebsten den Kleinen Wagen«, sagte sie aus reiner Konversationslust. »Als ich ein kleines Mädchen war, wollte ich wie meine Mutter sein und sagte ihr immer, dass mein Lieblingssternbild der Große Wagen sei. Schon komisch, wie sich manche Dinge nie ändern.«

Sie seufzte. »Der einzige Unterschied besteht darin, dass ich es damals nur sagte, um meiner Mutter zu ähneln, und jetzt gefällt er mir wirklich am besten.«

Wenn sie die beiden Wagen beobachteten, hatte Caroline sich ihrer Mutter immer besonders nah gefühlt. Normalerweise spürte sie, wenn sie an ihre Mutter dachte, stets einen stechenden Schmerz in der Brust, der mal stärker und mal schwächer war. Deshalb überraschte es sie, dass dieser Schmerz sich gerade aus unerklärlichen Gründen nicht einstellte.

»Fehlt sie Ihnen sehr?«, fragte Alex mit ernster Stimme. Seine Finger waren auf einmal kalt. Sie schloss die Augen. Seine Frage bezog sich mehr auf sein Leben als auf ihres. Er würde bald jemanden verlieren, dem er sehr nahestand, und erhoffte sich Trost und Rat von ihrer Antwort. Sie konnte ihn nicht belügen.

»Ja, sie fehlt mir. Aber mittlerweile ist viel Zeit vergangen, und ich habe andere Menschen gefunden, die ich an ihrer Stelle lieben und für die ich sorgen kann. Natürlich ist das nicht das Gleiche, aber es ist auf alle Fälle besser, als jammernd herumzusitzen und niemanden zu lieben oder von niemandem geliebt zu werden.«

»Sie haben Marcus und Ms Green sehr gern, nicht wahr?«

Und Sie. Aber das sagte sie natürlich nicht. Aber deshalb war es ja nicht weniger wahr. Irgendwann in den vergangenen Tagen hatte sie sich in diesen Mann verliebt, den sie nie würde haben können. Als Kind hatte sie nie von der Ehe oder von Kindern geträumt, da ihr dieser Weg verwehrt schien. Ihre Tante hatte ihr regelmäßig ins Gedächtnis gerufen, dass sie nicht heiraten würde. Aber nun war sie bald so alt, dass sie auch ohne Einwilligung eines Vormunds heiraten könnte, wenn sie es denn wollte, und auf einmal wünschte sie sich nichts sehnlicher und konnte doch nicht. Sie schluckte den Klumpen überwältigender Gefühle herunter, der sich auf einmal in ihrem Hals gebildet hatte.

»Und Olivia«, brachte sie krächzend hervor.

»Das kann nicht Ihr Ernst sein.«

»Doch. Letzten Endes ist sie meine Cousine. Um Marcus zu zitieren: ›Ich kann sie zwar meistens – ach, was, nie – ausstehen, aber ich liebe sie.‹«

Alex kicherte amüsiert und drückte sie noch etwas fester.

»Sie sind schon fast zu loyal, finden Sie nicht?«

»Wenn man nur ein paar Menschen auf der Welt hat, die man lieben kann und von denen man Liebe erwarten darf, sollte man nicht zu wählerisch sein«, gab sie mit einem verschmitzten Lächeln zurück.

»Da haben Sie wohl recht. Aber eines Tages, Caro, werden Sie mehr Menschen in Ihrem Leben haben, die Sie lieben können und von denen Sie geliebt werden. Das verspreche ich Ihnen.«

Sie wusste nicht, was sie darauf antworten sollte, und nickte. Dann fragte sie mit brüchiger Stimme:

»Und welches mögen Sie am liebsten?«

»Bitte?«

»Welches Sternbild?«

»Den Luchs.«

»Den Luchs?«

»Es ist ein kleineres, diffuseres Bild. Man sagt, man muss Augen wie eine Katze haben, um es erkennen zu können. Es liegt zwischen dem Großen Bären und der Auriga.«

»Ich kenne das Sternbild und weiß genau, wo es sich befindet. Ich bin nur überrascht, dass Sie das auch wissen«, scherzte sie.

Er stützte sein Kinn auf ihren Kopf und schlang seine Arme um sie.

»Sie sind ein kleines, schelmisches Luder. Das habe ich wohl verstanden. Es hat etwas gedauert, aber ich habe es sehr wohl begriffen.«

Sie lachte.

»Das freut mich. Ich wusste nicht, ob Sie meinen Scherz verstehen oder einfach behaupten würden, Sie könnten es wunderbar mit Ihrem Teleskop sehen.«

»Beinah hätte ich das sogar getan«, gab er mit einem glucksenden Lachen zu. »Wenn Ihre Schultern nicht so gebebt und Ihr Tonfall sich nicht verändert hätte, dann wäre mir sicher entgangen, dass Sie scherzen.«

»Es tut mir leid, Alex.« Sie legte ihre Hand auf seine. »Ich weiß, dass Sie ein ernsthafter Mensch sind. Ich will Sie in Zukunft nicht mehr aufziehen.«

»Das ist schon in Ordnung«, versicherte er ihr. »Sie können mich gerne aufziehen, wenn es Ihnen gefällt. Mir gefällt es jedenfalls.«

Sie nickte und versuchte, sich auf das Gespräch zu konzentrieren und nicht darüber nachzudenken, wie es sich wohl anfühlen würde, wenn Alex seine großen Hände etwas weiter nach oben bewegte. »Das ist gut zu wissen«, sagte sie so ruhig sie nur konnte, obwohl sie in ihrem Inneren vollkommen aufgewühlt war.

»Ist etwas nicht in Ordnung?«, fragte er sie besorgt.

O ja. Ich kann einfach nicht aufhören zu bedauern, dass Sie ein viel zu vollendeter Gentleman sind und ich nie wissen werde, wie es sich anfühlt, die Hände eines Mannes auf meinem Körper zu spüren.

»Doch, alles in Ordnung. Warum?«

»Sie rutschen andauernd hin und her. Ich wollte nur fragen.«

»Ach, Verzeihung. Ich wollte mich nur etwas bequemer positionieren.«

Er wollte seine Hände von ihr lösen, aber sie hielt sie fest.

»Tun Sie alles, was nötig ist, damit Sie es bequem haben«, murmelte er ihr ins Ohr. Mit übertriebener Geste streckte sie die Beine aus und drehte sich dann auf den Bauch, sodass seine Hände nunmehr direkt unter ihren Brüsten lagen.

»Ist es so besser?«, fragte er.

»Viel besser«, flüsterte sie und nickte.

»Gut. Ich freue mich, dass Sie eine Position gefunden haben, die für uns beide angenehmer ist.«

Mit den Daumen streichelte er über den unteren Rand ihres Busens.

»Alex«, kiekste sie. Seine Kühnheit überraschte sie.

»Hmm?« Seine Daumen fuhren erneut über ihre Brüste und pressten leicht gegen das deutlich erregte Gewebe.

Ihre Finger krallten sich in seine und sie musste sich auf die Lippe beißen, um nicht laut zu seufzen, als seine suchenden Finger ihre Brüste massierten und sie so anschwellen ließen, dass sie gegen ihr Bustier stießen. Ihre Brustwarzen waren mittlerweile so hart, dass sie sich als zwei identische Spitzen unter dem Stoff ihres Kleids abzeichneten.

»Gefällt Ihnen das, Caro?«

Sie antwortete nicht. Sie konnte nicht antworten. Sie genoss es. Unwahrscheinlich. Und darin lag das Problem. Sie genoss die Zuwendungen des Verlobten ihrer Cousine. Plötzlich fühlte sie sich wieder wie damals mit fünfzehn, als Olivia einen riesigen Kübel mit Eiswürfeln, Schnee und kaltem Wasser über ihr ausgeschüttet hatte, als sie am Kamin saß und ein Buch las. Mit anderen Worten: Die kalte Realität holte sie ein.

»Alex, bitte hören Sie auf.«

Seine Finger ließen sofort von ihren Brüsten ab und sie löste seine Hände von ihrem Körper.

»Ich entschuldige mich vielmals«, stammelte er und räusperte sich. »Entschuldigen Sie bitte mein Verhalten. Ich dachte ... Egal, was ich dachte, ich habe mich geirrt. Es wird nicht wieder vorkommen.«

»Machen Sie sich keine Sorgen, Alex. Sie haben nichts falsch interpretiert.« Sie schämte sich furchtbar. »Ich hingegen habe die Situation falsch interpretiert.«

Er war nicht überzeugt. »Das bezweifle ich. Wie Marcus mich gerade noch letzte Woche erinnert hat: Ich bin sehr begriffsstutzig. Ich bin mir dessen sehr wohl bewusst. Es fällt mir schwer, den Gesichtsausdruck anderer Menschen zu interpretieren und zu verstehen, was sie mit ihrem Tonfall oder ihrer Körperhaltung wirklich aussagen wollen.« Er schnaubte ratlos. »Ist das nicht ironisch? Ich kann Ihnen beinah jede wissenschaftliche Entdeckung oder mathematische Formel herunterbeten, aber es bereitet mir Probleme, zu verstehen, was die Leute sagen wollen, wenn sie nicht direkt mit der Sprache herausrücken.«

Voller Zuneigung drückte sie seine Hände. »Ich versichere Ihnen, dass das nicht Ihre Schuld war. Es war meine.« Olivia hatte recht behalten: Sie war tatsächlich zu einem Flittchen herangewachsen, trotz der Fürsorge von Onkel Joseph. »Aber hören Sie, Ihnen ist vorhin aufgefallen, dass ich scherzte.«

»Na ja, gut. Sie bebten vor Lachen, und Ihr Tonfall veränderte sich eindeutig«, sagte er seufzend und verschränkte seine Finger mit ihren. »Es ist schwer zu beschreiben. Oft kann ich vieles nicht sofort einordnen, und es hat auch einen Moment gedauert, bis ich eins und eins zusammengezählt hatte. Aber dann fiel mir ein, wie Sie gestern eine Bemerkung fallen ließen, die meine Mutter zum Lachen gebracht hat, und dabei war Ihr Tonfall ähnlich, und Ihre Schultern bebten ebenfalls vor Vergnügen. Deshalb habe ich über Ihre Worte zweimal nachgedacht, und nach ein paar Sekunden war mir einfach klar, dass Sie dabei waren, sich köstlich zu amüsieren.«

Er küsste sie auf den Kopf.

»Es ist auch gar nicht entscheidend. Je mehr Zeit wir miteinander verbringen, desto besser werde ich Sie verstehen. Haben Sie nur etwas Geduld mit mir.«

»Das ist völlig in Ordnung, Alex«, murmelte sie und lehnte ihren Kopf an seine Brust. »Jeder von uns hat seine Probleme.«

»Und was ist Ihr Problem?« Seine Stimme war samtweich.

»So ungefähr alles«, sagte sie nüchtern.

In der Tat, nichts war ihr jemals zugefallen. Und in diesem Moment fiel es ihr umso schwerer, Alex' Hände in ihrer Taillengegend zu spüren und zu wissen, dass er ihr nie wirklich ganz gehören würde. Diese wenigen Minuten, in denen sie ihm gestattet hatte, sie zu berühren, hatten ihren Hunger nach ihm noch nicht einmal ansatzweise befriedigen können. Aber es würde reichen müssen. Er gehörte einer anderen.

Sie saßen beide schweigend nebeneinander und sahen hinauf zum Großen Wagen, dann zum Kleinen Wagen und schließlich zu Luchs. Sie lächelte. Wie konnte Alex nur ein Sternbild favorisieren, das seiner Persönlichkeit so diametral entgegengesetzt war? Er war ihr wirklich ein Rätsel.

»Alex?«

»Ja?«

Sie kaute auf ihrer Lippe, und fast verließ sie der Mut, ihm die eine Frage zu stellen, die sie mehr als alle anderen brennend interessierte.

»Werden Sie wirklich Olivia heiraten?«

»Nein.«

Sie stieß einen Seufzer aus.

»Sie sagen das jetzt, und ich weiß, dass Sie ihr das vorhin ebenfalls mitgeteilt haben, aber sie hat mir gesagt …«

»Pst.« Seine weichen Lippen drückten ihr einen Kuss aufs Ohr. »Ich möchte jetzt lieber nicht die Einzelheiten besprechen, aber ich habe nicht vor, Ihre Cousine zu heiraten. Hätte ich das vor, würde ich nicht hier mit Ihnen sitzen.«

Seine Stimme klang entschlossen und fest. Endgültig.

Sie machte die Augen zu und ließ ihren Kopf leicht zur Seite fallen. Alex' Körper fühlte sich groß und warm an. Sein Geruch nach Sandelholz wirkte ganz berauschend. So männlich. Sie atmete noch tiefer ein. Von diesem würzigen Aroma konnte sie gar nicht genug bekommen.

Sie lauschte seinem starken, regelmäßigen Herzschlag. Der Rhythmus war genauso hypnotisierend wie sein Körpergeruch. Sie legte ihre Wange auf die Stelle, wo sein Herz schlug.

Für gewöhnlich fürchtete sie sich immer etwas vor größeren, stärkeren Männern. Aber nicht vor Alex. Er war kein Riese, der über ihr aufragte und dessen Muskeln so breit waren, dass jedes Mal, wenn er einen Schritt tat, seine Kleidung aus allen Nähten zu platzen drohte. Aber er war auch nicht schwach oder schmächtig, wie sie anfangs angenommen hatte. Vor ein paar Tagen hatte er ihr gegenüber erwähnt, dass er sich für Schwerter und Pistolen interessierte. Sie stellte sich vor, dass das Schwingen von Schwertern viel damit zu tun hatte, warum er unter seinem Anzug so fest und gut gebaut war.

Bis vor Kurzem hatte sie sich in der Gegenwart von großen, starken Männern immer wie gelähmt gefühlt, weil sie von der Erinnerung an ihren Vater überwältigt wurde. Glücklicherweise rief Alex eine andere Reaktion hervor. Bei ihm fühlte sie sich sicher und beschützt. Sie sollte wirklich ihre Augen öffnen und den Himmel beobachten. Deshalb hatte er sie doch hier nach draußen geführt. Aber sie konnte es einfach nicht. Sie wollte noch ein bisschen in seinen Armen liegen und so tun, als gehörte er ihr. In ein paar Minuten würde sie die Augen öffnen, aber jetzt wollte sie den Moment so lang wie möglich auskosten.

»Caro, aufwachen«, flüsterte Alex und rüttelte sie sanft an der Schulter.

Caroline öffnete blitzartig die Augen und spürte, wie ihr das Blut in die Wangen schoss. Sie lag direkt auf Alex, da gab es kein Vertun. Ohne sich um Anmut und Grazie zu scheren, rollte sie sich augenblicklich zur Seite und starrte in den Himmel.

»Hat die Mondfinsternis schon begonnen?«

»Ja.« Alex setzte sich auf. »Und sie hat auch geendet.«

»Oh.«

»Seien Sie nicht traurig. In ein paar Monaten gibt es eine neue.«

Bei diesem trockenen Kommentar verdrehte sie die Augen. »Das ist ja beruhigend zu wissen. Und warum haben Sie mich diese Mondfinsternis einfach verschlafen lassen, Mr Banks?«

»Habe ich ja gar nicht.« Er nahm ihre Hand und zog Caroline näher an sich heran. »Ich fürchte, mich hat das gleiche Schicksal ereilt.«

»Nun, so fühle ich mich wenigstens etwas besser. Wenigstens bin ich nicht die einzige Person, die die Mondfinsternis verschlafen hat.«

»Ich wage zu behaupten, liebe Caro, dass fast die ganze Welt diese Mondfinsternis verschlafen hat. Aber das ist jetzt gerade nicht wichtig. Jetzt zählt, dass ich Sie vor Sonnenaufgang nach Hause bringe.«

Sie nickte und fuhr sich mit der freien Hand durch ihr loses Haar.

»Lassen Sie es gut sein«, sagte er und nahm ihre Hand. »Sie können Ihre Frisur jetzt nicht verbessern.«

»Ist es so schlimm?«

»Ja.«

Er ließ ihre Hände los und sie standen auf. Caroline faltete die Decken zusammen, während Alex sich aufmachte, um den Hengst zu holen. Als er zurückkam, half er ihr beim Aufsteigen. Dann machte sie es sich auf seinem Schoß bequem.

»Vielen Dank, dass Sie mich drei Minuten lang das Teleskop benutzen ließen«, sagte sie gespielt schnippisch, während das Pferd den Weg entlangtrabte.

»Gern geschehen, Caro.«

Sie wickelte den zerknitterten Stoff ihres gelben Rocks um einen Finger.

»Darf ich Sie etwas fragen?«

»Selbstverständlich.«

»Versprechen Sie mir, nicht zu lachen?«

»Nein.«

Sie seufzte.

»Habe ich irgendetwas getan, als ich vorhin eingeschlafen bin?«

»Ja. Sie haben geschlafen.«

Sie schüttelte den Kopf.

»Nein. Ich meine, habe ich geschnarcht oder gesabbert oder im Schlaf geredet oder irgendetwas anderes Peinliches gemacht?«

Er hielt das Pferd an, denn vor Lachen wäre er beinah aus dem Sattel gefallen.

»Caro, meine Gute, Sie sind schon eine besondere Marke.«

Sie verschränkte ihre Arme und presste die Lippen aufeinander.

»Was soll das denn heißen, Mr Banks?«

Alex schüttelte sich weiterhin vor Lachen.

»Nichts«, brachte er zwischen zwei Lachanfällen hervor.

»Natürlich heißt das etwas. Jetzt sagen Sie es mir schon.«

Nach einer weiteren Minute hatte er sich endlich unter Kontrolle und blickte mit seinen warmen braunen Augen in ihre blauen.

»Die meisten jungen, unverheirateten Damen würden sich eher um ihren Ruf sorgen. Sie würden wissen wollen, ob ich Sie unschicklich berührt oder die Situation ausgenutzt und ihnen die Unschuld geraubt habe. Aber nicht Sie. Sie wollen wissen, ob Sie sich peinlich verhalten haben.«

»Weil ich eben weiß, dass Sie nichts dergleichen tun würden.« Sie feixte, aber sein Lächeln verschwand.

»Was lässt Sie da so sicher sein?« Seine Stimme und sein Gesichtsausdruck waren auf einmal hart.

Caroline lachte.

»Alex, nehmen Sie das nicht zu ernst. Ich wollte nur sagen, dass Sie viel zu ehrenhaft sind, als dass Sie so etwas tun würden.

Sie brauchen sich nicht angegriffen zu fühlen. Ich habe Sie nicht beleidigt.«

»Sie sind sehr vertrauensselig«, murmelte er und gab dem Pferd einen Klaps, damit es weitertrabte.

»Sie sind so reizend, wenn Sie sich aufregen.«

»Sagen Sie das nicht, Caroline«, warnte er sie durch zusammengebissenen Zähne.

»Was?«, fragte sie unschuldig.

»Nennen Sie mich nicht reizend. Kein Mann möchte reizend genannt werden. Niemals.«

»Selbst wenn er es ist?«

Er schüttelte sich fast schon angewidert.

»Selbst dann. Es ist unmännlich.«

Mit einem Finger fuhr sie sein Kinn entlang.

»Unmännlich?«

»Ja, unmännlich. Adjektive wie attraktiv und verwegen sind besser geeignet, um einen Mann zu beschreiben.«

»Ich werde versuchen, das im Kopf zu behalten.«

Sie strich ihm eine seiner braunen Locken aus der Stirn.

»Ja, tun Sie das bitte«, sagte er. Dann drückte er ihr einen warmen Kuss in die Handfläche.

Sie lehnte den Kopf wieder gegen seine Brust und machte die Augen zu. Es gefiel ihr, ihm so nah zu sein. Fühlten sich alle Frauen so in Gegenwart ihres Liebsten? In der vergangenen Nacht hatte er ihre Hoffnung aufglimmen lassen, als er sich von seiner Verlobung mit Olivia distanzierte. Aber sie wusste, dass er sich nie in sie verlieben und sie heiraten würde. So etwas passierte nur in Tagträumen oder im Märchen.

»Wir sind da«, sagte Alex und stupste sie sanft an. Ungefähr hundert Meter vor Ridge Water hielt er sein Pferd an.

»Wir sollten uns hier verabschieden, damit wir niemanden aufwecken.«

Sie nickte und ließ sich von ihm beim Absteigen helfen.

»Noch einmal vielen Dank, Alex. Es tut mir leid, dass ich eingeschlafen bin.«

Alex schwang sich behände aus dem Sattel.

»Machen Sie sich darüber keine Gedanken mehr«, sagte er beschwichtigend und ergriff ihre Hände. »Was haben Sie denn am Sonntag vor?«

»Am Sonntag?«

Er nickte.

»Ich habe noch keine Pläne für Sonntag.«

Er strich mit seinen Daumen langsam über ihre Finger.

»Wären Sie einverstanden, einen Teil des Tages mit mir zu verbringen?«

»O ja!«, zwitscherte sie aufgeregt und errötete. »Ich wollte sagen, mit Vergnügen.«

»Wie wäre es, wenn ich Sie gegen Mittag abhole – diesmal mit meiner Kutsche. Wir könnten den Nachmittag gemeinsam verbringen.«

Unter größter Selbstbeherrschung gelang es ihr, die Fassung zu bewahren und eine weitere Peinlichkeit zu vermeiden.

»Das wäre ganz wunderbar. Ich freue mich darauf«, sagte sie so unverbindlich, wie sie nur konnte.

»Dann sehe ich Sie am Sonntag.« Er drückte ihr einen hastigen Kuss auf die Wange, ließ ihre Hände los und stieg auf sein Pferd.

Aber irgendwie konnte sie sich noch nicht von ihm trennen.

»Alex?«

»Ja, Caro?«

»Was werden wir unternehmen?«

Er lächelte zu ihr herab.

»Das werden Sie schon früh genug herausfinden.«

»Wird es mir gefallen?«

Er nickte.

»Ja. Und mir ebenfalls.«

»Aha. Nun, dann weiß ich schon so viel: Pall Mall werden wir nicht spielen«, neckte sie ihn und grinste.

Er runzelte die Stirn.

»Ganz eindeutig nicht. Aber ich sollte besser losreiten, bevor uns jemand sieht und ihr Ruf beschädigt wird.«

Zum Teufel mit ihrem Ruf.

»Wollen Sie wirklich nicht zum Frühstück bleiben?«

»Nein.« Er schüttelte den Kopf und straffte die Zügel. »Ich muss wirklich los, Caro. Bis Sonntag.«

Ohne auf eine Antwort zu warten, schnalzte er mit den Zügeln und galoppierte die Auffahrt hinunter.

»Sonntag kann nicht schnell genug kommen«, flüsterte Caroline zu sich selbst.

»Doch, es wird Sonntag sein, ehe du dichs versiehst.«

Marcus stand hinter ihr und erschreckte sie beinah zu Tode.

Sie drehte sich zu ihm um.

»Wie lange bist du schon hier?«

»Lang genug, um zu wissen, dass du einen Ausflug für Sonntag geplant hast, ohne vorher deinen Vormund um Erlaubnis zu fragen.«

Er zog seine Mundwinkel nach oben.

Caroline verdrehte die Augen.

»Ich ging nicht davon aus, dass es dich groß interessieren würde.«

»Tut es auch nicht«, sagte er leichthin und legte ihr einen Arm um die Schulter.

»Kopf hoch! Er wird am Sonntag kommen, wie er es versprochen hat.«

Caroline kniff die Augen zusammen, um noch ein letztes Bild von ihrem davonreitenden Alex zu erhaschen.

»Marcus, er sagt, dass er Olivia nicht heiraten wird.«

Sie wusste nicht genau, warum sie ihm das mitteilte. Wahrscheinlich wollte sie eine Bestätigung hören, wollte einfach die Worte noch einmal hören, selbst wenn sie es war, die sie aussprach.

»Das wird er auch nicht«, bestätigte Marcus zu ihrem Erstaunen. »Ich würde es niemals erlauben.«

Sie starrte ihn ungläubig an.

»Und was ist mit mir, Marcus? Würdest du ihm erlauben, mich zu heiraten?«

»Ja«, sagte er ohne zu zögern.

Sie runzelte die Stirn.

»Warum?«

Nicht, dass sie wirklich erwartete, von Alex einen Antrag zu bekommen. Aber wenn er es täte, würde sie gern wissen, warum Marcus einer Hochzeit zwischen ihr und Alex zustimmen würde, aber nicht einer Hochzeit zwischen Olivia und Alex.

Marcus zuckte mit den Schultern.

»Du bist anders.«

In weniger als einer Sekunde schlug ihre Freude über die Gedanken an Alex in bittere Traurigkeit um. In den vergangenen dreizehn, fast vierzehn Jahren hatte Marcus nicht ein einziges Mal auf den Unterschied ihrer Herkunft auch nur angespielt. Aber jetzt hatte er verraten, was er wirklich von ihr hielt. Er betrachtete sie als minderwertig. Er hatte ihr gerade zu verstehen gegeben, dass er sie jemanden heiraten lassen würde, der für seine Schwester nicht gut genug war. Tränen brannten ihr in den Augen. Sie wandte sich ungelenk aus Marcus' Umarmung und ging schnurstracks auf ihr Zimmer.

Wenn Alex um ihre Hand anhalten würde, würde sie Ja sagen, ob Marcus nun einverstanden war oder nicht. Er konnte sich glatt zum Teufel scheren! Olivia hatte sie jahrelang schlecht behandelt, aber wenigstens hatte sie sich nicht verstellt wie Marcus. Er hatte sie in dem Glauben gelassen, dass sie ihm am Herzen lag, um ihr dann schnöde mitzuteilen, dass das gar nicht stimmte. Und das schmerzte mehr als alles, was Olivia ihr jemals angetan hatte.

Kapitel 12

Auch Alex konnte sich kaum bis Sonntag gedulden. Und das lag nicht nur daran, dass er sich endlich mit Caroline verloben und dadurch seine Zukunft retten wollte. Er wollte sie einfach wiedersehen. Mehrmals musste er sich davon abhalten, sie nicht schon früher zu besuchen. Letztendlich hielt ihn aber seine Furcht, mit einem kleinen Fauxpas alles zu ruinieren, davon ab, Watson Estate vorzeitig zu verlassen.

Dann endlich war der Tag gekommen – der Tag seiner großen Geste, an dem er Carolines Herz gewinnen und um ihre Hand anhalten würde. Er hatte alles bis ins kleinste Detail geplant und vor lauter Aufregung in der Nacht nicht schlafen können. Etwas allerdings entzog sich seiner Kontrolle, und das waren die Leute, die ihnen heute Gesellschaft leisten würden. Für eine erfolgreiche Durchführung seines Plans war er auf die Hilfe einer seiner Cousinen angewiesen. Brooke hatte sich allerdings erst dazu bereit erklärt, ihm zu helfen, nachdem er sie in alles eingeweiht hatte. So war Brooke eben. Genauso wenig hatte es ihn überrascht, dass sie auch ihre Schwestern zu dem Vorhaben eingeladen hatte, sobald er ihr alles erzählt hatte – und das bedeutete, dass Caroline nun seinen drei Cousinen und deren Ehemännern begegnen würde. Er seufzte. Na ja, früher oder später hätte sich das sowieso nicht vermeiden lassen.

Die Kutsche hielt an. Er stieg aus und ließ den Kutscher wissen, dass er in wenigen Minuten zurück sein würde.

»Tag, Marcus!«, rief er, während er die Treppen zum Haus hinauflief. Marcus saß in einem Sessel auf der überdachten Veranda.

»Alex«, antwortete er und rieb sich das Kinn. Er sah überall hin, nur nicht zu Alex. »Ich weiß nicht, wie ich es sagen soll, also sage ich es einfach geradeheraus. Mir scheint, Caroline wird dir heute keine gute Gesellschaft sein.«

Augenblicklich verspannte sich jeder einzelne von Alex' Muskeln.

»Wie meinst du das? Was ist passiert?«

»Nicht das, was du denkst. Es ist nur ... Caroline hat in den letzten Tagen sehr viel geweint.« Er machte eine Pause, die lang genug war, damit Alex die Bedeutung seiner Worte erfassen konnte. »Du hast eine Schwester und eine Mutter, also wirst du wissen, dass man sehr behutsam mit ihr umgehen muss, wenn sie ihre ...« Er blickte zu Boden und räusperte sich. »Ich dachte, es sei gut, dich zu warnen.«

»Ich danke dir«, sagte Alex knapp. Er fand, dass es ihm nicht zustand, Marcus darauf aufmerksam zu machen, dass es sie beide nichts anging, was gerade mit Carolines Körper vor sich ging. Andererseits war es gut, dass Marcus ihn darauf hingewiesen hatte. So würde er besser darauf achten, dass sie nicht zu viel laufen müsste und er nichts sagte, was sie vielleicht aufregen könnte.

»Gern geschehen.« Marcus starrte noch immer auf seine Stiefelspitzen. »Übrigens, heute wird euch eine Anstandsdame begleiten. Das ist sowohl zu deinem als auch zu Carolines Besten.«

Alex schnaubte verächtlich.

»Bei Tageslicht ist eine Anstandsdame ganz offensichtlich vonnöten.«

»Auch bei Dunkelheit. Sie hat nur eben leider keine offizielle Anstandsdame«, sagte Marcus in einem Tonfall, den Alex als Versuch, so unnachgiebig wie möglich zu klingen, interpretierte. »Sie wartet drinnen auf dich. Viel Glück.«

Alex begab sich zur Tür. »Kommst du nicht?«

»Um Himmels willen, nein.«

Alex kicherte und ignorierte den Butler, der dienstbeflissen herbeieilte.

Caroline saß im Blauen Salon.

»Sind Sie bereit?«, fragte er.

»Ja!«

Ihr Lächeln war der reinste Blitzstrahl, der ihm direkt in die Lenden fuhr.

Er bot ihr den Arm und geleitete sie zur Kutsche. Im Vorbeigehen warf er Marcus ein triumphierendes Lächeln zu. Marcus aber schüttelte nur den Kopf.

In der Kutsche wartete schon eine dünne Frau in der Uniform einer Bediensteten. Alex starrte sie an.

»Alex, das ist Nettie, meine Zofe. Sie übernimmt heute die Rolle meiner Anstandsdame. Nettie, das ist Mr Banks.«

Alex und Nettie nickten sich zur Begrüßung gegenseitig kurz zu.

»Wohin fahren wir?«, wollte Caroline wissen, als sich die Kutsche in Bewegung setzte.

Mit den Fingern berührte er verspielt ihr Kinn.

»Das werden Sie sehen, wenn wir angekommen sind.«

Sie zog die Augenbrauen zusammen.

»Ach so, ich habe übrigens meine Aufzeichnungen über unser gemeinsames Projekt mitgebracht.«

»Wie bitte?«

Seufzend griff sie nach ihrer Handtasche und kramte einen Stapel Papiere hervor.

»Sie wissen schon. Unsere Kampagne.«

»Natürlich.« Er hatte diese leidige Angelegenheit schon fast vergessen gehabt.

»Mir ist bewusst, dass Sie es eine Kampagne nennen möchten, aber ich finde, das klingt zu langweilig. Und ich wollte es gern Experiment nennen, aber Sie sagen, es sei gar kein Experiment. Also dachte ich, wir könnten einen Kompromiss machen und es ein Projekt nennen. Was sagen Sie dazu?«

»Wie Sie wünschen«, sagte er und wedelte mit der Hand. Wenn es nach ihm ging, könnten sie das Ganze auch die Magna Charta nennen. Hoffentlich würde dieses *Experiment* nach diesem Tag vom Tisch sein.

Mit der Schuhspitze versetzte sie ihm einen kleinen Tritt.

»Würden Sie bitte etwas mehr Interesse an den Tag legen? Donnerstag in einer Woche findet das nächste Mitgliedertreffen statt.«

»Meinetwegen«, antwortete er gereizt.

»Gut. Dann lassen Sie uns doch kurz meine Ideen durchgehen«, schlug sie vor.

Er rieb sich mit den Händen übers Gesicht.

»Ich kann nicht lesen, wenn ich in der Kutsche sitze. Mir wird dann übel.«

»Im Ernst?«

»Im Ernst. Warum besprechen wir das nicht später? Wir sind ohnehin fast am Ziel.«

»Aber wir sind doch gerade erst losgefahren«, wandte sie protestierend ein.

Er lächelte.

»Das weiß ich wohl. Heute fahren wir nicht nach Watson Estate.«

Hektisch stopfte Caroline die Unterlagen wieder in ihre Handtasche.

»Wo sind wir?«

»In einer Kutsche.«

Sie verdrehte ihre wunderschönen blauen Augen. »Sie sind ja ein ganz schöner Spaßvogel heute, nicht wahr?«

»Ich gebe mir Mühe.«

Er streckte die Beine von sich und lümmelte seinen Arm auf die Rückenlehne der Sitzbank.

Nettie lächelte ihm zu, und er zwinkerte zurück.

Nach zehn Minuten sahen sie ein großes Haus aus grauen Ziegelsteinen. Der Haupttrakt des Hauses war einmal ein Schloss gewesen. Es gab sogar noch die schmalen Scharten, aus denen Bogenschützen früher mit Pfeilen auf feindliche Eindringlinge geschossen hatten.

»Wo sind wir?«, fragte Caroline erneut, diesmal atemlos und voller Bewunderung.

»Rockhurst. Hier wohnen Andrew und Brooke, Lord und Lady Townson.«

»Wir besuchen die beiden heute?«, fragte sie mit gequälter Stimmer. Ihre Augen waren so groß wie Untertassen.

Er nickte.

»Ich bitte um Verzeihung, aber es ließ sich nicht vermeiden. Aber haben Sie keine Sorge, es werden noch andere Gäste anwesend sein.«

Als die Kutsche anhielt, umklammerte Caroline verkrampft den Griff ihrer Handtasche.

»Könnten Sie mich bitte zurück nach Hause bringen?« Ihre Stimme war kaum lauter als ein Flüstern.

Alex stand von seiner Bank auf und hielt die Tür der Kutsche zu, damit der Kutscher sie nicht öffnen konnte. Er bat den Mann um einen Moment Geduld, ging dann vor Caroline in die Hocke und nahm ihre Hand.

»Was ist los?«, fragte er sie.

»Ich kann den beiden unmöglich begegnen«, sagte sie heftig blinzelnd. Ihre Hand war eiskalt.

»Warum denn nicht?«, fragte er mit sanfter Stimme. »Sie werden freundlich zu Ihnen sein, das verspreche ich Ihnen.«

»Ich weiß.« Aber sie brachte noch nicht einmal ein Lächeln zustande.

»Also dann, was ist das Problem?«, fragte er perplex. Seine Verwandten konnten manchmal etwas anstrengend sein, aber man musste sich vor ihnen nicht fürchten. Nun ja, früher einmal sollte es da den einen oder anderen gegeben haben, der einem das Fürchten lehren konnte, aber das waren in erster Linie Legenden.

»Ich kann ihnen eben einfach nicht begegnen«, sagte sie mit zittriger Stimme.

»Aber alle möchten Sie kennenlernen. Brooke hat darauf bestanden, dass ich Sie heute mitbringe. Und Onkel John, Tante Carolina, Liberty und Paul. Alle sind extra direkt nach der Kirche hierhergekommen, um Sie kennenzulernen. Madison und Benjamin sind seit gestern unterwegs gewesen, nur um Sie zu treffen.«

Als ihre Augen immer größer wurden, erkannte Alex, dass er wohl zu viel gesagt hatte.

»Aber in erster Linie müssen Sie mir glauben, dass sie alle harmlos sind und sie Sie heute einfach gerne kennenlernen möchten.«

»Alex, Sie verstehen das nicht. Ich passe nicht zu ihnen. Sie sind adlige Ehrenleute. Ich nicht. Ich bin die arme Verwandte eines Grafen, seit dreizehn Jahren in der Provinz versteckt. Ich bringe noch nicht einmal einen anständigen Hofknicks zustande.«

Ihre Unterlippe zitterte und sie wandte den Blick ab. Dann sprach sie weiter.

»Sie werden sofort erkennen, dass ich nicht standesgemäß bin, und der ganze Nachmittag wird ein unangenehmer Spießrutenlauf. Bitte bringen Sie mich wieder nach Hause.«

»Nein, Sie fahren nicht zurück nach Hause«, sagte er entschieden. »Erst verbringen Sie den Nachmittag hier mit mir. Caro, Ihre Bedenken entbehren jeder Grundlage. Ich kenne niemanden, der weniger in die feine Gesellschaft passt als diese acht Erwachsenen, die hier auf Sie warten. Weniger als Sie allemal, Caroline.« Er schnaubte. »Nur einer von ihnen hat jemals auf seinen Ruf geachtet und zu unserer großen Erleichterung ist das mittlerweile auch vorbei. Sehen Sie mich an. Sie passen ganz wunderbar zu uns. Keiner erwartet einen Hofknicks von Ihnen, oder dass Sie sie mit ›Mein Lord‹ oder ›Euer Ehren‹ anreden. In unserer Familie schert sich niemand um solche Dinge. Sie könnten bei Tisch einen fahren lassen, und es würde niemanden stören.«

Sie schlug ihm neckisch auf die Schulter.

»Hören Sie schon auf. Sie übertreiben.«

»Nein, ich übertreibe nicht.« Er führte ihre Hände an seine Lippen und küsste die Handrücken. »Kommen Sie einfach mit mir mit. Sollten Sie sich noch immer fehl am Platz fühlen, nachdem Sie alle kennengelernt haben, bringe ich Sie wieder nach Hause.«

»In Ordnung«, stimmte sie zu.

Er stieß schnell die Tür auf, bevor sie es sich anders überlegen konnte, und sprang ins Freie. Sie nahm seine Hand und stieg langsam aus der Kutsche. Dann wartete sie, bis er Nettie beim Aussteigen geholfen hatte.

»Ganz schön wortgewandt, würde ich sagen«, flüsterte Nettie ihm ins Ohr, während sie an ihm vorbeiging.

Er lächelte sie an, dann bot er Caroline seinen Arm.

Stevens, der Butler, begrüßte sie an der Tür und wies ihnen den Weg zum Salon.

»Lächeln, Caro«, flüsterte Alex ihr zu, als sie eintraten.

»Alex!«, rief Andrew aus. »Es wurde langsam Zeit. Brooke behauptet, sie sei schon am Verhungern.«

Heiteres Gelächter wogte durch das Zimmer.

Alex grinste. »Nichts für ungut. So wie ich Brooke kenne, hat sie ohnehin schon ausreichend Kekse genascht. Sie ist nicht am Verhungern.«

Brooke hob unschuldig ihre Hände, um zu zeigen, dass sie keine Kekse versteckt hielt.

Alex warf ihr ein strahlendes Lächeln zu. »Wie dem auch sei, Brooke wird sich noch einen Moment gedulden müssen. Ich möchte euch allen Caroline vorstellen.« Er wandte sich Caroline zu, die steif und vollkommen überfordert neben ihm stand. Er deutete zuerst auf Andrew.

»Caro, du erinnerst dich sicher an Andrew, Graf Townson. Die Dame neben ihm ist seine gebärfreudige Gattin Brooke. Die beiden da hinten am Klavier, die darüber streiten, wer das Baby auf den Arm nehmen darf, sind Paul und Liberty. Paul ist ein Pastor, wie mein Onkel, und Liberty bringt in ihrer Freizeit Analphabeten das Lesen bei.« Er wartete einen Moment, bis sich das heitere Gegacker, das seine Worte hervorgerufen hatten, wieder gelegt hatte.

»Die junge Dame auf dem Sofa heißt Madison. Sie erwartet ihr Baby diesen Sommer. Neben ihr sitzt ihr Mann Benjamin. Sein Herzogstitel Gateway ist Ihnen sicher geläufig.«

»Ich bin sehr erfreut, Sie alle kennenzulernen«, sagte Caroline und sah schüchtern in die Runde.

»Wir sind sehr erfreut, Sie kennenzulernen«, antwortete Benjamin. »Und um es geradeheraus zu sagen: Wir wollen gern über Ihre bedauerliche Verwandtschaft zu Lady Olivia hinwegsehen und Sie ausschließlich um Ihrer selbst willen entweder lieben – oder hassen.«

Seine Frau versetzte ihm einen Stoß in die Rippen.

»Hören Sie nicht auf ihn. Mein Mann ist wie immer taktlos und extrem unhöflich. Er wollte lediglich sagen, dass wir zwar alle unsere Probleme mit Ihrer Cousine hatten, aber dass wir Ihnen das auf keinen Fall anlasten werden.«

»Genau«, stimmte der Herzog zu. »Sie hat es viel besser formuliert.«

»Wie immer.« Madison grinste ihren Mann an.

»Nun, also ich für meinen Teil finde ja, dass Ihre Verwandtschaft mit Lady Olivia durchaus für Sie spricht«, warf Paul jovial ein. »Ich wäre jetzt wohl nicht mit Liberty verheiratet, hätte Olivia Liberty und Alex nicht zum Schlittschuhfahren auf die zugefrorene Themse gejagt.«

Liberty verdrehte die Augen und Caroline schnappte entsetzt nach Luft.

»Sie waren auch dabei?«, flüsterte sie Alex zu.

Er nickte.

»Ich erinnere mich ungern an jenen Tag, aber ja. Ich war auch dabei. Aus Fairness Ihrer Cousine gegenüber muss ich allerdings erwähnen, dass ich eingebrochen bin, weil das Eis weiter brach, während ich versuchte, Liberty aus dem eiskalten Wasser zu ziehen. Zu dem Zeitpunkt hatte man Lady Olivia schon längst von der Unfallstelle entfernt.«

»Ach du meine Güte«, murmelte Caroline. »Wer hat Sie beide denn gerettet?«

»Benjamin«, antworteten Liberty und Alex wie aus einem Mund.

»Er hat uns beide aus den eisigen Fluten herausgezogen«, erklärte Liberty. »Er brachte mich nach Hause, Alex muss ihm wohl die Adresse genannt haben, denn ich war ja bewusstlos. Daher weiß ich auch nicht, was genau mit Alex passiert ist.«

Alex machte eine abwehrende Handbewegung.

»Nicht der Rede wert.« Der Herzog war so liebenswürdig gewesen, ihm an jenem Tag das Leben zu retten. Einzelheiten spielten nun keine Rolle mehr.

»Hat jeder von Ihnen ein unangenehmes Erlebnis mit Olivia zu berichten?« Mittlerweile war Carolines Stimme kaum noch hörbar.

Niemand wollte antworten. Schließlich brach Alex das Schweigen.

»Keiner von uns war ihr so ausgesetzt, wie Sie es jahrelang waren. Aber ja, jeder hier kennt Olivia.«

»Das tut mir so leid«, sagte Caroline hastig. »Ich hoffe, dass niemand davon Albträume bekommen hat.«

Brooke prustete kichernd.

»Keiner so sehr wie Andrew«, sagte sie und stieß ihren Mann mit dem Ellbogen an. »Erzähl es ihr.«

»Nein«, weigerte Andrew sich und schüttelte den Kopf. »Ich glaube, sie möchte keine weiteren abfälligen Geschichten über ihre Cousine mehr hören.«

Caroline gab einen leicht verzweifelten Laut von sich.

»Ich kann Ihnen versichern, dass das, was ich erdulden musste, schlimmer ist als alles, was Sie mir erzählen könnten.« Sie rang sich ein schüchternes Lächeln ab und atmete nervös ein.

»Aber das tut nichts zur Sache. Bitte nehmen Sie alle meine Entschuldigung für sämtliche beleidigenden Dinge an, die sie getan oder gesagt haben mag.«

»Entschuldigung abgelehnt«, entgegnete Brooke. »Sie sind nicht für ihre Vergehen verantwortlich und brauchen sich nicht für ihr Betragen zu entschuldigen.«

»Vielen Dank«, sagte Caroline.

Im selben Moment betrat der Butler das Zimmer und rief zum Mittagessen.

Andrew und Brooke gingen der versammelten Gesellschaft voran, hinter ihnen folgten Paul und Liberty, die ihren zwei Monate alten Sohn Michael dem Kindermädchen übergeben hatten.

»Caroline, dürfte ich einen Moment mit Ihnen sprechen?«, fragte Madison, bevor Alex sie aus der Tür geleiten konnte.

»Natürlich.« Caroline warf Alex wieder einen dieser nicht zu deutenden Blicke zu.

Also lächelte er in der Hoffnung, ihr dadurch Mut zuzusprechen.

»Wir warten in der Lobby«, warf er in die Runde und verließ mit Benjamin das Zimmer.

»Wirst du sie heiraten?«, fragte Benjamin ihn, als er sicher war, dass die beiden Frauen ihn nicht hören konnten.«

»Das habe ich zumindest vor«, gab Alex zu.

Der Herzog nickte zustimmend.

»Sie scheint sehr nett zu sein. Ein bisschen schüchtern, aber nett.«

»Wärst du nicht eingeschüchtert?«, verteidigte Alex seine Caro. »Sie trifft euch alle zum ersten Mal und muss dann obendrein noch beweisen, dass sie nicht so ist wie ihre furchtbare Cousine.«

»Da hast du recht«, stimmte ihm Benjamin zu.

Für einen Moment herrschte Schweigen zwischen den beiden Männern. Dann fragte Alex: »Über was reden die beiden wohl da drinnen?«

Benjamin zuckte ahnungslos mit den Schultern.

»Keine Ahnung. Aber seit ich verheiratet bin, habe ich eine Sache gelernt: Man weiß nie genau, auf was man gefasst sein muss.«

Alex sah ihn ratlos an. Was um alles in der Welt sollte das denn heißen?

Benjamin zuckte erneut mit den Schultern.

»Warte nur ab. Du wirst früh genug verstehen, was ich meine.«

Alex schüttelte den Kopf. Benjamin hatte schon immer Wert darauf gelegt, in Rätseln zu sprechen, und obendrein schien er immer irgendeinen albernen Plan auszuhecken. Es schien Alex am besten, einfach zu nicken und auf die beiden Frauen zu warten.

»Man hat sogar auf uns gewartet!«, hörte er auch kurz darauf Caroline ausrufen, als sie aus dem Gesellschaftszimmer in den Flur hinaustrat.

»Eine Selbstverständlichkeit«, entgegnete Benjamin nonchalant und bot seiner Frau den Arm. »Herzogin?«

Madison legte ihre Hand auf seinen Arm, und die beiden gingen den langen Korridor entlang, gefolgt von Alex und Caroline.

Als er mit Caroline an seiner Seite den Speisesaal betrat, fühlte sich Alex so stolz wie niemals zuvor in seinem Leben.

»Habt ihr vier euch verlaufen?«, fragte Andrew und sah von dem Zettel auf, den er in einer Hand hielt.

»Nein«, entgegnete Alex. Er bemerkte, dass sich mittlerweile sein Onkel John und seine Tante Carolina zu ihnen gesellt hatten. »Wir ziehen einfach unsere Gesellschaft der eurigen vor.«

»Ich kann gut verstehen, warum«, sagte Onkel John mit einem Blick auf Caroline.

»Sind Sie gerade erst angekommen?«, erkundigte Caroline sich lächelnd.

Onkel John erwiderte das Lächeln.

»Nein. Wir haben nach Nathan gesehen.«

»Nathan?«

»Unser Enkel. Wir streiten uns allerdings nicht darum, wer ihn halten darf«, erklärte Tante Carolina mit einem Seitenblick auf Paul und Liberty.

»Ja, weil wir euch erlauben, ihn auf den Arm zu nehmen«, reagierte Liberty prompt.

Onkel John prustete lachend.

»Ja, das tut ihr. Sobald ein unangenehmer Geruch aus seiner Leistengegend aufsteigt.«

»Beklagst du dich?«, fragte Paul nonchalant.

»Nein, nein«, versicherte Tante Carolina hastig.

»Und ich dachte schon, Alex und Caroline wären die intelligentesten zwei Menschen hier in diesem Saal«, sagte Benjamin.

Paul grinste.

»Aus akademischer Sicht mögen sie das sogar sein. Nun, vielleicht mit einer Ausnahme.« Er sah zu seiner Frau. »In einer akademischen Disziplin dürfte Liberty die beiden sogar übertreffen.«

»Paul, wenn du Wert darauf legst, heute Nachmittag in der Kutsche nach Hause zu fahren, solltest du jetzt sofort aufhören weiterzusprechen«, sagte Liberty und legte schelmisch die Stirn in Falten.

Paul lachte und streichelte ihr über den Rücken.

Bei Tisch redeten alle lebendig durcheinander. Nur Alex nicht. Er war viel zu sehr damit beschäftigt, die wunderschöne junge Frau zu bewundern, die an seiner Seite saß.

»Alex, was meinen Sie, werden wir nach dem Essen unser Projekt besprechen können?«, fragte Caroline zwischen zwei Happen gebratenen Huhns.

Alex wollte aufstöhnen.

»Nein.«

»Aber Sie haben es doch versprochen«, protestierte sie. »Als ich Sie auf Ihrem Gut besuchte, haben Sie gesagt, wir würden eine halbe Stunde lang darüber sprechen. Das haben wir aber nie getan.«

»Ich weiß, und es tut mir auch leid«, sagte er. »Ein anderes Mal.«

Sie sah ihn ungehalten an.

»Und warum nicht heute? Nach dem Essen könnten wir uns doch für eine halbe Stunde zurückziehen?«

»Können wir nicht.« Er schüttelte den Kopf. »Wenn wir einfach so verschwinden, wird man annehmen, dass etwas Unanständiges vor sich geht.«

Vor lauter Überraschung wäre Caroline beinah an ihrem Bissen Huhn erstickt.

»Nein, niemand wird das annehmen.«

»O doch. Ihnen ist schon bewusst, dass drei der vier hier im Saal versammelten Ehepaare verheiratet sind, weil es einen Skandal in Zusammenhang mit einer unanständigen Situation gab?«

Caroline runzelte fragend die Stirn.

»Ich habe keine Ahnung, wovon Sie sprechen. Aber ich weiß, dass wir uns nach dem Essen zum Diskutieren zurückziehen werden.«

»Nein«, wiederholte er mit Nachdruck. »Ich werde es nicht zulassen, dass man annimmt, dass ich Sie im Heim meines besten Freundes verführe.«

Caroline lachte laut auf. »Niemand wird das annehmen. Madison hat sogar gesagt, dass Sie nicht bemerken würden, wenn ich nackt vor Ihnen auf und ab spazierte, solange ich dabei nur über Wissenschaft redete.«

»Madison ist nicht allwissend«, murmelte er und beobachtete seine Cousine am anderen Ende des Tischs. »Darüber hat sie also mit Ihnen gesprochen?«

»Ja.« Caroline errötete. »Glauben Sie jetzt noch immer, dass man annehmen würde, Sie wollten mich verführen?«

Er ging nicht darauf ein.

»Würden Sie Ihre neue Theorie gern überprüfen wollen, Caro?« Er strich ihr mit dem Handrücken über den Oberarm. Ihre Augen erstrahlten. Und auch bei Alex erwachte im selben Moment etwas und richtete sich langsam auf.

»Ja, das würde ich gerne«, erwiderte sie.

Alex stöhnte.

»Sie werden mich noch umbringen.«

»Warum so angespannt, Alex?«, fragte Andrew ihn grinsend.

»Es geht hier um biologische Fragen«, gab Alex schnell zur Antwort.

»Das würde mich ebenfalls unter Druck setzen«, bemerkte Andrew.

»Würde einer oder eine von Ihnen gern Mitglied in der *Gesellschaft* werden?«, fragte Caroline, der der versteckte Sinn von Alex' geschickt verschlüsselten Worten entgangen war.

Andrew stöhnte in gespieltem Grauen. »Würde es auch eine Banknote tun?«

»Das wäre hilfreich. Aber wir hoffen vor allem auf körperliche Anwesenheit.« Sie lächelte ihn so offenherzig an, wie sie nur konnte.

»Wann findet das nächste Treffen statt? Und was muss ich dort tun?«, fragte Andrew.

Caroline bemerkte nicht, dass er die Zähne zusammenbeißen musste, um das Lachen zu unterdrücken.

»Schauen Sie doch einfach vorbei«, sagte Caroline und steckte eine ihrer dunklen Locken hinters Ohr. »Unsere Treffen finden jeden dritten Donnerstag im Monat statt.«

Andrew knirschte mit den Zähnen.

»Und wie lange muss ich dann Mitglied sein?«

»Das liegt ganz an Ihnen.« Sie sah einen nach dem anderen an, als könnte es keiner von ihnen abwarten, endlich Mitglied zu werden.

»Sie brauchen auch nicht zu jedem Treffen zu kommen. Und wenn Sie das Interesse verlieren, können Sie die *Gesellschaft* jederzeit verlassen.«

Andrew nickte einmal kurz. »Wie lange dauern Ihre Treffen?«

»Drei bis vier Stunden, soweit ich weiß«, antwortete sie mit belegter Stimme. Sie wusste es ja selbst nicht!

Alex musste sich mittlerweile in die Wange beißen, um nicht allzu breit zu grinsen. Der Ausdruck auf Andrews Gesicht war einfach zu amüsant.

»Keine Sorge, Andrew. Eine Banknote reicht völlig aus. Eintausend Pfund sollten unsere Kampagne für neue Mitglieder eine lange Zeit finanzieren.«

»Einverstanden.«

»Verraten Sie mir«, mischte sich jetzt Benjamin ein, »erfährt man auf diesen langen Sitzungen genügend interessante wissenschaftliche Schmankerl, mit denen man seine Freunde und Gäste unterhalten kann?«

»Selbstverständlich«, antwortete Caroline erfreut. »Ich würde sagen …«

»Caro, hör auf«, sagte Alex ruhig. »Er macht nur Witze.«

Sie runzelte die Stirn. »Er interessiert sich für eine Mitgliedschaft.«

»Nein, tut er nicht. Keiner der hier Versammelten interessiert sich dafür, und erst recht nicht er. Achten Sie nur auf seine Frau. Sie hat ihm schon dreimal in die Rippen gestoßen, seit er angefangen hat zu sprechen.«

»Sie sind aber auch wirklich höchst aufmerksam heute, Mr Banks«, entgegnete Caroline gewitzt.

Er zuckte mit den Schultern.

»Ich kenne ihn, seit wir dreizehn Jahre alt waren. Er hat fast immer Hintergedanken. Es gibt einen Grund, warum er Ihnen diese Fragen stellt. Die Tatsache, dass Madison ihn mit dem Ellbogen in die Rippen stößt, bestätigt das nur.«

Caroline seufzte. »Er hat recht, nicht wahr?«, fragte sie laut genug, damit es alle hören konnten.

»Wenn er Ihnen gerade sagt, dass niemand von uns hier ernsthaft daran interessiert ist, Ihrer *Biologischen Gesellschaft* oder wie auch immer der Verein heißt beizutreten, dann hat er wohl recht, ja«, klärte Onkel John sie auf.

Ein attraktives Pink überzog ihre Wangen. Sie konzentrierte sich wieder auf ihr Essen.

»Nehmen Sie es auf die leichte Schulter«, murmelte Alex ihr zu. Dann blickte er in die Runde. Als er sich vergewissert hatte, dass alle mit dem Essen fertig waren, zwinkerte er seiner Tante Carolina zu, die darauf schneller als der Blitz von ihrem Stuhl aufsprang.

»Wer möchte ein Spiel spielen?«

Die Reaktion bestand aus Gemurmel und ablehnendem Stöhnen. Aber Tante Carolina kümmerte sich nicht darum, sondern zwinkerte Andrew zu.

»Vielleicht Scharade?«

»Nein.« Andrew verzog das Gesicht. »Wir haben Scharade aus diesem Haus verbannt.«

Madison und Liberty imitierten Andrews angewiderten Gesichtsausdruck und brachen darüber in prustendes Gelächter aus.

»Aber ich habe ein Rasenbowlingset«, sagte Andrew und beendete mit dieser Ankündigung jäh Libertys Fröhlichkeit.

»Auf keinen Fall«, weigerte sich Paul.

Andrew grinste. »Bist du dir da ganz sicher? Ich sollte genug *Kugeln* für uns alle haben.«

Auf diesen Kommentar hin begannen alle Anwesenden zu kichern. Alle, außer Paul und Liberty.

»Versteckspielen soll in dieser Familie sehr beliebt sein«, schlug Paul vor, um die Aufmerksamkeit von sich und seiner Frau abzulenken.

»Nein«, sagte Tante Carolina. »Das Haus ist zu groß. Es wird ewig dauern, bis alle gefunden werden.«

»Genau«, murmelte Benjamin. »Also gut. Was ist mit Blinder Kuh? Oder Feuerdrachen?«

Seine Frau verdrehte die Augen.

»Benjamin, nur zu, wenn deine Vorstellung eines netten Nachmittags darin besteht, eine Schüssel mit Brandy zu erhitzen und einen Spielstein mit bloßen Fingern herauszufischen. Ich befürchte allerdings, du wirst keine Mitspieler finden.«

Er zuckte mit den Schultern.

»Ich verstehe nicht, warum. Derjenige, der den Spielstein herausfischt, darf sich etwas wünschen. Und ...« Er beugte sich nah an seine Frau. »Ich weiß auch schon ganz genau, was ich mir wünschen werde.«

Jetzt war es an Madison zu erröten.

»Genug jetzt«, schaltete Onkel John sich ein. »Caroline! Haben Sie einen Vorschlag?«

Caroline schüttelte den Kopf. »Das einzige Spiel, das mir noch einfällt, ist ein Spiel, das Alex hasst.«

»Pall Mall!«, rief Onkel John feixend.

Tante Carolina warf ihrem Mann einen warnenden Blick zu, bevor sie sich an Alex wandte.

»Alex, was ist mir dir? Hast du eine Idee?«

»Hmm, ich weiß ja nicht«, sagte er langsam und blickte zu Caroline. »Aber hätte jemand Interesse an einer Partie Rasenschach?«

»Ist das Ihr Ernst?, rief Caroline aufgeregt.

Er zuckte mit den Schultern. »Möchten Sie vielleicht nach draußen gehen, um sich mit eigenen Augen zu überzeugen?«

»Sehr gerne«, zwitscherte sie erfreut.

Alex grinste breit, stand auf und reichte ihr die Hand. Sie achtete kaum auf die übrigen lächelnden Gesichter im Saal, sondern folgte ihm schnurstracks nach draußen.

Er führte sie zu einer hölzernen Plattform, die im Schachbrettmuster gestrichen war und auf der die Diener bereits die Figuren aufgebaut hatten.

Bei dem Anblick konnte Caroline nicht anders, als Alex glücklich um den Hals zu fallen, wobei ihre Lippen direkt auf seinen landeten.

Kapitel 13

Augenblicklich erstarrte Caroline. Sie küsste Alex vor seiner versammelten Familie! Na ja, nicht direkt, aber nach allem, was sie bislang von dieser Sippe mitbekommen hatte, würde es sie nicht wundern, wenn sie alle ihre Nasen an den Fensterscheiben platt drückten und ihnen zusahen.

»Verzeihen Sie«, haspelte sie. »Ich habe mich einfach zu sehr gefreut.«

Er umfasste ihr Gesicht mit seinen starken, männlichen Händen.

»Sie brauchen sich nicht zu entschuldigen«, murmelte er. »Ich wollte Ihnen doch eine Freude bereiten.«

»Ach, Alex. Haben Sie tausend Dank.«

Er grinste schief. »Meine liebe Caro, Ihr Dank ist bei mir fehl am Platz. Das Rasenschachspiel gehört dem Herzog und der Herzogin.«

Ein verschmitztes Lächeln kräuselte ihre Lippen. »Dann sollte ich wohl besser die beiden geküsst haben.«

»Auf keinen Fall«, brummte er. »Sie müssen Ihre Küsse für mich reservieren.«

»Darf ich es mir ansehen?«

Er nickte.

Caroline besah sich alle Figuren eingehend.

»Ist es so, wie Sie es in Erinnerung haben?«, fragte er, nachdem er sie eine Weile dabei beobachtet hatte, wie sie jede einzelne der zweiunddreißig überdimensionierten Figuren begutachtete.

»Ja.« Sie befühlte die aufwendigen Schnitzereien der Königinfigur.

»Vielen Dank, dass Sie mich überredet haben, die Kutsche zu verlassen.«

Er lächelte. »Genau deshalb habe ich Sie heute hierhergebracht.«

Sie ging wieder zu ihm. »Ihre versammelte Familie wollte mich also gar nicht kennenlernen?«

»Doch, doch, natürlich«, sagte er und nickte bestärkend. »Ich hatte mich bei Andrew nach einem Rasenschachspiel erkundigt, und Brooke wusste sofort, dass Benjamin und Madison eines besitzen. Also lud sie die beiden hierhin ein. Meine Familie macht keine halben Sachen.«

Sie grinste und hätte ihn am liebsten noch einmal geküsst.

»Also, wollen wir spielen?« Die hochschwangere Brooke kam langsam auf die beiden zu.

Caroline musste ein Lächeln unterdrücken. Gerade noch am Abend zuvor hatte Olivia sich mindestens eine Stunde lang darüber echauffiert, dass die Gräfin Townson *schon wieder* ein Baby erwartete. An allen zehn Fingern und einem Zeh hatte sie abgezählt, dass zwischen den beiden Kinder nur elf Monate liegen würden.

»Unbedingt«, antwortete Alex gut gelaunt. »Wer spielt gegen wen?«

»Mutter und Vater wollen nicht mitspielen«, warf Liberty ein. Paul stand hinter ihr und legte ihr einen Arm um die Schulter.

»Wie wäre es mit den Banks gegen die anderen?«, fragte Onkel John und feixte seine drei Schwiegersöhne an. Dreistimmiger Protest wurde laut.

»Das ist keine gute Idee«, sagte Andrew und zog seine Frau enger an sich heran.

»Frauen gegen Männer geht auch nicht«, warf Madison ein. »Es sei denn, Caroline ist eine wahre Schachmeisterin.«

Caroline war sehr wohl gut im Schach, aber als Meisterin würde sie sich nicht bezeichnen.

»Ich spiele nicht schlecht, aber sicher nicht besser als vier Männer.«

Benjamin lachte. »Wegen Paul, Andrew und mir brauchen Sie sich keine Gedanken zu machen. Aber wegen ihm.«

Alle Augenpaare richteten sich auf Alex.

»Sind Sie wirklich so gut?«, fragte Caroline kleinlaut.

Alex zuckte nur mit den Schultern.

Andrew schnaubte. »Ja, ist er. Also, lasst uns Mannschaften bilden und endlich anfangen.«

»Wie wäre es mit den Adligen gegen das gemeine Volk?«, schlug Alex vor und beugte sich hinunter zu Caroline. »Wie Andrew auch will ich in derselben Mannschaft spielen wie die Dame meines Herzens«, flüsterte er.

Bei diesen Worten lief ihr ein wohliger Schauder den Rücken hinunter. Das mochte zwar nicht die größte Liebeserklärung aller Zeiten sein, aber hoffen ließen sie diese Worte dennoch.

»Und ich will in Ihrer Mannschaft sein«, sagte sie.

»Also gut, es ist entschieden«, sagte Alex laut genug für alle. »Wir spielen mit Paul und Liberty gegen Herzog, Herzogin, Graf und Gräfin.«

»Das konnten Sie sich einfach nicht verkneifen, nicht wahr?«, fragte Caroline, während sie sich bei den weißen Figuren aufstellten.

»Nein. Sieht so aus, als ob wir anfangen. Wohin soll der erste Zug gehen?«

Ohne größeren Einsatz von Paul und Liberty schoben Caroline und Alex den Bauern vor dem Springer der Königin um zwei Felder nach vorne.

Nach zwanzig Minuten hatte der Landadel – das gemeine Volk, wie Alex scherzhaft gesagt hatte – den König der Aristokraten in die Enge getrieben.

»Alex, wir geben auf. Deine Mannschaft hat gewonnen«, sagte Andrew, während er eine weitere geschlagene Schachfigur vom Spielfeld räumte.

»Nein, das gilt nicht.« Alex' Tonfall war sehr ernst. »Wir haben noch nicht gewonnen.«

»Bis zum Tod werden wir spielen und dann werdet ihr bezahlen«, murmelte Andrew und blickte sorgenvoll auf die beiden verbliebenen schwarzen Figuren.

»Verzeihung, aber was haben Sie gerade gesagt?«, fragte Caroline Andrew.

»Bis zum Tod werden wir spielen und dann werdet ihr bezahlen«, antworteten der Graf und der Herzog einstimmig.

»Das hat Alex immer gesagt, wenn man ihn darum bat, ein Spiel vorzeitig zu beenden«, erklärte Andrew.

Caroline musste lächeln. »Das kann ich mir kaum vorstellen.«

Andrew zog die Augenbrauen hoch.

»O doch, es ist wahr. Aber das ist noch nicht alles. Nachdem er gewonnen hatte – und er gewann immer –, musste der Verlierer zu seinen Füßen knien und ihm seinen Wetteinsatz mit den Worten: ›Dieser Schilling gehört nun dem klügsten Jungen in Eton.‹, überreichen.«

»Sie scherzen!«

»Nein, wir scherzen nicht.« Andrew blickte sie aufrichtig an. »Er war nicht nur der klügste Junge in Eton, sondern auch der reichste. Jeder hat wenigstens einmal mit besagten Worten sein Taschengeld an ihn abtreten müssen.«

»Ich kann es nicht fassen.« Caroline war schockiert. »Ich kann mir überhaupt nicht vorstellen, dass Sie so etwas gemacht haben.« Sie blickte Alex erwartungsvoll an. Würde er die Anschuldigungen bestätigen oder verneinen?

Aber er lächelte nur.

»Sehen Sie, Caroline«, setzte Andrew an, »der Alex, den Sie zu kennen glauben, ist schüchtern. Und das stimmt ja auch meistens. Aber wenn es um Wissenschaft oder Schach geht, dann streift er alle Schüchternheit ab und redet und benimmt sich so, dass Sie ihn nicht wiedererkennen würden.«

»Ganz offensichtlich«, bemerkte sie trocken.

»Und müssen wir das heute auch machen?«, erkundigte Brooke sich zögerlich. In ihrem Zustand wollte sie sich verständlicherweise nicht auf den Boden knien müssen.

»Nein, Brooke«, versicherte Alex seiner Cousine. »Von dir und Madison werde ich das heute nicht erwarten. Eure Ehemänner hingegen …«

Benjamin blickte finster drein. »Wir sind nicht so blöd, als dass wir Wetteinsätze gemacht hätten.«

»Keine Sorge«, entgegnete Alex locker. »Ich will euer hart verdientes Geld nicht. Es ist völlig ausreichend, wenn ihr euch hinkniet und sagt: ›Alex Banks ist der klügste Mann in England.‹«

»Nur in deinen Träumen.« Andrew verdrehte die Augen. »Selbst wenn du es tatsächlich bist«, fügte er dann noch, mehr zu sich selbst, hinzu. Dann räusperte er sich. »Die Tage, an denen ich zu deinen Füßen kniete, sind seit fünfzehn Jahren vorbei.«

»Fünfzehn Jahre?« Caroline war verwirrt. »Ich ging davon aus, er habe das Spiel die ganze Schulzeit hindurch getrieben.«

»Hat er auch.« Andrew nickte. »Aber jedes Schuljahr mussten andere Jahrgangsstufen dran glauben. Nachdem wir alle mehrmals unser Taschengeld losgeworden waren, wollte keiner der Jungs in unserem Alter mehr mit ihm spielen. Wir verloren unser Geld lieber bei Glücksspielen. Aber jedes Jahr kamen neue Jungs nach Eton, und jeder war davon überzeugt, Alex schlagen zu können. Aber jeder leerte seinen Geldbeutel vor ihm aus.«

»Marcus auch?« Caroline konnte sich nicht vorstellen, dass es auch Marcus erwischt hatte. Allein der Gedanke schien lachhaft.

»Natürlich. Niemand konnte widerstehen. Jeder dachte, er könne mich besiegen, aber keiner konnte es.«

Alex' Tonfall klang selbstsicher, überzeugt, aber weder eingebildet noch herablassend und führte dazu, dass Caroline sich noch stärker zu ihm hingezogen fühlte.

»Sie haben kein einziges Spiel verloren?«

»Kein einziges. Niemals. Selbst das Spiel nicht, als mich einige Jungs auf einen Stuhl gefesselt und mir mit einem langen Strumpf die Augen verbunden hatten, weil sie dachten, Marcus und ich würden unter einer Decke stecken und allen das Geld aus der Tasche ziehen.«

Sie sah Benjamin und Andrew an. Paul war damals wohl noch zu jung und nicht an den Spielchen beteiligt gewesen. Caroline ging davon aus, dass er sich sonst ebenfalls schon zu Wort gemeldet hätte.

»Das haben Sie Ihrem Freund tatsächlich angetan?«

»Damals waren es nicht meine Freunde«, schaltete Alex sich ein. »Weit davon entfernt.« Er klang allerdings nicht nachtragend.

»Das stimmt«, sagte Andrew. Er hatte wenigstens so viel Anstand, wegen seiner jugendlichen Schandtaten beschämt auszusehen. »Wir haben uns erst in Cambridge angefreundet.«

»Außerdem muss ich sagen, dass ich noch mit einem blauen Auge davongekommen bin. Es war nicht so schlimm, an einen Stuhl gefesselt und mit verbundenen Augen Schach spielen zu müssen«, gab Alex zu bedenken. »Und danach haben sie mich in Ruhe gelassen. Andere Jungs wurden viel übler drangenommen, und ich war recht erleichtert darüber, meinen Tribut ein für alle Mal gezahlt zu haben.«

Andrew schnaubte verächtlich. »Apropos zahlen: Vergiss nicht, dass wir dir nach dem Spiel unsere gesamten Ersparnisse geben mussten und du dir davon dein schickes Teleskop gekauft hast.«

Ein nostalgischer Ausdruck legte sich über Alex' Gesicht.

»Wenn ich mich richtig entsinne, hat Professor Chalk bei dieser Partie sein Barometer verwettet. Das habe ich nämlich auch gewonnen.«

Benjamin schüttelte ungläubig den Kopf.

»Und was genau hast du damit angestellt?«

»Ich habe es benutzt.«

Madison räusperte sich.

»Also gut, Kinder. Wie wäre es, wenn ihr euch wieder der Gegenwart zuwendet und wir unser Spiel beenden, damit Benjamin und Andrew Alex die Füße küssen und danach meine und Brookes Füße massieren können?«

»Verzeihen Sie, meine Damen. In zwei Zügen ist das hier vorbei. Dann könnt ihr euch alle eine Weile lang ausruhen.« Er warf

Caroline einen tiefen Blick zu, den diese allerdings nicht zu deuten verstand, und daher alle weiteren einschließlich Alex selbst ignorierte, bis die Partie gewonnen war.

»Fantastisches Spiel«, kommentierte Alex' Onkel und kam zu der Gruppe herübergelaufen, bevor sie sich auflösen konnte. »Es hat mich nicht überrascht, dass Alex ein so hervorragender Spieler ist, aber ich muss sagen, dass mich Carolines Können wirklich erstaunt.«

Caroline konnte es nicht ändern, ihre Augen wurden ganz groß vor Verwunderung. Ja, Schach machte Spaß, und sie war eine passable Spielerin. Aber sie hatte nur wenige Minuten gebraucht, um festzustellen, dass sie Alex nicht das Wasser reichen konnte.

»Na ja, so gut bin ich auch wieder nicht«, sagte sie abwiegelnd.

»Das tut meiner Neugierde keinen Abbruch«, entgegnete Onkel John leichthin. »Was würde wohl passieren, wenn Sie und Alex gegeneinander spielen würden?«

»Vielleicht möchte Caroline sich ein bisschen hinsetzen.« Alex legte ihr fürsorglich eine Hand ins Kreuz.

»Es geht mir gut. Ich befinde mich nicht in anderen Umständen und benötige keine Ruhepause«, erwiderte sie leicht defensiv.

»Fantastisch!«, rief Onkel John aufgeregt. »Meine Herren, stellen Sie das Spiel neu auf für Caroline gegen Alex.«

Alex half den übrigen Männern dabei, die Figuren zurück auf das Spielfeld zu tragen. Caroline bemerkte, dass Liberty leicht abseits stand und ihnen zusah.

Sie gesellte sich zu ihr.

»Es tut mir leid, wenn wir Sie ausgeschlossen haben«, sagte sie zu Liberty. Sie hatten in einer Mannschaft gespielt, aber kaum mehr als drei oder vier Sätze gewechselt.

Liberty lächelte sie an.

»Ich habe mich überhaupt nicht ausgeschlossen gefühlt. Ich bin die jüngste von drei Schwestern. Ich bin in meiner Kindheit oft ausgeschlossen worden und kann damit umgehen. Diesmal habe ich es einfach vorgezogen, mich im Hintergrund zu halten und die Dinge zu beobachten.«

Caroline nickte.

»Gut.« Mehr fiel ihr nicht ein. Von den drei Schwestern war ihr Liberty altersmäßig am nächsten, und man hätte meinen können, dass das die beiden jungen Frauen am ehesten verbinden würde. Aber Caroline wusste nicht, was Olivia Liberty über sie oder ihre Vergangenheit erzählt haben mochte und was Liberty wirklich von ihr hielt. Olivia hatte immer behauptet, eine enge Freundin Libertys zu sein – bis zu dem Vorfall beim Schlittschuhlaufen wohlgemerkt. Wenn sie wirklich so eng befreundet gewesen waren, hatte Olivia ihr vielleicht wirklich einiges anvertraut.

»Vielen Dank, dass Sie heute gekommen sind«, sagte Liberty unvermittelt. »Ich weiß, dass Sie in erster Linie wegen Alex gekommen sind. Aber tatsächlich haben Sie damit uns allen geholfen.«

Caroline zog eine Augenbraue hoch.

»Wie meinen Sie das?«

Liberty seufzte einmal und hakte sich dann bei Caroline ein.

»Es liegt auf der Hand, dass Sie und Alex Gefühle füreinander hegen. Und das ist wunderbar. Aber Ihre Anwesenheit heute hat auch dazu beigetragen, dass sich alle etwas nähergekommen sind, nicht nur Sie und Alex.«

»Ich verstehe«, sagte Caroline langsam, obwohl sie gar nichts verstand.

»Nein, Sie verstehen das nicht. Noch nicht«, sagte Liberty und steckte sich eine braune Haarsträhne hinters Ohr.

»Sehen Sie, unsere Familie hat, wie soll ich sagen, einige Höhen und Tiefen durchlebt. Nicht alle sind immer gut miteinander ausgekommen und haben oft nur aus Respekt für die Familienbande Höflichkeit vorgetäuscht. Ich denke da in erster Linie natürlich an Andrew und Benjamin. Ihr Besuch heute hat allen die Möglichkeit gegeben, über ihren Schatten zu springen und offen miteinander umzugehen. Ich wünsche mir sehr, dass zwischen Alex und Ihnen alles gut laufen wird. Aber egal, was passiert, ich werde Ihnen nie dankbar genug dafür sein, dass Alex uns alle zusammenbringen musste, weil Sie Rasenschach so sehr lieben.«

»Ich nehme an, dass ich mir damit die Anerkennung der Familie verdient habe«, antwortete Caroline scherzend und versuchte, sich nicht anmerken zu lassen, wie sehr sie sich tatsächlich nach dieser Anerkennung verzehrte.

»Das, und noch viel mehr. Es sieht so aus, dass alle Sie mit offenen Armen empfangen werden. Ich wünsche Ihnen alles Gute. Und noch einmal vielen Dank. Ich freue mich, dass ich mich jetzt wieder mit meinen Schwestern treffen kann, ohne dass wir uns sorgen müssen, dass ihre beiden Ehemänner sich gegenseitig die Hälse umdrehen werden.«

Caroline lächelte ihr zu, bevor sie zu Alex hinüberging, der in der Mitte des riesigen Schachbretts auf sie wartete.

Während Caroline über den Rasen auf ihn zuschlenderte, lehnte Alex sich lässig gegen einen der überdimensionierten Bauern und weidete seine Augen an Carolines Silhouette. Er bemühte sich um einen neutralen Gesichtsausdruck, aber das war keine leichte Aufgabe für einen Mann, dem man oft sagte, dass seine Mimik deutlicher war als die Worte aus seinem Mund. Er hörte das zwar nicht gerne, konnte aber letzten Endes nichts dagegenhalten.

Andrew und Benjamin hatten ihm auf den Rücken geklopft und jovial zugezwinkert, bevor sie sich zu ihren Frauen gesellten. Alex hatte den Wink nicht verstanden und ihnen einfach nur wie ein Einfaltspinsel zugenickt. Aber Paul, der ein besserer Beobachter als die anderen war, hatte Alex drei Wörter ins Ohr geflüstert: »*Verliere mit Absicht.*«

Welche Pein! Verflucht noch mal! Wie sollte er das denn bitte glaubhaft anstellen, nachdem man die vergangene halbe Stunde damit zugebracht hatte, seine exzellenten Schachkenntnisse über den grünen Klee zu loben?

Er hatte erst einmal versucht, mit Absicht zu verlieren, und selbst dann hatte er noch gewonnen, weil sein Gegner ein solcher Tölpel war, dass er von den vier Zügen zum Sieg, die Alex für ihn vorbereitet hatte, keinen einzigen erkannt hatte.

Aber das Rasenschachspiel sollte seine große Geste sein. Es würde Caroline noch mehr für ihn einnehmen, wenn er sie gewinnen ließ, oder nicht? Er schüttelte den Kopf, um die Gedanken zu vertreiben.

»Weiß fängt an.«

Caroline wies Paul an, der sich liebenswürdigerweise bereit erklärt hatte, ihre Figuren zu bewegen, mit einem Bauern von b2 auf b3 zu ziehen. Dadurch befreite sie ihren Läufer. Kluges Mädchen.

Alex bewegte sein Pferd von b8 auf c6 und lächelte sie an, während sie ihren nächsten Zug überlegte.

Schließlich trug sie Paul auf, ihren Läufer von c1 auf b2 zu tragen. Alex hatte genau das erwartet.

Im selben Moment brachen die restlichen Familienmitglieder, die etwas entfernt im Schatten lagerten, in schallendes Gelächter aus.

»Ich frage mich, was da drüben so komisch ist«, murmelte Caroline.

»Ich habe keine Ahnung.«

Alex brachte sein zweites Pferd ins Spiel.

Nach zwanzig Minuten war das Gelächter noch lauter geworden, und Caroline und Alex hatten jeweils erst eine Figur verloren. Alle anderen Figuren waren noch über das gesamte Spielfeld verteilt, allerdings standen manche kurz davor, geschlagen zu werden.

Andrew schlenderte herüber, um Paul abzulösen.

»Was ist denn so verdammt komisch da drüben?«, fragte Alex angespannt, nachdem er mit seinem Turm Carolines Königin den Weg versperrt hatte.

Andrew zuckte mit den Schultern. »Wieso fragst du mich? Du weißt doch, dass ich nie etwas komisch finde.«

Alex gab einen verächtlichen Laut von sich und verschränkte die Arme. »Vor zwei Jahren hätte ich dir diese Antwort noch abgenommen, aber seitdem du Brooke geheiratet hast, läufst du nur noch dümmlich grinsend durch die Gegend.«

Caroline rief nach Andrew, damit er ihr Pferd bewegte.

Ausgerechnet das Pferd. Alex runzelte die Stirn. Sie wollte seinen Turm nicht mit ihrer Königin schlagen, um zu vermeiden, dass einer seiner niedrigen Bauern ihre Königin schlug. Er schüttelte ungläubig den Kopf. Sie war wirklich eine ordentliche Spielerin.

»Sind Sie sicher, dass Sie nicht wissen, worüber die anderen so lachen?«, fragte Caroline etwas verstimmt.

»Ich weiß es beim besten Willen nicht«, antwortete Alex ausweichend.

»Nein, Sie wollen es nur nicht sagen«, murmelte Caroline. »So ist es. Sie sind dran, Alex.«

Alex machte seinen Zug. Als er sah, wie Brooke aus ihrem Sessel aufsprang und ins Haus verschwand, schüttelte er erneut den Kopf.

»Wohin geht sie?«

»Keine Ahnung.« Andrew zuckte mit den Schultern und trommelte mit seinen Fingern auf der Kante von Carolines Königin. »Aber keine Sorge. Ich werde mich schleunigst erkundigen, sobald ich wieder zur Gruppe zurückgekehrt bin.«

»Da bin ich mir sicher. Und ich wette, dass du die gewonnene Information nicht mit uns teilen wirst«, gab Alex zurück.

»Du könntest tatsächlich der klügste Mann Englands sein«, versetzte Andrew sarkastisch und grinste Caroline an, die sich gegen einen ihrer riesigen Springer lehnte.

Brooke kam wieder aus der Tür geeilt. Sie trug Pergamentpapier, ein dickes Buch, eine Feder und ein Tintenfass bei sich.

»Schreibwerkzeug«, stellte Alex in rätselndem Tonfall fest. »Was treiben die da drüben nur? Wollen sie ein Buch schreiben?«

»Nein, kein Buch.« Andrew sah Caroline fragend an. Er wartete auf ihren nächsten Zug.

Nur wenige Minuten später wechselte Benjamin Andrew ab.

»Und werden Sie so freundlich sein, uns zu verraten, was dort drüben so komisch ist, Euer Gnaden?« Caroline schenkte Benjamin ein strahlendes Lächeln.

Aber auch er schüttelte den Kopf. »Nein. Sie werden das noch früh genug herausfinden.« Er trat einen Ast vom Spielfeld und wartete dann auf Carolines Anweisungen.

Alex und Caroline spielten weitere vierzig Minuten. Zwischen ihren Zügen befragten sie stets Benjamin und Paul.

Schließlich tauchte Andrew wieder auf. »Bist du bald fertig?«, fragte er flüsternd, sodass Caroline es nicht hören konnte.

»Fast«, flüsterte Alex zurück. »Ich wollte sie nicht zu schnell gewinnen lassen, damit sie keinen Verdacht schöpft. Aber dann habe ich gemerkt, dass sie wirklich gut spielt, und unauffällig zu verlieren wurde schwieriger, als zu gewinnen.«

Andrew kicherte und bewegte Carolines Figur.

»Und Caroline, was glauben Sie? Können Sie ihn schlagen?«

Sie biss sich auf die Lippe.

»Ich weiß es nicht.«

Alex machte seinen Zug und wartete darauf, dass Andrew Carolines Zug ausführte. »Sieht so aus, als sei das in zwei Zügen vorbei.«

Andrew nickte und zog mit Carolines Figur.

»Ich frage mich, warum das Gelächter auf einmal aufgehört hat«, sagte Caroline laut genug, damit es der Rest der Gruppe drüben am Haus auch hören konnte.

»Weil wir den Ausgang des Spiels nicht verpassen wollen«, sagte Brooke. Sie schlenderte so ausgelassen herüber, dass die Schuhspitzen unter ihrem Rocksaum hervorlugten.

Alex führte seinen nächsten Zug eilig aus. Er wollte, dass es so aussah, als hätte er ihn in der Hektik nicht gut genug überlegt, damit Caroline seinen Plan nicht durchschaute.

Und sie war tatsächlich so aufgeregt, dass sie selbst ihre Spielfigur über das Feld bewegte.

»Schachmatt!«

»Caro! Sie haben gewonnen!«

Alex hob sie von den Füßen und wirbelte sie im Kreis.

In weniger als zehn Sekunden war seine Familie von ihren Sesseln aufgesprungen und hatte das Paar umrundet.

»Und jetzt, Alex, ist es nur gut und recht, wenn du als Verlierer vor Caroline hinkniest und sie und ihren Sieg preist«, forderte Brooke ihn auf. »Und da niemand von ihr erwartet, dass ihr spontan einfällt, was du ihr sagen sollst, haben wir uns an ihrer Stelle ein paar Zeilen ausgedacht.« Sie reichte Alex das Pergamentpapier.

Alex überflog schnell die Zeilen, die seine Familie in kollektiver Anstrengung verfasst hatte, und verzog das Gesicht.

»Das werde ich auf keinen Fall sagen.« Er stopfte das Papier in seine Reverstasche, bevor jemand es wieder an sich reißen und Caroline zeigen konnte.

»Ich knie zu ihren Füßen und werde sie preisen. Aber ich tue es mit meinen eigenen Worten, vielen Dank.« Seine Worte mochten nicht so poetisch oder romantisch sein, aber es waren seine eigenen. Er war sich sicher, dass Caroline das viel mehr bedeuten würde.

Er schluckte seine Nervosität und seinen Stolz herunter, nahm Carolines Hand und kniete sich auf die harte Holzplattform. Dann räusperte er sich und sah direkt in Carolines blaue Augen.

»Caro«, begann er und unterbrach sich, um Brooke einen finsteren Blick zuzuwerfen. Sie hatte jetzt schon nach Luft geschnappt. Alle wussten, dass er Caroline einen Antrag machen würde, aber konnte sie nicht wenigstens warten, bis er die Worte tatsächlich herausgebracht hatte? Er zog die Augenbrauen hoch und hoffte, sie würde die unausgesprochene Botschaft kapieren und sich zusammenreißen, bis der richtige Zeitpunkt gekommen war.

Aber anstatt eines Nickens oder einer kleinen Geste des Verständnisses drang ein eher merkwürdiger Laut aus Brookes Kehle, und sie zeigte mit dem Finger über Alex' Schulter.

Langsam drehte er sich um und blickte nach hinten. Im selben Moment hob Caroline den Blick, und ihre sowie alle übrigen Augenpaare folgten der unsichtbaren Linie, die Brookes ausgestreckter Finger zeichnete.

Alex konnte fühlen, wie Carolines Hand kalt und steif wurde. Was konnte auch schlimmer sein als das, was sie und er in diesem Moment sehen mussten? Er zog scharf die Luft ein. Verflucht. Lady Olivia kam schnurstracks auf sie zugelaufen.

Kapitel 14

Ach du meine Güte. So schnell wie Olivia auf sie zutrabte, hatte sie sich schon seit Jahren nicht mehr bewegt. Obendrein sah sie wütender aus als ein Stier in der Arena. Caroline blickte zu Boden. Olivia würde nicht erfreut sein über das, was sie sah. Alex kniete vor ihr und hielt ihre Hand, umrundet von seinen Verwandten. Olivia musste denken, dass Alex ihr gerade einen Heiratsantrag machte. Das war ja nicht der Fall, aber jeder Außenstehende würde natürlich genau das denken.

Sie wollte ihre leblosen Hände zurückziehen, aber Alex ließ sie nicht los. Er stand auf und murmelte irgendetwas davon, dass sich schon noch alles zum Guten wenden würde.

»Hatte ich dir nicht gesagt, die Finger von ihm zu lassen«, fauchte Olivia und stemmte die Hände in die Hüften.

»Olivia, bitte beruhige dich. Es gibt keinen Grund, eine Szene zu machen.« Caroline und Olivia würden sich später darüber streiten können, am besten ohne Publikum.

Aber Olivia hörte nicht auf sie und schnalzte verächtlich mit der Zunge.

»Ich wusste, dass du so enden würdest. Mama hat es immer schon geahnt, aber ich Treuselige habe viel zu lang an dich geglaubt und gehofft, du würdest nicht auch so eine Hure wie deine Mutter werden. Aber Mama hat wohl recht behalten.«

Das Blut rauschte Caroline nur so durch die Ohren und sie konnte nicht hören, was Alex antwortete. Sie zwang sich dazu, dem Wortwechsel aufmerksam zuzuhören, als sie plötzlich spürte, wie ihr jemand einen Arm um die Schultern legte.

»Caroline, meine Gute, warum haben Sie denn nicht schon früher etwas gesagt?«, rief Brooke aus. »Ich selbst habe diverses geschmackloses, dummes Geflüster hinter meinem Rücken gehört – darunter auch den nicht sehr schmeichelhaften Ausdruck, mit dem man Sie gerade bedacht hat –, nachdem ich vor zwei Jahren auf einem Fest im Hause meines Onkels meinen Ruf ruiniert habe. Ich muss sagen, dass ich mich Ihnen nach dieser Offenbarung so eng verbunden fühle wie meinen eigenen Schwestern.«

Olivias Kiefer klappte nach unten. Sie hatte wohl nicht damit gerechnet, dass die Herzogin sich offen dazu bekennen würde, als Hure beschimpft worden zu sein. Ehrlich gesagt war auch Caroline etwas überrascht, aber nicht so sehr, als dass sie den Freundschaftsdienst, den Brooke ihr gerade anbot, nicht hätte annehmen wollen.

Olivia schloss ihren Mund wieder und winkte abfällig mit der Hand.

»Als ich sie kennenlernte, habe ich sofort gesehen, dass sie eine Schlampe ist. Sie zwei werden sich gut verstehen.«

»Du meinst wohl uns drei«, fügte Liberty hinzu und stellte sich neben Brooke und Caroline. »Mir scheint, du vergisst, dass ich einen Dorfpastor verführt habe, während meine Eltern außer Haus waren. Die Geschichte erschien letztes Jahr in der *Daily Times*. Sollte deine Erinnerung aufgefrischt werden müssen, leihe ich dir gern mein Exemplar.«

Olivia schnappte nach Luft.

»Du warst das?«

»Jawohl«, antwortete Liberty voller Stolz.

Als sie von Pauls feixendem Gesicht auf die entsetzte Grimasse Olivias sah, musste Caroline so heftig kichern, dass sie beinahe erstickt wäre.

»Und ich habe dich als meine Freundin bezeichnet«, sagte Olivia hochmütig. »Du bist genauso verabscheuungswürdig wie deine Schwester.«

»Welche meinst du?«, fragte Madison und drängelte sich nach vorn, um sich neben ihre beiden Schwestern und Caroline zu stellen.

»An dem Abend, als meine Verlobung bekannt gegeben wurde, bezichtigte man mich öffentlich einer Affäre mit dem Mann meiner Schwester. Glücklicherweise war Benjamin zugegen und hielt an Ort und Stelle um meine Hand an und machte mich so zur Herzogin. Allerdings verblasst das im Vergleich zu meinen anderen vorehelichen Verfehlungen.«

Der Ton ihrer Stimme ließ keinen Zweifel daran, dass sie schonungslos ehrlich war.

Caroline blickte die drei Schwestern an und hoffte, dass Brooke, Madison und Liberty die unendliche Dankbarkeit in ihren Augen erkennen würden. Sie hatten sich für Caroline öffentlich der Lächerlichkeit preisgegeben. So etwas hatte noch nie jemand für Caroline getan. Sie war zutiefst gerührt.

»Es ist schon erstaunlich, dass es euch drei Schlampen gelungen ist, euch Ehemänner zu angeln und obendrein noch zwei davon mit Adelstiteln«, stieß Olivia verbittert hervor.

»Das liegt daran, dass wir ebenso verdorben sind«, warf Andrew jovial ein. »Ich habe mich einst dazu bereit erklärt, für eine bestimmte Geldsumme den Ruf einer unschuldigen jungen Dame zu ruinieren, ohne sie danach zu heiraten.«

»Und ich war derjenige, der vorhatte, ihn dafür zu bezahlen«, bemerkte Benjamin und stellte sich hinter seine Frau.

Olivia fielen beinahe die Augen aus dem Kopf. Dann holte sie ihren Fächer hervor. Nach drei erfolglosen Versuchen gelang es ihr endlich, ihn zu öffnen, und sie wedelte sich so heftig Luft zu, dass man glauben konnte, eine Brise sei plötzlich aufgekommen.

»Vergesst mich nicht«, schaltete Paul sich ein. »Ich erinnere meine Frau ab und zu gern daran, dass ich zwar ein Pastor und ein Knecht Gottes bin, aber letztendlich immer noch ein Mann. Und ob Sie es glauben oder nicht, ich habe mehr als nur einen Skandal hinter mir, der Ihnen die Haare zu Bergen stehen lassen würde.«

Er spitzte die Lippen.

»Ich bin mir nicht sicher, welcher Skandal schlimmer war, also überlasse ich Ihnen die Entscheidung ...«

»Nicht nötig, Mr Grimes«, unterbrach ihn Olivia. »Diese gesamte Familie ist durch und durch verdorben.«

Aus erbosten Augenschlitzen blickte sie schließlich auf John und Carolina. »Und von den Einzelheiten Ihrer Ehe will ich erst gar nichts hören.«

»Das trifft sich gut, denn die sind privat«, gab John kurz angebunden zurück, woraufhin ihm seine Frau, deren Wangen sich mit einem zarten Rosa überzogen hatten, einen kleinen Schubs versetzte.

Olivia atmete so heftig aus, dass man ihren Mundgeruch deutlich riechen konnte. Sie bedachte alle mit einem angewiderten Gesichtsausdruck und wandte sich schließlich Alex zu, der ob seiner skandalösen Familie nicht stolz genug dreinblicken konnte. Urplötzlich hellte sich ihre Miene auf und sie machte eine lockere, abwiegelnde Handbewegung.

»Alex, mein Liebster, ich verzeihe Ihnen.« Ihre Stimme war so zuckersüß, dass man davon direkt Karies bekommen konnte.

»Wie bitte?« Alex sah sie verdattert an.

»Ich weiß doch, wie es ist. Man kann ja nichts für seine Verwandten.« Sie sah auf Caroline, um klarzumachen, was sie von *ihrer* Verwandtschaft hielt. »Deshalb werde ich Ihnen das nicht zum Vorwurf machen. Letzten Endes geht es hier nur um Cousinen.«

»Ich fürchte, ich verstehe Sie nicht.«

Jetzt regte sie sich noch mehr auf.

»Alex, ich bin bereit, über dieses Ärgernis hinwegzusehen.« Sie verzog angeekelt das Gesicht. »Ich weiß ja, dass Sie anders sind. Sie sind ein vollkommener und anständiger Gentleman, der nicht einen skandalösen Tropfen Blut in seinen Adern hat. Ich weiß das ganz genau. Mit der Zeit werde ich mich nicht mehr über Ihre Sippe aufregen. Wollen wir nun also unsere Hochzeit planen?«

Alex starrte Olivia noch immer mit leerem Gesichtsausdruck an. Dann warf er Caroline einen Blick zu. Ihre Kehle wurde ganz trocken und das Blut rauschte ihr wieder in den Ohren. Er kannte Olivia nicht so gut wie sie. Er wusste nicht, wie verschlagen sie sein konnte, wenn sie etwas erreichen wollte. Aber Caroline wusste es. Sie konnte nur wie angewurzelt dastehen und abwarten, was Alex antworten würde.

»Lady Olivia, ich bedauere, dass Sie eine so starke Abneigung gegen meine Familie empfinden«, sagte er feierlich.

»Ja, wie gesagt, darüber kann ich hinwegsehen«, sagte sie und klimperte mit den Augendeckeln.

»Tatsächlich? Nun, es ist letztendlich nicht so entscheidend, da ich nämlich genauso bin wie meine Verwandten.«

Sie schlug ihm neckisch auf die Schulter.

»Seien Sie nicht albern. Sie haben doch noch nie einen Skandal verursacht.«

Alex' Antwort überraschte nicht nur Caroline, sondern *alle* Versammelten. Er drückte den Brustkorb nach vorne und verkündete, ohne auch nur mit einer einzigen Wimper zu zucken: »Vor ein paar Jahren besuchte ich eine Lachgasfeier und entblößte mich dort vor allen Gästen.« Das Lachen, in das alle nach diesen unerhörten Worten ausbrachen, vertrieb die grimmige Miene, die vorübergehend von Alex' Gesicht Besitz ergriffen hatte.

»Von all den Lügen, die Sie hätten erfinden können, war das eindeutig die schlechteste, mein Geliebter«, schnurrte Olivia, nachdem sie aufgehört hatte zu lachen.

Dann wollte sie sein Revers und seine verdrehte Krawatte glätten. Aber er hinderte sie daran, indem er ihre Handgelenke umfasste und ihre Hände von seinem Körper nahm. Erneut sah er zu Caroline.

»Ich muss mich Ihnen gegenüber weder erklären noch verteidigen. Aber wenn Sie mir nicht glauben, fragen Sie doch Marcus. Er war ebenfalls anwesend.« Seine Worte waren zwar für Olivia bestimmt, aber er hatte die ganze Zeit über Caroline fest im Blick behalten, und sie hatte die Wahrheit in seinen Augen gesehen. Eine Wahrheit, die Worte allein nicht vermitteln konnten.

Wo? Wann? Warum? Diese und andere Fragen brannten ihr auf der Zunge, aber sie hielt sie im Zaum und lächelte ihn nur an. Er hatte sich für sie entschieden. Er hatte ein sonderbares Geständnis gemacht, aber es bewies dennoch, dass er sie, Caroline, gewählt hatte – und diese Erkenntnis verlieh ihrem Herzen Flügel.

Olivias Miene ließ keinen Zweifel an ihrer Abscheu.

»Ganz offensichtlich hatte Caroline recht, als sie sagte, dass Sie mehr zu bieten haben, als ich ursprünglich annahm. Leider ist es nichts, was mich näher interessiert. Sollten Sie wieder zu Vernunft kommen, machen Sie mir Ihre Aufwartung in Ridge Water. Ich werde mir Ihre Entschuldigung anhören. *Sollte* sie mich überzeugen, werde ich in Erwägung ziehen, Ihnen zu verzeihen und die Hochzeitspläne weiterzuverfolgen.«

Sie drehte sich zu Caroline.

»Komm mit, Caroline. Wir gehen nach Hause. Ich werde dir wohl verzeihen, obwohl du die Tochter einer Hure und eines Süchtigen bist.«

Caroline zog scharf die Luft ein, zum einen wegen Olivias schockierender Bemerkung, zum anderen wegen des Gewitters, das sich grollend über ihnen zusammenbraute.

»Kommt, Kinder, gehen wir hinein, bevor uns der Regen erwischt«, murmelte Tante Carolina leise und zupfte ihre beiden schwangeren Töchter am Ellbogen. Widerwillig folgten Brooke, Madison und Liberty ihrer Mutter ins Haus und ließen Caroline, Olivia und die fünf Männer draußen zurück.

»Ich sehe das auch so«, sagte Olivia. »Wir müssen los, bevor es anfängt zu regnen, Caroline.«

»Nein«, entgegnete Caroline mit fester Stimme. »Du kannst gehen. Ich bin hier zu Gast.« Sie sah Andrew an und hoffte, er würde zustimmend nicken. »Und deshalb habe ich vor zu bleiben.«

Olivia krallte sich mit einer ihrer fleischigen Hände an Carolines Oberarm fest.

»Wir werden gehen, bevor meine Haare nass werden.«

»Lass mich los!« Caroline versuchte, sich aus Olivias Griff zu befreien. »Du tust mir weh!«

»Lassen Sie sie los. Sofort!«, verlangte Alex mit scharfer Stimme.

Olivia umfasste Carolines Arm noch ein bisschen fester.

»Zwingen Sie mich doch!«

Ohne den Blick von Olivia abzuwenden, fragte Alex: »Könnte jemand bitte ihrem Kutscher sagen, er soll unverzüglich vorfahren?«

»Ich nicht«, antwortete Andrew umgehend. »Unter keinen Umständen werde ich mir das Schauspiel hier entgehen lassen.«

»Ich auch nicht«, warf Benjamin schnell ein.

Auch Onkel John unternahm keine Anstalten.

»Ich bleibe hier.«

Selbst Paul war keine Hilfe.

»Auch ich werde mir dieses bevorstehende Fiasko nicht entgehen lassen«, sagte er, und der aufgeregte Glanz in seinen grünen Augen untermauerte seine Worte.

»Dann werft eine Münze«, erwiderte Alex bissig.

»Hervorragende Idee«, pflichtete Andrew ihm bei und holte eine Silbermünze aus einer Jackentasche hervor.

Die vier Männer führten sich auf wie Schuljungs, und nachdem sie die Münze ein paarmal geworfen hatten, stand Benjamin als Verlierer fest.

»Ich bin gleich zurück. Keiner sagt etwas oder bewegt sich, während ich weg bin«, warnte er, bevor er sich auf die Suche nach dem Kutscher machte.

Die folgenden fünf Minuten fühlten sich wie eine Ewigkeit an, da tatsächlich alle schwiegen und sich nicht vom Fleck bewegten.

Als Olivias Kutsche vorfuhr, war Caroline gleichzeitig erleichtert und nervös. Benjamin saß oben auf dem Kutschbock neben dem Kutscher und grinste breit. Ungefähr zweihundert Meter von der Gruppe entfernt hielt die Kutsche vor dem Eingangsportal des Hauses an, und noch ehe die Räder vollständig stillstanden, war Benjamin schon heruntergesprungen und rannte zu den anderen zurück.

»Gut gemacht«, sagte Alex, der noch immer Olivias dreistem Blick standhielt.

Ohne ein Wort der Vorwarnung griff er nach ihrer Hand und riss sie von Carolines Arm, und ehe es sich alle versahen, hatte er Olivia mit wenigen Handgriffen huckepack genommen und trug sie ohne das geringste Anzeichen von Anstrengung zu ihrer Kutsche. Der Rest folgte ihm dicht auf den Fersen. Keiner wollte auch nur eine Sekunde lang den Anblick der wild strampelnden und schreienden Olivia verpassen.

Glücklicherweise hatte der Kutscher mitgedacht und die Tür der Kutsche bereits geöffnet. Alex musste Olivia nur von der Schulter heben, sie auf der Sitzbank abladen und dann schnell die Tür zumachen. Mit einer flinken Drehung des Handgelenks verriegelte er die Kabine und befahl dem Kutscher loszufahren, obwohl Olivia gegen die Scheibe klopfte und verlangte, dass man sie herausließ.

Kaum dass sich die Kutsche zehn Meter entfernt hatte, drehte Alex sich um und blickte Caroline und seine Verwandten strahlend an.

»Wollen wir jetzt alle ins Haus gehen?«, fragte er, als wäre nichts geschehen.

»Bist du in Ordnung?«, erkundigte Andrew sich besorgt.

»Warum sollte ich nicht in Ordnung sein?«

»Weil du gerade hundert Kilo auf deiner Schulter getragen hast und damit gute zweihundert Meter marschiert bist«, schaltete Benjamin sich ein und sah Alex so bewundernd an, wie er es noch nie zuvor getan hatte.

»Der Arzt sagt, sie wiegt einhundertundacht Kilo«, platzte es aus Caroline heraus, bevor sie merkte, was sie da gesagt hatte, und zu wem.

»Bei so viel Masse macht das keinen nennenswerten Unterschied«, sagte Alex und schüttelte sein Handgelenk aus.

Caroline errötete und lächelte ihn dankbar an. Er hatte das nur ihr zuliebe gesagt, um ihre Indiskretion bezüglich des Gewichts ihrer Cousine zu relativieren. Sie sah zu den übrigen vier Herren. Allen stand die Bewunderung für Alex leuchtend ins Gesicht geschrieben. Fast brachte sie die Absurdität der Situation zum Lachen.

»Und du bist dir sicher, dass du dich nicht verletzt hast?«, fragte Paul, die grünen Augen hinter seinen Brillengläsern weit aufgerissen.

»Ja, bin ich. Und jetzt lasst uns hineingehen, bevor wir noch ganz nass werden.«

Caroline streckte ihre offene Handfläche aus und spürte augenblicklich die Regentropfen. Vor lauter Aufregung hatte sie gar nicht bemerkt, dass es regnete.

Alex bot ihr seinen Arm und sie folgten den übrigen vier Männern, die wie kleine Jungs durcheinanderplapperten und sich mit der jeweils eigenen Sicht auf die Geschichte gegenseitig zu überschreien versuchten.

»Mir können Sie es ruhig sagen, wenn Sie sich wehgetan haben«, flüsterte sie ihm zu.

»Habe ich aber nicht.« Er küsste sie auf die Schläfe.

Caroline entschloss sich, ihm zu glauben, und ließ das Thema fallen.

»Caro?« Im Haus angekommen, nahm Alex sie sanft beiseite. »Ich warte gern auf Sie, wenn Sie einen Moment brauchen, um sich wieder zu sammeln.«

Sie schüttelte den Kopf. Wie kam er nur andauernd darauf, dass sie einen Moment für sich allein bräuchte?

»Wie Sie wünschen.« Mit diesen Worten führte er sie in eine schwach beleuchtete, abseits gelegene Ecke. Er schlang seine Arme um sie und zog sie eng an sich heran.

»Caro«, sagte er wieder, und diesmal schlich sich ein heiseres Zittern in seine Stimme, während er mit den Fingerspitzen ihre schmalen Schulterblätter streichelte. »Es gibt da etwas, über das ich mit Ihnen sprechen möchte. Etwas Wichtiges.«

Caroline sah zu ihm auf. Diesen intensiven Schimmer in seinen braunen Augen hatte sie noch nie zuvor gesehen. Warum nur bekam sie den Eindruck, dass er nicht über so etwas Triviales wie die Anzahl der Mitglieder in der *Gesellschaft für Biologische Fragen* sprechen wollte?

»Ja?«, sagte sie.

Alex schluckte heftig. Aus ihr unerklärlichen Gründen erregte sie seine Nervosität ungemein. Was mochte er nur mit ihr besprechen wollen?

»Caro, wollen Sie …«

In dem Moment rief Andrew nach ihnen.

»Alex, beeilt euch. Mutter hat es sich in den Kopf gesetzt, dass wir unbedingt tanzen müssen.« Andrews Schritte kamen über den Korridor auf sie zu, und Alex ließ Caroline los.

»Wir sind schon unterwegs!«, rief er seinem Freund zu. Der kurze magische Moment war vorüber. Caroline ließ sich von Alex in den Salon geleiten.

Sobald sie den Raum betrat, fiel ihr Blick auf eine Frau am Klavier, die begeistert in die Tasten griff. Durch ihr schwarzes Haar zogen sich silbergraue Strähnen. Auch ohne dass Andrew im Flur seine Mutter erwähnt hätte, wäre es für Caroline sofort ersichtlich gewesen, um wen es sich hier handelte. Zwar sahen sich die beiden äußerlich überhaupt nicht ähnlich, aber Auftreten und Ausstrahlung machten unmissverständlich deutlich, dass es sich um Mutter und Sohn handelte.

»Schnapp dir deine Dame, Alex!«, rief ihm die verwitwete Gräfin vom Klavier her zu. »Gleich spiele ich einen Walzer.«

Caroline bekam ganz große Augen vor Aufregung, als Alex sie eng umarmte und in die Mitte der improvisierten Tanzfläche führte. Die beiden waren das einzige Paar, alle anderen hatten sich auf die Sessel und Sofas gesetzt, die man an die Wand geschoben hatte, um Platz zum Tanzen zu schaffen.

Als die Musik begann und Alex einen Schritt vorwärts machte, wäre Caroline beinah über seinen Fuß gestolpert. Panik ergriff sie. Man hatte ihr nie gestattet, bei Olivias Tanzstunden mitzumachen, und sie hatte keine Ahnung, was sie tun sollte.

»Alex?«

Er blickte auf sie herab. Sie sollte eigentlich rückwärts gehen, aber es war nicht einfach, sie zu führen. Beinah hätte er sie umgerempelt.

»Stimmt etwas nicht?«

»Ja.« Sie sah kurz zu den anderen hinüber und hoffte inständig, dass sie nicht bemerkten, welche Schwierigkeiten ihr die Schrittfolge bereitete.

Alex hielt an. »Caro, ziehen Sie es vor, nicht zu tanzen?«

»Darum geht es nicht«, antwortete sie schnell. »Mir scheint lediglich, dass ich mich kurz hinsetzen sollte.«

Alex blinzelte.

»Ach, Caro, es tut mir so leid. Aber natürlich, setzen wir uns für einen Moment.« Er führte sie zu einem Sofa an der Wand und arrangierte die Kissen so, dass es genug Platz für zwei gab.

Die Musik brach abrupt ab und Andrews Mutter sprang von ihrer Bank auf.

»Alle müssen unverzüglich ihre Allerwertesten auf die Tanzfläche bewegen. Ich spiele hier nicht aus Jux und Dollerei.«

Vier Paare begaben sich sofort auf die Tanzfläche.

»Sie weiß, wie sie die Leute dazu bringt, das zu tun, was sie will«, kommentierte Caroline.

»O ja, das weiß sie ganz genau.«

Gedankenverloren schnippte Caroline mit dem Nagel ihres Mittelfingers gegen ihren Daumennagel, was ein nervtötendes Klicken verursachte. Sie blickte überallhin, nur nicht auf Alex, der mit seinem Fuß im Takt des Walzers auf den Boden klopfte. Es war offensichtlich, dass er tanzen wollte. Sie schluckte gequält.

»Alex, es macht mir nichts aus, wenn Sie mit einer Ihrer Cousinen oder Ihrer Tante tanzen möchten.«

Er hielt seinen Fuß still.

»Nein, vielen Dank.«

»Sind Sie sicher? Ich merke doch, dass Sie tanzen wollen. Versuchen Sie doch nicht, mir etwas vorzumachen.«

»Ich machen Ihnen nichts vor. Ich möchte nicht mit meinen Cousinen tanzen.«

»Aber Sie möchten tanzen.«

»Selbstverständlich. Mit Ihnen.«

Sie biss die Zähne zusammen, um nicht zu weinen. »Es tut mir so leid, dass ich Ihnen den Spaß verderbe.«

Er zuckte abwiegelnd mit den Schultern. »Das tun Sie nicht. Neben Ihnen zu sitzen und mit Ihnen zu plaudern ist meine zweite Wahl, wenn ich nicht mit Ihnen tanzen kann. Außerdem werden wir eine zweite Gelegenheit haben.«

»Wie bitte?« Wann sollte das denn stattfinden?

»Beim nächsten Mal«, sagte er schlicht.

Ihr Herzschlag setzte kurz aus. Die Aussicht auf einen weiteren Tanz mit Alex erfüllte sie sowohl mit Hoffnung als auch mit Schrecken.

»Alex«, sagte sie und fuhr sich mit der Zungenspitze über die trockenen Lippen. »Ich glaube nicht, dass es ein nächstes Mal geben wird.«

Er blickte sie eindringlich an.

»Wie meinen Sie das?« Seine Stimme klang tonlos.

»Ich ... der Grund, warum ich ...« Sie blickte auf ihre Schuhspitzen. »Ich kann nicht tanzen.«

»Ich weiß. Ich verstehe das.«

»Nein«, erwiderte sie und starrte weiter auf die Schuhspitze, mit der sie über den Boden fuhr. »Ich weiß nicht, wie man tanzt«.

»Moment mal.« Er umfasste ihr Handgelenk. »Wir sitzen hier nur, weil Sie nicht wissen, wie man tanzt?«

Sie nickte.

»Ich habe es nie gelernt.«

»Ich tue jetzt nicht so, als wüsste ich nicht, woran das liegt«, murmelte er und fuhr sich mit den Fingern durchs Haar. »Würden Sie mit mir auf die Tanzfläche kommen?« Er sah zu den übrigen Paaren hinüber. »Wir brauchen keine Schritte zu machen, aber ich würde gerne dort mit Ihnen stehen und Sie im Arm halten.«

»In Ordnung«, sagte sie zögernd.

Umgehend sprang er auf die Füße und zog Caroline an sich. Den rechten Arm legte er um ihre Schulter, mit dem linken fasste er ihr von hinten sacht ins Kreuz. Mit seinen Fingerspitzen konnte er ihre Rippen ertasten.

Sie schmiegte ihren Kopf an seine Brust und ließ sich von ihm vorsichtig hin- und herwiegen. Nur dann und wann bewegten sie die Füße im Takt der Musik.

»Caroline«, flüsterte er und zog sie ganz in seinen Bann. Seit dem Tag, an dem sie ihr zerbrochenes Teleskop entdeckt hatten, hatte er sie nicht mehr mit ihrem vollen Namen angesprochen.

»Ja?«

»Sehen Sie mich an.«

Sie folgte seiner Aufforderung.

»Ich bin kein Romantiker«, sagte er mit seidenweicher Stimme. »Und ich weiß, dass Sie alle Romantik dieser Welt verdienen. Leider kann ich damit nicht dienen, aber ich hoffe sehr, dass Sie das, was ich Ihnen bieten kann, annehmen werden.« Er legte eine Pause ein. In seinen Augen las Caroline die Frage, die seine Lippen noch nicht formuliert hatten. »Caroline, wollen Sie meine Frau werden?«

»Ja!«, rief sie überglücklich aus, noch bevor sie sich ins Gedächtnis hatte rufen können, dass sie sich in einem Raum voller Menschen befanden.

Anders als sie erwartet hatte, verzog Alex seine Lippen nicht zu einem Grinsen. Stattdessen beugte er sich zu ihr hinunter, und seine und ihre Lippen verschmolzen zu einem Kuss, der wunderschöner war als alles, was sie sich jemals hätte ausmalen können.

Kapitel 15

Alex kümmerte sich nicht um den Trubel um sie herum. Er war zu sehr damit beschäftigt, die süßesten Lippen zu küssen, die ein Mann sich nur wünschen konnte. Carolines Art, ihre Lippen zu bewegen und auf seine Küsse zu reagieren, ließ ihn nach mehr verlangen. Nach mehr Küssen. Nach mehr Caroline. Nach mehr von allem.

Er trat einen Schritt zurück, bevor ihn seine lustvollen Gedanken verraten konnten.

»Meinen Glückwunsch.« Andrew hustete leicht, um sich bemerkbar zu machen. »Allerdings muss ich sagen, dass das erst der Antrag war. Ihr solltet euch etwas für die Hochzeitsnacht aufsparen.«

Caroline errötete, aber Alex drückte sie liebevoll an sich. »Man darf nichts auf seine Kommentare geben. Wegen der Dinge, die er in meinem Haus angestellt hat, sollte er sich eigentlich schämen.«

»Sollte ich vielleicht, tue ich aber nicht«, antwortete sein Freund lässig und schlang einen Arm um die Taille seine Frau.

»Jetzt, da wir verlobt sind, habe ich ein paar Fragen an Sie ... an dich«, sagte Caroline, als auch die restlichen Anwesenden ihre Glückwünsche ausgesprochen hatten und auf die Tanzfläche zurückgekehrt waren.

»Und die wären?« Da keiner der Tanzenden das glückliche Paar beachtete, beugte Alex sich zu Caroline hinab und übersäte ihre Wangen mit Küssen.

»Es geht um das, was du vorhin erzählt hast. Deinen skandalösen Auftritt auf dieser Lachgasfeier«, antwortete sie ruhig und vergrub ihre Finger in seinem dichten Haar.

Er stöhnte auf.

»Die Geschichte erzähle ich dir ein anderes Mal, wenn nicht so viele Leute anwesend sind. Das möchte ich wirklich nicht an die große Glocke hängen.«

»Weil du dich ausgezogen hast?«

Bittere Galle stieg ihm im Hals auf und er schluckte sie wieder hinunter.

»Zum Teil. Aber das ist nicht alles. Ich erzähle dir den Rest, wenn wir verheiratet sind und niemand sonst dabei ist. Können wir es dabei belassen?«

Sie nickte, den Kopf an seine Brust geschmiegt. »Ja. Aber vergiss es nicht.«

»Ich werde es nicht vergessen«, versprach er. Als er sich vor Lady Olivia zu dem Vorfall bekannt hatte, hatte er einige wichtige Details ausgelassen. Die Erinnerung an diese Details gefiel ihm gar nicht, aber er war es Caroline schuldig, sie einzuweihen. Sie würde bald seine Frau sein. Sie war seine Zukunft. Sie hatte das Recht, über seine Vergangenheit Bescheid zu wissen. Selbst über Dinge, die er lieber vergessen würde.

»Mein lieber Neffe!«, rief ihm Onkel John vom anderen Ende des Salons zu. »Aus reiner Neugier, für wann plant ihr denn eure Hochzeit?«

»Bald, denke ich«, antwortete Alex und wiegte Caroline in seinen Armen.

»Brauchst du nicht erst die Zustimmung ihres Vormunds?«, fragte Benjamin.

»Er wird sie geben.« Alex blieb stehen und sah hinunter auf Caroline. »Glaubst du nicht, dass er seine Zustimmung geben wird?«, fragte er sie leise. Marcus hatte ja schon zugestimmt. Er nahm auch nicht an, dass Caroline sich darüber Sorgen machte.

»Das wird er«, sagte sie, wich seinem Blick allerdings aus. »Ich denke, wir sollten fahren.«

»Du hast recht«, pflichtete er ihr bei. »Warte hier. Ich werde nach der Kutsche und Nettie schicken.«

Alex rannte eilig über den Flur und wies das Personal an, die Kutsche bereit zu machen. Als er in den Salon zurückkam, sah er Caroline auf einem abgelegenen Sofa sitzen. Sie starrte auf ihre Finger, um die sie gedankenverloren den Stoff ihres Rocks zwirbelte. Irgendetwas stimmte nicht, aber er wusste nicht, was.

Sie verabschiedeten sich von seinen Verwandten, doch bevor sie die Kutsche bestiegen, hielt Alex Caroline zurück.

»Musst du noch etwas erledigen, bevor wir losfahren?«

»Nein. Ich möchte jetzt nach Hause.«

Er seufzte ergeben. Gewisse weibliche Umstände führten normalerweise zu einem häufigen Aufsuchen der Toilettenräume, aber Caroline hatte sich kein einziges Mal entschuldigen müssen.

In der Kutsche zog er seine Verlobte eng an sich. Nettie saß ihnen gegenüber, aber in dem schwachen Mondlicht war sie nur schemenhaft zu erkennen.

»Möchtest du unsere Hochzeitsfeier besprechen?«, fragte Alex Caroline. Er nahm an, dass dieses Thema ideal wäre, um eine junge Dame, die aufgrund ihrer monatlichen Verfassung leicht reizbar war, bei Laune zu halten.

Aber Caroline zuckte nur mit den Schultern und sagte nichts.

Er unterdrückte das starke Bedürfnis, laut zu seufzen.

»Schwebt dir etwas Bestimmtes vor?«

»Nein, nicht wirklich.«

Fast wollte er sich die Haare raufen.

»Würdest du gern in London heiraten?«

Es überraschte ihn, dass er kein Stoßgebet zum Himmel schickte, sie möge nicht in London heiraten wollen. Schließlich würde ihm kaum genug Zeit bleiben, um eine Hochzeit in London zu planen. Aber sollte sie es wollen, würde er alles, was in seiner Macht stand, tun, um ihr diesen Wunsch zu erfüllen. Und wenn er vor Marcus auf die Knie fallen müsste, um ihn zu bitten, den Verlobungsvertrag, den ihre Väter aufgesetzt hatten, zu verbrennen.

Sie gab nur einen verächtlichen Laut von sich.

»Nein. Ich wüsste nicht, wen ich einladen sollte.«

Sein Herz zog sich zusammen. Sie hatte recht. Außer seinen Verwandten, von denen sie die Mehrzahl erst heute kennengelernt hatte, gab es nur drei weitere Personen, die sie einladen konnte – und von denen eine ganz sicher kein willkommener Gast war. Er war sich seiner gesellschaftlichen Außenseiterposition stets bewusst gewesen, aber bis jetzt hatte er nie wirklich erkannt, wie sehr seine Familie ihm trotz seiner Andersartigkeit immer Rückendeckung gegeben und über das, was der Rest der Welt von ihm dachte, hinweggesehen hatte.

»Glaubst du, Ms Green würde als deine Trauzeugin fungieren wollen?«

»Ich glaube schon.« Caroline schmiegte ihren Kopf an seine Brust.

Alex streichelte ihr das Haar und spielte gedankenverloren mit ihren Locken.

»Was ist mit Marcus? Wird er dich zum Altar führen?«

»Keine Ahnung. Es kann sein, dass er sich nicht in der Öffentlichkeit zeigen möchte. Andererseits sollte ihm die Tatsache, mich endlich los zu sein, schon ein kleines Opfer wert sein.«

Selbst Alex konnte die Bitterkeit in ihrer Stimme nicht überhören. Aber diese Bitterkeit rührte nicht von Carolines monatlicher Unpässlichkeit her. Sie war ganz offenbar wütend auf Marcus.

»Warum hat Marcus dich zum Weinen gebracht?«, fragte er. Vor lauter Wut über Marcus und das, was er ihr angetan haben mochte, klang seine Stimme eiskalt.

»Wer hat dir gesagt, dass er mich zum Weinen gebracht hat?«

»Er selbst.«

»Dann hätte er dir auch den Grund nennen sollen.« Sie fuhr mit den Fingern am Kragen seiner Weste entlang.

»Er kannte den Grund nicht. Er hat nur gesagt, dass du ein paar schwierige Tage durchmachst wegen deiner …« Er unterbrach sich und wartete, bis sich sein Unbehagen gelegt hatte. »Na ja, eigentlich bin ich zu dem Schluss gekommen, dass es sich nicht um eine weibliche Unpässlichkeit handelt, sondern dass er dich verärgert hat. Also, sag mir jetzt, um was es ging.«

Sie hob ihren Kopf ruckartig von seiner Brust.

»Wie bitte? Du kannst nicht von mir verlangen, dass ich dir alles erzähle. Außerdem steht es Marcus und dir nicht zu, euch über mich zu unterhalten, und erst recht nicht über etwas so Intimes! Das gehört sich nicht! Erkundigst du dich immer erst bei ihm nach meiner Laune, bevor du mich aufsuchst?«

»Nein. Marcus wartete heute draußen auf mich und sagte ...«

»Was hat er gesagt?«, unterbrach sie ihn schnippisch.

Er spürte, wie ihm die Hitze ins Gesicht stieg.

»Wenn ich mich recht entsinne, hat er erwähnt, dass du gefühlsmäßig gerade etwas angespannt bist.«

Das Gespräch verlief unangenehm. Alex nahm sich vor, in Zukunft zweimal nachzudenken, bevor er sich nach ihrem Wohlbefinden erkundigte.

»Ach du gütiger Himmel! Jetzt verstehe ich alles. Du dachtest, ich hätte meine Monatsblutung. Deshalb hast du mich andauernd gefragt, ob ich einen Moment für mich allein bräuchte, und hast sofort akzeptiert, dass ich nicht tanzen wollte.«

Ihr glockenhelles Lachen ließ den Streit unwichtig erscheinen.

»Ich kann es kaum abwarten, Emma davon zu erzählen. Sie wird sich totlachen.«

Darauf erwiderte Alex nichts. Es war wohl besser abzuwarten, bis Caroline das Wort ergriff.

»Alex, es geht dich zwar nichts an, aber ich habe nicht meine monatliche Unpässlichkeit. Und selbst wenn es so wäre, wüsste nicht ganz Ridge Water davon, wie es bei Olivia der Fall ist. Düstere Launen, Wutanfälle und Geschrei sind nicht mein Stil.«

Sie legte ihren Kopf wieder an seine starke Brust.

»Es tut mir leid, dass ich dich so angefahren habe. Das war nicht richtig. Aber ja, ich bin wütend auf Marcus, und du kannst nichts tun, um es zu ändern. Deshalb möchte ich lieber nicht weiter darüber sprechen.«

»Einverstanden, wir werden nicht weiter über ihn sprechen. Aber ich möchte dich trotzdem noch etwas bezüglich unserer Hochzeit fragen. Du sagtest, du brauchst keine Hochzeit in London. Aber bestehst du auf einer langen Verlobungszeit?«

Sie streichelte über seine Brust.

»Nein. Wenn es kaum eine nennenswerte Hochzeitsfeier gibt, brauchen wir auch keine nennenswerte Verlobungszeit.«

Genau das, was er auch dachte.

»Würde dir Ende dieser Woche passen? Ich könnte mich ab morgen um die Hochzeitslizenz kümmern.«

»Das wäre wunderbar.«

Er küsste sie auf den Kopf.

»Wir sind da.«

Alex half ihr beim Aussteigen aus der Kutsche und führte sie ins Haus. Am Fuß der großen geschwungenen Treppe blieb er stehen.

»Es wird ein paar Tage dauern, bis ich die Lizenz bekomme.« Er umfasste sanft ihr Kinn. »Aber ich sollte sie Ende der Woche haben. Reicht dir das aus, um dich vorzubereiten?«

Sie nickte. Das Lächeln, das sie ihm schenkte, war so strahlend, dass er es beinah nicht mit einem Kuss unterbrechen wollte. Aber eben nur beinah.

Er beugte sich zu ihr hinab, bedeckte ihre Lippen mit seinen und vergrub die Finger in ihrem vollen Haar. Sie schlang ihre Arme um seinen Hals und zog ihn ganz eng an sich. Am liebsten hätte er sie noch leidenschaftlicher geküsst, aber dann fiel ihm wieder ein, wo sie sich befanden, und er trat einen Schritt zurück.

Er lächelte sie an.

»Ich sollte besser deinen Vormund über unsere Hochzeit informieren«, flüsterte er.

Sich von Caroline zu lösen fiel ihm so schwer wie nichts zuvor in seinem ganzen Leben. Irgendwann in den vergangenen Tagen hatte sich eine unsichtbare Schnur zwischen ihrem Körper und seinem Herzen gebildet, und jedes Mal, wenn er sich von Caroline trennen musste, schien diese Schnur ihn auf unwiderstehliche Weise zurückhalten zu wollen.

»Marcus!«, rief er und betrat die Privatgemächer des Freundes. Mit gesenktem Kopf saß Marcus an seinem Schreibtisch. Sein Haar war zerzaust und er sah absolut niedergeschlagen aus. Ihm musste zu Ohren gekommen sein, was Alex mit Olivia angestellt hatte. Sollte Marcus nachfragen, würde er ihm bereitwillig all jene Einzelheiten mitteilen, die sie wahrscheinlich ausgelassen hatte. Aber freiwillig würde er sicher nichts sagen.

»Alex. Ich nehme an, dein Tag war besser als meiner.«

Marcus lächelte ihn schwach an, setzte die Feder ab und legte die Füße auf den Schreibtisch.

»Das siehst du richtig«, antwortete Alex. »Caroline und ich würden gerne Ende der Woche heiraten, wenn du damit einverstanden bist.«

»Ist denn Caroline damit einverstanden?« Marcus überkreuzte die Stiefel.

Alex nickte.

»Sie sagt, sie sei einverstanden.«

»Du hast sie nicht zu sehr gedrängt, oder?« Marcus drehte den Federschacht zwischen zwei Fingern hin und her. »Ich weiß, dass du Olivia nicht heiraten willst, aber ich möchte nicht, dass Caroline nur wegen deiner Eile auf etwas verzichten muss, das ihr lieb wäre.«

»Ich habe ihr eine lange Verlobungszeit und eine Hochzeit in London angeboten, aber sie hat abgelehnt. Sie meinte, sie habe ohnehin niemanden, den sie einladen könnte.«

Marcus stöhnte und verzog das Gesicht zu einer Grimasse.

»Ich spreche nachher mit ihr darüber. Aber nur damit du es weißt – wenn sie eine richtige Hochzeit mit allem Drum und Dran wünscht, dann soll sie sie bekommen.«

»Sehr wohl. Allerdings erwarte ich nicht, dass sie ihre Meinung ändert.«

»Du scheinst dir deiner Sache ja sehr sicher«, sagte Marcus und schnaubte ungläubig. Dabei kippte er seinen Stuhl so weit nach hinten, dass sich die beiden vorderen Stuhlbeine vom Boden abhoben.

»Bin ich mir auch. Ebenso sicher bin ich mir darüber, dass sie es begrüßen würde, wenn du sie zum Altar führst.«

Marcus schlug leicht mit der Feder gegen sein vernarbtes Gesicht.

»Mal sehen, Alex. Du weißt, dass ich nicht für öffentliche Auftritte geschaffen bin. In den vergangenen zwölf Jahren habe ich Ridge Water vielleicht sechsmal verlassen.«

»Wir werden nicht viele Gäste haben.« Alex verschränkte die Arme. »Einschließlich dir wahrscheinlich vierzehn, maximal.«

Marcus legte die Schreibfeder zurück auf den Tisch und brummte.

»Glaubst du wirklich, dass sie mich dabeihaben möchte? Ich würde ihr die ganze Schau stehlen.«

»Unsinn«, entgegnete Alex schlagfertig und warf Marcus ein Grinsen zu. »Ich werde derjenige sein, der ihr die Schau stiehlt. Die Tatsache, dass ich heirate, wird alle in Schockzustand versetzen.«

Kopfschüttelnd nahm Marcus die Füße vom Tisch und kippte den Stuhl wieder nach vorn. »Du weißt genau, was ich meine.«

»Ja.« Nur ein absoluter Trottel hätte nicht verstanden, was Marcus meinte. »Aber ich glaube nicht, dass deine Befürchtungen angebracht sind.« Er lockerte seine Haltung und begann, müßig an seinem Niednagel zu zupfen. »Und selbst wenn es der Fall sein sollte, dann würde Caroline das sicher gern in Kauf nehmen, um dich bei ihrer Hochzeit dabeizuhaben.«

Vor lauter Rührung machte Marcus die Augen zu und musste so heftig schlucken, dass man vom anderen Ende des Zimmers hätte sehen können, wie sich sein Adamsapfel bewegte.

»Glaubst du wirklich, dass das ihr Wunsch ist?«, fragte er.

»Dass ihr einziger männlicher Verwandter sie zum Altar führt? Natürlich. Ob du dir darüber klar bist oder nicht, Marcus, aber sie bewundert dich ungemein. Es würde sie mehr verletzen, wenn du nicht zur Hochzeit kommst, als wenn du ihr ›die Schau stiehlst‹.«

»Gut. Ich werde kommen«, sagte Marcus leise.

Alex stand auf. Er hatte eigentlich vorgehabt, mit Marcus bestimmte Ereignisse aus einer lang zurückliegenden Nacht zu besprechen, aber Marcus schien nicht geneigt, vergangene Geschichten wieder aufwärmen zu wollen. Allerdings gab es da etwas, das er nicht unter den Tisch fallen lassen konnte. Er war es Caroline schuldig, die Dinge zwischen ihr und Marcus geradezubiegen, bevor sie Marcus' Haus verlassen würde, um ihr Leben mit Alex zu beginnen. Genau betrachtet, war er es beiden schuldig.

Er trat unschlüssig von einem Fuß auf den anderen und überlegte, wie er es formulieren sollte. Schließlich schluckte er seinen Stolz herunter und sagte geradeheraus:

»Ich glaube du solltest wissen, dass Caroline nicht wie von dir angenommen unter monatlichen Beschwerden leidet. Sie hat geweint, weil du sie verletzt hast.«

Die Worte waren so schnell aus ihm herausgesprudelt, dass er nicht wusste, ob er sich erleichtert fühlte, weil er es hinter sich gebracht hatte, oder ob er sich wie ein Idiot vorkam, weil er seinen Mund nicht hatte halten können.

Marcus blinzelte ihn drei- oder viermal an, bevor er antwortete.

»Ich weiß nicht, ob ich hören möchte, warum du dir über den ersten Teil deiner Aussage so sicher sein kannst«, sagte er vorsichtig. »Aber ich bin dir dankbar, dass du den eigentlichen Grund für ihr Benehmen herausgefunden und mir mitgeteilt hast.« Er führte eine Hand an seine Wange und rutschte auf seinem Stuhl hin und her.

»Ich denke, ich sollte mit ihr sprechen«, sagte er schließlich und sah Alex fragend an.

Alex nickte ihm bestätigend zu.

»Das solltest du«, sagte er leise und ging aus der Tür.

Mit seinen kalten Händen rubbelte Marcus sich übers Gesicht. Seine Fingerspitzen fuhren jede abstoßende Furche und jede Narbe ab, die sein einst so hübsches Gesicht entstellten. Dann nahm er die Hände vom Gesicht. Wäre sein Leben anders verlaufen, wenn er damals nicht so leichtsinnig gehandelt und nicht verwundet worden wäre?

Ein bitteres Lachen drang ihm aus der Kehle. Er kannte die Antwort auf diese Frage. Sein Leben wäre nicht anders verlaufen.

Wahrscheinlich wäre es noch schlimmer verlaufen. Louise hätte ihm nicht mit Olivia und Caroline geholfen. Sie hätte sich viel zu sehr um ihr eigenes Vergnügen gekümmert. So oder so – er wäre immer auf sich allein gestellt gewesen, und er musste sich eingestehen, dass er gerade aus jeder kleinen Mücke der Vergangenheit einen großen Elefanten machte.

Nicht, dass Caroline ein schwieriger Mensch war. Es war immer extrem einfach gewesen, mit ihr auszukommen. Während ihrer Zeit auf Ridge Water waren die beiden sich sogar recht nahegekommen. Genau genommen kam er besser mit Caroline aus, als er jemals mit Olivia ausgekommen war. Das sollte nicht heißen, dass er Olivia nicht liebte. Er liebte sie so aufrichtig, wie ein großer Bruder seine kleine Schwester nur lieben konnte. Selbst wenn sie ihn und ganz England in den Wahnsinn trieb. Aber er hegte dieselben Gefühle für Caroline.

Sie war so anders als Olivia. Anstatt um Aufmerksamkeit zu buhlen und schlechte Laune zu verbreiten, wenn die Dinge mal nicht nach ihren Vorstellungen liefen, akzeptierte Caroline alles, was ihr widerfuhr, mit einem Lächeln. Für ihre knapp einundzwanzig Jahre war sie erstaunlich bescheiden und schien nicht zu wissen, was für eine wunderbare Person sie war. Aber wie konnte man ihr das vorwerfen? Seine Mutter und Olivia hatten keine Gelegenheit ungenutzt gelassen, um sie an ihre Herkunft zu erinnern und ihr vor Augen zu führen, was ohne Vaters Hilfe aus ihr geworden wäre.

Er seufzte. Sein Vater war nicht viel besser gewesen. Ja, er hatte sie damals in jener Nacht gerettet, aber er war nie fähig gewesen, seiner Frau die Stirn zu bieten und sie dazu zu bringen, Caroline wie Olivia zu behandeln.

Als sein Vater vor einem Jahr gestorben war, hatte Marcus sich geschworen, alles zu tun, um Caroline eine vielversprechende und glückliche Zukunft zu garantieren. Leider hatte er nicht gewusst, wie er das anstellen sollte. Bis er dann eines Tages vor ungefähr drei Monaten zufällig diesen schier unglaublichen Verlobungsvertrag entdeckt hatte, den sein Vater und Lord Watson aufgesetzt hatten.

Nachdem sein erster Schock abgeklungen war, wurde ihm bewusst, dass er hier die Chance vor sich hatte, Caroline – und zwangsläufig auch Alex – eine Zukunft als glücklich verheiratetes Paar zu bescheren. Die nachlässig unterzeichnete Zusatzklausel hatte er natürlich nicht übersehen und umgehend Notar Barnes angewiesen, Lord Watson an den Vertrag zu erinnern. Er ging davon aus, dass Alex von dessen Existenz nichts wusste, da er sich sonst schon längst nach einer Braut umgesehen hätte.

Er hatte gehofft, dass Alex vorbeikäme und dass die beiden merken würden, wie gut sie zueinanderpassten. Marcus war stolz auf sich. Er hatte die beiden nur ein bisschen in die richtige Richtung schubsen müssen, und sein Plan war aufgegangen. Ärgerlich war nur, dass Olivia von dem Vertrag erfahren hatte. Er konnte sich nicht erklären, wer ihr davon erzählt hatte, aber genau das war passiert, und es schien, dass sie von Tag zu Tag mehr davon ausging, Alex zu heiraten.

Marcus verzog finster das Gesicht. Was sollte er tun? In gewisser Weise verdiente sie es, Alex zu heiraten. Letztendlich stand das in dem Vertrag. Aber es wäre eine katastrophale Verbindung. Sie würde den armen Kerl dazu bringen, sich das Leben zu nehmen. Olivias grauenhaftes Benehmen hatte ihn in den vergangen zwei Jahrzehnten selbst mehrmals an den Rand des Selbstmords getrieben. Vielleicht sollte er ihr einen passenderen Ehemann suchen. Oder mit etwas Glück würde sie sich vielleicht doch noch dazu bereit erklären, in das irische Kloster zu gehen, wie er es ihr seit fünf Jahren nahelegte. Das spielte aber gerade keine Rolle. Darüber würde er sich später den Kopf zerbrechen. Jetzt musste er mit Caroline sprechen und herausfinden, womit er sie verletzt hatte. In all den Jahren, die sie nun schon auf Ridge Water lebte, hatte es keine einzige Auseinandersetzung zwischen ihnen gegeben. Er würde sogar behaupten, dass er sie bisher noch nicht einmal verstimmt hatte. Diese Situation war absolut neu.

Das Treppensteigen schmerzte ihn und er verzog angestrengt das Gesicht, während er sich an dem glatten Geländer festhielt und erfolglos versuchte, sich ein paar Sätze für Caroline zurechtzulegen. Als er an ihre Tür klopfte, war sein Kopf vollkommen leer. Caroline bat ihn herein. Sie hatte wohl angenommen, dass es sich um ihre Zofe handelte. Er öffnete die Tür einen kleinen Spalt.

»Caroline, ich bin es, Marcus. Bist du angezogen?«

»Bin ich. Komm herein.«

Marcus stieß die Tür weit auf, nahm sich aber Zeit, um über die Schwelle zu treten. Er blieb im Türrahmen stehen und sah sich mit zusammengebissenen Zähnen im Zimmer um. Caroline hatte sich nicht verändert. Sie bestand noch immer darauf, abends jede nur verfügbare Kerze anzuzünden, wenn sie allein in ihrem Zimmer war. Es ging Marcus nicht um die Kosten. Der Preis für diese Kerzen aus Bienenwachs war nicht der Rede wert. Nein, sein Herz rutschte ihm in die Magengrube, weil ihm klar wurde, dass Carolines alte Albträume sie noch immer gefangen hielten.

»Ich habe mit Alex gesprochen«, sagte er und setzte sich auf einen äußerst unbequemen Stuhl. Caroline legte ihr Buch beiseite und glättete den Bettüberwurf.

»Marcus, ich brauche keine große Hochzeitsfeier.«

»Das weiß ich.« Er rutschte auf dem Stuhl hin und her, um es sich bequemer zu machen. Ihm kam der Gedanke, dass der Stuhl vielleicht gar nicht so unbequem war, sondern dass es daran lag, dass er ein Krüppel war. So wie er Caroline kannte, ging er allerdings davon aus, dass der Stuhl ganz besonders unbequem war. Sie bat nie um etwas und sträubte sich für gewöhnlich, Geschenke und Zuwendungen anzunehmen.

»Aber hättest du gern eine große Feier?«

Er zog scharf die Luft ein und hoffte, sie würde Nein sagen. Ein Dutzend Gäste könnte er eine Stunde lang ertragen. Bei einer großen Gesellschaft war er sich nicht so sicher. Er seufzte. Wenn es Carolines Wunsch war, dann würde er eben einen Weg finden müssen, mit seinem Unbehagen umzugehen.

»Ich brauche keine Hochzeit in London oder irgendetwas in der Art. Ich habe Alex gesagt, dass wir heiraten können, sobald er die

Lizenz bekommen hat. Er sagte, er wolle morgen den Erzbischof aufsuchen, um eine Spezialgenehmigung zu erhalten.«

»Wenn du eine lange Verlobungszeit und eine Hochzeit in London möchtest, dann sollst du das haben«, bot er ihr noch einmal an. Er ging davon aus, dass das der Traum aller jungen Damen war.

Sie blinzelte ihn an. »Das ist schon in Ordnung. Aber ich brauche das wirklich nicht.«

Er massierte langsam sein schmerzendes Bein und seufzte.

»Was ist los, Caroline? Was habe ich getan?«

»Nichts«, sagte sie ausweichend und vermied es, ihn anzusehen.

Er glaubte ihr keine Sekunde. Auf dem schrecklichen Stuhl, der nur noch als Feuerholz taugte, hielt er es nicht mehr aus. Er stand auf und ging zu ihrem geöffneten Kleiderschrank, um sich ihre Garderobe zu besehen. Es mochte unhöflich sein, anderer Leute Kleidung zu durchwühlen, aber man hatte ihn schon seit vielen Jahren nicht mehr mit einem Gentleman verwechselt. Seine anfängliche Irritation schlug in Zorn um, je länger er Carolines Ausstattung begutachtete. Wegen des Trauerjahrs für seinen Vater waren alle bis auf vier Kleider schwarz gefärbt, und Marcus entging nicht, dass diese vier Kleider ausgebleicht und mehrmals ausgebessert waren. Wenn sogar ihm das auffiel, dann waren sie wirklich in einem schlechten Zustand. Er seufzte wieder. Sie hatte nichts. Kein schönes Kleid, nichts Passendes für eine Hochzeit. Genau genommen besaß sie so gut wie nichts.

»Warum hast du mir denn nicht gesagt, dass du neue Kleider brauchst?«, fragte er freundlich. »Ich hätte nach Ablauf der Trauerzeit sofort welche in Auftrag gegeben, wenn ich gewusst hätte, dass du sie so dringend benötigst.«

Sie zuckte mit den Schultern.»Ich benötige wirklich nichts, Marcus.«

Er schnaubte.

»Natürlich brauchst du neue Kleider.« Er verschränkte die Arme vor der Brust. »Du heiratest bald. Was willst du denn auf deiner Hochzeit tragen? Alex mag ja seinen Gefallen an deiner Aufmachung finden, aber der Rest von uns sieht das sicher anders.«

Ihre Lippen verzogen sich zu einem Lächeln und ein glucksendes Lachen entwich ihrem Mund. Marcus lächelte sie ebenfalls an und lehnte sich gegen ihren erschreckend dünn bestückten Schrank.

»Caroline, dir steht alles hier auf Ridge Water zur Verfügung. Ich weiß, dass ich nicht immer der einfachste Mensch bin, aber ich hoffe, dass du immer zu mir kommen wirst, wenn du etwas brauchst.«

Sie wandte den Blick ab und starrte auf den Saum ihres Bettüberwurfs. Marcus war noch nie der Grund dafür gewesen, dass sie schweigend auf ein unbewegliches Objekt starrte, aber er hatte sie oft genug so gesehen, nachdem Olivia sie verletzt hatte, um zu wissen, dass Carolines Verstimmung ernsthaft war.

»Caroline, ich bin ein Mann. Emotionen sind nicht mein Ding. Sag mir doch bitte, was ich falsch gemacht habe, damit ich es wieder bereinigen kann. Ich habe ganz offensichtlich etwas getan, aber ich weiß nicht, was. Sag mir doch einfach, was los ist.«

Er ballte die Hände zu Fäusten und wartete auf ihre Antwort.

»Es ist nicht wichtig«, sagte sie schnell, ließ den Saum des Überwurfs los und warf ihm das künstlichste Lächeln zu, das er jemals gesehen hatte.

»Na gut, dann werde ich mich zurückziehen. Ach, und bevor ich gehe« – er blieb im Türrahmen stehen –, »ich denke, ich werde Alex die Bitte um deine Hand abschlagen. Bis du einundzwanzig bist, habe ich als dein Vormund das Recht dazu – und dein Geburtstag ist erst in sechs Monaten, wenn ich richtig orientiert bin?«

Sie riss die Augen weit auf.

»Warum?«, fragte sie, bevor ihre Stimme in Schluchzen überging. Ihr Leiden tat ihm in der Seele weh und er schämte sich – aber nach außen hin zuckte er nur so nonchalant wie möglich mit den Schultern.

»Wie du selbst sagst, du brauchst nichts. Warum sollte ich dir also erlauben, Alex zu heiraten? Wenn du einundzwanzig bist, kannst du deine eigenen Entscheidungen treffen und ihn von mir aus in Astley's Theater heiraten, während ein Mann auf einem

Pferd steht und die Flammen von fünf Kerzen in einem Kronleuchter ausschießt, den eine Dame auf dem Kopf balanciert. Aber bis es so weit ist, werde ich dir meine Erlaubnis verweigern.«

Sie wandte das Gesicht ab, aber er hatte dennoch sehen können, wie eine Träne aus ihrem Augenwinkel gekullert war.

»Ich verstehe.«

»Nun, Caroline, ich werde das alles zurücknehmen und euch heiraten lassen, wann immer du es wünschst, wenn du mir nur endlich sagst, was ich getan habe.«

Er hasste es, solche Frauenspielchen zu spielen, aber er hatte sie oft genug gespielt in seinem Leben. Zuerst mit Louise, dann mit Olivia und nun mit Caroline.

»Ich weiß nicht, wie ich es erklären soll.«

»Versuch es.«

»Ich dachte immer, du würdest mich mögen. Du hast meine Vergangenheit nie erwähnt, geschweige denn sie mir aufs Brot geschmiert wie deine Mutter und Olivia.« Mit der Spitze ihres Zeigefingers wischte sie ein paar Tränen weg, die sich in den Augenwinkeln gesammelt hatten und jederzeit bereit waren, ihr über die Wangen zu kullern. »Aber vor ein paar Tagen hast du gesagt, du würdest einer Heirat zwischen Olivia und Alex nie zustimmen, aber mir würdest du erlauben, ihn zu heiraten.«

Ihre Stimme zitterte stark und sie musste sich unterbrechen und heftig schlucken, um ihre Contenance zu bewahren.

Sie wickelte den vergoldeten Saum des Bettüberwurfs um ihre Finger und fuhr fort.

»Olivia hat mir immer deutlich zu verstehen gegeben, dass sie die Tochter eines Grafen und daher berechtigt ist, einen ihr ebenbürtigen oder gesellschaftlich höhergestellten Herrn zu heiraten. Meine Mutter war zwar die Tochter eines Grafen, aber sie verlor ihre gesellschaftlichen Privilegien, als sie einen Bürgerlichen heiratete.« Sie schüttelte den Kopf und räusperte sich. »Ein ums andere Mal hat Olivia mir gesagt, dass Alex wegen seines niedrigen Adelstitels nicht gut genug für sie ist. Ich weiß, dass er eines Tages Baron sein wird, aber für Olivia scheint das nicht zu zählen. Zumindest nicht bis vor ein paar Tagen. Und dann hast du mir praktisch das Gleiche wie sie gesagt. Olivia ist zu gut für Alex, aber für mich ist er gut genug.«

Marcus zwinkerte verwundert. Er erinnerte sich an die Unterhaltung mit Caroline am Morgen nach dem *Sternebeobachten*. Allerdings hatte seine Zustimmung zu der Verbindung nichts mit gesellschaftlichem Rang zu tun.

»Möchtest du Alex nicht heiraten?« Marcus hatte aufrichtig geglaubt, dass die beiden ein gutes Paar seien, aber er wollte sie nicht zwingen.

»Doch«, antwortete sie ruhig.

»Stört dich sein gesellschaftlicher Rang?« Er musste sie das fragen. Er musste es einfach wissen. Niemals hätte er Caroline für so oberflächlich gehalten, dass ihr Titel und gesellschaftlicher Rang etwas bedeuteten, doch was er gerade gehört hatte, gab ihm zu denken. Aber sie schüttelte den Kopf.

»Es ist mir völlig egal, dass er nur ein Mr Banks ist, der eines Tages einen Baronstitel erben wird. Aber du hast schon wieder nicht verstanden, worum es mir eigentlich geht.« Sie seufzte. »Vergiss einfach, dass ich überhaupt etwas gesagt habe.«

»Nein. Ich möchte, dass du mit mir sprichst.« Er suchte das Zimmer nach einer besseren Sitzgelegenheit ab. Langes Stehen war ihm beschwerlich, und er hatte das Gefühl, dass er noch eine Weile hier verbringen würde. Aber er sah nichts außer dem furchtbar unbequemen Stuhl von vorhin und fand sich wohl oder übel damit ab zu stehen.

»Am Fußende des Bettes steht eine Truhe«, murmelte Caroline und zeigte in die Richtung einer flauschigen Steppdecke. »Leg die Decke einfach aufs Bett. Glaub mir, diese Truhe ist weitaus bequemer als der Stuhl.«

»Jeder Fels wäre diesem Stuhl vorzuziehen«, brummte er und folgte ihrem Ratschlag.

»Besser?«

»Ja. Also, jetzt erzähl mir, was ich falsch gemacht habe«, sagte er und warf ihr ein kurzes Grinsen zu.

Sie stöhnte. »Marcus, ich habe Alex wirklich sehr gern. Ich würde ihn wahrscheinlich auch dann heiraten wollen, wenn er ein

Schornsteinfeger wäre. Es geht mir nicht darum, ob sein gesellschaftlicher Rang *ausreichend* ist. Es ging mir nur darum, dass ...« Sie biss sich auf die Lippe und ballte die Hände »Na ja, du hast gesagt, dass du einer Verbindung zwischen den beiden niemals zustimmen würdest, aber dass ich ihn heiraten dürfte, weil ich anders sei. Und auch wenn du niemals zuvor auf meine Vergangenheit angespielt hattest, so hast du es an jenem Tag getan, und das hat mich sehr verletzt. Es hat mich verletzt, weil er wegen seines geringen Adelstitels nicht gut genug für deine Schwester ist, aber für mich schon, weil ich gesellschaftlich unter ihr stehe.«

»Es geht also gar nicht um Alex' Rang, sondern darum, dass ich dir erlaube, ihn zu heiraten, und gesagt habe, dass ich Olivia nicht erlauben ...«

»Genau, weil ...«

Er hob seine Hand, um sie zum Schweigen zu bringen.

»Lass mich ausreden. Deshalb glaubst du, dass ich denke, dass Olivia zu gut für Alex ist, aber dass du wegen deiner Herkunft froh sein kannst, ihn heiraten zu dürfen?«

Caroline nickte bedrückt.

Marcus fuhr sich ratlos übers Gesicht und überlegte, wie er seine Erklärung formulieren sollte.

»Caroline, ich wollte dich nicht verletzen. Du hast mich da missverstanden. Alex und ich sind fast unsere ganze Kindheit und Jugend hindurch enge Freunde gewesen, und ich bin ihm gegenüber immer noch loyal, auch wenn du meine Cousine bist und Olivia meine Schwester ist. Meine unüberlegte Aussage bezog sich mehr auf ihn als auf dich oder sie.« Er rutschte auf der Truhe hin und her, konnte aber spüren, dass er die richtigen Worte fand. »Olivia würde ihn unglücklich machen. Die beiden haben überhaupt keine Gemeinsamkeiten. Aber du, du bist ihm ziemlich ähnlich. Deshalb würde ich einer Verbindung zwischen euch beiden zustimmen. Und nicht, weil ich denke, dass du weniger wert bist.«

»Du denkst nicht schlecht von mir, weil mein Vater ...«

»Genug gesagt«, unterbrach er sie. »Das interessiert mich alles überhaupt nicht. Ich fand es nie richtig, wenn Mutter oder Olivia darüber gesprochen haben, und auch für dich besteht kein Grund, die alten Geschichten aufzuwärmen. Lass die Vergangenheit Vergangenheit sein. Mach dich endlich davon frei, Caroline. Sieh in die Zukunft. Alex wird dir ein hervorragender Ehemann sein. Du wirst sehr glücklich mit ihm werden.«

»Und du bist mit einer baldigen Hochzeit einverstanden?«, fragte sie hoffnungsvoll.

»Jawohl. Wenn das dein Wunsch ist.«

»Das ist es. Es gibt keinen Grund, zu warten. Sein Vater ist sehr krank«, sagte sie traurig. Aber schon eine Sekunde später fing sie an, spitzbübisch zu grinsen. »Außerdem haben wir kaum Freunde, die wir einladen könnten.«

Marcus brach in ein raues, bellendes Lachen aus. »Du hast vor, Patrick einzuladen, nicht wahr?«

Caroline machte große Augen vor Überraschung und Marcus musste sich ein Grinsen verkneifen. Patrick Ramsey, Lord Drakely, lebte ungefähr so zurückgezogen wie Marcus. Das war ein Grund dafür, warum die beiden Männer sich seit jeher so prächtig verstanden.

»Er hat drei junge Töchter, erinnerst du dich? Sie würden sicher liebend gern auf eine Hochzeitsfeier gehen«, legte er ihr nahe, ohne genau zu wissen, warum er unbedingt wollte, dass sie Patrick auf ihre Hochzeit einlud.

»Natürlich würden sie das. Aber ob das auch für Drake gilt?«

Da hatte sie recht. Patrick – oder Drake, als der er gemeinhin bekannt war – würde sich nur ungern in der Öffentlichkeit zeigen wollen.

»Vielleicht nicht, aber es schadet ja nicht, ihn zu fragen.«

»Nein, schaden wird es nicht.«

Kapitel 16

Die Hochzeitsgesellschaft war klein. Trotzdem herrschte große Hektik. Wegen des schlechten Gesundheitszustandes von Alex' Vater musste die Feier auf Watson Estate stattfinden, was für Brooke eine Herausforderung darstellte. Denn Andrew war dagegen, dass sie im fortgeschrittenen Stadium ihrer Schwangerschaft noch verreiste. Aber Brooke hatte nun einmal ihren eigenen Kopf, und die beiden einigten sich auf einen Kompromiss, der darin bestand, dass sie ganze vier Stunden in sehr langsamem Tempo unterwegs waren. Als sie auf Watson Estate eintrafen – ihr erstgeborenes Kind hatten sie auch dabei –, blieben ihnen gerade fünfzehn Minuten Zeit bis zur Trauung.

Aber das war noch längst nicht alles.

Pauls und Libertys Kutsche fuhr nur wenige Minuten später vor. Sobald sich die Tür geöffnet hatte, sprang Paul heraus und lieh sich bei den Anwesenden so gut es ging eine neue Anzugsgarnitur zusammen. Ganz offensichtlich hatte sich Pauls und Libertys kleiner Sohn noch nicht an das Reisen gewöhnt, und Paul versicherte allen, dass seine Frau ihn umbringen würde, wenn er auch nur vorschlug, die Trauung in seiner nicht mehr sauberen Reisegarderobe zu vollziehen.

Der Herzog und die Herzogin trafen noch etwas später ein und konnten sehen, wie Pauls Kutscher gerade die Passagierkabine reinigte.

Benjamin half seiner ebenfalls hochschwangeren Frau ins Haus, wo sie sich auf einem Sofa im Salon niederließ. Doch anstatt sich von den Strapazen der Reise zu erholen, begann sie ein Wortgefecht mit Benjamin, wie Alex von draußen mithören konnte. Es war kein wirklich ernsthafter Streit, lediglich das übliche Geplänkel der beiden, und als es auf einmal still wurde, linste Alex durch ein Fenster in den Salon. Er konnte sehen, wie Madison ihre Schuhe abstreifte, ihre Füße über die Sofalehne legte und die Arme verschränkte.

Kurz danach sah er, wie Benjamin aus dem Haus lief, um dem Kutscher Anweisungen zu geben. Dabei brummelte er unüberhörbar, dass er dieses verdammte Weib immer lieben würde, egal wie sehr es ihn in den Wahnsinn trieb. Alex wollte gar nicht wissen, um was es da genau gegangen war. Er war ohnehin viel zu sehr damit beschäftigt, auf Marcus und Caroline zu warten, und wurde mit jeder Minute, die ins Land zog, nervöser.

Unablässig sah er auf seine Taschenuhr. In weniger als zehn Minuten sollte die Trauung beginnen, und von seiner Braut war weit und breit nichts zu sehen.

Um zu vermeiden, dass seine Gäste seine Unruhe bemerkten, seilte er sich etwas ab, um seine Nerven zu beruhigen, und ging auf der Auffahrt hin und her. Was würde er machen, wenn sie nicht erschien? Sein Herz schlug automatisch schneller. Hatte sie es sich anders überlegt? Nachdem er die Sondergenehmigung für die Hochzeit erhalten hatte, hatte er seine Familie unterrichtet und Caroline aufgesucht, um die Einzelheiten zu besprechen. Aber als er auf Ridge Water eintraf, war sie gerade nicht anwesend. Marcus ließ ihn wissen, dass sie ausgegangen sei, und so hatte er mit seinem Freund Tag und Uhrzeit der Hochzeit festgelegt. Er trat gegen einen losen Stein.

»Verflucht«, murmelte er aufgebracht und trat gegen einen weiteren Stein. »Ich hätte auf sie warten sollen. Ich hätte das alles mit ihr regeln sollen.« Er raufte sich die Haare und setzte sich auf einen Felsen. Dann hätte er wenigstens gleich gewusst, dass sie ihre Meinung geändert hatte, und hätte sich die peinliche Qual ersparen können, vor dem Altar versetzt zu werden.

Er schluckte heftig und stand wieder auf, um zurück zum Haus zu gehen. Auf dem Weg stieß er beinah mit Marcus zusammen.

Als er Marcus' Gesichtsausdruck sah, steigerte sich sein dumpfes Unbehagen zu blankem Entsetzen.

»Sie kommt nicht, oder?«, fragte er mit zitternder Stimme.

Marcus schüttelte den Kopf.

»Doch, sie kommt. Sie wurde nur ... aufgehalten.«

»Wo ist sie?«, fragte Alex knapp und wollte an Marcus vorbeistürmen.

Aber als er die Sinclair-Kutsche in der Nähe des Dienstboteneingangs geparkt sah, blieb er wie angewurzelt stehen. Er öffnete schon den Mund, um zu fragen, was genau das alles zu bedeuten hatte, als er eine weibliche Gestalt aus der Kutsche springen sah. Die Frau war in ein fürchterliches Nachthemd gekleidet und rannte die drei Meter bis zum Dienstboteneingang, durch den sie ins Haus verschwand. Caroline.

»Frag nicht!«, bellte Marcus hinter ihm, aber Alex hörte nicht auf ihn.

»Was soll das?« Er wirbelte herum und blickte seinem Freund angriffslustig ins Gesicht. Mit dem Daumen deutete er in die Richtung, in der er Caroline gerade gesehen hatte.

Marcus knirschte so laut mit den Zähnen, dass es nicht zu überhören war.

»Olivia. Die vergangene Woche mit den beiden zusammen unter einem Dach war eine Katastrophe«, murmelte Marcus und lehnte sich ermattet gegen einen Baumstamm. »Alex, ich werde dir jetzt etwas über Caroline verraten, das du wissen solltest. Ich kann dir nicht sagen, wie du damit umgehen sollst, weil ich es selber nicht weiß, aber du solltest es trotzdem wissen.«

Alex konnte vor lauter Anspannung nur wortlos nicken.

»Sie wird keinen verdammten Muckser machen, wenn etwas nicht in Ordnung ist.« Marcus versenkte seine zu Fäusten geballten Hände in den Hosentaschen. »Am Abend deines Hochzeitsantrages ging ich in ihr Zimmer und stellte fest, dass sie kein einziges anständiges Kleid besaß. Nichts für den Alltagsgebrauch, und erst recht nichts Passendes für eine Hochzeit. Am darauffolgenden Tag gab ich eine komplett neue Garderobe für sie in Auftrag. Nun hör schon auf, so finster dreinzublicken. Ich weiß ja, dass du die Mittel zur Verfügung hast, ihr die feinsten Kleider zu kaufen, aber als ihr Cousin und Vormund war das meine Aufgabe gewesen, und ich habe meine Verantwortung vernachlässigt. Auf keinen Fall absichtlich. Sie hat mir nur nie etwas gesagt, und mir war der erbarmungswürdige Zustand ihrer Kleidung während der letzten Wochen einfach nicht aufgefallen.«

»In Ordnung«, sagte Alex, obwohl er nicht wusste, was er mit der gerade erhaltenen Information anfangen sollte. Wütend zog er die Augenbrauen zusammen.

»Ich nehme an, dass die Tatsache, dass sie zu ihrer eigenen Hochzeit beinah zu spät erscheint, obendrein in einem zerschlissenen Nachthemd, damit zusammenhängt?«

»Nein«, entgegnete Marcus ebenso wütend. »Ich habe fast dreißig Pfund gezahlt, um ihr ein reizendes Kleid für den heutigen Tag anfertigen zu lassen. Das Kleid wurde gestern Nachmittag geliefert. Caroline war hingerissen. Dafür, dass sie ein so schönes Kleid in so kurzer Zeit genäht hat, war diese Schneiderin wirklich jeden einzelnen Schilling wert.« Er schüttelte den Kopf. »Aber das ist nicht mehr von Belang. Gestern Abend erschien Caroline nicht zum Abendessen. Ich ging davon aus, dass sie schlicht zu aufgeregt war, und sah erst kurz vor dem Zubettgehen nach ihr. Caroline saß auf ihrem Zimmer und ich sah, dass sie in einem wahnsinnigen Tempo den Stoff ihres Hochzeitskleids mit Nadel und Faden bearbeitete. Zuerst dachte ich, sie machte eine Änderung, aber als ich näher trat, musste ich erkennen, dass sie versuchte, das Kleid zu reparieren. Es war völlig zerstört.«

Er atmete tief aus und begutachtete eingehend den Baum, an dessen Stamm er lehnte. Sein Kiefer war so verspannt, dass Alex sich insgeheim fragte, ob Marcus während des Hochzeitsmahls überhaupt in der Lage sein würde, zu kauen.

»Es stellte sich heraus, dass Olivia das Kleid mit einer Schere bearbeitet hatte, und Caroline hatte das Abendessen ausfallen lassen, weil sie seit über fünf Stunden versuchte, das Kleid zu retten.«

Alle Luft wich schlagartig aus Alex' Lungen. Er wusste, dass Olivia gemein genug war, um vor keiner noch so miesen Schandtat zurückzuschrecken, daher überraschte ihn die Information nicht sonderlich. Nein, die Luft wich ihm aus den Lungen, weil er Carolines Schmerz und Traurigkeit nachempfinden konnte. Er war zwar keine Frau, und er würde verdammt noch mal niemals vorgeben, das schöne Geschlecht auch nur ansatzweise zu verstehen, aber selbst er konnte nachvollziehen, dass diese Erfahrung zutiefst verletzend gewesen sein musste.

»Bewahre Ruhe, Alex«, riet ihm Marcus. »Ich kann den Dampf, der dir aus den Ohren herauskommt, förmlich sehen. Olivia hat ihr Fett weggekriegt, und zwei meiner besten Hausangestellten bewachen sie heute und stellen sicher, dass sie bleibt, wo sie hingehört, und Ridge Water den ganzen Tag über nicht verlässt. Ich habe dir das alles nur erzählt, damit du dir über zwei Dinge im Klaren bist. Erstens: Caroline wollte heute hier sein. Sie wollte es so unbedingt, dass sie fast den ganzen Abend und die ganze Nacht damit zugebracht hat, ihr Hochzeitskleid zu flicken. Und sie ist sogar hier erschienen, wenn auch in einem Nachthemd, das schon seit vielen Jahren nur noch als Putzlappen taugt. Ich bin kein Hellseher, und Frauen habe ich nie besonders gut verstanden, aber eines ist sicher: Sie will dich heiraten, Alex. Das bringt mich zu meinem zweiten Punkt. Bitte sei gut zu ihr. Ich muss leider zugeben, dass meine Familie sie nicht immer richtig behandelt hat. Ich habe es versucht, wusste aber lange nicht, wie ich es anstellen sollte, und befürchte, dass ich zu spät damit angefangen habe und es ohnehin zu wenig war. Ich sage dir das, um dir die Möglichkeit zu geben, ihre Bedürfnisse und Wünsche besser zu erkennen und zu erfüllen.«

Er stieß mit der Stiefelspitze in die weiche Erde und knetete mit Daumen und Zeigefinger an seinen Lippen.

»Alex, Caroline hat kein leichtes Leben gehabt, aber sie hat es sich angewöhnt, aus jeder Situation das Beste machen zu wollen. Sie wird dir nie geradeheraus sagen, wenn etwas nicht stimmt. Als ihr Ehemann bist du deshalb wirklich nicht zu beneiden. Aber so ist es nun einmal. Du musst Caroline lange fragen und drängen, bis sie zulassen wird, dass du für sie sorgst. Sie wird dir nie freiwillig sagen, was ihr fehlt.« Er unterbrach sich und klopfte mit einem Finger ans Kinn. »Komisch ... Sie hat dir allerdings anvertraut, dass sie auf mich wütend war.«

Er zog die Überbleibsel seiner versengten Augenbrauen eng zusammen und starrte nachdenklich ins Leere.

»Das«, sagte Alex, »lag nur daran, dass ich sie in Verlegenheit gebracht habe, als ich ihr sagte, dass ich annehmen würde, dass sie die für Frauen emotional schwierige Zeit eines jeden Monats durchmachte.« Einerseits war Alex hocherfreut, dass sie ihn so unbedingt heiraten wollte, andererseits wusste er nicht, was er als Nächstes tun sollte. Er wollte sie ebenfalls heute heiraten, aber er wollte sie nicht blamieren, indem er zuließ, dass sie in diesem zerfetzten Lumpen vor den Altar trat.

»Ich danke dir für deine Offenheit, Marcus. Ich muss mit Caroline sprechen, bevor irgendjemand anderes sie zu Gesicht bekommt. Möchtest du mit mir kommen?«

»Nein, besten Dank. Ich werde hier auf das Zeichen warten.«

»Das Zeichen?«

»Sobald Emma sich auf ihren Platz begibt, weiß ich, dass es an der Zeit ist, Caroline abzuholen.« Er verlagerte sein Gewicht von seinem verletzten auf das gesunde Bein.

Alex blickte missbilligend drein.

»Du brauchst dich nicht zu verstecken, Marcus. Niemand hier wird so unhöflich sein und einen Kommentar über dich fallen lassen, weder zu dir oder hinter deinem Rücken. Außerdem ist über jeden hier ausreichend gelästert worden.«

Marcus musste schlucken. »Du hast recht. Es war sehr beleidigend von mir, das Gegenteil auch nur anzudeuten. Vielleicht werde ich deinem Vater drüben im Schatten Gesellschaft leisten, bis Caroline bereit ist, zum Altar geführt zu werden.«

»Ich befürchte, dass das heute nicht stattfinden wird«, sagte Alex unangenehm berührt. »Heute wird es keine Hochzeit geben. Ich werde Caroline nicht der Peinlichkeit aussetzen, wie ein Küchenmädchen vor den Traualtar treten zu müssen. Und es geht nicht darum, dass meiner Familie das etwas ausmachen würde. Die würden wahrscheinlich nicht einmal mit einer einzigen Wimper zucken, um ehrlich zu sein. Aber heute geht es um Caroline, und sie hat etwas Besseres verdient. Die Gäste müssen eben warten, bis die Braut fertig ist.«

»Das wird nicht nötig sein«, sagte Marcus und zeigte mit dem Kinn in die Richtung, aus der ein einzelner Reiter in halsbrecherischem Tempo auf das Haus zugaloppierte, ein großes, in braunes Papier eingewickeltes Paket im Schoß. »Ich habe noch um Mitternacht eine Botschaft zusammen mit dem zerstörten Kleid und zusätzlichen fünfzig Pfund losgeschickt – und Carolines Kleid ist gerade rechtzeitig fertig.«

Ein Grinsen breitete sich auf Alex' Gesicht aus.

»Vielen Dank.«

Seit dem Tag, an dem er Caroline den Antrag gemacht hatte, hatte er schon mehrmals festgestellt, dass er sich nicht deshalb auf die Hochzeit freute, weil er dadurch der Ehe mit Olivia entging, sondern weil er Caroline aus ganzem Herzen zur Frau nehmen wollte. Aber selbst wenn er ewig darauf bestehen würde, sie auch in den Lumpen, die sie Nachthemd nannte, geheiratet zu haben – das hätte er ihr nicht antun können.

»Du solltest deinen Gästen vielleicht Bescheid sagen, dass sich die Trauung noch etwas verzögert«, schlug Marcus Alex vor und entfernte sich von dem Baumstamm.

»Da hast du recht.« Alex setzte sich in Bewegung und verkündete, dass leider ein kleines Malheur mit Carolines Hochzeitskleid passiert war. Er führte nicht weiter aus, worum es sich bei dem Malheur genau gehandelt und *wer* es verursacht hatte, aber seine Verwandten waren nicht schwer von Begriff und konnten sich den Rest zusammenreimen. Dann ließ er die versammelte Hochzeitsgesellschaft noch wissen, dass die Trauung stattfinden würde, sobald Caroline sich umgezogen hatte.

Noch bevor man ihn mit Fragen bombardieren konnte, setzte er sich hin, nahm seine geballten Fäuste aus den Hosentaschen und atmete tief ein.

In der Reihe hinter ihm saßen Andrew, Brooke, Madison und Benjamin und tauschten sich über Namen für ihre ungeborenen Kinder aus. Alex musste sich zusammenreißen um nicht loszuprusten, als Benjamin vorschlug, Andrew und Brooke sollten ihren Sohn nach ihm, dem Herzog, nennen, aus Dankbarkeit dafür, dass er die beiden zusammengebracht hatte. Noch absurder war allerdings Andrews Vorschlag, dass Madison und Benjamin ihren Sohn Andrew nennen sollten, weil er entscheidend zu ihrer Vermählung und ihrem anhaltenden Glück beigetragen hatte.

Über dieses Quartett konnte Alex nur den Kopf schütteln. Er nahm an, dass Andrew und Benjamin nur deshalb miteinander auskamen, weil sie beide ihre Frauen liebten, die nun einmal Schwestern waren. Es war offensichtlich, dass die beiden es noch immer nicht lassen konnten, sich gegenseitig, wenn auch harmlos, zu foppen.

»Was ist mit dir, Alex?«, fragte Andrew. »Solltet du und Caroline einen Sohn haben, wie wollt ihr ihn dann nennen?«

Alex saß stocksteif vor lauter Überraschung. Seine Augen weiteten sich. Er hatte bislang nicht über den Tag der Hochzeit hinaus gedacht. Vielleicht gerade noch an die Hochzeitsnacht. Welcher Mann würde nicht daran denken? An Kinder hatte er allerdings bislang keinen Gedanken verschwendet.

Er drehte sich um und blickte seine vier Verwandten an.

»Wenn ich mir so die Ratschläge anhöre, die ihr euch gerade gegeben habt, dann werde ich meinen Sohn wohl Marcus nennen«, antwortete er trocken.

»Marcus?« Andrew zog eine Augenbraue nach oben. »Und warum nicht Andrew?«

Alex zuckte mit den Schultern. »Wie gesagt, wenn mein Sohn den Namen des Mannes tragen soll, der den größten Anteil am Zustandekommen meiner Ehe mit Caroline hat, dann wird er Marcus heißen.«

»Und was ist mit meinen Ratschlägen?«, fragte Andrew und zwinkerte ihm zu. Aber Alex starrte ihn nur ausdruckslos an.

»Deine Ratschläge waren ziemlich vage. Du hast nur gesagt, ich solle sie in die Orangerie führen und den Rest den Instinkten überlassen.«

Brooke stieß einen unterdrückten, spitzen Schrei aus und ihre Augen wurden so rund wie ein Pall-Mall-Spielball. Madison und Benjamin bogen sich vor Lachen, aber Andrew zuckte nur ungerührt mit den Schultern.

»Hattest du wirklich erwartet, ich würde dir mehr Einzelheiten geben?«, fragte er und handelte sich sofort einen Schubser von seiner Frau ein. Er verdrehte theatralisch die Augen. »Vielleicht hätte ich dir raten sollen, sie in deine kleine Sternwarte einzuladen.«

»Andrew Black, hör sofort auf«, quietschte Brooke. Ihr Gesicht war schon purpurrot angelaufen.

»Andrew, gibt es auch nur eine einzige Stelle auf meinem Anwesen, an der du nicht versucht hast, meine Cousine zu verführen?«, fragte Alex unwirsch.

»Hmm ...« Andrew blickte auf das hochrote Gesicht seiner Frau und dann wieder zu Alex. »Vielleicht ihr Zimmer.«

»Nun, das ist beruhigend zu wissen. Wenigstens hast du den einzigen Ort mit einer weichen, einladenden Fläche gemieden«, versetzte Alex.

»Natürlich abgesehen von dem dicken grünen Grasteppich während des Picknicks«, ergänzte Madison.

Alex knirschte mit den Zähnen, und Brooke warf ihrer Schwester einen Blick zu, den Alex nicht verstand, aber er konnte sie murmeln hören: »Wart ab, ob ich dir jemals wieder etwas anvertraue.« Dann sah sie streng zu ihrem glucksenden Ehemann hinüber.

Alex hörte nicht mehr, was Madison erwiderte. Er hatte das Interesse an dem Geplänkel verloren, denn Caroline trat in diesem Moment aus dem Haus und zog seine ganze Aufmerksamkeit in ihren Bann.

Sie trug ein sehr elegantes graues Kleid, das mit glänzenden Silberfäden durchsetzt war, die sich bis zum Rocksaum und den Ärmelbündchen zogen. Das Kleid war so lang und bauschig, dass es selbst beim Gehen ihre Schuhe verdeckte, und das Mieder war mit unzähligen Pailletten und Perlen bestickt, die ebenfalls die Bündchen zierten. Sie war eine traumhafte Erscheinung, wie sie sich da eng an Marcus' Arm festhielt und über den Rasen schritt. Marcus war ganz in festlichem Schwarz gekleidet und trug einen Zylinder, der gute fünfundvierzig Zentimeter hoch war.

Alex nahm seinen Platz unter dem kleinen umrankten Spalier ein, wo sowohl sein Trauzeuge Andrew als auch Paul schon warteten. Emma Green trug ein himmelblaues Kleid und bezog gegenüber den beiden Männern Position. Sie strahlte wie ein Honigkuchenpferd.

Langsam führte Marcus Caroline zu Alex. Als er ihm ihre Hand übergab, zwinkerte er ihm verschwörerisch zu.

Alex nickte. Die nächsten Minuten nahm er nur verschwommen war. Wie ferngesteuert leierte er seinen Hochzeitsschwur herunter und hörte ihren nur wie aus weiter Ferne. Als Paul sie endlich zu Mann und Frau erklärte, konnte er nicht mehr an sich halten. Er legte seine Hände um ihr Gesicht und hob sanft ihr Kinn. Dann beugte er sich zu ihr herunter und nahm von ihren Lippen Besitz. Er gab ihr nicht einmal die Gelegenheit, ihm nur einen kurzen, keuschen Kuss zu schenken.

Das mochte eine öffentliche Hochzeitsfeier sein, und er wusste selbstverständlich, dass er das nicht vergessen durfte. Aber das hinderte ihn nicht daran, ihre Lippen mit seinen verschmelzen zu lassen. Bevor er von ihrem süßen Mund abließ, saugte er sich an ihrer Unterlippe fest und fuhr zärtlich mit der Zungenspitze darüber. Voller Stolz beobachtete er, wie sie hingerissen ihre Finger an ihre roten, vom Küssen ganz geschwollenen Lippen legte, und bedeckte ihre Hand mit seiner. Als Mr und Mrs Alexander Banks wandten sie sich schließlich ihren applaudierenden Gästen zu.

Danach begab man sich zu Tisch und nahm ein Mahl ein, das sowohl als spätes Frühstück als auch als frühes Mittagessen diente. Alex konnte nicht aufhören zu lächeln. Insgeheim gratulierte er sich zum wiederholten Male dazu, die perfekte Braut gefunden zu haben. Caroline stocherte nicht nur in ihrem Essen, wie er es bei vielen anderen Bräuten beobachtet hatte. Sie war wirklich etwas

Besonderes. Keine angespannten Nerven am Tag ihrer Hochzeit, sondern ein gesunder Appetit.

»Wollen wir tanzen?«, fragte seine Mutter und sprang von dem Stuhl neben seinem Vater auf.

Kummer erfasste Alex' Herz. Wahrscheinlich war das die letzte Gelegenheit für seine Eltern, gemeinsam zu tanzen. Das konnte er ihnen nicht abschlagen. Ihre Ehe mochte arrangiert gewesen sein, aber weder seine Mutter noch sein Vater waren ihm jemals unglücklich vorgekommen. Er war sich sicher, dass sich im Lauf der vielen Jahre eine tiefe Liebe zwischen den beiden entwickelt hatte. Er sah zu Caroline. Er hoffte, dass auch ihnen ein solches Glück beschieden sein würde.

»Bist du einverstanden?«, fragte er Caroline ruhig. Er wusste ja, dass es ihr wahrscheinlich unangenehm war, da sie nicht tanzen konnte. Aber sie lächelte ihn nur an.

»Ich habe schon einmal mit Ihnen getanzt, Mr Banks. Wenn ich mich recht entsinne, lief das ziemlich gut. Ich bin gespannt, was diesmal passieren wird.« Ihr Lächeln wurde noch etwas breiter, und ihre Augen funkelten mit einer Begeisterung, die er nicht zuordnen konnte.

»Auf denn, es wird getanzt«, sagte Alex seiner Mutter und beobachte mit stillem Vergnügen, wie seine Tante so schnell auf die Füße sprang, dass man meinen konnte, ihr Rock habe Feuer gefangen. Die beiden Frauen machten sich auf, um ein paar der Hausangestellten aufzutreiben, von denen sie wussten, dass sie passable Musikanten waren.

Kurz darauf begab sich die kleine Hochzeitsgesellschaft zum Tanzen in den Salon. Mit der Entschuldigung, gleich wiederzukommen, ließ Caroline Alex' Arm auf einmal los und verschwand.

Als sie zurückkam, wurde sie von einem Herrn begleitet, den Alex an diesem Tag zum ersten Mal in seinem Leben gesehen hatte. Er schien ungefähr im gleichen Alter zu sein wie Alex und war ebenso groß wie er. Sein Haar war sehr dunkel, und seine Gesichtszüge schienen aus Stein gemeißelt. Der Mann war Alex aufgefallen, als er die Gäste über die leichte Verzögerung der Trauung informiert hatte. Es musste sich um jenen Mann handeln, den Marcus ihm gegenüber im Vorfeld der Feierlichkeiten als einen Gast erwähnt hatte, den er gerne einladen würde. Drei kleine Mädchen wirbelten ständig um ihn herum oder saßen auf seinem Schoß, wahrscheinlich seine Töchter. Allerdings schien er ohne Ehefrau gekommen zu sein.

»Alex, ich möchte dir Lord Drakely vorstellen. Seit ich mich erinnern kann, ist er der beste Freund von Marcus.« Sie wandte sich an ihren Begleiter. »Ihr habt euch am Tag des Unfalls kennengelernt, nicht wahr?«

Lord Drakely nickte. »Ja. Ich habe damals sein Pferd eingefangen.«

»Genau«, sagte Caroline. Ein schiefes Grinsen strich über ihre Lippen. »Marcus scherzt gerne, dass er und Drake nur deshalb Freunde geworden sind, weil Drake an ihm gehangen hat wie eine Klette, egal, was Marcus getan oder gesagt hat, um ihn zu vertreiben.«

Alex nickte knapp und zwang seine Lippen zu einem spröden Lächeln, obwohl er sich innerlich so sehr schämte, dass seine Handflächen schweißnass wurden. Caroline hatte mit ihrer Bemerkung Lord Drakely lediglich liebevoll auf den Arm nehmen wollen, aber jedes ihre Worte hatte Alex einen Schlag in die Magengrube versetzt. Er hatte Marcus im Stich gelassen, als sein Freund ihn dringend gebraucht hatte. Sicher, Marcus hatte damals allen auf barsche Weise befohlen, ihn in Ruhe zu lassen, aber Alex erkannte jetzt, dass sein Freund eigentlich jemanden gebraucht hätte, der sich um ihn kümmerte. Er fuhr sich mit einer feuchten Hand durch die Haare und zog fest an den Strähnen. Er hatte es sich einfach gemacht, indem er Marcus' Bitte ohne Weiteres nachgekommen war. Das hätte er nicht tun dürfen. Aber er hatte es getan, und das war einer seiner größten Fehler überhaupt gewesen. Aber das musste ja nicht heißen, dass er sich nicht ernsthaft darum bemühen konnte, ihre Freundschaft neu zu festigen. Vielleicht sollte er Marcus öfter besuchen und ...

»Und die drei kleinen Mädchen hier sind seine Töchter«, fuhr Caroline fort und holte Alex wieder aus seinen tiefen Gedanken.

Alex begrüßte Lord Drakely und seine Töchter und wollte schon nach der Frau und Mutter fragen, als Carolines dezentes Husten ihn davon abhielt.

»Du gehst voran, mein Sohn!«, rief just in dem Moment Lord Watson, und Alex bot Caroline seinen Arm. Gemeinsam führten sie die kleine Parade in den Salon an.

»Wo ist seine Frau?«, fragte Alex flüsternd. Er konnte seine Neugier nicht länger unterdrücken.

»Sie ist vor ungefähr vier Jahren bei der Geburt der jüngsten Tochter gestorben«, erklärte Caroline ausdruckslos.

»Oh, das tut mir leid. Kanntest du sie gut?«

Bei dieser Frage kam Caroline ganz leicht aus dem Tritt. »Nein. Ich kannte sie kaum.«

Im Salon warteten bereits die Musikanten mit ihren Instrumenten, zu denen sowohl eine antik aussehende Geige als auch zwei mit der Rückseite zusammengebundene Löffel gehörten.

»Wollen wir?«, fragte Alex und führte sie auf die Mitte der Tanzfläche, wo sie sich wie nur wenige Tage zuvor seinen Armen anvertraut hatte.

»Alles in Ordnung, Caroline. Lass dich einfach von mir führen«, murmelte Alex ihr ins Ohr, und Carolines Füße folgten seinen.

Nach dem ersten Stück gesellten sich weitere Paare auf die Tanzfläche, darunter auch seine Eltern.

Alex sah über Carolines Kopf hinweg und beobachtete seinen Vater und seine Mutter, wie sie sich eng umschlungen im Takt der Musik wiegten und nur Augen füreinander hatten.

Onkel John hingegen wirbelte seine Frau so leidenschaftlich über die Tanzfläche, dass sie einen spitzen Schrei ausstieß, weil sie beinah mit Liberty und Paul zusammengestoßen wäre, woraufhin beide Frauen in herzhaftes Gelächter ausbrachen.

Sowohl Andrew und Brooke als auch Benjamin und Madison hatten sich jeweils in eine stille Ecke zurückgezogen, wo sie ungestört tanzen konnten.

Gedankenverloren zog Alex Caroline näher an sich heran. Ihr weicher Körper fühlte sich einfach hinreißend an.

»Alex«, flüsterte Caroline.

»Ja?«

Sie bewunderte kurz seine schneeweiße Krawatte, die von einer mit Smaragden besetzten Krawattennadel im Zaum gehalten wurde, bevor sie ihn mit einem ebenfalls hinreißenden Augenaufschlag ansah.

»Würdest du bitte mit Emma tanzen?«

Er erstarrte.

»Mache ich etwas falsch? Fühlst du dich nicht wohl?«

»Nein, nein, überhaupt nicht.« Sie streichelte ihm beruhigend über den Rücken, biss sich kurz auf die Lippen und blickte dann schnell über ihre Schulter hinweg in den Saal.

»Wenn du sie nicht fragst, wird sie überhaupt nicht zum Tanzen kommen. Marcus kann wegen seines Beins nicht gut tanzen. Drake tanzt nie. Und was deinen Freund Andrew angeht ...« Sie zuckte mit den Schultern. »Er hat offenbar vergessen, dass es die Pflicht des Trauzeugen ist, die Trauzeugin wenigstens einmal aufzufordern.«

Sie steckte sich eine ungebändigte Haarlocke hinters Ohr.

»Ich möchte ihn jedenfalls nicht darauf aufmerksam machen wollen. Er sieht einfach zu glücklich aus, wie er da mit seiner Frau tanzt. Deshalb bitte ich dich, mit ihr zu tanzen.«

Alex sah zu Emma Green hinüber. Sie saß neben Marcus und Lord Drakely. Die drei schienen in kein Gespräch vertieft, sondern sahen schweigend den tanzenden Paaren und Drakelys Töchtern zu.

»Selbstverständlich. Sobald dieser Tanz vorbei ist, werde ich sie auffordern. In Ordnung?«

»Natürlich. Vielen Dank.«

Die Musik verstummte und Alex tat, wie er versprochen hatte.

»Ms Green, würden Sie mir die Ehre für den nächsten Tanz erweisen?«

»Aber das kann ich unmöglich. Sie sind der Bräutigam!«

»Jawohl, das bin ich, und als dieser bestehe ich darauf, mit der zweitschönsten Frau des heutigen Tages zu tanzen.«

Er verstummte und sah verlegen zur Seite. Das war nun wirklich nicht das charmanteste Kompliment, aber wie hätte er sie die schönste Frau des Tages nennen können, wenn sie es in seinen Augen nun einmal nicht war?

Sie lachte. »Sehr wohl, Mr Banks. Ich bin in keinster Weise beleidigt und würde sehr gern mit Ihnen tanzen.«

Ms Green war eine ausgezeichnete Tänzerin. Sie tanzte weitaus anmutiger und selbstbewusster als Caroline. Alex sah zu seiner Frau hinüber, die sich dem Anschein nach angeregt mit Marcus und Lord Drakely unterhielt. Eine der Drakely-Töchter kletterte auf ihren Schoß und befühlte bewundernd die Pailletten und Perlen von Carolines Kleid. Caroline würde sicher eine gute Mutter abgeben, dachte Alex, als er sie und das Mädchen beobachtete. Sie ging so natürlich und offen mit den Kindern um.

»Ihre Kinder werden es sehr gut haben«, sagte Ms Green.

»Vielen Dank«, sagte er und nickte, noch immer leicht überrumpelt. »Sie hat einfach eine besondere Art an sich, nicht wahr?«

»Das hat sie. Schon immer gehabt. Sie zwei können sich sehr glücklich schätzen, dass Sie einander gefunden haben.«

»Noch einmal, vielen Dank. Aber die Lorbeeren stehen Marcus zu. Er hat mich darauf aufmerksam gemacht, wie gut wir zueinanderpassen würden«, gab er zu, ohne über die Rolle seines Vaters auch nur nachdenken zu wollen.

»Tatsächlich?« Vor lauter Überraschung kam Emma fast aus dem Takt. »Verzeihung. Es hat mich einfach nur verwundert zu hören, dass Marcus seine Finger im Spiel hatte.«

Alex musste kichern. »Ich weiß, das klingt überraschend. Mir ging es ähnlich – und nicht etwa, weil sein Vorschlag so schockierend war, sondern die Tatsache, dass er überhaupt auf den Gedanken gekommen war.«

»Wer hätte gedacht, dass er so romantisch sein kann?«, murmelte Emma.

»Man sieht es ihm nicht an, nicht wahr?«

»Nein«, gab sie ihm recht und blickte hinüber zu Marcus. »Nicht, wenn man ihn oberflächlich einschätzt.«

Der Tanz war vorbei, und Alex führte sie zurück zu ihrem Stuhl. Sie war die bessere Tänzerin, aber Caroline war seine Frau, und mit ihr wollte er über die Tanzfläche wirbeln.

Allerdings sah es nicht danach aus, dass das so schnell der Fall sein würde. »Tanz mit mir! Tanz mit mir!«, quengelten die drei Mädchen und zerrten an seinen Hosenbeinen.

Caroline bedeutete ihm mit einer Geste, dass er jedes der Mädchen wenigstens einmal über die Tanzfläche führen sollte.

Marcus kicherte und zwinkerte ihm zu. Drake blickte auf seine drei Mädchen, sagte aber nichts.

Die beiden älteren Mädchen griffen jeweils nach einer von Alex' Händen, und die Kleinste umarmte eines seiner Beine.

»Also gut«, resignierte er. »Aber eine nach der anderen. Ich bin nicht so talentiert wie euer Vater oder wie Caroline. Ich kann nicht mit euch allen gleichzeitig tanzen.«

Mit einer jungen Tänzerin nach der anderen drehte er jeweils eine Runde übers Parkett. Den neugierigen Blicken seiner amüsierten Verwandten wich er dabei sorgfältig aus.

»Caro, bist du wieder einsatzbereit?«, fragte er und reichte ihr seine Hand, als er auch diese Pflicht erfüllt hatte.

»Bin ich.« Sie stand auf und sah zu Marcus, Lord Drakely und Emma. »Ihr drei seid jederzeit auf der Tanzfläche willkommen.«

Lord Drakely lehnte höflich ab, aber als Marcus ebenfalls zu einer Entschuldigung ansetzen wollte, hüstelte Caroline leise. Er blickte sie etwas ungehalten an, und Caroline senkte den Kopf.

Schließlich stand er seufzend auf.

»Emma, hätten Sie Interesse an einem Tanz?«, fragte er so neutral, wie er nur konnte. Emma warf Caroline einen flüchtigen Blick zu, bevor sie Marcus' wenig enthusiastische Aufforderung ablehnte.

Caroline runzelte die Stirn und seufzte.

»Ich wünschte, er würde wenigstens den Versuch unternehmen, mit ihr zu tanzen. Sie kann sich unmöglich amüsieren.«

»Aber ich amüsiere mich«, entgegnete Alex. »Zumindest jetzt, da ich dich wieder im Arm halten darf. Ich tanze wirklich sehr gern mit dir, Caro.«

Er zog sie noch etwas näher an sich heran.

»Danke«, antwortete sie.

Kurz darauf trat Andrew an das Hochzeitspaar heran.

»Alex, wir müssen uns verabschieden.«

»Stimmt«, sagte Alex und lächelte verhalten. »Wenn ihr euch nicht bald auf den Weg macht, seid ihr nicht vor der Dunkelheit zu Hause.«

»Korrekt. Und ich nehme an, du möchtest nicht, dass wir über Nacht bleiben?«, fragte Andrew mit einem spitzbübischen Grinsen.

»Da hast du recht«, entgegnete Alex ebenso spitzbübisch. »Ich stehe heute Abend nicht zur Verfügung, um Gäste zu unterhalten.« An dem zarten Rosa, das sich bei diesen Worten auf Carolines Wangen ausbreitete, konnte er sich kaum sattsehen.

Andrew schloss kurz die Augen und schüttelte den Kopf.

»Brooke will sich noch verabschieden, und dann machen wir uns auf den Weg. Noch einmal meinen herzlichen Glückwunsch an euch zwei.«

Andrew küsste Carolines Wange und Brooke nahm Alex in den Arm.

»Meinen Glückwunsch, Alex!« Dann umarmte sie Caroline und flüsterte ihr etwas ins Ohr.

»Ist jetzt allgemeiner Aufbruch angesagt?«, fragte Marcus und humpelte langsam zu der kleinen Gruppe herüber.

Tatsächlich hatten die Musikanten aufgehört zu spielen, und die Hochzeitsgesellschaft löste sich auf. Alex konnte nicht verhehlen, dass er darüber nicht enttäuscht war. Endlich würde er den Rest des Tages mit Caroline allein verbringen können. Und das war ihm gerade recht.

»Ach, wir haben noch ein Hochzeitsgeschenk für euch!«, rief Madison auf einmal. »Besser gesagt, wir können es euch nicht hier drinnen geben, denn es wartet draußen.«

Also folgten alle Gäste Alex und Caroline, die wiederum Benjamins Anweisungen folgten, nach draußen. Alex zog die Augenbrauen zusammen. Es erschien ihm höchst seltsam, dass der Herzog sie zu einer hölzernen Plattform führte, die mit weißen Laken bedeckt war.

»Benjamin, du hattest schon vor, die Laken zu lüften, oder?«, murmelte Madison und klopfte sich sacht auf ihren hochschwangeren Bauch, um ihren Mann daran zu erinnern, dass sie sich schlecht nach vorn bücken konnte.

Benjamin schnitt eine komische Grimasse.

»Ich tue alles, was die Herzogin wünscht.« Er küsste seiner Frau die Wange und bückte sich dann, um die Stofflaken wegzuziehen. Zuerst kamen zwei schwarze und zwei weiße Quadrate zum Vorschein, und dann das ganze Spielfeld.

»Ein Rasenschach!«, jubelte Madison.

»Die Figuren sind dort drüben in dem Schuppen«, sagte Benjamin und zeigte vage in die Richtung eines etwa hundert Meter entfernt gelegenen Schuppens.

Marcus lachte glucksend.

»Der arme Alex. Die beiden werden ihre Hochzeitsnacht wohl schachspielend verbringen. Caroline *liebt* Rasenschach.« Er warf Alex ein Grinsen zu und wandte sich dann an Caroline. »Ich sollte dich warnen, Caroline. Alex ist der beste Spieler, den ich kenne. Er schlägt jeden in weniger als fünfzehn Minuten. Dreißig, wenn er sich mit ihnen amüsiert. Ich habe nur einmal erlebt, dass eine Partie länger gedauert hat, und da fiel mir dann nach einer Stunde auf, dass er …«

»Sinclair, ich glaube, ich muss mich bei dir entschuldigen«, unterbrach ihn Benjamin und brachte die versammelte Gruppe zum Schweigen. Der Herzog entschuldigte sich nie. »Meine Erinnerung will mir weismachen, dass Andrew und ich euch zwei einmal des Schummelns bezichtigt haben und dass wir uns in diesem Zusammenhang, wie soll ich sagen, etwas irrational aufgeführt haben. Ist das so?«

»Dank dir, Gateway«, sagte Marcus leichthin. »Aber das ist jetzt nicht von Bedeutung. Wir alle haben während unserer Schulzeit unangenehme, peinliche Dinge durchmachen müssen. Einige von uns wurden an die Betten gekettet, um für alle möglichen Schummeleien zu büßen, andere mussten auf die Knie gehen und ihr ganzes Taschengeld an Alex abtreten und ihn obendrein als den klügsten Jungen in ganz Eton loben.« Er zuckte mit den Achseln. »Aber das liegt alles in der Vergangenheit. Was ich Caroline sagen wollte, war ...«

»Dass er mich hat gewinnen lassen«, beendete Caroline ausdruckslos seinen Satz, und alles Blut wich aus Alex' Kopf.

»Ihr habt schon gegeneinander gespielt?« Marcus verlagerte sein Gewicht von einem Fuß auf den anderen und blickte zu Alex. Dabei formte er stumm und unfreiwillig komisch seine Lippen zu zwei Wörtern: Verzeih mir.

»Haben wir.« Von ihrem Strahlen war nichts mehr übrig »Am Sonntag. Wir haben länger als einer Stunde gespielt.«

»Verzeih mir, Alex«, sagte Marcus, diesmal laut und deutlich. »Ich wusste ja nicht, dass ihr schon gespielt habt. Ich hätte sonst nie etwas gesagt.«

»Das ist in Ordnung«, antwortete Alex brüsk. Er wollte, dass alle sofort verschwanden. Dann sah er Caroline ins Gesicht.

»Ja, ich habe dich gewinnen lassen. Aber das war viel schwieriger, als ich angenommen hatte. Denn du bist eine sehr gute Spielerin.«

»Warum hast du das getan?« Sie durchbohrte ihn mit ihren Blicken.

»Ich wollte einen Weg finden, um vor dir auf die Knie gehen zu können.«

Das war zumindest die halbe Wahrheit. Er hatte vorgehabt, ihr an jenem Tag den Antrag zu machen, und eine Niederlage beim Schach sowie das, wenn auch alberne, Schriftstück, das Brooke aufgesetzt hatte, boten dafür den perfekten Rahmen. Aber das brauchte sie nicht so genau zu wissen.

»Ich verstehe«, sagte Caroline langsam. »Nun, da du kein verborgenes Motiv mehr hast, verlange ich eine Revanche.«

Sein Kiefer klappte zusammen und in seinem Kopf drehte sich alles. So hatte er sich das Ende seines Hochzeitstags sicher nicht vorgestellt. Seine Braut war erbost, dass er sie hatte gewinnen lassen, und jetzt bahnte sich ein Revanchespiel an, das, wie auch immer sein Ausgang sein würde, seine Hochzeitsnacht in eine Katastrophe verwandeln könnte.

Aber da kam ihm eine Idee.

»Einverstanden. Du bekommst deine Revanche.« Er beugte sich ganz nah an sie heran und flüsterte ihr ins Ohr. »Ich bringe ein Schachspiel mit, wenn ich heute Abend zu dir ins Bett komme.«

Kapitel 17

Caroline spürte die Hitze von den Haarwurzeln bis zu den Zehenspitzen durch ihren Körper wogen. Hatte er das tatsächlich gesagt? Das freche Grinsen auf seinem Gesicht war über jeden Zweifel erhaben. Ja, tatsächlich, er hatte das wirklich gesagt. Sie konnte es kaum fassen. Alex hatte noch *nie* etwas Skandalöses gesagt oder getan.

Halt. Das stimmte so nicht. Vor weniger als einer Woche hatte er zugegeben, sich auf einer Lachgasfeier nackt ausgezogen zu haben, und davor waren sie gemeinsam auf seinem Pferd geritten, als er sie entführt hatte, um die Nacht mit ihr allein ohne Anstandsdame zu verbringen. Und als sei das noch nicht genug, hatte er sogar ihre Brüste berührt. Zugegeben, es war dunkel gewesen und er hatte eigentlich nur ganz kurz die Seiten ihrer Brüste berührt und flüchtig über die Warzen gestreichelt, aber das änderte nichts daran, dass er es dennoch getan hatte.

Sie räusperte sich und wollte sich zu einer Antwort durchringen, aber sie brachte einfach nichts heraus. Sie vermochte kein einziges Wort zu bilden, geschweige denn einen zusammenhängenden Gedanken. Seine drei Cousinen und ihre Männer schienen angesichts der Situation äußert amüsiert. Einer der drei Männer murmelte sogar leise etwas, das ganz sicher nicht für Damenohren bestimmt war. Sie errötete. Alle wussten, was Alex gesagt hatte.

Sie mochten die genauen Worte nicht verstanden haben, aber die Botschaft war deutlich genug gewesen. Gut möglich, dass Alex sie erneut in Erstaunen versetzt hatte und in ihrer Wertschätzung gestiegen war. Darüber konnte sie einfach nur nachsichtig lächeln. Es musste schwierig gewesen sein für Alex, dass man ihn stets für zu schwach, zu unmännlich oder zu vorsichtig gehalten hatte.

Es war gut, dass seine Freunde mitbekamen, wie er wirklich war. Der finstere Blick, den Marcus ihr zuwarf, sowie der leicht traurige, erschütterte Ausdruck auf Drakes Gesicht bestätigten ihren Eindruck, dass alle genau gehört hatten, um was es ging. Alex' Mutter, seine Tante und sein Onkel taten allerdings so, als hätten sie nichts mitbekommen, sondern studierten eingehend ihre Fingernägel oder beobachteten die Wolken, die durch den Himmel zogen.

Lediglich Carolines frischgebackener Schwiegervater ließ kein Missverständnis aufkommen.

»Ich war niemals stolzer«, verkündete Edward. »Ich habe nicht nur eine Tochter gewonnen, sondern auch begründeten Anlass zu der Hoffnung, in neun Monaten zum Großvater gemacht zu werden.« Seine Frau warf ihm einen scharfen Blick zu, aber er zuckte nur mit den Schultern. »So habe ich etwas, für das es sich zu leben lohnt«, sagte er geradeheraus, worauf das Gelächter, das nach seinen Worten aufgekommen war, sofort wieder erstarb.

»Es tut mir leid, Caro«, sagte Alex mit sanfter Stimme. »Ich ging davon aus, leise genug gesprochen zu haben.« Er sah dabei so süß und zerknirscht aus, dass sie ihm einfach verzeihen musste.

»Ich denke nicht, dass du zu laut gesprochen hast. Ich denke eher, dass alle Bescheid wissen, weil ich so krebsrot angelaufen bin.«

»Ganz genau«, sagte Andrew. »Ich stand ja direkt neben den beiden und habe gar nichts verstanden.«

Alex entspannte sich deutlich.

»Das ist gut. Denn das, was ich gesagt habe, war ausschließlich für Caro bestimmt.«

»Also, genießt eure Hochzeitsnacht«, verabschiedete Andrew sich. »Wir müssen jetzt wirklich los.«

»Kann ich dich einen Moment unter vier Augen auf meinem Zimmer sprechen, mein Sohn?«, fragte der Baron, nachdem die Gäste gegangen waren und Alex Caroline ins Haus geleitet hatte.

Während Alex mit seinem Vater sprach, bat Regina Caroline in den Salon.

»Mrs Crofter hat mir heute Vormittag eine Nachricht zukommen lassen, dass deine Maßanfertigungen noch etwas brauchen und es noch ein, zwei Tage dauern wird, bis alles hier eintrifft. Ich leihe dir in der Zwischenzeit gern etwas aus meinem Schrank.«

Sie goss sich und Caroline eine Tasse Tee ein. Caroline nahm einen Schluck und versuchte erfolglos, sich nicht weiter um die Röte, die noch immer ihre Wangen überziehen musste, zu kümmern.

»Vielen Dank, aber ich möchte deine Großzügigkeit nicht ausnutzen.«

»Das tust du nicht.« Regina winkte beruhigend ab. »Du bist jetzt meine Tochter, und ich freue mich darauf, dich besser kennenzulernen. Und deshalb leihe dir auch gern ein paar Kleider, wenn es die Situation verlangt.«

Ihr Lächeln war so gütig und freundlich, dass Caroline keinen Moment an ihrer Aufrichtigkeit zweifelte.

»Wirklich, ganz herzlichen Dank, aber ich glaube nicht, dass das nötig sein wird.« Sie nahm sich einen Keks.

»Nun, ein Nachthemd wirst du ja heute nicht benötigen.« Egal, wie sie ihre Tasse hielt, Regina hätte ihr Lächeln niemals verbergen können, denn es war so groß wie ganz Schottland.

»Nein. Wie du dich erinnerst, bin ich in einem Nachthemd gekommen«, sagte Caroline mit einem schiefen Grinsen.

Regina riss bestürzt die Augen auf.

»Daran erinnere ich mich sehr wohl. Aber du hast ja sicher nicht vor, es heute Nacht anzuziehen?«

Carolines Gesicht wurde noch röter.

»Doch«, sagte sie ruhig und unterdrückte ihre Wut auf Olivia, die durch ihre gemeine Schandtat Caroline in die peinliche Situation gebracht hatte, in einem hässlichen Nachthemd zu ihrer eigenen Hochzeit anreisen zu müssen. Mit etwas Glück würde sie allerdings keine weiteren Gemeinheiten mehr von Olivia ertragen müssen. Es war wirklich zu bedauerlich gewesen, dass die Schneiderin das neue Kleid nicht eine Stunde früher hatte anliefern können. Dann hätte sie sich auf Ridge Water umziehen können und niemand hätte irgendetwas von der ganzen Misere mitbekommen.

»Oh, aber das kannst du heute nicht tragen«, protestierte Regina und holte Caroline aus ihren Gedanken.

Caroline senkte vor lauter Verlegenheit den Kopf. Sie hatte doch gewusst, dass Alex' Eltern heute Abend anwesend sein würden. Es war ja üblich, dass mehrere Generationen sowie andere Verwandte unter einem Dach lebten, vor allem wenn das Anwesen der Familie so groß war wie Watson Estate. Es war trotzdem peinlich, dass seine Eltern mitbekamen, wie Alex und Caroline den Abend verbringen würden.

»Caroline, ich weiß nicht, wie ich es formulieren soll.« Regina stellte ihre Tasse mit einem leisen Klirren auf der Untertasse ab. »Wegen heute Abend ... ähm ... dieses Nachthemd ...« Sie biss sich auf die Lippe und strich ihren Rock glatt. »Caroline, meine Süße, es wird dir nicht möglich sein, dieses Nachthemd heute Abend zu tragen.«

Caroline erstarrte. Regina war seit weniger als vier Stunden ihre Schwiegermutter, und hier saß sie und war im Begriff, Caroline auf die Hochzeitsnacht vorzubereiten. Das brauchte sie nicht zu tun. Caroline war praktisch auf einer Farm aufgewachsen und hatte so ungefähr jede Tierart bei der Fortpflanzung beobachtet. Sie hatte keine Fragen über das, was ihr bevorstand. Leider wusste sie nicht, wie sie das Regina auf taktvolle Weise zu verstehen geben sollte.

»Es tut mir so leid«, sagte Regina leise und spielte nervös an ihrem Ehering. »Mir war nicht klar, wie sehr du an diesem Nachthemd hängst, deshalb habe ich es fortschmeißen lassen.«

Fröhliches Lachen stieg in Caroline auf.

»Das ist alles?«

Regina nickte.

»Wie ich schon sagte, es tut mir wirklich leid. Hätte ich gewusst, dass es eines deiner Lieblingsstücke ist, hätte ich es lediglich in die Wäsche geben lassen.«

»Überhaupt kein Problem, Regina.« Caroline bemühte sich, nicht über den sorgenvollen Gesichtsausdruck ihrer Schwiegermutter zu lachen.

»Ich hänge nicht sonderlich an diesem dreckigen, alten Fetzen.«

»Gut. Dann lass uns jetzt nach oben gehen, wo du dir heraussuchen kannst, was du eventuell brauchst, bevor Alex hier auftaucht.«

»Im Ernst, ich brauche nichts. Bis meine neue Garderobe morgen oder übermorgen eintrifft, kann ich die Kleider tragen, die ich mitgebracht habe.«

Regina beäugte sie skeptisch.

»Wie du meinst. Aber du kommst trotzdem mit mir nach oben auf mein Zimmer. Ich habe nämlich etwas für dich, das du nicht ablehnen wirst.«

Caroline nickte.

Regina führte sie in ein Zimmer, das für das Gemach einer Baronin etwas zu schmal und abgewohnt aussah. Regina wies sie auf einen Stuhl und inspizierte dann ihren Kleiderschrank. Kurz darauf drehte Regina sich mit einem Paar cremeweißer Slipper in der Hand zu Caroline um. Die Schuhe würden nicht nur bequem sein, sie passten auch ganz wunderbar zu dem Kleid, das Caroline gerade trug. Beinah hätte sie vor Erleichterung aufgestöhnt. Sie hatte kein zusätzliches Paar Slipper aus Ridge Water mitgebracht, weil sie davon ausgegangen war, dass die Schneiderin ihre neuen Schuhe samt der übrigen Ausstattung heute schicken würde. Was ja aber nicht passiert war.

»Zieh diese harten Slipper schon aus und diese an, Caroline. Keine Widerrede. Du kannst dich von mir aus weigern, meine Blusen und Strümpfe auszuleihen, aber meine Slipper wirst du tragen. Von den Schuhen, die du an den Füßen hast, bekommst du nur die schlimmsten Blasen. Los, zieh sie schon aus.«

Und Caroline gehorchte, sehr gern sogar.

»Dürfte ich doch noch etwas ausleihen?«, fragte sie leise.

Regina sah sie fragend an. »Natürlich. Was brauchst du denn?«

»Ein Nachthemd«, brachte Caroline schüchtern hervor. »Mein altes ist ja fort …«

Regina öffnete eine Schublade ihrer Kommode und zog ein braunes Paket hervor, um das eine weiße Schlaufe gebunden war.

»Dieses hier ist neu. Ich habe es kein einziges Mal getragen.«

Caroline drückte das Paket gegen ihre Brust und lächelte Regina an. »Vielen Dank nochmals für deine Großzügigkeit.«

»Nicht der Rede wert. Es ist mir ein Vergnügen, dir meine Sachen zu leihen. Mein Sohn kann sich wirklich sehr glücklich schätzen, dich zur Frau zu haben.«

Peinlich berührt errötete Caroline wieder. So viel Aufmerksamkeit und so viele Komplimente war sie nicht gewöhnt.

Sie wollte gerade ihre neuen Slipper vom Boden aufheben, als Regina ihr Handgelenk berührte.

»Weißt du, was heute Abend passieren wird?«, fragte ihre Schwiegermutter vollkommen ungezwungen.

»Ja, ich denke schon.« Caroline wollte nicht zu frivol klingen, aber eine peinliche Unterhaltung mit ihrer Schwiegermutter wollte sie dennoch auf alle Fälle vermeiden.

»Das dachte ich mir, schließlich bist du auf dem Land aufgewachsen«, sagte Regina mit einem aufmunternden Lächeln. »Lass mich trotzdem nur eine Sache sagen. Sollte dir irgendetwas unangenehm sein, lass es ihn wissen. Die Männer sind in diesen Dingen nicht immer einfühlsam.«

Wie rot und heiß konnte ihr Gesicht denn noch werden? Caroline murmelte schnell etwas, das wie eine Zustimmung klingen sollte.

»Soll ich dir dein Zimmer zeigen?«, bot Regina an.

»Das ist nicht nötig. Ich werde sie auf ihr Zimmer führen«, hörte sie die vertraute Stimme ihres frischgebackenen Ehemanns.

»Recht so«, sagte Regina und legte die Schuhe und das Paket schnell in Alex' Arme, bevor Caroline intervenieren konnte.

»Und wenn sie noch irgendetwas braucht, komm einfach und hol es. Sie ist sehr schüchtern.«

»Komm mit, Caro. Ich zeige dir dein Zimmer.«

»Wohin gehen wir?«, fragte sie, nachdem sie ein paar Minuten lang von einem Korridor in den nächsten gegangen waren.

»So weit weg von ihnen wie nur möglich.«

»Das glaube ich dir sofort. Es kommt mir so vor, als wanderten wir in eine andere Grafschaft.«

Alex musste lachen.

»Nein, nicht ganz. Lediglich ans andere Ende des Hauses. Dort haben wir den gesamten Flügel für uns allein.« Er öffnete eine mächtige Eichentür.

»Wir werden deine Sachen bis auf Weiteres hier unterbringen.«

Caroline betrat einen großen Raum und wollte vor lauter Freude beinah in die Luft springen. Entlang der Fenster reihten sich zahlreiche Topfpflanzen verschiedener Arten und Größen. Auf einem kleinen Sekretär türmten sich Pergamentrollen und allerhand wissenschaftliche Instrumente. Sie nahm eines davon in die Hand.

»Ist das hier das Barometer, das du beim Schachspielen gewonnen hast?«

»Ganz genau«, sagte er mit einem nostalgischen Grinsen. Er legte ihre Slipper und das Paket auf dem Bett ab und ging dann zu einem kleinen Tisch in einer Ecke am Ende des Raums, der ebenfalls mit allerhand filigranen Gegenständen überhäuft war, die Caroline aus der Distanz nicht erkennen konnte.

»Gehe ich recht in der Annahme, dass dies dein Zimmer ist?« Sie griff nach einem Quecksilberthermometer.

»Nein. Es ist *unser* Zimmer.«

Ihr Herz zog sich zusammen und sie sah zur Seite.

Watson Estate war riesengroß. Ihrer Schätzung nach musste es mindestens sechs Schlafzimmer geben. Warum mussten sie sich eines teilen? Nicht dass es sie sehr störte. Ganz im Gegenteil. Die Aussicht darauf, die ganze Nacht mit Alex zu verbringen, erfreute sie sehr. Aber trotzdem war es merkwürdig. Das Haus war so groß, und dennoch bewohnte seine Mutter, die Baronin, ein kleineres Zimmer als ihr Sohn – und dessen Zimmer wiederum würden sie sich nun teilen.

»Ist dir das genehm, Caro?« Er legte ihr von hinten die Arme um die Taille, zog sie nah an seinen äußerst männlichen Körper und liebkoste die sensible Stelle zwischen Hals und Schulter.

»Natürlich«, stieß sie atemlos aus. Dann kam ihr ein schelmischer Gedanke. »Ich hoffe nur, dass uns heute Abend genug Zeit für unsere Schachpartie bleibt.«

Er stöhnte und drückte seine Lippen gegen ihre Haut.

Es gefiel ihr, dass er ebenso liebestoll war wie sie, und sie wollte seine Erregung noch ein bisschen weiter anfachen. Sie drückte mit den Pobacken gegen seine Erektion. »Aber ja. Ich weiß wirklich nicht, ob wir es überhaupt ins Bett schaffen, bei den vielen wissenschaftlichen Instrumenten, die ich unbedingt ausprobieren muss.«

Alex erstarrte. »Genug. Wir gehen in ein anderes Zimmer«, sagte er bebend, hob sie hoch und wollte sie hinaustragen.

Sie wand sich unter seinem starken Griff. »Lass mich runter, lass mich runter!«

Er stellte sie wieder auf den Boden, ließ sie aber nicht los. »Das hast du nicht ernst gemeint, oder?«

Sie sah ihm neckisch ins Gesicht.

»Was genau? Mich runterzulassen? O ja, das meinte ich ernst. Die Nacht mit deinen wissenschaftlichen Instrumenten zu verbringen?« Sie verdrehte die Augen zur Decke und klopfte mit einem Fingernagel gegen ihre Vorderzähne.

»Ich habe da ein wissenschaftliches Instrument, das du die ganze Nacht lang ausprobieren kannst«, murmelte er und drückte besagtes Instrument gegen ihren weichen Bauch, woraufhin es um Carolines nur vorgetäuschte besonnene, reservierte Haltung fast geschehen wäre.

»Na, na, Mr Banks ... und ich ging davon aus, dass Sie immerzu nur an Wissenschaft denken.«

»Das tue ich auch«, gab er zu. »Heute Abend werden wir uns ebenfalls der Wissenschaft widmen. In erster Linie möchte ich mich mit allgemeiner Körperkunde und biologischen Fragen beschäftigen. Vielleicht können wir uns ja im Laufe des Abends noch ein paar physikalische Gesetze vornehmen, sollte uns danach sein.«

»Du bist wirklich unverbesserlich.«

Er lächelte. »Das muss ein neuerlicher Scherz sein.«

Sie schüttelte den Kopf.

»Ich hoffe, du hast verstanden, was ich sagen wollte, Caro. Ich finde, ich habe mich sehr deutlich ausgedrückt.«

Seine Mimik war schwer zu deuten. Er schien nicht verärgert oder beleidigt zu sein, aber er lächelte auch nicht. Er nahm seine rechte Hand von ihrem Rücken und drückte mit dem Handballen gegen ihre Brust.

»Ich kann es kaum abwarten, dich heute Nacht ganz für mich allein zu haben«, hauchte er, bevor er seine Lippen auf ihre presste.

Warum warten?, wollte sie laut aufschreien, fürchtete aber, er könne sie für zu forsch halten. Oh, sie wusste, was heute Nacht passieren würde, und sie sehnte sich danach, ihren Körper mit Alex zu teilen – ihn auf jede nur denkbare Weise zu erforschen und sich von ihm erforschen zu lassen.

Unter dem Druck seiner Lippen setzten sich ihre Lippen in Bewegung und erwiderten den Druck, während er mit seinem Mund über und zwischen ihre Lippen fuhr. Dann saugte er am Rand ihrer Unterlippe, so, wie er es auch unter dem Spalier getan hatte, und als seine Zungenspitze in ihren Mund vorstieß, musste Caroline leicht nach Luft ringen. Seine Zunge drang noch weiter vor und strich einmal über die Innenseiten ihrer süßen Wangen, bevor sie sich wieder zurückzog.

Caroline seufzte bedauernd. Aber dann spürte sie seine Hand auf ihrer Brust, und ihre Brustwarzen verhärteten sich augenblicklich.

»Alex«, murmelte sie und streckte sich lüstern nach hinten. In seiner Gegenwart schien sie sich immer in eine haltlose Dirne zu verwandeln.

Er löste seine Lippen von ihren.

»Später. Versprochen.«

Sie schluckte mehrmals und schalt sich insgeheim wegen der Enttäuschung, die aufgeflackert war, als er von ihr abließ.

»I ... in Ordnung«, stotterte sie und wand sich aus seinen Armen.

Fast im selben Moment betraten zwei Dienstmädchen das Zimmer. Sie trugen ein paar einfache Tageskleider bei sich. Caroline blinzelte und seufzte ergeben. Es hatte wohl keinen Sinn, sich weiter zu wehren. Regina hatte wahrscheinlich darauf bestanden, dass man ihr diese Kleider brachte, bis ihre neue Ausstattung eintraf. Sie schüttelte den Kopf und warf Alex einen dankbaren Blick zu. Er musste die Dienstmädchen gehört haben und hatte von ihr abgelassen, um sie vor dem Personal nicht in Verlegenheit zu bringen. Er war wirklich ein umsichtiger Gentleman. Sie nahm seine Hand und drückte sie sanft. Sie hätte sich wirklich keinen besseren Ehemann wünschen können.

»Annie!«, rief Alex. »Würden Sie bitte die Kleider an den Paravent hängen und dieses hier …« Er nahm das Paket vom Bett und sah dann Caroline Hilfe suchend an.

»Lassen Sie es einfach hier.« Es gehörte ohnehin aufs Bett und sie wollte unter keinen Umständen, dass Annie das Nachthemd vor Alex' Augen auspackte.

Annie sah unsicher zu Caroline.

»Tun Sie, was die Lady sagt«, wies Alex sie an. »Sollen wir uns zum Abendessen begeben, meine Liebe?«

»Ausgezeichnet.«

Als Caroline den Baron am Tisch sitzen sah, musste sie kurz blinzeln, um sich ihren Schock nicht anmerken zu lassen. Er schien viel kränker zu sein, als sie ursprünglich angenommen hatte.

Zwar hatte sie ihn in der vergangenen Woche an seinem Krankenlager besucht, und erst vor wenigen Stunden hatte sie gesehen, wie er seine Frau nur unter größter Anstrengung über die Tanzfläche geführt hatte, aber jetzt, nach dem langen Tag, sah er so müde und ermattet aus, dass sie kaum glauben konnte, dass er ihnen Gesellschaft leistete. Sie wollte den Kloß im Hals herunterschlucken. Der Tod schien nicht mehr in weiter Ferne zu sein. Sie rieb mitfühlend Alex' Arm, um ihm zu verstehen zu geben, dass sie wusste, wie schmerzhaft der Anblick des grausam dahinsiechenden Vaters für ihn sein musste. Zum Glück war ihr das bei ihrer Mutter, ihrer Tante und ihrem Onkel erspart geblieben. Aber deshalb wusste sie auch nicht, was sie tun oder sagen konnte. Sie wusste nur eines: Alex brauchte jetzt Beistand, und er würde ihn später brauchen. Und den konnte sie ihm reichlich geben.

»Es freut mich, dich zu sehen, mein Mädchen«, begrüßte Edward sie und nickte ihr freundlich zu. Trotz der Krankheit hatten sich seine Augen ihr neckisches Funkeln bewahrt.

Caroline wurde es schwer ums Herz. Sie würde diesen Mann immer bewundern. Er lag im Sterben, aber das hielt ihn nicht davon ab, sich den Menschen und den Dingen zu widmen, die er liebte. Er hatte nicht nur ohne die geringste Klage oder Beschwerde ihre Hochzeitsfeier beehrt, sondern obendrein einen Witz gemacht, der nicht anders als schlüpfrig zu bezeichnen war. Und jetzt war er angemessen angezogen zum Abendessen erschienen, obwohl er so aussah, als sollte er dick zugedeckt das Bett hüten und die Bibel lesen.

»Die Freude ist ganz meinerseits«, antwortete sie mit einem reizenden Lächeln.

»Tatsächlich? Nun, dann nehme ich an, dass du das Abendessen neben mir einnehmen möchtest, anstatt an der Seite meines Sohnes?«, fragte er mit einem spitzbübischen Grinsen. »Aber das kann ich nicht akzeptieren. Sosehr mir die Vorstellung auch gefällt, ich bezweifle, dass meine Frau das ebenfalls so sieht.«

»Und Carolines Ehemann nicht zu vergessen.« Alex legte Caroline besitzergreifend eine Hand ins Kreuz.

Sie lächelte ihn an. Er spielte vielleicht nur beim Spiel seines Vaters mit, aber es gefiel ihr trotzdem, dass er sich so besitzergreifend gab.

Dann wurde das Essen aufgetragen. Die Speisen waren genauso exzellent wie die Gesellschaft. Die meisten Leute hätten es wohl merkwürdig gefunden, das erste Abendessen als Ehepaar mit den Schwiegereltern einzunehmen, aber Caroline hätte es gar nicht anders gewollt.

Unter anderen Umständen hätten sie nach London fahren und in Alex' Junggesellenbude übernachten können, oder sie hätten nach Bath fahren und im Dog und Fox absteigen können, Gerüchten zufolge dem verruchtesten Inn in ganz England. Aber in Anbetracht von Edwards Krankheit war das nicht infrage gekommen, und ebenso wenig konnten sie die Eltern ignorieren, wenn sie unter demselben Dach wohnten. Watson Estate war immerhin auch Edwards und Reginas Haus, und solange auch nur ein Atemzug in Caroline war, würde sie es nicht zulassen, dass man die beiden mied oder sie bat, sich zurückzuziehen.

Nach dem Essen ließ man sich die Post in den Salon bringen und bat danach die Bediensteten, die Familie nicht weiter zu stören. Man wollte den Brief von Alex' Brüdern, der zusammen mit einem Paket am Vormittag geliefert worden war, in aller Ruhe lesen.

Caroline saß ganz still und lauschte aufmerksam, als Regina Henrys und Elijahs Brief vorlas.

Die beiden hatten die Nachricht der Mutter erhalten, dass sich der Gesundheitszustand des Barons verschlechterte, und waren auf dem Weg aus den Vereinigten Staaten nach Hause. Caroline würde es nie offen zugeben, aber sie war sehr gespannt darauf, die Bekanntschaft der Zwillinge zu machen, auch wenn die Umstände des Besuches keinen Anlass zur Freude boten. Wie die beiden wohl sein mochten?

»Darf ich etwas fragen?«, bat sie Regina. »Warum ist Edwina heute nicht dabei gewesen?«

»Sie wollte kommen«, sagte Regina leise. »Aber wir haben es ihr untersagt.«

Caroline erwiderte nichts. Sie konnte nicht verstehen, warum ihre Schwiegereltern ihrer Tochter verboten hatten, auf die Hochzeit des Bruders zu gehen. Aber dann fiel es ihr wie Schuppen von den Augen. Regina war mit ihrer Mutter zur Schule gegangen, auf dieselbe Schule, die Edwina besuchte. Gut möglich, dass Edwina dort Gerüchte über eine ehemalige Schülerin aufgeschnappt hatte, die der Schule verwiesen worden war, weil sie zu oft die Beine breit gemacht hatte und schließlich schwanger geworden war. Vermutlich wollten der Baron und die Baronin vermeiden, dass ihre Tochter wegen ihrer neuen verwandtschaftlichen Verbindung zum Gespött der anderen Mädchen wurde.

Carolines Gesicht brannte vor Scham und Verlegenheit so heiß wie niemals zuvor. »Ich verstehe.«

»Nein, tust du nicht«, entgegnete Regina freundlich.

Edward drückte die Hand seiner Frau und blickte zuerst auf Alex und dann auf Caroline. Er hustete und tupfte sich den Mund mit einem Taschentuch ab.

»Ich weiß, was du denkst, mein Mädchen. Aber du irrst dich.« Er sah sie eindringlich an und schickte ihr die unausgesprochene Botschaft, dass er tatsächlich wusste, was sie dachte.

»Ich habe Edwina untersagt zu kommen. Sie ist sehr sensibel und ich befürchtete, dass sie nicht mehr in die Schule zurückkehren wollen würde, wenn sie erst einmal hier war.«

Caroline verstand, und eine erneute Welle Scham wogte durch ihren Körper. Sie hätte nicht so egozentrisch sein sollen. Es ging gar nicht um sie. Die Eltern hatten Edwina schützen wollen. Sie wollten ihr nicht zumuten, den Vater so schwach zu sehen.

»Es tut mir leid«, sagte sie leise.

»Das braucht es nicht.« Edward lächelte sie an. »Du wirst sie sicher sehr bald kennenlernen, nehme ich an.«

Caroline nickte traurig.

»Nun, genug davon«, zwitscherte Regina. »Edwina hatte zwar keine Erlaubnis, zur Hochzeit zu kommen, aber das hat sie nicht davon abgehalten, ein Hochzeitsgeschenk zu schicken.«

Sie reichte Caroline ein Päckchen, das neben ihr auf dem Sofa gelegen hatte. An der Schleife war eine kleine Karte befestigt.

»Mach es auf«, drängte Alex.

»Das kann ich nicht.« Caroline starrte auf die kleine Karte.

»Natürlich kannst du«, sagte Alex und wollte das Päckchen an sich nehmen. »Ich zeige dir, wie es geht.«

Caroline zog das Päckchen gerade noch rechtzeitig zur Seite, damit Alex es nicht erreichen konnte.

»Hier, lies.« Sie gab ihm die Karte. »Edwina hat es ausdrücklich an mich adressiert und schreibt, dass ich es allein aufmachen soll. Und genau das werde ich auch tun.«

»O nein, Edward, was hast du getan?« Regina schlug die Hände vors Gesicht. Ihre Schultern bebten.

Caroline zog schlagartig die Augenbrauen zusammen.

»Was ist los?«, fragte sie unbestimmt in die Runde.

Aber niemand antwortete. Jeder war zu sehr damit beschäftigt, den Blicken der anderen auszuweichen, und Caroline hätte schwören können, dass Alex und seine Mutter kurz vor einem Lachanfall standen.

Caroline presste die Lippen aufeinander. Was war denn nur so komisch?

Alex schüttelte den Kopf und gab sich alle Mühe, das Grinsen abzustellen und ernst dreinzublicken. Aber es gelang ihm nicht wirklich.

»Dieses Buch«, sagte er und zeigte auf das Päckchen, »sollte einer wohlerzogenen jungen Dame niemals unter die Augen kommen.«

Caroline riss die Augen auf. Sie hatte bereits angenommen, dass es sich bei dem Geschenk um ein Buch handelte. Aber um was für ein Buch ... Sollte sie das anstößige Päckchen fallen lassen oder es noch stärker festhalten?

»Woher weißt du das?«

Alex zuckte mit den Schultern.

»Ist nur so eine Idee.«

»Und zwar eine ziemlich gute, würde ich wetten«, fügte seine Mutter hinzu und wischte sich die Lachtränen aus den Augen.

»Mach es auf«, schlug Edward vor und kicherte, als Caroline heftig den Kopf schüttelte.

»Hör schon auf, Edward. Du bringst sie nur in Verlegenheit. Sie hatte sicher keine Ahnung, auf was sie sich einließ, als sie Alex heiratete«, verteidigte Regina ihre Schwiegertochter.

»Ganz genau«, pflichtete Alex seiner Mutter bei. »Aber jetzt ist es zu spät. Sie hat bereits geschworen, mich zu lieben und zu ehren – und damit auch meine schamlose Familie –, bis dass der Tod uns scheidet.«

Bei diesen Worten musste Caroline lächeln. Das würde sie nur allzu gern tun. Aber es gab da doch noch etwas, das sie geklärt haben wollte. Eigentlich war es kein wirklicher Grund zur Besorgnis, aber vielleicht würde sie dann endlich verstehen, warum die Banks die skandalöse Vergangenheit von Caroline und ihrer Mutter zu akzeptieren schienen.

»Wie genau hat Edwina mir dieses Buch überhaupt schicken können?«, fragte sie vorsichtig. Sie wollte ja nicht, dass die Banks dachten, sie bezichtige ihre Tochter, ein leichtes Mädchen zu sein. Aber niemand schien sich an der Frage zu stören.

»Ehrlich gesagt bezweifle ich, dass sie das Buch jemals berührt hat«, verkündete Edward stolz. »Sie mag zwar den ungewöhnlichen Humor ihres Herrn Papa geerbt haben, aber ich nehme an, dass sie einem Diener eine hübsche Summer gezahlt hat, damit er es kauft und mit einer kleinen Notiz versehen abschickt.«

Alle schienen dieser Version zuzustimmen. Entweder glaubten sie wirklich, dass es so gewesen war, oder sie wollten einfach nicht in Erwägung ziehen, dass Edwina vielleicht nicht die wohlerzogene junge Dame war, für die sie sie hielten. Caroline war sich nicht sicher und hakte nicht nach. Plötzlich brachen Alex und seine Mutter erneut in heftiges Kichern aus. Caroline starrte beide an.

»Was ist so lustig?«, fragte sie verdutzt.

»Du«, antwortete Alex, als erklärte das alles.

»Was er sagen will«, schaltete Regina sich ein und hielt sich die Serviette vor den Mund, um ihr breites Grinsen so gut wie möglich zu verdecken, »ist, dass dein zweifelnder Gesichtsausdruck einfach zu komisch ist.«

Caroline blickte verwirrt zu Edward. »Wovon sprechen die beiden?«

Aber Edward blickte nur unschuldig drein und zuckte mit den Schultern. »Ich habe nicht die geringste Ahnung.«

Jetzt lachten beide noch lauter.

»Sag es ihr, Alex«, prustete Regina zwischen zwei Lachanfällen.

Alex schüttelte den Kopf.

»Das kann ich nicht.«

»Na gut«, murmelte Edward und zwinkerte Caroline zu. »Also, wirst du dieses Buch jetzt auspacken oder nicht?«

»Jetzt nicht.« Sie hielt es schützend an die Brust, damit er es ihr nicht wegnehmen und vor den anderen öffnen konnte. Sie würde es sich später ansehen. Am besten, wenn sie hinter dem Paravent stand und niemand ihr Gesicht sehen konnte. Allein bei dem Gedanken errötete sie. Das Buch schien dick und schwer, vermutlich aufgrund seiner unzähligen delikaten Seiten, die ein unschuldiges und neugieriges Mädchen anflehten, sie zu verschlingen wie die wollüstige Dirne, in die Caroline sich seit ihrer Verlobung mit Alex rasch und offenkundig zu verwandeln schien.

»Mach es auf«, drängte Alex sie erneut.

Sie sah ihn an und unterdrückte den Impuls, ihm mit dem dicken Schinken eins überzuziehen. Sie würde es dann öffnen, wenn sie bereit dazu war.

Regina merkte, dass sie dem Spaß ein Ende bereiten musste, und sah Caroline aufrichtig an.

»Caroline, mein Schatz, dieses Buch ist nicht, was du denkst. Und es wurde auch nicht von Edwina geschickt, solltest du das noch immer glauben.«

»Also gut«, machte Edward sich wieder bemerkbar und hob ergeben die Hände. »Ich habe es geschickt. So, sind jetzt alle zufrieden? Edwina ist ein braves Mädchen, sie würde niemals einen Diener bestechen, damit er ein skandalöses Buch kauft.«

Caroline wusste nicht, was sie mit dieser Information anfangen sollte. Erleichterte es sie, dass Edwina nichts damit zu tun hatte, oder brachte es sie nur noch mehr in Verlegenheit, dass ihr frischgebackener Schwiegervater ihr ein unanständiges Buch geschenkt hatte? Genau betrachtet war Letzteres absolut schockierend. Sie blickte zu Alex. Er lachte noch immer. Nicht laut und eigentlich auch nur mit den Augen, aber die funkelten dafür umso mehr.

»Alex.« Caroline sah unangenehm berührt auf seine Eltern. »Was geht hier vor sich?«

Seine Miene veränderte sich plötzlich und er blickte verunsichert drein.

»Mein Vater hat dir ein Hochzeitsgeschenk gemacht. Und so getan, als sei es von Weenie«, fügte er noch hinzu.

»Jetzt öffne es schon, mein Mädchen«, sagte Edward schon wieder.

Mittlerweile war sie sich sicher, dass sie es nicht öffnen wollte. Es war eine Sache, ein schlüpfriges Buch von Edwina zu bekommen, einem jungen Ding, das wahrscheinlich gerade einmal so viel über eheliche Angelegenheiten wusste wie Caroline, wenn nicht noch weniger. Aber es war etwas ganz anderes, ein solches Buch von ihrem Schwiegervater zu bekommen.

»Das kann ich nicht.« Sie gab es ihm zurück. Er konnte es behalten und damit machen, was er wollte.

»Gut, dann gebe ich mir die Ehre«, sagte Edward zustimmend und zog die Schleife auf.

Caroline fielen fast die Augen aus dem Kopf.

»Du hast doch etwa nicht vor, es ...«

Als er das Geschenkpapier kraftvoll aufriss und Teile davon auf den Boden warf, sprang sie von ihrem Sessel auf. Mit einer Hand bedeckte sie die Augen, die andere hielt sie sich vor den Mund. Entsetzt wandte sie sich ab, während er das Buch aus der restlichen Verpackung wickelte.

Aber dann siegte doch die Neugier und sie rang um Geistesgegenwart. Insgeheim musste sie ja zugeben, dass sie schon wissen wollte, um was es in dem Buch ging, und sie bewegte die Finger ein kleines bisschen auseinander, gerade so viel, um auf den Titel schielen zu können.

»Bitte schön, Caroline«, sagte Edward und hielt es ihr so hin, dass sie ausgerechnet den Titel nicht entziffern konnte. »Ich habe dir die besten Stellen angestrichen.«

Caroline rang nach Luft.

Er kicherte und schwenkte das Buch hin und her. »Ich kann sehen, dass du schummelst.«

Sie stöhnte leise auf und nahm die Hand von den Augen. Jetzt konnten alle ihr glühendes Gesicht sehen. Dann riss sie das Buch schnell an sich und drückte es mit beiden Armen gegen ihre Brust, sodass man nicht einmal die kleinste Ecke sehen konnte.

»Wie lautet der Titel?«, fragte Alex leise und versuchte, ihr das Buch zu entwenden.

Sie drehte sich weg und warf ihm einen vernichtenden Blick zu, der ihm aber nichts auszumachen schien.

»Bitte, tu das nicht, Alex«, hauchte sie. Was war nur aus dem liebevollen Mann geworden, der sie weder vor seiner Familie noch vor dem Personal blamieren wollte?

Mittlerweile war alles Lachen im Zimmer erstorben.

Regina gesellte sich an ihre Seite. »Es tut uns leid, Caroline. Wir wollten dich nicht in Verlegenheit bringen. Du weißt schließlich noch nicht, dass die Banks dafür bekannt sind, etwas …« Sie beendete den Satz nicht. »Sieh einfach auf den Titel.«

Jetzt schämte Caroline sich, dass sie sich wie eine dumme Gans aufgeführt und ihnen den Spaß verdorben hatte. Sie sah alle drei entschuldigend an, entspannte sich und senkte die Hand, mit der sie das Buch hielt, nach unten, bis sie den Titel lesen konnte. Sie musste zweimal hinsehen.

»Ach du meine Güte«, brachte sie völlig entgeistert heraus. »Du hast mir eine Bibel geschenkt?« Jetzt war es an ihr, unkontrolliert zu kichern. Was mussten sie nur von ihr denken! Sie zog an einem Lesezeichen, das in der Mitte des Buchs steckte.

»Ich nehme an, das führt mich direkt zum Hohelied des Salomon«, sinnierte sie und warf Edward ein schiefes Lächeln zu. Sie wollte es wiedergutmachen, so eine Spielverderberin gewesen zu sein.

Edward riss in gespieltem Entsetzen die Augen auf und griff sich ans Herz, als spürte er einen plötzlichen Schmerz.

»Definitiv nicht. Das Lesezeichen steckt im Buch Ruth, meine Dame.« Er wandte sich an Alex.

»Mein Sohn, deine frisch angetraute Ehefrau scheint mir eine fragwürdige Fantasie zu haben.«

»Wie bedauerlich«, murmelte Alex, ohne auch nur im Geringsten bedauernd zu klingen. »Ich werde mein Bestes tun, um ihr das auszutreiben.«

Caroline schlug die Stelle auf, an der das Lesezeichen steckte. In der Tat handelte es sich um das erste Kapitel im Buch Ruth. Sie lächelte beide Schwiegereltern kurz an und las dann die Worte auf dem Lesezeichen.

Liebste Caroline,
wir freuen uns sehr, Dich in unserer Familie willkommen zu heißen. Mögest Du mit unserem Sohn viele glückliche Jahre verbringen.
Herzlichst,
Edward und Regina

»Vielen Dank«, sagte sie zutiefst gerührt. Ihr Geschenk war gar nicht die Bibel gewesen. Nun ja, das auch, aber das Hauptgeschenk waren diese beiden einfachen Zeilen. Sie nahmen sie mit offenen Armen in ihre Familie auf. Sie hatte sich nie so beschützt und aufgehoben gefühlt wie in diesem Moment. Und um ihr zu zeigen, dass sie vollkommen zu ihnen gehörte, hatten sie sogar einen ihrer albernen Schabernacke mit ihr getrieben. Nichts hätte Caroline glücklicher machen können.

Alex stellte sich neben sie.

»Ist alles in Ordnung?«, fragte er leise.

Sie nickte. Sprechen konnte sie nicht, dafür war sie viel zu sehr von ihren Gefühlen überwältigt. Sie legte das Lesezeichen zurück an seine Stelle im Buch Ruth und klappte die Bibel zu. Dann sah sie in die warmen, liebevollen Augen von Regina und Edward und holte tief Luft.

»Das war außerordentlich gütig von euch.«

Edward hustete. »Bist du enttäuscht?«

»Enttäuscht?«, wiederholte sie.

»Ja. Dass es eben kein schlüpfriges Buch ist«, zog er sie auf.

»Nein, nicht wirklich.« Sie lächelte ihn an.

»Gut. Willkommen in unserer Familie. Ich habe mir diesen Scherz mit allen meinen Brüdern und ihren Frauen erlaubt«, erklärte er ihr und grinste voll unverhohlenen Stolzes über seine verschmitzte Gerissenheit.

»Sogar mit John und Carolina?«, fragte Caroline ungläubig. Letztendlich war John ein Pastor. Caroline war sich sicher, dass Carolina den Scherz kaum amüsanter gefunden hatte als sie selbst gerade eben.

»O ja, sogar mit ihnen«, kicherte Regina. »Nur hat Edward damals nicht behaupten können, es käme von Edwina. Die war damals ja noch gar nicht auf der Welt. Also hat er behauptet, es käme von mir. Ich musste sogar eine Nachricht schreiben und ihr das Buch während des Hochzeitsfrühstücks überreichen.«

Sie hielt inne und versuchte, ihre Lippen aufeinanderzupressen. Aber ihre Schultern bebten und sie bat um Geduld, indem sie einen Finger in die Luft streckte, während sie um Fassung rang. Kurz danach holte sie tief Luft.

»Ich sehe immer noch den Ausdruck absoluter Verlegenheit auf Carolinas Gesicht, als ich ihr das Geschenk überreichte und sie die Nachricht las. Aber dieser Ausdruck war gar nichts im Vergleich zu dem riesengroßen Schrecken, der sich auf ihrem Gesicht ausbreitete, als Alex, der damals vier Jahre alt war, ihr das Buch aus den Händen riss und durch den Raum rannte, während er es auspackte und dabei rief: ›Ein Geschenk, ein Geschenk!‹«

Caroline konnte sich nicht länger beherrschen und stimmte in das übermütige Gelächter ein, das Reginas kleine Anekdote hervorgerufen hatte.

Allerdings unterbrach sie sich jäh, als Alex sich ganz nah an sie lehnte und ihr etwas ins Ohr flüsterte:

»In einer halben Stunde komme ich zu dir auf unser Zimmer.«

Kapitel 18

Alex starrte auf die Zeiger seiner Taschenuhr, die im Tempo einer Schildkröte vorwärtskrochen. Er runzelte die Stirn und klopfte mit einem Finger leicht gegen das Glasgehäuse. Vielleicht sollte er die Uhr aufziehen. Sie war bereits zum zweiten Mal stehen geblieben. Ach, verflucht. Die Uhr war ja gar nicht stehen geblieben. Er war einfach so ungeduldig, dass es ihm nur so vorkam. Er lehnte sich zurück und machte die Augen zu. Er musste an irgendetwas anderes denken.

Endlich waren neunundzwanzig Minuten vergangen und Alex sprang auf die Füße. Von dort, wo er sich aufhielt, brauchte er exakt eine Minute bis zu seinem Zimmer. Wenn er langsam ging, wohlgemerkt. Und das würde er tun. Er würde das Zimmer nicht betreten, bevor nicht volle dreißig Minuten vergangen waren. Er wollte nicht zu ungeduldig erscheinen.

Eine Minute und drei Sekunden später holte er noch einmal tief Luft und klopfte dann an die Tür des Zimmers, in dem er geschlafen hatte, solange er denken konnte.

»Herein.«

Das brauchte er sich nicht zweimal sagen zu lassen. Er öffnete schwungvoll die Tür, trat ein – und musste vor lauter Überraschung mehrmals blinzeln.

Caroline hatte jede einzelne Kerze im Zimmer angezündet. Er hatte stets angenommen, dass Jungfrauen sich genierten und absolute Dunkelheit vorzögen. Mit einem kurzen Schulterzucken entledigte er sich sowohl dieses Gedankens als auch seines Jacketts, seiner Weste und seiner Krawatte und hatte nur noch Augen für Caroline.

Sie lehnte gegen die Kissen am Kopfende seines Bettes. Die Bettdecke hatte sie locker bis zur Taille gezogen. Sie trug ein weißes, keusches Nachthemd, das bis zum Hals zugeknöpft war. Er schluckte. Dieses Nachthemd würde sie nicht mehr lange tragen.

Er schnürte seine Stiefel auf und kickte sie von den Füßen, ohne sich auch nur ansatzweise darum zu scheren, wo sie landeten. Dann setzte er sich auf die Bettkante am Fußende. Er kratzte sich an der Schläfe und lächelte sie verunsichert an.

»Caro ... weißt du ... äh ... soll ich dir ...« Er wusste nicht, wie er weitersprechen sollte, und wandte den Blick ab. Vielleicht hätte er seine Mutter bitten sollen, sie auf diesen Moment vorzubereiten. Marcus hatte das sicher nicht getan, und außer ihm hatte sie ja keine Verwandten, die aus eigener Erfahrung sprechen konnten.

Lachend beugte sie sich zu ihm und legte ihm eine Hand auf die Schulter.

»Niemand braucht mir etwas zu erklären«, beschwichtigte sie ihn sanft. »Du weißt doch, ich bin Mitglied in der *Gesellschaft für Biologische Fragen.*«

»Stimmt. Und ich habe dir für heute Abend eine Lektion in Physik und Biologie versprochen, nicht wahr? Nun, Mrs Banks, ich bin ein Mann von Wort und werde mein Versprechen in die Tat umsetzen.«

Sie lächelte ihn an, und er küsste ihre süßen Lippen.

»Wird dieses Thema auf der nächsten Mitgliederversammlung diskutiert werden?«, erkundigte sie sich grinsend.

»Nein. Und ich empfehle dir dringend, es auch nicht zum Thema zu machen.« Er küsste ihre nächste Frage einfach weg und streichelte ihren Hinterkopf.

»Alex?«, fragte sie und löste sich aus seinem Kuss.

»Ja?«

Sie blickte auf den obersten Knopf seines Hemds, den er schon geöffnet hatte, und sah ihm dann direkt in die Augen.

»Schon gut«, murmelte sie.

»Nein, frag ruhig.« Mit dem Daumen fuhr er über ihr Kinn. Jetzt war der Moment, in dem sie alle Fragen und Bedenken loswerden konnte.

Dann brach es aus ihr heraus.

»Bist du noch Jungfrau?«

Sein Kiefer klappte so weit auf, dass er beinahe den Boden berührt hätte. Verflucht. Wie kam sie denn darauf? Warum dachte jeder, er habe noch nie mit einer Frau geschlafen? Benahm er sich so unbeholfen in der Gesellschaft von Frauen, dass alle annahmen, er habe noch nie eine ins Bett gekriegt? Und wie sollte er Caroline antworten? Das war eine dieser Fragen, die grundsätzlich Ärger verursachten, die zu jener Art von Unterhaltung führten, vor der ihn Benjamin gewarnt hatte.

Er entschied sich für Ehrlichkeit und erwiderte ihren Blick.

»Nein. Warum?«

Sie zuckte mit den Schultern und spielte mit den roten Fransen am Saum der Tagesdecke.

»Nur so, ich wollte es einfach wissen.«

»Das glaube ich dir nicht«, gab er zurück. Er hielt seinen Daumen jetzt still, aber er wollte ihre liebliche Haut noch weiter spüren. Für den Moment. Sie studierte die übrigen Knöpfe seines Hemds.

»Doch. Ich wollte einfach nur wissen, ob ich deine erste Frau sein würde«, sagte sie schließlich und lief dunkelrot an.

»Aha, verstehe. Hättest du das gerne gewollt?« Er wusste nicht, ob er lachen oder weinen sollte. Niemand hatte es für möglich gehalten, dass der Trockene Alex schon einmal mit einer Frau geschlafen hatte. Man hatte ihn oft genug in aller Öffentlichkeit damit aufgezogen. Und dann heiratete er und seine Frau war enttäuscht, dass sie nicht die Erste war.

»Ja, ich denke.« Sie senkte die Augenlider. »Du bist mein erster Mann ...«

»Ich weiß«, sagte er sanft und kam sich wie der schlimmste Rüpel ganz Englands vor, schüttelte das Gefühl aber bald wieder ab. Er hätte wetten können, dass kein anderer Mann sich solche Fragen anhören musste. Er würde ebenfalls darauf wetten, dass alle anderen Männer mehr Frauen im Bett gehabt hatten als er. Und trotzdem wollte er ihr etwas anvertrauen.

»Was hältst du davon …«, sagte er, blickte ihr in die Augen und glitt mit dem Daumen über ihre Wangenknochen. »Ich verrate dir ein Geheimnis, etwas, das niemand außer dir über mich weiß.«

Sie legte ihm einen Finger auf die Lippen. »Das brauchst du nicht, Alex. Ich hätte dich nicht fragen sollen. Kein Mann ist in seiner Hochzeitsnacht noch Jungfrau. Es ging mich nichts an.«

Er löste ihre Finger von seinen Lippen.

»Caro, du bist vielleicht nicht meine Erste, aber du bist meine Letzte. Und …«

»Das ist dein Geheimnis?«, platzte es aus ihr heraus. »Ich möchte doch davon ausgehen, dass das kein Geheimnis ist. Heute Vormittag hast du vor deiner versammelten Familie geschworen, dass du mir treu sein wirst.« Sie runzelte die Stirn. »Es sei denn, du willst mir anvertrauen, dass es die Männer mit ihren Schwüren nicht ganz so ernst meinen.«

Er seufzte und strich ihr mit dem Zeigefinger über die erbosten Falten auf der Stirn.

»Manche nehmen es tatsächlich nicht so ernst. Ich schon. Aber das ist nicht das Geheimnis. Wirst du mich jetzt in Ruhe ausreden lassen, bis du es dir angehört hast?«

»Ja«, sagte sie und lief rot an. Ihr Temperament war mal wieder mit ihr durchgegangen.

»Gut. Also, du bist nicht meine Erste, du bist aber auch nicht meine Hundertste.« Er grinste sie an und hoffte, sie würde den Wink verstehen. Und sie enttäuschte ihn nicht, seine gute Caroline.

»Ach, wie wunderbar«, erwiderte sie sarkastisch. »Ich bin Nummer neunundneunzig.«

»Knapp vorbei. Immer noch ein bisschen zu hoch.«

Sie schüttelte den Kopf. »Es ist nicht wichtig, Alex.«

»Doch, es ist dir wichtig.« Er setzte sich etwas bequemer hin. »Und da es dir sogar ziemlich wichtig ist, werde ich dir etwas anvertrauen, was eigentlich kein Mann seiner Braut anvertrauen möchte. Wir wissen schon, dass du nicht meine Erste bist, aber du wirst meine Zweite sein. Reicht dir das?«

Sie grinste und zog ihn am Ärmel näher an sich heran.

»Ja. Damit kann ich leben. Ich hätte auch damit leben können, Nummer neunundneunzig zu sein, wenn ich nur deine Letzte sein würde.«

Er stöhnte laut auf, löste ihre Finger von seinem Hemd und drückte sie sanft nach hinten, bis sie ausgestreckt auf dem Bett lag. Vom Fußende kommend, bewegte er sich dann langsam auf Händen und Knien vorwärts, bis er ihren Körper mit seinem bedeckte.

Mit einer Hand umfasste er ihren Hinterkopf und massierte ihren Nacken, wobei er seine Finger tief in ihrem prachtvollen Haar vergrub, bevor er sie leidenschaftlich zu küssen begann. Sie schlang ihre Arme um seinen Hals und fuhr mit ihren Fingern durch sein dichtes Haar.

»Alex«, stöhnte sie, als seine Lippen ihr Gesicht liebkosten.

Mit warmen und innigen Küssen arbeitete er sich langsam bis zu ihren Ohrläppchen vor, bevor sich seine Hände ihren einladenden Brüsten zuwandten, deren herrliche Formen der dünne Stoff des Nachthemds nicht verdecken konnte.

Unter seiner Berührung schwollen die Brüste noch weiter an und ihre Brustwarzen verhärteten sich. Mit drei flinken Bewegungen knöpfte er die obersten drei Knöpfe des Nachthemds auf und legte ihr Dekolleté frei. Mit den Lippen bedeckte er die wunderbar weiche Haut, während seine Hände weiterhin sanft ihre Brüste bearbeiteten.

»Caro«, murmelte er und wollte mit der linken Hand das weiße Nachthemd weiter nach oben schieben, aber die verdammte Tagesdecke lag noch immer über Carolines Beinen und er konnte Carolines Haut nicht entblößen. Er stöhnte frustriert, bevor er, einen ungebändigten Aufschrei ausstoßend, die störende Decke aus dem Weg zerrte.

Jetzt hatte er freie Bahn, und als er mit seiner Hand über eine von Carolines nunmehr enthüllten, nackten Waden streichelte, spürte er ein nie zuvor gekanntes Verlangen in sich. Es brannte in ihm, nahm von ihm Besitz.

Er stützte sich mit einem Arm ab, während er den Saum des Nachthemds noch weiter nach oben schob. Dabei kam noch mehr von ihren cremefarbenen, wohlgeformten Beinen zum Vorschein.

»Dein Körper ist wunderschön«, stieß er atemlos hervor. Ihr Anblick brachte ihn fast um den Verstand.

»Berühre mich, Alex.« Sie streichelte seine Schultern und Oberarme.

Alex kam ihrer Bitte nur allzu gern nach. Mit den Händen glitt er über die seidige Haut ihrer Waden. Er ließ sich Zeit, jede einzelne Wölbung und Kurve abzutasten, bevor seine Hände unter ihrem Nachthemd verschwanden. Während er ihr reizendes, entspanntes Gesicht betrachtete, fuhr er fordernd mit den Fingern von ihrem Oberschenkel bis zu ihrer Hüfte und ließ dann die Hand kurz auf ihrem krausen Schamhaar liegen.

Ein wohliges Schaudern lief durch ihren Körper. Alex konnte seine Begierde kaum noch beherrschen. Er vergrub sein Gesicht an ihrem Hals, während er mit den Fingern langsam das geschwollene, weiche Fleisch der Frau erforschte.

Unter seinen kühnen Berührungen bäumte Carolines Körper sich sanft auf. Er küsste sie und fuhr fort, ihr zartes Gewebe zu streicheln, bis er endlich mit einem Finger in ihren sehnsuchtsvoll wartenden Körper eindrang. Sofort schmiegten sich ihre Muskeln belohnend um ihn.

Er bewegte den Finger sanft und gekonnt, weder zu schnell noch zu fest, und gab ihr so Gelegenheit, sich an das langsame Hinein- und Hinausgleiten zu gewöhnen und sich dem gleichmäßigen Rhythmus lustvoll hinzugeben. Kurz darauf nahm er noch einen zweiten Finger dazu. Sie stöhnte auf, beugte ihren Rücken lasziv nach hinten und gab sich ganz seiner Umarmung hin.

»Alex«, hauchte sie, während sie das Kreisen ihrer Hüften dem Rhythmus seiner Bewegungen anpasste.

»Mach die Augen zu und lass dich einfach fallen, Caro«, flüsterte er, die Lippen noch immer gegen die warme Haut ihres Halses gepresst. Dann senkte er den Kopf und saugte an ihren harten Brustwarzen. Überwältigt bäumte Carolines Körper sich erneut auf und sie zog scharf die Luft ein.

Ihr Atem ging laut und ihre Fingernägel krallten sich in Alex' Schultern. Ihr ganzer Körper spannte sich an, sämtliche Muskeln verkrampften sich um seine Finger und dann drang ein abgehacktes Stöhnen aus ihrer Kehle.

Alex hörte nicht auf, bis er fühlte, dass sich die Muskeln entspannten. Dann zog er seine Hand zurück und blickte Caroline ins Gesicht.

»Öffne die Augen, Caro.«

Kurz darauf blickte er in ihre weit aufgerissenen blauen Augen.

»So habe ich mir das nicht vorgestellt«, sagte sie nach einer Weile und zog ihre Mundwinkel nach oben.

Er lächelte sie an. »Was hast du denn erwartet?« Auch wenn er kaum noch an sich halten konnte, das wollte er doch noch wissen.

»Ich weiß nicht.« Sie blinzelte hektisch und blickte an ihm vorbei.

»Ich habe ja immer nur den Tieren zugesehen ...«

Beinah hätte er sich verschluckt und bedeutete ihr mit einem Finger, still zu sein.

»Sprich nicht weiter. Ich weiß, was du erwartet hast.«

»Wirklich?«

»Ja. Du wunderst dich, warum du noch immer auf dem Rücken liegst, stimmt's?«

»Ein bisschen, ja«, gab sie zu. Ihr Gesicht lief pink an.

»Dir ist schon klar, dass wir noch nicht fertig sind?« Er schluckte. Das sollte sie mal besser nicht annehmen. Er würde wahnsinnig werden, wenn sie sich jetzt umdrehen und einschlafen wollte.

»Wir sind noch nicht fertig?«, fragte sie und blinzelte ihn erstaunt an. »Was haben wir vergessen?«

Nahm sie ihn auf den Arm oder meinte sie das ernst? Er wusste es nicht. Er konnte den Unterschied sowieso nur selten feststellen und jetzt, mit seinem vor Lust vernebelten Verstand, fiel es ihm noch schwerer.

»Ach du liebes bisschen, Alex!« Sie tätschelte ihm spielerisch die Schulter. »Wie kannst du nur glauben, dass ich nicht wüsste, was wir vergessen haben. Meinst du, ich merke nicht, wie du deine Erektion gegen meinen Schenkel reibst?«

»Oh, das tut mir leid.« Er drückte sich noch fester gegen ihren Schenkel. Sie schlang ihm die Arme um den Hals und zog ihn zu sich heran.

»Ich verzeihe dir«, murmelte sie und küsste ihn.

Aber Alex musste seine Lippen abwenden und stöhnte. Selbst er hatte eine Leidensgrenze, und die war jetzt bald erreicht.

Er stützte sich auf einen Arm, während er den Hosenschlitz öffnete und erneut stöhnte – diesmal allerdings vor Erleichterung –, als sein hartes wissenschaftliches Instrument sich endlich frei aufrichten konnte.

»Bist du bereit?«, fragte er heiser. Seine Lenden berührten ihre Hüften.

Caroline vergrub ihre Finger in seinem Haar. »Für dich immer.«

Alex biss die Zähne zusammen und gab ein unterdrücktes Grunzen von sich. Dann drang er so vorsichtig wie möglich in sie ein. Er wollte ihr Zeit geben, sich an das Gefühl zu gewöhnen. Als er gegen einen Widerstand stieß, nahm er an, dass es sich um ihr Jungfernhäutchen handelte, und hielt einen Moment still.

Dann machte er die Augen zu und fuhr fort, sich schnell und geschmeidig zu bewegen, bis er einmal fest zustieß.

Carolines spitzer Schrei gefror ihm in den Ohren.

»Es tut mir leid«, stammelte er und rührte sich nicht; fuhr nur mit den Fingern durch ihr weiches Haar. »Ich wollte dir nicht wehtun.«

Caroline sagte nichts. Aus dem Winkel eines ihrer geschlossenen Augen quoll langsam eine Träne. »Kein Problem«, sagte sie leise.

»Doch, ist es. Ich wollte das nicht. Also, natürlich wollte ich meinen ...« Er räusperte sich. »Was ich sagen will – ich wusste, dass es wehtun würde, aber ich dachte, je schneller ich es durchstoße, desto weniger schmerzhaft wird es für dich.«

Caroline öffnete die Augen. Ihr Körper bebte. Wahrscheinlich vor Schmerzen oder Unbehagen, nahm Alex an.

Das reichte aus, um seiner feurigen Begierde eine kalte Dusche zu verpassen. Er zog sich langsam zurück.

»Was machst du?«, fragte Caroline ganz ruhig.

»Wir brauchen das nicht zu tun.« Er küsste ihre Wange.

»Wie bitte?« Ihre Stimme bekam eine schrille Färbung. »Warum nicht?«

»Weil ich es verdorben habe«, antwortete er und zog sich noch etwas weiter zurück.

Da fasste sie ihn mit beiden Händen auf den Rücken, um ihn mit aller Kraft daran zu hindern, aus ihr herauszugleiten.

»O nein, du bleibst schön hier drinnen. Du hast es begonnen, du wirst es zu Ende führen.«

»Aber ich habe dir wehgetan.« Er hielt inne.

»Aber jetzt tut es nicht mehr weh«, entgegnete sie.

Er blickte auf sie herunter. Sprach sie die Wahrheit? So musste es sein. Flehte sie ihn nicht mit weit geöffneten Augen an, und lagen ihre Hände nicht noch immer auf seinem Rücken und schienen ihn zu ermutigen, dort weiterzumachen, wo er aufgehört hatte? Er schluckte. Dann ergab er sich ganz ihren Küssen und spürte ihre üppigen Brüste an seinem Oberkörper. Es dauerte nicht lange und seine Erektion kehrte stärker zurück als zuvor. Diesmal gab er sich noch mehr Mühe, vorsichtig und behutsam in sie einzudringen und ihr noch mehr Zeit zu geben, sich an die pochende Gegenwart seines Verlangens zu gewöhnen, bis er es nicht mehr länger aushielt, die Zähne vor lauter Erregung zusammenbiss und sein Becken in einem gleichmäßigen Rhythmus hin und her bewegte.

Caroline umfasste seine Schulter, weder zu fest noch zu locker. Ihre Hand war einfach da, und Alex schloss die Augen und übersäte Carolines Stirn mit Küssen, während er sich weiter in demselben Rhythmus bewegte. Dieser Orgasmus würde intensiver sein als alle anderen zuvor. Er senkte den Kopf. Mit den Lippen suchte er ihren Mund, aber sie sträubten sich plötzlich. Er riss die Augen auf und hielt abrupt an. Er schluckte. Dann noch einmal. Carolines

Gesicht glühte vor lauter Strapazen, aber sie biss sich auf die Lippe, um den Schmerz besser ertragen zu können.

»Caro?«, stieß er heiser aus.

»Ja?«, flüsterte sie mit geschlossenen Augen.

Er biss die Zähne zusammen, um nicht laut zu fluchen. Was war er nur für ein Monster? Er hatte seine Frau behandelt wie eine gewöhnliche Hure und sich in keiner Weise um ihren Schmerz oder ihr Unbehagen gekümmert. Er zog sich komplett zurück. Sie löste ihre Zähne von der Unterlippe und fuhr sich mit der Zunge über die Stelle, in die sie gebissen hatte.

»Oh«, sagte sie, öffnete ihre Augen und blickte ihn an.

Er drehte sich auf den Rücken und bedeckte sein Gesicht mit einem Arm.

»Danke, Alex.« Sie legte ihren Kopf auf seine Brust.

Er knirschte mit den Zähnen.

»Wofür?«

»Für alles. Dafür, dass du so rücksichtsvoll bist. Dafür, dass du mir Lust bereitest. Dafür, dass du einfach du selbst bist.«

Wut und Scham nahmen von ihm Besitz. Er war nicht rücksichtsvoll gewesen. Er hatte alles ruiniert, indem er ein brutaler Rüpel gewesen war und sie nicht besser als eine dahergelaufene Nutte behandelt hatte. Er konnte unmöglich neben ihr liegen und ihr zuhören, wie sie ihn lobte und sich bedankte. Er musste sofort verschwinden. Er knöpfte seine Hosen zu. Verflucht. Er trug noch immer seine Hosen. Und sein Hemd. Und seine Socken. Und sie trug noch immer ihr Nachthemd. In seiner unsäglichen Eile hatte er ihnen nicht einmal genug Zeit zugestanden, um sich zu entkleiden.

Er schob ihren Kopf von seiner Brust, bevor er sich aufrichtete. Sie lag auf dem Rücken und sah ihn verwundert an.

»Gehst du fort?« Sie blinzelte.

Sein Herz zog sich zusammen und in seinem Hals spürte er einen dicken Kloß.

»Ich komme wieder«, sagte er voller Unbehagen. Er konnte sie keinen Moment länger ansehen.

»Du hast nicht etwa vor, das Schachspiel zu holen, oder?«, fragte sie. Ihre Stimme war kaum zu verstehen.

Das war eine ausgezeichnete Idee. Hier in seinem Zimmer gab es ein Schachspiel, aber er könnte hinunter in die Bibliothek gehen und das größere Set holen. Das würde mindestens zwanzig Minuten dauern. Dreißig, wenn er sich im Schneckentempo bewegte. Lang genug, um ihn auf klare Gedanken zu bringen, und in der Zwischenzeit würde sie sicher einschlafen.

»Ja. Ich habe dir doch versprochen, dass wir heute Abend spielen.«

Sie lächelte. »Vergiss das Schachspiel. Komm zurück ins Bett. Wir spielen morgen.«

»Es wird nicht lange dauern«, sagte er und ging nicht auf ihre Bitte ein. Bevor sie noch etwas sagen konnte, war er schon aus dem Zimmer geschlüpft und hatte die Tür geschlossen. Beinah hätte er dem Drang nachgegeben, mit dem Kopf dagegen zu schlagen. Wie hatte er nur so gedankenlos sein und sie so behandeln können? Er raufte sich die Haare und begab sich in die Bibliothek.

Er trödelte absichtlich lange und stieß einen Seufzer der Erleichterung aus, als er in sein Zimmer zurückkehrte und Caroline bei Kerzenlicht tief und fest schlafend vorfand.

Er legte das Spiel auf den Boden und blies alle Kerzen aus. Dann schlüpfte er aus seinen Kleidern und zu seiner Frau unter die Bettdecke.

Durch einen offenen Spalt im Vorhang fiel ein schmaler Schimmer silbernen Mondlichts in den Raum. In dem schwachen Licht betrachtete Alex seine entspannt schlafende Braut. Ihr Anblick tat ihm in der Seele weh. Sie war so wunderschön, so zerbrechlich und gehörte ihm allein. Er küsste ihre Stirn zum letzten Mal für diesen Abend und schwor sich insgeheim, dass er sie in Zukunft besser behandeln würde. Sollte sie diesen bestimmten Aspekt ihrer Ehe nicht genießen, würde er sie nicht zwingen. Seine Brüder könnten das Familienerbe antreten.

Er schloss die Augen und ließ den Kopf auf das Kissen fallen. Nur einen kurzen Moment später – zumindest kam es ihm so vor

– hörte er einen unterdrückten Panikschrei und spürte hektische Unruhe neben sich. Überrumpelt riss er die Augen auf, und sein Körper verspannte sich. Er musste ein paarmal blinzeln, um sich zu vergewissern, dass es sich nicht um einen Traum gehandelt hatte, aber ein Blick auf seine Frau reichte aus, um den letzten Zweifel auszuräumen.

»Caro?«

Sie saß kerzengerade in ihrem Bett, fasste sich mit der Hand ans Herz und atmete schwer. Sie blickte ihn gar nicht an, sondern starrte geradeaus, unfähig, einen zusammenhängenden Satz hervorzubringen.

»Was ist los?« Er legte einen Arm um sie und zog sie an sich heran. Ihr Körper war ganz steif und sie schlug mit den Fäusten gegen seine Brust. Er hielt sie noch fester.

»Pst, Caro, ich bin's nur, Alex. Alles ist gut.«

Langsam ließ ihre Anspannung nach, und sie schmiegte ihren Kopf an seine Brust. Aber ihr Atem ging noch immer abgehackt.

»Pst«, gurrte er sanft und fuhr beruhigend über ihre Arme und ihren Rücken. »Du hast nur schlecht geträumt. Das passiert oft. Ich bin hier, um dich festzuhalten. Bei mir bist du sicher.«

Ihre Tränen benetzten seine Wangen und er wiegte sie sanft hin und her.

»Möchtest du darüber sprechen?«

Sie schüttelte den Kopf.

»Die Kerzen«, krächzte sie.

Er sah sich um. Keine einzige Kerze brannte. Für ihn, wie für die meisten Leute, war es völlig normal, im Dunkeln zu schlafen.

»Schläfst du lieber bei Kerzenlicht?«, fragte er. Ihm war eingefallen, dass sie das Zimmer mit einer Unmenge Kerzen erleuchtet hatte, als er am Abend zu ihr gekommen war.

»Ich weiß, es ist albern«, sagte sie und schniefte. »Ich mag einfach nicht im Dunkeln schlafen.«

»Müssen alle Kerzen brennen?«

Sie schniefte erneut. »Wenigstens ein paar.«

»Also gut.« Er wusste zwar nicht, wie er in einem hellen Zimmer schlafen sollte, aber wenn das Carolines Wunsch war, dann würde er ihr diesen Wunsch erfüllen.

»Ich bin gleich wieder da«, murmelte er und ließ sie sacht gegen die Kissen sinken.

Dann schlüpfte er aus dem Bett und setzte seine Brille auf, damit er wenigstens erkennen konnte, was er anzündete. Kurz darauf hatte er die beiden Laternen gefunden, die er seit seiner Kindheit besessen hatte. Es war sicherer, sie anstelle von offenen Kerzen über Nacht brennen zu lassen.

Nachdem er sie angezündet hatte, setzte er seine Brille wieder ab und kroch zurück zu seiner Frau ins Bett.

»Besser?«, fragte er und hielt sie eng umschlungen.

»Ja. Vielen Dank.« Ihr Gesicht war noch immer feucht von Tränen, aber wenigstens hatte sie aufgehört zu weinen.

»Möchtest du jetzt darüber sprechen?«

»Nein«, sagte sie und legte ihre Hand sanft auf die Stelle, wo sein Herz schlug. »Halt mich einfach nur fest, bitte.«

Er küsste ihr auf den Kopf. »Für immer.«

»Danke, Alex.«

»Dafür sind Ehemänner da.«

Kapitel 19

Als Caroline am nächsten Morgen in Alex' Armen erwachte, betrachtete sie sein hübsches schlafendes Gesicht. Mit den Fingern fuhr sie über die Bartstoppeln, die über Nacht gesprossen waren, und dann über seine Nase und seine Augenbrauen. Als er am vergangenen Abend zu ihr ins Bett gekommen war, hatte sie ihn zum ersten Mal ohne Brille gesehen. Allerdings hatte sie dem nicht allzu viel Beachtung geschenkt. Sie war viel zu sehr damit beschäftigt gewesen, sich seinen Berührungen hinzugeben.

»Guten Morgen, Caro«, sagte er und öffnete eines seiner braunen Augen.

Sie errötete. Er hatte sie gerade dabei ertappt, wie sie ihn angestarrt hatte. Zum Glück hatte sie nicht seine unteren Körperpartien betrachtet. Das wäre wirklich zum Sterben peinlich gewesen. Aber dann hätte sie wenigstens ihre Neugier befriedigen können. Sie war ein bisschen enttäuscht gewesen, dass sie ihn gestern Nacht nicht nackt gesehen hatte. Na ja, eigentlich hatte sie ihn ja nackt gesehen. Aber nur, weil er aus dem Bett geklettert war, um für seinen Angsthasen von Ehefrau zwei Laternen anzuzünden. Sie seufzte. Würde sie sich jemals sicher genug fühlen, um in der Dunkelheit zu schlafen?

»Hast du Pläne für den heutigen Tag?«, fragte er und fuhr mit den Fingern über den oberen Saum ihres Nachthemds.

Sie zuckte mit den Schultern. »Meine Garderobe und persönlichen Gegenstände sollen heute geliefert werden.«

»Gut. Bist du hungrig? Wir können uns das Frühstück aufs Zimmer bringen lassen oder nach unten gehen und es dort einnehmen. Es ist sicher schon angerichtet.«

So liebend gern sie den ganzen Tag mit Alex im Bett verbracht hätte, sie konnte es nicht über sich bringen. Es wohnten zu viele andere Leute im Haus, und die würden ganz genau wissen, was Alex und Caroline trieben, wenn sie sich nicht bald zeigten. Sie errötete erneut.

»Unten. Lass uns unten frühstücken.«

»Abgemacht. Wir frühstücken unten.«

Sie machte Alex Platz, damit er aus dem Bett steigen konnte, was er auch mit flinken, geschmeidigen Bewegungen tat. Sogar etwas zu flink und zu geschmeidig für ihren Geschmack. Er stand so schnell auf seinen Füßen, dass sie lediglich einen kurzen Blick auf seine festen Pobacken erhaschen konnte.

Er stand weiterhin mit dem Rücken zu ihr, während er eine Schublade seiner Kommode öffnete und ein Paar Hosen und ein Hemd heraussuchte.

»Ich schicke Annie zu dir, damit sie dir beim Anziehen behilflich ist.« Er streifte ihre Stirn mit einem Kuss und klaubte dann seine restlichen Anziehsachen zusammen.

»Ich warte unten auf dich.«

Alex saß schon am Tisch, als Annie Caroline ins Frühstückszimmer führte. Anders als vor weniger als einer Stunde war sein Haar perfekt frisiert, und seine Kleidung saß akkurat. Als sie eintrat, erhob er sich und ging mit ihr zu dem seitlich angerichteten Büffet, wo er ihr beim Füllen des Tellers behilflich war, den er ihr danach an ihren Platz trug.

Außer den beiden war sonst niemand im Zimmer, und beim besten Willen fiel ihr kein einziges Wort ein, das sie mit dem Herrn, mit dem sie keine zehn Stunden zuvor die größtmögliche Intimität geteilt hatte, hätte wechseln können. Aber das machte nichts. Die Stille im Zimmer war nicht unangenehm.

Sie untermauerte eher ihre kameradschaftliche Nähe. Als Caroline seinen Antrag angenommen hatte, hatte sie gewusst, dass Alex sie nicht liebte. Sie mochte ihn lieben, aber er tat es nicht, dessen war sie sich wohl bewusst. Aber weder hatte sie jemals in ihrem Leben erwartet, geliebt zu werden, noch hatte sie darum gebeten. Er würde sie anständig behandeln. Das war alles, was für sie zählte.

Sie blickte ihn an und lächelte.

»Es ist auffallend still heute«, sagte sie und stellte ihre Tasse mit heißer Schokolade ab.

»Ich fürchte, du hast keinen Mann vieler Worte geheiratet« gab Alex, ebenfalls lächelnd, zurück.

Caroline riss die Augen auf. Ihr Kiefer klappte nach unten. »Aber du schienst immer so gesprächig.«

Ein selbstironisches Lächeln spielte um seine Lippen.

»Nun, das ... ähm ... ich ... ich bin wirklich kein guter Plauderer.«

»Es sei denn, es geht um Wissenschaft«, erinnerte sie ihn lächelnd.

Er nickte. »Es sei denn, es geht um Wissenschaft.« Er trommelte mit den Fingern auf die Tischplatte. »Was ich sagen möchte, ist, dass ich eine Unterhaltung natürlich eine Weile am Laufen halten kann, aber wenn du erwartest, dass ich Tag und Nacht mit dir rede, wirst du enttäuscht sein.«

»Das ist völlig in Ordnung. Ich hatte in der Vergangenheit selten Gesellschaft, also werde ich nicht nach allzu viel Aufmerksamkeit verlangen.«

Er sah erleichtert aus.

»Nur um das klarzustellen«, fügte er einen Moment später hinzu. »Ich bin kein guter Plauderer, aber ich habe natürlich nicht vor, dich zu ignorieren.«

»Das weiß ich. Und wenn ich wirklich einmal Lust auf Plauderei habe, wende ich mich an deine stets gesprächige Cousine Brooke. Sie wohnt ja nicht weit entfernt«, erwiderte sie. Alex musste erneut lächeln.

»Verzeihung, Mr Banks, Mrs Banks«, ließ sich der Butler Johnson aus dem Korridor vernehmen. »Man hat mich gebeten zu eruieren, ob die gnädige Frau nach dem Frühstück einen Moment Zeit für Lord Watson hat.«

In Caroline stieg Panik auf. Warum wollte der Baron mit ihr sprechen?

»Wir sind in Kürze mit dem Frühstück fertig und können dann meinen Vater aufsuchen. Natürlich nur, wenn Mrs Banks einverstanden ist.«

»Verzeihen Sie, Mr Banks, aber Lord Watson verlangt, unter vier Augen mit Mrs Banks zu sprechen.«

»Unter vier Augen?«, fragte Caroline mit piepsiger Stimme. Sie konnte ihren Schwiegervater schlecht einschätzen, aber Alex vermochte sie wenigstens zu beschützen, wenn der Baron sie in Verlegenheit brachte.

»Sehr wohl, Madam. Der Baron würde gern ein paar Minuten mit Ihnen allein sprechen.«

Sie fühlte sich unwohl in ihrer Haut und musste aufgeregt schlucken.

»I ... in Ordnung«, brachte sie schließlich unsicher hervor.

Kurz danach geleitete Alex sie durch das Labyrinth aus Gängen und Treppen zum Zimmer seines Vaters. Er küsste sacht ihre Lippen, flüsterte ihr ein paar aufmunternde Worte ins Ohr und öffnete ihr dann die Tür. Sie warf Alex noch einen letzten Blick zu und trat dann an das Bett seines Vaters.

»Du wolltest mich sprechen?«

Edward hustete und drehte ihr sein Gesicht zu. An diesem Morgen sah er noch kränker aus als am Abend zuvor.

»Ja, mein Mädchen. Setz dich.«

Sie setzte sich auf einen Stuhl in der Nähe des Betts und wartete darauf, dass Edward weitersprechen würde.

»An deinen geröteten Wangen kann ich erkennen, dass mein Geschenk von gestern Abend nützlich war«, neckte er sie.

»In der Tat«, erwiderte sie steif. »Ich habe zu Alex' Füßen geschlafen wie Ruth zu Boaz' Füßen.«

Er kräuselte die Nase.

»Dann werde ich in neun Monaten wohl doch keinen Enkel im Arm halten«, erwiderte er mit trockenem Humor.

»Vielleicht, vielleicht auch nicht.« Eine neue Welle verräterischen Rots wärmte ihre Wangen.

Edward grinste. »Gut, nachdem wir das erledigt haben, lass mich erklären, warum ich dich von meinem lüsternen Sohn losgeeist habe. Als Erstes solltest du wissen, dass ich mich nie ernsthaft entschuldige. Sollte ich also gestern etwas gesagt oder getan haben, das dich beleidigt hat, dann tut es mir auf keinen Fall leid, und du wirst kein weiteres Wort der Entschuldigung von mir hören.«

Er runzelte die Stirn und schüttelte das Kissen aus, bevor er es wieder unter seinen Kopf schob.

Sie lächelte. Auf seine ihm eigene Art *hatte* der Baron sich gerade für alles entschuldigt, was sie jemals unangenehm berührt haben mochte. Als Alex ihm vor ein paar Tagen eine Entschuldigung abgenötigt hatte, hatte er nicht aufrichtig geklungen, aber diesmal war er ehrlich. Das wusste sie einfach.

»Die zweite Sache, die ich mit dir besprechen wollte ...«, er schlug zweimal gegen sein Kissen, »... wenn ich es endlich schaffe, dieses verdammte Kissen in die richtige Position zu bringen, damit ich mein dahinsiechendes Haupt abstützen kann.« Er setzte sich auf, pfefferte das Kissen ans Bettende und nahm sich ein anderes. »So, dieses hier ist viel besser«, murmelte er und arrangierte das Federkissen so, dass der Teil unter seinem Kopf hart und stabil war.

»Also, die zweite Sache, die ich mit dir besprechen wollte, betrifft Alex. Du solltest wissen, dass er weitaus mehr Gefühle für dich hegt, als dir vielleicht bewusst sein mag.«

»Ja?«, setzte sie nach, als Edward nicht weitersprach. Ihr Herz machte einen erregten Satz. Sie wollte mehr hören. Sie wollte hören, wie viel Alex wirklich für sie empfand.

»Das ist alles. Mein Sohn hegt tiefe Gefühle für dich, aber er gibt eine ziemlich lausige Darbietung ab, dir das zu zeigen.«

»Das stimmt nicht«, verteidigte sie ihren Mann.

Edwards blaue Augen wanderten über ihr Gesicht.

»Denk, was du willst«, sagte er schließlich. »Mir ist nur wichtig, dass du weißt, wie viel du ihm bedeutest, egal, was er sagt oder ob er sich anderweitig verhält.«

Caroline starrte ihn sprachlos an. Warum beleidigte er seinen eigenen Sohn derart? Und überhaupt, warum schien er zu glauben, dass er sie über Alex' Gefühle aufklären sollte? Sie seufzte. Vielleicht kam das von seinen Medikamenten. Oder vielleicht begann er so kurz vor dem Tod zu halluzinieren. Ja, das war sicher die Erklärung.

»Vielen Dank. Ich werde es nicht vergessen.« Mit einem Taschentuch tupfte sie ihm ein paar Schweißtropfen von der Stirn.

»Vielen Dank, Caroline«, sagte er leise und machte die Augen zu. »Ich bin sehr froh, dass Alex dich geheiratet hat.«

Ein gurrendes, abgehacktes Kichern drang aus seiner Brust.

»Schon als ich dich das erste Mal sah, habe ich sofort gewusst, dass du wunderbar zu ihm passen würdest. Deshalb habe ich Joseph überredet, diese Zusatzklausel in den Vertrag zu schreiben.« Er schnaubte. »Du magst damals erst sieben Jahre alt gewesen sein, aber so wie du dich an das Teleskop geklammert und darauf bestanden hast, dass du nur mit mir gehst, wenn wir auch das Teleskop mitnehmen ... das hat mir gezeigt, dass du und mein Sohn Seelenverwandte seid.«

Sie erstarrte. Ihre Haut wurde eiskalt. Die einzigen Männer, die Caroline in diesem Alter jemals mit ihrem Teleskop zu Gesicht bekommen hatten, waren ihr Vater, ihr Onkel und ein Fremder, der damals mitten in der Nacht in ihr Haus gekommen war, um sie in Sicherheit zu bringen. Sie erinnerte sich kaum an jenen Mann, außer, wie er ihr in ihrem Kinderzimmer sagte, sie dürfe sich den Gegenstand aussuchen, der ihr am wichtigsten war, und ihn mitnehmen, weil sie jetzt gehen und nie wieder zurückkehren würde. Sie hatte umgehend auf das Teleskop gedeutet, von dem sie annahm, dass es das Teleskop ihrer Mutter war. Sie wusste ja nicht, dass ihr Onkel das richtige Gerät nach dem Tod der Mutter schon hatte abholen lassen, damit ihr Vater es nicht zu Geld machen konnte. Also half es nichts, dass der große Mann, der fast völlig von der Dunkelheit verdeckt war, ihr vorschlug, etwas anderes auszusuchen. Sie weigerte sich beharrlich. Sie stemmte die Hände in die Hüften und sagte ihm, entweder würde das Teleskop mitkommen oder sie würde hierbleiben. Da nahm der starke Mann sie auf einen Arm und das Teleskop samt Zubehör unter den anderen und trug sie durch die Hintertür aus dem Haus.

»Du warst das?«, flüsterte sie schließlich. Tränen schossen ihr in die Augen.

Mit flatternden Lidern öffnete Edward seine Augen und zog erstaunt, wenn nicht sogar ein bisschen verstört, die Augenbrauen zusammen.

»Ja, mein Mädchen. Ich habe deinen Onkel in jener Nacht begleitet. Ich dachte, du wüsstest das.«

Sie schüttelte den Kopf. »Nein. Onkel Joseph hat niemals auch nur ein einziges Wort über jene Nacht verloren und ich auch nicht.«

»Das war wahrscheinlich am besten so.« Edward griff nach ihrer Hand. »Ich gebe zu, dass ich dich damals aus dem Haus getragen habe. Joseph hatte mich um Hilfe gebeten. Kennst du den Grund?«

Sie schluckte. »Weil mein Vater lachgassüchtig war«, sagte sie mit schwacher Stimme und wagte nicht, ihn anzusehen.

Er drückte ihre Hand.

»Das war ein sehr wichtiger Grund. Aber es gab noch einen anderen. Erinnerst du dich noch an irgendetwas anderes?«

Sie schüttelte den Kopf. Sie war damals gerade einmal sieben Jahre alt gewesen. Das meiste hatte sie entweder verdrängt oder durchlebte es in ihren Albträumen. Und die wenigen bruchstückhaften Erinnerungsfetzen liefen meist in einer chronologisch falschen Reihenfolge ab.

»Das ist wahrscheinlich ebenfalls das Beste«, sagte er und drückte ihre Hand erneut. »Versuch, das alles zu vergessen, meine Liebe.«

»Das werde ich«, murmelte sie und lehnte sich mit geschlossenen Augen zurück.

»Alex weiß nichts davon«, sagte Edward auf einmal.

»Wie bitte?« Sie riss die Augen auf. Sie räusperte sich und rang sich ein Lächeln ab, um ihren unhöflichen Temperamentsausbruch wiedergutzumachen.

Aber Edward winkte abwiegelnd mit der Hand.

»Im Gegensatz zu meinem Sohn bereitet es mir keine Schwierigkeiten, einen Gesichtsausdruck zu deuten. Und deiner zeigt deutlich, dass du dir Sorgen darüber machst, was er weiß und was er eben nicht weiß. Habe ich recht?«

»Ja«, gab sie zu. »Er schien genau zu wissen, wie scheußlich Rupert Griffin ist.«

Das weiß er auch. Aber Alex weiß nicht, dass Griffin dein Vater ist. Und genauso wenig weiß er über dein Leben vor deiner Zeit auf Ridge Water Bescheid. Er weiß nur das, was du ihm erzählt hast. Ich habe deinem Onkel versprochen, mein Wissen mit ins Grab zu nehmen. Regina weiß Bescheid, allerdings nur, weil sie sich damals zusammenreimen konnte, wohin ich in jener Nacht fuhr – letzten Endes war das ziemlich offensichtlich. Aber ich habe Alex nie davon erzählt. Und ich meinte es ernst, als ich neulich sagte, dass ich auch deine Geheimnisse mit ins Grab nehmen werde.« Er warf ihr ein wehmütiges Lächeln zu. »Wann auch immer das sein wird.«

Sie versuchte, über seinen mutigen Witz zu lächeln.

»Ich danke dir für alles, was du für mich getan hast«, sagte sie und wischte sich eine kullernde Träne von der Wange.

»Das habe ich sehr gern getan, mein Mädchen«, murmelte er und tätschelte ihre Hand. »Und jetzt sieh nach dem Tunichtgut, den ich meinen Sohn nenne, und lass einen alten Mann ruhen.«

Sie küsste ihn zum Abschied auf die Wange. Als sie schon fast an der Tür angekommen war, rief er noch einmal ihren Namen und sie drehte sich um.

»Ich kannte deine Mutter nicht besonders gut. Sie war ein bisschen zu jung, um meine Spielgefährtin zu sein. Aber Regina kannte sie. Die beiden teilten sich ein Zimmer auf der Schule für höhere Töchter. Vielleicht solltest du mit ihr sprechen.«

Er hustete mehrmals. Als er weitersprach, klang seine Stimme leise und kratzig.

»Zwar lieben wir alle unsere Mütter bedingungslos und blenden gern unangenehme Informationen über sie aus, aber mir scheint, dass du deiner Mutter eine Sünde vergibst, die sie gar nicht begangen hat.«

Caroline wartete, ob er diesen Gedanken noch weiter ausführen würde, aber er hatte die Augen wieder geschlossen und die Decke bis ans Kinn hochgezogen. Wie betäubt verließ sie das Zimmer und schloss die Tür hinter sich so leise wie möglich.

»Schläft er?«, hörte sie eine weibliche Stimme vom anderen Ende des Korridors her fragen und sah Regina, die in einem Sessel saß und auf sie wartete.

»Ich glaube, ja.«

Regina stand auf. »Gut so. Ich lasse ihn ein bisschen ruhen. Dieses Kleid steht dir übrigens ganz ausgezeichnet, meine liebe Caroline. Grün ist deine Farbe.«

»Vielen Dank«, murmelte Caroline und lächelte verlegen. Sie war an häufige Komplimente nicht gewöhnt.

»Hättest du Lust, mir im Salon Gesellschaft zu leisten?«

Caroline blinzelte. Als hätte das Schicksal es so gewollt, hatte Regina draußen vor Edwards Zimmer gewartet, just nachdem Edward Caroline geraten hatte, Regina nach der Wahrheit über ihre Mutter zu fragen.

»Das würde ich sehr gerne«, antwortete sie mit gespielter Begeisterung. »Aber ich muss dich warnen. Sticken und Nähen sind nicht meine Stärken.«

Regina schüttelte nachsichtig grinsend den Kopf.

»Du kannst ebenso schlecht lügen wie mein Sohn.«

»Ich bin wirklich schlecht im ...«

»*Das* glaube ich dir ja«, unterbrach Regina sie. »Aber ich glaube dir nicht, dass du Lust hast, mit mir im Salon zu sitzen. Ich habe dich durchschaut, Caroline Banks. Alex ist im Gewächshaus und spielt dort mit irgendwelchen Pflanzen oder was weiß ich herum. Warum gehst du nicht zu ihm?«

So schnell ihre Füße sie trugen, eilte Caroline hinüber ins Gewächshaus. Nur der tatterige alte Butler, der ihr den Weg zeigte, drosselte ihr Tempo.

Schwungvoll öffnete sie die Tür zum Gewächshaus und entdeckte augenblicklich Alex, der auf dem Boden kniete. Er hatte seine Jacke, seine Weste und seine Krawatte achtlos auf eine Bank in drei Metern Entfernung geworfen. Seine Hemdsärmel hatte er aufgerollt und die obersten drei Knöpfe seines Hemds aufgeknöpft, sodass Caroline ungehindert seine wohlgeformte Halspartie sowie einen Ausschnitt seines gebräunten Oberkörpers bewundern konnte.

»Caro.« Er zog überrascht die Augenbrauen hoch. In einer Hand hielt er eine wunderschön blühende Pflanze, deren Wurzeln zwischen seinen auseinandergespreizten Fingern nach unten baumelten.

»Ich wollte dir Gesellschaft leisten, ist dir das recht?« Sie ging zu ihm. »Keine Unterhaltung erforderlich«, neckte sie ihn.

Er grinste. »Wenn das so ist, zieh dein Kleid aus und hilf mir, diese Pflanzen umzusetzen.«

Sie starrte ihn mit offenem Mund an. Machte er Witze oder erwartete er tatsächlich, dass sie sich hier auszog, wo jeden Moment jemand durch die Tür hereinspaziert kommen konnte? Er musste ihre Gedanken gelesen haben.

»Hier kommt keiner einfach so herein und wird dich in deinem Unterrock sehen. Aber du wirst dir dein Kleid dreckig machen, wenn du es anbehältst.«

»Ich glaube nicht, dass ich es ausziehen sollte«, sagte sie und sah skeptisch zur Tür.

Er legte die Pflanze auf den Boden und stand auf, ohne sich um den Dreck an seinen Knien zu kümmern. Dann ging er zu einer großen Waschschüssel, die auf einer zweiten Bank stand, und tauchte eine kleine Bürste ins Wasser. Er schrubbte sich gründlich die Finger, bevor er die Bürste wieder ablegte und seine Hände mit einem Handtuch abtrocknete.

»Dreh dich um.«

Zögernd drehte sie sich um und hielt den Atem an, als sie spürte, wie er die Knopfleiste auf ihrem Rücken mit flinken Fingern öffnete. Mit der ganzen Zärtlichkeit eines Liebhabers fasste er unter den Stoff, streifte ihr das Kleid von den Schultern und ließ es achtlos zu Boden gleiten.

»Leg es auf die Bank«, befahl er heiser.

Caroline trug jetzt nur noch ihr Unterkleid und drapierte ihr Kleid, ihre Schuhe und ihre Socken neben seinen Anziehsachen auf der Bank und zwang sich dazu, sich nicht zu genieren. Er hatte gestern Nacht mindestens so viel, wenn nicht viel mehr von ihrem Körper zu Gesicht bekommen.

Sie kniete sich neben ihn. Er hatte sich wieder jenen aneinandergereihten Pflanzen zugewandt, mit denen er sich vorhin beschäftigt hatte. Noch mindestens dreißig Pflanzen mussten ausgegraben werden. Seite an Seite erledigten die beiden ihre Arbeit. Die Stille wurde nur durch das Geräusch vereinzelt herunterfallender Brocken Erde unterbrochen.

»Ich möchte diese Pflanzen an der Südseite des Gewächshauses neu einpflanzen«, erklärte Alex, als sie das letzte Exemplar ausgegraben hatten. »Ich habe vorgestern schon die Löcher dafür vorbereitet.« Beim Aufstehen hob er auch die kleine Kiste hoch, in die sie die Pflanzen gelegt hatten. Caroline folgte ihm durch das Gewächshaus bis an die Stelle, an der sie die vorbereiteten Löcher sah. Wieder arbeitete das Paar in kameradschaftlicher Stille und setzte die Pflanzen in die Erde.

»Du hast hier wirklich eine ganz schöne Sammlung«, bemerkte Caroline und ließ sich von ihm beim Aufstehen helfen. Sie bewunderte die verschiedenen Pflanzen, Bäume, Blumen und anderen Gewächse.

»Würdest du dich gern umsehen?« Er nahm sie bei der Hand.

»Natürlich.«

Auf Carolines Erlaubnis hin verschränkte er die Finger seiner Hand mit ihren. Während er sie durch das Gewächshaus führte und ihr seine mit Preisen ausgezeichneten Bäume und Blumen zeigte, beantwortete er geduldig jede einzelne ihrer Fragen. Als sie den Rundgang beendet hatten, glitt sein Blick von ihrer furchtbar verrutschten Frisur zu ihren bloßen Füßen.

»Mein Liebling Caroline, du siehst völlig derangiert aus. Es war zwar eine gute Idee, dass du dein Kleid abgelegt hast, aber dafür haben wir jetzt ein anderes Problem.«

Sie lachte nervös.

»Ich hoffe, du schlägst jetzt nicht vor, dass ich in diesem Zustand zum Haus hinüberrenne und mich durch den Dienstboteneingang hineinschleiche.«

»Das würde ich niemals tun«, sagte er und legte ihre Arme um seinen Hals. »Draußen fließt ein kleiner Bach, direkt hinter dem Gewächshaus. Keiner kann uns sehen.«

»Klingt sehr skandalös.« Sie grinste zu ihm hoch und klopfte etwas Dreck von seinen Schultern. »Aber dein Vorschlag überrascht mich nicht sonderlich. Du scheinst dafür bekannt zu sein, dich deiner Kleider nur zu gern zu entledigen und für einen Skandal zu sorgen.«

Er verzog seine Lippen zu einem schiefen Grinsen und wischte ihr etwas Erde von der Wange.

»Darüber können wir später reden. Lass uns jetzt erst einmal an den Bach gehen.«

Und bevor sie noch wusste, wie ihr geschah, hatte Alex sie schon hochgehoben und in seinen Armen durch die Hintertür des Gewächshauses und bis an den kleinen Bach getragen. Erst dort ließ er sie wieder auf den Boden.

»Ihr Bad ist fertig, Mrs Banks.«

»Das war definitiv graziler als das Mal, als du Olivia getragen hast.«

Er runzelte die Stirn.

»Wenn ich sie so wie dich eben getragen und nicht über meine Schulter geworfen hätte, dann hätte ich mich ernsthaft verletzen können, bei ihrem Gewicht. Aber lass uns nicht über sie reden, sonst ruinieren wir noch die schöne Stimmung. Geh schon hinein. Ich komme in einer Minute nach.«

Caroline nickte und ging ans Wasser. Mutig streckte sie einen Zeh hinein, zog ihn aber sofort wieder heraus. Das Wasser war eiskalt! Sie blickte über die Schulter nach hinten. Alex war noch immer damit beschäftigt, seine Schuhe aufzuschnüren. Würde er seine Unterhosen anlassen? Sie erzitterte plötzlich, und das lag nicht an ihrem frierenden Zeh.

Sie musste förmlich ihre Augen von ihm losreißen, atmete einmal tief aus und machte einen Schritt nach vorne. Dann noch einen und noch einen. Sie wollte auf keinen Fall zimperlich erscheinen und aus dem kalten Wasser zurück ins Gewächshaus rennen. Also ging sie weiter, bis sie bis zur Hüfte im Bach stand.

Als sie Alex leise fluchen und leicht mit den Füßen planschen hörte, während er in die kalten Fluten stieg, musste sie grinsen und vergaß für einen kurzen Moment, wie kalt ihr selbst war.

»Etwas frisch, nicht wahr?«, neckte sie ihn und drehte sich nach ihm um.

Er trug nichts außer seinen Unterhosen, und sie musste ihn einfach schamlos anstarren. Sie wusste, wie sich sein Körper anfühlte, und ihre Hände waren nun schon mehrmals über seinen Körper – bekleidet oder unbekleidet – gefahren, aber jetzt sah sie seine Figur zum ersten Mal in aller Pracht. Sein Oberkörper war fest und muskulös. Sein Bauch war flach, und seine harten Bauchmuskeln waren ausgeprägt und wohlgeformt. Weiter oben an den Schultern waren die Muskeln eher rund, ein bisschen weicher. Ihre Finger kribbelten vor Verlangen, sie abzutasten, mit dem krausen Haar auf seiner Brust zu spielen und dann der schmalen Linie zu folgen, die sich über seinen Bauch wand und schließlich unter dem Bund der Unterhose verschwand.

»Frisch beschreibt es nicht einmal ansatzweise.« Dann murmelte er noch etwas vor sich hin, das sie nicht ganz verstand. Es ging um kaltes Wasser, schrumpfen und abtöten.

Dann ging sie in die Hocke, um noch tiefer einzutauchen, und bewegte sich auf ihn zu. »Komm zu mir.«

Er tat ihr den Gefallen und wagte sich genauso weit ins Wasser vor wie sie. Er tauchte seine Finger ein und säuberte ihr Gesicht von Erde und Dreck, und sie tat das Gleiche und fuhr danach über seine Schultern und Arme. Sie vergrub ihr Gesicht an seiner Brust und genoss es, als er seine Hände auf ihren Rücken legte und ihr zu verstehen gab, dass sie sich nicht rühren sollte. Seine Umarmung war eindeutig ihr Lieblingsplatz auf der Welt.

Seine Lippen fanden ihr Ohr und flüsterten süße und zärtliche Worte, während er mit seinen Händen über ihren Rücken und ihre Taille streichelte. Dann umfasste er mit seinen starken Fingern ihre Brüste, und heiße Funken sprühten durch ihren kalten Körper. Sofort wurde ihr wärmer. Seine Lippen küssten sie sanft unterhalb ihres Ohres und dann langsam entlang des Nackens. Mit seiner Zunge fuhr er über ihr Schlüsselbein und leckte genussvoll ihre Halsgrube. Mit einem Knie drückte er ihre Beine auseinander.

Sie ließ ihn nur allzu gern gewähren und wurde ausgiebig belohnt, als er eine Hand von ihrer Brust nahm und Caroline dort berührte, wo es sie am schmerzhaftesten nach ihm verlangte.

»Lehn dich an mich«, flüsterte er, bevor er ihre Lippen mit seinen bedeckte.

Sie erwiderte seinen Kuss leidenschaftlich und öffnete ihren Mund, damit seine Zunge ihre Lippen abtasten konnte. Sie seufzte, und seine Zunge schnellte in ihren Mund vor, im gleichen Moment, in dem er mit zwei Fingern in sie eindrang.

Sie versuchte, ihn weder zurückzustoßen, noch ihren lüsternen Trieben zu sehr nachzugeben, und zwang sich, ihre Augen fest zuzukneifen und stillzuhalten, während seine Finger ihr Werk verrichteten.

In ihr baute sich zügig ein intensiver Druck auf, und sie wollte sich im Takt mit Alex wiegen. Und dann konnte sie einfach nicht mehr an sich halten und bewegte ihr Becken vor und zurück. Zweimal. Sie biss sich auf die Lippe und spannte die Muskeln in ihren Oberschenkeln und ihrem Unterleib an, um ihren willigen Körper so still wie möglich zu halten. Dann beschleunigte Alex seine Bewegungen und erzeugte solch wohligen Druck tief in ihrem Inneren, dass sie ihren Körper nicht mehr im Zaum halten konnte. Jeder neue Stoß seiner Finger fachte das Feuer in ihr nur noch weiter an. Dann nahm er seinen Daumen hinzu und massierte ihr schmerzendes Fleisch. Jetzt stieß sie ekstatisch ihr Becken vor und zurück, und als der Damm endlich brach, durchflutete sie glühende Erleichterung.

Alex hörte auf sie zu küssen und Caroline taumelte zurück in die Realität. Sie öffnete die Augen und sah direkt in seine vor Verlangen ganz dunkelbraunen Augen. Er legte seine Hand um ihre Taille und das war gerade recht, denn sonst hätte Caroline sich wahrscheinlich direkt in dem Bach aufgelöst.

»Möchtest du rausgehen?«, fragte er. Seine Stimme klang so rau, dass sie sie kaum wiedererkannte.

Sie leckte sich die Lippen.

»Was ist mit dir?«

»Ich glaube nicht, dass das möglich sein wird. Es ist zu kalt«, erklärte er, als sie ihn verdutzt anstarrte. Er half ihr aus dem Bach und grinste sie schief an.

»Wir müssen uns wohl von der Luft im Gewächshaus trocknen lassen.«

Sie nickte. Die Sonne schien zwar, aber im Gewächshaus war es eindeutig zehn Grad wärmer. Außerdem war es dort drinnen viel schöner als am Ufer des Bachs. Zurück im Gewächshaus nahm Alex ihre Hand und sie schlenderten wieder durch die bunte Flora und versuchten, sich gegenseitig mit Küssen zu überraschen.

Und so vergingen die Tage der nächsten zwei Wochen. Die Nächte waren voll heißer, aber einseitiger Befriedigung für Caroline, die von Alex auf Höhenflüge geschickt wurde, die sie sich niemals ausgemalt hatte. Tagsüber aber benahmen sie sich wie Kinder, buddelten in der Erde, spielten barfuß Fangen, stahlen sich gegenseitig Küsse von den hungrigen Lippen und schwammen im Bach.

Aber etwas fehlte. Und Caroline wusste beim besten Willen nicht, um was genau es sich handelte oder wie sie es herbeizaubern könnte.

Kapitel 20

Alex verzehrte sich so sehr nach seiner Frau, dass es ihn fast um den Verstand brachte. Vor der Hochzeit hatte er gedacht, dass eine unsichtbare Schnur ihren Körper und sein Herz verband, aber in der Zwischenzeit hatte sich das verdammte Ding zu einer Kordel ausgewachsen. Nein, das reichte nicht. Aus der Schnur war ein verdammtes Seil geworden. Er konnte es nicht abstreiten. Er liebte seine Frau. Was als Experiment begonnen hatte, um der Ehe mit der schrecklichsten Xanthippe ganz Englands zu entgehen, hatte sich zu einer wahren Romanze entwickelt, in der er die beste Frau der ganzen Welt geheiratet und sein Herz an sie verloren hatte. Er beklagte sich nicht über den Verlust seines Herzens. In Carolines Händen war es viel besser aufgehoben als einsam schlagend in seiner Brust. Nein, das Problem lag woanders: Sosehr er sie auch liebte, er konnte die größte Freude, die das Leben zu bieten hatte, nicht mit ihr teilen.

Sie schien seine Zärtlichkeiten zu genießen, und manchmal war er sogar versucht gewesen, wieder mit ihr zu schlafen, aber dann hatte die Erinnerung an ihren gequälten Schrei und ihr abgewandtes, schmerzverzerrtes Gesicht, an ihre zusammengepressten Augen und die Zähne, mit denen sie sich auf die Lippe biss, dazu geführt, dass er sein Gemächt sicher verschlossen hinter zugeknöpften Hosen beließ.

Die meisten Männer hielten sich eine Geliebte, weil sie ungern mit ihren Ehefrauen intim wurden – wohl entweder, weil ihre Frauen dieser Art von Aufmerksamkeit nicht viel abgewinnen konnten oder weil der betreffende Mann seiner Frau nicht viel abgewinnen konnte. Aber Alex war anders als die meisten Männer. Er wollte keine Geliebte. Nicht nur widerte ihn die Vorstellung, eine Frau für ihren Körper zu bezahlen, regelrecht an, sondern er wollte auch Caroline niemals untreu sein. Und darum ging es doch bei der Liebe letzten Endes, oder etwa nicht? Das Gute und das Schlechte zu akzeptieren.

Er seufzte und fuhr sich mit den Fingern durchs Haar. Dann machte er die Augen wieder auf und las die Nachricht, die auf seinem Schreibtisch lag. Er musste sich irgendwie ablenken. Marcus hatte ihm in den vergangenen zwei Wochen mehrere Nachrichten geschickt und ihn gebeten, in Ridge Water vorbeizukommen, damit sie Carolines Mitgift und allerhand andere Dinge besprechen konnten. Aber Alex hatte jeden Tag so viel Spaß mit Caroline gehabt, dass er seinen Besuch bis auf den heutigen Tag verschoben hatte. Als er letzte Nacht wieder einmal versucht hatte, trotz drei brennender Laternen einzuschlafen, hatte er sich vorgenommen, Marcus endlich aufzusuchen. Ein Blick aus dem Fenster bereitete diesem Plan allerdings ein Ende. Es regnete viel zu stark für einen Ausritt, und er würde weder die Gesundheit der Pferde noch des Kutschers aufs Spiel setzen, um nach Ridge Water zu fahren und etwas so Belangloses wie Carolines Mitgift zu besprechen. Er hatte genug Geld. Er brauchte ihr Geld nicht wirklich. Außerdem nahm er ohnehin nicht an, dass es viel sein würde. Eigentlich war er überrascht gewesen, als er erfuhr, dass sie überhaupt eine Mitgift besaß. Er hatte stets angenommen, sie wäre vollkommen mittellos.

»Mr Banks.« Johnson steckte den Kopf durch die Tür, die er einen Spaltbreit geöffnet hatte.

»Was gibt es, Johnson?«

»Die Herren Henry und Elijah sind soeben aus London eingetroffen und haben nach Ihnen gefragt, Sir.«

»Schicken Sie sie herein«, antwortete Alex erfreut. Er hatte die Zwillinge seit Monaten nicht gesehen und konnte es kaum abwarten, alles über ihre Amerikareise zu erfahren. Er war erst einmal, im Alter von vier Jahren, dort gewesen und erinnerte sich nur an Tante Carolinas hysterisches Geschrei, als er ihr die verpackte Bibel aus der Hand gerissen hatte und durch den Salon gerannt war.

»Glückwunsch, mein Bruder!«, sagte Henry. Ganz der unbeschwerte Jüngling, schlenderte er in die Bibliothek. Er trug nur Hemdsärmel, kein Jackett, und sein blondes Haar war vom Wind zerzaust und feucht vom Regen.

Elijah kam direkt hinter ihm und gratulierte ebenfalls zur Hochzeit.

Alex bedankte sich und wollte dann aber sofort alle Einzelheiten über ihre Reise wissen, die die beiden nur allzu gern berichteten.

Nach einer Stunde betrat Caroline nichts ahnend die Bibliothek und blieb wie angewurzelt auf der Türschwelle stehen.

»Verzeih, Alex. Ich wusste nicht, dass du Besuch hast.«

»Es gibt keinen Grund, sich zu entschuldigen«, sagte Henry und zwinkerte Caroline zu. »Du darfst dich jederzeit zu uns gesellen, vorausgesetzt, du setzt dich genau hier hin.« Er klopfte auf den freien Platz auf dem Sofa zwischen sich und Elijah.

Elijah rückte etwas zur Seite, damit sie noch mehr Platz hatte. Vor lauter Verwunderung fielen Caroline beinah die Augen aus dem Kopf.

»Setz dich ruhig«, ermutigte Alex sie. »Das sind meine Brüder Henry und Elijah.« Er und seine Brüder mochten zwar dieselben Eltern haben, aber damit hörten die Gemeinsamkeiten auch schon auf. Deshalb war es nur verständlich, dass Caroline nicht sofort gewusst hatte, wen sie da vor sich hatte. Seine Brüder waren so charmant, dass es schon fast an unehrenhaftes Verhalten grenzte, aber er vertraute ihnen. Sie flirteten nur aus Spaß mit Caroline und verfolgten keine schäbigen Absichten.

Aber Caroline rührte sich noch immer nicht.

»Ich kann unmöglich bleiben«, wandte sie ein. »Ich kam nur, um …«

»Um zu sehen, ob dein aufmerksamer Ehemann dir heute etwas Aufmerksamkeit schenken würde«, beendete Elijah ihren Satz.

Caroline lief rot an.

»Und woher weißt du, wie aufmerksam er ist?«, hielt sie dagegen. Alex konnte nicht klar heraushören, ob sie scherzte oder sich verteidigte.

»Weil er ein Banks ist«, antwortete Henry sachlich. »Und die Banks-Männer sind ihren Frauen gegenüber immer aufmerksam.«

»Ist das so? Und streiten sie sich auch immer um die Frau ihres Bruders?«

»Nur wenn sie so hübsch ist wie du«, gab Elijah geschmeidig zurück.

Carolines kehliges, sinnliches Lachen erfüllte die Luft und fuhr Alex direkt in die Lenden.

»Nun, wenn man schon um mich kämpft, dann sollte ich es mir wenigstens bequem machen.« Sie setzte sich zwischen die Zwillinge. »Mein Ehrgefühl – wenn man das als Dame so sagen kann – verpflichtet mich allerdings dazu, euch beide davon zu unterrichten, dass ihr mir sehr gute Argumente liefern müsst, um mich davon zu überzeugen, euren Bruder aufzugeben. Jeden Tag fühle ich mich ihm mehr verbunden.«

Alex konnte die Antwort seiner Brüder nicht hören, weil er sich nach diesen Worten so euphorisch fühlte, und das im ganzen Körper. Sie hatte nicht gesagt, dass sie ihn liebte, aber ihre Aussage war dem schon ziemlich nah gekommen. Nah genug für den Moment jedenfalls. Er beobachtete die drei, wie sie auf dem Sofa nebeneinandersaßen und lachten.

»Was ist denn so amüsant da drüben?«, fragte er, als Caroline sich gar eine Lachträne aus einem Auge wischte.

»Mach dir um uns mal keine Gedanken, Alex«, sagte Henry und schüttelte sein Handgelenk. »Denk einfach an deine Experimente und ignoriere uns, wie du es normalerweise auch tust.«

Alex runzelte die Stirn.

»Caro?«

Die funkelnde Fröhlichkeit in ihren Augen war nicht zu übersehen.

»Ah, ich verstehe. Erzählt ihr ruhig alles. Erzählt ihr jede peinliche Anekdote über mich, die ihr hervorkramen könnt.« Resigniert schüttelte er den Kopf.

»Wie bist du denn darauf gekommen?«, platzte Caroline neugierig hervor.

»Du hast es mir verraten. Besser gesagt, dein Gequietsche und Gekicher haben es mir verraten«, erklärte er. »Sie haben dir von den Bienen erzählt, stimmt's?«

Sie nickte. Ihre Schultern bebten vor Heiterkeit, und das schakalartige Grinsen seiner Brüder bestätigte seine Vermutungen.

»Wir haben ihr geraten, heute Abend deine Narben zu inspizieren«, sagte Henry, als bräuchte Alex noch einen zusätzlichen Hinweis. »Gib ihr doch eine Feder, und sie kann die einzelnen Punkte miteinander verbinden. Vielleicht hatten die Bienen ja ein bestimmtes Bild im Sinn, das sie gerne auf deiner Haut hinterlassen wollten«, fügte Elijah hinzu.

Alex verdrehte die Augen.

»Ich enttäusche euch zwei Schafsköpfe nur ungern, aber Bienenstiche hinterlassen keine bleibenden Narben. Und selbst wenn dem so wäre, bezweifle ich, dass Caroline Interesse daran hätte, meine Pobacken als Leinwand zu benutzen.«

»Hör jetzt auf, Alex!« Caroline vergrub ihr Gesicht in den Händen. Ein Lachanfall nach dem nächsten schüttelte ihren Körper, und dieser Anblick versöhnte ihn im Nu mit der ganzen Qual, die er erlitten hatte, als er sich mit vierzehn Jahren zufälligerweise in einen Bienenschwarm gesetzt hatte.

»Alex«, meldete Elijah sich plötzlich zu Wort. »Ich möchte etwas wissen.«

»Um was geht es?«, fragte Alex unwirsch. Caroline so entzückt zu sehen war eine Sache, aber seine Brüder gingen ihm bereits nach einer Stunde auf die Nerven.

»Wie ist das damals eigentlich genau passiert? Wir wissen nur, dass du kurz in den Bach hüpfen wolltest und dich dann zum Trocknen auf einen Baumstamm gesetzt hast. Aber wie konntest du übersehen, dass in einem Loch im Baumstamm ein aktiver Bienenschwarm siedelte? Ich meine, du bist schließlich Wissenschaftler. Waren die herumschwirrenden Bienen denn kein Indiz?«, fragte er kichernd.

»Genau betrachtet ist das gar kein so ungewöhnlicher Fehler, wie man glauben mag«, sagte Caroline bedächtig. »In bestimmten Jahreszeiten befinden sich die Bienen im Bienenkorb, der dann vollkommen verlassen aussehen kann.«

Alex feixte seine verblüfften Brüder an.

»Schön und auch noch gescheit«, stellte Henry schließlich bewundernd fest. »Sie ist perfekt.«

»Vor allem für Alex«, stimmte Elijah seinem Zwillingsbruder zu.

Alex feixte noch immer und öffnete dann pfeifend die Schublade, in der er die Aufzeichnungen über seine laufenden Experimente aufbewahrte.

»Kümmert euch nicht um mich«, sagte er leichthin und blätterte durch die Seiten. »Ich werde mich an euren Rat von vorhin halten und meine Experimente durchgehen, während ihr drei über mich tratscht.«

»Wie du wünschst«, sagte Caroline zuckersüß, bevor sie von einem seiner Brüder zum nächsten blickte. »Eine Sache lässt mir seit geraumer Zeit keine Ruhe, meine Herren.«

»Und die wäre?«

»Wer von euch hat Alex' Namen in den pinkfarbenen Pall-Mall-Schläger eingraviert?«

Lautes Lachen erfüllte die Bibliothek. Selbst Alex konnte sich ein Grinsen nicht verkneifen. Sie würden ihr es nie verraten. Sie hatten es ja selbst ihm nicht verraten, und er fragte sie seit zehn Jahren danach.

Die drei steckten flüsternd die Köpfe zusammen und fingen wieder an zu lachen, was Alex' erneut warm ums Herz werden ließ.

Dass seine Familie seine Frau so sehr mochte, war allein schon ein Segen, aber ihr die Familie zu geben, die sie nie gehabt hatte, war mehr wert, als er in Worte fassen konnte.

Er blätterte durch die Seiten und erstarrte, als er den Stapel entdeckte, in dem er die Aufzeichnungen über sein *Experiment* mit Caroline festgehalten hatte. Vor lauter Entsetzen wurde ihm ganz übel. Sein Magen verkrampfte sich. Wie hatte er nur so schnöde sein und das Werben um sie als Experiment betrachten können?

Seine Finger kribbelten. Er wollte die Seiten sofort zusammenknüllen und in den Papierkorb schmeißen. Aber das konnte er nicht tun. Wenn er es tat, würde er nur die Aufmerksamkeit aller auf sich lenken. Besonders Caroline würde wissen wollen, was er da wegwarf. Er blickte auf das Feuer im Kamin. Er könnte die Notizen wie zufällig in die Flammen fallen lassen und hoffen, dass sie genug Verstand besaß, die Seiten nicht wieder herausziehen zu wollen. Aber nein, auch das würde nicht funktionieren. Sie war klug genug, ein brennendes Papier nicht aus einem Kamin zu holen, aber der Kamin befand sich am anderen Ende des Raums. Es würde niemals so aussehen, als würfe er die Aufzeichnungen nachlässig ins Feuer. Es würde viel zu verdächtig aussehen, wenn er den ganzen Raum durchquerte, nur um etwas ins Feuer zu werfen, wenn er es auch ganz bequem in den Papierkorb neben sich werfen konnte.

Vorsichtig faltete er die Papiere zusammen und stopfte sie in die Brusttasche seines Jacketts. Dann nahm er ein beliebiges Blatt Papier von einem anderen Stapel und tat so, als würde er es lesen, während er sich in seinem Stuhl zurücklehnte und verstohlen die drei auf dem Sofa beobachtete.

»Mr Banks.« Johnson erschien in der Tür. »Ihre Mutter hat gebeten, Sie möchten nach unten kommen.«

Johnsons düstere Miene verhieß nichts Gutes.

Eilig entschuldigte Alex sich und verließ die Bibliothek. Caroline war bei seinen Brüdern gut aufgehoben. Sie mochten schamlos mit ihr flirten, aber diese schamlosen Flirts waren harmlos.

Er brauchte Johnsons Erläuterungen nicht, um zu wissen, wo seine Mutter ihn erwartete. Er ging die Treppen hinunter und begab sich in das kleine Zimmer, das sein Vater seit seiner Krankheit bezogen hatte. Onkel John traf im selben Moment wie Alex an der Tür ein und klopfte ihm beim Eintreten auf die Schulter.

Sein Vater lag regungslos auf dem Bett. Nur ganz langsam und beschwerlich hob und senkte sich seine Brust. Jeweils auf einer Seite des Betts standen seine Mutter und der Arzt. Regina blickte Alex mit feuchten Augen an, bevor sie das Zimmer verließ, um ihm einen kostbaren Moment an Zeit mit dem Vater allein zu schenken. Der Arzt folgte ihr, aber er hielt kurz neben Alex an und flüsterte ihm zu, dass sich der Zustand des Barons verschlechterte und er nicht erwartete, dass sein Vater die Nacht überstehen würde. Alex fühlte sich plötzlich wie gelähmt und nickte leicht, um dem Arzt zu zeigen, dass er ihn verstanden hatte.

»Alex, mein Junge«, sagte der Vater mit schwacher Stimme, nachdem die Tür ins Schloss gefallen war.

»Ja?«

Edward hustete und Alex half ihm dabei, sich den Mund abzutupfen.

»Ich wollte mit dir über Caroline sprechen.«

»Was ist mit ihr?«, fragte Alex schockiert. Sein Vater lag ihm Sterben, und er wollte mit ihm über seine Frau sprechen?

»Sei gut zu ihr, mein Sohn. Behandle sie richtig, oder du wirst sie verlieren«, riet er ihm mit ernster und zittriger Stimme.

»Das werde ich«, schwor er, obwohl die verräterischen Blätter in seiner Brusttasche das genaue Gegenteil besagten. Galle stieg ihm im Mund auf, wenn er daran dachte, wie er sie in der Vergangenheit benutzt hatte.

»Gut. Gib dir Mühe. Sie verdient nur das Beste im Leben.«

»Ich weiß.«

»Kümmere dich um alle hier, mein Sohn. Sie sind viel mehr auf dich angewiesen, als dir bewusst sein mag.«

Alex vermochte nur zu nicken. Sprechen konnte er nicht, so sehr schnürten seine Gefühle ihm den Hals zu.

»Ich habe einen Brief für deine Schwester aufgesetzt. Er liegt auf dem Tisch.«

Wieder konnte Alex seinem Vater nur eine zustimmende Geste mit dem Kopf zeigen.

»Jetzt würde ich gern mit deinen Brüdern sprechen.«

Alex stand umgehend auf, um nach Henry und Elijah rufen zu lassen. Je schneller sie kämen, desto besser. Vaters Zeit war nur noch knapp bemessen.

»Einen Moment noch, Alex.«

Alex setzte sich wieder und sah seinen Vater an. Er musste diesen überwältigenden Schmerz in seiner Brust einfach bezwingen, sonst würde er diese Nacht niemals ertragen können. Die dünne, knochige Hand des Vaters schob die Decke so weit zurück, dass er Alex besser sehen konnte.

»Ich möchte, dass du weißt, Alex, dass ich immer stolz auf dich gewesen bin. Keine einzige Sekunde lang habe ich jemals deine Entscheidungen angezweifelt.«

Das Grinsen, das sich auf seinem Gesicht ausbreitete, brachte für einen Moment den lächelnden, heiteren Mann zurück, den Alex seit seiner Kindheit gekannt hatte. Ein Mann, frei von Krankheit und Schmerz. Ein Mann, der nur Freude und Glück kannte.

»Ich weiß sehr wohl, dass man dich damit aufgezogen hat, so anständig und verlässlich wie ein Spannstift zu sein – selbst ich habe das getan. Aber du weißt, dass das immer nur wohlgemeint war. Das zeichnet dich aus, und genau das bewundere ich an dir, mein Sohn. Während der Jahre, die du auf der Schule und der Universität warst, musste ich mir nie Sorgen machen, dass du mich blamieren würdest, und dafür möchte ich dir danken.«

»Aber einmal habe ich deinem Namen keine Ehre gemacht.«

»Nein, selbst dann nicht«, sagte der Vater, der genau zu wissen schien, worauf Alex sich bezog. »Du hast damals richtig gehandelt. Selbst wenn es schlecht ausging. Deine Absichten waren gut, und ich war niemals stolzer, dich meinen Sohn zu nennen, als an diesem Abend. Und ich bin es noch immer, Alex.«

Tränen brannten ihm in den Augen, und er musste mehrmals blinzeln, bevor sein Vater einen Witz darüber machen konnte, dass es unmännlich sei, zu weinen.

»Vielen Dank, Vater.«

»Nein, Alex. Dir gebührt mein Dank. Ich mag ein alter Mann sein, dem Bewunderung zusteht, aber ich habe stets dich bewundert.«

Edward musste heftig schlucken. Das Atmen fiel ihm deutlich schwerer.

»Selbst als du ein kleiner Junge warst, habe ich dich bewundert. Zum Teil, weil du meine Liebe zur Wissenschaft geteilt hast, aber in erster Linie, weil du immer das Richtige getan hast.«

Gelähmt vor lauter Überwältigung machte Alex die Augen zu. Er hatte sich keine Vorstellung gemacht, dass sein Vater all die Jahre lang so viel von ihm gehalten hatte. Natürlich hatte er niemals absichtlich Schande über den Vater gebracht. Das gehörte schließlich dazu, ein guter Sohn zu sein, oder nicht?

»Es wird mir nicht vergönnt sein, deine und Carolines Kinder kennenzulernen, aber ich werde mich ins Grab legen – dem Arzt zufolge wird das irgendwann heute Nacht passieren ...«

Er hörte kurz auf zu sprechen, um Alex die Gelegenheit zu geben, diesen schwachen Versuch eines Scherzes mit einem fahlen Lächeln anzuerkennen. »Wie dem auch sei, ich werde in der Gewissheit von euch gehen, dass ich sie geliebt hätte und ebenso stolz auf sie gewesen wäre, wie ich auf dich war. Mit Eltern wie dir und Caroline wird unser Titel eines Tages an einen ebenso anständigen, besonnenen Mann wie dich gehen.«

»Ich danke dir sehr, Vater«, sagte Alex mit feierlicher Stimme und zwang sich aufzustehen, bevor sein Vater die verdorbene Seele seines Sohnes noch weiter loben konnte. »Ich werde Mutter zu dir schicken, während ich nach Henry und Elijah rufen lasse.«

Schweigend steckte er den Brief an Edwina ein und verließ das Zimmer.

Nachdem Regina wieder hineingegangen war, wartete Alex zusammen mit Onkel John auf Henry und Elijah. Der Zeitpunkt ihrer Ankunft hätte besser nicht sein können. Trotz des Regens waren sie rechtzeitig zu Hause eingetroffen.

»Es tut mir sehr leid, Alex«, sagte Onkel John leise. »Ich weiß noch, dass dein Vater damals unter dem Tod unseres Vaters besonders gelitten hat.«

Alex nickte stumpf. Sein Onkel war seit vielen Jahrzehnten Pastor, aber gerade eben halfen seine tröstenden Worte nicht. Er wollte nichts sehnlicher, als allein gelassen zu werden.

»Könntest du mir Bescheid sagen, wenn sich alle verabschiedet haben?«, bat er seinen Onkel. »Ich werde dort drinnen sein.« Er deutete auf eine Tür am Ende des Korridors.

John nickte und Alex ging über den Korridor in das Zimmer, das er sein ganzes Leben lang als das Arbeitszimmer seines Vaters gekannt hatte.

Behutsam schloss er die Tür und ging zu dem großen Schreibtisch in der Mitte des Zimmers. Wie viele Male war er in den vergangenen fast dreißig Jahren hier gewesen! Als kleiner Junge war er seinem Vater überallhin gefolgt und hatte die vielen Bücher und wissenschaftlichen Instrumente bestaunt. Manchmal hatte der Vater ihm dabei geholfen, sein mechanisches Spielzeug auseinanderzunehmen, und ihm die Getriebe und Züge im Inneren erklärt.

Am allerliebsten aber erinnerte er sich an den Moment, als er sechs Jahre alt gewesen war und sein Vater und er hier in diesem Zimmer einen Bewegungsautomaten gebaut hatten, der vier Paare Walzer tanzen ließ und den sein Vater für seine Mutter entworfen hatte. Als sein Vater ihn gefragt hatte, ob er ihm beim Zusammenbauen helfen wollte, wäre Alex vor Aufregung und Stolz beinah geplatzt. Als sie fertig waren, hatte er fasziniert beobachtet, wie die Paare, jedes Mal, wenn er an der Kurbel drehte, über den Boden der Kiste tanzten, und seine Faszination und Begeisterung waren so groß, dass er sich gar nicht mehr von der Spieluhr trennen wollte. Als sein Vater der Mutter das Geschenk überreichte, weinte Alex so heftig, dass seine Mutter es ihn behalten ließ. Ein flüchtiges Lächeln huschte über Alex' Gesicht. Er besaß die alte Spieluhr noch immer. Caroline würde sie sicher gefallen.

Dann ging er um den Schreibtisch herum. Anders als so viele Male zuvor, wagte er es heute nicht, sich auf den großen Stuhl davor zu setzen. Als er aus Cambridge zurück nach Hause gekommen war, hatte er dieses Arbeitszimmer oft wie sein eigenes behandelt, und sein Vater hatte ihn gewähren lassen. Genau genommen hatte er Alex sogar ermutigt, es zu benutzen. Gemeinsam hatten sie hier wissenschaftliche Experimente durchgeführt oder ausführliche philosophische Diskussionen gepflegt, und dabei hatte es nie eine Rolle gespielt, wer in dem begehrten großen Schreibtischsessel saß und wer mit einem der weniger bequemen Stühle auf der anderen Seite des Tischs vorliebnehmen musste. Alex schnaubte kurz. Das stimmte so nicht ganz. Wie viele Mal hatte er als Junge auf einem der unbequemen Stühle sitzen und sich Vorträge über das richtige Benehmen als Gentleman anhören oder Rede und Antwort stehen müssen, wenn man ihn bei etwas Verbotenem erwischt hatte. Sein Vater mochte recht gehabt haben, als er darauf bestand, dass Alex dem Namen seiner Familie niemals öffentlich Schande gemacht hatte. Dabei musste er allerdings die vielen Meinungsverschiedenheiten vergessen haben, die er und Alex in all den Jahren wegen Alex' Eskapaden auf dem Familiensitz gehabt hatten.

Alex zog sein Jackett aus und legte es über die Rückenlehne eines Stuhls. Dann setzte er sich. Dieses Zimmer hatte immer seinem Vater gehört, und es würde immer seinem Vater gehören. Zumindest konnte Alex sich gerade nichts anderes vorstellen. Um allein zu arbeiten, hatte Alex sich stets in die Bibliothek zurückgezogen, wenn sein Vater das Arbeitszimmer benutzte. Er musste gerührt schlucken. Bald, viel zu bald, würde dieses Zimmer rechtmäßig ihm allein zustehen.

Er ließ den Kopf sinken und wartete darauf, gerufen zu werden.

Noch bevor Alex die Bibliothek verließ, spürte Caroline, dass etwas ganz und gar nicht in Ordnung war. Die Stimmung schlug in dem Moment um, als Johnson den Raum betrat. Auf einmal sah Alex sehr ernst aus und seine Bewegungen waren steif. Elijah und Henry musste diese Veränderung ebenfalls aufgefallen sein, denn sie hatten, wie Caroline auch, jegliches Interesse daran verloren, über weitere peinliche Geheimnisse von Alex zu plaudern.

Sie murmelte, dass sie die beiden später wiedersehen würde, und entschuldigte sich. Zwar mochte sie die beiden und fühlte sich wohl in ihrer Gegenwart, aber jetzt wollte sie lieber nicht mit ihnen in einem Zimmer sein.

Sie konnte sich vorstellen, wohin Alex gegangen war. Aber Edward war sein Vater, nicht ihrer. Carolines Anwesenheit war jetzt sicher nicht erwünscht. Sie entschied sich, in dem leeren Wohnzimmer zu warten, bis Alex bereit sein würde, sie zu sehen.

Nach rund einer Stunde kam Regina ins Zimmer, mit aufgelöster Frisur und tränenüberströmten Wangen. Caroline schlang ihre Arme um Regina und gab ihr alles, was sie ihr geben konnte: die Unterstützung einer anderen Frau. Sie hatte noch nie einen Ehemann verloren, also konnte sie Reginas Schmerz nicht ganz nachvollziehen. Aber sie hatte andere geliebte Menschen verloren und bemühte sich, Regina, so gut es ging, beizustehen.

»Ich denke, es ist Zeit, dass du dich von Edward verabschiedest«, sagte Regina und wischte sich die Tränen von den Wangen.«

»Ich?«, fragte Caroline mit schwacher Stimme. War sie in Edwards Augen so wichtig, dass er seine letzten Momente in ihrer Gesellschaft verbringen wollte?

Regina zog die Nase hoch und tupfte sich mit den Fingern die rot geränderten Augen. »Ja, du.« Sie rang sich ein dünnes Lächeln ab. »Seit du sieben warst, hat Edward eine besondere Schwäche für dich. Oh, mach dir keine Sorgen! Ich weiß nicht genau, was du getan hast, dass er dich so gern hat, aber als er deinen Onkel bat, mit seiner überdurchschnittlich intelligenten Nichte anzugeben, konnte ich erkennen, dass er sehr viel von dir hält.«

Caroline konnte sich eines schwachen Lächelns nicht erwehren. »Sehr gerne. Ich werde mich verabschieden.«

»Gut. Es wird ihm viel bedeuten. Es wird euch beiden viel bedeuten.«

Caroline verstand genau, was Regina meinte. Und sie wusste auch, dass es Regina viel bedeuten würde. Sie konnte es nur einfach nicht über sich bringen, Regina das zu sagen. Und Caroline bedeutete es am allermeisten. Der kesse alte Mann war ihr sehr ans Herz gewachsen und sie freute sich, dass seine Familie ihr erlaubte, ihn an seinem Sterbebett zu beehren.

Vor der Tür zu Edwards Zimmer stieß sie beinah mit Alex zusammen. Innerlich musste sie über seinen Anblick sogar etwas grinsen. Er trug nur Hemdsärmel und Hosen, und sein Haar stand natürlich nach allen Seiten ab wie bei einem Stachelschwein.

»Gehst du zu ihm?«, fragte er mit belegter Stimme.

»Ja. Es wird nicht lange dauern.«

Er öffnete ihr die Tür.

»Würde es dich stören, wenn ich mit dir komme, oder möchtest du allein sein?«

Sie warf einen Blick auf seinen Vater. Was er ihr jetzt noch zu sagen hatte, konnte er auch vor Alex sagen. Sie nahm Alex' Hand.

»Komm mit mir.«

Zum wahrscheinlich letzten Mal traten die Neuvermählten gemeinsam vor Baron Watson.

»Caroline, mein Mädchen«, sagte Edward mit schwerem, rasselndem Atem. »Begleitet von niemand Geringerem als ihrem liebestollen Gatten.«

Sie lächelte und küsste seine eingefallene Wange. Während sie so nah bei ihm stand, flüsterte sie ihm ihre Abschiedsworte so gefühlsmäßig beherrscht wie möglich ins Ohr. Sie betrachtete es als Erfolg, dass ihr die Stimme nur zweimal wegbrach und ihr nur ganze vier Tränen aus den Augen kullerten.

»Denk immer an das, was ich dir gesagt habe.« Edward wischte ihr die Tränen mit einem seiner langen, dünnen Finger von den Wangen. »Du bist etwas ganz Besonderes. Schon immer gewesen. Aber vergiss nicht, was ich dir über meinen Sohn gesagt habe.«

»Ich werde immer daran denken«, sagte sie. Ein Schluchzer nahm ihr fast den Atem. »Ich werde jetzt besser gehen, damit du allein mit Alex reden kannst.«

»Aber warum sollte ich das tun wollen?«, fragte Edward laut genug, damit Alex es hören konnte. »Ich ziehe deine Gesellschaft bei Weitem vor. Du bist ja auch viel hübscher anzuschauen.«

Sie lächelte ihn an.

»Adieu, Edward.«

In ihren Augen funkelten lauter nicht vergossene Tränen, und sie wagte es nicht, Alex anzusehen, als sie an ihm vorbeiging und ihn mit seinem Vater allein ließ.

Auf dem Flur standen und saßen die restlichen anwesenden Familienmitglieder. Als Caroline aus dem Zimmer trat, warf Regina ihr den Versuch eines Lächelns zu. Dann ging John zu seinem Bruder.

Caroline wollte ungern mit den anderen auf dem Korridor stehen, aber sie wollte dennoch in der Nähe bleiben, sollte man sie brauchen. Unweit entfernt entdeckte sie eine geöffnete Tür und schlüpfte in das stille Zimmer. Es war groß, beinah schon riesig. Bücherregale säumten die Wände und erstreckten sich bis an die Decke. Am anderen Ende des Zimmers sah sie einen großen Kamin, und in der Mitte stand ein ausladender Schreibtisch, um den herum sich diverse Stühle gruppierten. Das musste das Arbeitszimmer des Barons sein.

Hier wollte sie nicht warten. Aber als sie sich zum Gehen wandte, entdeckte sie Alex' Jackett, das über einem der Stühle lag. Wahrscheinlich war er aus diesem Zimmer gekommen, als sie auf dem Korridor beinah mit ihm zusammengestoßen war. Sie nahm das Jackett und drückte es eng an ihre Brust. Als sie die Augen schloss und Alex' vertrauten und berauschenden Geruch einatmete, musste sie seufzen. Unerklärlicherweise fühlte sie sich dadurch augenblicklich getröstet. Dann öffnete sie die Augen wieder und sah seine Krawatte auf dem Boden liegen. Sie hob sie kopfschüttelnd auf und schlang sie sich über eine Schulter.

»Kindskopf«, murmelte sie und hob auch gleich noch seine Weste mit auf.

Die Arme voller Kleider, begab sie sich zur Tür.

»Mir scheint, Alex hat mal wieder seine Kleider verloren«, bemerkte Henry, als er Caroline den Korridor herunterkommen sah.

Sie schüttelte nur traurig den Kopf. Wenigstens war Henry in der Lage, in diesen düsteren Stunden einen Witz zu reißen. Das hatte er wohl von seinem sterbenden Vater geerbt.

»Meine Liebe, du hättest die Kleider liegen lassen können«, sagte Regina. »Das Personal ist seit bald dreißig Jahren daran gewöhnt, hinter Alex herzuräumen. Sie werden nicht wissen, was sie mit sich anfangen sollen, wenn es morgens nichts zum Aufräumen gibt.«

Caroline lächelte schwach.

»Mir war nicht klar, dass es zur täglichen Routine des Personals gehört, täglich das Haus nach herumliegenden Kleidern von Alex abzusuchen. Soll ich die Sachen hier dann einfach im Korridor lassen? Es wäre doch zu bedauerlich, wenn ich den Angestellten die Freude vermiese, ihren täglichen Schatz zu finden.«

Für einen kurzen Moment hob sich die Stimmung und die kleine Gruppe musste verhalten kichern.

»Bleib doch hier bei uns«, bat Elijah sie. Sie nahm sein Angebot an und stellte sich neben die eineiigen Zwillinge. Nach wenigen Minuten ging einer der beiden los, um Stühle für Regina und Caroline zu besorgen.

»Hier, meine Damen. Setzen Sie sich.«

Regina nahm zuerst Platz. Caroline bedankte sich und nahm dann ebenfalls Platz. Sie hielt noch immer Alex' Kleider. Es fiel ihr schwer, sich davon zu trennen.

Der Stuhl war nicht besonders bequem und sie rutschte hin und her, um eine bequemere Sitzposition zu finden. Sie schien etwas ungeschickt auf ihrem Rock zu sitzen. Aber es gelang ihr nicht. Um sich besser bewegen zu können, legte sie Alex' Kleidung auf ihren Schoß und zog einen Teil des Rocks unter ihren Beinen hervor. Aber etwas klemmte. Sie sollte am besten wieder aufstehen und sich erneut hinsetzen. Aber dann blickte sie auf Alex' Sachen in ihrem Schoß. Nein, wenn sie jetzt wieder aufstand, müsste sie die Anziehsachen mit beiden Händen festhalten, und sie würde sich genauso ungeschickt hinsetzen wie zuvor. Sie zog noch etwas fester an ihrem verhedderten Rock.

»Hoppla«, entfuhr es ihr, als sie endlich ihren Rock befreit hatte, aber dafür Alex' Kleider auf dem Boden verteilt hatte.

»Lass mich dir helfen«, sagte Henry eilfertig und bückte sich, um die auf dem Boden verteilten Kleidungsstücke aufzuheben. Er gab ihr zuerst die Seidenkrawatte und die Weste.

Caroline faltete beides auf ihrem Schoß zusammen und streckte dann ihre Hand aus, um Henry das Jackett abzunehmen und zu dem Stapel auf ihrem Schoß hinzuzufügen.

»Da ist etwas herausgefallen.« Elijah bückte sich, um einen Umschlag und mehrere zusammengefaltete Seiten Papier aufzuheben. Wortlos reichte er ihr den versiegelten Pergamentumschlag, auf dem Edwinas Name geschrieben stand. Dann besah er sich die anderen Zettel. »Das muss ein verdammt umfassendes Experiment gewesen sein«, murmelte er, als er die Seiten auseinanderfaltete. »Oh, verzeiht bitte meine Ausdrucksweise.« Seine Mutter hatte mit einem leisen Husten auf die Wortwahl ihres Sohnes hingewiesen, und Henry warf ihr einen kurzen Blick zu.

»Wie kommst du darauf?«, fragte Henry. In seinen blauen Augen funkelte der Schalk.

Elijah zuckte mit den Schultern.

»Zuerst einmal sind es mehrere Seiten. Außerdem habe ich ihn vorhin dabei beobachtet, wie er sie in seine Brusttasche stopfte. Er hat dabei eine finsterere Miene gemacht als der Teufel persönlich.«

»Und? Wirst du uns vorlesen, um was es geht?«, fragte Henry. Dann wandte er sich an Elijah, der noch immer die Seiten auseinanderfaltete.

»Alex und seine Experimente haben uns stets fasziniert. Wir sind so oft nach Hause gekommen, um in seinen Aufzeichnungen zu lesen. Der andere Grund war natürlich der, unsere liebste Mutter zu besuchen.« Mit einem Seitenblick auf Regina vergewisserte er sich, dass sie seine letzten Worte gehört hatte. »Wir haben Einzelheiten über so unterschiedliche Dinge wie das Paarungsverhalten von Igeln erfahren, oder welche Grashalme am besten geeignet sind, um auf ihnen zu pfeifen. Es ist erstaunlich, worauf sein Gehirn so alles kommt.«

»Ja, oder entsetzlich«, murmelte Elijah. »Es gab ein paar fehlgesteuerte Experimente. Sei vorbereitet, es könnte sich hier um ein solches handeln.«

»Also gut, Elijah, genug geplaudert. Lies jetzt das Ziel vor«, forderte Henry seinen Bruder auf.

Caroline unterdrückte den Impuls, Elijah die Zettel aus der Hand zu reißen, unterließ es aber. Die beiden machten nur ihre unschuldigen geschwisterlichen Späße. Sie verletzten niemanden, und am allerwenigsten Alex. Nicht jeder verstand ihn so gut wie sie. Sie lächelte. Nein, sie würde sogar wetten, dass niemand Alex' merkwürdige Eigenarten und seine ungewöhnliche Liebe für die Wissenschaft so gut verstand wie sie.

Elijah räusperte sich und hielt das geglättete Papier vor seine Augen. »›Ziel, in Klammern Ziele: Die Hochzeit mit Lady Olivia um jeden Preis vermeiden, dazu zählt, in letzter Minute ein dummes Törtchen aus dem Bordell von Lady Bird zu ehelichen, wenn unbedingt nötig.‹«

Er hatte kaum den ersten Satz beendet, als sein Bruder sich heulend vor Lachen hinter ihn stellte und ihm über die Schulter sah. Caroline saß stocksteif da. Mit jeder Sekunde rauschte und dröhnte das Blut in ihren Ohren lauter. Sie blickte zu Regina, die ebenfalls eindeutig bleich aussah.

»Das ist noch nicht alles. Da steht noch mehr«, sagte Elijah, der sich noch immer vor Lachen krümmte. »Einen Moment, dann lese ich weiter.«

»Ich weiß ja nicht, wer diese Lady Olivia ist ... halt, ist sie nicht die grauenhafte Kreatur, die Lord Sinclair gezeugt hat? Wenn es sich tatsächlich um diese Lady Olivia handelt, dann kann ich gut verstehen, dass Alex lieber eine Nutte als sie geheiratet hätte«, sinnierte Henry mit lauter Stimme. Seine roten Augen funkelten vor Lachtränen.

Caroline presste die Lippen aufeinander. Sie mochte Olivia nicht besonders, aber sie war trotzdem ihre Cousine, und die beiden hatten kein Recht, so über sie zu sprechen, ebenso wenig, wie es Alex zustand, derartige Sätze über sie zu schreiben. Zorn und Wut erfüllten ihr Herz und sie stand auf, um Elijah die Seiten aus der Hand zu nehmen. Genug mit dem Blödsinn.

Aber Elijah setzte sich wieder aufrecht hin und hielt die Seiten so, dass Caroline sie nicht erreichen konnte.

»Setz dich wieder hin. Das scheint sein interessantestes Experiment von allen zu sein, und ich werde definitiv der Erste sein, der es liest.«

Sie setzte sich hin. Es konnte ja gar nicht mehr schlimmer kommen als das, was Elijah schon vorgelesen hatte. Und überhaupt, wie um alles in der Welt sollte das Vermeiden einer Ehe mit Olivia ein Experiment sein? Ihre Wut ebbte etwas ab, und Neugier kam auf. Seine Brüder hatten recht. Man konnte nie wissen, was Alex sich als Nächstes ausdenken würde.

»Ah, hier geht's weiter. ›Anstatt dessen Caroline heiraten, Fragezeichen. Sollte letztgenanntes Ziel erreicht werden, die Hochzeit mit Caroline, wird Ziel erreicht, ohne auf Prostituierte zurückgreifen zu müssen.‹«

Diesmal lachte niemand. Und eine gefühlte Ewigkeit lang bewegte sich auch niemand oder sagte etwas oder wagte auch nur zu blinzeln. Zorn und Wut rasten wieder durch Carolines Körper, nun aber begleitet von ihrem engen Gefährten, dem Schmerz. Sie stand auf und ließ Alex' ordentlich zusammengefaltete Kleidungsstücke auf den Boden fallen. Dann nahm sie mit tauben Fingern die Seiten aus Elijahs Hand, der sie diesmal nicht daran hinderte.

»Das tut mir so leid«, flüsterte er. »Ich hätte das niemals laut vorgelesen, wenn ich gewusst hätte, was da steht.«

»Das konntest du nicht wissen«, sagte sie tonlos. Niemand hatte das wissen können. Sie sah auf die Seiten und überflog seine Recherche und seine Ideen. Fast alles, was er vor ihrer Hochzeit getan hatte, war geplant gewesen. Sie unterdrückte die Tränen, ließ die Seiten achtlos fallen und zwang sich, erhobenen Hauptes davonzugehen.

Kapitel 21

Um Mitternacht war es vorbei. Caroline trocknete sich ein letztes Mal die Augen und blieb dann wie erstarrt sitzen, als sie unten in der Eingangshalle eine leise, verhaltene Unruhe vernahm und schließlich die Eingangstür ins Schloss fallen hörte. Der Arzt hatte das Haus verlassen. Ihr Herz schmerzte, und ihre Augen füllten sich erneut mit Tränen, aber diesmal lag der Grund woanders. Edward lebte nicht mehr. Sie zog die Knie an die Brust und legte ihren Kopf darauf, während es im Haus wieder still wurde.

Sie hatte vor einigen Stunden entschieden, dass ihre Wut auf Alex in gewisser Weise fehl am Platz war. Ja, was er getan hatte, war falsch gewesen. Aber sie konnte ihm das nicht vorwerfen. Zumindest nicht uneingeschränkt. Die Aussicht auf eine Ehe mit Olivia musste jeden Mann erschrecken. Es war nicht sehr respektabel, wie er um Caroline geworben hatte, und sie hätte es vorgezogen, dass er andere Beweggründe gehabt hätte. Aber es brachte nichts, sich jetzt darüber aufzuregen. Was geschehen war, war geschehen. Diese Einsicht änderte allerdings nichts am Gefühl ihrer Erniedrigung.

Die vielen Jahre, in denen sie sich mit Olivia hatte herumschlagen müssen, hatten ihr beigebracht, dass es selten gut endete, wenn sie eine unfreundliche Tat mit gleicher Münze heimzahlte. Deshalb würde sie auf keinen Fall versuchen, ihn ebenfalls zu erniedrigen.

Aber sie würde ihm dennoch das Gleiche antun, was er ihr angetan hatte. Wenn sie nicht mehr als ein Experiment für ihn war, dann würde sie ihn ebenfalls als Experiment betrachten. Aber ihr Ziel würde etwas sein, das er nicht so leichtfertig hergeben würde, wie sie ihm ihre Hand gegeben hatte. Nein, sie wollte sein Herz. Und komme, was wolle, sie würde es kriegen!

Das schwache Ticken des Minutenzeigers an der Uhr hinter ihr war das einzige Geräusch, das sie vernehmen konnte. Sie stand auf und ging auf Zehenspitzen den Korridor entlang. Es brannten nur ein paar wenige Kerzen, was die unheimliche Stimmung, die sie empfand, noch verstärkte.

Da kam Regina um eine Ecke gebogen und umarmte Caroline fest. »Caroline. Ich habe mir solche Sorgen um dich gemacht. Die Angestellten haben überall nach dir gesucht.«

Nun, nicht überall. In das erleuchtete Wohnzimmer, in dem Caroline sich aufgehalten hatte, hatte niemand auch nur hineingelinst.

»Verzeihung, dass ich nicht anwesend war«, sagte sie mit ernster Stimme.

»Das ist vollkommen in Ordnung. Ich selbst habe mich ein- oder zweimal in einer merkwürdigen Situation befunden und denke, dass du dich absolut angemessen verhalten hast. Außerdem bin ich ebenfalls kurz nach dir gegangen.«

Caroline wusste nicht, was sie sagen sollte. Weder wusste sie, wie sie ihre Schwiegermutter am besten trösten konnte, noch fiel ihr ein, wie die unangenehme Spannung zu vertreiben war, die von allen Besitz ergriffen hatte, seit Elijah Alex' jüngstes Experiment vorgelesen hatte.

»Caroline«, sagte Regina schließlich leise. »Ich bin Alex' Mutter und liebe ihn inniglich, aber ich finde, dass er falsch gehandelt hat. Dennoch denke ich, dass es an ihm allein liegt, sich zu entschuldigen. Ich habe nach dir gesucht, weil ich dir sagen wollte, dass es mir nicht zusteht, ihm zu erzählen, was du herausgefunden hast. Es geht nur euch beide etwas an, und du solltest jede Freiheit haben, die Sache auf deine Weise anzusprechen.«

Sie tupfte sich die Augen trocken und schnäuzte sich die Nase mit dem zerknüllten Taschentuch, das sie in der Hand hielt.

Caroline umarmte ihre Schwiegermutter liebevoll und ließ sie nicht los, bis Regina aufgehört hatte zu schluchzen und sich ihr Körper etwas entspannt hatte.

Regina drückte ihre Hand und ließ Caroline dann gehen.

»Er ist in der Bibliothek!«, rief sie ihr noch hinterher.

Caroline unterbrach ihren Gang. Er war in der Bibliothek. Sehr wahrscheinlich allein. Ihr Herz zog sich zusammen. Sein Vater war gerade gestorben und er war allein, in einer Stunde, in der er dringend jemanden brauchte, der für ihn da war. Die Worte, die sie vor noch nicht allzu langer Zeit zu Olivia gesagt hatte, hallten in ihrem Kopf: *Es wird Alex sehr mitnehmen, wenn sein Vater stirbt, und als seine Frau wirst du diejenige sein, bei der er Trost sucht.*

»Danke.«

Zielstrebig ging sie auf die Bibliothek zu. Sie mochte verletzt und gedemütigt sein, aber jetzt gerade brauchte er sie.

»Alex«, sagte sie leise, während sie die Tür zur Bibliothek öffnete, bekam aber nur Schweigen zur Antwort.

Sie trat noch weiter in den schwach beleuchteten Raum und wartete ab, bis ihre Augen die Umrisse eines Mannes erkannten, der in einem Sessel saß, die Ellbogen auf die Knie gestützt und den Kopf in den Händen vergraben. Sie ging vorsichtig zu ihm und strich ihm die Haare aus der Stirn.

»Alex«, flüsterte sie. Es schmerzte sie, ihn in diesem Zustand zu sehen. Er sagte noch immer nichts. Sie hörte auf, seinen Kopf zu streicheln, und berührte seine Hände, in denen er das Gesicht vergrub.

»Alex«, sagte sie erneut und kniete sich vor ihn auf den Boden. Sie umfasste seine Hände und löste dann langsam seine Finger von seinem Gesicht, so vorsichtig und zärtlich sie nur konnte.

»Alex«, murmelte sie und küsste seine tränennassen Wangen.

Er lockerte seinen starren Griff ein wenig, je länger sie seine Wangen und seine Stirn küsste. Schließlich küsste sie ihn liebevoll auf den Mund. Er griff nach ihren Händen und drückte ihre Handflächen gegen sein verweintes Gesicht.

Sie gab sich seinen intensiver werdenden Küssen hin, erstaunt darüber, wie anders ihre Intimität sich heute anfühlte. Normalerweise waren Alex' Küsse sanft und zärtlich, aber diese hier waren drängend und hungrig. Ohne die Lippen von seinem Mund zu nehmen, löste sie ihre Hände aus seinem Griff und schob sanft seine Schultern zurück, sodass er mehr in der Mitte anstatt auf der Kante des Stuhls saß.

Dann unterbrach sie den Kuss, stellte sich vor ihn und begann, die Knöpfe an seinem Hemd zu öffnen.

»Hör auf«, befahl er barsch und umklammerte ihr Handgelenk.

Sie hielt inne.

»Was ist los?«

Sein Atem ging schwer und abgehackt.

»Tu das nicht, Caro.«

»Tu was nicht?«

»Fang nicht etwas an, was du nicht beenden kannst. Ich werde dir heute Nacht keine Befriedigung verschaffen können.«

»Das brauchst du auch gar nicht«, murmelte sie, wand ihr Handgelenk aus seiner Umklammerung und fuhr damit fort, sein Hemd aufzuknöpfen.

»Heute Nacht geht es um dich.«

Und sie meinte, was sie sagte. Jedes einzelne Wort. Ihre Liebe für ihn war so groß, dass sie heute Nacht ihre verletzten Gefühle und ihren gedemütigten Stolz beiseiteschieben konnte. Er brauchte sie, und nichts würde sie davon abhalten, für ihn da zu sein. Morgen war ein anderer Tag. Ab morgen würde sie die Waffen einer Frau einsetzen, um ihn zu betören und sein ahnungsloses Herz zu erobern. Aber nicht heute Nacht. Heute Nacht würde sie ihn lieben und trösten, so gut sie nur konnte.

Der Laut, den er von sich gab, konnte entweder als Stöhnen oder Knurren durchgehen, und dann schlang er seine Arme um sie und schob seine Zunge erneut ungestüm in ihren Mund. Für einen kurzen Moment lehnte Caroline sich zurück, um ihm das Hemd von den Schultern zu streifen, bevor sie sich auf seinem Schoß niederließ und seine kräftigen Muskeln knetete.

Er löste seine Lippen von ihrem Mund und überzog ihren Hals und ihr Dekolleté mit heißen, feuchten Küssen.

»Caro«, stöhnte er, als seine Hände ihre geschwollenen Brüste umfassten. Sein heißer Atem streifte ihre Haut.

»Alex«, flüsterte sie, die Lippen zwischen seinen Haaren. Ihre Finger schienen steif, sie konnte sie einfach nicht von seinen Schultern nehmen. Sie spürte, wie seine wachsende Erektion immer fordernder gegen ihr Knie drückte, und da wusste sie, wonach sie sich verzehrte. Was sie seit ihrer Hochzeitsnacht wollte. Mit einer Kraft, von der sie gar nicht gewusst hatte, dass sie sie besaß, löste sie schließlich doch ihre Finger von seinen Schultern und umfasste kühn die Spitze seines erigierten Penis'.

Er stöhnte laut auf, und Caroline bewegte ihre Hand weiter nach unten und streichelte über seine beeindruckende Erektion.

»Du bringst mich noch um, mein Liebling«, stieß er hervor, ließ ihre Brüste los und fasste ihr auf den Rücken, wo er den Stoff ihres Kleids mit beiden Händen so kräftig auseinanderzog, dass die Knöpfe klackernd und klirrend auf den Boden fielen.

Dann zog er ihr lockeres Mieder so weit nach unten, bis ihre prächtigen Brüste hervorquollen. Sofort begann er, an einer der harten Brustwarzen zu saugen, während er die andere Brust so inbrünstig abtastete und knetete, als hätte er sie nie zuvor berührt.

Caroline setzte sich rittlings auf ihn. Sie öffnete seinen Hosenschlitz, und als der harte, lange Beweis seines Verlangens zum Vorschein kam, griff sie instinktiv noch fester zu und bewegte ihre Hand langsam und gleichmäßig auf und ab. Alex stöhnte wieder und unterbrach ihre Bewegung, indem er seine Hand auf ihre legte.

»Lass mich in dir sein«, keuchte er.

Sie erstarrte vor Erregung. Er war erst einmal wirklich in ihr gewesen, in ihrer Hochzeitsnacht. Am Anfang hatte es wehgetan, aber danach hatte es sich gut angefühlt. Sehr gut sogar. So gut, dass sie sich auf die Lippe beißen musste, um nicht laut zu schreien. Es fiel ihr noch immer schwer, sich zusammenzureißen. Und heute Abend verlangte ihr Körper so schmerzhaft dringend nach ihm, dass sie einfach wusste, dass sie sich nicht würde beherrschen können, wenn sie ihn erst einmal in sich spürte.

»Bitte, Caro«, flehte er mit rauer Stimme. »Nur dieses eine Mal.«

Warum er sie nur dieses eine Mal wollte, war ihr ein absolutes Rätsel, aber das spielte jetzt keine Rolle. Sie wollte ihn in sich spüren. Und selbst wenn es nur dieses eine Mal sein sollte. Sie setzte sich so hin, dass er besser unter ihren Rock gelangen konnte.

»Bist du bereit für mich?«, murmelte er und streichelte über ihre pulsierende Scham. Dann umfasste er ihre Schenkel und zog sie näher an sich heran.

»Alex, sollten wir uns nicht aufs Sofa legen?«

Er schüttelte den Kopf.

»Nein. Ich will genau hier in dir sein.« Er bewegte seinen harten Penis über ihre empfindliche Haut. »Richte dich auf die Knie und lass dich dann über mich gleiten«, flüsterte er und stützte ihre Hüften ab, damit sie mehr Halt hatte.

Leicht verschüchtert ließ sie sich von ihm aufrichten.

»Und jetzt lass dich nach unten gleiten«, murmelte er ihr ins Ohr und erwartete sie.

Er glitt mit der Spitze seines Penis' in sie, und sein lustvoll gequältes Stöhnen, das ihre absichtlich langsamen Bewegungen hervorriefen, trug zusätzlich dazu bei, dass die Erregung in ihr stetig zunahm.

»Diesmal meine ich es wirklich ernst, Caro. Du bringst mich um.« Seine Stimme war ebenso heiser und zittrig wie sein Atem.

Lächelnd lehnte sie sich zurück und gab sich ganz dem Gefühl hin, seine Spitze in sich zu spüren. Alex hielt ihre Schenkel fest umklammert und wollte sie dazu bringen, sich schneller zu bewegen.

»Lass mich los, Alex, oder ich rühre mich keinen Millimeter weiter.«

Er stöhnte wieder, diesmal noch lauter. Sie beugte sich wieder nach vorn und nahm ihn in seiner ganzen Länge tief in sich auf.

Dann bewegte sie sich zweimal auf und ab und ließ sich dabei absichtlich Zeit, um ihn noch weiter auf die Folter zu spannen und ihn dazu zu bringen, jegliche Kontrolle zu verlieren.

»Caro«, stammelte er, »du quälst mich.« Er stieß seine Hüften nach vorn.

Durch jede einzelne von Carolines Adern rauschte funkelndes Verlangen, und sie verlor das letzte bisschen Beherrschung, das ihr noch geblieben war. Kniend krallte sie ihre Finger um seine Schultern und bewegte sich haltlos, willenlos auf und ab, immer und immer wieder. Und dann noch einmal. Ihn in sich zu spüren und sich an ihm zu reiben intensivierte ihre Erregung, und sie bewegte sich immer schneller, bis sie nur noch seinen Namen laut ausschreien konnte.

»Ja, meine Caro, reite mich!« Er vergrub seinen Kopf zwischen ihren nackten Brüsten.

Während sich ihr Verlangen und der schmerzende Druck weiter in ihr aufbauten, vergaß Caroline jegliches Gefühl von Scham oder Schüchternheit. Das kannte sie schon, aber so intensiv wie heute hatte sie es noch nie erlebt.

Er fuhr mit den Händen unter ihren Rock und streichelte ihre Schenkel, während sein Mund ihre Brüste liebkoste. Das war zu viel für Caroline. In ihr explodierte alles, und sie presste ihren Mund gegen seine Schulter, um ihren Schrei abzudämpfen.

»Schling deine Beine um mich«, befahl er ihr mit sanfter Stimme und stützte ihren Po mit seinen Händen, während er sie so haltend zu einem nahe stehenden Sofa hinüberging. Er half ihr dabei, sich hinzulegen, und bewegte sich danach wieder in ihr.

Bedächtig und zielsicher stieß er zu und sein schneller Rhythmus brachte ihre Erregung erneut in Wallung. Er vergrub sein Gesicht in ihrer Halskuhle und küsste und knabberte an der sensiblen Haut, unter der ihr Puls rauschte. Seine Hände fuhren über ihren Körper und berührten, drückten, streichelten und massierten jede freie Stelle, die sie nur finden konnten.

Eine Feuersbrunst nach der anderen hüllte ihren Körper ein, aber die Trauer und die Intensität der Situation lenkten Alex zu sehr ab. Mehrmals glaubte er, sich gleich mit einem Schrei der Erleichterung in ihr ergießen zu können, aber an diesem Abend sollte es einfach nicht sein. An diesem Abend brauchte er vor allem Carolines warme Nähe und ihre Umarmung. Er hoffte nur, sie würde sein Versagen nicht bemerken.

»Lass mich noch einen Moment in dir sein«, murmelte er, die Lippen gegen ihren Hals gepresst.

Sie strich ihm eine Haarsträhne aus dem verschwitzten Gesicht. »Es besteht keine Eile«, versicherte sie ihm. Genau genommen gefiel es ihr, sein Gewicht auf ihrem Körper zu spüren. Sie strich ihm erneut übers Haar und fuhr dann mit den Händen über seinen Rücken, der von einer dünnen Schweißschicht bedeckt war. Sie hatte seinen Rücken schon viele Male gesehen, wenn sie gemeinsam schwammen oder wenn er abends sein Hemd auszog, um zu ihr ins Bett zu kommen. Mehrere lange, dünne Narben zogen sich über die Haut und erregten stets Carolines Neugier. Aber sie traute sich nicht, ihn zu fragen. Er würde ihr wahrscheinlich erzählen, wie es zu den Narben gekommen war, aber sie wollte nicht so heuchlerisch sein und von ihm erwarten, dass er ihr ein Geheimnis anvertraute, wenn sie selbst ihm noch immer die Gründe verschwieg, warum sie darauf bestand, dass die Laternen bei Nacht brannten.

Sie tastete jeden Quadratzentimeter seines Rückens ab, von oben nach unten, von einer Seite zur anderen, und fühlte jeden Muskel, jede kleine Erhebung, jede Senke, jede Narbe, jeden Knorpel. Sie liebte ihn. Sie liebte es, ihn anzufassen. Sie liebte es, ihn in den Armen zu halten. Sie liebte es, ihn zu küssen. Sie liebte ihn eben, schlicht und ergreifend.

»Caro?«, flüsterte Alex und stützte sich auf seinen Händen ab.

»Hmm?« Sie öffnete ihre schläfrigen Augen und sah ihn an. Sie vermisste schon jetzt das Gewicht seines Körpers auf ihrem.

Er kratzte sich am Kopf und räusperte sich. »Ich bin froh, dass du heute Abend gekommen bist, um nach mir zu sehen«, brachte er schließlich mit heiserer Stimme hervor.

Sie küsste ihn. »Ich auch.« Und das war die Wahrheit. Egal, was in Zukunft passieren würde – sie war froh, dass sie ihn an diesem Abend aufgesucht hatte.

»Lass mich dir beim Aufstehen helfen.« Er zog sich flink aus ihr zurück und verschloss den Hosenschlitz, bevor er ihr die Hand reichte. »Ich fürchte, ich habe dein Kleid ruiniert. Und leider habe ich mein Jackett in einem anderen Zimmer liegen gelassen.«

Er wuschelte sich durch die Haare und sah sich im Zimmer um.

»Caro, wie sehr fürchtest du dich vor der Dunkelheit?«

Erstaunt unterbrach sie sich dabei, ihre Brüste wieder in ihrem Mieder zu verstauen, und blickte ihn verwundert an.

»Warum fragst du?«

»Es gibt noch einen anderen Weg. Dort wird uns ganz sicher niemand begegnen. Aber es ist dort vollkommen dunkel. Das einzige Licht werden unsere beiden Kerzen sein.«

Sie atmete scharf ein. Die Bibliothek war nur spärlich beleuchtet – das einzige Licht kam vom Kamin und von dem Mond, der seine Strahlen durch das offene Fenster warf. Es war nicht so hell, wie sie es normalerweise vorzog, aber es war auch nicht zu dunkel.

»Ich kann es versuchen«, antwortete sie mutig. Letzten Endes blieb ihr gar keine Wahl, wollte sie vermeiden, dass das ganze Haus erfuhr, was sie und Alex gerade in der Bibliothek getrieben hatten.

Er zog sich das Hemd über den Kopf, setzte die Brille auf und ging auf die Wand neben der Tür zu. Von einem Halter nahm er zwei Kerzen, die er wortlos anzündete und eine davon Caroline reichte.

»Wir nehmen den ehemaligen Angestelltenkorridor«, informierte er sie und führte sie zu einer Außenwand. Er griff hinter ein riesiges Ölporträt, und plötzlich öffnete sich die Wandverkleidung einen Spaltbreit. Alex stieß den Durchgang ganz auf und zog Caroline hinter sich her.

»Halt einfach meine Hand fest. Es wird nur ein paar Minuten dauern.«

Bei den »paar Minuten« handelte es sich letztendlich um ganze zehn Minuten, und diese zehn Minuten kamen Caroline wie zehn

Jahre vor. Seit sie sieben Jahre alt gewesen war, war sie nicht mehr in einem dunklen, engen Raum eingesperrt gewesen, und nach diesem Abend würde sie auch nie wieder freiwillig einen dunklen, engen Raum betreten. Selbst wenn das hieß, dass man sie und Alex in Zukunft dabei erwischen sollte, wie sie splitterfasernackt auf ihr Zimmer zurückschlichen. Der geheime Korridor der Angestellten kam in Zukunft nicht mehr für sie infrage.

»Könntest du bitte die Laternen anzünden?«, fragte sie, sobald sie in der Sicherheit ihres gemeinsamen Zimmers angelangt waren.

»Selbstverständlich.« Er zündete die Kerzen an und sie zog sich weiter aus. Ohne die Knöpfe und Miederhalter brauchte sie beim Entkleiden keine Hilfe.

»Geh du ruhig schon einmal schlafen. Ich sehe dich am Morgen«, sagte Alex, nachdem sie in ihr Nachthemd und unter die Decke geschlüpft war und darauf wartete, dass er sich zu ihr legen würde.

Schmerz durchbohrte ihr Herz. Er würde sie am Morgen sehen? Warum? Warum nicht jetzt? Warum war sie vor einer Stunde gut genug für ihn gewesen und jetzt nicht mehr?

»Habe ich etwas falsch gemacht?«

»Überhaupt nicht. Ich brauche nur ein bisschen Zeit für mich allein.«

Sie nickte. Das ging in Ordnung. Er konnte ruhig für eine Weile allein sein. Er musste trauern. Das konnte sie verstehen. Und während er in einer einsamen Bibliothek sitzen würde, würde sie in ihrem Bett liegen und davon träumen, wie sie sein Herz und seine Seele erobern konnte.

»Gute Nacht, süße Caro«, flüsterte er und küsste sie auf die Stirn. Dann verließ er das Zimmer.

Kapitel 22

Die folgenden drei Wochen erschienen Alex wie ein einziger langer Tag. Am Morgen nach dem Tod des Barons traf Edwina auf Watson Estate ein. Alex hatte den Brief des Vaters an sie verlegt und brauchte eine Weile, bis er ihn gefunden hatte. Als Edwina beim Lesen in Tränen ausbrach, hielt er sie tröstend im Arm.

Seine Mutter bedurfte ebenfalls seines Trostes. Bis sich sämtliche Familienmitglieder und Angestellten einer nach dem anderen in der Hoffnung auf einen Ratschlag, eine Anweisung oder nur ein kleines bisschen Unterstützung an ihn wandten, war ihm nicht klar gewesen, wie recht der Vater gehabt hatte, als er ihm prophezeite, dass alle von ihm abhängig sein würden. Alle außer Caroline. Mit ihr verhielt es sich genau umgekehrt.

Sie gab ihm Zeit für sich allein, damit er sich an das Leben ohne den Vater gewöhnen konnte, aber wenn er zu ihr kam, war sie immer für ihn da und empfing ihn herzlich und mit offenen Armen. Sie hielt ihn tröstend und verlangte im Gegenzug nichts von ihm. Sie hörte sich die Geschichten aus seiner Vergangenheit ebenso geduldig an wie seine aktuellen Sorgen. Sie wies ihn weder auf seine Fehler hin, noch urteilte sie über seine Entscheidungen.

Abends genoss Alex es, noch eine Weile allein in der Bibliothek zu sitzen, bevor er nach oben ging, wo Caroline mit einem warmen Bad auf ihn wartete. Und obwohl sie müde sein musste, setzte sie sich am Wannenrand zu ihm und plauderte mit ihm oder massierte ihm die Schultern. Oft überraschte sie ihn damit, dass sie ihm die Seife aus der Hand nahm und ihn mit der Hand befriedigte, ohne eine Gegenleistung zu erwarten. Er hätte ohnehin nichts geben können. Stress und Ermüdung hatten ihn vollkommen ausgelaugt. Er fühlte sich nur noch wie ein Schatten seiner selbst und überstand die Tage nur mit einer gewissen mechanischen Emotionslosigkeit. Das Einzige, was ihn aufrecht hielt, war die Aussicht, am Ende des Tages, wenn die Sonne untergegangen war, in den sichersten Hafen, den er sich nur vorstellen konnte, einzulaufen: Carolines Umarmung.

Caroline war nicht nur zu seinem Fels geworden, gegen den er sich am Abend lehnte, sie war auch für den Rest der Familie da. Sie verbrachte Stunden mit Edwina und beweinte den Verlust eines geliebten Elternteils. Edwina hatte ihrem Vater sehr nahegestanden, und Caroline, die dasselbe für ihre Mutter empfunden hatte, konnte Edwinas Schmerz gut verstehen. Und sie hatte die Rolle ihrer Schwiegermutter übernommen und gab der Hauswirtschafterin und dem Personal Anweisungen, was nun, da sie die neue Lady Watson war, ohnehin in ihrer Verantwortung lag.

Außerdem hatte sie sich freiwillig dazu bereit erklärt, die Familie in einer anderen Angelegenheit zu repräsentieren, zu der sich sonst niemand in der Lage sah. Sie war nach Rockhurst gefahren und hatte Brooke bei der Geburt ihres zweiten Sohnes zur Seite gestanden. Der Name des Jungen, das wusste sie nun aus verlässlicher Quelle, lautete *nicht* Benjamin.

Und kein einziges Mal war ihr auch nur ein einziges Wort der Klage über ihre vielen neuen Aufgaben über die Lippen gekommen. Und wenn sie sich gerade nicht pflichtbewusst um Alex oder seine Familie kümmerte, verwandte sie ihre Zeit auf allerhand kleine Dinge, von denen sie annahm, dass man sie gar nicht bemerken würde. Aber er bemerkte sie. Er bemerkte, dass sie über seine vier laufenden Experimente Buch führte. Er bemerkte, dass sie den großen Stapel loser Blätter mit wissenschaftlichen Notizen geordnet hatte, indem sie die einzelnen Experimente mit jeweils einem größeren Blatt Papier voneinander abtrennte, auf dem sie Datum und Thema seiner Untersuchungen festgehalten hatte.

Außerdem hatte sie ein Dienstmädchen angewiesen, ihm stündlich ein Tablett mit frischem Tee und Keksen zu bringen. Und dann gab es noch viele andere Dinge. Dinge, die den meisten Leuten vielleicht unbedeutend vorgekommen wären, aber nicht so ihm. Alles, was Caroline tat, führte dazu, dass er sie immer mehr liebte.

Er seufzte und faltete seine Hände über dem Bauch. Heute war der erste Tag, an dem er nicht das Gefühl hatte, dass sein Vater jeden Moment durch die Tür spaziert kommen würde. In den ersten zwei Wochen hatte er die Tür des Arbeitszimmers seines Vaters nicht einmal ansehen können. Aber schließlich musste er es doch betreten. Korrespondenz wartete darauf, beantwortet zu werden. Pächter hatten Probleme, die gelöst werden mussten. Rechnungen mussten beglichen werden. Jetzt war er der Baron Watson und dafür zuständig, sich um alles zu kümmern. Sein Vater hatte den Tod seines Vaters verkraftet und gleichzeitig das Landgut geleitet, und Alex würde das auch schaffen.

Gerade als er aufstehen und nach Caroline sehen wollte, hörte er ein Klopfen an der Tür, und kurz darauf stürmten schon seine beiden Brüder in den Raum.

»Alex, wir müssen mit dir reden«, platzte Henry heraus, vermied es aber, ihn anzusehen. Sein Gesicht war dunkelrot, seine Kleidung saß unordentlich und seine Haare waren vom Wind zerzaust. Kurz, er sah aus, als wäre er gerade von London nach Watson Estate gerannt. Direkt hinter ihm kam sein Zwillingsbruder und beide glichen sich selbst in Körperhaltung und Gestik – seitlich herunterhängende, zu Fäusten geballte Hände – wie ein Ei dem anderen.

»Was ist los?« Alex ließ sich wieder in den Schreibtischsessel fallen.

Keiner der beiden sagte ein Wort. Sie starrten sich nur gegenseitig an und kommunizierten in ihrer »Zwillingssprache«, wie sie diese Art von nonverbalem Gedankenaustausch stets nannten.

»Sag du es ihm, Elijah«, begann Henry schließlich.

Elijah schüttelte den Kopf.

»Nein, du.«

Henry verschränkte die Arme vor der Brust.

»Ich finde nicht. Du hast gemeint, er sollte es wissen.«

»Ja, aber du hast gemeint, wir sollten es ihm sagen«, gab Elijah zurück.

»Mir ist völlig egal, wessen Idee es war«, donnerte Alex und bereitete sich innerlich auf das Schlimmste vor. »Würde einer von euch Hohlköpfen mir endlich berichten, was verdammt noch mal vor sich geht?«

»Nun, Alex, es verhält sich folgendermaßen ...« Henry trat unschlüssig von einem Fuß auf den anderen.

Elijah blickte zu Boden. »Wir wollten uns das Gewächshaus ansehen und ...«

»Ihr? Das Gewächshaus?«, fragte Alex erstaunt. Er hatte stets bezweifelt, dass die beiden überhaupt wussten, was es dort zu sehen gab. Ihm wurde ganz klamm ums Herz. Was hatten die beiden nur angestellt? Stand das Gewächshaus noch? Lebten seine Pflanzen noch? Unzählige furchtbare Szenarien schwirrten ihm durch den Kopf, und er registrierte gar nicht, dass seine Brüder weitersprachen. Erst als Elijah mit den Worten: »Als wir sie sahen, sind wir sofort gegangen«, herausplatzte, zerbrach Alex den Federkiel, mit dem er die ganze Zeit herumgespielt hatte, was ihn augenblicklich aus seinen Gedanken riss.

Er musste mehrmals mit dem Kopf schütteln, um sich zu sortieren.

»Bitte was?«, fragte er und starrte auf seine Brüder, deren Gesichter noch immer – oder schon wieder – dunkelrot angelaufen waren.

»Hast du überhaupt zugehört?«, fragte Henry zurück.

»Natürlich«, blaffte Alex. »Ihr wart in meinem Gewächshaus. Und dann habt ihr irgendetwas von weggehen gesagt.«

»Und, hast du zufällig noch etwas anderes mitbekommen?«, erkundigte Elijah sich und verschränkte die Arme.

Alex ließ die beiden Hälften des zerbrochenen Federkiels auf den Tisch fallen.

»Ich bin euch keine Rechenschaft schuldig. Fangt von vorne an. Ihr wart in meinem Gewächshaus …« Er wedelte mit dem Handgelenk, um die beiden zum Weitersprechen zu animieren.

»Wir gingen hinein und sahen Caroline«, antwortete Henry schnell.

Alex blinzelte verwundert. »Nun, sie wohnt hier. Sie hat meine Erlaubnis, das Gewächshaus zu betreten.«

Seine Brüder verdrehten gleichzeitig die Augen.

»Vielen Dank, dass du das noch einmal klargestellt hast, Alex«, sagte Henry sarkastisch. »Aber darum ging es gar nicht. Ich hatte allerdings gehofft, Elijah würde den Satz vollenden.«

»Oh, Entschuldigung.« Elijah zwinkerte Alex zu. »Unsere Gehirne scheinen heute nicht synchron zu funktionieren.«

Alex starrte die beiden wütend an.

»Erinnert mich doch bitte heute Abend daran, ein Dankgebet dafür zu sprechen, dass wir keine Drillinge sind.«

»Aber stell dir doch nur vor, wir wären Drillinge«, sagte Henry aufgeregt. »Dann wüsstest du jetzt schon, was wir dir sagen wollen.«

Alex vergrub sein Gesicht in den Händen und murmelte einen unzusammenhängenden Satz über das Schicksal, mit einem Haufen Vollidioten verwandt zu sein. Dann hob er den Kopf wieder und sah zu einem der beiden Trottel, die er seine Brüder nennen musste.

»Also, da ich es aber nicht weiß, du kleiner Schlaumeier, warum sagst du es mir nicht?« Was war heute nur mit den beiden los? Alex machte sich gar nicht erst die Mühe, den Blick, den Henry und Elijah sich zuwarfen, auch nur ansatzweise zu interpretieren.

»Also gut«, sagte Henry und schluckte laut. »Als wir das Gewächshaus betraten, sahen wir Caroline. Sie pflanzte gerade ein paar Blumen, und dabei trug sie nur ihr Unterkleid.« Sein Gesicht lief schon wieder dunkelrot an, worüber Alex kichern musste.

»Was ist daran verdammt noch mal so komisch?«, fuhr Elijah ihn an. »Machst du dir keine Sorgen, dass man sie so sehen könnte? Kümmert es dich denn nicht, dass wir sie so gesehen haben?«

Alex' Grinsen verschwand langsam.

»Ich werde mit ihr darüber sprechen.«

»Gut«, sagte Elijah und setzte sich auf einen der Stühle vor dem ausladenden Schreibtisch. »Wie viele lange, ermüdende Stunden hat mein Hinterteil schon auf diesen Stühlen gesessen.«

»Trifft das nicht auf uns alle zu?«, bemerkte Alex und überlegte, wie er seine Brüder am besten loswerden könnte, um Caroline noch rechtzeitig abzupassen, bevor sie sich im Bach waschen würde. Er vermisste es, sich gemeinsam mit ihr im Gewächshaus schmutzig zu machen und danach andere kleine schmutzige Dinge im Bach zu treiben. Ein Lächeln spielte um seine Lippen.

»Siehst du, Henry, da ist es wieder«, kommentierte Elijah. »Er stellt sich wahrscheinlich gerade vor, wie Caroline nur mit ihrem Unterkleid bekleidet in der Erde buddelt.«

Henry schnaubte verächtlich und ließ sich auf den Stuhl neben Elijah fallen. »Das muss wirklich eine wahr gewordene Fantasie für Alex sein. Eine halb nackte Dame allein in seinem Gewächshaus.«

Alex warf ihm einen finsteren Blick zu.

»Vergiss das Bild ganz schnell, bevor ich dich dazu bringe.«

»Wir haben uns nichts dabei gedacht. Wir waren lediglich überrascht, sie dort in ihrem Unterkleid herumgraben zu sehen, und dachten, du würdest es gern wissen, bevor noch jemand davon erfährt«, erklärte Elijah.

»Viele Dank. Allerdings wusste ich das schon«, sagte Alex.

»Dann ist es also tatsächlich eine Fantasie von dir«, sinnierte Henry und legte seine Füße auf die Tischkante.

Der lange Messstab, mit dem ihr Vater immer auf die Ecke des Schreibtischs geschlagen hatte, um dafür zu sorgen, dass seine Söhne aufmerksam blieben, lehnte wie immer seitlich am Schreibtisch. Alex griff sich den Messstab und schob damit die Füße seines Bruders wieder vom Tisch.

»Es reicht jetzt. Ich habe ihr gesagt, dass sie das tun kann. Es erschien mir in keinster Weise anstößig. Wir waren zu zweit und haben einige Pflanzen umgesetzt, und ich wollte nicht, dass sie ihr Kleid ruinierte. Aber jetzt, da ihr zwei euch für die nähere Zukunft hier niedergelassen habt, werde ich ihr raten, sich von nun an nur noch vollständig bekleidet im Gewächshaus zu bewegen.«

»Es muss schön sein, von jemandem so aufrichtig geliebt zu werden«, überlegte Elijah laut. Seine Stimme verriet keine Spur von Sarkasmus.

Alex' Herz krampfte sich zusammen.

»Glaubt ihr wirklich, dass sie mich liebt?« Er bemühte sich um einen neutralen Gesichtsausdruck, damit die beiden nicht merkten, wie viel ihm ihre Antwort bedeutete.

»Sie muss dich einfach lieben.« Elijah legte seinen rechten Fuß auf sein linkes Knie. »Warum sonst sollte sie in ihrem Unterkleid da draußen im Gewächshaus herumbuddeln?«

Alex freute sich so sehr über die allgemeine Bedeutung dieser Worte, dass er gar nicht registrierte, dass Elijah schon wieder auf Carolines dürftige Bekleidung angespielt hatte.

»Ich nehme an, dass mein ungewöhnlicher Charakter durchaus viele Leute vergraulen kann«, gab er zu.

Die Zwillinge schnaubten verächtlich.

»Das ist wohl das Mindeste, was man sagen kann, Bruderherz«, sagte Henry und rückte auf seinem Stuhl hin und her.

»Wie meinst du das?« Sein Charakter und seine Faszination für die Wissenschaft mochten gewöhnungsbedürftig sein, aber mit seinem Aussehen, seiner Herkunft, seinen Manieren oder sonst etwas anderem war alles in Ordnung.

»Du bist einfach ein Schuft«, sagte Elijah schlicht.

»Ein ziemlich großer Schuft sogar«, ergänzte Henry. »Dass du ein Langweiler bist, wusste sie ja schon, bevor sie dich geheiratet hat.«

»Wie bitte?«, fragte Alex.

Henry seufzte.

»Schau, Alex, uns allen war klar, dass sie dich mochte. Warum sonst hätte sie dich heiraten sollen. Damals wusste sie aber nur, dass du ein Langweiler bist ...«

»Hat sie das gesagt?«, unterbrach Alex ihn.

»Nein.« Henry schüttelte den Kopf. »Sie hat das nie gesagt. Aber dein Spitzname Trockener Alex muss ihr etwas verraten haben.« Er schnaubte wieder. »Egal wie, selbst wenn du dein Werben bis ins kleinste Detail geplant hattest, es gab sicher ein paar Momente, in denen du dein wahres Ich zeigen musstest, und spätestens da wird ihr aufgefallen sein, wie trocken du tatsächlich bist. Das ist aber letztendlich gar nicht so wichtig, denn sie hat dich trotzdem geheiratet. Und sie ist geblieben, nachdem sie herausgefunden hat, dass du ein Schuft bist.«

Alex wurde ganz flau im Magen, und das Gefühl breitete sich schnell in seinem ganzen Körper aus. Es war ihm egal, ob seine Brüder dachten, dass er ein trockener Langweiler sei. Jeder dachte das, und es interessierte ihn nicht die Bohne. Was ihn viel mehr interessierte war, wie die beiden herausgefunden hatten, dass er sein komplettes Werben geplant hatte, und woher sie wussten, dass Caroline ihn für einen Schuft hielt.

»Sprecht weiter«, forderte er die beiden mit erstickter Stimme auf.

»Da gibt es nicht viel mehr zu sagen«, antwortete Elijah schulterzuckend. »Sie muss dich einfach lieben, weil sie nicht zu ihrer Familie geflohen ist, nachdem du sie so gründlich erniedrigt hast.«

Panik ergriff Alex und er ballte seine Hände zu Fäusten. Sie wusste Bescheid. Sie hatte die blöden Papiere gelesen. Es war ihm ohnehin schon merkwürdig vorgekommen, wie der Brief für Edwina bei seiner Mutter gelandet sein konnte und dass keiner der Angestellten ihm den Inhalt seiner Taschen überreicht hatte, wie sie das normalerweise taten, wenn sie seine Sachen in die Wäsche gaben.

»Woher wisst ihr das?«, fragte er und schluckte hektisch. Hatte Caroline das so sehr verletzt, und war er selbst so distanziert und unaufmerksam gewesen, dass sie sich jemand anderem als ihm hatte anvertrauen müssen? Er, und nur er, hätte sie trösten und gleichzeitig ihre Vergebung für seine Dummheit erflehen müssen. Aber er war so sehr in seinem eigenen Schmerz gefangen gewesen, dass er den ihren gar nicht bemerkt hatte. Dabei hätte er das tun sollen. Von sich aus würde sie nicht auf ihn zukommen, genau das hatte Marcus ihm vor der Hochzeit mit Caroline gesagt. Caroline vertraute sich niemandem an. Das ließ ihn stutzig werden.

»Woher wisst ihr das?«, wiederholte er bellend und durchbohrte beide mit wütenden Blicken.

Kurz danach hatten sie alles gebeichtet.

»Deshalb habt ihr draußen im Korridor wie zwei Schakale gejault und Vater respektlos behandelt, während er im Sterben lag?«

»Mit Verlaub, Bruder«, gab Elijah verärgert zurück, »aber wenn sich hier jemand respektlos aufgeführt hat, dann warst du das. Und die Person, die respektlos behandelt wurde, war nicht unser Vater, sondern deine Caroline. Und so wie ich Vater kenne, und ich glaube, dass ich ihn gut kenne, wird er dich gebeten haben nachzusehen, was da draußen verdammt noch mal so Komisches vor sich geht. Er wollte nie von einem Witz ausgeschlossen werden.«

Alex schluckte die Galle in seinem Hals herunter. Elijah hatte recht. Der Vater hatte ihn tatsächlich genau darum gebeten. Er hatte wissen wollen, was so komisch war, und Alex hatte sich geweigert nachzusehen. Und darüber war er jetzt so froh wie niemals zuvor. Dadurch, dass seine Mutter und Brüder alles mitbekommen hatten, war Caroline schon zur Genüge gedemütigt gewesen. Er spürte den Ärger in sich hochkochen.

»Warum habt ihr das getan? Warum habt ihr nicht wenigstens nach der ersten Zeile aufgehört? Oder spätestens dann, wenn ich Caroline als potenziielle Braut aufliste? Wieso musstest ihr alles lesen?«

»Warum hast du es überhaupt geschrieben?«, fragte Henry leise.

»Raus!«, brüllte Alex.

Seine Brüder gaben ihm keine weiteren ungebetenen Ratschläge mehr, sondern verließen das Arbeitszimmer, wo Alex allein mit seiner Selbstverachtung zurückblieb.

Er legte eine Hand über die Augen und lachte bitter. Er war kein Stück besser als sein tollpatschiger Freund Andrew. Er hatte vielleicht nicht exakt dasselbe getan wie er, aber das Resultat war letzten Endes identisch: Er hatte Carolines Ruf zerstört.

Die vorsichtigen Schritte des Butlers durchbrachen Alex' Gedanken.

»Geh fort«, bellte er. Er musste allein sein, um sich zurechtlegen zu können, was als Nächstes zu tun wäre. Er hatte keine Zeit für Tee und Kekse.

»Werden Sie am Abendessen teilnehmen, mein Lord?«, fragte Johnson durch die geschlossene Tür.

Verflucht. Es war ja schon bald Zeit für das Abendessen. Er konnte Caroline unmöglich am Tisch gegenübersitzen und ihr ins Gesicht blicken. Er hatte sie gedemütigt und konnte es nicht wiedergutmachen.

»Nein.«

Er wartete ab, bis die Schritte des Butlers im Flur verhallt waren. Dann erhob er sich. Er sollte auf ihr gemeinsames Zimmer gehen und dort auf Caroline warten. Sie war nicht der Typ, der sich nach dem Abendessen länger als nötig im Salon aufhielt. In einer Stunde, spätestens in zwei würde sie oben sein. In der Zwischenzeit würde er sich überlegen, was er sagen und wie er die Dinge wieder zurechtbiegen könnte.

»Verzeihung, mein Lord«, sagte Annie, als sie kurz vor seinem Zimmer an ihm vorbeiging.

Würde er sich jemals an diese Anrede gewöhnen? Er nickte knapp zur Antwort, betrat dann das Zimmer und ließ seinen Blick über die Möbel gleiten. Jedes einzelne Möbelstück war vollgestellt. Nirgends gab es auch nur eine freie Stelle, die nicht von einem Buch, einem wissenschaftlichen Instrument oder einem halbfertigen Experiment in Beschlag genommen war.

Selbst der Toilettentisch war übersät mit Krimskrams. Bürsten, Kämme, Rasierutensilien, Handspiegel, alles Mögliche lag herum. Er seufzte. Sein Zimmer war zu klein. Caroline verdiente etwas Besseres. Größeres.

Am Abend der Hochzeit hatte sein Vater verlangt, dass Alex und Caroline in die Hauptsuite zogen. Aber Alex hatte selbstverständlich abgelehnt. Solange seine Eltern noch am Leben waren, wollte er ihre Gemächer nicht in Anspruch nehmen. Aber jetzt war er der Baron und Caroline die Baronin. Die Gemächer standen ihnen nun rechtmäßig zu, und Caroline verdiente eine angemessene Unterkunft. Allein ihr zukünftiges Wohnzimmer würde doppelt so groß sein wie dieses Schlafzimmer.

Er hatte es lang genug hinausgezögert. Heute Abend würden sie zum letzten Mal hier schlafen. Und morgen um die Mittagszeit würde dieses Zimmer nur noch eine flüchtige Erinnerung an die ersten fünf Wochen ihrer Ehe sein.

Schwungvoll öffnete er den Kleiderschrank. Es war zu schade, dass sie kaum eine Chance gehabt hatte, die schönen neuen Kleider zu tragen, die Marcus für sie hatte anfertigen lassen. Für das nächste Jahr würde sie Schwarz tragen. Er inspizierte das Innere des Schranks genauer. Mehrere Pakete in braunem Packpapier auf dem Boden erregten seine Aufmerksamkeit. Sie war seine Frau, sie hatte nichts zu verbergen. Sie hatten sich beide nackt gesehen – und mit etwas Glück würden sie das auch heute Abend tun. In diesem Schrank konnte es nichts geben, das er nicht sehen durfte. Er holte eines der Pakete hervor und zog an der Schleife. Dann drehte er es um und entfernte das Papier. Ein kleines, ordentlich zusammengefaltetes Quadrat aus schwarzem Stoff kam zum Vorschein.

Er trug es zum Bett hinüber, um es sich genauer anzusehen. Er wurde immer aufgeregter, je weiter er den Stoff auseinanderfaltete, und als er endlich fertig war, hielt er zwei Träger in der Hand, die gerade einmal so breit wie ein Federkiel waren. Er besah sich das feine, durchsichtige Kleidungsstück sorgfältig und bewunderte den tiefen Ausschnitt, der wie ein perfektes V geschnitten und mit einem roten Saum abgesetzt war, sowie die seitlichen Schlitze, die mindestens bis zu ihrer Hüfte reichen mussten. Wildes Verlangen loderte in ihm. Ja, er hatte sie nackt gesehen, und er würde sie auch heute Abend nackt sehen wollen, aber zuerst sollte sie das hier tragen. Das hier entsprach seinem Geschmack.

Er riss seine Augen von dem verführerischen Teil los und sah wieder in den Schrank. Sie hatte noch ein weiteres – nein, zwei, drei, sogar vier identisch verpackte Pakete. Ihm lief förmlich das Wasser im Mund zusammen. Er hatte zu viel um die Ohren gehabt, um sich Caroline so zu widmen, wie er es eigentlich tun sollte. Damit war jetzt Schluss. Heute Abend würde er sich ihr hingeben, bis die Sonne aufging. Er würde nichts zurückhalten, und er würde auch nicht zulassen, dass sie etwas zurückhielt. Das letzte Mal hatte ihr gefallen. Er wusste es einfach. Sie mochte noch etwas unsicher sein und hatte Hemmungen, ihre Lust laut hinauszuschreien, aber er müsste schon mehr als ignorant sein, um nicht zu merken, dass es ihr gefallen hatte. Er mochte ja ein Idiot sein, aber blind und taub war er nicht.

Er legte das erotische Kleidungsstück so gut er konnte wieder zusammen und verstaute es so ordentlich wie möglich in der Kiste. Bevor er ihr auch nur vorschlagen konnte, es zu tragen, musste er wissen, was er ihr sagen wollte. Sie kam ihm nicht wie eine Frau vor, deren Vergebung leicht zu erlangen war. Dafür war sie viel zu klug. Und seine Sünde war weder klein noch unbedeutend; sie war enorm und hatte ihr große Schmerzen bereitet.

Er warf sich in den einzigen Sessel im Zimmer. Und dort blieb er allein mit seinen Gedanken, während die Wanduhr tickte, die Kerzen herunterbrannten und sein Verstand raste.

Kapitel 23

Erschöpft ließ Caroline sich auf das rote Plüschsofa im Salon fallen. Am frühen Nachmittag hatte sie bei einigen von Alex' Pflanzen neue Blüten festgestellt und war dann ins Haus gegangen, um ihre Beobachtungen niederzuschreiben. Just in dem Moment, in dem sie diese Aufgabe beendet hatte, hatte Regina sie zur Teestunde gebeten, und danach hatte Edwina ihre Hilfe beim Neuorganisieren eines Teils der Bibliothek benötigt. Und dann war auch schon die Zeit zum Abendessen gekommen. Caroline nahm daran teil, obwohl sie keinen Appetit verspürte. Aber jetzt wollte sie in dem selten benutzten Salon eine ruhige Ecke finden und einen Moment allein sein. Sie liebte Alex und seine Familie, und sie würde alles für sie tun, aber jetzt brauchte sie ein paar Minuten nur für sich.

Sie schloss die Augen, um besser abschalten zu können, wurde aber durch ein leises Klopfen abgelenkt, das aus Richtung Tür kam.

»Jawohl?« Sie ging zur Tür und sah auf den Korridor.

»Dieser Brief kam heute für Sie an, gnädige Frau.« Johnson überreichte ihr einen verknitterten und leicht ramponierten Umschlag aus Pergament.

Caroline nahm ihn dankend entgegen und schloss die Tür, bevor sie den Umschlag umdrehte. Augenblicklich furchte sie die Stirn. Die Handschrift kam ihr bekannt vor. Sie sah fast so aus wie ...

Mit der linken Hand umklammerte sie den Brief fester, während sie mit den zitternden Fingern der rechten Hand versuchte, das schlampig aufgesetzte Wachssiegel aufzubrechen, das die Nachricht verschloss. Das gelang ihr erst beim vierten Anlauf. Dann befahl sie ihren zitternden Händen, den Brief zu öffnen. Die Hände gehorchten. Caroline wusste zwar nicht, wie oder warum, aber irgendwie schaffte sie es, das Papier auseinanderzufalten.

Sobald ihre Augen die eilig hingeschmierten Worte überflogen, wurde ihre Haut aschfahl, und ihr Herz begann zu rasen.

Du stehst in meiner Schuld. Zehntausend dürften eine faire Summe sein. Morgen früh werde ich meinen Anteil persönlich abholen.

Voller Wut umklammerte Caroline das Papier. Anrede und Unterschrift fehlten. Und trotz dieser Nachlässigkeiten wusste Caroline ganz genau, von wem der Brief stammte und an wen er gerichtet war.

»Caroline?«

Caroline sprang vor Schreck beinah einen halben Meter in die Luft. Sie drehte sich um und blickte direkt in die warmen, besorgten Augen ihrer Schwiegermutter. Sie hatte gar nicht bemerkt, dass Regina den Salon betreten hatte.

»Stimmt etwas nicht?«

Unfähig, auch nur einen klaren Satz zu bilden, blickte Caroline wieder auf das Papier, das in ihren bebenden Händen raschelte.

Sanft, aber bestimmt umfasste Regina Carolines rechtes Handgelenk und löste den Brief aus ihren Fingern. Noch während sie die Nachricht las, verzog sie spöttisch ihre Lippen.

»Gib nichts darauf«, sagte sie, faltete den Brief zusammen und ließ ihn achtlos zu Boden fallen. Als Caroline sich bückte, um ihn wieder aufzuheben, wäre sie beinah vornübergefallen. Nichts darauf geben? War Regina wahnsinnig geworden? Sie musste etwas darauf geben. Das hier war viel zu wichtig, um nicht beachtet zu werden.

»Caroline.« Reginas sanfte Stimme unterbrach ihre rasenden Gedanken. »Er wird nicht kommen. Hör auf, dir Sorgen zu machen. Er will dir nur Angst einjagen.«

»Das gelingt ihm auch«, flüsterte Caroline. Ihre Finger umschlossen das Papier.

»Das sollte es aber nicht.«

Caroline schüttelte den Kopf. Regina verstand das nicht. Aber dann spürte sie, wie Regina ihr liebevoll die Hand auf die Schulter legte und sie sanft drückte.

»Sieh mich an, Caroline. Ich weiß, dass du gerade sehr verstört bist, aber du musst dir klarmachen, dass du dich unnötig sorgst. Kein Mann, der etwas auf sich hält, wird Brautgeld für eine Frau verlangen, bei deren Eheschließung er noch nicht einmal ein Mitspracherecht hatte.«

Ihre Worte gingen Caroline durch Mark und Bein.

»Du hast recht«, stammelte sie atemlos. Biologisch gesehen war er ihr Vater, aber nicht aus legaler Sicht. Er hatte seine väterlichen Rechte vor vielen Jahren abgetreten, als er Onkel Joseph erlaubt hatte, Caroline zu adoptieren. Wie der Onkel das geschafft hatte, war Caroline bis heute ein Rätsel.

»Er will dir nur Angst einjagen«, wiederholte Regina.

Caroline schüttelte sich. Irgendwie war es diesem niederträchtigen Mann gelungen, ihr schon, solange sie lebte, Angst einzujagen. Warum sollte es jetzt anders sein?

»Was soll ich deiner Meinung nach tun?«

»Was möchtest du denn tun?«, fragte Regina zurück und drückte noch einmal liebevoll Carolines Schulter.

»Den verdammten Brief verbrennen«, antwortete Caroline mit einem nervösen Lachen.

Regina ging zum anderen Ende des Zimmers und holte einen dreiarmigen Kerzenständer. Sie stellte ihn auf dem Tisch ab und nahm die Teekanne sowie die Tassen von dem silbernen Tablett, das in der Mitte des Tischs stand.

»Also los, verbrenne ihn.«

Ganz so ernst hatte Caroline das gar nicht gemeint, aber nun ... Sie sah noch einmal auf das verflixte Papier, das nichts anderes getan hatte, als sie zu verhöhnen. Sie daran zu erinnern, wer sie einst gewesen war; aus welchem Sumpf sie gekommen war und was ihr vorgezeichneter Weg gewesen war. Schließlich siegte die Logik über die Gefühle. Sie hielt das Papier über die Kerze und wartete ab, bis die heiße Flamme am unteren Rand des Briefes züngelte und einen guten Zentimeter verzehrt hatte. Dann ließ sie das Papier auf das Tablett fallen. Regungslos stand sie neben ihrer Schwiegermutter und sah dabei zu, wie die Flammen das Papier verschlangen, bis es zu einem erbärmlichen, schwarzen Häuflein geschrumpft war.

»Fühlst du dich jetzt besser?«

»Ein bisschen.«

Regina setzte sich und zog Caroline an der Hand.

»Setz dich hier neben mich.«

Regina benetzte ihre Lippen. Ihre Augen schimmerten voller Ernst.

»Caroline, ich glaube, es ist an der Zeit, dass wir ein seit Langem überfälliges Gespräch führen.«

»Das glaube ich auch«, sagte Caroline zustimmend. Sie erinnerte sich daran, was ihr der alte Baron Watson am Tag nach der Hochzeit gesagt hatte. Es war an der Zeit, die Wahrheit über ihre Mutter zu erfahren. Und Regina war die einzige Person, die sie kannte.

»Was hältst du davon: Du erzählst mir, was du weißt, und dann erzähle ich dir, was ich weiß, und dann versuchen wir gemeinsam, die übrigen Lücken zu schließen?« Regina warf ihr ein verschmitztes Lächeln zu. »So würden Wissenschaftler das Ganze angehen, oder?«

Ein dünnes Lächeln kräuselte Carolines Lippen. Es war offensichtlich, dass Regina die vergangenen dreißig – oder mehr – Jahre in der Gesellschaft eines leidenschaftlichen Wissenschaftlers verbracht hatte. Sie holte tief Luft und rieb ihre Hände an dem Rock aus schwarzem Kammgarn.

»Viel weiß ich nicht«, musste sie zugeben. »Meine Tante hat mir gesagt, dass meine Mutter eine Affäre hatte, mit meinem, meinem ...«, unfähig, das Wort auszusprechen, wedelte sie mit der Hand in der Luft, »und als sie herausfand, dass sie in anderen Umständen war, musste sie die Schule abbrechen und ihn heiraten.«

Caroline blickte nach unten und studierte eingehend den Holzfußboden.

»Das ist alles, was du weißt?« Reginas gütige Stimme konnte Carolines angespannte Nerven noch nicht einmal ansatzweise besänftigen.

Sie nickte. Was sollte es da noch mehr zu sagen geben?

Neben ihr rutschte Regina unschlüssig hin und her.

»Ich weiß nicht genau, wie ich es formulieren soll, also sage ich es einfach geradeheraus. Ich denke nicht, dass das Wort Affäre in dem Zusammenhang korrekt ist«, sagte sie und schluckte unangenehm berührt. »Ich mag nur zwei Monate lang das Zimmer mit ihr geteilt haben, aber es war lang genug, um zu ...« Sie unterbrach sich und atmete lang und tief aus. »Caroline, deine Mutter hat nichts getan, für das sie sich hätte schämen müssen, oder für das du dich schämen müsstest.«

Caroline verlor das Interesse an dem Fußboden und begegnete dem Blick ihrer Schwiegermutter. Sie hoffte, in Reginas Augen einen Hinweis zu finden. Was genau dieser Hinweis offenbaren würde, wusste sie nicht, aber sie war neugierig genug, um nachzuhaken.

»Was ist passiert?«

»Kurz bevor deine Mutter auf die Sloan's-Schule kam, hatte sie mit ihrer Familie ein Fest auf dem Gut von Freunden deines Onkels besucht. Sie war damals erst fünfzehn, eigentlich viel zu jung, um dort zu sein, aber aus irgendeinem Grund hatte man sie mitgenommen. Auf diesem Fest lernte sie Rupert Griffin kennen. Sie sagte mir, dass er ihr nachsetzte, aber dass sie kein Interesse hatte.«

Ein mulmiges Gefühl beschlich Caroline. Man mochte es eine Ahnung, einen Verdacht, ein Vorgefühl oder was auch immer nennen, aber aus irgendeinem Grund wusste Caroline, dass ihr die Wendung, die diese Geschichte gerade nahm, nicht gefallen würde.

»Trotzdem stellte er ihr beharrlich nach, weshalb dein Onkel entschied, dass es das Beste sei, sie auf eine Schule nach London zu schicken, wo sie weit von ihm entfernt sei.« Regina knetete nachdenklich ihre Lippen. »Aber so einfach ließ Griffin sich nicht ausbooten. Er belästigte sie, indem er ihr einen Brief nach dem anderen schickte. Mehrmals versuchte er, bei ihr vorstellig zu werden, indem er vorgab, ein Gesandter ihres Bruders zu sein, und einmal behauptete er sogar, ihr Verlobter zu sein. Ein einziges Mal willigte sie ein, ihn zu sehen. Sie wollte ihm ein für alle Mal sagen, dass sie an seinen Bemühungen nicht interessiert war. Aber er kam trotzdem wieder. Wenige Wochen später veranstaltete die Schule ein kleines gesellschaftliches Beisammensein, zu dem auch unsere Familien eingeladen waren.«

Ein wehmütiger Ausdruck flog kurz über Reginas Gesicht. Dann räusperte sie sich und blickte wieder ernst und konzentriert drein.

»Während dieser Veranstaltung verschwand deine Mutter für eine Weile, und als wir sie endlich fanden, schluchzte sie so bitterlich, dass wir überhaupt nicht verstehen konnten, was sie sagte. Sie ging damals mit deinem Onkel nach Hause und kam nie wieder.«

Nach diesen Worten schwiegen beide Frauen. Sie wussten, warum Carolines Mutter nicht zurückgekommen war.

»Hat er ihr keine Wahl gelassen?« Caroline war sich nicht ganz sicher, warum sie Regina das fragte. Wahrscheinlich wusste Regina über die Vorgänge im Kopf von Onkel Joseph auch nicht besser Bescheid als Caroline.

»Du meinst, ob Joseph sie zu der Hochzeit gedrängt hat? Ehrlich gesagt weiß ich das nicht. Aber mein Bauchgefühl sagt mir, dass er das nicht getan hat. Ich habe während meiner Ehe mit Edward genug Zeit auf Ridge Water verbracht, um zu wissen, dass dein Onkel jedem, der deine Mutter gemieden hätte, den Krieg erklärt hätte.« Sie seufzte. »Aber ich kannte auch deine Mutter. Sie war eine gute Seele und dachte immer zuerst an die anderen. Ich weiß, dass das reine Spekulation ist, aber ich glaube, dass sie ihn aus freien Stücken geheiratet hat, weil sie Angst hatte, dass sie Schande über deinen Onkel und ihre Familie bringen würde – ihr ungeborenes Kind nicht zu vergessen.«

Caroline schloss die Augen. Das konnte sie nachvollziehen. Sie konnte sich nicht vorstellen, dass Onkel Joseph unter diesen

Umständen auf einer Hochzeit bestanden hätte. Und obwohl ihre Mutter schon vor so vielen Jahren gestorben war – Reginas Einschätzung entsprach dem, was Caroline von ihr in Erinnerung hatte. Nicht aus Liebe hatte sie diesen furchtbaren Mann geheiratet, sondern um ihre Familie vor Schmach und Skandal zu bewahren.

Aber warum wollte ihr Vater ihre Mutter heiraten, wenn er doch schon Caroline gezeugt hatte?

Die Antwort darauf brachte Carolines Blut in Wallung. Geld. Natürlich. Carolines Mutter entstammte einer wohlhabenden Familie mit nützlichen Verbindungen und viel Geld. Rupert war kein Trottel. Ihm musste bewusst gewesen sein, dass, wenn Carolines Mutter ihn heiratete und eine Familie mit ihm gründete, Onkel Joseph den beiden Geld zukommen lassen würde. Und je mehr Kinder sie haben würden, desto mehr Geld würden sie bekommen. Galle stieg ihr im Hals auf.

Deshalb war ihre Mutter andauernd schwanger gewesen, selbst, als man ihr gesagt hatte, dass sie keine weiteren Kinder mehr bekommen sollte. Soweit Caroline sich erinnern konnte, war ihre Mutter neunmal schwanger gewesen. Acht dieser neun Schwangerschaften endeten entweder mit Fehl- oder mit Totgeburt. Bei der letzten starben sowohl die Mutter als auch das Kind.

Wie betäubt versuchte Caroline aufzustehen. Sie musste den Salon verlassen. Sie musste allein sein. Sie musste das alles begreifen, was sie in den vergangenen fünfzehn Minuten gehört hatte. Sie hatte in so kurzer Zeit so viel über ihre Eltern erfahren, und nichts davon hatte sie auch nur annähernd erwartet.

Reginas warme Finger umfassten Carolines Handgelenk, aber Caroline schüttelte sie ab. Sie war ihr dankbar für die Geste, aber zu sehr von ihren Gedanken überwältigt, als dass sie sich darauf hätte einlassen können. In ihrem Kopf wirbelten die Tatsachen – sowohl die ausgesprochenen als auch die nur angedeuteten – wild durcheinander. Es war zu viel. Viel zu viel zu einem schlechten Zeitpunkt.

Ein ums andere Mal wischte sie sich die unaufhörlich fließenden Tränen von den Wangen und stieg ermattet die Treppen hinauf.

Ihre Füße steuerten auf das Zimmer zu, das sie mit Alex teilte. Er war heute nicht zum Abendessen erschienen, aber sie wusste, dass er nachher in ihr Zimmer kommen würde. So kurz nach dem Tod seines Vaters konnte sie ihn unmöglich mit all dem belasten, was sie gerade über ihre Eltern herausgefunden hatte. Sie würde noch eine Weile warten und ihn in Ruhe trauern lassen, bevor sie ihm erzählte, dass ihr Vater nicht nur ein Süchtiger, sondern auch ein Vergewaltiger und Mörder war.

Mit zittriger Hand nestelte sie am Türknopf. Als er sich endlich bewegte, hätte sie vor Erleichterung beinah laut geseufzt, wenn ihr Körper vom vielen Seufzen nicht schon völlig ausgelaugt gewesen wäre.

Alex war in dem Sessel sitzen geblieben und hatte seinen Gedanken nachgehangen, bis die letzte Kerze heruntergebrannt war. Dann endlich wurde die Tür geöffnet und sofort danach mit einem Donnerschlag geschlossen.

Nur zwei Minuten später hörte er die gedämpfte Stimme seiner Mutter auf dem Gang.

»Caroline, mein Liebes. Ich weiß, dass du aufgebracht bist. Möchtest du darüber reden?«

»Nein«, antworte Caroline schniefend.

Eine lange Pause trat ein. Dann ergriff Regina wieder das Wort.

»Caroline, ich wollte dich ganz sicher nicht verletzen.«

»Hast du auch nicht«, erwiderte Caroline knapp. »Er hat mich verletzt. Ich wünschte, ich hätte diese verfluchten Zeilen niemals gelesen. Ich hasse ihn.«

Sie betonte die beiden letzten Worte so stark, dass Alex innerlich zusammenzuckte. Sie würde ihm niemals verzeihen. Die Gewissheit, dass er ihr das Herz gebrochen hatte, brach auch sein Herz.

»Möchtest du, dass ich Alex hole?«

»Nein«, sagte Caroline unter Schluchzen. »Er wird ohnehin bald nach oben kommen.«

Regina antwortete nicht, aber Alex hätte sie sowieso nicht verstehen können. Caroline schluchzte noch immer ungehemmt, während sie mit zitternden Fingern die Laternen anzündete, die Alex jeden Abend für sie bereitstellte.

Gedämpftes Licht erfüllte das Zimmer, und Alex saß wie erstarrt in seinem Sessel, der glücklicherweise von der Dunkelheit geschützt war. Er machte sich nicht bemerkbar und beobachtete Caroline, wie sie ihre Schuhe von den Füßen schob und sich die Strümpfe auszog, bevor sie ins Bett stieg. Das Kleid behielt sie an. Weinende Frauen waren noch nie seine Stärke gewesen. Er sollte sie besser morgen im Gewächshaus aufsuchen, da würde er mehr Glück haben. Er musste sich nur noch aus dem Zimmer schleichen und in einem anderen Raum bis nach dem morgigen Frühstück abwarten.

Als ihr Weinen verstummt war und er davon ausgehen konnte, dass sie eingeschlafen war, erhob er sich aus dem Sessel und durchquerte so leise er konnte das Zimmer bis zur Tür. Er hielt nur einmal an, um die Frau zu betrachten, die er mehr als alles andere auf der Welt liebte. Sein Herz hämmerte laut in seiner Brust. Er musste das wieder hinbiegen. Aber wie? Ihm musste dringend etwas einfallen.

Er wagte es nicht, ihr einen Gutenachtkuss zu geben, so gern er das auch getan hätte, und griff nach dem Türknopf. Sobald er daran drehte und das Schloss klackte, schlug Caroline die Augen auf. Alex hielt ganz still. Sie schloss die Augen wieder. Betend, dass die Angeln nicht quietschen würden, öffnete Alex langsam die Tür.

»Alex«, hörte er sie murmeln, als er es schon halb über die Schwelle geschafft hatte.

Sein erster Impuls war wegzurennen. Er konnte ihr nicht gegenübertreten, ohne zu wissen, was er ihr sagen sollte. Ohne ein Wort der Entschuldigung. Ohne ein erklärendes Wort, das sie auch nur annähernd zufriedenstellen würde.

»Ja?«

Sie richtete sich auf und glättete ihr Haar.

»Setz dich hin. Ich bin gleich zurück, sobald ich den Dienern gesagt habe, sie mögen dein Bad herrichten.«

»Wie bitte?«, fragte er verwirrt.

Ihre Stimme klang wie immer. Nichts verriet, dass sie sich vor nur einer Stunde in den Schlaf geweint hatte. Sie stand auf und suchte nach ihren Schuhen.

»Ich ... äh ... ich bin eingeschlafen und habe vergessen, Bescheid zu sagen, dass man dir dein Bad richtet. Es wird nicht lang dauern. Setz dich doch solange hin.«

»Du brauchst das nicht zu tun, Caro.«

»Aber natürlich. Das mache ich doch immer. Es wird wirklich nicht lange dauern.«

Sie zog ihre Schuhe an und klingelte nach den Dienern, und Alex beobachtete sie, wie sie geschäftig im Zimmer umherlief. Abgesehen von den roten Augenrändern wies nichts darauf hin, dass sie geweint hatte.

»Du bist in deinem Kleid eingeschlafen«, bemerkte er überflüssigerweise.

Sie sah an sich herunter.

»Ja. Ja, das bin ich.« Dann holte sie eines ihrer weißen, jungfräulichen Nachthemden aus dem Schrank und ging hinter den Paravent, um sich umzuziehen.

Das warme Wasser für sein Bad wurde gebracht, und wie gewöhnlich saß sie bei ihm am Wannenrand und half ihm dabei, das Haar und den Rücken zu waschen. Sie küsste sogar seine Wangen und scherzte, während sie den Seifenschaum auf seinem Kopf verteilte. Für einen Außenstehenden würde es so aussehen, als wäre alles in Ordnung. Aber für Alex war gar nichts in Ordnung. Warum tat sie so, als wäre sie nicht wütend auf ihn, wenn sie doch keine zwei Stunden zuvor behauptet hatte, ihn zu hassen? Etwas stimmte hier ganz und gar nicht.

Dann trocknete sie ihn ab und ging mit ihm hinüber ans Bett. Wie jeden Abend schlüpfte sie zuerst unter die Decke, gefolgt von Alex.

Nachdem er sich hingelegt hatte, schmiegte sie ihren Kopf an seine Brust, und unter der Decke berührten sich ihre Hände.

Alex küsste Caroline aufs Haar. »Es tut mir so leid, Caro«, flüsterte er.

»Hat deine Mutter dir gesagt, dass ich mich aufgeregt habe?«, wollte sie wissen, ohne ihn anzublicken.

»Nein. Das brauchte sie nicht. Ich kann doch sehen, wenn du geweint hast.«

Sie ließ seine Hand los und wischte sich eine Träne aus dem Augenwinkel.

»Ich möchte nicht darüber reden, Alex. Lass es uns nicht mehr erwähnen.«

»In Ordnung.« Er streichelte ihr beruhigend über den Rücken. Eine heiße Träne tropfte auf seine nackte Brust. Erneut krampfte sich sein Herz zusammen.

»Caro, wie kann ich das nur wiedergutmachen?«

»Das kannst du nicht. Ich will es einfach nur vergessen und nach vorne schauen. Können wir das bitte tun?«

Er schluckte.

»Wenn du es so möchtest.« Er verstand nicht, warum sie das Thema einfach so fallen ließ. Andererseits würde er sich dem nicht widersetzen. Sie mochte ihn diesmal begnadigt haben, aber das hieß nicht, dass er sich auch in Zukunft darauf verlassen konnte. Von heute an würde er sie richtig behandeln. Er würde ihr zeigen, wie sehr er sie liebte, jeden Tag. Niemals mehr müsste sie in Zweifel ziehen, ob sie tatsächlich aufrichtig geliebt wurde. Er würde sich nie wieder wie ein Idiot aufführen.

Seine Gefühle überwältigten ihn und er drehte sie auf ihren Rücken.

»Ich will dich, Caro«, sagte er heiser und küsste ihre Wangen, ihren Hals, ihre Brust. Er griff den Saum ihres Nachthemds und schob es bis weit über ihre Hüften.

»Setz dich hin, Caro. Dann kann ich es besser ausziehen.«

»Nein, Alex«, sagte sie und legte ihm die Hände auf die Arme. »Es tut mir leid. Aber heute Abend kann ich einfach nicht.«

Er blinzelte verblüfft. Ihre Periode konnte sie nicht haben, sonst würde sie ihre speziellen Unterhosen tragen.

»Hast du vom vielen Weinen Kopfschmerzen bekommen?«, fragte er und begann, ihr Desinteresse etwas besser zu verstehen. »Ich kenne da ein Heilmittel. Das beste Heilmittel«, fügte er mit rauer Stimme hinzu und griff wieder nach ihrem Nachthemd.

»Nein. Ich habe keine Kopfschmerzen. Ich bin einfach nicht in der Stimmung.«

»Hmm.« Er legte sein Kinn in ihre Halsgrube und küsste eine ihrer empfindlichsten Stellen. Normalerweise ging sie immer auf ihn ein, wenn er sie dort berührte. Er tat alles, was sie erregte: saugte an ihrer Haut, knabberte leicht an ihr und leckte mit der Zunge darüber.

»Wie sieht es jetzt aus?«, murmelte er, die Lippen gegen ihren Hals gepresst, und fuhr mit den Händen an ihrer Taille auf und ab. Sie reagierte wie ein Holzklotz: gar nicht.

Alex zog sich zurück.

»Was ist los?«

Sie zuckte mit den Schultern. »Ich fühle mich nicht wohl.«

Er fluchte leise und drehte sich von ihr weg.

»Irre ich mich oder hat dir unser Beisammensein in der Bibliothek vor ein paar Wochen gefallen?«

»Nein.« Sie legte eine Hand auf seinen Arm. »Du irrst dich nicht. Ich habe es sehr genossen. Ich denke nur, dass ich es heute Abend nicht genießen könnte.«

»Und warum?«

Sie antwortete etwas, aber er konnte es nicht verstehen. Er brauchte es auch gar nicht zu verstehen. Er kannte die Antwort. Die Antwort, die sie niemals laut zugeben würde. Sie bestrafte ihn. Sie war damals nur wenige Stunden, nachdem sie herausgefunden hatte, was er ihr angetan hatte, zu ihm gekommen, um mit ihm zu schlafen. Sein Magen zog sich zusammen. Er hatte wirklich geglaubt, dass sie ihr Liebesspiel in der Bibliothek genossen hatte, aber jetzt, da er wusste, dass sie das nur vorgetäuscht hatte, wurde ihm schier übel.

Und daran, dass sie es nur vorgetäuscht hatte, bestand nicht der geringste Zweifel. Er erinnerte sich doch genau an ihren Gesichtsausdruck in der Hochzeitsnacht. Und jetzt wies sie ihn ab. Genau so hatte sie sich das zurechtgelegt. Das war seine Strafe für das, was er getan hatte. Sie hatte weder vergessen noch vergeben, wie sie behauptet hatte. Das hier war ihre Rache. Die vielen netten Aufmerksamkeiten, die sie für ihn getan hatte, waren nur vorgetäuscht gewesen, eine List, mit dem sie ihn im Glauben gelassen hatte, dass sie nicht wütend war – oder gar ahnungslos. Ein Trick, mit dem sie ihn genau dahin gebracht hatte, wo sie ihn haben wollte: dass er sich nach ihr verzehrte. Nur so konnte sie ihn letztendlich zurückstoßen.

Blanker Zorn loderte in seinen Eingeweiden, und ohne ein weiteres Wort sprang er aus dem Bett, fuhr in seinen Bademantel und stürmte aus dem Zimmer. Morgen könnte sie von ihm aus in die Gemächer der Baronin ziehen und die Verbindungstür zwischen ihrer und seiner Schlafkammer bis ans Ende ihrer Tage verriegeln, wenn sie wollte. Er würde jetzt sofort in die Gemächer des Barons ziehen und seinen Schlüssel zu ihrer Tür für immer fortschmeißen.

Kapitel 24

Am nächsten Morgen schwor Caroline sich, nie mehr auch nur einen Bissen zu essen. Die köstlichsten Speisen schmecken eben nicht mehr köstlich, wenn sie einem wieder hochkommen. Igitt. Sie wischte sich noch einmal über den Mund und stand langsam auf. Schon seit dem gestrigen Frühstück hatte sie sich schlecht, sogar schwindlig gefühlt. Der Koch hatte ihr einen widerlichen Trank zusammengebraut, der noch übler schmeckte, als er roch, und zu keinerlei Ergebnis führte – es sei denn, man zählte die Tatsache, dass es ihr nun noch schlechter ging, als Ergebnis, wenn auch als negatives.

Sie nahm sich ein frisches Kleid aus dem Schrank und drückte es gegen die Brust. Unter der Berührung zuckte sie zusammen. Selbst ihre Brüste fühlten sich heute anders an. Sehr empfindlich. Fast schon schmerzten sie etwas. Sie betrachtete sich im Spiegel. Aber sie sahen aus wie immer.

Sie hatte sich angewöhnt, Kleider zu tragen, für die sie beim Anziehen keine Hilfe benötigte, weil die Knöpfe vorne oder an der Seite angebracht waren und sie nicht erst nach einer Zofe klingeln musste.

Sie beendete ihre Morgentoilette, kniff sich in ihre extrem blassen Wangen und begab sich nach unten zum Frühstück. Sie hatte zwar keinen Hunger – allein beim Gedanken an Essen wurde ihr schon wieder übel, genauso wie gestern –, aber sie musste mit Alex sprechen. Das war der eigentliche Grund, warum sie hinunterging. Als er gestern das Zimmer verlassen hatte, war er sehr aufgebracht gewesen und hatte ihr noch nicht einmal die Gelegenheit gegeben, zu erklären, warum sie sich nicht wohlfühlte. Sein Gesichtsausdruck hatte sich abrupt versteinert, und er war aus dem Zimmer gestürmt. Heute musste sie ihn zur Rede stellen. Normalerweise war er nicht der Typ für überstürzte Reaktionen oder unüberlegtes Handeln. Wahrscheinlich hatte er gestern nur einen schweren Tag gehabt und war nicht ganz er selbst gewesen. Wie dem auch sei, sie musste die Luft zwischen ihnen bereinigen.

Außerdem kam es ihr so vor, dass auch er mit ihr sprechen wollte. Gestern waren seine beiden Brüder ins Gewächshaus gekommen, und als sie sie erblickt hatten, hatten sie nur entgeistert auf Caroline gestarrt. Sie hatte dann scherzend gefragt, ob sie sich ebenfalls entkleiden und ihr mit den Rosensträuchern helfen wollten, aber keiner der beiden hatte auch nur die Mundwinkel verzogen, und jetzt konnte sie nicht mehr einschätzen, ob Alex ihren Kommentar komisch finden würde oder nicht.

»Fühlst du dich heute Morgen besser, meine Liebe?«, erkundigte Regina sich, als sie Caroline die Treppen herunterkommen sah.

»Viel besser«, log Caroline. Ihr war noch immer flau, und sie fühlte sich wie gebläht. Als sie sich vorhin zum zehnten Mal innerhalb von zehn Stunden über einen Nachttopf beugte, war sie die möglichen Gründe für ihr Unwohlsein durchgegangen. Eigentlich deutete alles darauf hin, dass sie ein Kind erwartete. Der Gedanke daran, Alex' Kind in sich zu tragen, machte sie so glücklich und aufgeregt, dass sie beinah ihre Übelkeit vergaß. Aber eben nur beinah. Doch am meisten beschäftigte sie der Gedanke, dass sie niemandem von ihrer Vermutung berichten konnte, bevor sie nicht mit Alex gesprochen hatte. Aber das würde bald passieren, denn aus den Augenwinkeln heraus sah sie ihn ebenfalls die Treppen herunterkommen.

»Das ist gut«, sagte Regina. »Wirst du mir und Edwina beim Frühstück Gesellschaft leisten?«

»Ich muss schnell etwas erledigen, aber danach komme ich zu euch.« Sie blieb im Flur stehen und wartete ab, bis ihre Schwiegermutter ins Frühstückszimmer zurückgekehrt war.

»Alex!«, rief sie und bemühte sich, so normal wie möglich zu klingen, obwohl es in ihrem Inneren ganz anders aussah. Sie mochte es gar nicht, sich krank zu fühlen.

»Caroline«, sagte er knapp und nahm seinen Hut und den Reitstock aus den Händen des Butlers entgegen. Sie runzelte die Stirn. Warum nannte er sie wieder Caroline?

»Bist du wütend auf mich?«

»Nein.« Er setzte den Hut auf.

Sie blinzelte ihn an. »Können wir bitte unter vier Augen sprechen?«, fragte sie und sah demonstrativ zu Johnson.

Alex zuckte mit den Schultern. »Gibt es etwas, das wir unter vier Augen zu besprechen hätten?«

»Jawohl«, antwortete sie und biss ihre Zähne zusammen. Diese Art von Konversation wollte sie wirklich nicht vor Johnson führen. Er mochte alt sein, aber er liebte es, zu tratschen.

Alex zog eine Visitenkarte aus seiner Brusttasche.

»Das ist die Anschrift meines Sekretärs. Er wird gerne einen Termin mit dir vereinbaren.«

Ihr Gesicht brannte vor Wut.

»Ich bin deine Frau. Ich werde keinen Termin vereinbaren, um mit dir fünfzehn Minuten in deinem Arbeitszimmer sprechen zu dürfen, während du hochnäsig auf mich herunterblickst und ich auf einem von diesen furchtbar unbequemen Stühlen hin und her rutsche.«

Er lächelte dünn.

»Tut mir leid, aber ich habe gleich eine Besprechung. Ich muss los.«

»Das kann warten. Niemand ist wichtiger als deine Frau und dein Kind.«

»Kind?«, wiederholte er mit hohler Stimme und sah auf ihren Bauch. »Unmöglich.«

»Möglich.«

Er schüttelte den Kopf. »Ich gebe zu, dass es theoretisch möglich ist. Aber es ist nicht wahrscheinlich.«

»Und warum?«, gab sie zurück, die Hände in die Hüften gestemmt.

»Johnson, bitte geh jetzt.«

Alex starrte sie an, bis Johnson verschwunden war.

»Das war vor drei Wochen. Du bist vielleicht nur spät dran.«

»Nein, es ist fünf Wochen her«, blaffte sie. »Und ich bin seit drei Wochen fällig.«

Er schnaubte höhnisch.

»Es ist unmöglich.«

»Ist es nicht.« So fest sie nur konnte, knüllte sie den Stoff ihres Kleids in einer Faust zusammen. Jahrelang hatte der Großteil ihrer Familie sie kleingehalten, zur Seite gedrängt und war auf ihren Gefühlen herumgetrampelt. Niemals hätte sie erwartet, dass Alex sie ebenso behandeln würde.

»Ist es sehr wohl.« Er verschränkte die Arme. »Ich habe eine kleine Beichte über jene Nacht zu machen. Du magst ja alles genossen haben, was ich dir zu geben hatte, aber ich bin nicht ...«

»Gekommen«, beendete sie seinen Satz. »Ja, Alex, das habe ich in jener Nacht in der Bibliothek sehr wohl gemerkt. Und ich weiß zwar nicht, warum du auch in unserer Hochzeitsnacht nicht gekommen bist – vielleicht gibt es da ja ein kleines Problem –, so weiß ich doch sehr wohl, dass ein Mann keinen Samenerguss haben muss, damit eine Frau schwanger wird.«

Sein Kinn klappte nach unten, wahrscheinlich wegen ihrer Wortwahl.

»Da muss ich dir recht geben«, sagte er matt. »Auch wenn es mir schwerfällt zu begreifen, woher du dieses Wissen hast.«

Sie lächelte. »Und du dachtest, ich müsste erst einen Stapel dicker Bücher durcharbeiten und abgefragt werden, bevor ich in die *Gesellschaft für Biologische Fragen* aufgenommen werden darf.«

Trotz ihrer Neckerei wurde sein Gesichtsausdruck kein bisschen sanfter. Seufzend setzte Caroline zu einer Erklärung an.

»Also gut. Vor einem Jahr hörte ich zufällig mit, wie einer der Diener und eine Magd miteinander stritten. Die Magd warf ihm vor, dass er keine Futterale benutzt hatte, was auch immer sie damit meinte, und dass ihr Zustand hätte vermieden werden können, wenn er diese Futterale benutzt hätte, anstatt zu ...« Sie sprach nicht zu Ende. Sie wollte ungern denselben Begriff benutzen, den die Magd benutzt hatte. Alex war ein Mann. Er wusste Bescheid. Sie hustete leise und fächerte sich Luft zu. Sie war sich nicht sicher, ob ihr wegen ihres Zustands oder vor lauter Verlegenheit so heiß war. Und die Art und Weise, wie Alex sie anstarrte, half wirklich gar nicht.

»Wie dem auch sei«, fuhr sie fort und rang sich ein Lächeln ab. »Ich habe wie eine Wissenschaftlerin gedacht und die Einzelheiten zusammengefügt.«

»Warum erzählst du mir das überhaupt?«, fragte Alex geradeheraus. Er presste seine Lippen so eng aufeinander, dass die Mundwinkel weiß wurden.

»Weil ich wollte, dass du es als Erster erfährst. Du bist der Vater. Du solltest es zuerst wissen.«

»Nun dann, vielen Dank für die Information.« Er blickte zur Seite. »Hoffen wir mal, dass es ein Junge wird, da du anzunehmen scheinst, dass ich an einem kleinen Problem leide, das mich davon abhalten könnte, ein weiteres Kind zu zeugen.«

Caroline lief vor Scham dunkelrot an. »Es tut mir leid, Alex. Ich meinte nichts Böses mit meinem Kommentar. Es hat mich sehr verletzt, wie du mit mir gesprochen hast und zum ersten Mal gemein zu mir warst.«

Er zuckte nur mit den Schultern.

»Das tut jetzt ohnehin nichts mehr zur Sache. Du hast kein Interesse daran, das Bett mit mir zu teilen. Sollte dieses Baby ein Junge sein, wirst du auch in Zukunft einen triftigen Grund haben, mich abzulehnen.«

»Aber das würde mir nie im Traum einfallen.« Ihre Stimme war kaum noch ein Flüstern. Sie hatte nicht vorgehabt, ihm zu sagen, wie sehr sie die Intimität mit ihm genoss, aber jetzt war es ihr einfach herausgerutscht.

Er schnaubte verächtlich. »Du hast es nicht nur geträumt, du hast es auch getan.«

»Nur einmal. Und das war, weil mir übel war.«

»Streng dich etwas mehr an, Caroline«, sagte er bitter. »Wir beide wissen, dass das nicht stimmt. Du hast mich gestern zurückgewiesen, weil du mich bestrafen wolltest. O ja, das stimmt, Caroline. Du weißt alles. Du bist wütend auf mich, weil ich so dämlich war, mein Werben um dich wie ein Experiment anzugehen, und du hast dich entschieden, mich zu bestrafen, indem du mich so lange reizt und betörst, bis ich ganz wahnsinnig vor Lust nach dir bin – nur um mich dann eiskalt abzuservieren.«

»Du irrst dich«, entgegnete sie scharf und ballte ihre Hände wieder zu Fäusten. »Ich war vielleicht überaus freundlich zu dir, um deine Aufmerksamkeit zu erlangen, aber ich hatte nie vor, unsere Intimität als Waffe zu benutzen.«

»Ach ja, tatsächlich? Es erscheint mir doch interessant, dass du dich erst dann um meine Bedürfnisse gekümmert hast, nachdem du diese verdammten Aufzeichnungen gefunden hattest. Davor schien es dir zu reichen, dass allein deine Bedürfnisse befriedigt wurden.«

Nichts hätte sie mehr verletzen können als diese Worte.

»So ist es also?«, fragte sie mit bitterer Stimme. »Du führst Buch darüber, wie oft und wann wir intim sind und wer genau welche Befriedigung bekommt?«

»Nein.« Seine Stimme war hart und sein Gesicht dunkelrot vor Wut.

»Bist du dir da sicher? Überraschen würde es mich nicht. Du scheinst zu glauben, dass alles im Leben eine Art wissenschaftliches Experiment ist.«

Sie starrte ihn herausfordernd an.

»Ich habe keine Zeit für diesen Unsinn«, sagte er kopfschüttelnd. »Ich muss jemanden treffen.«

»Meinen Ersatz?«, fragte sie in scharfem Ton, um ihn zum Bleiben zu ködern. Sie war mit der Ergebnislosigkeit ihres Streits nicht zufrieden. Überhaupt nicht zufrieden.

»Was zum Teufel soll das denn heißen?«

Sie reckte kampfeslustig ihr Kinn. »Deine Geliebte, was sonst.«

Er lachte höhnisch.

»Ich werde mich jetzt nicht nach einer Geliebten umsehen. Ich habe es nicht so verzweifelt nötig, dass ich dafür zahlen würde, den Körper einer Frau zu benutzen, um mir Befriedigung zu verschaffen.«

»Du hast es früher getan«, entgegnete sie ihm.

Sein Gesicht lief so rot an, wie sie es noch nie zuvor gesehen hatte. Er verkrampfte den Kiefer, und seine Gesichtsmuskeln zuckten hektisch.

»Das stimmt, das habe ich. Und es hat mich damals ebenso angewidert wie jetzt.«

»Es fällt mir schwer, das zu glauben. Bei uns scheinst du nur allzu gerne aufzurechnen. Du ziehst es wohl vor, nur genauso viel zu geben, wie du auch bekommst, damit du auch ja nicht zu kurz kommst.«

Sie versteifte sich hier auf einen Aspekt, der nicht viel zur Sache tat, aber sie konnte nicht anders.

Alex schüttelte den Kopf. »Du begreifst das nicht, Caroline. Bordelle sind mir ein Graus. Das ganze Konzept dahinter ist abstoßend. Die Frauen dort sind die Töchter, Schwestern, Freundinnen, Mütter von jemandem, sie sind Menschen, und sie werden kaum besser als Tiere behandelt, von Männern, die nur auf eine schnelle, sorglose Erleichterung aus sind. Geliebte, die von einem Mann ausgehalten werden, sind nicht viel besser dran. Sie mögen in einem schönen Haus wohnen, Personal haben und seltener den Partner wechseln, und ohne Frage haben sie mehr Klasse und man kann sich mit ihnen einfacher in der Öffentlichkeit zeigen, aber letzten Endes sind die Fakten dieselben. Sie nehmen Geld von einem Mann dafür, dass sie ihm erlauben, ihren Körper zu benutzen, während sie so tun, als würden sie es genießen.«

Er atmete hektisch aus und fuhr sich mit den Fingern durchs Haar.

»Als ich zweiundzwanzig Jahre alt war, lernte ich eine Witwe kennen, mit der ich eine Bindung einging, wenn du das so nennen willst. Ich dachte, es wäre anders als das, wonach es aussehen mochte.« Er schluckte und sah zur Seite. »Es gab keinen offiziellen Vertrag. Ich gab ihr kein Geld und bezahlte auch nicht ihre Rechnungen. Der einzige Austausch bestand in gegenseitiger Gesellschaft. Das schien mir ideal. Und das war es auch, für eine Zeit. Bis sie mich eines Tages fragte, was ich ihr mitgebracht hatte. Sie fragte, weil ich ihr in der Woche zuvor eine kleine Brosche geschenkt hatte, als wir in die Oper gingen. Und wie sich herausstellte, erwartete sie jedes Mal eine Zuwendung. Ich war so ein dummer Junge, dass mir erst nach drei Monaten klar wurde, als ich dabei war, ihr eine Perlenkette zu kaufen, dass sie die ganze Zeit nur vorgetäuscht hatte, meine Gesellschaft zu genießen, weil ich dafür zahlte, und dass sie sich sonst nie mit mir eingelassen hätte.«

Caroline musste blinzeln, um die Tränen zurückzudrängen. Alex war wirklich durch und durch ein Gentleman. Selbst in einer Situation, die die meisten Männer ausgenutzt und in der sie sich eben nicht anständig verhalten hätten, war Alex ehrenhaft geblieben.

»Das weißt du nicht genau«, erwiderte sie leise. »Es kann gut sein, dass sie deine Gesellschaft auch ohne Geschenke genossen hätte.«

Er schüttelte den Kopf und blickte sie kalt an.

»Nein. Ich habe sie bezahlt, wenn auch auf indirektem Wege. Ansonsten hätte sie nie das Bett mit mir geteilt.«

»Dessen kannst du dir nicht hundertprozentig sicher sein«, gab sie noch einmal zu bedenken.

Alex zuckte mit den Schultern.

»Vielleicht hast du recht«, räumte er schließlich ein, aber die Bitterkeit färbte noch immer seine Stimme und entstellte seine sonst so schönen Gesichtszüge.

»Vielleicht hielt sie mich für einen guten Liebhaber. Vielleicht aber auch nicht. Man wird nie die Wahrheit erfahren, wenn man jemanden bezahlt.«

Er verzog höhnisch seine Lippen.

»Ironisch, nicht wahr, dass ich bei dir auch nicht wusste, woran ich war.«

»Alex, ich habe es sehr genossen, alles, was mir miteinander gemacht haben«, sagte sie und ging auf ihn zu.

Er gab einen verächtlichen Laut von sich und wich ihr aus.

»Ich glaube dir kein einziges Wort. Es war nur ein Spiel für dich«, erwiderte er eiskalt und zerstörte damit das positive Bild, das sie sich von ihm gemacht hatte. »Beim ersten Mal sahst du aus, als würdest du Höllenschmerzen erleiden und als sei das alles extrem unangenehm. Und jetzt, da ich weiß, dass du mich nur bestrafen wolltest, muss ich annehmen, dass du dich beim zweiten Mal nur dazu gezwungen hast so zu tun, als würdest du meine Zuwendungen genießen.«

»Sei nicht so hasserfüllt, Alex«, sagte sie mit leiser Stimme. »Ich habe nicht so getan, als ob ich es mit dir genießen würde. Ich habe es wirklich genossen. Ich wusste nur nicht, wie eine Dame sich im Bett äußern sollte. Meine Mutter kann mir keine Ratschläge geben, und ich kenne sonst niemanden, den ich hätte fragen wollen.«

Er schloss kurz die Augen und blickte sie dann wieder an.

»Es tut mir leid, Caroline. Ich bin dein Ehemann, ich hätte es dir sagen sollen. Im Bett – oder wo auch immer du dich in der betreffenden Situation befinden magst – ist alles erlaubt. Du darfst dich äußern, wie es dir gefällt. Es gibt keine Regeln oder Masken. Niemand beurteilt dich, und es gibt keinen Grund, sich zu genieren. Es gibt ein unausgesprochenes Einvernehmen, dass alles, was passiert, privat ist und privat bleibt.«

»Also hat es dich nicht abgestoßen, als ich … ähm … reagiert habe?«, flüsterte sie und errötete vor Verlegenheit.

»Nein. Ich wollte, dass du reagierst. Aber das spielt jetzt keine Rolle mehr«, fügte er hinzu. Seine Stimme klang wieder hart wie Stahl. »Ich werde dich nicht mehr um Einlass in dein Bett bitten.«

»Warum?«, fragte sie den Tränen nahe. »Warum tust du das?«

»Weil ich mich nicht länger an meinen Genitalien herumführen lassen werde.« Er warf ihr ein grausames Grinsen zu. »Ein Mann kann sich auch anders Befriedigung verschaffen.

»Aber du hast doch gesagt …«

»Lass mich ausreden. Ein Mann braucht keine Frau, um sich Befriedigung zu verschaffen. Die feine Gesellschaft mag es verpönen, aber es funktioniert, glaub mir.«

Sie blinzelte verständnislos. Wenn er sich keine Geliebte nehmen wollte, was hatte er dann vor? Ein eher ungewöhnlicher Gedanke kam ihr in den Sinn. Ihre Augen weiteten sich und Hitze stieg ihr ins Gesicht.

»Mir scheint, du hast mich verstanden«, sagte er, ohne auch nur einen Funken Gefühl in seiner Stimme erkennen zu lassen. Die Tränen strömten ihr nun wie Sturzbäche aus den Augen.

»Was ist aus dem liebevollen Gentleman Alex Banks geworden, den ich geheiratet habe? War er nur ein Mittel zum Zweck, um meine Hand zu gewinnen?«

»Nein«, antwortete Alex und knirschte mit den Zähnen. »Den gab es wirklich. Es gibt ihn auch immer noch, aber er hat sich entschlossen, das Feld zu räumen, als er feststellen musste, dass seine Frau ihn an seinem Schwanz herumführen wollte.«

Unter diesen absichtlich grausamen Worten zuckte Caroline zusammen.

»Du, Alexander Christopher Banks, bist der miserabelste Wissenschaftler, der mit jemals begegnet ist. Du hast absolut keinerlei sachliche Grundlage für deine Behauptungen, und trotzdem bist du von ihnen überzeugt, als seien sie das Wort Gottes, das dein Onkel jeden Sonntag predigt.«

Sie trocknete sich die Augen und schniefte lang und laut durch die Nase.

»Ich habe dir keinen Anlass gegeben, zu denken, dass ich meinen Körper gegen dich einsetze. Du glaubst einfach, dass ich dich bestrafen will, dabei hast du absolut keine Beweise dafür in der Hand.«

Ihre Stimme ging in heftiges Schluchzen über, das ihren Körper erschütterte.

»O doch, das habe ich«, gab er mit stählerner Stimme zurück. »Ich war in unserem Zimmer, als du meiner Mutter sagtest, dass du mich hasst und wünschtest, du hättest die Zeilen nie gelesen. Ich weiß genau, wie wütend du warst und wie du dich in den Schlaf geweint hast. Und ich Blödmann habe angenommen, dass dein Verhalten einfach freundlicher und höflicher Natur sei, weil du wirklich alles hinter dir lassen wolltest.«

»Du warst dort?«, fragte sie. Ihre Knie zitterten. Hatte er sonst noch etwas gehört?

Er nickte.

»Dann weiß du also Bescheid über den ...«

»Stopp. Ich habe keine Zeit mehr. Ich lasse Marcus seit fünf Wochen warten. Er hat mir gestern erneut geschrieben und verlangt, dass ich spätestens heute kommen muss. Es geht um irgendeine Mitgift, von der ich noch nicht einmal wusste, dass du sie hast.«

Sie war sich nicht sicher, ob Alex' die letzten Worte aus Grausamkeit oder reiner Ungläubigkeit gesprochen hatte, aber es interessierte sie auch nicht wirklich. In der Vergangenheit hatte sie allen immer viel zu schnell vergeben, aber das würde sie nicht mehr tun. Seine Worte hatten sie in ihrem tiefsten Inneren getroffen und er müsste schon auf Knien angekrochen kommen, damit sie ihm weiter zuhörte. Davon, ihm Zugang zu ihrem Bett zu gewähren, ganz zu schweigen.

So schnell er konnte galoppierte Alex auf seinem Hengst nach Ridge Water. Er war grausamer zu Caroline gewesen, als sie es verdient hatte, aber er stand zu seiner Meinung. Ja, er hatte einen Fehler gemacht, das gab er unumwunden zu, und dafür hatte er auch büßen wollen. Aber sie war zu weit gegangen, indem sie ihn heimtückisch bestrafen wollte. Zum Glück hatten seine Brüder sich verplappert, und Alex war ihr auf die Schliche gekommen, nachdem er lange Zeit überhaupt nicht gemerkt hatte, was vor sich ging.

Außerdem hatte er sich gar nicht so furchtbar falsch verhalten, wenn man die Situation logisch betrachtete. Viele Männer planten ihr Brautwerben im Voraus. Allerdings wohl nicht so detailliert und verschachtelt wie er.

Als er vor der Eingangstür angekommen war, seufzte er einmal tief, schlug dann mit dem Türklopfer gegen die Tür und wartete regungslos auf den Butler. Marcus wollte mit Alex über die Mitgift sprechen, und Alex hatte auch etwas mit Marcus zu besprechen. Diese Unterhaltung würde sicher amüsanter und erhellender verlaufen als die mit Caroline, da hegte er keinen Zweifel.

Chapman öffnete und führte ihn in Marcus' Arbeitszimmer. Alex kam es in den Sinn, Marcus zu fragen, wie es sich für ihn anfühlte, im Stuhl seines Vaters zu sitzen, aber dann verscheuchte er den Gedanken. Dieses Gespräch müsste bis zu einem anderen Tag warten. Heute hatten sie geschäftliche Dinge zu regeln. Außerdem würde er so einen Grund für einen weiteren Besuch bei seinem Freund haben.

»Alex«, begrüßte Marcus ihn und erhob sich. »Ich habe mir schon Sorgen gemacht, du würdest nicht kommen und mir einen ganz schönen Schlamassel verursachen.«

Alex grinste.

»Hier bin ich.«

»Das sehe ich«, bemerkte Marcus trocken und setzte sich wieder hin. »Ich weiß, dass du viel um die Ohren hast, mit dem Verlust deines Vaters vor Kurzem, Caroline und allem anderen, aber diese Angelegenheit hier muss erledigt werden, und da ich nicht mehr Carolines gesetzlicher Vormund bin ...« Er zuckte mit den Schultern und Alex streckte seine Hand aus.

»Also los, zeig mir, um was es geht.«

»Hier.« Marcus überreichte ihm einen ungewöhnlich dicken Stapel Papier.

Alex runzelte die Stirn. Das letzte Mal, als man ihm ohne weitere Erklärungen einen Stapel Papier in die Hand gedrückt hatte, hatte man ihn informiert, dass er mit Lady Olivia verlobt war.

»Was ist das?«

»Auf dem obersten Blatt stehen die Bankverbindungen für ihr Konto bei einer Bank in London«, sagte Marcus.

Alex zwinkerte. »Dein Vater war mächtig großzügig«, befand Alex, während er die Zahlen auf dem Blatt überflog.

Marcus schnaubte verächtlich.

»Nicht wirklich. Man nahm gemeinhin an, dass Caroline keine Mitgift benötigen würde, also hat mein Vater sich nie darum gekümmert, ihr eine anzulegen. Ich hingegen teilte diese Meinung nicht und habe mich bis zu einem gewissen Grad um Carolines Mitgift gekümmert.«

»Zu einem gewissen Grad?«

»Als ich vor vier Jahren das Konto für sie anlegte, hatte ich lediglich vor, genug Geld zu sparen, um ihr eine gesellschaftliche Saison spendieren zu können. Mein Vater konnte sich das nicht erlauben. Nicht etwa, weil Geld gefehlt hätte.«

Marcus presste die Lippen aufeinander und schüttelte den Kopf.

»Nein, er sorgte sich, dass ihn die Piranhas der Gesellschaft wegen des alten Getratsches über Carolines Eltern in Stücke reißen würden. Aber ich war der Meinung, dass ihr auf jeden Fall eine Saison zustand, und bat eine Freundin von mir, die verstorbene Lady Drakely, Caroline auf meine Kosten debütieren zu lassen. Sie willigte ein, aber ich hatte damals nicht genug Geld beisammen. Da mein Vater noch der Lord war und ich, solange er lebte, vor meinem dreißigsten Geburtstag keinen Zugriff auf das Erbe meiner Mutter haben würde, musste ich einen anderen Weg finden, um die nötige Summe zusammenzukratzen. Also legte ich das Konto an. Aber dass es gewachsen ist, ist Carolines Verdienst. Deshalb gebührt mir nur ein Teil der Ehre.«

Er schenkte Alex ein seltenes Lächeln.

Alex starrte ihn an. Bei allem, was Caroline hatte durchmachen müssen, sie hatte wenigstens immer eine Person gehabt, die sie liebte und alles für sie tun würde.

»Danke, Marcus.«

»Danke nicht mir«, sagte Marcus und drehte den Federkiel zwischen den Fingerspitzen. »Caroline hat die ganze Arbeit geleistet.«

»Davon spreche ich nicht«, entgegnete Alex leise. »Ich habe dir dafür gedankt, dass du so gut für sie gesorgt hast. Dafür, dass du sie so liebst.«

Marcus zuckte mit keiner Wimper.

»Ich nehme deinen Dank an. Ich hoffe, dass auch du sie so behandeln wirst.«

Alex senkte den Blick. Er war am Morgen ganz sicher nicht fürsorglich oder liebevoll gewesen. Er hatte sie so garstig behandelt, wie er noch nie jemanden behandelt hatte. Ein tiefes Schamgefühl überkam ihn, und er erinnerte sich wieder an den Ausdruck auf ihrem Gesicht. Er mochte unfähig sein, den Ausdruck im Gesicht eines Menschen zu deuten, aber selbst er konnte erkennen, wie Kränkung und Schmerz aussahen. Und genau diese Emotionen hatte er in ihrem Gesicht gesehen. Und hervorgerufen. Er schluckte.

»Sieh dir endlich den Rest an.« Marcus legte die Füße auf die Schreibtischplatte und fasste sich mit einer Hand an die linke Wange. »Du hast mich fünf Wochen lang warten lassen. Ich kann nicht noch länger warten.«

Alex legte das oberste Blatt zur Seite und besah sich das darunterliegende. Es schien sich um eine Art Beleg zu handeln. Verwirrt überflog er die Zeilen. Hatte sie jemandem Geld gezahlt, oder hatte man sie bezahlt? Ihr Name war nirgends zu sehen.

»Geh auf die nächste Seite«, murmelte Marcus. »Dann wirst du es verstehen.«

Alex blickte Marcus wortlos an, tat wie ihm geheißen und hielt den Atem an.

»Marcus, erklär mir, was ich hier sehe.«

Marcus gluckste vergnügt.

»Na, was glaubst du denn?«

»Da bin ich mir eben nicht sicher«, begann Alex und sah langsam zu Marcus hoch. »Ich erkenne deine Handschrift. Allerdings lautet der Name oben auf der Seite E. S. Wilson. Nicht nur hast du mir versichert, dass du nicht Wilson bist, du weist auch einen ernsthaften Mangel an biologischem Wissen auf.«

»Eben. Und nun, mein Lord Logicus, was schließen Sie aus den zuvor formulierten, sowie den anderen unausgesprochenen, aber nicht unbekannten Tatsachen?«

»Caroline ist E. S. Wilson«, antwortete Alex verblüfft.

»Brillant, Alex! Du bist tatsächlich der klügste Schüler, der jemals in Eton war.«

Alex blätterte durch den Stapel. Jeder einzelne Artikel, der in den vergangenen vier Jahren unter dem Pseudonym E. S. Wilson in *Beliebte Pflanzen* erschienen war, lag hier direkt in seinen Händen. Er hatte sie alle zuvor gelesen. Er hatte sogar fast alle Experimente nachgestellt. Aber das Wissen, dass sie aus Carolines Feder stammten, machten sie zu mehr als lediglich interessanten Artikeln, die ihn dazu gebracht hatten, sich nach einem verwandten wissenschaftlichen Geist umzusehen. Sie waren von unschätzbarem Wert. Sie war wahrhaft genial und bedauerlicherweise hatte er sie die ganze Zeit lang herablassend behandelt. Keine zwei Monate war es her, dass sie in dem gegenüberliegenden Zimmer gesessen hatten und er ihre Kenntnisse der Biologie herabgewürdigt hatte. Er war sogar so weit gegangen und hatte von ihr verlangt, ihre eigenen Artikel zu lesen. Und erst heute Morgen hatte er es wieder getan, indem er ihr über den Mund gefahren war und behauptet hatte, sie könne gar nicht mit seinem Kind schwanger sein.

Sein Herz krampfte sich zusammen. Sein Kind. Sein und Carolines Kind. Nach all den Dingen, die er ihr am Morgen an den Kopf geworfen hatte, würde es wohl ihr einziges Kind bleiben. Würde es ein kleiner, bebrillter Junge werden, dessen Kleidung nie ordentlich saß, und der, ein Vergrößerungsglas in der einen Hand und ein Notizbuch in der anderen, seinem Papa überallhin folgen würde? Oder würde es ein wunderschönes, dunkelhaariges, blauäugiges Mädchen werden, das sich stets Ärger einhandelte, weil es den Saum seines Rocks immer durch die Erde schleifte, wenn es in den Blumenbeeten herumgrub? Die meisten Männer wünschten sich einen Sohn, aber Alex wäre genauso glücklich über ein kleines Mädchen, das Caroline ähnelte.

»Alex«, sagte Marcus mit lauter Stimme. Sein Gesicht strahlte vor lauter Stolz. »Ich kann gut verstehen, dass dich diese Offenbarung in größte Ehrfurcht versetzt, und du kannst es wahrscheinlich nicht abwarten, nach Hause zu reiten und die Person zu küssen, von der du nicht wusstest, dass sie dein Held ist, aber wir haben hier noch einige geschäftliche Dinge zu besprechen.«

Marcus war ungewöhnlich lebhaft und aufgeregt, und Alex konnte angesichts dessen nur sprachlos blinzeln. Er bezweifelte, seinen Freund in den vergangenen zwölf Jahren jemals so aufgeregt gesehen zu haben, und er würde seine Freude nicht ruinieren, indem er ihm beichtete, dass Caroline seine Bitte um einen Kuss verweigern würde, weil sie wütend auf ihn war, und das mit Fug und Recht.

»Welche geschäftlichen Dinge?«, fragte er leise und legte den Stapel mit den Papieren an den Rand des Schreibtischs.

Marcus kratzte sich am Kinn.

»Nun, es gibt da einen kleinen Haken.«

Alex verdrehte die Augen. Natürlich gab es da einen. »Was weiß ich nicht?«

»Du weißt alles. Aber Caroline nicht. Als ich die ersten zweihundert Pfund auf das Konto einzahlte und ihren ersten Artikel verkaufte, sollte es eine Überraschung werden. Aber kurz bevor ich genug Geld beisammen hatte, verstarb Lady Drakely, und mit ihr starben meine Pläne für Carolines Saison. Zu diesem Zeitpunkt hatte ich gehört, wie mein Vater nebenbei erwähnte, dass der betreffende Artikel eine sehr erfolgreiche Resonanz hatte. Er hat nie erfahren, was ich getan hatte. Also fuhr ich damit fort, ihre Experimente einzureichen, und plante, ihr das Geld dann zu geben, wenn sie volljährig sein würde – was ja in ein paar Monaten der Fall sein wird –, oder es als Mitgift zu benutzen, sollte sie heiraten. Der Haken liegt darin, dass sämtliche Experimente alte Experimente waren, die ich in einer kleinen Kiste gefunden hatte, in der sie sie aufbewahrte. Ich schlich mich hinein, wenn sie gerade ausgegangen war, kopierte die Handvoll Experimente und schickte sie los, bevor sie mich überraschen und fragen konnte, was ich da trieb.«

Er schüttelte sich leicht und zog seine Oberlippe so weit hoch, wie seine vernarbte Gesichtshaut es zuließ.

»Wie dem auch sei, ich habe keine weiteren Artikel mehr. Allerdings glaube ich nicht, dass ich dafür zuständig bin, eine Lösung für dieses Problem zu finden. Sondern du.«

Alex starrte seinen Freund an und fuhr sich mit den Fingern durchs Haar.

»Lass mich das rekapitulieren. Du hast dir erlaubt, Carolines wissenschaftliche Beobachtungen zu kopieren und sie in den letzten vier Jahren an ein weit verbreitetes Magazin zu verkaufen, was dazu geführt hat, dass man sie als eine der einflussreichsten Koryphäen auf dem Gebiet der biologischen Wissenschaften verehrt, und sie weiß gar nichts davon?«

Marcus nickte.

»Aber dir ist schon klar, dass sie das Recht hat, zu erfahren, dass ihre Arbeit veröffentlicht wurde, nicht wahr?«

Marcus nickte wieder.

»Und dir ist ebenfalls klar, dass sie das wissen wird, noch bevor heute die Sonne untergeht?«

»Ich wäre sehr enttäuscht, wenn dem nicht so wäre«, antwortete Marcus schulterzuckend. »Sie hat es verdient, es endlich zu erfahren. Ich habe es ursprünglich nur vor ihr geheim gehalten, weil ich sie nicht verletzen wollte, für den Fall, dass der Redakteur ihre Artikel ablehnen würde. Danach habe ich mich nicht getraut, es ihr zu erzählen, weil ich nicht wusste, wie sie reagieren würde.«

»Warte mal. Hast du nicht gesagt, du hast es getan, um Geld für eine Saison zusammenzutragen?«, erwiderte Alex.

»Das habe ich. Aber ich hatte noch andere Ideen, für den Fall, dass es nicht funktionieren würde. Es hätte zwar länger gedauert, aber ich hätte alles getan, um die Summe aufzutreiben.« Er seufzte. »Die Wahrheit ist, dass sie sehr hart an diesen Artikeln gearbeitet hat, Alex. Und auch wenn ich mich persönlich nicht sonderlich dafür interessiere, so weiß ich doch, dass andere Leute sich sehr wohl dafür interessieren. Und du weißt genauso gut wie ich, dass sie niemals die Gelegenheit bekommen hätte, unter ihrem Namen zu veröffentlichen und die Anerkennung zu bekommen, die ihr zusteht. Also habe ich getan, was ich konnte.«

»Du hast befürchtet, dass sie wütend auf dich sein würde?«

»Ja. Wärst du nicht wütend gewesen?«

Alex nickte. Er wäre fuchsteufelswild gewesen. Aber Marcus hatte recht. Hätte er die Artikel nicht unter einem männlichen Pseudonym veröffentlicht, wäre ihre Arbeit in dem Moment abgelehnt worden, in dem der Redakteur ihren Namen gelesen hätte – unabhängig davon, wie exzellent der Inhalt auch gewesen sein mochte.

»Also gut. Genug davon. Ich werde sie unterrichten, und dann kann sie entscheiden, ob sie weiterhin veröffentlichen möchte.«

»In Ordnung«, stimmte Marcus zu. »Sosehr ich meine Cousine auch liebe, es war die reinste Folter, ihre Aufzeichnungen abzuschreiben.«

Zum ersten Mal an diesem Tag musste Alex grinsen.

»Das kann ich mir vorstellen.«

»Beinah so schlimm, wie es für dich gewesen wäre, mit meiner Schwester zusammenzuleben, nehme ich an«, gab Marcus schlagfertig zurück.

»Das bezweifle ich.«

Zwischen ihm und Caroline mochte es gerade nicht gut laufen, aber mit ihr zu streiten war allemal besser, als mit Olivia in ein und demselben Raum zu sein. Er sah zu Marcus und begegnete dem stählernen, grauen Blick seines Freundes.

»Marcus, es gibt da etwas, über das ich schon seit langer Zeit mit dir sprechen möchte.«

Marcus nickte.

»Ich glaube, ich weiß, was du fragen möchtest.« Seine Stimme klang sehr ernst, und die ganze freudige Erregung, die zuvor sein Gesicht zum Strahlen gebracht hatte, war verschwunden.

»Die Lachgasfeier in jener Nacht damals«, sagte Alex matt. »Ich erinnere mich an viele Einzelheiten, aber es gibt da eine Sache, die mir keine Ruhe lässt.«

»Und die wäre?«

»Weißt du, was aus ihr geworden ist?«

Marcus blinzelte verdutzt.

»Ich nehme an, du meinst das kleine Mädchen, mit dem man uns erwischt hat, als wir es heimlich retten wollten?«

Alex konnte nur sprachlos nicken. Seine Gefühle schnürten ihm den Hals zu.

Marcus sah aus dem Fenster.

»Ich weiß nicht, was damals in dieser Nacht mit der Kleinen geschah«, antwortete er leise. Dann sah er langsam wieder zu Alex. »Aber ich weiß, was später aus ihr geworden ist.«

Alex starrte ihn abwartend an. Er traute seiner Stimme nicht zu, dass sie die furchtbaren Worte artikulieren könnte, dass sie die Fragen stellen könnte, vor deren Antworten er sich graute. Die Kleine geisterte seit bald vierzehn Jahren durch seine Träume. Sie war damals gerade sechs, höchstens sieben Jahre alt gewesen und lebte mit einem Mann zusammen, der so abhängig von Lachgas war, dass er seine eigene Tochter in die Prostitution verkaufen wollte, um seine Sucht zu finanzieren.

»Sie hat geheiratet«, sagte Marcus kurz darauf. »Und ist glücklich, nehme ich an. Es war eine von diesen, wie heißt das Wort, nach dem ich suche ...« Er wedelte mit der Hand durch die Luft. »Liebesehen. Das ist es. Sie hat aus Liebe geheiratet.«

Alex nickte.

»Das freut mich für sie«, sagte er schließlich und hoffte, dass sein Freund weder seine brüchige Stimme noch den Ausdruck der Erleichterung, der ganz sicher auf seinem Gesicht lag, kommentieren würde.

»Und für ihren Mann freut es mich auch.« Marcus wandte sich wieder seinem Schreibtisch zu. »Du findest den Weg allein, nehme ich an.«

Alex nahm den Stapel Papier an sich und verließ das Zimmer.

Während des Ritts nach Hause ließ er sich mehr Zeit, beinah gemächlich trabte das Pferd Richtung Watson Estate. Er hatte keinen Grund zur Eile. Seine Frau würde nicht mit offenen Armen auf ihn warten, um ihn zu begrüßen. Sie beide hatten verletzende Dinge gesagt und getan, aber das Allerschlimmste war, dass es ihn noch immer nach ihr verlangte. Vor ein paar Stunden hätte er sich selbst und sie vielleicht vom Gegenteil überzeugen können, aber jetzt, da der Ärger verflogen war, hatte er einen ungetrübten Blick auf die Wahrheit: Seine Leidenschaft für sie loderte noch immer, aber wahrscheinlich würde er Caroline nie wieder besitzen. Warum sollte sie ihn wieder in ihre Arme schließen? Heute Morgen hatte er zugelassen, dass seine Gefühle die Oberhand gewannen, und es war gut möglich, dass er sie für immer verloren hatte. Kein herzliches Lächeln mehr, kein wissenschaftliches Geplänkel im Gewächshaus. Sie würde ihn nicht mehr wegen seiner unordentlich sitzenden Kleidung aufziehen, wenn er am Abend in ihr Zimmer käme. Es gäbe noch nicht einmal mehr ein gemeinsames Zimmer. Ein einziger Ausbruch von Schmerz und Wut, und er hatte alles verloren.

Auf Watson Estate angekommen, stieg er mit Trauer im Herzen und den Papieren in der Hand die Vordertreppe zum Haus hinauf. In dem Moment, in dem er den Türknauf drehte, stellten sich ihm die Nackenhaare auf. Von drinnen her drang die einzige Stimme auf der ganzen Welt, die er nie wieder hatte hören wollen, an seine Ohren.

Kapitel 25

»Was zum Teufel geht hier vor sich?«, brüllte Alex und stürmte zum Empfangszimmer, wo Caroline, seine Mutter und Rupert Griffin sich eine hitzige Auseinandersetzung lieferten.

Caroline wischte sich die Tränen mit dem Handrücken ab. »Nichts, was dich angeht«, sagte sie.

Er preschte in die Mitte des Zimmers. »Und wie mich das verdammt noch mal etwas angeht. Das hier ist mein Haus, und alles, was darin vorgeht, geht mich sehr wohl etwas an.«

Er verschränkte seine Arme vor der Brust und sah zu Griffin.

»Was erlauben Sie sich, meine Frau und meine Mutter zu belästigen? Wenn Sie mit mir sprechen wollen, können wir einen Termin vereinbaren. Aber lassen Sie die beiden in Ruhe.«

»Ich habe ja einen Termin vereinbart«, blaffte Griffin mit wütender Miene. »Ihre *Gattin* hat es anscheinend versäumt, Ihnen rechtzeitig Bescheid zu sagen.«

Alex starrte in das hagere und derbe Gesicht seines Gegenübers. In den vergangenen vierzehn Jahren hatte er den älteren Mann nur noch einmal gesehen, und zwar während der Mitgliederversammlung der *Gesellschaft für Biologische Fragen* – derselbe Tag, an dem er Caroline zum ersten Mal gesehen hatte. Er sah drastisch verändert aus. Die Jahre und seine Sucht hatten ihn auf grausame Weise altern lassen. Aber nichts und niemand konnte so grausam sein wie Griffin selbst.

»Und mir scheint, dass sie sehr vernünftig war, indem sie davon ausging, dass ich keinen Schmutz über die Schwelle meines Hauses lassen würde«, antwortete Alex kühl. Griffin schnaubte verächtlich.

»Sie waren schon immer etwas eingebildet, mein junger Mr Banks. Oh, Verzeihung, Lord Watson. Wie bedauerlich, dass es Ihrem hochwohlgeborenen Stolz keinen Abbruch tut, dass man mich dennoch empfangen hat.«

»Nein, ich denke, es war auch nicht nur annähernd so effektiv wie Ihre Vorliebe, ein kleines Mädchen in einen dunklen Schrank einzusperren«, gab Alex verbittert zurück und achtete nicht weiter auf die verzweifelten Laute, die auf einmal am anderen Ende des Zimmers erklangen.

»Wie ich mit dem Mädchen umgegangen bin, geht Sie überhaupt nichts an«, tobte Griffin.

»Sie sind so ein nichtsnutziger, widerlicher Abschaum.« Alex packte Griffin am Revers und schleuderte ihn mit solcher Wucht gegen die Wand, dass Griffin der Atem wegblieb und er zu Boden ging. Aber Alex packte ihn am Kragen, zerrte ihn wieder auf die Füße und legte ihm die Hand an die Gurgel.

»Lassen Sie mich los«, stieß Griffin unter Alex' fester Umklammerung mühsam hervor.

»Auf keinen Fall. Was haben Sie hier zu suchen?«

»Das habe ich doch in meiner Nachricht geschrieben«, antwortete Griffin und packte Alex am Handgelenk.

Alex drückte noch etwas fester zu.

»Worüber zum Teufel reden Sie? Sie haben mir keine Nachricht geschickt. Glauben Sie mir, daran würde ich mich erinnern.«

»Ich habe sie nicht an Sie geschickt, sondern an meine Tochter.« Griffin versuchte, Alex' Finger von seiner Kehle zu lösen.

»Sie haben sie an Ihre Tochter geschickt?«, brüllte Alex und drückte noch stärker zu. »Was soll mich das angehen?«

Das widerliche Grinsen auf Griffins Lippen ließ Alex hoffen, dass Marcus wirklich recht gehabt hatte und dass das arme Mädchen tatsächlich einen Mann geheiratet hatte, der sie aufrichtig liebte. Das hatte sie verdient, nachdem sie mit diesem Mann als Vater hatte aufwachsen müssen.

»So einiges, nehme ich an. Sie scheinen sehr an ihr zu hängen.«

»Ja klar. Ich habe sie einmal für weniger als eine Stunde gesehen, als ich sechzehn war, und jetzt bin ich dreißig. Das ist wirklich sehr logisch«, sagte Alex sarkastisch. »Aber keine Sorge, ich weiß ja, dass Rechnen noch nie Ihre Stärke war, wenn es nicht gerade darum geht, die perfekte Dosis Lachgas für Ihre nächtlichen Räusche abzumessen. Zu Ihrer Information: Es ist genau vierzehn Jahre her, dass ich sie zum letzten Mal gesehen habe.«

»Mir scheint, ausnahmsweise habe ich dieses eine Mal korrekt gerechnet, mein verehrter Mr Banks Junior. Sie haben sie vor weniger als vierzehn Minuten gesehen. Ach was, vor weniger als zwei.« Griffin lachte gackernd. »Caroline, mein Schatz, willst du nicht ein braves Mädchen sein und deinem Mann sagen, er soll endlich deinen Herrn Papa loslassen?«

»Caroline?«, wiederholte Alex dumpf und drehte den Kopf zu seiner blassen, unruhigen Frau. Er blinzelte und dann wurde ihm auf einmal alles klar. Caroline konnte Dunkelheit nicht ertragen. Sie hatte sich beinah übergeben und war völlig in sich zusammengesunken, als er Griffins Namen erwähnt hatte, als sein Vater ihn aufgefordert hatte zu erklären, warum er Lady Olivia und Caroline der *Gesellschaft für Biologische Fragen* verwiesen hatte. Und auch das ergab auf einmal Sinn. Lord Sinclair hatte gar nicht Olivia vor Griffin schützen wollen, er hatte Caroline beschützen wollen.

Und zwar so, wie es zwei sechzehnjährige Jungs niemals gekonnt hätten.

Für Alex stand die Welt einen Moment lang still und er wurde in die Zeit zurückversetzt, als er und Marcus sechzehn Jahre alt waren und Marcus ihn um einen Gefallen gebeten hatte. Er hatte ihm damals versprochen, ihn nie wieder um einen Gefallen zu bitten, wenn Alex ihm dieses eine Mal helfen würde. Alex hatte sofort eingewilligt. Es war offensichtlich, dass es sich um eine sehr wichtige Angelegenheit handelte.

Nur eine Stunde später nahm Marcus ihn mit auf eine Lachgasparty bei Rupert Griffin in London. Nachdem sie ihre Eintrittsgebühr entrichtet hatten, mischten sie sich für ein paar Stunden unter die Gäste. Als die meisten gegen Mitternacht zu vollgedröhnt waren, um mitzubekommen oder sich darum zu scheren, was um sie herum vor sich ging, schob Marcus Alex durch eine Tür aus dem Salon.

»Lass uns gehen«, flüsterte er.

Alex nickte und folgte Marcus durch ein Labyrinth aus dunklen Treppen und Korridoren, bis sie am Ende eines Korridors an eine Tür gelangten. Ganz vorsichtig öffnete Marcus die Tür, und sie sahen ein kleines Mädchen in einem ausgeleierten Nachthemd zusammengekauert in einer Ecke. Den Kopf hatte die Kleine auf die zitternden, angewinkelten Knie gelegt.

»Komm mit uns«, sagte Marcus zu ihr.

Sie sah ihn an und streckte ihre Ärmchen aus, um sie Marcus um den Hals zu legen. Marcus streichelte ihr über den Rücken und flüsterte ihr beruhigende Worte ins Ohr.

Über Marcus' Schulter hinweg blickte sie zaghaft auf Alex, und die Traurigkeit in ihren Augen traf ihn tief ins Herz. Noch immer flüsternd hob Marcus sie schließlich hoch und eilte über einen anderen Korridor als den, den sie gekommen waren. Alex folgte ihm. Sie gelangten in ein Zimmer, dessen Balkon sich drei Etagen über der Stelle befand, wo sie ihre Pferde an einen Baum gebunden hatten.

Marcus reichte Alex das kleine Mädchen und schwang sich dann über das Geländer des Balkons. Bis zu diesem Zeitpunkt hatte Alex kaum Fragen gestellt, aber jetzt wurde es offensichtlich, dass sie im Begriff waren, das Mädchen zu entführen, und er stellte Marcus zur Rede.

Marcus hielt nur kurz inne und erklärte Alex, dass er den Vater des Mädchens dabei belauscht hatte, wie er mit einer Bordellbesitzerin vereinbart hatte, seine Tochter im Alter von zwölf Jahren in die Prostitution zu verkaufen, und um einen Vorschuss gebeten hatte. Bei der Vorstellung krampfte Alex sich der Magen zusammen. Er war entschlossener als je zuvor, Marcus zu helfen und das Mädchen zu retten, koste es, was es wolle.

Während Marcus die Backsteinmauer hinunterkletterte, hielt Alex die zitternde Kleine im Arm. Damals hatte er eine dreijährige Schwester. Wie er ein kleines Mädchen halten musste, wusste er von daher, aber ihm fiel beim besten Willen nichts ein, was er ihr hätte sagen können, um sie zu beruhigen und ihre Tränen zum Versiegen zu bringen. Also versuchte er sie so gut er konnte zu trösten, indem er sie einfach weiter eng umschlungen hielt und ihr sanft über den Rücken streichelte.

Endlich hatte Marcus den Boden erreicht und warf Alex ein Seil zu. Mit den Worten, dass es nur kurz dauern würde, setzte Alex das Mädchen ab und verknotete das Seil am Balkongeländer.

Dann hob er die Kleine wieder hoch, legte ihre Arme um seinen Hals und sagte ihr, dass sie sich so festhalten sollte, wie sie nur konnte. Vorsichtig hangelte er sich dann mit einer Hand an dem Seil hinunter, wobei er sich mit den Füßen an der Wand abstützte. Als er nur noch weniger als einen Meter vom Boden entfernt war, durchbrach ein unheimliches Klicken die nächtliche Stille. Alex drehte sich um. Einen Meter entfernt stand ein Mann mit einer gezückten Pistole und verlangte von Alex, seine Tochter loszulassen. Rupert Griffin. Alex riskierte es, dem völlig versteinerten Marcus einen Blick zuzuwerfen, bevor er der Aufforderung des Mannes nachkam. Augenblicklich rannte die Kleine los und versteckte sich hinter Marcus. Das war das Letzte, was Alex jemals von ihr gesehen hatte.

Kurz darauf zerrten Griffin und ein paar seiner Kumpanen Alex und Marcus ins Haus, zogen sie bis auf die Unterwäsche aus und peitschten die beiden jeweils mindestens zwölf Mal mit einer Gerte aus, bevor sie eine Kutsche bestellten und die fast nackten, blutverschmierten und beinah bewusstlosen jungen Männer zur Stadtwohnung von Alex' Eltern transportieren ließen.

Alex war sich gewiss, dass er in jener Nacht seine Unschuld verloren hatte und zum Mann gereift war. Er hatte der Welt in ihre hässliche Fratze geblickt und einen Mann gesehen, dem seine

Tochter so gleichgültig war, dass er sie in eine dunkle Kammer sperrte und vorhatte, sie in die Prostitution zu verkaufen, nur um sie los zu sein und seine Sucht finanzieren zu können. In jener Nacht hatte Alex unbewusst den Entschluss gefasst, niemals ein Bordell aufzusuchen. Er konnte nicht einmal an einer solchen Einrichtung vorbeigehen, ohne sofort an das verängstigte, kleine Mädchen von damals denken zu müssen. Und er hatte die bittere Lektion gelernt, dass manchmal die richtige Handlung alles noch schlimmer machen konnte.

Bis Marcus ihm vor nur wenigen Stunden gesagt hatte, dass aus dem kleinen Mädchen eine junge Frau geworden war, die aus Liebe geheiratet hatte, war er stets davon ausgegangen, dass seine und Marcus' fehlgeschlagene Intervention in jener Nacht das Schicksal des Mädchens nur noch schlimmer gemacht hatte. Und vielleicht hatte das ja auch für eine Weile zugetroffen. Von nun an nie mehr. Er würde keinen weiteren Tag verstreichen lassen, an dem sie gezwungen war, im Schatten ihrer Vergangenheit zu kauern.

»Ja, er ist mein Vater«, sagte Caroline mit schwacher Stimme und holte ihn damit endgültig in die Gegenwart zurück.

Ein nie gekannter Zorn erfasste Alex, und als er Griffins verschlagenes Grinsen sah, musste er es ihm einfach aus dem Gesicht prügeln. Er ballte seine freie Hand zu einer Faust, und bevor Griffin überhaupt reagieren konnte, schlug er ihm direkt auf die Nase. Man hörte ein lautes Splittern. Blut spritzte aus Griffins Nase, und aus seiner Kehle drangen gurgelnde Würgelaute.

Alex lockerte den Griff an der Kehle des Mannes, der wie ein Haufen Elend in sich zusammensackte.

»Wo ist diese Nachricht?«

»Fort«, antwortete seine Mutter sachlich.

»Fort?«

Regina reckte ihr Kinn.

»Sie hat die frühzeitige Begegnung mit einer Flamme gemacht.«

»Ich habe sie verbrannt.« In Carolines Augen schimmerten nicht vergossene Tränen, und ihre Wangen waren ganz verweint. Alles in Alex verzehrte sich nach ihr. Sie räusperte sich leise.

»Er wollte Geld. Ich ... es ... es tut mir so leid, Alex. Ich weiß, dass ich dir nach der Hochzeit hätte sagen sollen, wer mein Vater ist, aber ich habe mich einfach zu sehr geschämt.« Sie wischte sich die Tränen von den Wangen. »Und dann kam diese Nachricht, und ich war viel zu aufgebracht, um dir sofort davon zu berichten, aber dann dachte ich, du wüsstest Bescheid, als du heute Morgen meintest ...«

Alex nickte. Ihre Stimme brach zwar ab, aber er hatte sehr wohl verstanden, was sie sagen wollte. Deshalb war sie am vergangenen Abend so aufgelöst gewesen, als sie zu Bett gegangen war. Nicht wegen seines *Experiments*. Ein erdrückendes Gewicht legte sich auf seine Brust. Er musste die Augen von ihr losreißen. Jetzt war nicht der Moment, um die Dinge zwischen ihnen zu bereinigen. Jetzt war nicht der Moment, um ihr zu versichern, dass es absolut keinen Grund für sie gab, sich wegen ihres nichtsnutzigen, süchtigen Vaters zu schämen.

»Bei Ihnen geht es immer um Geld, nicht wahr?«, fragte er und trat mit der Stiefelspitze gegen Griffins Körper.

»Sie sind es mir schuldig«, jammerte Griffin und legte beide Hände um seine blutende Nase. »Wenn Sie nicht gewesen wären, hätte ich ein Vermögen mit ihr machen können, indem ich sie ...«

Alex stellte seinen Stiefel auf Griffins Brust und unterbrach ihn.

»Kein weiteres Wort.« Er drückte noch etwas fester zu. »Ich werde mir noch nicht einmal das Ende des Satzes anhören. Und Sie werden nie wieder auch nur irgendjemanden aus meiner Familie und Verwandtschaft kontaktieren, haben Sie das verstanden?«

Griffin bekam Alex' Stiefel zu fassen und versuchte, ihn von seiner Brust zu schieben.

»Ich hätte Sie damals umbringen sollen, als ich die Gelegenheit dazu hatte«, knirschte er und versuchte noch immer, sich unter Alex' Fuß hervorzuwinden.

»Und ich sollte Sie jetzt umbringen.« Alex verlagerte sein Gewicht auf die Ferse, um so noch mehr Druck auf Griffins Brustbein auszuüben.

Griffin ächzte vor Schmerzen, ließ dann Alex' Stiefel los und ließ seinen Kopf zu Boden sinken.

»Aber wir beide wissen, dass Sie das nicht tun werden. Nicht nur heißen Sie völlig zu Recht Trockener Alex, aber Sie würden nicht im Leben davon träumen, ins Exil zu gehen und ihre trächtige Frau zurückzulassen.«

»Woher wissen Sie das denn?«, stieß Alex verblüfft hervor.

Griffin stülpte seine Lippen. »Caroline mag mein einziges lebendes Kind sein, aber in den fast zwanzig Jahren, die ich mit ihrer ewig brütenden Mutter verheiratet war, habe ich gelernt, die frühen Anzeichen einer Schwangerschaft zu erkennen. Vor allem dann, wenn die Frauen anfangen, Rechnungen anzuhäufen.«

Alex blickte auf Caroline. Er fand nicht, dass sie anders aussah. Vielleicht ein bisschen blasser als sonst, aber abgesehen davon sah sie aus wie immer. Neben Caroline stand seine Mutter, auf deren Lippen ein verhaltenes Lächeln spielte. Sie hatte gerade erfahren, dass sie Großmutter werden würde.

»Ich würde sagen, fünf Wochen«, fuhr Griffin fort. »Auch wenn es mich nicht wundern würde, wenn sie es schon vor der Hochzeit mit dir treiben wollte, ganz die Hure, die ihre Mutter war.«

Ohne den Blick von Caroline abzuwenden, drückte Alex mit dem Absatz seines Stiefels so fest er konnte mehrmals hintereinander in Griffins Lenden, bis er Nachsicht mit ihm hatte und seinen Fuß wieder auf den Boden stellte. Griffin fasste sich augenblicklich zwischen die Beine, zog die Knie an und wälzte sich vor Schmerzen jammernd hin und her.

»Ich habe genug von Ihnen gehört.« Alex versetzte ihm einen Tritt in die Rippen. »Ihre Kommentare und Ihre Anwesenheit sind hier überflüssig. Hören Sie schon auf, so zu tun, als hätten Sie Eier, die Ihnen wehtun könnten, und schaffen Sie Ihren Arsch verdammt noch mal aus meinem Haus. Und wagen Sie es nicht, auch nur daran zu denken, hier noch einmal aufzukreuzen, oder das, was Ihnen heute widerfahren ist, wird Ihnen im Vergleich zu dem, was ich Ihnen dann antun werde, wie ein Zuckerschlecken vorkommen!«

Griffin machte keine Anstalten, aufzustehen. Alex bückte sich, packte ihn mit beiden Fäusten am Hemd und schleifte ihn aus dem Zimmer, wo er Marcus begegnete, der völlig außer sich war.

»Mach die Eingangstür auf«, befahl Alex ihm schroff. Marcus öffnete die Tür und trat zur Seite, während Alex Griffin draußen ablegte. Dann wandte Alex sich an Johnson und trug ihm auf, dafür zu sorgen, dass Griffin so schnell wie möglich vom Grundstück entfernt wurde.

»Alex«, sagte Marcus leise. »Ich hatte keine Ahnung, dass er hierherkommen würde. Ich habe erst ungefähr eine Stunde nach deinem Besuch erfahren, dass er sich in der Gegend aufhält, und bin sofort gekommen, weil mir erst heute Vormittag klar wurde, dass du nicht wusstest ...« Er unterbrach sich und zuckte mit den Schultern.

Kaum merklich zog Alex seine Mundwinkel nach oben. »Ich hätte es wissen müssen. Alle Anzeichen deuteten darauf hin, aber wie du selbst gesagt hast, bin ich ein bisschen begriffsstutzig.«

Marcus lachte glucksend.

»Geht es ihr gut?«

»Ehrlich gesagt weiß ich das nicht«, sagte Alex und lehnte sich gegen den Türpfosten, die Arme verschränkt. »Ich weiß nicht, was gesagt wurde, bevor ich hier ankam. Genauso wenig weiß ich, wie sehr ihre Gefühle verletzt wurden.« Nicht nur von Griffin, sondern auch von ihm.

Marcus fuhr sich mit der Hand über sein vernarbtes Kinn.

»Alles, was sie braucht, ist Liebe, Alex. Liebe sie einfach.«

Alex nickte.

»Das tue ich.«

Marcus lächelte und setzte seinen Hut wieder auf.

»Gut.«

Alex blieb an der Eingangstür stehen und sah Marcus dabei zu, wie er sich auf sein Pferd schwang und davonritt. Dann ging er zurück ins Empfangszimmer. Es war leer.

Kapitel 26

Nach einem warmen Bad und fast einem ganzen Tag Ruhe hatten sich Carolines Nerven deutlich entspannt. Leider hatte Regina mit ihrer Einschätzung der Absichten ihres Vaters falschgelegen. Aber Caroline machte ihr keinen Vorwurf wegen der Ereignisse am vergangenen Vormittag. Absolut nicht. Caroline war ebenso verantwortlich dafür, dass niemand angemessen auf den unerwünschten Gast vorbereitet gewesen war. Sie hatte es vorgezogen zu glauben, dass Rupert Griffin ihr nur Angst einjagen wollte, und war vollkommen überrumpelt gewesen, als ihr Vater nur zwei Stunden nach ihrem furchtbaren Streit mit Alex tatsächlich erschienen war. Da Alex' Brüder nicht anwesend waren und ihr Vater sich weigerte zu gehen, bis er mit Caroline und Alex gesprochen hatte, hatte sie ihn schließlich empfangen. Regina begleitete sie und bat einen Diener für den Fall bereitzustehen, dass man ihren Gast hinauswerfen musste, sollten die Dinge aus dem Ruder laufen.

Nach nur kurzer Zeit brach ein Streit aus, in dessen Verlauf Carolines Verfassung von Minute zu Minute fragiler wurde. Sie fing an, sich ernsthaft Sorgen zu machen, dass Rupert handgreiflich werden könnte, als plötzlich, wie aus dem Nichts, Alex ins Empfangszimmer preschte. Der sich daraufhin entzündende Streit zwischen ihrem Mann und ihrem Vater brachte bruchstückhafte Erinnerungen wieder. Aber erst als Alex Rupert aus dem Haus warf und Regina Caroline auf ihr Zimmer folgte, erfuhr sie die ganze Wahrheit.

Sie erinnerte sich vage an ein paar wenige Augenblicke jener Nacht, in der Marcus und sein Freund sie aus der Kammer befreit und versucht hatten, sie zu retten. Aber in Wirklichkeit hätte sie sich niemals weder an Alex erinnert noch an die Rolle, die er damals gespielt hatte, wenn Regina ihr nicht alles erzählt hätte. In jener Nacht war sie, wie in jeder Nacht seit dem Tod ihrer Mutter, viel zu verängstigt gewesen, um fremde Leute wirklich wahrzunehmen. Am darauffolgenden Abend war Edward dann gekommen, um sie zu retten, während ihr Onkel ihren Vater unten im Salon ablenkte. Wahrscheinlich hatten sie über Geld diskutiert, nahm Caroline an. Entweder das, oder Onkel Joseph hatte Griffin damals überredet, seine legalen Rechte an Caroline an ihn abzutreten.

Sie trocknete sich die Augen. Sie hatte genug darüber geweint. Letzten Endes war sie erleichtert, sosehr es sie auch aufgewühlt haben mochte, die Nachricht ihres Vaters zu erhalten und die anschließenden Ereignisse miterleben zu müssen. Sie hatte endlich die Informationen erhalten, nach denen sie sich stets gesehnt hatte. Jetzt wusste sie, warum ihre Mutter einen solchen Mann geheiratet hatte. Nichts von dem, was man ihr immer über ihre Mutter erzählt hatte, hatte gestimmt. Und sie wusste nun ebenfalls, wer sie damals gerettet hatte, und warum. Die Zeit war gekommen, die Vergangenheit für immer abzuschließen und nach vorne zu schauen.

Leider gab es da nichts zu sehen. Alex hatte ihr zu verstehen gegeben, dass er sie niemals lieben würde. Sie schloss die Augen, um eine neuerliche Tränenflut einzudämmen.

Sie liebte ihn, und er wollte nie wieder etwas mit ihr zu tun haben. Sie schüttelte den Kopf und machte die Augen wieder auf. Das sollte ihr nichts anhaben. Sie war ohnehin noch nicht bereit, ihm zu verzeihen. Beizeiten würde sie ihm natürlich verzeihen. Das war einfach ihre Art, sie verzieh jedem. Aber noch war sie dazu nicht bereit.

Gemächlich stand sie auf und zog ihren Morgenmantel an. Es war schon fast Mittag, viel zu spät, um in den Tag zu starten. Die Stunden seit ihrer Unterhaltung mit Regina am vorangegangenen Tag hatte sie in vollkommener Einsamkeit verbracht. Aber jetzt war es an der Zeit, etwas anderes zu tun, als Trübsal zu blasen. Das hatte ihr noch nie gelegen, und sie würde jetzt nicht damit anfangen.

Eine Stunde später war sie frisch gebadet und hatte eines ihrer schönsten Trauerkleider angezogen. Sie schickte Annie fort und begab sich nach unten zum Mittagessen.

Anschließend zog sie sich in ihr privates Wohnzimmer zurück. Sie hatte einem Diener etwas Geld zugesteckt, damit er ihr ein Buch aus der Bibliothek besorgte. Die Bibliothek war Alex' Lieblingsraum im ganzen Haus. Sie wollte es nicht darauf ankommen lassen, ihm über den Weg zu laufen.

»Caroline?« Ungewöhnlich laut drang Edwinas Stimme durch die Tür und schreckte Caroline auf. Sie öffnete.

»Ja?«

»Geht es dir gut? Ich klopfe seit fast zehn Minuten.«

Edwina zwängte sich an Caroline vorbei ins Zimmer.

»Entschuldigung«, murmelte Caroline und hielt das Buch hoch, um ihrer Schwägerin so zu erklären, warum sie das Klopfen nicht gehört hatte.

»Das muss ja ein fantastisches Buch sein«, brummte Edwina und ließ sich auf Carolines Sofa plumpsen. »Und du hast tatsächlich eine ganz schöne Menge Kerzen hier herumstehen.«

Caroline musste über Edwinas kompletten Mangel an Etikette lächeln, eine Eigenschaft des jungen Mädchens, die Caroline besonders gut gefiel. Denn sie beide hatten so ihre Mühe, sich daran zu erinnern, wie man sich in vornehmer Gesellschaft zu verhalten hatte.

»Das kann man so sagen«, pflichtete sie Edwina bei und besah sich die Dutzende von Kerzen, die sie in ihrem Privatgemach hatte aufstellen lassen. In ihrer Kammer allerdings gab es nicht so viele Kerzen. Dort hatte das Personal sechs Laternen angebracht, die sie abends entzündete.

»Aber etwas sagt mir, dass du nicht gekommen bist, um über meine Kerzen zu sprechen. Womit kann ich dir behilflich sein, Edwina?«

Ihre Schwägerin biss sich auf die Lippe. »Ich muss dich um einen Gefallen bitten.«

»Ich bin ganz Ohr.«

Caroline setzte sich neben sie, schlug die Beine übereinander und legte ihre gefalteten Hände auf die Knie.

Edwina blickte einen Moment zu Boden und sah dann Caroline direkt ins Gesicht.

»Versprichst du, es niemandem zu sagen? Vor allem nicht meinem Bruder?«

Caroline zog scharf die Luft ein. Das ließ sich nicht gut an. Edwinas Miene verhieß nichts Gutes.

»Das kann ich dir nicht versprechen«, sagte sie ruhig. »Wenn du in Schwierigkeiten steckst, muss er vielleicht davon erfahren.« Sie betete insgeheim, dass das nicht der Fall war.

»Das bin ich nicht«, versicherte Edwina ihr und schüttelte langsam den Kopf.

»Warum darf er es dann nicht wissen?«

Edwina starrte auf ihre Fingernägel.

»Ich liebe Alex über alles. Er ist sogar mein Lieblingsbruder, aber ...« Sie hob die Schultern.

»Aber?«, hakte Caroline nach.

»Sag ihm nicht, dass ich das gesagt habe, aber manchmal macht er seinem Spitznamen Trockener Alex wirklich alle Ehre«, sagte Edwina und zwang sich zu einem Lächeln.

Caroline musste sich zusammenreißen, um nicht zu lachen.

»Also gut. Was ist los, Edwina?«

»Ich habe angefangen, mich für Astronomie zu interessieren, und befürchte, dass Alex mein Interesse ruinieren wird, wenn ich ihn um Hilfe bitte.«

Dieses Mal konnte Caroline nicht anders, als zu lachen.

»Und du glaubst, dass ich dir helfen kann?«

Edwina nickte.

»Alex hat mir gesagt, dass du viel von Astronomie verstehst.«

»So viel weiß ich auch wieder nicht«, gab Caroline zu.

»Aber mit Teleskopen kennst du dich aus, oder?«

Caroline nickte traurig. »Ja, etwas.«

»Gut«, sagte Edwina fröhlich. »Eine meiner Schulfreundinnen liebt Astronomie und sie hat mich dafür begeistert, mir die verschiedenen Sternbilder anzusehen und die Zeitschrift *Englands Astronomie* zu lesen. Heute Morgen las ich in der aktuellen Ausgabe, dass man heute Nacht am südlichen Himmel Uranus sehen kann. Und ich würde das so gerne beobachten, aber ich beschäftige mich erst seit so kurzer Zeit mit der Materie, dass ich nicht glaube, den Planeten allein zu finden. Ich weiß, dass Alex mir helfen würde, aber ich möchte den Planeten nur sehen und nicht alles Mögliche über sein Rotationsverhalten, seinen Umfang und was weiß ich nicht noch alles erfahren, was er für meine astronomische Ausbildung als unbedingt notwendig ansehen würde.«

Caroline lächelte sie an. Edwina hatte recht mit ihrer Einschätzung. Alex würde ihr nicht nur liebend gern den Planeten zeigen, er würde ihr auch so viele Fakten, wie sie nur aufnehmen könnte, herunterbeten. Wahrscheinlich würde er auch darauf bestehen, sie danach abzufragen.

»Ich denke, ich kann dir helfen. Komm doch um dreiundzwanzig Uhr hierhin, und dann gehen wir gemeinsam zur Sternwarte.«

»Vielen Dank, Caroline«, sagte Edwina und umarmte Caroline.

Wie Caroline erwartete hatte, erschien Edwina um Punkt dreiundzwanzig Uhr in der Tür. In der einen Hand hielt sie eine Laterne, in der anderen die aktuellste Ausgabe von *Englands Astronomie*.

»Ich dachte, ich bringe sie für alle Fälle mit.«

Auch Caroline griff nach einer Laterne. Dann schloss sie die Tür.

»Lass uns gehen.«

Während sie auf den Pavillon zugingen, unterhielten sie sich über Edwinas neues Interesse an Astronomie und über ihre stellaren Lieblingskonstellationen.

»Ach du meine Güte«, sagte Edwina, als sie den Pavillon erreicht hatten. »Meine Schuhe sind voller Lehm und Schlamm. Geh du schon einmal hinein und suche Uranus. Ich kratze erst den Dreck von den Schuhen, sonst wird Alex noch wissen, dass ich hier war, und mich mit seinem astronomischen Wissen noch umbringen.«

Caroline kicherte. Die meisten Leute würden sich Sorgen machen, dass er sich über den Schmutz aufregte. Nicht darüber, dass er über Astronomie sprechen wollen würde.

Sie betrat den Pavillon und hängte die Laterne an einen der Nägel in der Wand. Sie erinnerte sich daran, dass Alex' Teleskop direkt rechts neben dem Eingang stand, weil sie beinah über die Leiter gestolpert wäre, als er sie das erste Mal hierhin mitgenommen hatte. Dann runzelte sie die Stirn. Die Leiter fehlte. Sie sah sich um und entdeckte die Leiter am anderen Ende des kleinen Raums. Sehr merkwürdig.

Ihr Blick wanderte die Leiter entlang bis nach oben und fiel dann auf das Ende des Okulars. Sie zwinkerte verdutzt. Er hatte doch wohl nicht sein Teleskop umgestellt? Sie ging auf die Leiter zu und kletterte nach oben.

Als sie oben angekommen war, erstarrte sie vor lauter Überraschung. Das war ja ihr Teleskop. Wie war er denn darangekommen? Und wieso hatte er sich die Mühe gemacht, es aufzubauen? Abgesehen davon, dass es ohnehin kaputt war, schien er ja auch gar keine Gefühle für sie zu haben.

Instinktiv legte sie ihr Auge an das Okular. Natürlich war es kaputt. Sie wollte nur für einen Moment so tun, als wäre es das nicht. Sie bewegte den unteren Hebel und richtete das Teleskop auf den Himmel. Dann nahm sie ihr Gesicht wieder vom Okular und zwinkerte erneut verdutzt. Hatte sie sich das nur eingebildet oder hatte sie alles klar und nah erkennen können? Sie blickte wieder hindurch und drehte das Teleskop zur Seite.

»Also, da soll ich doch ...«, murmelte sie. Er hatte es reparieren lassen. Wie und wann würde sie wohl nie erfahren, aber er hatte es reparieren lassen und für sie hier aufgebaut. Ihr verräterisches Herz schwoll an. Sein Vater hatte recht gehabt. Er hegte Gefühle für sie. Er war nur ziemlich schlecht darin, sie zu zeigen.

Während sie an Alex dachte, suchte sie den Himmel nach Uranus ab. Er musste es in den vergangenen drei Wochen repariert haben lassen. Wenn er es davor getan hätte, hätte er es ihr gesagt. Und ganz sicher hatte er es weder heute noch gestern getan. Blieben nur die vergangenen drei Wochen nach dem Tod seines Vaters.

Sie schwenkte das Teleskop nach oben und nach unten. Wo war Uranus? Edwina schien viel zu lange zu brauchen, um sich den Dreck von den Schuhen abzuklopfen. Caroline runzelte die Stirn. Sobald sie den Planeten gefunden hätte, würde sie nach Edwina rufen. Sollte Alex fragen, wer den Schmutz hineingetragen hatte, würde sie einfach lügen und behaupten, dass sie es gewesen wäre.

Eine Minute später hatte sie den Planeten lokalisiert. Im selben Moment ging die Tür unten auf.

»Ich hab ihn!«, rief sie und drehte am Einstellrad, um die Schärfe zu justieren.

»Und wer hat dich?«, fragte eine männliche Stimme hinter ihr, deren Besitzer die Leiter hochkletterte und seine Hände um ihre Taille legte.

Sie verharrte stocksteif.

»Lord Watson. Ich habe Sie nicht erwartet«, sagte sie knapp.

»Lord Watson?«

»So heißt doch der Herr, der sich hier im selben Raum wie ich befindet, oder nicht?«

Er kicherte.

»Das ist wohl richtig.«

»Also, was ist dann falsch?«

Er kletterte noch eine Sprosse höher und drückte seinen Körper gegen ihren.

»Nichts daran ist falsch. Ich bin nur überrascht, dass du mich mit meinem Titel anredest. Du weißt, dass du das nicht zu tun brauchst.«

Sie zuckte mit den Schultern.

»Das weiß ich wohl, aber mir scheint, dass der liebenswürdige Mann namens Alex, den ich geheiratet habe, seine Koffer gepackt hat und verschwunden ist, kurz nachdem er irrtümlicherweise angenommen hatte, dass ich ihn an einem ganz bestimmten Teil seines Körpers herumführen wollte. Ein grausamer Mann namens Lord Watson, der kein Interesse an mir hat, hat ihn ersetzt.«

Alex zog scharf die Luft ein, als hätte man ihn gerade in den Magen geboxt.

»Das ist nicht wahr. Er hat großes Interesse an dir. Er ist sogar über Nacht nach London gefahren, um das richtige Objektiv zu kaufen, und hat den Großteil des Tages damit zugebracht, das Teleskop für dich zu reparieren.«

»Ihre Schwester wird jede Minute hier erscheinen. Sie wünscht, das Teleskop zu benutzen, ohne dass Sie sich einmischen.«

Er schnaubte. »Nein, wünscht sie nicht. Das hat sie nur gesagt. Weenie kann eine sehr überzeugende Schauspielerin sein. Vor allem, wenn man ihr eine Woche vor Schulanfang neue Kleider in Aussicht stellt.«

Caroline schloss die Augen. Man hatte sie hereingelegt!

»Wenn das so ist, würde ich mich gern für den Rest der Nacht zurückziehen.«

Seine Hände tasteten sich über ihre Rippen bis zu ihren Brüsten hoch.

»Willst du nicht dein frisch repariertes Teleskop benutzen?«

»Nein. Nicht heute Nacht.«

»Hmm«, sagte er und trommelte leicht mit den Fingern gegen ihre Rippen. »Das ist nicht die Antwort, die ich erwartet habe.«

»Welche Antwort haben Sie denn erwartet, mein Lord? Haben Sie wirklich angenommen, Sie könnten mich hierhinlocken, mit mir die Sterne anschauen und so tun, als sei nichts passiert?«

»Das wäre in der Tat sehr schön. Es ist aber nicht genau das, was ich vorhatte.«

Er lehnte seine Stirn gegen ihre Schulter.

»Ich weiß nicht, wie ich das wiedergutmachen kann, Caroline«, flüsterte er feierlich und etwas Warmes, das sich merkwürdigerweise wie eine Träne anfühlte, tropfte auf ihre Haut. »Nichts von dem, was ich gesagt habe, habe ich wirklich ernst gemeint. Ich war wütend auf dich und dachte, ich hätte alle Tatsachen beisammen, aber du hattest recht, ich wusste gar nichts. Ich wusste nicht, dass du einen verstörenden Brief von deinem Vater erhalten hattest. Ich dachte, du würdest von mir sprechen, als du meiner Mutter sagtest, dass du ihn hasst für das, was er geschrieben hat. Deshalb dachte ich, du würdest deinen Körper als Waffe gegen mich einsetzen. Ich habe nicht bemerkt, dass es dir wirklich nicht gut ging und dass du wegen deines Vaters weintest. Ich dachte, es ging um mich.«

»Sie nehmen sich viel zu wichtig, mein Lord«, sagte sie spröde. »Ich hatte Ihnen schon Stunden, nachdem ich gelesen hatte, was Sie getan hatten, verziehen. Die meisten Herren planen ihr Brautwerben. In erster Linie sind es Glücksritter. Sie haben es nur noch einen Schritt weiter getrieben, indem Sie alles niedergeschrieben und die einzelnen Punkte, nachdem sie erfüllt wurden, abgehakt haben. Und Sie haben ein paar eher unhöfliche Kommentare an den Rand geschrieben. Das ist der einzige Unterschied.«

»Es tut mir so leid«, flüsterte er. »Ich hätte überhaupt gar nichts aufschreiben sollen.«

Sie presste ihre Lippen aufeinander. »Aber du hast es getan. Aber darum geht es ja gar nicht, wie ich schon gesagt habe. Was mich wirklich verletzt hat, war der Vergleich mit einer Prostituierten.«

Sie kniff die Augen zusammen, um die Tränen zurückzuhalten.

»Alex, bis vor Kurzem habe ich Olivias Anspielungen nie ganz verstanden. Erst seit wenigen Tagen verstehe ich, warum sie immer sagte, dass ...« Sie biss sich auf die Lippe und versuchte, die Tränen wegzublinzeln. »Olivia hat immer durchblicken lassen, dass aus mir eine Frau zweifelhaften Rufs geworden wäre, wenn ihr Vater mich nicht gerettet hätte. Deshalb hat es so furchtbar wehgetan zu lesen, dass auch du so von mir gedacht hast.«

Er schluckte heftig.

»Ich habe so nie von dir gedacht«, brachte er mit rauer Stimme hervor. »Als ich das schrieb, wollte ich nur eine vertrackte Situation mit etwas Witz auflockern. Noch bevor meine Feder überhaupt den ersten Buchstaben aufs Papier gekratzt hatte, wusste ich schon, dass ich dich heiraten wollte.«

»Ich verstehe einfach nicht, warum du überhaupt etwas schreiben musstest«, antwortete sie und ihre Stimme zitterte vor Schmerz und Wut.

»Caroline, wie du vor wenigen Wochen gemerkt hast, haben deine Cousine und ich am selben Tag Geburtstag. Als mein Vater und dein Onkel ihre Geburt feierten, haben sie im Überschwang der Gefühle einen Verlobungsvertrag für ihre Kinder aufgesetzt. Acht Jahre später wurde eine Klausel hinzugefügt, dass diese Vereinbarung ungültig werden würde, sollte ich vor meinem dreißigsten Geburtstag eine andere heiraten. Ich habe erst an jenem Tag davon erfahren, als ich nach Ridge Water kam, um mit Marcus zu sprechen. Das Dokument, das ich ihm reichte, war der Verlobungsvertrag, und er schlug vor, die Suche nach einer Braut in so kurzer Zeit wie ein wissenschaftliches Experiment anzugehen.«

Sie nickte. Es war ihr immer seltsam vorgekommen, dass Olivia auf einmal behauptete, sie würde Alex heiraten, wenn sie nie ein freundliches Wort über ihn hatte fallen lassen.

»Dann hast du also Marcus' Rat angenommen und direkt auf mich angewandt?«

»Nein«, antwortete er und rieb mit seinen Daumen über ihren Rücken. »Als er uns in der Bibliothek allein zurückließ, wollte ich eigentlich eine Liste mit den Namen potenzieller Bräute erstellen. Aber mir fiel niemand ein. Deine Anwesenheit hat mich zu sehr abgelenkt, aber ich habe es nicht gewagt, deinen Namen aufzuschreiben, weil ich davon ausging, dass du mich nicht ausstehen konntest, wegen dem Rauswurf aus der *Gesellschaft für Biologische Fragen* und so weiter. Nachdem du gegangen warst, besah Marcus sich meine Liste, strich jeden Namen durch und schrieb deinen ans Ende. In dem Moment stand für mich fest, dass ich um dich werben wollte. Marcus schien zu glauben, dass ich eine Chance hatte, und du gefielst mir. Sehr.

Also habe ich alles auf ein Pferd gesetzt und dir bedingungslos nachgestellt.«

Sie verdrehte die Augen wegen dieser ungeschickten Wortwahl, kommentierte sie aber nicht weiter.

»Was willst du wirklich? Du warst nicht sehr an mir interessiert, bevor du von meinem Alter Ego E. S. Wilson erfahren hast. Und jetzt auf einmal machst du dir all die Mühe, indem du mein kaputtes Teleskop reparierst und deine Schwester bestichst, mich in eine Falle zu locken, damit ich dir zuhören muss.«

»Das ist nicht der Grund. Ich war sogar eher wütend auf Marcus für das, was er getan hat. Er hatte kein Recht ... aber warte mal, woher weißt du das? Du hast dich gestern den ganzen Tag über in deinen Gemächern verbarrikadiert, und ich hatte keine Gelegenheit, mit dir zu sprechen,«

Sie schüttelte den Kopf.

»Das war auch gar nicht nötig. Ich wusste seit Jahren, was er tat. Marcus dachte, er sei raffiniert. Das war er aber nicht. Ich bin ihm bereits nach sechs Monaten auf die Schliche gekommen. Onkel Joseph lieh sich ein Exemplar der Zeitschrift von deinem Vater aus, für mich zum Lesen. Ich habe den Artikel natürlich sofort erkannt. Und als ich dann in der kleinen Truhe nachsah, in der ich meine Arbeiten aufbewahrte, konnte ich sehen, dass der Inhalt anders geordnet war, als ich es normalerweise tat. Danach habe ich Emma Geld gegeben, damit sie die Zeitschrift abonnierte und mir zur Verfügung stellte. Ich befürchtete, dass Marcus meine Artikel nicht weiter einreichen würde, wenn die Zeitschrift nach Ridge Water geliefert werden würde. Allerdings wurde mir erst gestern klar, was er mit dem Geld gemacht hat. Ich nehme an, dass es in die Mitgift floss, von deren Existenz weder du noch ich wussten?«

»Du bist wirklich sehr klug«, sinnierte Alex und übte mit seinen Fingern sanften Druck auf ihren Bauch aus. »Du hast eine fantastische logische Denkweise.«

Caroline gestattete sich ein schwaches Lächeln.

»Vielen Dank für das Kompliment, aber es gab so viele Hinweise, dass selbst Olivia dieses Rätsel hätte lösen können.«

Er kicherte. Der Hauch seines Atems streichelte über die freiliegende Haut ihres Nackens, und ein Prickeln lief ihr über den Rücken.

»Warum hast du ihm nichts gesagt?«

»Ich wusste, dass es die einzige Möglichkeit war, meine Arbeiten zu veröffentlichen. Es ist mir egal, dass sie unter einem anderen Namen veröffentlicht werden. Aber das ist gar nicht unser Thema. Unser Thema ist dein mieses Verhalten.«

»Möchtest du in Zukunft unter deinem Namen veröffentlichen? Caroline Banks, Lady Watson? Ich bin mir sicher, dass ich das erreichen kann.«

»Das ist mir eigentlich egal«, erwiderte sie spontan. Wenn sie dieses Gespräch vor ein paar Tagen geführt hätten, wäre sie über diese Aussicht vor Freude in die Luft gesprungen. Mrs Alexander Banks, Lady Watson, oder Alexander und Caroline Banks, Lord und Lady Watson, hätte sogar gereicht. Aber nicht jetzt. E. S. Wilson würde reichen.

Alex seufzte.

»Nein, es ist dir nicht egal. Jeder Wissenschaftler möchte seinen Namen gedruckt sehen. Deshalb war ich nicht so begeistert, wie Marcus vielleicht erwartet hatte. Du bist klug genug, um zu veröffentlichen. Die Anerkennung sollte dir zukommen.«

Sie zuckte mit den Schultern. »Das ist müßig. Niemand wird sich jetzt noch dafür interessieren. Alle haben sich an E. S. Wilson gewöhnt.«

Sie schüttelte den Kopf. Dieses Gespräch führte zu nichts. Es bestand kein Grund, diese Dinge überhaupt zu diskutieren.

»Ich würde gern zu Bett gehen. Bitte lass mich los, damit ich gehen kann.«

»Nein«, sagte er und hielt sie noch enger umschlungen. »Wir haben noch einiges zu besprechen.«

»Du scheinst aber nicht sehr daran interessiert zu sein. Wie immer möchtest du nur über Wissenschaft reden.«

»Kannst du mir das vorwerfen? Sich über Wissenschaft auszutauschen macht Spaß. Darüber zu sprechen, was für ein Mistkerl ich war, macht keinen Spaß.«

»Dann hättest du dich anders verhalten sollen«, erwiderte sie verärgert. »Du hättest mich besser behandeln sollen. Mein ganzes Leben lang ... Komm, lass gut sein«, unterbrach sie sich und schob ihren Schmerz beiseite.

»Nein, ich lasse es nicht gut sein. Man hat dich oft schlecht behandelt, und du hast dich daran gewöhnt. Das hättest du nicht tun sollen. An dem Tag, an dem ich dein Mann wurde, habe ich geschworen, dich gut zu behandeln, und ich habe es nicht getan. Das tut mir leid. Es tut mir leid, dass ich mein Liebeswerben wie ein Experiment angegangen bin. Es tut mir leid, dass ich dich gestern so mies behandelt habe. Aber am meisten bedauere ich, dir nicht zugehört zu haben, als du mir erklären wolltest, was wirklich passiert war. Und ich meine nicht nur das Missverständnis bezüglich der Nachricht deines Vaters. Ich meine auch deine anderen Neuigkeiten.«

Er legte seine Hände auf ihren Bauch und auf das Leben, das sich darunter entwickelte.

»Ich hätte niemals so herzlos darauf anspielen dürfen, was in unserer Hochzeitsnacht oder den Wochen zwischen uns vor sich gegangen ist. Jedes einzelne Mal habe ich sehr genossen. Dein Genuss war mein Genuss. Es hat mich befriedigt, dich zu befriedigen.«

»Aber warum hast du diese Dinge dann gesagt?« Sie unterdrückte ein Schluchzen.

»Caro, du musst verstehen, dass du mich vollkommen um den Verstand bringen kannst und dass die ganze Logik, die normalerweise meinem Hirn innewohnt, sofort entweicht, wenn du in der Nähe bist, und vollständig von Emotionen ersetzt wird. Als ich diese abscheulichen Dinge gesagt habe, war ich zutiefst verletzt, weil ich dein Verhalten falsch interpretiert hatte, und wollte dich ebenfalls verletzen«, gab er zu. Seine Stimme zitterte. »Ich weiß, dass es das nicht besser macht. Es gibt keinen akzeptablen Grund für das, was ich gesagt habe. Aber ich sage die Wahrheit. Du weißt, dass ich kein Mann großer Worte und Schmeicheleien bin. Die Wahrheit ist alles, was ich zu bieten habe.«

»Dann kann ich dich etwas fragen, und du wirst mir auf alle Fälle die Wahrheit sagen?«

»Du kannst mich alles fragen.«

Innerlich bereitete sie sich auf eine Antwort vor, die ihr vielleicht nicht gefallen würde, und schluckte heftig.

»Gab es irgendetwas in deinem Liebeswerben, das nicht geplant war?«

»Fast alles war nicht geplant.«

Sie lächelte. Sie würde es weder vor ihm noch vor irgendjemand anderem zugeben, aber der Gedanke, dass alles nur inszeniert gewesen war, hatte sie mehr verletzt, als die Tatsache, dass seine Familie ihre Erniedrigung mitbekommen und dass er sie mit einer Prostituierten verglichen hatte.

»Dreh dich um, Caroline«, sagte er leise.

»Ich kann nicht. Die Sprosse ist zu schmal.«

Er hielt sie an der Hüfte fest.

»Es ist genug Platz. Heb einfach einen Fuß, und ich helfe dir beim Umdrehen. Vertrau mir, Caro. Ich lasse dich nicht fallen.«

Nervös ließ sie das Teleskop los, hob einen Fuß und blieb mit dem anderen auf der Sprosse stehen. Dann drehte Alex sie herum, wie er es angekündigt hatte, und sie stellte den anderen Fuß wieder ab. Sie sah ihn an.

»Was hast du an?«

Sie kniff ihre Augen zusammen, als sie seine nackten Schultern sah, über die das Mondlicht schien, das durch das kleine Fenster in der Kuppel des Pavillons fiel.

»Nichts. Ich habe dich gedemütigt. Es ist nur fair, wenn ich dir Gelegenheit gebe, mich ebenfalls zu demütigen.«

Sie blinzelte ihn verwundert an.

»Inwiefern ist die Tatsache, dass du nackt in einer kleinen Sternwarte stehst, eine Gelegenheit für mich, dich zu demütigen?«

»Du könntest meine Entschuldigung ablehnen«, antwortete er ernsthaft. »Dann müsste ich völlig nackt den ganzen Weg zurück ins Haus gehen. Und auch wenn ich an sich kein Problem damit habe, entkleidet zu sein, so wäre es doch sehr erniedrigend, wenn mich meine gesamte Familie und mein gesamtes Personal in diesem Zustand sehen würden.«

»Und du findest, ich sollte dir so etwas antun?«

Er zuckte mit den Schultern.

»Ich hoffe, dass du es nicht tun wirst. Aber letzten Endes verdiene ich es nicht besser.«

Sie konnte einfach nicht anders. Sie musste über ihn und seine merkwürdigen Gehirnwindungen einfach lachen.

»Hast du denn überhaupt an Rache gedacht?«

»Ja«, gab sie mit leiser Stimme zu. »Und wie immer hat es nicht so geklappt, wie ich es mir vorgestellt habe.«

»Und was hattest du dir vorgestellt?«

Sie biss sich auf die Lippe. »Das ist nicht so wichtig.«

»Doch, das ist es«, sagte er vehement. »Erzähl mir, wie du dir deine Rache vorgestellt hast, und ich werde mich danach richten. Ich werde alles tun, was du verlangst, um meine Fehler wiedergutzumachen. Sag mir einfach, um was es sich handelt.«

»So geht das nicht. Was ich wollte, war ... Na ja, es ist etwas, das man nicht sehr leicht bekommen oder gedankenlos einfach bewilligen kann. Denn in einem solchen Fall wäre es nicht echt.«

»Und wie wolltest du es dann anstellen?«

»Mit einem Experiment.«

Er schüttelte reumütig den Kopf.

»Ich hoffe, du hast alles aufgeschrieben, damit du es mir unter die Nase reiben kannst.«

»Das habe ich aber nicht.«

Er lehnte sich nach vorne und presste seine Lippen auf ihren Mund.

»Dann muss ich dich wohl so lange küssen, bis du es mir sagst.«

Er bewegte seine Lippen, erst zart und sacht, dann immer leidenschaftlicher und fordernder.

»Wirst du es mir jetzt sagen?«

»Deine Liebe, Alex«, flüsterte sie leise und schmiegte ihre Wange an seine. »Das ist alles, was ich wollte.«

»Ach, Caro, geliebte Caro, die hattest du von Anfang an.« Er umfasste ihr Gesicht und drehte es zu sich. »Ich habe mich in dem Moment in dich verliebt, als du mir damals die dicken Biologiebände vor die Füße gefegt hast und mich einen Präsidenten-ohne-Gleichen genannt hast. Du magst dir dessen gar nicht bewusst sein, aber du warst mir immer ebenbürtig. Immer. Und das liebe ich an dir. Du hattest keine Scheu, mir ins Gesicht zu sagen, dass ich dich aus der *Gesellschaft* werfen ließ.« Er schnaubte. »Du hattest sogar genug Mumm, meinem Vater zu sagen, was ich getan habe. Dir fällt es vielleicht schwer, dich vor anderen Leuten zu behaupten, in erster Linie vor deiner furchtbaren Cousine, aber nicht vor mir. Als du mit diesen Wälzern beinah meine Zehen geplättet hast, hattest du sofort mein Interesse gewonnen. Und erst später ist mir klar geworden, dass du in demselben Moment auch mein Herz gewonnen hattest.«

»Wirklich?«

»Wirklich.«

»Ich liebe dich auch, Alex«, stammelte sie gerührt, schlang ihre Arme um seinen Hals und ließ sich von ihm die Leiter hinuntertragen.

Unten angekommen, stellte er sie auf den Boden und drehte ihr Gesicht zu sich.

»Caro, ich möchte dir etwas sagen. Egal was passiert, ich werde dich immer lieben. Du bist bislang von zu wenig Menschen geliebt worden, aber damit ist jetzt Schluss.« Er schluckte gerührt. »Ich kann verstehen, warum du mir nichts über deine elende Vergangenheit erzählen wolltest. Aber es gibt nichts, wofür du dich schämen müsstest. Gar nichts. Das waren seine Handlungen, nicht deine. Ich möchte, dass du nie wieder Angst hast, mir etwas zu erzählen. Nie wieder.«

»Es tut mir leid, Alex …«

Er unterbrach sie mit einem sanften Kuss.

»Sag nichts, Caro. Es gibt nichts, wofür du dich entschuldigen müsstest. Ich muss mich entschuldigen. Lass mich das bitte tun. Nichts an deiner Vergangenheit ändert etwas an meinen Gefühlen für dich. Ich liebe dich mehr, als ich es auch nur annähernd ausdrücken kann.«

»Ich liebe dich auch«, wiederholte sie. »Ich verspreche dir, ich werde nie wieder etwas vor dir geheim halten.«

»Das weiß ich.« Er zog sie näher an sich. »Hast du mir verziehen?«, flüsterte er heiser. Die dunklen Augen in seinem ernsten Gesicht blickten sie angespannt an.

Caroline schlug ihm sanft mit dem Zeigefinger auf die Wange. »Das kommt darauf an.«

»Auf was?«

»Ob du vorhast, dich wieder anzuziehen oder nicht.«

Ein verhaltenes Lächeln legte sich über seine Lippen. »Und wenn ich es nicht tue?«

Sie riss die Augen auf. Sie hatte das doch nicht ernst gemeint! Sie würde nie von ihm verlangen, dass er nackt zum Haus zurückging.

»Ich habe nur Spaß gemacht.«

»Aber ich meine es ernst.«

Der Reihe nach küsste er ihre Stirn, ihre Nase und schließlich ihren Mund.

»Es gibt die Decken, erinnerst du dich?«

»Das kann nicht dein Ernst sein«, quietschte sie.

Er nickte. »O doch. Sie warten bereits ausgebreitet auf uns hinter dem Pavillon.«

»Was, wenn uns jemand sieht?«

»Das wird nicht passieren. Ich habe Edwina befohlen, sofort und so schnell sie kann zum Haus zurückzurennen, sobald sie dich zum Pavillon geführt hat, oder sie könne sich die Kleider abschminken. Was das Personal angeht ...« Er schmunzelte. »Ich habe jedem eine Münze gegeben und ihnen gesagt, dass sie sich morgen freinehmen können und dass sie entlassen werden, sollten sie sich hier blicken lassen, wenn nicht gerade ein Feuer ausbrechen oder jemand sterben sollte.«

Sie lachte.

»Wie immer, ganz der Vorsichtige«, scherzte sie.

»Man nennt mich nicht umsonst den Trockenen Alex.«

»Ich finde dich überhaupt nicht trocken.« Caroline drückte ihre Brüste gegen ihn. »Im Gegenteil, ich finde das eher abenteuerlustig von dir. Eigentlich sollte man deinen Spitznamen in Abenteuerlicher Alex ändern.«

Er grinste.

»Ich würde davon abraten. Du müsstest sonst jedem erklären, was dich dazu bewogen hat, meinen Spitznamen zu ändern.«

»Das stimmt. Und jetzt nimm mich mit auf dein Abenteuer.«

»Sehr gerne.« Alex hob sie hoch und trug sie auf die Decken hinter dem Pavillon, wo er sie unerschrocken und zärtlich unter dem Mond und den Sternen liebte.

Und unter Uranus.

Epilog

Am nächsten Morgen

»Guten Morgen, geliebte Caro«, sagte Alex, als Caroline verschlafen ihren Kopf von seiner Brust hob und ihrem liebevollen Ehemann ins Gesicht blickte. Wie hatte sie nicht merken können, dass er sie innig liebte? Dass seine Familie sie liebte und akzeptierte, wusste sie schon lange – aber warum hatte es so lang gedauert, bis sie erkannte, dass das auch auf ihn zutraf? Es spielte keine Rolle mehr. Sie wusste jetzt, wie sehr er sie liebte, und sie würde nie mehr daran zweifeln.

»Wir sollten am besten ins Haus gehen, bevor die Sonne aufgeht und du dir die Haut verbrennst«, neckte sie ihn und ließ ihre Augen begehrlich über den nackten Körper ihres Manns gleiten.

»Das werden wir. Aber ich finde, dass wir vorher meinen derzeitigen Zustand ausnutzen sollten.«

Er hob seine Hüften an und lenkte Carolines Aufmerksamkeit genau dorthin, wo er sie haben wollte.

Caroline hatte nichts dagegen. Nachdem sie seinen Zustand wahrlich ausgekostet hatten, half er ihr beim Anziehen und sie kehrten ins Haus zurück – Alex tatsächlich in seinem glorreichen Adamskostüm.

Da seine Sicherheitsvorkehrungen funktioniert hatten, war weit und breit kein Personal in Sicht, das ihm etwas hätte weggucken können. Was Alex noch viel mehr freute, war die Tatsache, dass sie auch weder seiner Mutter noch seiner Schwester begegneten. Seine Brüder hingegen ...

Nun, die waren höflich genug, um vor Caroline nichts zu sagen und sie so in Verlegenheit zu bringen, aber Alex erzählte ihr später, dass sie eine ganze Liste neuer Spitznamen für ihn erfunden hatten.

Carolines Favorit war Amouröser Alex.

Fast acht Monate später

»Caro, du machst das ganz wunderbar. Nur noch ein bisschen länger und du wirst Mutter sein«, flüsterte Alex ihr ins Ohr, während er am Kopfende von Carolines Bett kauerte.

Caroline blickte ihren sie liebenden Ehemann an und ein Hauch von Traurigkeit streifte ihr Herz.

»Was, wenn ...« Sie konnte nicht weitersprechen. Alex küsste ihre Wange.

»Das wird nicht passieren«, sagte er mit fester Stimme. Sie sah ihn an, und die Ehepartner tauschten ein stillschweigendes Versprechen aus.

»Glaubst du wirklich?«

Er nickte. »Ja. Ich glaube, dass die Schwierigkeiten, die deine Mutter beim Gebären hatte, an ihrer Umgebung und nicht an ihrem körperlichen Unvermögen lagen.«

Sie schloss die Augen. Neben all den Fehl- und Totgeburten war sie das einzige Kind, das gesund zur Welt gekommen und am Leben geblieben war.

»Wirklich?«

Alex setzte sich auf die Bettkante und umarmte Caroline.

»Das meine ich völlig ernst. Aber wenn ich mich irren sollte und dieses Baby tot zur Welt kommt, dann werde ich dich weiterhin lieben. Und wenn du wieder bereit sein wirst, werden wir es erneut probieren. Und wenn du das nicht willst, dann werden wir es nicht erneut probieren.« Er drückte ihr einen Kuss auf den Kopf.

Carolines Herz schwoll vor lauter Liebe für Alex an. Sie schmiegte sich eng an ihn und war glücklich, in seinen Armen zu liegen, bis der Arzt zurück ins Zimmer kam.

»Ich denke, es ist an der Zeit«, sagte er und legte die Decke über Caroline.

»Zeit zu gehen, Alex.« Caroline wand sich aus seinen Armen und brachte sich in Position.

Er schnaubte. »Ich gehe nicht, und weder du noch der alte Quacksalber werdet mich davon abhalten können.«

Caroline sah ihn verunsichert an und seufzte.

»Solange du kein Experiment daraus machst, kannst du bleiben.«

»Und wie sollte ich das anstellen?«, gab er zurück und massierte ihr den Rücken dort, wo es ihr während ihrer Wehen am meisten wehgetan hatte.

»Ehrlich gesagt weiß ich das nicht, aber ich schließe nicht aus, dass dir etwas einfallen würde«, antwortete sie ihm neckisch.

Eine Stunde später kam ein kleiner Junge auf die Welt und setzte mit seinem lauten Schreien die ganze Familie, die draußen auf dem Korridor wartete, von seiner Ankunft in Kenntnis. Alex strahlte glücklich, während seine Mutter das Baby säuberte und dann Caroline reichte.

»Wie wollen wir ihn nennen?« Alex streichelte über die Wange seines Sohnes.

»Hättest du gerne einen Junior?«, fragte Caroline und betrachtete lächelnd das wunderschöne Baby in ihren Armen.

»Nein. Dachtest du an einen bestimmten Namen?«

»Erinnerst du dich an unsere Hochzeit?«

Er nickte. »Wie könnte ich das vergessen?«

Sie schüttelte den Kopf. »Erinnerst du dich an die Unterhaltung, die du mit angehört hast? In der sich Andrew und Benjamin so kindisch aufgeführt haben?«, erklärte sie.

»Ja. Ich habe ihnen gesagt, dass ich meinen Sohn Marcus nennen würde, wenn ich es so halten würde, wie sie vorschlugen. Gefällt dir der Name Marcus?««

Sie nickte. »Marcus ist gut. Mein Cousin hat maßgeblich dazu beigetragen, dass wir einander gefunden haben. Aber ich dachte an jemand anderen.«

Er sah von dem kleinen Jungen zu Caroline. »Wer könnte das sein?«

Sie hob ihr Gesicht und lächelte. »Edward.«

»Mein Vater?«

Sie nickte erneut. »Er hat eine noch viel entscheidendere Rolle gespielt.«

»Das nehme ich an«, murmelte Alex und sah dabei etwas verunsichert aus. »Hätte er damals nicht unter vier Augen mit dir gesprochen, hättest du mir wohl nie verziehen, dass ich so ein Mistkerl war.«

Sie lächelte und schüttelte den Kopf. »Das stimmt zwar, aber daran habe ich gar nicht gedacht.«

»Oder liegt es daran, dass er mir gesagt hat, ich sollte mehr mit dem Organ denken, das für unser kleines Wunder hier verantwortlich ist?«

Ein breites Grinsen löste seine vorherige Verunsicherung ab.

»Das auch«, antwortete sie nachdenklich. »Aber es gibt noch etwas anderes.«

Er verdrehte die Augen.

»Sag jetzt bloß nicht, dass du ihm dankbar dafür bist, dass er und dein Onkel diesen verdammten Verlobungsvertrag aufgesetzt haben.«

Sie grinste und nickte.

»Ganz besonders dankbar bin ich ihm für die Zusatzklausel.«

Er grinste zurück.

»Edward Marcus Banks also.«

Nachdem der Arzt und Regina Caroline sowie das Zimmer präsentabel gemacht hatten, defilierte eine lange Parade Familienmitglieder vorbei, die so unterschiedliche Geschenke wie ein Vergrößerungsglas, ein Barometer oder eine Rassel in der Form einer Schachkönigsfigur mitbrachten, und alle stritten sich darüber, wer als Nächster den Sohn von Caroline und Alex halten durfte.

Ein paar Tage später

»Bist du dir sicher?«

»Ganz sicher«, sagte Caroline ihrem Mann und legte die neueste Ausgabe der *Beliebten Pflanzen* beiseite, deren Hauptgeschichte ein Artikel über das Verhalten von Ernteameisen war, verfasst von Lord und Lady Watson.

»Du brauchst das nicht zu tun«, protestierte Alex und beobachtete seine Frau dabei, wie sie eine Laterne auf ihrem Nachttisch nach der anderen ausblies. »Ich habe mich daran gewöhnt, bei Licht zu schlafen.«

»Also, wer hat jetzt Angst vorm Dunkeln?«, neckte ihn Caroline und schmiegte ihr müdes Haupt an die Brust ihres Ehemanns.

Alex streichelte Carolines seidiges Haar.

»Hat diese neue Entwicklung etwas mit dem Artikel zu tun, den du vorhin gelesen hast?«

»Du meinst den Artikel, der davon berichtet, wie mein Vater auf die sprichwörtlich harte Tour lernen musste. Dass, nur weil er so zugedröhnt war, dass er glaubte, fliegen zu können, es nicht bedeutete, dass er auch tatsächlich fliegen konnte, und mit wahnsinnigem Tempo vom Tower in London zu Boden stürzte?«

Alex nickte. »Genau den Artikel meine ich. Fühlst du dich jetzt, wo er tot ist, sicherer, Caro?«

Sie sah lächelnd zu ihm hoch und schüttelte langsam den Kopf. »Nein, damit hat das nichts zu tun. Sondern damit, dass ich weiß, dass ich bei dir sicher bin.«

4187172R00238

Printed in Germany
by Amazon Distribution
GmbH, Leipzig